U0515666

〔明〕羅貫中 著
〔清〕毛宗崗等 評改
與觚齋 輯校

三國演義

彙評彙校本

中華書局

第八十一回

急兄讐張飛遇害
雪弟恨先主興兵

翼德之不欲先伐魏而請先伐吴者，非但知兄弟而不知君臣之義也。觀其古城之役，誤疑關公之降操而欲拒關公，豈非君臣之義重，而兄弟之情輕乎？其伐吴之意，以爲魏固漢賊，而吴之黨魏亦爲漢賊，從來除殘去暴者，必先剪其黨。如殷將伐桀，而先伐韋、伐顧、伐昆吾；周將〔一〕伐紂，而先伐崇、伐密是也。蓋不獨爲兄弟起見，而伐吴在所當先；即爲君臣起見，而伐吴亦在所當先耳。

觀於翼德之亡，而先主伐吴之計愈不得不決矣。翼德之死，爲關公而死也。爲關公而死，則其與孫權殺之無異也。殺一弟之讐不可忍，殺兩弟之讐又何可忍乎？爲一己之私恩而釋曹操，人不以此病關公；則爲三人之義而討孫權，豈得以此訾先主！

有關興而雲長不死，有張苞而翼德復生。君子觀於此二人，而獨爲先主之堂搆惜也。使劉禪而有興、苞之風，則鄧艾不能越陰平，鍾會不能踰劒閣，而「此間樂，不思蜀」之言，不至爲晉武所笑矣。嗚呼！天不祚漢，其謂之何哉！

李意之見先主，與紫虚上人、公明管子正是一流人物。而紫虚則有數言，李意止寫一字；公明惟憑卦象，李意自寫畫圖〔二〕：極相類，又極不相類，而皆爲後文伏筆。令讀者於數回之後，追驗前文，方知其文之一線穿却也。

陳震之請李意，當是孔明教之。先主決意

〔一〕「將」，光本脱。
〔二〕「畫圖」，光本倒作「圖畫」。

伐吴，孔明争之不得，故特欲借青城山老叟以相阻耳。然張良能以商山四皓止儲君之廢，而孔明不能以青城老叟阻伐吴之師，謀之成不成，蓋亦〔三〕有幸有不幸焉。

先主一生，見畫圖者三：初見孔明畫圖一幅，定三分之形；繼見張松畫圖一幅，定入川之計；最後見李意畫圖一幅，爲白帝托孤之兆。蓋其一生，俱是畫中人也。

當關公顯聖之後，便當接先主殺劉封，而中間忽有曹操患病，華佗被殺，曹丕襲爵，曹植賦詩一段文字以間之。及劉封既斬之後，便當接翼德被刺、先主伐吴，而中間又有獻帝禪位、曹丕篡漢、成都聞變、孔明勸進一段文字以間之。其過枝接葉處，全不見其斷續之痕；而兩邊夾敘，一筆不漏。如此敘事，真可直追遷史。

却説先主欲起兵東征，趙雲諫曰：「國賊乃曹操，非孫權也。今曹丕篡漢，神人共怒。陛下可早圖關中，屯兵渭河上流，以討凶逆，則關東義士，必裹糧策馬以迎王師。若舍魏以伐吴，兵勢一交，豈能驟解？願陛下察之。」【毛】先君臣之公義，而後兄弟之私讐，子龍獨見其大。【漁】子龍所見甚當。**先主曰：「孫權害了朕弟，又兼傅士仁、糜芳、潘璋、馬忠皆有切齒之讐：啖其肉而滅其族，方雪朕恨！卿何阻耶？」雲曰：「漢賊之讐，公也；兄弟之讐，私也。願以天下爲重。」**【毛】子龍見識有大臣諫臣之風，不當以戰將目之。【鍾】子龍志討賊，先主志報仇，畢竟孰緩孰急？【漁】雲所重者，天下之大義；先主所重者，兄弟之私讐。**先主答曰：「朕不爲弟報讐，雖有萬里江山，何足爲貴？」遂不聽趙雲之諫，下令起兵伐吴，且發使往五谿**【六】五谿，（雄溪、樠溪、潕溪、酉溪、辰溪〔四〕，）今

〔三〕「亦」，貫本脱。

〔四〕周、夏批「雄溪、樠溪、潕溪、酉溪、辰溪」，原作「推溪、浦溪、西溪、沅溪、辰溪」。按：《水經注》卷三十七《澧水》：「武陵有五溪，謂雄溪、樠溪、潕溪、酉溪、辰溪。」《宋書》同；《南史·夷蠻列傳》：「居武陵者有雄溪、樠溪、辰溪、酉溪、武溪，謂之五溪蠻。」據《水經注》改。

屬湖廣辰州府〔五〕。借番兵五萬，共相策應。一面差使往閬中，遷張飛爲車騎將軍，領司隸校尉，封西鄉侯〔六〕。使命賫詔而去。

却說張飛在閬中，聞知關公被東吳所害，旦夕號泣，血濕衣襟。【毛】是真兄弟，不是假兄弟。諸將以酒勸解〔七〕，酒醉，怒氣愈加。帳上帳下但有犯者，即鞭撻之，多有鞭死者。【毛】【漁】爲後文鞭范疆、張達張本。【鍾】此正禍也。每日望南切齒睁目怒恨，放聲痛哭不已。【毛】其聲其淚，俱從血性中流出。忽報使至，慌忙接入，開讀詔旨。飛受爵望北拜畢，設酒欵待來使。飛曰：「吾兄被害，讎深似海。廟堂之臣，何不早奏興兵？」使者曰：「多有勸先滅魏而後伐吳者。」飛怒曰：「是何言也！昔我三人桃園結義，誓同生死，今不幸二兄半途而逝，吾安得獨享富貴耶！【毛】獨生且不願，何況獨受富貴。吾當面見天子，願爲前部先鋒，掛孝伐吳，【毛】【漁】爲後文（製辦）白旗白甲伏筆。生擒逆賊，祭告二兄，以踐前盟！」言訖，就同使命望成都而來。

却說先主每日自下教場操演軍馬，尅日興師，御駕親征。於是公卿都至丞相府中見孔明，曰：「今天子初臨大位，親統軍伍，非所以重社稷也。【毛】此不諫征吳，但諫親征。丞相秉鈞衡之職，何不規諫？」孔明曰：「吾苦諫數次，只是不聽。【毛】孔明之諫，在孔明口中補出。今日公等隨我入教場諫去。」當下孔明引百官來奏先主曰：「陛下初登寶位，若欲北討漢賊，以伸大義於天下，方可親統六師。若只欲伐吳，命一上將統軍伐之可也，何必親勞聖駕？」【毛】言伐魏則當親征，伐吳則不當親征，主意又與衆官不同。先主見孔明苦諫，心中稍回。忽報張飛到來，先主

〔五〕醉本眉注、周、夏批、贊本系夾注「辰州府」，原作「武陵郡」。按：《一統志》：武陵郡，隋開皇中廢，置辰州。明代湖廣辰州府，五溪「在盧溪縣西武山」。據改。

〔六〕「西鄉侯」下原有「兼閬中牧」，古本同。按：《三國志·蜀書·張飛傳》：「遷車騎將軍，領司隸校尉，進封西鄉侯。」閬中爲縣，牧爲州官。據刪。

〔七〕「勸解」，明四本作「解之」。

急召入。飛至演武廳，拜伏於地，抱先主足而哭，毛漁以手足論之，先主缺其一足矣，故抱足而哭（，儼然骨肉）。先主亦哭。飛曰：「陛下今日爲君，早忘了桃園之誓！二兄之讎，如何不報？」先主曰：「多官諫阻，未敢輕舉。」飛曰：「他人豈知昔日之盟？若陛下不去，臣捨此軀與二兄報讎！若不能報時，臣寧死不見陛下也！」毛只說自家要去，便是要先主去。先主曰：「朕與卿同往。卿提本部兵自閬中〔八〕而出，朕統精兵會於江州，共伐東吴，以雪此恨！」飛臨行，先主囑曰：「朕素知卿酒後暴怒，鞭撻健兒，而復令在左右：此取禍之道也。今後務宜寬容，不可如前。」毛漁（先）（又）爲下文伏筆。〈毛〉○史稱關公善待卒伍，驕于士大夫；張飛愛君子，而不恤軍人。故先主以此囑之。贊鍾（先主）至言。飛拜辭而去。

次日，先主整兵要行，從事祭酒〔九〕秦宓二音伏。奏曰：「陛下捨萬乘二音盛。之軀而狥小義，古人所不取也。願陛下思之。」漁說得不通。先主曰：「雲長與朕猶一體也。大義尚在，豈可忘耶？」宓伏地不起曰：「陛下不從臣言，誠恐有失。」毛預爲後文伏筆。漁更不成說話。先主大怒曰：「朕欲興兵，爾何出此不利之言！」叱武士推出斬之。毛非此一怒，則衆官之諫不息。漁此一怒後，衆官不復再諫矣。宓面不改色，回顧先主而笑曰：「臣死無恨，但可惜新創之業，又將顛覆耳！」贊鍾秦宓該斬。衆官皆爲秦宓告免。先主曰：「暫且囚下，待朕報讎回時發落。」孔明聞知，即上表救秦宓。其略曰〔一〇〕：

臣亮等切〔一一〕以吴賊逞奸詭之計，致荆州有覆亡之禍，損〔一二〕將星於斗牛，折天柱於楚

〔八〕「閬中」，原作「閬州」，古本同。按：《三國志·蜀書·張飛傳》：「先主伐吴，飛當率兵萬人，自閬中會江州。」據改。

〔九〕「從事祭酒」，原作「學士」，古本同。按：同第八十回校記〔五九〕，據改。

〔一〇〕毛本孔明救秦宓表文刪，改自贊本；鍾本、漁本同贊本，贊本同明三本。

〔一一〕「切」，光本、商本作「竊」。

〔一二〕「損」，原作「捐」，致本、業本、澹本同；齋本、光本、商本作「隕」。據其他古本改。

地：此情哀痛，誠不可忘。但念遷漢鼎者，罪由曹操；移劉祚者，過非孫權。竊謂魏賊若除，則吴自賓服。願陛下納秦宓金石之言，以養士卒之力，别作良圖，二句隱〔一三〕着伐魏，早爲前後出師伏筆。則社稷幸甚！天下幸甚！

先主看畢，擲表於地曰：「朕意已决，無得再諫！」毛 先主以孔明爲水，今伐吴之心其急如火，水亦不能制火矣。遂命丞相諸葛亮保太子守兩川；毛 時法正既死，孔明又不同往，則後來之敗，勢所必然。漁 孔明今不同往，取敗勢所必然。驃騎將軍馬超并弟馬岱，助鎮北將軍魏延守漢中，以當魏兵；虎威將軍趙雲爲後應，兼督糧草；毛 因趙雲曾諫，故不用爲先鋒。黄權、程畿爲参謀；馬良、陳震掌理文書；黄忠爲前部先鋒；馮習、張南爲副將；傅彤、二 音容。張翼爲中軍護尉；趙融、廖淳爲合後。川將數百員，并五谿番將等，共兵七十五萬，擇定章武元年七月丙寅日出師。

却説張飛回到閬中，下令軍中限三日内製辦白旗白甲，三軍掛孝伐吴。毛 漁 關公之死，爲江上有白衣；翼德之死，爲軍中需白甲〔一四〕。次日，帳下兩員末將范疆、張達入帳告曰：「白旗白甲，一時無措，須寬限方可。」飛大怒曰：「吾急欲報讎，恨不明日便到逆賊之境，毛 義氣凛凛，是真兄弟，不是假兄弟。汝安敢違我將令！」叱武士縛於樹上，各鞭背五十。毛 前之鞭督郵是怒，繼之鞭曹豹是醉，今之鞭范、張是痛。以〔一五〕痛而鞭，鞭必倍痛矣。鞭畢，以手指之曰：「來日俱要完備！若違了限，即殺〔一六〕汝二人示衆！」鍾 忘却先主告誡了。打得二人滿口出血。回到營中商議，范疆曰：「今日受了刑責，着我等〔一七〕如何辦得？其人性暴如火，倘來日不完，你

〔一三〕「隱」，澹本訛作「急」。
〔一四〕毛批「需白甲」，業本作「憲白甲」，商本作「需白衣」，澹本訛作「需白申」。
〔一五〕「以」，貫本作「一」。
〔一六〕「殺」，原作「教」，致本同。按：「教」字不通，據其他古本改。
〔一七〕「着我等」，光本作「到明日」，商本脱「着」。

我皆被殺矣！」張達曰：「比如〔一八〕他殺我，不如我殺他。」【毛】【漁】與糜芳、傅士仁一段〔一九〕商（議）（量），前後相（對）（應）。彊曰：「怎奈不得近前。」達曰：「我兩箇若不當死，則他醉於牀上；若是當死，則他不醉。」【毛】呂布以戒酒而爲部將所害，張飛以飲酒而爲部將所害，前後相反〔二〇〕而相對。【贊】觀此人當成暴戒酒。二人商議停當。

却說張飛在帳中，神思昏〔二一〕亂，動止恍惚，【毛】與關公夢猪咬足，前後相對。一則以夢爲醒時之兆，一則以醒爲夢時之兆。乃問部將曰：「吾今心驚肉顫，【二】音戰。坐卧不安，此何意也？」部將答曰：「此是君侯思念關公，以致如此。」飛令人將酒來，與部將同飲，【毛】【漁】本欲以酒節哀，誰知（以）（因）酒致死。不覺大醉，卧於帳中。【毛】凡人飲酒易醉，悶飲更是易醉。范、張二賊探知消息，初更時分，各藏短刀，密入帳中，詐言欲禀機密重事，直至牀前。原來張飛每睡不合眼，當夜寢於帳中，二賊見他鬚竪目張，本不敢動手。【毛】寫得張飛聲勢。曹操見關公于匣中，雖死不死；范、張見翼德于帳中，雖睡不睡。因聞鼻息如雷，方敢近前，以短刀刺入飛腹。飛大叫一聲而亡，【毛】【漁】讀（書）（者）至此，亦爲之拍案大叫。時年五十五歲。後人有詩嘆曰〔二二〕：

> 安喜曾聞鞭督郵，黄巾掃盡佐炎劉。
> 虎牢關上聲先震，長坂橋邊水逆流。
> 義釋嚴顔安蜀境，智欺張郃定中州。
> 伐吴未克身先死，秋草長遺閬地愁。

却說二賊當夜割了張飛首級，便引數十人，連夜投東吴去了。【鍾】此雖飲酒悞事，寔是取禍。次日，軍

〔一八〕「比如」，光本作「譬如」，商本作「如此」。
〔一九〕毛批「段」，商本作「般」。
〔二〇〕「張飛」「反」三字原闕，據毛校本補。
〔二一〕「昏」，原作「皆」，致本、業本、貫本、齋本、澹本、光本同。按：「昏」字義長，據其他古本改。
〔二二〕毛本嘆張飛詩改自贊本；鍾本同贊本，漁本引贊本他詩；周本、夏本、贊本改自嘉本。

中閬知，起兵追之不及。時有張飛部將吴班，向自荆州來見先主，先主用爲牙門將，使佐張飛守閬中。【毛】吴班事補前文所未及。○「胡班」，古本作「吴班」，今從之。當下吴班先發表章，奏知天子，然後令長子張苞具棺槨盛【二】音成。貯，令苞〔二三〕弟張紹守閬中，苞自來報先主。時先主已擇期出師，大小官僚〔二四〕皆隨孔明送十里方囘。孔明囘至成都，怏怏不樂，顧謂衆官曰：「法孝直若在，必能制主上東行也。」【毛】孔明勸取西川，昭烈不聽〔二五〕，法正勸之而即聽。然則法正必有所以制之之法也。

却説先主是夜心驚肉顫，寢卧不安。出帳仰觀天文，見西北一星，其大如斗，忽然墜地。【毛漁】關公（之）死（時），先主感夢；翼德之死，先主見星，前後相對。先主大〔二六〕疑，連夜令人求問孔明。孔明囘奏曰：「合損一上將。三日之内，必有驚報。」先主因此按兵不動。忽侍臣奏曰：「閬中張車騎部將吴班差人賫表至。」先主頓足曰：「噫！三弟休矣！」【毛】結義之始，先遇〔二七〕翼德，次遇關公；臨終之時，先喪關公，次喪翼德。參差不同。及至覽表，果報張飛凶信。先主放聲大哭，昏絶於地，衆官救醒。次日，見人報一隊軍馬驟風而至，先主出營觀之。良久，見一員小將，白袍銀鎧，滾鞍下馬，伏地而哭，乃張苞也。【毛漁】（張飛掛孝是一重孝，）張苞（所）掛（之）孝是兩重孝。苞曰：「范彊、張達殺了臣父，將首級投吴〔二八〕去了！」先主哀痛至甚，飲食不進。羣臣苦諫曰：「陛下方欲爲二弟報讐，何可先自摧殘龍體？」先主方纔進膳，遂謂張苞曰：「卿與吴班敢〔二九〕引本部軍作先鋒，爲卿父報讐否？」苞曰：「爲國爲父，萬死不辭！」【毛漁】不但爲父，（又）

〔二三〕「苞」，原無，古本同。按：「弟」指代不明。《三國志·蜀書·張飛傳》：張飛長子苞，次子紹。酌補。

〔二四〕「僚」，齋本、光本作「員」。

〔二五〕「聽」，光本作「從」。

〔二六〕「大」，澹本、光本作「驚」。

〔二七〕「之始先遇」四字原闕，據毛校本補。

〔二八〕「吴」上，光本、商本有「東」字。

〔二九〕「敢」，光本脱。

（還）爲伯父。【贊】有父風。先主正欲遣苞起兵，又報一彪軍風擁而至，先主令侍臣探之。須臾，侍臣引一小將軍，白袍銀鎧，入營伏地而哭。先主視之，乃關興也。【毛】此是制中著服，與張苞亦是兩重孝。先主見了關興，想起關公，又放聲大哭，衆官苦勸。先主曰：「朕想布衣時，與關、張結義，誓同生死。今朕爲天子，正欲與二弟共〔三〇〕享富貴，不幸俱死於非命！見此二姪，能不斷腸！」【毛】張飛曾見先主爲天子，關公尚不曾見先主爲天子。一則乍見而死，一則未見而死，俱爲可痛。【漁】見此二子，能不痛心？言訖又哭。衆官曰：「二小將軍且退。容聖上將息龍體。」侍臣奏曰：「陛下年過六旬，不宜過於哀痛。」先主曰：「二弟俱亡，朕安忍獨生！」言訖，以頭頓地而哭。【毛】【漁】先主從來善哭，何況此時，哭上加哭（，宜其哭個不住）。多官商議曰：「今天子如此煩惱，將何解勸？」馬良曰：「主上親統大兵伐吳，終日號泣，於軍不利。」陳震曰：「吾聞成都青城山之西，有一隱者，姓李名意。世人傳說此老已三百餘歲，能知人之生死吉凶，乃當世之神仙也。【毛】【漁】百忙中忽敘出一（個）仙人，（文法更幻。）〈【毛】〉與魏之左慈、吳之于吉，遥相映射。【贊】【鍾】又是孔明學留侯四皓故事耳。何不奏知天子，召此老來問他吉凶，勝如吾等之言。」遂入奏先主。先主從之，即遣陳震賫詔往青城山宣召。震星夜到了青城，令鄉人引入山谷深〔三一〕處，遥望仙莊，清雲隱隱，瑞氣非凡。【毛】【漁】與卧龍崗（彷佛）相似。忽見一小童來迎曰：「來者莫非陳孝起乎？」【毛】與水鏡童子彷佛相似。震大驚曰：「仙童如何知我姓字？」童子曰：「吾師昨者〔三二〕有言：『今日必有皇帝詔命至，使者必是陳孝起。』」震曰：「真神仙也！人言信不誣矣。」遂與小童同入仙莊，拜見李意，宣天子詔命。李意推老不行，震曰：「天子急欲見仙翁一面，幸勿吝鶴駕。」再三敦請，李意方行。【毛】【漁】與（隆中三請）（三次請孔明）彷佛相似。既至御營，入

〔三〇〕「今朕」，商本倒作「朕今」。「共」，滄本訛作「其」。
〔三一〕「山谷深」，商本作「深谷」。
〔三二〕「者」，齋本、光本作「夜」。

見先主。先主見李意鶴髮童顔，碧眼方瞳，灼灼有光，身如古栢之狀，【毛】李意形〔三三〕狀在先主眼中寫出。○寫李意〈【毛】【漁】〉三百歲人，另是一樣光景。知是異人，優禮相待。李意曰：「老夫乃荒山村叟，無學無識。辱陛下宣召，不知有何見諭？」先主曰：「朕與關、張二弟結生死之交，三十餘年矣。今二弟被害，親統大軍報讐，未知休咎如何。久聞仙翁通曉玄機，望乞賜教。」【毛】何不于關公未死之前問之？李意曰：「此乃天數，非老夫所知也。」先主再三求問，意乃索紙筆畫兵馬器械四十餘張，畫畢便一一扯碎。【毛】【漁】此應後文連營四十（盡）皆（被）燒毀（也）（之兆）。【毛】【贊】【鍾】原來李意（却）是一影卦〔三四〕先生。又畫一大人仰卧於地上，傍邊一人掘土埋之，上寫一大「白」字，【毛】【漁】（此應後文）（又應）白帝托孤之兆。遂稽首而去。先主不悦，謂羣臣曰：「此狂叟也！不足爲信。」即以火焚之，【毛】爲後文火焚之兆。便催軍前進。張苞入奏曰：「吴班軍馬已至，小臣乞爲先鋒。」先主壯其志，即取先鋒印賜張苞。苞方欲掛印，又一少年將奮然出曰：「留下印與我！」視之，乃關興也。【毛】二人争印，與許褚、徐晃争袍，遥相映射。【鍾】興有父風。苞曰：「我已奉詔矣。」【贊】但知報父仇，不知報伯父、叔父之仇，豈桃園之意乎？〔三五〕興曰：「汝有何能，敢當此任？」苞曰：「我自幼習學武業〔三六〕，箭無虚發。」先主曰：「朕正要〔三七〕觀賢姪武藝，以定優劣。」苞令軍士於百步之外立一面旗，旗上畫一紅心。【毛】旗上畫紅心，是權時從吉。苞拈弓取箭，連射三箭，皆中紅心，【毛】【漁】寫張苞（之能）。衆皆稱善。【毛】傍寫衆人。關興挽弓在手曰：「射中紅心，何足爲奇？」正言間，忽值頭上一行鴈過。興指曰：「吾射這飛鴈第三隻。」一箭射去，那隻鴈應弦而落。【毛】

〔三三〕「形」，商本作「行」。
〔三四〕「卦」，緑本訛作「封」。
〔三五〕緑本脱此句及下句贊批。
〔三六〕「習學武業」，致本、滄本作「習學武藝」，齊本、光本、商本作「學習武藝」。
〔三七〕「要」，光本作「欲」。

漁寫關興（之能）。〈毛〉〇鴈行可比兄弟，不獨失却第三，先失却第二矣。文武官僚，齊聲喝采。又寫衆人。苞大怒，飛身上馬，手挺父所使丈八點鋼矛，大叫曰：「你敢與我比試武藝否？」興亦上馬，綽家傳大砍刀，縱馬而出曰：「偏你能使矛！吾豈不能使刀！」毛曹操銅雀臺前，是一紅一緑相争，此處却是兩白相争，又自不同。贊如此粧點，反説壞二子矣。俗筆，俗筆。漁急寫二小將之能。作者有意。二將方欲交鋒，先主喝曰：「二子休得無禮！」興、苞二人慌忙下馬，各棄兵器，拜伏請罪。毛作者欲寫二小將英雄，故借争印稍加點染，今既顯過本事，便當如此收科。鍾□□能□（數）二人。先主曰：「朕自涿郡與卿等之父結異姓之交，親如骨肉。今汝二人亦是昆仲之分，正當同心協力，共報父讐，奈何自相争競，失其大義！父喪未遠而猶如此，況日後乎？」毛漁近日（之）喪中計利，兄弟相争者，（當愧死矣。）（能無愧乎？）二人再拜伏罪。先主問曰：「卿二人誰年長？」苞曰：「臣長關興一歲。」先主即命興拜苞爲兄。二人就帳前折箭爲誓，永相救護。毛漁桃園（之）後，又是一〔三八〕番小結義。先主下詔，使吳班爲先鋒，令〔三九〕張苞、關興護駕。水陸並進，船騎雙行，浩浩蕩蕩，殺奔吳國來。毛漁（以上按下先主，）以下再敘東吳。

却説范疆、張達將張飛首級投獻吳侯，細告前事。孫權聽罷，收了二人，鍾此皆二將之罪，又無所益，孫權何故收之？乃謂百官曰：「今劉玄德即了帝位，統精兵七十餘萬，御駕親征，其勢甚大〔四〇〕，如之奈何？」百官盡皆失色，面面相覷。毛漁南人無用，爲之一笑〔四一〕。諸葛瑾出曰：「某食君侯之〔四二〕禄久矣，無可報効，願捨殘生，去見蜀主，以利害説之，使兩國相和，共討曹丕之罪。」毛諸葛瑾所見，到底與魯肅相似。權大喜，即遣諸葛瑾爲使，來説先

〔三八〕毛批「一」字原闕，據毛校本補。
〔三九〕「令」，商本作「合」，形訛。
〔四〇〕「其勢甚大」，齋本、光本作「其勢甚急」，明四本作「勢若泰山」。
〔四一〕毛批「笑」，商本作「歎」。
〔四二〕「之」，貫本脱。

主罷兵。正是：

兩國相爭通使命，一言解難賴行人。

未知諸葛瑾此去如何，且看下文分解。

李意者，乃孔明所藏之人，不過是留侯、四皓唾餘耳。

今又爲之，不大慙乎！可笑可笑！

張苞、關興都有父風，可喜，可賀。只是劉禪難爲兄耳。

翼德雄敵萬夫，乃竟爲酒後恃勇鞭撻士卒所悞。吾人觀此，當戒暴戒酒，毋自取禍也。

第八十二回

孫權降魏受九錫　先主征吳賞六軍

魏王受九錫，吴侯亦受九錫。君子於魏之受，譏曹操之不臣；於吴之受，笑孫權之不君。何也？寧爲鷄口，無爲牛後，韓侯之所以自奮也。江東之地，豈其小於韓邦哉？且降魏而有益於吴，則亦已耳；無益於吴而徒受屈膝之耻，良足嘆矣！

操之九錫，操自加之者也；權之九錫，非孫權自加之，而待魏加之者也。自加之與待人加，則有間矣。操之九錫，天子所不敢不與者也；權之九錫，魏欲加之而權所不敢不受者也。人所不敢不與，與己所不敢不受，則又有間矣。且受漢之九錫則足榮，受魏之九錫則足耻。爲篡漢而受漢之九錫則爲强，爲降魏而受魏之九錫則爲弱。吾甚爲孫權惜之。

孫權前後如二人。前之拔劍砍案，何其壯也；後之俯首稱臣，何其憊也。所以然者，失在争荆州而開郤於劉耳。其始也，結劉爲援，則以周郎五萬人，足以西向而遏曹操百萬之師。其既也，與劉爲讐，則以江東八十一州，乃至北面而受曹丕孺子之命。君子於此，嘆與國之不可絶，而輔車相依之勢爲不可離云。

趙咨之對曹丕，有二語爲最妙：其以「獲于禁而不害爲仁」，所以暴彼之短；其以「屈於陛下爲略」，所以抑彼之驕。夫七軍覆、龐德死，非魏之見辱於關公者乎？使非東吴，則于禁不得生還矣。是言蜀之凌魏，而吴之大有造於魏也。至於稽首稱臣，不曰是誠服，不曰是有禮，不曰是識時務，而乃曰略者，明言降魏非其本心，不過一時權宜之計，而吴終不爲魏下也。詞令之妙至於如此，真不愧行人之

選哉！

爲國者之學，不比書生尋章摘句，旨哉斯言乎！石勒未嘗識字，聞酈生勸立六國後，以爲此法當失；及聞張良止之，乃曰賴有此耳。是其能讀《漢書》者也。宋理宗好探究理學，而史彌遠以小人見用，真德秀、魏了翁以君子見斥，則雖終日讀性理，却是不曾讀得。

孫策不疑太史慈，孫權不疑諸葛瑾，其事同乎？曰：不同。策當兵勢方盛之時，其信慈爲易；權當國勢可憂之日，其信瑾爲難也。龐德不以兄之在蜀而背魏，諸葛瑾不以弟之在蜀而背吳，其事同乎？曰：不同。德事馬超而不終，則德之義爲非義；瑾事孫權而無貳，則瑾之忠乃真忠也。且瑾在昔日，以瑾之不往，信亮之不留；權在今日，即以其信亮之不留者，信瑾之不往。君臣之相信，殆於兄弟之相信決之耳。

還我汶陽，歸我叛人，此魯之所以與齊盟也。而還荆州不許，還降將不許，則先主之於吳，毋乃已甚乎？晉君朝以入，則婢子夕以死，夕以入，則朝以死，此秦之所以歸晉侯也。而送還孫夫人亦不許，則先主之於吳，又毋乃太甚乎？然使〔一〕讐自此而遂解，兵自此而遂囘，則不成其爲劉玄德矣。今人稱結義必稱桃園，玄德之爲玄德，索性做兄弟朋友中立極之一人，可以愧後世之朋友寒盟、兄弟解體者。

却說章武元年秋八月，先主起大軍至夔關，【六】夔関，今（屬）四川夔州府。**駕屯白帝城。**【六】白帝城，山名，在夔州府對江。【毛】白帝城三字先於此處一逗。**前隊軍馬已出川口，近臣奏曰：「吳使諸葛瑾至。」先主傳旨，教休放入。黄權奏曰：「瑾弟在蜀爲相，必有事而來。陛下何故絶之？當召入，看他言語。可從則從；如不可，則就借彼口說與孫權，令知問罪**

〔一〕「使」，齋本、光本作「此」。

有名也。」先主從之，召瑾入城。瑾拜伏於地，毛漁不似前番待魯肅之禮。先主問曰：「子瑜遠來，有何事故？」瑾曰：「臣弟久事陛下，臣故不避斧鉞，特來奏荆州之事。毛先將孔明説起，要他看軍師之面，納其所言。前者關公在荆州時，吳侯數次求親，關公不允。毛漁（此二句隱然責備關公，反）推在關公身上。後關公取襄陽，曹操屢次致書吳侯，使襲荆州。毛又推在曹操身上。吳侯本不肯許，因吕蒙與關公不睦，故擅自興兵，誤成大事，今吳侯悔之不及。此乃吕蒙之罪，非吳侯之過也。毛漁又推在（曹操、）吕蒙（二人）身上。今吕蒙已死，寃讐已息。孫夫人一向思歸，毛關公死矣，曹操死矣，吕蒙死矣，俱在三個死人身上。却請出[二]一個活夫人來，又要他看夫人之面，納其所言。今吳侯令臣爲使，願送歸夫人，縛還降將，并將荆州仍舊交還，毛又恐一夫人不足以動之，又説還荆州、還降將以陪之。降將本是漢將，曰「還」是矣。若荆州向以爲東吳所當有，而借與玄德者也，今亦曰「還」，則荆州亦本是漢地，不曾借矣。贊玄德爲関張而不念孫夫人情義，是爲假兄弟而失真夫妻也。一笑。漁先以孫夫人，後以還降將、還荆州動之。永結盟好，共滅曹丕，以正篡逆之罪。」毛末句歸重伐魏。前是動之以情，此則動之以義。鍾東吳此來講和，計亦拙矣。先主怒曰：「汝東吳害了朕弟，今日敢以巧言來説乎！」瑾曰：「臣請以輕重大小之事與陛下論之。陛下乃漢朝皇叔，今漢帝已被曹丕篡奪，不思勦除，却爲異姓之親而屈萬乘之尊：是捨大義而就小義也。毛漁先論義之大小。贊亦自説得有理。[三]鍾子瑜稱説亦大有理。中原乃海内之地，兩都皆大漢創業之方[四]，陛下不取，而但爭荆州：是棄重而取輕也。毛漁次論利之輕重。天下皆知陛下即位，必興漢室，恢復山河，今陛下置魏不問，反欲伐吳，竊爲陛下不取。」毛前還在兩家情分上説，此又單就先主身上説。前所言是私，後所言是公。先主大怒曰：「殺吾弟之讐，不共戴天！欲朕

[二]「出」，商本脱。
[三]贊批原闕句首二字，吳本句首二字漫漶，據緑本補。
[四]「方」，光本、商本作「基」。

罷兵，除死方休！【毛】【漁】早爲後文讖兆。不看丞相之面，先斬汝首！今且放汝回去，説與孫權，洗頸就戮！」諸葛瑾見先主不聽，只得自回江南。

却説張昭見孫權曰：「諸葛子瑜知蜀兵勢大，故假以講和〔五〕爲辭，欲背吴入蜀，此去必不回矣。」【毛】【漁】有此一段議論，愈襯〔六〕孫權知人之明。【贊】張昭真小人，然今之張昭更多也。【鍾】張昭小人之見。權曰：「孤與子瑜，有生死不易之盟，孤不負子瑜，子瑜亦不負孤。昔子瑜在柴桑時，孔明來吴，孤欲使子瑜留之，子瑜曰：『弟已事玄德，義無二心。弟之不留，猶瑾之不往。』【毛】補四十四回中所未及。其言足貫神明，今日豈肯降蜀乎？孤與子瑜可謂神交，非外言所得間也。」【毛】朋友不相信，而君臣之相信如此，爲朋友者，可以愧矣。正言間，忽報諸葛瑾回。【贊】張昭張昭，惶恐惶恐。【鍾】此時張昭定惶恐死。權曰：「孤言若何？」張昭滿面羞慚而退。【毛】【漁】真正可羞（之甚）。瑾見孫權，言先主不肯通和之意。權大驚曰：「若如此，則江南危矣！」堦下一人進曰：「某有一計，可解此危。」視之，乃都尉〔七〕趙咨也。權曰：「德度【嘉】咨字。有何良策？」咨曰：「主公可作一表，某願爲使，往見魏帝曹丕，陳説利害，使襲漢中，則蜀兵自危矣。」【毛】先主〔八〕不肯與吴共伐曹丕，其勢必至於此。【贊】亦是。【漁】勢所必然。權曰：「此計最善。但卿此去，休失了東吴氣象。」咨曰：「若有些小差失，即投江而死，安有面目見江南人物乎！」

權大喜，即寫表稱臣，【毛】恐孫權此時亦難見江南人物。【漁】自己稱臣，有何面目見江南人物。令趙咨爲使，星夜到了洛陽〔九〕，先見太尉賈詡等并〔一〇〕大

〔五〕「講和」，光本作「請使」，嘉本無，周本脱行。
〔六〕毛批「襯」，澹本作「觀」。
〔七〕「都尉」，原作「中大夫」，古本同。按：《三國志·吴書·吴主傳》：「遣都尉趙咨使魏。」裴注引《吴書》曰：「權爲吴王，擢中大夫。」據改，後同。
〔八〕「先主」二字原闕，據毛校本補。
〔九〕「洛陽」，原作「許都」，古本同。按：《三國志·魏書·文帝紀》：「初營洛陽宮，戊午幸洛陽。」據改。
〔一〇〕「并」字原闕，據毛校本補。

小官僚。次日早朝，賈詡出班奏曰：「東吳遣都尉趙咨上表。」曹丕笑曰：「此欲退蜀兵故也。」毛有急來求，早已猜着。漁先已猜着。即令召入，咨拜伏於丹墀。丕覽表畢，遂問咨曰：「吳侯乃何如主也？」咨曰：「聰明、仁智、雄略之主也。」毛漁自誇其君。鍾□□使□。丕笑曰：「卿褒獎毋乃太甚？」咨曰：「臣非過譽也。吳侯納魯肅於凡品，是其聰也；拔呂蒙於行陣，是其明也；毛帶言魯肅、呂蒙。自誇其君，又自誇其臣。獲于禁而不害，是其仁也；毛是以己之長，形彼之短。爲人所獲，難乎爲臣；臣爲人獲，難乎爲君。取荊州兵不血刃，是其智也；據三江虎視天下，是其雄也；屈身於陛下，是其略也。毛略者，權謀之謂也。即將現前事解「略」字，妙甚〔一一〕。以此論之，豈不爲聰明、仁智、雄略之主乎？」贊趙咨大通。漁又誇其同僚，復又形他人之短，説得暢極。丕又問曰：「吳侯〔一二〕頗知學乎？」咨曰：「吳侯浮江萬艘，帶甲百萬，任賢使能，志存經略。少有餘閒，博覽書傳，歷觀史籍，採其大旨，不效書生尋章摘句而已。」毛帝王之學與書生不同。若尋章摘句，即霸主亦不爲也。鍾此亦懸河口、利刃舌也。丕曰：「朕欲伐吳可乎？」咨曰：「大〔一三〕國有征伐之兵，小國有禦備之策。」毛漁（此之謂）不失東吳氣象。丕曰：「吳畏魏乎？」咨曰：「帶甲百萬，江漢爲池，何畏之有？」毛不失東吳氣象。丕曰：「東吳如卿〔一四〕者幾人？」咨曰：「聰明特達者，八九十人。如臣之輩，車載斗量，不可勝數。」毛前表魯肅、呂蒙是借君誇臣，此却單就臣説。二音所。丕嘆曰：「『使於四方，不辱君命』，卿可以當之矣。」於是即降詔，命太常〔一五〕

〔一一〕「現」，光本作「眼」。「妙甚」，致本同，其他毛校本倒作「甚妙」。

〔一二〕此句及後句「吳侯」，原皆作「吳王」，致本、周本、夏本、贊本同；其他毛校本作「吳主」。按：據《三國志·吳書·吳主傳》裴注引《吳書》，曹丕與趙咨對話在封孫權吳王後，《演義》移至封王前，故與後文矛盾。向魏帝稱臣，而稱孫權爲「主」不妥，作「吳侯」是，前文亦作「吳侯」。據嘉本改。

〔一三〕「大」字原闕，據毛校本補。

〔一四〕「卿」，原作「大夫」，古本同。按：同本回校記〔七〕，據後文改。

〔一五〕「常」下原有「卿」，古本同。按：《三國志·魏書·文帝紀》：「使太常邢貞持節拜權爲大將軍，封吳王，加九錫。」據删，後同。

邢貞賫册，封孫權爲吴王，加九錫。【毛】【漁】與前曹操加九錫，相反而相對。趙咨謝恩出城。侍中〔一六〕劉曄諫曰：「今孫權懼蜀兵之勢，故來請降。以臣愚見，蜀吴交兵，乃天亡之也。今若遣上將提數萬之兵，渡江襲之，蜀攻其外，魏攻其内，吴國之亡，不出旬日。吴亡則蜀孤矣。陛下何不早圖之？」【毛】劉曄勸滅吴，非所以助蜀，正所以圖蜀，可見二國之不宜相惡也。【贊】極是。〔一七〕【鍾】劉曄亦是良策。【漁】「唇亡齒寒」，此之謂也。丕曰：「孫權既以禮服朕，朕若攻之，是沮天下欲降者之心，不若納之爲是。」劉曄又曰：「孫權雖有雄才，乃殘漢驃騎將軍、南昌侯之職。官輕則勢微，尚有畏中原之心，若加以王位，則去陛下一階耳。【贊】【鍾】（□□□□）彼獨不能自稱帝乎？今陛下信其詐降，崇其位號，以封殖之，是與虎添翼也。」【毛】此則書生之見耳。魏即不封吴，吴豈不能自王哉？〈【毛】【漁】〉魏之帝可僭，吴之王何不可僭？（何必用曹丕封哉。）【贊】是。〔一八〕【鍾】亦情理必至。丕曰：「不然。朕不助吴，亦不助蜀。待看吴蜀交兵，若滅一國，止存一國，那時除之，有何難哉？【毛】劉曄是踏沉船，曹丕是看冷鋪。朕意已决，卿勿復言。」遂命太常邢貞，同趙咨捧執册錫，逕至東吴。

却説孫權聚集百官，商議禦蜀兵之策。忽報：「魏帝封主公爲王，禮當遠接。」顧雍諫曰：「主公宜自稱上將軍、九州伯之位，不當受魏帝封爵。」【毛】蓋以〔一九〕自稱則雖「伯」猶榮，受封則雖「王」亦辱耳。【贊】極是。【鍾】不受他封爵極是，顧雍高見。權曰：「當日沛公【二】補註漢高祖未爲帝時稱沛公。受項羽之封，蓋因時也，何故却之？」【毛】亦解嘲語。遂率百官出城迎接。【毛】孫權出醜。【漁】孫權此時不但〔二〇〕大失氣象，而且大出醜矣。邢貞自恃上國天使，入門不下車。張昭大

〔一六〕「侍中」，原作「大夫」，古本同。按：《三國志·魏書·劉曄傳》：「黄初元年，以曄爲侍中，賜爵關内侯。」據改。

〔一七〕綠本脱此句贊批。

〔一八〕綠本脱此句及後四句贊批。

〔一九〕「以」，光本作「權」。

〔二〇〕「但」，原作「旦」，據衡校本改。

怒，厲聲曰：「禮無不敬，法無不肅，而君敢自尊大，豈以江南無方寸之刃耶？」【毛】【漁】與秦宓之叱簡雍彷佛相似。〈毛〉○子布此時頗有胆〔二一〕氣。邢貞慌忙下車，與孫權相見，【毛】趙咨足以服魏君，張昭足以服魏臣。並車入城。忽車後一人放聲哭曰：「吾等不能奮身捨命，爲主併魏吞蜀，乃令主公受人封爵，不亦辱乎！」衆視之，乃徐盛也。【毛】【漁】趙咨之後有張昭，不（謂）（意）張昭之後又有徐盛。【贊】【鍾】徐盛大通。邢貞聞之，歎曰：「江東將相如此，終非久在人下者也！」

却說孫權受了封爵，衆文武官僚拜賀已畢，【贊】【鍾】有何可賀（，不羞）？命收拾美玉明珠等物，遣人賫進謝恩。【毛】【漁】（孫權）醜極。早有細作報說：「蜀主引本國大兵及蠻王沙摩柯番兵數萬，又有洞溪漢將杜路、劉寧二枝兵，水陸並進，聲勢震天。水路軍已出巫口，旱路軍已到秭【二】音子。歸。」【六】巫口，（地名，）屬四川巫山。秭歸，（地名，）屬湖廣歸州。【嘉】地名。時孫權雖登王位，奈魏主不肯接應，【毛】王位、九錫豈足以彈壓蜀兵乎？一笑。乃問文武曰：「蜀兵勢大，當復如何？」衆皆默然。權嘆曰：「周郎之後有魯肅，魯肅之後有呂蒙，今呂蒙已亡〔二二〕，無人與孤分憂也。」【毛】【漁】此是激將之語。言未畢，忽班部中一少年將奮然而出，伏地奏曰：「臣雖年幼，頗習兵書。願乞數萬之兵，以破蜀兵。」權視之，乃孫桓也。桓字叔武，其父名河，本姓俞氏，【毛】與劉封本姓寇正復相似。孫策愛之，賜姓孫，因此亦係吴王宗族。河生四子，桓居其三〔二三〕，弓馬熟閑，常從吴王征討，累立奇功，官授安東中郎將〔二四〕，時年二十五歲。

〔二一〕「胆」，商本作「壯」。

〔二二〕「亡」，光本作「死」。

〔二三〕「三」，原作「長」，古本同。按：《三國志·吴書·宗室傳》裴注引《吴書》曰：「河有四子。長助，曲阿長。次誼，海鹽長。並早卒。次桓。」據改。

〔二四〕「累立」，光本作「屢立」，周本作「累歷」。「官」，齋本、光本脱。「安東中郎將」，原作「武衛都尉」，古本同。按：《三國志·吴書·宗室傳》：「年二十五，拜安東中郎將。」後文第八十三回亦作「孫安東」。據改。

毛百忙中補敘孫桓來歷。權曰：「汝有何策勝之？」桓曰：「臣有大將二員：一名李異，一名謝旌，俱有萬夫不當之勇。乞數萬之衆，往擒劉備。」毛漁（不過）恃二勇夫，便不是良策。鍾亦是說得好聽。權曰：「姪雖英勇，爭奈年幼，必得一人相助方可。」昭武將軍[二五]朱然出曰：「臣願與小將軍同擒劉備。」權許之，遂點水陸軍五萬，封孫桓爲左都督，朱然爲右都督，毛與前遣[二六]周瑜、程普爲左右，遥相對照。即日起兵。哨馬探得蜀兵已至宜都六宜都，（今）（縣名，即今）（屬）湖廣荆州府（夷陵州宜都縣是也）。下寨，孫桓引二萬五千馬軍[二七]屯於宜都界口，前後分作三營，以拒蜀兵。

却説蜀將吴班領先鋒之印，自出川以來，所到之處，望風而降，兵不血刃，直到宜都，探知孫桓在彼下寨，飛奏先主。時先主已到秭歸，聞奏怒曰：「量此小兒，安敢與朕抗耶！」毛少年有可輕，有不可輕。此處以少年輕孫桓則可，後文以少年輕陸遜則不可。漁後來陸遜亦是少年。關興奏曰：「既孫權令此子爲將，不勞陛下遣大將，臣願往擒之。」毛漁以少年敵少年。先主曰：「朕正欲觀汝壯氣。」即命關興前往。興拜辭欲行，張苞出曰：「既關興前去討賊，臣願同行。」毛以兩少年敵一少年。先主曰：「二姪同去[二八]甚妙，但須謹慎，不可造次。」二人拜辭先主，會合先鋒，一同進兵，列成陣勢。孫桓聽知蜀兵大至，合寨多起。兩陣對圓，桓[二九]領李異、謝旌立馬於門旗之下，見蜀營中擁出二員大將，皆銀盔銀鎧，白馬白旗：上首張苞，挺丈八點鋼矛；下首關興，横着大砍刀。毛漁（再）就吴將眼中寫出二小將聲勢。贊又换一番人物矣。雖然，此便見得〈贊鍾〉（有此二子，）雲長、翼德未嘗死也。苞大駡曰：「孫桓

[二五]「昭武將軍」，原作「虎威將軍」，古本同。按：《三國志·吴書·朱然傳》：「遷昭武將軍，封西安鄉侯。」據改。
[二六]「遣」，貫本作「遺」，形訛。
[二七]「馬軍」，商本倒作「軍馬」。
[二八]「去」，明四本無，商本作「行」。
[二九]「桓」上，齋本、光本有「孫」字。

豎子！死在臨時，尚敢抗拒天兵乎！」桓亦罵曰：「汝父已作無頭之鬼，今汝又來討死，好生不智！」張苞大怒，挺鎗直取孫桓。毛此處獨寫張苞出頭，未寫關興。桓背後謝旌驟馬來迎。兩將戰有三十餘合，旌敗走，苞乘勝〔三〇〕趕來。李異見謝旌敗了，慌忙拍馬輪蘸金斧接戰。張苞與戰二十餘合，不分勝負。毛漁寫張苞連戰二將（，又未寫關興）。吴軍中裨〔三一〕將譚雄，見張苞英勇，李異不能勝，却放一冷箭，正射中張苞所騎之馬。那馬負痛奔回本陣，未到門旗邊，撲地便倒，將張苞掀在地上。李異急向前輪起大斧，望張苞腦袋便砍。毛故作驚人之筆。忽一道紅光閃處，李異頭早落地。毛讀至此，疑有神助。及閱下文，方知是人不是鬼。漁在讀者此時，疑有神助，及看後文，先斬其將，後見其人。筆法奇甚。原來關興見張苞馬回，正待接應，忽見張苞馬倒，李異趕來，興大喝一聲，劈李異於馬下，毛此處關興突然而出，却先見斬將，後見其人，筆法奇甚。救了張苞。乘勢掩殺，孫桓大敗。鍾興、苞二人的是桃園兄弟子矣。各自鳴金收軍。

次日，孫桓又引軍來。張苞、關興齊出。關興立馬於陣前，單搦孫桓交鋒。毛此寫關興。桓大怒，拍馬揮〔三二〕刀，與關興戰三十餘合，氣力不加，大敗回陣。二小將追殺入營，吴班引着張南、馮習驅兵〔三三〕掩殺。張苞奮勇當先，殺入吴軍，正遇謝旌，被苞一矛刺死。毛此寫張苞。吴軍四散奔走。蜀將得勝收兵〔三四〕，只不見了關興。毛漁忽然突出，又忽然不見，寫得關興奇妙。張苞大驚曰：「安國三補註（安國，關）興（之）字（也）。有失，吾不獨生！」毛此又寫張苞。〔三五〕贊鍾二子真不愧其父。〔三六〕

〔三〇〕「三」，澹本作「一」，光本、商本作「二」。「勝」，商本作「勢」，明四本作「虛」。
〔三一〕「裨」，原作「稗」，其他毛校本同，據光本、明四本改。
〔三二〕「揮」，貫本作「輪」。
〔三三〕「驅兵」，齋本、光本脱。
〔三四〕「兵」，商本作「軍」。
〔三五〕齋本、光本脱此句毛批。
〔三六〕「二」「愧」，緑本闕。

言訖，綽鎗上馬。尋不數里，只見關興左手提刀，右手活挾一將。【毛】此又寫關興。苞問曰：「此是何人？」興笑答曰：「吾在亂軍中正遇讐人，故生擒來。」苞視之，乃昨日放冷箭的譚雄也。【漁】寫二小將神勇。苞大喜，同回本營，斬首瀝血，祭了死馬。【毛】【贊】【鍾】（做了）（做了）豪傑的馬，即死也不漫然〔三七〕。【漁】殺射馬之人祭馬，文法愈幻。遂寫表差人赴先主處報捷。孫桓折了李異、謝旌、譚雄等許多將士，力窮勢孤，不能抵敵，即差人回吳求救。蜀將張南、馮習謂吳班曰：「目今吳兵勢敗，正好乘虛劫寨。」班曰〔三八〕：「孫桓雖然折了許多將士，朱然水軍見今結營江上，未曾損折。【毛】朱然一軍不見厮殺，在吳班口中補敘出來。今日若去劫寨，倘水軍上岸，斷我歸路，如之奈何？」南曰：「此事至易，可教關、張二將軍，各引五千軍伏於山谷中，如朱然來救，左右兩軍齊出夾攻，必然取勝。」【毛】【漁】（張）南亦能軍。班曰：「不如先使小卒詐作降兵，却將劫寨事告與〔三九〕朱然。然見火起，必來救應，却令伏兵擊之，則大事濟矣。」【毛】前寫過興、苞，此又寫吳班三將。【贊】【鍾】這一班人都用得。馮習等大喜，遂依計而行。

却說朱然聽知孫桓損兵折將，正欲來救，忽伏路軍引幾箇小卒上船投降。然問之，小卒曰：「我等是馮習帳下士卒，因賞罰不明，特來投降，就報機密。」然曰：「所報何事？」小卒曰：「今晚馮習乘虛要劫孫將軍營寨，約定舉火爲號。」朱然聽畢，即使人報知孫桓，報事人行至半途，被關興殺了。【毛】假報了朱然，真報偏不許報孫桓。朱然一面商議，欲引兵去救應孫桓。部將崔禹曰：「小卒之言，未可深信。倘有疎虞，水陸二軍盡皆休矣。將軍只宜穩守水寨，某願替將軍一行。」【毛】【漁】是朱然替死鬼。然從之，遂令崔禹引一萬軍前去。是夜，馮習、張南、吳班分兵三路，直殺入孫桓寨中，四面火起，吳兵

〔三七〕毛批「漫然」，光本作「枉死」。
〔三八〕「班曰」，商本脫，明四本作「習曰」。
〔三九〕「與」，商本作「知」。

大亂，尋路奔走。且說崔禹正行之間，忽見火起，急催兵前進。剛纔轉過山來，忽山谷中鼓聲大震：左邊關興，右邊張苞，兩路夾攻。崔禹大驚，方欲奔走，正遇張苞，交馬只一合，被苞生擒而回。【毛】【漁】關興殺一人、擒一人，張苞亦殺一人、擒一人，（二人功勳）（功勞）正是相對。〈毛〉〇關興擒譚雄用虛寫，張苞擒崔禹用實寫，又自不同。[四〇]【鍾】興、苞兩英勇也，或亦二父默助之歟？朱然聽知危急，將船往下水退五六十里去了。【毛】此寫吴兵水路。孫桓引敗軍逃走，問部將曰：「前去何處城堅糧廣？」部將曰：「此去正北彝陵城可以屯兵。」桓引敗軍急望彝陵而走。【毛】此寫吴兵陸路。方進得城，吴班等追至，將城四面圍定。關興、張苞等解崔禹到秭歸來。先主大喜，傳旨[四一]就將崔禹斬却，大賞三軍。自此威風震動，江南諸將無不膽寒。

却說孫桓令人求救於吴王，吴王大驚，即召文武商議曰：「今孫桓受困於彝陵，朱然大敗於江中，蜀兵勢大，如之奈何？」張昭奏曰：「今諸將雖多物故，【三】考證 此時程普、黄蓋、蔣欽皆已病亡。然尚有十餘人，何慮於劉備？可命韓當爲正將，周泰爲副將，潘璋爲先鋒，凌統爲合後，甘寧爲救應，起兵十萬拒之。」權依所奏，即命諸將速行。此時甘寧已患痢疾，帶病從征。【毛】【漁】爲後文死于江邊伏線。

却說先主從巫峽、建平起，直接彝陵界，分七百餘里[四二]，【二】巫峽、建平，俱地名，屬四川巫山[四三]。連結四十餘寨，見關興、張苞[四四]屢立大功，嘆曰：「昔日從朕諸將皆老邁無用矣，復有二姪如此英雄，朕何慮孫權乎？」【毛】重少輕老，則失之

〔四〇〕句尾，齋本、光本有「甚妙」二字。

〔四一〕「傳旨」，齋本脱。

〔四二〕「七百餘里」，原作「七十餘里」，古本同。按：後文作「七百」；《三國志·魏書·文帝紀》：「樹柵連營七百餘里。」據改。

〔四三〕周、夏批「四川巫山」，原作「夷陵歸州」。按：《一統志》：四川夔州府「巫峽，在巫山縣東三十里，即巫山也。」夷陵州、歸州屬湖廣荆州府。《水經注》卷三十四《江水二》：「吴孫休分爲建平郡，治巫城。」本回前文「巫口」醉本眉注、周、夏批、贊本系夾注曰「屬四川巫山」。據前文改。

黃忠，重老輕小，則失之陸遜。正言間，忽報韓當、周泰領兵來到。先主方欲遣將迎敵，近臣奏曰：「老將黃忠引五六人投東吳去了。」先主笑曰：「黃漢升非反叛之人也。因朕失口誤言老者無用，彼必不服老，故奮力去相持矣。」毛漁 先主之信（漢升）（黃忠），與孫權之信子瑜，前後（恰好）相對。贊 漢升知己。〔四五〕鍾 先主、漢升，足稱知己。即召關興、張苞曰：「黃漢升此去，必然有失。賢姪休辭勞苦，可去相助。略有微功，便可令回，勿使有失。」二小將拜辭先主，引本部軍來助黃忠。正是：

老臣素矢忠君志，年少能成報國功。

未知黃忠此去如何，且看下文分解。

諸葛瑾、趙咨、顧雍、徐盛各各可用，獨有張昭、孫權并諸人都不長進耳。

或曰：關興、張苞如此英勇，皆雲長、翼德虛空扶助，故有此耳。未知和尚謔〔四六〕之曰：「緣何尊公不扶助公？」一座大笑。未知和尚又曰：「想是尊公扶助公，所以公有此語。」一座又大笑。

關、張英雄蓋世，二子亦武勇過人。將本有種，得興、苞而關、張不死；然得興、苞而關、張亦可以死矣。

〔四四〕「關興張苞」，齋本作「關興」，光本作「興苞」。
〔四五〕贊校本脱此句贊批。
〔四六〕「謔」，原作「譃」，贊校本同。按：「譃」字不通，疑「謔」之訛，酌改。

第八十三回

戰猇亭先主得讐人　守江口書生拜大將

（三）（猇，）音梟。

關公顯聖，不一而足，前文既追呂蒙，此回又擒潘璋。或疑爲演義糊點，未必其事之果然，而不知無庸疑也。即公之不没於今日，可以信其不没於當年。以爲有關公，何處是關公？以爲無關公，何處非關公？豈必拜像瞻圖，見赤面長髯者，而後謂之關公哉！「是氣所磅礴，凜烈萬古存〔一〕。」殆無日不有一關公在天地，無日不有一關公在人心耳。

潘璋之死，妙在關公顯聖；糜芳、傅士仁、馬忠之死，又妙在不必關公顯聖。若必待關公顯聖而後獲之，則不勝其顯聖矣。且孫權、陸遜亦當顯聖以殺之，連營七百里之失，亦當顯聖以告之，而全蜀之師可不動，先主之兵可不敗，魚腹浦之八陣圖可不設矣。《三國志》本以紀人事，豈盡如《西遊記》仗孫行者之神通，賴南海觀音之相救乎？雖然，糜芳之欲降，馬忠之被刺，關公之靈實式憑焉，則亦謂之關公之顯聖可也。不寧惟是，即孫權之縛送范疆、張達，安知非翼德之靈實使其然，則亦謂之翼德顯聖可也。

觀先主之伐孫權，而知其必不赦糜芳也。不以孫夫人之尚在而寬孫權，豈肯以糜夫人之既死而赦糜芳乎？又觀先主之殺糜芳，而知其必不釋東吳也。不以殉難而亡之糜夫人而赦其弟，豈肯以不告而歸之孫夫人而恕其兄乎？凡人妻子之情，每足奪其兄弟之情；而愛兄弟之情，每不如其愛妻子之情。觀於先主亦可以

〔一〕「存」上，光本、商本有「長」字。

風矣。

書生而有大將之才，不得以書生目之。亦惟書生而有大將之才，則正以其書生而取之。郤縠〔二〕悦禮樂而敦《詩》《書》，晉之名將一書生也；張巡讀書過目不忘，唐之名將一書生〔三〕也；岳飛雅歌〔四〕投壺，孟珙〔五〕掃地焚香，宋之名將一書生也。每怪今人以書生相詬詈，見其人之文而無用者，輒笑之爲書生氣。試觀陸遜之爲書生，奈何輕量書生哉？

從來未有不忍辱而能負重者：韓信非爲胯下之夫，則不能成興漢之烈；張良非進圯橋之履，則不能成報韓之功。又未有不能負重而能忍辱者：子胥惟懷破楚之略，故能乞食於丹陽；范蠡惟懷沼〔六〕吴之謀，故甘受屈於石室。古今大有爲之人，一生力量，只在「負重」二字；一生學問，只在「忍辱」二字。熟讀一卷《老子》，便當得一卷《陰符經》。

愛老而不愛少者，不可以用才；愛少而不愛老者，亦不可以用才。孔明之用黄忠，非以其老而用之也，直以爲是請纓之終軍、破浪之宗慤、三表五餌之賈誼而用之也。闞澤之薦陸遜，非以其少而薦之也，直以爲是皓首之子牙、白髮之充國、耆英之文彦博而薦之也。總之人而才，則老亦可，少亦可；人而不才，則老亦不可，少亦不可。但當論其才與不才，不當論其少與不少云。

〔二〕「郤縠」，原作「先軫」，致本、業本、貫本、澹本同。按：《左傳·僖公二十七年》：「趙衰曰：『郤縠可。臣亟聞其言矣，説禮、樂而敦《詩》《書》。《詩》《書》，義之府也；禮、樂，德之則也。德、義，利之本也。』」郤縠，晉國儒將。據其他毛校本改。

〔三〕「書生」，光本倒作「生書」。

〔四〕「雅歌」，原作「歌雅」，致本、業本、貫本、齊本同。按：《宋史·岳飛傳》：「好賢禮士，覽經史，雅歌投壺，恂恂如書生。」據其他毛校本乙正。

〔五〕「珙」，貫本、澹本、光本、商本作「琪」，形訛。

〔六〕「沼」，原作「治」，致本同。按：《左傳·哀公元年》：「二十年之外，吴其爲沼乎。」杜預注曰：「謂吴宮室廢壞，當爲汚池。爲二十二年越入吴起本。」「沼吴」意爲滅吴，據其他毛校本改。

周郎之戰赤壁，龐統與有力焉。呂蒙之襲荆州，陸遜亦與有力焉。乃魯肅薦統，而孫權不聽；闞澤薦遜，而孫權聽之。豈信魯肅不如其信闞澤哉？亦前後之勢有不同耳。一當赤壁大勝之後，故氣驕而言難入；一當猇亭新敗之日，故心小而謀易從也。

却説章武二年春正月，毛 正月敘起，時序分明。後〔七〕將軍黃忠隨先主伐吳，忽聞先主言老將無用，即提刀上馬，引親隨五六人，逕到彝陵營中。毛 此老倔强猶昔。吳班與張南、馮習接入，問曰：「老將軍此來，有何事故？」忠曰：「吾自長沙跟天子到今，多負勤勞。今雖七旬有餘，尚食肉十斤，臂開二石之弓，能乘千里之馬，未足爲老。贊 鍾（漢升）壯甚。昨日主上言吾等老邁無用，故來此與東吳交鋒，看吾斬將，老也不老！」毛 漁 黃忠不服老，陸遜不服少，（正）與後文相對。正言間，忽報吳兵前部已到，哨馬臨營。忠奮然而起，出帳上馬。馮習等勸曰：「老將軍且休輕進。」忠不聽，縱馬而去。吳班令馮習引兵助戰。忠在吳軍陣前，勒馬橫刀，單搦先鋒潘璋交戰，毛意在得仇人。
璋引部將史蹟出馬。蹟欺忠年老，挺鎗出戰，鬬不三合，被忠一刀斬於馬下。潘璋大怒，揮關公使的青龍刀，毛 漁（爲前孫權賜刀照應，）爲後關興得刀伏筆。來戰黃忠。交馬數合，不分勝負。忠奮力惡〔八〕戰，璋料敵不過，撥馬便走。忠乘勢追殺，全勝而回。毛 第一日黃忠不老。路逢關興、張苞，興曰：「我等奉聖旨來助老將軍。既已立了功，速〔九〕請回營。」忠不聽。次日，潘璋又來搦戰，黃忠奮然上馬。興、苞二人要助戰，忠不從；吳班要助戰，忠亦不從；毛 譬之善弈棋者，有人從旁幫之，雖贏不喜。贊 鍾 壯哉！將軍何言

〔七〕「後」上原有「武威」，毛校本、周本、夏本、贊本同；嘉本有「虎威」。按：《三國志·蜀書·黃忠傳》作「後將軍」。據刪。
〔八〕「惡」，齋本、光本作「戀」，滄本作「狠」。
〔九〕「立了功速」四字原闕，據毛校本補。

老也。【漁】老兒倔强。只自引五千軍出迎。戰不數合，璋拖刀便走。忠縱馬追之，厲聲大叫曰：「賊將休走！吾今爲關公報讎！」【毛】第二日黄忠又不老。追至三十餘里，四面喊聲大震，伏兵齊出：右邊周泰，左〔一〇〕邊韓當，前有潘璋，後有凌統，把黄忠困在垓心。忽然狂風大起，忠急退時，山坡上馬忠引一軍出，一箭射中黄忠肩窩，險些兒落馬。【毛】【漁】中箭後（偏能）不〔一一〕落馬，（亦）（也）是他不老處。吴兵見忠中箭，一齊來攻。【毛】讀者至此，爲黄忠着急。忽後面喊聲大起，兩路軍殺來，吴兵潰散，救出黄忠，乃關興、張苞也。【毛】來得突兀，寫得聲勢。【漁】寫二小將聲勢。二小將保〔一二〕送黄忠逕到御前營中。忠年老血衰，箭瘡痛裂，病甚沉重。【贊】漢升真正不老，可敬也。先主御駕自來看視，撫其背曰：「令老將軍中傷，朕之過也！」忠曰：「臣乃一武夫耳，幸遇陛下。臣今年七十有五，壽亦足矣。望陛下善保龍體，以圖中原！」【毛】不以江東〔一三〕爲重，而以中原爲重，與趙雲一樣見識。言訖，不省人事。是夜殞於御營。後人有詩嘆曰〔一四〕：

老將說黄忠，收川立大功。
重披金鎖甲，雙挽鐵胎弓。
膽氣驚河北，威名鎮蜀中。
臨亡頭似雪，猶自顯英雄。【贊】【鍾】漢升不死。〔一五〕

先主見黄忠氣絶，哀傷不已，勅具棺槨，葬於成都。先主嘆曰：「五虎大將，已亡三人。朕尚不能復讎，深可痛哉！」【毛】又因黄忠并念關、張，畢竟黄忠是客，關、張是主。【漁】因黄忠死，復念及關、張。乃引御林軍直至猇亭，大會諸將，分軍八路，水陸俱進。水路令黄權領兵，先主自率大軍於旱路進發：時章

〔一〇〕「右」「左」，光本易作「左」「右」。
〔一一〕毛批「後偏能不」，齊本作「故偏不能」，光本作「後偏不能」。
〔一二〕「保」字原闕，據毛校本補。
〔一三〕「江東」，澹本作「江南」，光本、商本作「東吴」。
〔一四〕毛本後人嘆黄忠詩改自贊本；鍾本、漁本同贊本；贊本同明三本。
〔一五〕贊批吴本闕首二字。

武二年二月中旬也。【毛】自正月序至二月，時序分明，正爲下文夏月燒營伏線。

韓當、周泰聽知先主御駕來征，引兵出迎。【毛】孫權屢次自臨陣前，獨至此時不敢出面，可謂怯矣。兩陣對圓〔一六〕，韓當、周泰出馬，只見蜀營門旗開處，先主自出，黄羅銷金傘蓋，左右白旄黄鉞，金銀旌節，前後圍繞。【毛】自爲帝之後，須此一番渲染，〈【毛】【漁】〉與受魏九錫者不同。當大叫曰：「陛下今爲蜀主，何自輕出？倘有疎虞，悔之何及！」【贊】【鍾】韓當〔一七〕亦雅致。先主遥指罵曰：「汝等吳狗，傷朕手足，誓不與立於天地之間！」當回顧衆將曰：「誰敢衝突蜀兵？」部將夏恂挺鎗出馬。先主背後張苞挺丈八矛縱馬而出，大喝一聲，直取夏恂。恂見苞聲若〔一八〕巨雷，心中驚懼，恰待要走，周泰弟周平見恂抵敵不住，揮刀縱馬而來。關興見了，躍馬提刀來迎。張苞大喝一聲，一矛刺中夏恂，倒撞下馬。周平大驚，措手不及，被關興一刀斬了。【毛】【漁】此處雙寫二將。二小將便取韓當、周泰，韓、周二人慌退〔一九〕入陣。先主見〔二〇〕之，嘆曰：「虎父無犬子也！」【毛】先主處處念着兄弟，又與関公「虎女」「犬子」語遥遥相應。【鍾】虎生虎（兒）。用御鞭一指，蜀兵一齊掩殺過去，吳兵大敗。那八路兵勢如泉湧，殺的那吳軍屍横遍野，血流成河。

却説甘寧正在船中養病，聽知蜀兵大至，火急上馬，正遇一彪蠻兵，人皆披髮跣足，皆使弓弩長鎗，傍〔二一〕牌刀斧，爲首乃是番王沙摩柯，生得面如噀血，碧眼突出，使一箇鐵蒺藜骨朵，腰帶兩張弓，威風抖擻。【毛】【漁】寫得番王可畏，早爲（南蠻）孟獲伏筆。甘寧見其勢大，不敢交鋒，撥馬而走，被沙摩柯一箭射中頭顱。寧帶箭而走，【毛】甘寧病中中箭，猶

〔一六〕「圓」，光本作「面」。
〔一七〕贊批「韓當」，吳本闕「韓」，緑本作「明一」。
〔一八〕「若」，商本作「如」。
〔一九〕「退」，商本作「忙」。
〔二〇〕「見」，致本同，其他毛校本作「視」。
〔二一〕「傍」，原作「搪」，毛校本同。按：傍牌，盾牌也。據明四本改。

能帶箭而走。黃忠雖老不老，甘寧雖病不病，兩人雖死不死矣。到於[二二]富池口，【五】富池口，（地名，今）屬湖廣武昌府興國州江口（是也）。坐於大樹之下而死。樹上羣鴉數百，圍繞其屍。吳王聞之，哀痛不已，具禮厚葬，立廟祭祀。【贊】亦一奇事。【毛】【五】考證 至今富池口有甘興霸廟，往來客商祭祀（極靈）（顯靈），有神鴉送客一程（，乃是神人感應也）（，乃神人感應）。[二三]後人有詩嘆曰[二四]：

巴郡[二五]甘興霸，長江錦幔舟。
酬君重知己，報友化仇讐。
劫寨將輕騎，驅兵飲巨甌。
神鴉能顯聖，香火永千秋。

却說先主乘勢追殺，遂得猇亭，吳兵四散逃走。先主收兵，只不見關興。【毛】【漁】（第二次）（此處）又不見關興，寫得出[二六]没不測。先主慌令張苞等四面跟尋。原來關興殺入吳陣，正遇讐人潘璋，驟馬追之。【鍾】好箇關興。璋大驚，奔入山谷內，不知所往。興尋思只在山裏，往來尋覓不見。看看天晚，迷踪失路。幸得星月有光，【毛】正與二月中旬相應，用筆閒警[二七]。追至山僻之間，時已二更，到一莊上，下馬叩門。一老者出問何人，興曰：「吾是戰將，迷路到此，求一飯充飢。」老人引入，興見堂內點着明燭，中堂繪畫關公神像，【毛】【漁】（禮拜関公）當年（便已）如此，何況今日（乎）？興大哭而拜。老人問曰：「將軍何故哭拜？」興曰：「此吾父也。」老人聞言，即便下拜。興曰：「何故供養[二八]吾父？」老人答曰：「此間皆是尊神地方。在生之日，家家

[二二]「於」，光本作「得」。
[二三]按：此句批語，漁本作正文。
[二四]毛本後人嘆甘寧詩改自贊本；鍾本同贊本，贊本同明三本；漁本無。
[二五]「巴郡」，原作「吳郡」，毛校本同。按：《三國志·吳書·甘寧傳》及前文第三十八回皆作「字興霸，巴郡臨江人也」。據明四本改。
[二六]毛批「出」上，齋本、光本有「他」字。
[二七]「閒警」，商本作「甚緊」。
[二八]「養」，商本作「着」。

侍奉〔二九〕，何況今日爲神乎？毛近來造生祠者，生則祠之，没則已焉，與関公大不同矣。老夫只望蜀兵早早報讐。今將軍到此，百姓有福矣。」遂置酒食待之，卸鞍喂馬。三更已後，忽門外又〔三〇〕一人擊户。老人出而問之，乃吴將潘璋亦來投宿。毛漁（此之謂狹路相逢，〈毛〉天道之巧，往往如此，可不畏哉！贄鍾是則雲長之靈〔三一〕矣。恰入草堂，關興見了，按劍大喝曰：「反賊休走！」璋回身便出。忽門外一人，面如重棗，丹鳳眼，卧蠶眉，飄三縷美髯，緑袍金鎧，按劍而入。毛潘璋門外所見，與老人堂中所供，有兩關公乎？曰是一，不是二。漁関公雖死之日，猶生之年也，寧不畏哉？璋見是關公顯聖，大叫一聲，神魂驚散；欲待轉身，早被關興手起劍落，斬於地上，取心瀝血，就關公神像前祭祀。毛非關興殺之，而關公殺之也。贄大快大暢事也。鍾大快人心。興得了父親的青龍偃月刀，毛大刀亦「大刀環」〔三二〕矣。却將潘璋首級，拴〔三三〕於馬項之下，辭了老人，就騎了潘璋的〔三四〕馬，望本營而來。老人自將潘璋之屍，拖出燒化。毛細甚。

且説關興行無數里，忽聽得人言〔三五〕馬嘶，一彪軍來到，爲首一將乃潘璋部將馬忠也。毛漁又（恰好〔三六〕）遇着讐人。忠見興殺了主將潘璋，將首級拴於馬項之下，青龍刀又被興得〔三七〕了，勃然大怒，縱馬來取關興。興〔三八〕見馬忠是害父讐人，氣沖牛斗，舉青龍刀望忠便砍。忠部下三百軍併力上

〔二九〕「侍奉」，齊本、光本倒作「奉侍」。

〔三〇〕「又」，光本作「有」。

〔三一〕贄批「靈」，緑本作「林」。

〔三二〕「大刀環」，光本作「有刀環」。

〔三三〕「拴」，原作「攮」，致本、業本、貫本、澮本同；其他毛校本作「擐」。按：「攮」同「閂」，別字；「擐」，形訛。據明四本改，後一處同。

〔三四〕「的」，光本作「之」。

〔三五〕「言」，光本作「喊」。

〔三六〕「又恰好」，光本倒作「恰好又」。

〔三七〕「得」，光本作「奪」。

〔三八〕「興」，商本作「一」。

前，一聲〔三九〕喊起，將關興圍在垓心。興力孤勢危，毛漁讀者至此，又必謂關公（此時）顯聖（殺馬忠）矣。忽見西北上一彪軍殺來，乃是張苞。馬忠見救兵到來，慌忙引軍自退。關興、張苞一處〔四〇〕趕來。趕不數里，前面糜芳、傅士仁引兵來尋馬忠，兩軍相合，混戰一處。苞、興二人兵少，慌忙徹退，毛此時馬忠即死，糜芳、傅士仁一併就擒，豈不甚快。然事如此，便不曲；文如此，便不奇。回至猇亭，來見先主，獻上首級，具言此事。先主驚異，漁不但先主驚異，千百世後人亦快心。賞犒三軍。

却說馬忠回見韓當、周泰，收聚敗軍，各分頭守把，軍士中傷者不計其數。馬忠帶〔四一〕傅士仁、糜芳於江渚屯劄。當夜三更，軍士皆哭聲不止。毛既寫老人，又寫衆軍，想見關公舊德不泯。糜芳暗聽之，有一夥軍言曰：「我等皆是荊州之兵，被呂蒙詭計送了主公性〔四二〕命，今劉皇叔御駕親征，東吳早晚休矣。所恨者，糜芳、傅士仁也。我等何不殺此二賊，去蜀營投降，功勞不小。」贊有靈有靈。又一夥軍言曰：「不要性急，等箇空兒，便就下手。」毛聽得歷歷分明，聲聲仔細，與蔣幹聽周瑜，先主聽徐庶，更是〔四三〕不同。糜芳聽畢，大驚，遂與傅士仁商議曰：「軍心變動，我二人性命難保。今蜀主所恨者馬忠耳，何不殺了他，將首級去獻蜀主？毛漁（此時）不消關公顯聖，却假手于糜芳，（乃）（可）見天道之巧。贊鍾有靈有靈。告稱：『我等不得已而降吳，今知御駕前來，特地詣營請罪。』」仁曰：「不可。去必有禍。」芳曰：「蜀主寬仁厚德，目今阿斗太子是我外甥，彼但念我國戚之情，必不肯加害。」毛有此數語，愈見不文先主之篤于兄弟也。贊鍾這都〔四四〕是雲長之靈所爲（也）。二人計較已定，先備了馬。三

〔三九〕「聲」，商本作「聯」。
〔四〇〕「處」，光本作「同」。
〔四一〕「帶」，商本作「引」。
〔四二〕「性」，光本訛作「姓」，後一處同。
〔四三〕「是」，齋本、光本作「自」。
〔四四〕贊批「都」，綠本訛作「者」。

更時分，入帳刺殺馬忠，將首級割了，二人帶數十騎，逕投猇亭而來。毛糜、傅之殺馬忠，與范、張之刺張飛，相類而相反。伏路軍人先引見張南、馮習，具說其事。次日，到御營中來見先主，獻上馬忠首級，哭告於前曰：「臣等實無反心；被呂蒙詭計，稱言關公已亡，賺開城門，臣等不得已而降。今聞聖駕前來，特殺此賊，以雪陛下之恨。伏乞陛下恕臣等之罪。」毛糜芳之重投先主，與劉封之不降曹操，又相類而相反。先主大怒曰：「朕自離成都許多時，你兩箇如何不來請罪？今日勢危，故來巧言，欲全性命！朕〔四五〕若饒你，至九泉之下，有何面目見關公乎！」毛更不思九泉之下有糜夫人。贄鍾極是。言訖，令關興在御營中設關公靈位。先主親捧馬忠首級，詣前祭祀。毛一箇死三牲。又令關興將糜芳、傅士仁剝去衣服，跪於靈前，親自用刀剮之，以祭關公。毛兩箇活三牲。贄鍾大暢大快事也。漁糜、傅二人親自送上門作祭品。妙。忽張苞上帳，哭拜於前曰：「二伯父讐人皆已誅戮，臣父冤讐，何日可報？」毛漁接筍甚緊。

贄鍾張苞、關興的的孝子。先主曰：「賢姪勿憂。朕當削平江南，殺盡吳狗，務擒二賊，與汝親自醢之，二醢，音海，細切之（以）爲肉醬也。以祭汝父。」毛范疆、張達在吳，而先主伐吳，不獨爲関公報讐，亦爲翼德報讐耳。苞泣謝而退。此時先主威聲大振，江南之人盡皆膽裂，日夜號哭。韓當、周泰大驚，急奏吳王，具言糜芳、傅士仁殺了馬忠，去歸蜀帝，亦被蜀帝殺了。孫權心怯，遂聚文武商議。步騭奏曰：「蜀主所恨者，乃呂蒙、潘璋、馬忠、糜芳、傅士仁也。今此數人皆亡，獨有范疆、張達二人見在東吳。何不擒此二人，并張飛首級，遣使送還，毛漁步騭（爲）此語，（却）（想）是翼德有靈。贄亦快事也。交與荊州，送歸夫人，上表求和，再會前情，共圖滅魏，則蜀兵自退矣。」毛諸葛瑾已曾與先主言之矣。權從其言，遂具沉香木匣，盛二音成。貯飛首，綁縛范疆、張達，囚於檻車之內，毛馬忠是送死的，范、張是送活

〔四五〕「朕」，齋本、光本脫。

的，一是私送，一是公送。令程秉爲使，賫國書望猇亭而來。【鍾】此亦是翼德之靈所使。

却説先主欲發兵前進，忽近臣奏曰：「東吴遣使送張車騎之首，并囚范疆、張達二賊至。」先主兩手加額曰：「此天之所賜，亦由三弟之靈也！」即令張苞設飛靈位。先主見張飛首級在匣中面不改色，【毛】與曹操在木匣中見關公正是相對。放聲大哭。張苞自仗利刀，將范疆、張達萬剮凌遲，祭父之靈。【毛】亦是一副活三牲。【贊】快心快心。【鍾】大快人心。【漁】前糜、傅自送兩副活三牲祭関公，今者程秉送范、張兩副活三牲祭翼德。痛快之極。祭畢，先主怒氣不息，定要滅吴。馬良奏曰：「讐人盡戮，其恨可雪矣。吴大夫程秉到此，欲還荆州，送回夫人，永結盟好，共圖滅魏，伏候聖旨。」先主怒曰：「朕切齒讐人，乃孫權也。今若與之連和，是負二弟當日之盟矣。今先滅吴，次滅魏。」【毛】不肯得風便轉，却是不識時務。【贊】先主的是好人。〔四六〕【漁】先主可謂不識時務，亦不見機。便欲斬來使以絶吴情，多官苦告方免。程秉抱頭鼠竄，回奏吴主曰：「蜀不從講和，誓欲先滅東吴，然後伐〔四七〕魏。」衆臣苦諫不聽，如之奈何？」權大驚，舉止失措。闞澤出班奏曰：「見有擎天之柱，如何不用耶？」【毛】只因先主不見機，就引出這箇人來。權急問何人。澤曰：「昔日東吴大事，全任周郎；後魯子敬代之；子敬亡後，決於吕子明；今子明雖喪，見有陸伯言在荆州。此人名雖儒生，實有雄才大略，【毛】【漁】儒生（誠）不可小覷。以臣論之，不在周郎之下，【毛】以今論之，當在周郎之上。前破關公，其謀皆出於伯言。【毛】補照七十五回中事。主上若能用之，破蜀必矣。如或有失，臣願與同罪。」【鍾】伯言知己。權曰：「非德潤【二】澤字也。之言，孤幾誤大事。」張昭曰：「陸遜乃一書生耳，非劉備敵手，恐不可用。」【毛】張昭不知諸葛瑾，安能〔四八〕知陸遜？顧雍亦曰：「陸遜年幼

〔四六〕吴本脱此句贊批。
〔四七〕「伐」，商本作「滅」。
〔四八〕「能」，商本作「得」。

望輕，恐諸公不服。若不服則生禍亂，必誤大事。」【毛】昭以書生輕之，雍又以年幼輕之。【鍾】此非忌遜，不知遜耳。步隲亦曰：「遜才堪治郡耳，若託以大事，非其宜也。」【毛】雍嫌其望輕，隲又嫌其才短，人固不易知，知人亦不易也。【漁】昭以書生輕之，雍以年幼輕之，隲又嫌其才短。甚矣，知人之難！闞澤大呼曰：「若不用陸伯言，則東吳休矣！臣願以全家保之！」【毛】前止以一身保，此又以全家保，〈【毛】【漁】〉如此薦人，薦得着力。【鍾】闞澤知之深，故荐之力。權曰：「孤亦素知陸伯言乃奇才也！孤意已決，卿等勿言。」【毛】前不聽魯肅而用龐統，今獨聽闞澤而用陸遜，可謂昔非今是。【贊】張昭、顧雍、步隲非忌陸遜，不知遜耳。只有闞澤知之甚深，薦之甚力。噫！人世知己亦甚難矣。〔四九〕於是命召陸遜。

遜本名陸議，後改名遜，字伯言，乃吴郡吴人也，漢城門校尉陸紆【三】音迂。之孫，九江都尉陸駿之子。身長八尺，面如美玉，官領右護軍、鎮西將軍，封婁侯〔五〇〕。【毛】百忙中補敘陸遜生平。當下奉召而至，參拜畢，權曰：「今蜀兵臨境，孤特命卿總督軍馬，以破劉備。」遜曰：「江東文武，皆大王故舊之臣，臣年幼無才，安能制之？」【毛】【漁】（陸遜）故意作難，便有邀求築壇賜劍之意。權曰：「闞德潤以全家保卿，孤亦素知卿才。今拜卿爲大都督，卿勿推辭。」遜曰：「倘文武不服，何如？」權取所佩劍與之曰：「如有不聽號令者，先斬後奏。」【毛】與前賜劍周瑜〔五一〕相似。遜曰：「荷蒙重托，敢不拜命。但乞大王於來日會聚衆官，然後賜臣。」【毛】意在壓服衆人，故要衆人面前受之。【贊】但看如此舉動，陸伯言便有主張矣。豈凡才哉？【鍾】陸伯言有此主張，便不是凡才。【漁】要當衆人面前受者，意在壓服衆人。闞澤曰：「古之命〔五二〕將，

〔四九〕贊批原闕首二行八字、第三行前三字、第四、五行首字，共十三字；緑本脱此句。據吴本補。

〔五〇〕「右護軍、鎮西將軍，封婁侯」，原作「鎮西將軍」，古本同。按：《三國志·吴書·陸遜傳》：「權以遜爲右護軍、鎮西將軍，進封婁侯。」據補。

〔五一〕「瑜」，光本作「郎」。

〔五二〕「命」，商本訛作「名」。

必築壇〔五三〕會衆，賜白旄黃鉞、印綬兵符，然後威行令肅。今大王宜遵此禮，擇日築壇，拜伯言爲大都督，假節鉞，則衆人自無不服矣。」毛如蕭何薦韓信故事。權從之，命人連夜築壇完備，大會百官，請陸遜登壇，拜爲大都督、假節〔五四〕，賜以寶劍印綬，令掌六郡八十一州兼荊楚諸路軍馬。吳王囑之曰：「閫以內，孤主之；閫以外，將軍〔五五〕制之。」毛比周郎爲都督時倍覺冠冕。遜領命下壇，令徐盛、丁奉爲護衛，即日出師，一面調諸路軍馬，水陸並進。文書到猇亭，韓當、周泰大驚曰：「主上如何以一書生總兵耶？」毛韓當、周泰乃孫堅舊將，周郎〔五六〕尚是後輩，況陸遜乎？以今世〔五七〕俗論之，當寫眷晚生名帖者〔五八〕，安得不驚。比及遜至，衆皆不服。毛韓信拜大將而一軍皆驚，今衆人之輕陸遜彷彿似之。漁摹寫衆將不服光景。遜升帳議事，衆人勉强忝賀。遜曰：「主上命吾爲大將，督軍破蜀。軍有常法，公等各宜遵守。違者王法無親，勿致後悔。」贊極是。鍾大有作（用）。衆皆默然。周泰曰：「目今安東將軍孫桓，乃主上之姪，現困於彝陵城中，內無糧草，外無救兵。請都督早施良策，救出孫桓，以安主上之心。」贊惡甚。遜曰：「吾素知孫安東深得軍心，必能堅守，毛又在陸遜口中帶表孫桓。不必救之。待吾〔五九〕破蜀後，彼自出矣。」毛漁早已算定。鍾有大持操。衆皆暗笑而退。韓當謂周泰曰：「命此孺子爲將，東吳休矣！公見彼所行乎？」泰曰：「吾聊以言試之，早〔六〇〕無一計，安能破蜀也！」毛前不服周郎只是程

〔五三〕「壇」，原作「臺」，致本、業本、貫本、齋本、滄本、光本、明四本同。按：前後文多處作「壇」，據前後文及商本改，後一處同。

〔五四〕「假節」，原作「右護軍、鎮西將軍，進封婁侯」，毛校本同；明四本「右」上有「假節」。按：《三國志·吳書·陸遜傳》：「權命遜爲大都督、假節。」據改。

〔五五〕「將軍」，商本作「卿」。

〔五六〕「郎」，貫本作「瑜」。

〔五七〕「世」上，貫本有「之」字。

〔五八〕「者」，齋本、光本作「矣」。

〔五九〕「吾」，光本作「我」。

〔六〇〕「聊」，商本作「今」，明四本作「故」。「早」，光本、商本作「並」。

普一人，今不服陸遜却是韓、周二人。【漁】摹寫不服光景，甚肖。

次日，陸遜傳下號令，教諸將各處關防牢守隘口，不許輕敵。衆皆〔六一〕笑其懦，不肯堅守。次日，陸遜升帳喚諸將曰：「吾欽承王命，總督諸軍，昨已三令五申，令汝等各處堅守，俱不遵吾令，何也？」【毛】此時陸遜將將，亦大難事。韓當曰：「吾自從孫將軍平定江南，經數百戰，其餘諸將，或從討逆將軍，或從當今大王，皆披堅執鋭，出生入死之士。今主上命公爲大都督，令退蜀兵，宜早〔六二〕定計，調撥軍馬，分頭征進，以圖大〔六三〕事，乃只令堅守勿戰，豈欲待天自殺賊耶？吾非貪生怕死之人，奈何使吾等墮其鋭氣？」【毛】韓當以言觸陸遜，與黄蓋以言觸周郎，一假一真，前後相映。【贄】惡甚，然世事無不如此，只要自家主張得定耳。【鍾】韓當所論亦是，然非伯言知己。【漁】少不得此一番發揮。於是帳下諸將皆應聲而言曰：「韓將軍之言是也。吾等情願決一死戰！」陸遜聽畢，掣劍在手，厲聲曰：「僕雖一介書生，今蒙主上托以重任者，以吾有尺寸可取，能忍辱負重故也。【毛】【漁】「忍辱負重」四字，從來成大事（人）（者）無不由〔六四〕此。汝等只各〔六五〕守隘口，牢把險要，不許妄動。如違令者皆斬！」【毛】此所謂「始如處女，敵人開〔六六〕户」者也。衆皆憤憤而退。

却説先主自猇亭布列軍馬，直至川口，接連七百里，前後四十營寨，晝則旌旗蔽日，夜則火光耀天。【毛】【漁】與曹操赤壁（時）一樣聲勢。〈【毛】〉〇此處「火光」二字，與後文火光相映射。忽細作報説：「東吳用陸遜爲大都督，總制軍馬。遜令諸將各守險要不出。」先主問曰：「陸遜何如人也？」馬良奏曰：「遜雖東吳一書生，然年幼多才，深有謀略，前襲荆

〔六一〕「皆」，光本作「將」。
〔六二〕「宜早」，齋本、光本倒作「早宜」，明四本作「可早」。
〔六三〕「大」上，商本有「其」字。
〔六四〕毛批「由」，貫本作「出」。
〔六五〕「只各」，齋本、光本作「各宜」，明四本作「各」。
〔六六〕「開」，齋本作「閉」。按：《孫子兵法·九地》：「是故始如處女，敵人開户」。「閉」形訛。

州，皆係此人之詭計。」【毛】又在馬良口中，照應七十五回中事。【贊】【鍾】知己反在别處。先主大怒曰：「竪子詭謀〔六七〕，損朕二弟，今當擒之！」便傳令進兵。馬良諫曰：「陸遜之才，不亞周郎，未可輕敵。」【毛】馬良與闞澤之見相同。【漁】陸遜之才，又從馬良口中叙出。先主曰：「朕用兵老矣，豈反不〔六八〕如一黄口【二】黄口，小雀口黄，比人之幼小無知也。孺子耶！」【毛】先主與張昭、周泰等之見相似。遂親領前軍攻打諸處關津隘口。韓當見先主兵來，差人報知陸遜。遜恐韓當妄動，急飛馬自來觀看，正見韓當立馬於山上。遠望蜀兵，漫山遍野而來，軍中隱隱有黄羅蓋傘。韓當接着陸遜，並馬而觀。當指曰：「軍中必有劉備，吾欲擊之。」【毛】【漁】寫韓當之猛。〈【毛】〉視彼驅之戰而不戰者，又復天淵矣。遜曰：「劉備舉兵東下，連勝十餘陣，鋭氣正盛。今只乘高守險，不可輕出，出則不利。但宜奬勵將士，廣布守禦之策，以觀其變。今彼馳騁於平原曠〔六九〕野之間，正自得志，我堅守不出，彼求戰不得，必移屯於山林樹木間。吾當以奇計勝之。」【毛】【漁】（寫）（爲）後文伏筆。【贊】【鍾】陸伯言少年老成，（是）（真）幹事（之）人也。韓當口雖應諾，心中只是不服。先主使前隊搦戰，辱罵百端。遜令塞【二】音色。耳休聽，不許出迎，親自遍歷諸關隘口，撫慰將士，皆令堅守。【毛】【漁】（的）（真）是忍辱負重之人。

先主見吴軍不出，心中焦躁。馬良曰：「陸遜深有謀略。今陛下遠來攻戰，自春歷夏，彼之不出，欲待我軍之變也。願〔七〇〕陛下察之。」【毛】馬良之智，亦不輸于陸遜。【漁】馬良智謀不在陸遜之下。先主曰：「彼有何謀？但怯敵耳。向者數【二】音朔。敗，今安敢再出？」【鍾】玄德此來自恃□□□□。先鋒馮習奏曰：「即今天氣炎熱，軍屯於赤火之中，【毛】【漁】（誰知）（恐）避赤火又遇赤火（耶？日之火〔七一〕易耐，火之

〔六七〕「謀」，貫本作「計」。
〔六八〕「反不」，商本倒作「不反」。
〔六九〕「曠」，商本訛作「廣」。
〔七〇〕「願」，光本作「顧」，形訛。
〔七一〕「火」，光本、商本作「熱」，後一處同。

火難當）。取水深爲不便。」先主遂命各營皆移於山林茂盛之地，近溪傍澗，待過夏到秋，併力進兵。【贄】但看玄德舉動，自然取敗，不待言也。馮習遂奉旨，將諸寨皆移於林木陰密之處。馬良奏曰：「吾軍若動，倘吴兵驟至，如之奈何？」【毛】不言移營之不可，而但言移營之難，猶是第二着。先主曰：「朕令吴班引萬餘弱兵，近吴寨平地屯住，朕親選八千精兵，伏於山谷之中。若陸遜知朕移營，必乘勢來擊，却令吴班詐敗，遜若追來，朕引兵突出，斷其歸路，小子可擒矣。」【毛】【漁】若不遇陸遜，（則）此計未嘗不妙。文武皆賀曰：「陛下神機妙算，諸臣不及也！」馬良曰：「近聞諸葛丞相在東川點看各處隘口，恐魏兵入寇。陛下何不將各營移居之地，畫成圖本，問於丞相？」先主曰：「朕亦頗知兵法，何必又問丞相？」良曰：「古云：『兼聽則明，偏聽則蔽。』望陛下察之。」【贄】【鍾】（馬良）至言。先主曰：「卿可自去各營，畫成四至〔七二〕八道圖本，親到東川去問丞相。如有不便，可急來報知。」【毛】【漁】（只怕）（恐那時）來不及了〔七三〕。馬良領命而去。於是先主移兵於林木陰密處避暑。

早有細作報知韓當、周泰。二人聽得此事，大喜，來見陸遜曰：「目今蜀兵四十餘營，皆移於山林密處〔七四〕，依溪傍澗，就水歇涼。都督可乘虚擊之。」正是：

蜀主有謀能設伏，吴兵好勇定遭擒。

未知陸遜可聽其言否，且看下文分解。

關、張不負先主，先主亦不負關、張，桃園之盟真可隻行千古也。若是今日盟兄盟弟，何等死後，即生前已負之矣；何等盟後，即盟時已負之矣。何況盟兄盟弟，即同胞共乳之人，無不吴越也。由此而言，桃園三公真聖人也，

〔七二〕「至」，齋本作「十」，光本作「址」。
〔七三〕漁批「了」，衡校本作「矣」。
〔七四〕「密處」，光本倒作「處密」。

真神人也，何可及哉！

玄德爲關、張，即孫夫人再至亦不容也。今人聽了老婆，薄了兄弟，是誠何心哉？或曰：「孫夫人是後妻，亦不難也。」未知和尚曰：「今人聽了晚老婆，薄了親兄弟者更多，况盟兄弟乎，更難也，更難也！」

關、張不負先主，先主亦不負關、張。桃園之盟，隻行千古；今人同胞吴越，何可及哉！

第八十四回

陸遜營燒七百里
孔明巧布八陣圖

前有火攻破魏之周郎，後復有火攻破蜀之陸遜。同一火也，而陸遜之事，難於周郎。周郎受命於吴師方鋭之時，陸遜受命於吴師屢挫之後，一難也。周郎則有同心拒敵之劉備，陸遜則有乘間窺我之曹丕，二難也。周郎則孔明助之，龐統助之，黄蓋、闞澤、甘寧又助之；陸遜則張昭疑之，顧雍、步騭疑之，韓當、周泰又疑之，三難也。故曰：陸遜之事難於周郎也。然言其易，則亦有較前而獨易者。瑜之火在冬月，遜之火在夏天。冬月風逆，必待借風而後燒；夏天風順，不必待借風而後燒，則燒之易。瑜之火在水上，遜之火在林間。水寨隔絶，必使人詐降而後可燒；旱路通達，不必使人詐降而後可燒，則燒之易。又曹操之船不自連鎖，玄德之營先自連屬。不自連者，必使人賺之使連而後可燒；先自連者，不必使人賺之使連而後可燒，則燒之易。有此三易，以濟其三難，故遜之成功，與周郎等爾。

兵有挫敵人之鋭者，將有大戰，先有小戰以挫之；將有大戰而勝，先有小戰而勝以挫之是也。此法周郎用焉。兵有驕敵人之志者，將有大出，先有不出以驕之；將有大出而勝，先有小出而不勝以驕之是也。此法陸遜用焉。當敵人初來之時，宜避其鋭，而反挫其鋭，則周郎用法之奇；當敵人屢勝之後，宜破其驕，而反益其驕，則陸遜用法之變。

關公之失，只因不聽孔明「東和孫權」一語耳。先主之敗，與關公豈有異哉？不但此也，諸葛瑾兩次説關公，一次説玄德，亦止此一語之意也。可見子瑜之才雖不及孔明，而其識見

大略相同，真不愧難兄難弟。

曹操赤壁之兵，驕兵也；先主猇亭之兵，憤兵也。驕亦敗，憤亦必敗。況以陸遜爲年少書生而心輕之，則憤而益之以驕矣。制勝之道，在小其心而平其氣。善乎先師之言曰：「臨事而懼，好謀而成。」小其心故能懼，平其氣故能謀。

苻堅之敗也，王猛已亡；先主之敗也，孔明自在：似孔明之智不如王猛矣。然八公山之草木，初非謝安能使之爲兵；魚腹浦之石塊，實係孔明能布之作陣：是孔明之才高於謝安矣。況在入川時，已逆知白帝城之奔，而預設陣圖以待陸遜；又逆知遜之數不當絶，而特令丈人黄老做箇人情。其神機妙算至於如此，諸葛公真神仙中人，豈後世智謀之士〔一〕所能及哉！

吴之勝蜀，孔明知之，而曹丕亦先知之；魏之襲吴，陸遜知之，而孔明亦先知之：斯已奇矣。陸遜又知佑孔明之必知吴之勝，孔明又知陸遜之必知魏之襲，料人料事，彼此奇中至於如此，真非他書所有。

一部書中，前後兩篇大文，特特相犯，而更無一筆相犯，如周郎、陸遜之兩番用火是矣。然周郎止做得半篇，孔明接了後半篇，則華容道乃文之正接者也。陸遜亦只做得半篇，亦有孔明接了後半篇，則魚腹浦乃文之反接者也。操不能設伏以待追兵，却是孔明設伏以待敗兵；陸遜不能設伏以待敗兵，却是孔明設伏以待追兵。曹操從江邊有烟火處逃來，又向路傍有烟火處〔二〕走去，以前之烟火爲真，而誤以後之烟火爲假。陸遜向山中有殺氣處隄防，不向水邊有殺氣處躲避，以前之殺氣爲實，而誤以後之殺氣爲虚。華容道勝周郎十二隊之雄師，却只是五百兵捧着一將；魚腹浦勝先主七百里

〔一〕「至於」「智謀之士」，商本脱。
〔二〕「處」，商本脱。

之勁卒，却到底「十萬兵」不見一人。種種變幻，真天地有數文字。

却說韓當、周泰探知先主移營就涼，急來報知陸遜。遜大喜，毛韓當、周泰喜而欲出，陸遜喜而不出，另有喜處。遂引兵自來觀看〔三〕動靜：只見平地一屯，不滿萬餘人，大半皆是老弱之衆，大書「先鋒吴班」旗號。毛漁吴班軍在陸遜眼中看出。周泰曰：「吾視此等兵如兒戲耳。願同韓將軍分兩路擊之。如其不勝，甘當軍令〔四〕。」陸遜看了良久，以鞭指曰：「前面山谷中隱隱有殺氣起。毛此處望山中殺氣，與後文望水邊殺氣正相映。其下必有伏兵，故於平地設此弱兵以誘我耳。諸公切不可出。」毛漁（棋高一着，）先被猜破。贄此人通。鍾□□观□，正須如此。衆將聽了，皆以爲懦。

次日，吴班引兵到關前搦戰，耀武揚威，辱罵不絶，多有解衣卸甲，赤身裸體，或睡或坐。毛漁與馬超（之）誘曹洪〔五〕（，前後）相似。徐盛、丁奉入帳稟陸遜曰：「蜀兵欺我太甚！某等願出擊之！」遜笑曰：「公等但恃血氣之勇，未知孫、吴妙〔六〕法，此彼誘敵之計也，三日後必見其詐矣。」徐盛曰：「三日後，彼移營已定，安能擊之乎？」遜曰：「吾正欲令彼移營也。」毛漁此處尚不說明緣故。贄鍾陸遜可用。諸將哂笑而退。過三日後，會諸將於關上觀望，見吴班兵已退去。遜〔七〕指曰：「殺氣起矣，劉備必從山谷中出也。」言未畢，只見蜀兵皆全裝擐束，擁先主而過。吴兵見了，盡皆膽裂。毛漁此時方信陸遜之言。遜曰：「吾之不聽諸公擊班者，正爲此也。毛此句〔八〕已驗，衆人信之。今伏兵已出，旬日之内，必破蜀矣。」毛此句未驗，衆所未信。諸將

〔三〕「看」，齋本、光本脱。
〔四〕「甘當軍令」，光本「當」作「受」，嘉本、周本作「斬」。
〔五〕毛、漁批「曹洪」，原作「曹仁」，毛校本、衡校本同。按：前文第五十八回爲馬超潼關誘曹洪。據前文改。
〔六〕「妙」，齋本、光本作「兵」。
〔七〕「遜」，商本作「陸」。
〔八〕「旬」，貫本作「時」。

皆曰：「破蜀當在初時，今連營五六百里，相守經七八月，其諸要害，皆已固守，安能破乎？」毛果然信其前語，未信其後語。漁尚未深信。遜曰：「諸公不知兵法。備乃世之梟雄，更多智謀，其兵始集，法度精專。今守之久矣，不得我便，兵疲意阻，取之正在今日。」毛漁至此方纔説明。贊凡事遇着對手，極好做事。不但對陣，猜拳、着棋無不如此。鍾□行止俱按兵法。諸將方纔歎服。後人有詩讚曰〔九〕：

虎帳談兵按《六韜》，安排香餌釣鯨鰲。
三分自是多英俊，又顯江南陸遜高。

却説陸遜已定了破蜀之策，遂修箋遣使奏聞孫權，言指日可以破蜀之意。贊此人大通。權覽畢，大喜曰：「江東復有此異人，孤何憂哉！諸將皆上書言其懦，孤獨不信。毛漁諸將上書，又在孫權口中補出（，省筆之甚）。今觀其言，果非懦也。」贊吳王亦通。於是大起吳兵來接應。

却説先主於猇亭盡驅水軍，順流而下，沿江屯劄水寨，深入吳境。黃權諫曰：「水軍沿江而下，進則易，退則難。毛黃權不諫移營，但諫深入，亦是第二着。贊至言至言。鍾黃權至言。臣願爲前驅。陛下宜在後陣，庶萬無一失。」先主曰：「吳賊膽落，朕長驅大進，有何礙乎？」衆官苦諫，先主不從〔一〇〕。遂分兵兩路：命黃權督江北之兵，以防魏寇。毛漁爲黃權投魏張本。先主自督江南諸軍，夾江分立營寨，以圖進取。細作探知，連夜報知魏主，毛百忙中却放下吳、蜀兩邊，忽敘北魏一邊，筆法又周緻，又飄忽。言：「蜀兵伐吳，樹栅連營，縱横七百餘里，分四十餘屯，皆傍山林下寨。今黃權督兵在江北岸，每日出哨百餘里，不知何意。」魏主聞之，仰面笑曰：「劉備將敗矣！」毛旁觀者清。羣臣請問其故。魏主曰：「劉玄德不曉兵法，豈有連營七百里，而

〔九〕毛本後人讚詩改自贊本；鍾本、漁本同贊本，周本、夏本、贊本改自嘉本。
〔一〇〕「不從」，齋本、光本作「從之」。

可以拒敵者乎？包原隰【嘉】音洗。【二】音習。險阻屯兵者，此兵法之大忌也。玄德必敗於東吳陸遜之手，旬日之內，消息必至矣。」【毛】曹丕可謂知兵，乃郎亦不輸於老子。【贊】旁觀清。【鍾】魏主可謂旁搜多智。【漁】丕才真妙，觀敵如燭照也。羣臣猶未信，皆請撥兵備之。魏主曰：「陸遜若勝，必盡舉吳兵去取西川。吳兵遠去，國中空虛，朕虛托以兵助戰，令三路一齊進兵，東吳唾手可取也。」【毛】前劉曄勸取東吳，曹丕不乘其危而取之，今反欲乘其勝而取之，〈【毛】【漁】〉詭譎之甚。【贊】奸雄。【鍾】奸雄亦有英風。衆皆拜服。魏主下令：「使曹仁督一軍出濡須，曹休督一軍出洞口，曹真督一軍出南郡。三路軍馬會合日期，暗襲東吳。朕隨後自來接應。」【毛】【漁】又爲（後文）伐吳伏線。〔一一〕調遣已定。

不說魏兵襲吳。且說馬良至川，【毛】又放下北魏一邊，接〔一二〕敘吳蜀事。入見孔明，呈上圖本而言曰：「今移營夾江，橫占七百里，下四十餘屯，皆依溪傍澗，林木茂盛之處。皇上〔一三〕令良將圖本來與丞相觀之。」孔明看訖，拍案叫苦曰：「是何人教主上如此下寨？可斬此人！」【毛】【漁】不好說得先主，却把別人來罵。馬良曰：「皆主上自爲，非他人之謀。」孔明歎曰：「漢朝氣數休矣！」【毛】妙在尚不說明。良問其故。孔明曰：「包原隰險阻而結營，此兵家之大忌。倘彼用火攻，何以解救？【毛】先生一向慣用火攻，此正是以己度人之法。又豈有連營七百里而可拒敵乎？禍不遠矣！陸遜拒守不出，正爲此也。汝當速去見天子，改屯諸營，不可如此。」良曰：「倘今吳兵已勝，如之奈何？」孔明曰：「陸遜不敢來追，成都可保無虞。」【毛】【漁】奇絕，令人測摸不（出）（着）。【鍾】畢竟孔明先見。良曰：「遜何故不追？」孔明曰：「恐魏兵襲其後也。【毛】料〔一四〕事如見。主上若有失，當投白帝城

〔一一〕齋本、光本脱此句毛批。
〔一二〕「接」，光本作「伏」。
〔一三〕「皇上」，光本作「主上」，明四本作「陛下」。
〔一四〕「料」，業本作「習」。

避之。吾入川時，已伏下十萬兵在魚腹浦【六】魚腹浦，在四川夔州（府）東南，漢名魚復縣。〔一五〕矣。」奇絶，令人一發測摸不出。○于禁入魚罾之内，陸遜亦幾葬魚腹之中。閔公得一魚，孔明又幾得一鹿。【漁】奇幻驚人。良大驚曰：「某於魚腹浦往來數次，未嘗見一卒，丞相何作此詐語？」孔明曰：「後來必見，不勞多問。」【毛】【漁】奇絶。（○先主之敗，孔明不於此時知之，早于入川之時知之，）真是神妙不測。馬良求了表章，火速投御營來。孔明自回成都，調撥軍馬救應。

却説陸遜見蜀兵懈怠，不復隄防，升帳聚大小將士聽令曰：「吾自受命以來，未嘗出戰。今觀蜀兵，足知動静，故欲先取江南岸一營。誰敢去取？」言未畢，韓當、周泰、凌統等應聲而出曰：「某等願往。」遜教皆退〔一六〕不用。【毛】妙在不要勝，先要敗，故不用此數人。【漁】妙在欲去者，不與之去。獨唤堦下末將淳于丹曰：「吾與汝五千軍，去取江南第四營，蜀將傅彤所守，今晚就要成功。吾自提兵接應。」【贊】此人大通。【鍾】（看）他作用便異。淳于丹引兵去了，又唤徐盛、丁奉曰：「汝等各領兵三千，屯於寨外五里。如淳于丹敗回，有兵趕來，當出救之，却不可追去。」【毛】【漁】（預）知其敗而使之，真（是人所不識）（令人不解）。二將自引軍去了。

却説淳于丹於黄昏時分領兵前進，到蜀寨時已三更之後。丹令衆軍鼓譟而入。蜀營内傅彤引軍殺出，挺鎗直取淳于丹，丹敵不住，撥馬便回。忽然喊聲大震，一彪軍攔住去路：爲首大將趙融。丹奪路而走，折其〔一七〕大半。正走之間，山後一彪蠻兵攔住：爲首番將沙摩柯。丹死戰得脱，背後三路軍趕來。比及離營五里，吴軍〔一八〕徐盛、丁奉二人兩下殺來，蜀兵退去，救了淳于丹回營。丹帶箭入見

〔一五〕醉本眉注原闕九字，據周、夏批、贊本夾注補。醉本眉注、夏批、贊本系夾注「魚復縣」，原作「魚腹縣」。按：《後漢書·郡國志》作「魚復」。據周批改。
〔一六〕「皆退」，貫本、商本倒作「退皆」。
〔一七〕「其」，明四本作「軍」。
〔一八〕「軍」，貫本作「兵」，明四本作「將」。

陸遜請罪。遜曰：「非汝之過也。吾欲試敵人之虛實耳。毛蜀兵虛實遜已盡知，此句亦是托言，不過欲驕敵之心耳〔一九〕。破蜀之計，吾已定矣。」毛漁奇絶。贊大〔二〇〕通。鍾英雄舉□。徐盛、丁奉曰：「蜀兵勢大，難以破之，空〔二一〕自損兵折將耳。」遜笑曰：「吾這條計，但瞞不過諸葛亮耳。天幸此人不在，使我成大功也。」毛漁正與（上文）孔明之言相應。遂集大小將士聽令：使朱然於水路進兵，來日午後東南風大作，毛漁（六月裏）（此時）東南風（更）不消借得。用船裝載茅草，依計而行。韓當引一軍攻江北岸，周泰引一軍攻江南岸，毛旱路只差二將，與水軍朱然止是三路，却與周郎赤壁十二隊相似〔二二〕。每人手執茅草一把，内藏硫黄燄硝，各帶火種，各執鎗刀，一齊而上，但到蜀營，順風舉火。蜀兵四十屯，只燒二十屯，每間一屯燒一屯。毛漁周郎（只是）（當日）連燒，陸遜（却）（只）用間燒，又是一様燒法。各軍預帶乾糧，不許暫退，晝夜追襲，只擒了劉備方止。贊此人可用。鍾陸伯言果是年幼多才，深于謀略，闞澤言不虛也。衆將聽了軍令，各受計而去。

却説先主正在御營尋思破吴之計，忽見帳前中軍旗旛無風自倒，毛漁與曹操江中折旗相似。乃問程畿毛眉畿，音其。曰：「此爲何兆？」畿曰：「今夜莫非吴兵來劫營？」先主曰：「昨夜殺盡，安敢再來？」毛驕敵極矣，安得不敗。畿曰：「倘是陸遜試敵，奈何？」毛畿亦長於料事。正言間，人報山上遠遠望見吴兵盡沿山望東去了。毛漁（吴兵又）在蜀人眼中寫出（毛）吴兵埋伏之狀，妙在隱隱躍躍，不知何兵何將。先主曰：「此是疑兵，令衆休動。」命關興、張苞各引五百騎出巡。黄昏時分，毛黄昏時。關興回奏曰：「江北營中火起。」毛先是一路火起。先主急令關興往江北，張苞往江南探看虛實：「倘吴兵到時，可急回報。」二將領命去了。初更時分，毛初更

〔一九〕「耳」，光本脱。
〔二〇〕「大」，緑本訛作「人」。
〔二一〕「空」，光本作「恐」。
〔二二〕「止」，齊本、滄本、光本、商本作「正」。「似」，光本訛作「意」。

時。東南風驟起。毛此句寫風。只見御營左屯火發。毛又是一路火起。方欲救時，御營右屯又火起。毛與前共是三路火起。風緊火急，樹木皆着，毛此句寫林木。喊聲大震。兩屯軍馬齊出，奔離御營中，御營軍自相踐踏，死者不知其數。後面吳兵殺到，又不知多少軍馬。先主急上馬，奔馮習營時，習營中火光連天而起，毛與前共是四路火起。江南、江北，照耀如同白日。毛總寫火光一句，此時已不止四路矣。馮習慌上馬，引數十騎而走，正逢吳將徐盛軍到，敵住厮殺。先主見了，撥馬投西便走。徐盛捨了馮習，引兵追來。漁說得手忙脚亂，使讀者亦爲着急，何況當時。先主正慌，前面又一軍攔住，乃是吳將丁奉，兩下夾攻。先主大驚，四面無路。毛漁此處爲先主一急。忽然喊聲大震，一彪軍殺入重圍，乃是張苞，贊是益德子。鍾翼德好子。救了先主，引御林軍奔走。毛此處〔一二三〕爲先主一寬。漁又爲一寬。正行之間，前面一軍又到，乃蜀將傅彤也，合兵一處而行。背後吳兵追至。先主前到一山，名馬鞍山。六馬鞍山（名），在荆州府彝陵州（西北三十里〔一二四〕）。馬鞍、魚腹，閒閒相對。張苞、傅彤請先主上的山時〔一二五〕，山下喊聲又起。陸遜大隊人馬，將馬鞍山圍住。毛漁又爲先主一急。張苞、傅彤死據山口。先主遥望遍野火光不絶，毛漁（又）總寫火光一句（，四十營都在其中）。死屍重疊，塞江而下。毛方寫岸上，又帶寫江中一句，妙。

次日，吳兵又四下放火燒山，此又是第二日之火。軍士亂竄，先主驚慌。忽然火光中一將引數騎殺上山來，視之，乃關興也。毛漁又爲先主一寬。贊是雲長子。〔一二六〕鍾（雲長）好（子）。興伏地請曰：「四下火光逼近，不可久停。陛下速奔白帝城，再收軍馬

〔一二三〕「處」，貫本作「時」。

〔一二四〕周、夏批「西北三十里」，原作「八十里」。按：《一統志》：「馬鞍山，在夷陵州西北三十里，漢昭烈爲陸遜所敗，升馬鞍山陳兵自繞，即此地」。據改。

〔一二五〕「山時」，商本倒作「時山」，周本作「山上」。

〔一二六〕吳本脱此句及下句贊批。

可也。」【毛】「白帝城」三字，又在關興口中一逗。先主曰：「誰敢斷後？」傅彤奏曰：「臣願以死當之！」【贊】傅彤可用。當日黄昏，【毛】此是第二箇黄昏，已燒過一夜一日矣。【漁】此係第二日黄昏，燒一日一夜。關興在前，張苞在中，留傅彤斷後，保着先主，殺下山來。吴兵〔二七〕見先主奔走，皆要争功，各引大軍，遮天蓋地往西追趕。先主令軍士盡脱袍鎧，塞道而焚，以斷後軍。【毛】前是吴兵放火，此是蜀兵放火。以水救火者有之矣，未聞有以火救火者也，真大奇之事。正奔走間，喊聲大震，吴將朱然引一軍從江岸邊殺來，截住去路。【毛】陸遜第一路先遣朱然，今却於末後出現。先主叫曰：「朕死於此矣！」【毛】又爲先主一急。關興、張苞縱馬衝突，被亂箭射回，各帶重傷，不能殺出。背後喊聲又起，陸遜引大軍從山谷中殺來。【毛】故作喫嚇之筆，以跌出下文子龍來，方見來得奇來得妙也。先主正慌急之間，此時天色已微明，【毛】此是第三日天明，已燒過一日〔二八〕兩夜矣。只見前面喊聲震天，朱然軍紛紛落澗，滚滚投岩，一〔二九〕彪軍殺入，前來救駕。先主大喜，視之，乃常山趙子龍也。【毛】又爲先主一寬。時趙雲在川中江州，【六】江州，今屬四川重慶府江津縣。聞吴、蜀交兵，遂引軍出，忽見東南一帶，火光沖天，雲心驚，遠遠探視，不想先主被困，雲奮勇衝殺而來。【毛】前先主初出兵時，便令子龍爲後應，却于此處照出。【贊】畢竟是老將，可用可用。【鍾】子龍老將，還是（武）勇。陸遜聞是趙雲，急令軍退。雲正殺之間，忽遇朱然，便與交鋒，不一合，一鎗刺朱然於馬下，殺散吴兵，救出先主，望白帝城而走。【毛】以前在火光中幾爲赤〔三〇〕帝，今始是白帝矣。先主曰：「朕雖得脱，諸將士將奈何？」雲曰：「敵軍在後，不可久遲。陛下且入白帝城歇息，臣再引兵去救應諸將。」【毛】爲救吴班張本。此時先主僅存百餘人入白帝城。後人有

〔二七〕「兵」，光本作「軍」。

〔二八〕「此是」，貫本作「此時」，光本訛作「術是」。「一日」二字原闕，據毛校本補。

〔二九〕「岩一」二字原闕，據毛校本補。

〔三〇〕「赤」，原作「亦」，據毛校本改。

詩讚陸遜曰〔三一〕：

持矛舉火破〔三二〕連營，玄德窮奔白帝城。
一旦威名驚蜀魏，吴王寧〔三三〕不敬書生。

却説傅彤斷後，被吴軍八面圍住。丁奉大叫曰：「川將〔三四〕死者無數，降者極多，汝主劉備已被擒獲，今汝力窮勢孤，何不早降！」傅彤叱曰：「吾乃漢將，安肯降吴狗乎！」【毛】罵吴爲狗，此時却是衆狗攢鎗矣。挺鎗縱馬，率蜀軍奮力死戰，不下百餘合，往來衝突，不能得脱。彤長嘆曰：「吾今休矣！」言訖，口中吐血，死於吴軍之中。【毛】傅彤勝黄權多矣。【贊】傅彤是丈夫。後人讚傅彤詩曰〔三五〕：

彝陵吴蜀大交兵，陸遜施謀用火焚。
至死猶然罵「吴狗」，傅彤不愧漢將軍。

蜀從事〔三六〕祭酒程畿匹馬奔至江邊，招呼水軍赴敵，吴兵隨後追來，水軍四散奔逃。畿部將叫曰：「吴兵至矣！程祭酒快走罷！」畿怒曰：「吾自從主上出軍，未嘗赴敵而逃！」【毛】即在程畿口中補敘生平，省筆。言未畢，吴兵驟至，四下無路，畿拔劒自刎。【毛】文臣亦有武將之風，惟書生能忍辱，亦惟書生不肯受辱。【贊】程畿是丈夫。〔三七〕後人有詩讚曰：

慷慨蜀中程祭酒，身畱一劒答君王。
臨危不改平生志，博得聲名萬古香。

時吴班、張南久圍彝陵城，忽馮習到，言蜀兵敗，遂引軍來救先主，孫桓方纔得脱。【毛】彝陵之圍自解，前已在陸遜算中。張、馮二將正行之間，前面吴兵殺來，背後孫桓從彝陵城殺出，兩下夾攻。張南、

〔三一〕毛本後人讚詩從贊本；鍾本同贊本，贊本同明三本；漁本無。

〔三二〕「舉火破」三字原闕，據毛校本補。

〔三三〕「寧」字原闕，據毛校本補。

〔三四〕「將」，商本作「兵」。

〔三五〕毛本後人讚傅彤詩改自贊本；鍾本、漁本同贊本，贊本同明三本。

〔三六〕「從事」，原無，古本同。按：《通鑑·魏紀一》：「從事祭酒程畿泝江而退。」據補。

〔三七〕贊校本脱此句贊批。

馮習奮力衝突，不能得脱，死於亂軍之中。【贊】二人是丈夫。〔三八〕【鍾】張、馮二將是丈夫。後人有詩讚曰：

馮習忠無二，張南義少雙。
沙場甘戰死，史册共流芳。

吴班殺出重圍，又遇吴兵追趕，幸得趙雲接着，救回白帝城去了。【贊】大是。【鍾】子龍老成。時有蠻王沙摩柯，匹馬奔走，正逢周泰，戰二十餘合，被泰所殺。【毛】番將能爲漢死節，亦爲漢之忠臣。蜀將杜路、劉寧盡皆降吴。蜀營一應糧草器仗，尺寸不存。蜀將川兵降者無數。時孫夫人在吴，聞猇亭兵敗，訛傳先主死於軍中，遂驅車至江邊，望西遥哭，投江而死。【毛】當夫人怒叱吴兵之時，何其壯也。及觀其攜阿斗而歸，疑其志不如前。今觀其哭先主而死，則其烈〔三九〕不減于昔矣。後人立廟江濵，號曰梟姬祠。尚論者作詩嘆之曰：

先主兵歸白帝城，夫人聞難獨捐生。
至今江畔遺碑在，猶著千秋烈女名。

却説陸遜大獲全功，引得勝之兵往西追襲。前離夔關不遠，遜在馬上看見前面臨山傍江，一陣殺氣沖天而起，【毛】與初時望山中殺氣，一實一虚，前後不同。【漁】説得恍恍惚惚，疑鬼疑神。遂勒馬回顧衆將曰：「前面必有埋伏，三軍不可輕進。」即倒退十餘里，於地勢空濶處，排成陣勢，以禦敵軍，【毛】却是見鬼。即差哨馬前去探視。回報並無軍屯在此，遜不信，下馬登高望之，殺氣復起。【毛】讀書至此，又疑是關公顯聖。遂再令人仔細探視，哨馬回報，前面並無一人一騎。【贊】【鍾】此事大奇亦大趣。遜見日將西沉，殺氣越加，【毛】【漁】奇怪〔四〇〕。心中猶豫，令心腹人再往探看。回報江邊止有亂石八九十堆，並無人馬。【毛】【漁】只此便是人馬。遜大疑，令尋〔四一〕土人問之。須臾，有數人到。遜問曰：「何人將亂石作堆？如何亂石堆

〔三八〕緑本脱此句贊批。
〔三九〕「烈」，光本作「力」。
〔四〇〕毛批「怪」，致本同，業本作「色」，其他毛校本作「絶」。
〔四一〕「尋」，光本作「着」。

中有殺氣沖起？」土人曰：「此處地名魚腹浦。諸葛亮入川之時，驅兵到此，取石排成陣勢於沙灘之上。自此常常有氣如雲，從内而起。」【毛】【漁】陸遜以火爲兵，不若孔明以石爲兵。陸遜聽罷，上馬引數十騎來看石陣，立馬於山坡之上，但見四面八方皆有門有户。遜笑曰：「此乃惑人之術耳，有何益焉！」【毛】且看仔細。遂引數騎下山坡來，直入石陣觀看。部將曰：「日暮矣，請都督早回。」遜方欲出陣，忽然狂風大作，【毛】奉答一夜東南風。一霎時，飛沙走石，遮天蓋地。但見怪石嵯【毛】[眉]嵯，音雌。峨，槎【二】音茶。枒【毛】[眉]【二】（枒，）音牙。似劍，横沙立土，重疊如山，江聲浪湧，有如劍鼓之聲〔四二〕。【毛】比七百里連營更是聲勢。【贊】【鍾】愈奇愈趣〔四三〕。【漁】先主大敗之後，有八陣圖一番奇奇怪怪，纔不索莫。文有變動。遜大驚曰：「吾中諸葛之計也！」【毛】却不道是「惑人之術」。急欲回時，無路可出。正驚疑間，忽見一老人立於馬前，笑曰：「將軍欲出此陣乎？」【毛】奇絶。遜曰：「願長者引出。」老人策杖徐徐而行，徑出石陣，並無所礙，送〔四四〕至山坡之上。遜問曰：「長者何人？」老人答曰：「老夫乃諸葛孔明之岳父黄承彦也。【毛】先主二〔四五〕顧草廬時，曾遇黄承彦，一向不知下落，至此忽然照應出來〔四六〕。昔小壻入川之時，於此布下石陣，名『八陣圖』。反覆八門，按遁甲休、生、傷、杜、景、死、驚、開。每日每時，變化無端，可比十萬精兵。【毛】【漁】（應）（前）孔明所言「十萬兵」（之）語（也）。臨去之時，曾分付老夫道：『後有東吴大將迷於陣中，莫要引他出來。』【毛】妙。老夫適於山岩之上，見將軍從『死門』而入，料想不識此陣，必爲所迷。【毛】當面嘲笑。【漁】當面笑他。老夫平生好善，不忍將軍陷没於此，故特自〔四七〕『生門』引出也。」【毛】【漁】孔明

〔四二〕「聲」，光本作「聽」。
〔四三〕贊批「趣」，緑本作「音」。
〔四四〕「送」，光本作「遠」，形訛。
〔四五〕「二」，貫本、齋本、澹本、光本、商本作「三」。按：第二次赴草廬玄德遇黄承彦，見於前文第三十七回。
〔四六〕「出來」，光本脱。
〔四七〕「於此」，商本作「此陣」，明四本無。「自」，商本作「從」。

明〔四八〕知陸遜不該死，（却）畱（個〔四九〕）人情與文人做。贊若論此事，不獨女醜〔五〇〕，文人亦醜也。鍾孔明實着文人□來做虛人情。遜曰：「公曾學此陣法否？」黄承彦曰：「變化無窮，不能學也。」遜慌忙下馬，拜謝而回。毛關公在華容道義釋曹操，此則是黄承彦在魚腹浦義釋陸遜矣。後杜工部有詩曰〔五一〕：

功蓋三分國，名成八陣圖。
江流石不轉，遺恨失吞吴。

陸遜回寨，嘆曰：「孔明真『卧龍』也！吾不能及！」於是下令班師。左右曰：「劉備兵敗勢窮，困守一城，正好乘勢擊之，今見石陣而退，何也？」遜曰：「吾非懼石陣而退。漁雖云不懼，却也有些胆怯矣。吾料魏主曹丕其奸詐與父無異，今知吾追趕蜀兵，必乘虚來襲。吾若深入西川，急難退矣。」毛非是畏其前，却是料其後。曹丕在陸遜算中，陸遜又在孔明算中。贊英雄，英雄。〔五二〕遂令一將斷後，遜率大軍而回。退兵未及二日，三處人來飛報：「魏兵曹仁出濡須，曹休出洞口，曹真出南郡：三路兵馬數十萬，星夜至境，未知何意。」毛漁照應前文。遜笑曰：「不出吾之所料。吾已令〔五三〕兵拒之矣。」毛前文未敘其事，在陸遜口中補出，省筆之法。正是：

雄心方欲吞西蜀，勝算還須禦北朝。

未知如何退兵，且看下文分解。

或曰：孔明石陣，泥羹土飯耳，何益于事？謔曰：也好，與文人做一虛人情。聞者大笑。

孔明石陣，反覆八門，變化無端。望之有氣如雲，入之無路可出；風濤砂石供其役，天人神鬼佐其戰。八陣圖成，千古拜伏。

〔四八〕毛批「明明」，齋本、光本不重。
〔四九〕毛批「死」下，齋本、光本有「的」字。「却」，滄本作「特」。「個」，商本脱。
〔五〇〕「醜」，緑本作「醒」。
〔五一〕毛本杜工部詩從贊本；鍾本、漁本同贊本；周本、夏本、贊本改自嘉本。按：嘉本外各本詩從《杜工部集》。
〔五二〕吴本脱此句贊批。
〔五三〕「令」，商本訛作「領」。

第八十五回〔一〕

劉先主遺詔托孤兒
諸葛亮安居平五路

高祖斬白帝子而創業，光武起白水村而中興，先主入白帝城而托孤，二帝始於白，一帝終於白，正合李意「白」字之讖。自桃園至此，可謂一大結局矣。然先主之事自此終，孔明之事又將自此始也。前之取西川、定漢中，從草廬三顧中來；後之七擒孟獲、六出祁山，從白帝托孤中來。故此一篇，在前幅則爲煞尾，在後幅則又爲引頭耳。

觀先主托孤之語，而知其不以伐吴爲重，終以伐魏爲重矣。其曰「君才十倍曹丕」，何以不曰十倍孫權乎？蓋以與漢爲讐者魏耳，與我爲對者曹氏耳。其曰「嗣子可輔則輔之，不可輔則自取之」，猶云能討賊則輔之，不能討賊則取之也。重在討賊，故不重在嗣位，此前後出師之表，所以不能已與？

先主教太子之言，已知太子之無用也。何也？劉禪固不能爲大善，亦不能爲大惡者也。不能爲大善，則但勉之以小善而已；不能爲大惡，則但戒之以小惡而已。先主梟雄之才，其權謀通變，料非其子之所能學，故曰「汝父德薄不足效」。知子莫若父，然哉！然哉！

或問先主令孔明自取之，爲真話〔二〕乎，爲假話乎？曰：以爲真，則是真；以爲假，則亦假也。欲使孔明爲曹丕之所爲，則其義之所必不敢出，必不忍出者也。知其必不敢，必不忍，而故令之聞此言，則其輔太子之心愈不得不切矣。且使太子聞此言，則其聽孔明，敬孔

〔一〕「回」，原作「卷」，致本同，據其他毛校本改。
〔二〕「話」，商本作「語」。

明之意愈不得不肅矣。陶謙之讓徐州，全是真不是假；劉表之讓荊州，半是假半是真。與先主之遺命，皆不可同年而語〔三〕。

圖事之法，與弈棋同。有同此一着，而用之於前則妙，用之於後則失者。如張耳勸陳涉立六國後，便是妙着；酈生勸高帝立六國後，便是失着。先後之勢異耳。劉曄先言蜀可伐，後言蜀不可伐，一在曹操初破張魯之時，一在魏兵留守漢中之後也。劉曄先言吴可伐，後言吴不可伐，一在先主初下江東之時，一在陸遜大破蜀兵之後也。劉曄可謂知弈矣。

伊尹三聘，孔明三顧，孔明一伊尹也。吕望釣魚，孔明觀魚，孔明一吕望也。或謂孔明輔蜀既在乃翁手中拏班，又在乃郎手中拏班，似乎糊腔太甚。不知不如此，則師相之體不尊；師相之體不尊，則言不聽、計不從矣。嗟乎！孔明豈得已哉！

曹丕以三路取吴，以五路取蜀，讀至此必謂有一場大厮殺在後。不意三路則一戰而即退，五路則不戰而自解，虎頭蛇尾，可發一笑。有此省力之事，作〔四〕者亦以省力之筆傳之。三路之中，兩路虛寫，惟濡須之兵用實寫；五路之中，四路虛寫，惟鄧芝之使用實寫。又魏之侵吴，吴之禦魏，但敘曹丕，不敘孫權；魏之侵蜀，蜀之禦魏，既敘曹丕、司馬懿，又敘後主、孔明。或詳或略，各各不同，尤見筆法之妙。

却説章武二年夏六月，東吴陸遜大破蜀兵於猇亭、彝陵之地，先主奔回白帝城，趙雲引兵據守。忽馬良至，見大軍已敗，懊悔不及，將孔明之言奏知先主。【毛】【漁】補照前文。**先主嘆曰：「朕早聽丞相之言**〔五〕**，不致今日之敗！**【毛】又照應八十一回中語。【鍾】悔

〔三〕「年」，光本作「日」。「語」下，齋本、光本、商本有「矣」字。
〔四〕「作」，貫本脱。
〔五〕「之言」，商本脱。

之晚矣。今有何面目復回成都見羣臣乎！」遂傳旨就白帝城住劄，將館驛改爲永安宮。人報馮習、張南、傅彤、程畿、沙摩柯等皆殁於王事，先主傷感不已。毛又總點前文。又近臣奏稱：「黄權引江北之兵，降魏去了，毛黄權下落，但在先主一邊聽得。妙。漁黄權下落，此處敘明。陛下可將彼家屬送有司問罪。」先主曰：「黄權被吴兵隔斷在江北岸，欲歸無路，不〔六〕得已而降魏。是朕負權，非權負朕也，何必罪其家屬？」仍給禄米以養之。毛先主之待黄權，勝于曹丕之待于禁。漁仁恕有禮，君道備矣。

却説黄權降魏，諸將引見曹丕，丕曰：「卿今降朕，欲追慕於陳、韓也〔七〕？」權泣而奏曰：「臣受蜀帝之恩，殊遇甚厚，令〔八〕臣督諸軍於江北，被陸遜絶斷。臣歸蜀無路，降吴不可，毛漁（此正）體貼先主之意。故來投陛下。敗軍之將，免死爲幸，安敢追慕於古人耶！」丕大喜，遂拜黄權爲鎮南將軍，權堅辭不受。毛漁不受爵，還有可取。忽近臣奏曰：「有細作人自蜀中來，説蜀主將黄權家屬盡皆誅戮。」權曰：「臣與蜀主，推誠相信，知臣本心，必不肯殺臣之家小也。」毛權若能死，尤爲相信之深〔九〕。贄鍾君臣相信至〔一〇〕此，亦甚難得。漁君臣相知如此。丕然之。後人有詩責黄權曰〔一一〕：

降吴不可却降曹，忠義安能事兩朝？
堪嘆黄權惜一死，紫陽書法不輕饒。贄黄權不能一死，遂惹人議論直至于今，不知議論黄權者復肯死否也。

曹丕問賈詡曰：「朕欲一統天下，先取蜀乎？先取吴乎？」詡曰：「劉備雄才，更兼諸葛亮善能治國；東吴孫權，能識虚實，陸遜見屯兵於險要，

〔六〕「不」上，商本有「乃」字。
〔七〕「也」，光本、商本作「耶」。
〔八〕「令」，商本作「命」。
〔九〕「之深」，貫本脱。
〔一〇〕贄批「至」，緑本作「于」。
〔一一〕毛本責黄權詩改自贄本；鍾本同周本、夏本、贄本；嘉本、漁本無。

隔江泛湖，皆難卒謀。以臣觀之，諸將之中，皆無孫權、劉備敵手。【毛】不説主上，而説臣下，亦是不好説得曹丕耳。雖以陛下天威臨之，亦未見萬全之勢也。只可持守，以待二國之變。」【毛】【漁】賈詡可謂知己知彼。【贊】【鍾】（如）賈詡（者，可謂）知彼知己（矣）。丕曰：「朕已遣三路大兵伐吴，安有不勝之理？」【毛】曹丕能料蜀兵之必敗，而不能料魏兵之不勝，亦只見得别人，不曾見得自己。侍中〔一二〕劉曄曰：「近東吴陸遜新破蜀兵七十萬，上下齊心，更有江湖之阻，不可卒制，陸遜多謀，必有准備。」【毛】【漁】劉曄之見，不在賈詡之下。【贊】【鍾】劉曄亦通。丕曰：「卿前勸朕伐吴，今又諫阻，何也？」【毛】照應前文。曄曰：「時有不同也。昔東吴累敗於蜀，其勢頓挫，故可擊耳。今既獲全勝，鋭氣百倍，未可攻也。」【毛】劉曄前後兩樣説話，實有〔一三〕兩樣解説，不似今人之首鼠兩端，反覆不定也。丕曰：「朕意已決，卿勿復言。」遂引御林軍親往接應三路兵馬。早有哨馬報説東吴已有准備：令呂範引兵拒住曹休，諸葛瑾引兵在南郡拒住曹真，朱桓引兵當住濡須以拒曹仁。【毛】東吴三路兵，却借探馬口中敘來，省筆之法。劉曄曰：「既有准備，去恐無益。」【鍾】此皆利害之言。丕不從，引兵而去。

却説吴將朱桓，年方二十七歲，極有膽略，孫權甚愛之。時督軍於濡須，聞曹仁引大軍去取羨溪，桓遂盡撥軍守把〔一四〕羨溪去了，【毛】【漁】爲後文戰敗曹仁〔一五〕張本。止留五千騎守城。忽報曹仁令大將常雕，同諸葛虔、王雙引五萬精兵，飛奔濡須城來，衆軍皆有懼色。桓按劍而言曰：「勝負在將，不在兵之多寡。兵法云：『客兵倍而主兵半者，主兵尚能勝於客兵。』【毛】此論主客之異。今曹仁千里跋涉，人馬疲困。【毛】此論勞逸之異。吾與汝等共據高城，南臨大江，北背山險，【毛】此論形勢之異。以逸待勞，以

〔一二〕「侍中」，原作「尚書」，古本同。按：《三國志·魏書·劉曄傳》：「以曄爲侍中，賜爵關内侯。」據改。

〔一三〕「有」，商本作「不」。

〔一四〕「守把」，光本倒作「把守」，後一處同。

〔一五〕毛批「戰敗曹仁」，商本倒作「曹仁戰敗」。

主制〔一六〕客：此乃百戰百勝之勢。毛三句分頂上文。雖曹丕自來，尚不足憂，況仁等耶！」毛漁預爲曹丕自來伏筆。贊朱桓可用。〔一七〕鍾朱桓識兵法，便□（以）逸（代勞），一發能勝□。於是傳令，教衆軍偃旗息鼓，只作無人守把之狀。毛桓亦能軍。

且說魏將先鋒常雕，領精兵來取濡須城，遥望城上並無軍馬。雕催軍急進，離城不遠，一聲砲響，旌旗齊竪。朱桓橫刀飛馬而出，直取常雕。毛忽然有人，寫得突兀。戰不三合，被桓一刀斬常雕於馬下。吴兵乘勢衝殺一陣，魏兵大敗，死者無數。朱桓大勝，得了無數旌旗軍器戰馬。毛漁是東吴一勝。曹仁領兵隨後到來，却被吴兵從羨溪殺出〔一八〕，曹仁大敗而退。毛漁是東吴再勝。〈毛〉○此一路交鋒，却用實寫。回見魏主，細奏大敗之事，丕大驚。正議之間，忽探馬報：「曹真、夏侯尚圍了南郡，被陸遜伏兵於內，諸葛瑾伏兵於外，内外夾攻，因此大敗。」毛此一路交鋒用虛寫，妙。言未畢，忽探馬又報：「曹休亦被吕範殺敗。」毛此一路交鋒亦用虛寫，妙。漁此二〔一九〕路交鋒俱用虛寫，妙。丕聽知三路兵敗，乃喟然嘆曰：「朕不聽賈詡、劉曄之言，果有此敗。」毛漁與先主不聽孔明大同小異。時值夏天，大疫流行，馬步軍十死六七，遂引軍回洛陽。吴、魏自此不和。毛吴、魏不和，此大關目處。○以上按下吴、魏，〈毛漁〉以下再敘西蜀。

却說先主在永安宫，染病不起，漸漸沉重。至章武三年夏四月，毛一病經年。先主自知病入四肢，又哭關、張二弟，其病愈深。兩目昏花，厭見侍從之人，乃叱退左右，獨卧於龍榻之上。毛將寫夢，先寫卧；將寫見鬼，先寫厭見人。忽然陰風驟起，將燈吹摇，滅而復明。只見燈影之下，二人侍立。先主怒曰：「朕心緒不寧，教汝等且退，何故又來！」叱

〔一六〕「制」，齋本、光本作「待」，周本、夏本、贊本無。
〔一七〕贊校本脱此句贊批。
〔一八〕「出」，商本作「來」。
〔一九〕「二」，衡校本作「三」。按：正文敘曹仁敗用實寫，曹真、曹休二路敗而用虛寫，作「二」是。

之不退。先主起而視之，上首乃雲長，下首乃翼德也。先主大驚曰：「二弟原來尚在？」【毛】【漁】宛然夢中之語。雲長曰：「臣等非人，乃鬼也。上帝以臣二人平生不失信義，皆勑命爲神。哥哥與兄弟聚會不遠矣。」【毛】忽曰鬼，忽曰神，忽稱君臣，忽稱哥弟，宛然夢中所聽之語。【鍾】人死魂升魄降，惟忠義之人雖死猶生，或見形，或聞聲，理有固然，不可不信。【漁】寫得真情。先主扯定大哭，忽然驚覺，二弟不見。【毛】直待夢覺，方知是夢，寫來如畫。即喚從人問之，時正三更。【毛】直待知夢，方始知時，寫來如畫。先主嘆曰：「朕不久於人世矣！」遂遣使往成都，請丞相諸葛亮、尚書令李嚴等，星夜來永安宮聽受遺命。孔明等與先主次子魯王劉永、梁王劉理，來永安宮見帝，留太子劉禪守成都。【毛】先主在白帝，而劉禪在成都，與曹操在洛陽，而曹丕在鄴郡，臨終之時父子皆不相見，彷彿相似。【漁】先主臨終不見劉禪，與曹操臨終不見曹丕彷彿相似。

且說孔明到永安宮，見先主病危，慌忙拜伏於龍榻之下〔二〇〕。先主傳旨，請孔明坐於龍榻之側，【毛】自起兵伐吴以來，至此已有兩年之别。撫其背曰：「朕自得丞相，幸成帝業。何期智識淺陋，不納丞相之言，自取其敗，悔恨成疾，死在旦夕。嗣子孱弱，不得不以大事相托。」【毛】以三顧始，以托孤終，三顧之禮爲自己下定錢，托孤之情又爲兒子下定錢。【漁】以三顧始，以托孤終，以情以禮，可法。言訖，淚流滿面。孔明亦涕泣曰：「願陛下善保龍體，以副天下之望。」先主以目遍視，只見馬良之弟馬謖【三】音速。在傍，先主令且退。謖退出，先主謂孔明曰：「丞相觀馬謖之才何如？」【毛】百忙中忽論馬謖人才，極似閒話，不知後來却是要緊話〔二一〕。孔明曰：「此人亦當世之英才也。」先主曰：「不然。朕觀此人，言過其實，不可大用。丞相宜深察之。」【毛】【漁】早爲九十六回伏線。分付畢，傳旨召諸臣入殿，取紙筆寫了遺詔，遞與孔明

〔二〇〕「下」，原作「上」，致本、業本、貫本、滄本同。按：前文作「卧於龍榻之上」，後文作「坐於龍榻之側」，此處則應作「下」。據其他古本改。

〔二一〕「話」上，齋本、光本有「的」字。

而嘆曰：「朕不讀書，粗知大略。【毛】【漁】與孫權學問相似。聖人云：『鳥之將死，其鳴也哀；人之將死，其言也善。』朕本待與卿等同滅曹賊，共扶漢室，【毛】臨終之時，更不提起東吴，只説曹賊，則伐吴之舉，亦悔之矣。不幸中道而別。煩丞相將詔付與太子禪，令勿以爲常言。凡事更望丞相教之！」【毛】既自教之，又欲孔明教之。孔明等泣拜於地曰：「願陛下將息龍體！臣等盡施犬馬之勞，以報陛下知遇之恩也。」先主命内侍扶起孔明，一手掩淚，一手執其手，曰：「朕今死矣，有心腹之言相告。」【毛】【漁】鄭重其語，不即説出，又作一頓。孔明曰：「有何聖諭？」先主泣曰：「君才十倍曹丕，必能安邦定國，終定大事。【毛】獨以曹丕比較，是以伐魏爲重也。若嗣子可輔則輔之，如其不才，君可自爲成都之主。」【毛】宛似劉表讓荆州之語〔二二〕。○人疑此語乃先主所以結孔明之心，吾謂此語乃深知劉禪之無用也。【贊】只此一語，便奪孔明之魄。玄德真奸雄哉！【鍾】真寔不（欺）之言。【漁】在不知者，謂先主結孔明之心；在知者，深明劉禪之無用也。孔明聽畢，汗流遍體，手足失措，泣拜於地曰：「臣安敢不竭股肱之力，效〔二三〕忠貞之節，繼之以死乎！」言訖，叩頭流血。先主又請孔明坐於榻上，唤魯王劉永、梁王劉理近前，分付曰：「爾等皆記朕言：朕亡之後，爾兄弟三人皆以父事丞相，不可怠慢。」【毛】只分付二子，連三子俱分付在内。言罷，遂命二王同拜孔明。二王拜畢，孔明曰：「臣雖肝腦塗地，安能報知遇之恩也！」先主謂衆官曰：「朕已托孤於丞相，令嗣子以父事之。卿等俱不可怠慢，以負朕望。」【毛】此處方及衆官。【鍾】玄德善爲其後。又囑趙雲曰：「朕與卿於患難之中相從到今，不想於此地分别。卿可想朕故交，早晚看覷吾子，勿負朕言。」【毛】一番保阿斗，一番奪阿斗，與别將不同，故又特囑之。【漁】只兩言敘盡情誼，説盡悲楚。雲泣拜曰：「臣敢不效犬馬之勞！」先主又謂衆官曰：「卿等衆官，朕不能一一分囑，願皆

〔二二〕「語」，光本作「説」。
〔二三〕「效」，商本作「盡」。

自愛。」毛此句又極周至。○看他以上歷歷分付衆官之言，無一語及私，與曹操不同。贊細看此等舉動，玄德可謂善爲其後者矣。畢竟是箇英雄。漁臨終週到如此。言畢，駕崩，壽六十三歲。時章武三年夏四月二十四日也。

後杜工部有詩嘆曰〔二四〕：

蜀主窺吴幸〔二五〕三峽，崩年亦在永安宫。
翠華想像空山裏〔二六〕，玉殿虚無野寺中。前解。

首句如疾雷破山，何等聲勢；次句如落日掩照，何等蒼涼；三虚寫當年；四實嘆今日也。山裏安覓翠華，意中却有；寺中舊爲玉殿，目下却無。是無是有，是有是無，二語閃爍不定。「翠華」「玉殿」，又極聲勢；「空山」「野寺」，又極蒼涼。只一句中，上下忽變，真是異樣筆墨。

古廟杉松巢水鶴，歲時伏臘走村翁。
武侯祠屋常〔二七〕隣近，一體君臣祭祀同。後解。

翠華玉殿既不可見，所見惟古廟存焉。而昭烈故天子也，以天子而有廟，必也玄堂太室，所謂振鷺來賓，和鸞至止者也，而今乃巢水鶴耳。以天子之廟而有祭，必也八佾九獻，所謂羣公執爵，髦士奉璋者也，而今乃走村翁耳。祠屋近，是一樣水鶴杉松；祭祀同，是一樣村翁伏臘，非幸其君臣一體，正傷其君臣無别也。○少陵爲依嚴武而入蜀，蜀主爲伐孫權而窺吴。後人所經，前人亦經焉；後人所止，前人亦止焉。後人弔前人，後人復弔後人。不獨「玉殿」「翠華」，徒勞想像；抑且「空山」「野寺」，亦屬虚無。蜀主與武侯同盡，千載莫辨君臣；村翁與水鶴俱湮，一時何分人物。昔年白帝托孤，已作英雄往事；今日蜀中懷古，豈非文士空花。吾於此詩，得禪理矣。

〔二四〕毛本杜工部詩：明四本無。全文毛批改自《金批杜詩》之《詠蜀先主》（《詠懷古跡五首·其四》）批語。按：全詩正文引自杜甫《詠懷古跡五首·其四》，據《杜工部集》校正。
〔二五〕「幸」，原作「向」，毛校本同。據《杜工部集》改。
〔二六〕「裏」，原作「外」，毛校本、《金批杜詩》同。據《杜工部集》改，批語同。
〔二七〕「常」，原作「長」，毛校本同。據《杜工部集》改。

先主駕崩，文武官僚無不哀痛。孔明率衆官奉梓宮還成都，太子劉禪出城迎接靈柩，安於正殿之內。舉哀行禮畢，開讀遺詔。詔曰〔二八〕：

朕初得疾，但下痢耳，後轉生雜病，殆不自濟。朕聞「人年五十，不稱夭壽」。今朕年六十有餘，死復何恨？但以卿〔二九〕兄弟爲念耳。勉之！勉之！勿以惡小而爲之，勿以善小而不爲。贄鍾千古至言。惟賢〔三〇〕惟德，可以服人，卿父德薄，不足效也。卿與丞相從事，事之如父，勿怠！勿忘！卿兄弟更求聞達。至囑！至囑！

羣臣讀詔已畢，孔明曰：「國不可一日無君，請立嗣君，以承漢統。」乃立太子禪即皇帝位，改元建興。加諸葛亮爲武鄉侯，領益州牧。葬先主於惠陵，謚曰昭烈皇帝。毛昭者，光也；烈者，武也。〈毛漁〉隱然以光武比之。尊皇后吴氏爲皇太后，謚甘夫人爲昭烈皇后，糜夫人亦追謚爲皇后。陞〔三一〕賞羣臣，大赦天下。毛以上按下西蜀，以下再敘魏國。

早有魏軍探知此事，報入中原，近臣奏知魏主，曹丕大喜曰：「劉備已亡，朕無憂矣。何不乘其國中無主，起兵伐之？」毛漁伐〔三二〕吴不克，（却）（又）想伐蜀，（是諺）所云「東邊不着西邊着」也。賈詡諫曰：「劉備雖亡，必托孤於諸葛亮。亮感備知遇之恩，必傾心竭力扶持嗣主。陛下不可倉卒伐之。」毛與劉曄諫伐吴一般見識。鍾賈詡大通。正言間，忽一人從班部中奮然而〔三三〕出曰：「不乘此時進兵，更待何時？」衆視之，乃司馬懿也。毛司馬懿慣

〔二八〕毛本先主遺詔改自贄本；鍾本、漁本同贄本；贄本同嘉本，周本改自嘉本。按：嘉本改自《三國志·蜀書·先主傳》裴注引陳壽輯撰《諸葛亮集》及《通鑑·魏紀二》。

〔二九〕「卿」，齋本、光本作「汝」，後三處同。

〔三〇〕「惟賢」，商本脱。

〔三一〕「謚」，光本作「尊」，明四本無。「陞」，原作「陛」，致本同，明四本無。按：「陛」字形訛，據其他毛校本改。

〔三二〕漁批「伐」，原作「代」，據衡校本改。後文多處，徑改不記。

〔三三〕「而」，光本脱。

與〔三四〕蜀做對頭，却于此處早伏一筆。贄鍾來了。丕大喜，遂問計於懿。懿曰：「若只起中國之兵，急難取勝。須用五路大兵，四面夾攻，令諸葛亮首尾不能救應，然後可圖。」毛伐吳用三路，伐蜀用五路。三路出曹丕之意，五路出司馬之謀，前後相對。漁伐吳用三路者，曹丕之意；伐蜀用五路者，司馬之謀。丕問何五路，懿曰：「可修書一封，差使往遼東鮮卑國，見國王軻比能，賂以金帛，令起遼西羌兵十萬，先從旱路取西平關，此一路也。毛先主用沙摩柯，今司馬亦欲用軻比能，正與前文照應。再修書遣使賚官誥賞賜，直入南蠻見蠻王孟獲，令起兵十萬，攻打〔三五〕益州、永昌、牂二音庄。牁、毛眉牂，音臧；牁，音歌。嘉音臧哥。二音柯。越嶲三（人姓與郡名俱）音吮；人名音俊。〈六〉越嶲（，郡名），今隸四川行都司；永昌，（地名，）今屬永昌軍民府〔三六〕。牂牁、益州，俱郡名。四郡，以擊西川之南，此二路也。毛漁早爲後文「七擒七縱」張本〔三七〕。再遣使入吳修好，許以割地，令孫權起兵十萬，攻兩川峽〔三八〕口，徑取涪城，此三路也。毛以上三路俱是客兵。先言西路南路，而後及東路，先其近者，而後其遠者也。又可差使至降將孟達處，起上庸六上庸，（地名，）今（屬）湖廣鄖陽竹山縣（百廿里）。兵十萬，西攻漢中，此四路也。毛此一路用蜀中降將，雖是主兵，亦屬客兵，猶之〔三九〕以蜀攻蜀耳。然後命大將軍曹真爲大都督，提兵十萬，由京兆徑出陽平關取西川，此五路也。毛末一路方用自家之將，自家之兵。鍾五路夾攻雖捷，然竟上不得孔明脚手。共大兵五十萬，五路並進，諸葛亮便有呂望二補註

〔三四〕「與」，業本作「伐」。

〔三五〕「打」，光本脱。

〔三六〕醉本眉注，周、夏批、贄本系夾注「四川行都司」「永昌軍民府」原作「松藩軍民府」「建昌」。按：《一統志》：四川行都指揮使司「漢武帝置越嶲郡」，「本朝……改建昌路爲府，隸四川布政司。後廢府，改建昌衛爲軍民指揮使司，尋置行都司領衛六」；永昌軍民府「蜀漢及晉仍爲永昌郡」。據改。

〔三七〕毛批句尾，齋本、光本有「妙」字。

〔三八〕「峽」，原作「夾」，毛校本同。按：本回後文作「峽口」，據後文及明四本改。

〔三九〕「猶之」，光本脱。

吕望，即周文王時（姜）太公也。之才，安能當此乎？」丕大喜，隨即密遣能言官四員爲使前去，又命曹真爲大都督，領兵十萬，徑取陽平關。此時張遼等一班舊將皆封列侯，俱在冀、徐、青及合淝〔四〇〕【五】冀（，郡名，）在（今）北直隸真定冀州之地；徐在南直隸徐州之地（也；青，山東青州之地）；合淝，南直隸廬州之地。【漁】夾冀、徐、青、并，四州名〔四一〕；合淝在南直隸。等處，據守關津隘口，故不復調用。【毛】百忙裏又補敘别將，筆法周密。○以上按下魏國，以下再接西蜀。【漁】以下再敘西蜀。

却説蜀漢後主劉禪，自即位以來，舊臣多有病亡者，不能細説。【毛】閒閒總點一句。凡一應朝廷選法、錢糧、詞訟等事，皆聽諸葛丞相裁處。時後主未立皇后，孔明與羣臣上言曰：「故車騎將軍張飛之女甚賢，年十七歲，可納爲正宫皇后。」後主即納之。【毛】若論桃園結義，則兩人當是兄妹。然異姓爲婚，原不碍也。非若吴孟子、晉狐姬之類。【三】補註後來此女夭亡，又納次女爲后，皆飛之女也。建興元年秋八月，忽有邊報説：「魏調五路大兵來取西川：第一路，曹真爲大都督，起兵十萬，取陽平關；【毛】魏以此爲第五路，蜀却以此爲第一路。第二路，乃反將孟達，起上庸兵十萬，犯漢中；【毛】魏以此爲第四路，蜀却以此爲第二路。第三路，乃東吴孫權，起精兵十萬，取峽口入川；【毛】只有第三路彼此相同。第四路，乃蠻王孟獲，起蠻兵十萬，犯益州四郡；【毛】魏以此爲第二路，蜀却以此爲第四路。第五路，乃番王軻比能，起羌兵十萬，犯西平關。【毛】魏以此爲第一路，蜀却以此爲第五路。○魏意〔四二〕以客兵爲助，重在客兵。蜀報以魏兵爲主，重在魏兵。故前後次序各各不同。别處敘事，或一邊實寫，一邊虚寫，〈【毛】【漁】〉此處（獨兩邊皆）詳敘一番，又换一樣筆法。此五路軍馬，甚是利害。已先報知丞相，【毛】報後

〔四〇〕「淝」，原作「肥」，致本、業本、貫本、齋本、澹本、商本同。按：古地名作「合淝」，據光本、明四本改。

〔四一〕按：漁本正文作「冀、徐、合淝、并等處」，漁批從原文。

〔四二〕「意」，光本脱。

主用實寫，報孔明用虛寫。就詳敘中又一虛一實。丞相不知爲何，數日〔四三〕不出視事。」【毛】奇絶，令人猜測不出。後主聽罷大驚，【毛】【漁】不但後主驚，讀者（至此）亦驚（，奇絶）。即差近侍賫旨，宣召孔明入朝。【毛】第一日差近侍宣召。使命去了半日，回報：「丞相府下人言，丞相染病不出。」【毛】奇絶，令人猜測不出。【鍾】丞相不出，其謀已定。後主轉慌。【毛】不但後主慌，讀者至此亦慌。次日，又〔四四〕命黄門侍郎董允、諫議大夫杜瓊，去丞相卧榻前告此大事。【毛】第二日差大臣往告。董、杜二人到丞相府前，皆不得入。【毛】奇絶，令人猜測不出。【漁】先宣詔，而又往告，再後不肯放入。奇絶，真令人不解。杜瓊曰：「先帝托孤於丞相，今主上初登寶位，被〔四五〕曹丕五路兵犯境，軍情至急，丞相何故推病不出？」【毛】不説真病，竟説他推病，只在不肯放入上猜出。良久，門吏傳丞相令，言：「病體稍可，明早出都堂議事。」董、杜二人嘆息而回。次日，多〔四六〕官又來丞相府前伺候。【毛】第三日多官往〔四七〕候。從早至晚，又不見出。【毛】【漁】奇絶，令人（猜）測（摸）不出。多官惶惶，只得散去。杜瓊入奏後主曰：「請陛下聖駕親往丞相府問計。」後主即引多官入宮，啓奏皇太后。太后大驚曰：「丞相何故如此？有負先帝委托之意也！我當自往。」【毛】故作驚人之筆，以顯下文孔明之奇。董允奏曰：「娘娘未可輕往。臣料丞相必有高明之見，【毛】董允頗有見識。且待主上先往。如果怠慢，請娘娘於太廟中，召丞相問之未〔四八〕遲。」【毛】請入太廟召〔四九〕之，是重之以先帝之靈也。皆〈【毛】【漁】〉故作驚人之筆，以顯（下文）孔明（用計）之奇。太后依奏。次日，後主車駕親至相府。【毛】第四日御駕親臨。【漁】御駕親臨，與先主當日親造草廬相似。門吏見駕到，慌忙拜伏於地而迎。後主問曰：「丞

〔四三〕「數日」，齋本、光本脱。
〔四四〕「又」，光本脱。
〔四五〕「被」，商本作「彼」，形訛。
〔四六〕「多」，商本作「衆」，正文及批語後四處同。
〔四七〕「三」，業本訛作「二」。「往」，商本作「枉」。
〔四八〕「未」，商本作「不」。
〔四九〕「召」，貫本作「問」。

相在何處?」門吏曰:「不知在何處。只有丞相鈞旨,教當住百官,勿得輒入。」【鍾】□恐百官漏洩天機。後主乃下車步行,【毛】與先主親造草廬相似。獨進〔五〇〕第三重門,【毛】過了第三日,又過三重門,與先主三顧草廬相似。見孔明獨倚竹杖,在小池邊觀魚。【毛】【漁】與草廬中高卧相似。後主在後立久,乃徐徐而言曰:「丞相安樂否?」【毛】與先主階前立候相似。孔明回顧,見是後主,慌忙棄杖,拜伏於地曰:「臣該萬死!」後主扶起,問曰:「今曹丕分兵五路,犯境甚急,相父【三】(相,去聲。)父,音甫,猶「尚父」「仲父」「亞父」之類(也)。緣何不肯出府視事?」孔明大笑,扶後主入内室坐定,奏曰:「五路兵至,臣安得不知?臣非觀魚,有所思也。」【毛】觀魚者,觀吴也。後主曰:「如之奈何?」孔明曰:「鮮卑王〔五一〕軻比能、蠻王孟獲、反將孟達、魏將曹真,此四路兵,臣已皆退去了也。【毛】【漁】奇絶妙絶,真是出人意表。【贊】神矣。止有孫權這一路兵,臣已有退之之計,但須一能言之人爲使。因未得其人,故熟思之。陛下何必憂乎?」【毛】孔明之意,只致〔五二〕意在第三路。【鍾】孔明神(矣)化矣。後主聽罷,又驚又喜曰:「相父果有鬼神不測之機也!願聞退兵之策。」孔明曰:「先帝以陛下付托與臣,臣安敢旦夕怠慢。成都衆官皆不曉兵法之妙,貴在使人不測,豈可泄漏於人?【毛】先言自己托病不出,不與衆官議事之故。【贊】【鍾】老臣知兵,真有鬼神不測之機。(可敬,可敬。)老臣先知西番國王軻比能引兵犯西平關,臣料馬超積祖西州〔五三〕人氏,素得羌人之心,羌人以超爲神威天將軍,【毛】「神威天將軍」名色甚奇。覺「宇宙大將軍」之稱,不足爲怪矣。〇忙中帶補馬超一邊事,妙甚。【漁】寫馬超「神威天將軍」,言不誣也。

〔五〇〕「進」,商本作「造」。
〔五一〕「鮮卑王」,原作「羌王」,毛校本同,明四本作「羌胡」。按:前文作「鮮卑國王」「番王」,皆通;後文「蠻王孟獲」亦爲「番王」。據前文改。
〔五二〕「致」,光本作「注」。
〔五三〕「西州」,原作「西川」,古本同。按:羌人所居地非西川,乃涼州。《三國志·蜀書·馬超傳》:「父騰,靈帝末與邊章、韓遂等俱起事於西州。」據改。

臣已先遣一人，星夜馳檄，令馬超緊守西平關，伏四路奇兵，每日交換，以兵拒之：此一路不必憂矣。【毛】一向單寫子龍、漢升等戰功，馬超頗覺冷落，于此處用之，功却不小。又南蠻孟獲，兵犯四郡，臣亦飛檄遣魏延領一軍左出右入，右出左入，爲疑兵之計：蠻兵惟憑勇力，其心多疑，若見疑兵，必不敢進：此一路又不足憂矣。【毛】此處用着魏延，魏延亦不冷落。【漁】此一路用魏延疑兵之計，更妙。又知孟達引兵出漢中，達與李嚴曾結生死之交，臣回成都時，留李嚴守永安宮，【毛】托孤時事，却于此處補出。【三】（永安宮，）即白帝城也。臣已作一書，只做李嚴親筆，令人〔五四〕送與孟達，達必然推病不出，以慢軍心，此一路又不足憂矣。【毛】【漁】此處用着李嚴，方知托孤時同受遺命，不爲無謂〔五五〕。【贄】【鍾】此爲觀魚乎哉？又知曹真引兵犯陽平關，此地險峻，可以保守，臣已調趙雲引一軍守把〔五六〕關隘，並不出戰，曹真若見我兵不出，不久自退矣。【毛】此處又用子龍，却不用戰而用守，又是一樣用法。【漁】用子龍不戰而守，又一樣用法。此四路兵俱不足憂，臣尚恐不能全保，又密調關興、張苞二將〔五七〕，各引兵三萬，屯於緊要之處，爲各路救應。【毛】【漁】（又總用興、苞二將，）布置周密。此數處調遣之事，皆不曾經〔五八〕由成都，故無人知覺。【毛】又説明衆人不知之故。【漁】主見得定。只有東吴這一路兵，未必便動。如見四路兵勝，川中危急，必來相攻，若四路不濟，安肯動乎？臣料孫權想曹丕三路侵吴之怨，必不肯從其言。【毛】孔明意中却以孫權一路爲第五路，似以此一路爲輕。【贄】【鍾】料敵如神。〔五九〕雖然如此，須用一舌辯之士，逕往東吴，以利害説之，則先退東吴，其四路之兵，何足憂乎？【毛】孔明意中，又以孫權一路爲第一路，却又以此一路爲重。【漁】意在此一路爲輕，又却此一路

〔五四〕「令人」，商本脱。
〔五五〕毛批「遺」上、「謂」下，齋本、光本有「了」「也」。
〔五六〕「守把」，光本、商本倒作「把守」。
〔五七〕「二將」，商本脱。
〔五八〕「經」，齋本、光本脱。
〔五九〕綠本脱此句贄批。

爲重。但未得說吳之人，臣故躊躇。何勞陛下聖駕來臨？」後主曰：「太后亦欲來見相父。今朕聞相父之言，如夢初覺，復何憂哉！」孔明與後主共飲數杯，毛漁（連日受恐，）此（數杯）酒只算壓驚。送後主出府。衆官皆環立於門外，見後主面有喜色。後主別了孔明，上御車回朝，衆皆〔六〇〕疑惑不定。毛不知葫蘆裏賣甚藥。孔明見衆官中一人，仰天而笑，面亦有喜色。毛不曾吃酒，亦有春〔六一〕色，如此人者，不可不與飲酒，然惟如此人者，可不與飲酒。贊鍾亦復有此一人。孔明視之，乃義陽新野人，姓鄧名芝，字伯苗，見〔六二〕爲尚書，漢司徒〔六三〕鄧禹之後。孔明暗令人留住鄧芝。多官皆散，孔明請芝到書院中，問芝曰：「今蜀、魏、吳鼎分三國，欲討二國，一統中興，當先伐何國？」毛不用鄧芝問孔明，先用孔明問鄧芝以試之，妙甚。芝曰：「以愚意論之，魏雖漢賊，其勢甚大，急難搖動，當徐徐緩圖。今主上初登寶位，民心未安，當與東吳連合，結爲脣齒，一洗先帝舊怨，此乃長久之計也。毛漁（一句）正合着「東和〔六四〕孫權」一語。贊鍾此隆中老主意也。未審丞相鈞意若何？」孔明大笑曰：「吾思之久矣，奈未得其人，今日方得也！」芝曰：「丞相欲其人何爲？」孔明曰：「吾欲使人往結東吳。公既能明此意，必能不辱君命。使乎〔六五〕之任，非公不可！」毛漁妙在待他自說出來，（然後教他）（方使之）去。芝曰：「愚才疎智淺，恐不堪當此任〔六六〕。」孔明曰：「吾來日奏知天子，便請伯苗一行，切勿推辭。」芝應允而退。至次日，孔明奏准後主，差鄧芝往說東吳。芝拜辭，望東吳而來。正是：

〔六〇〕「皆」，商本作「官」。
〔六一〕「春」，商本作「喜」。
〔六二〕「見」，商本作「前」。
〔六三〕「尚書」上原有「户部」。「司徒」，原作「司馬」，古本同。按：《三國志·蜀書·鄧芝傳》：「漢司徒禹之後也」，「所在清嚴有治績，入爲尚書。」東漢無六部。據刪、改。
〔六四〕毛批「正」，齋本、光本作「其」。「和」，商本作「吳」。
〔六五〕「乎」，明四本無，齋本、光本、商本作「吳」。
〔六六〕「任」上，光本、商本有「重」字。

吴人方見干戈息，蜀使還將玉帛通。

未知鄧芝此去若何，且看下文分解。

玄德託孤數語，人以爲誠語，予特以爲奸雄之言也。有此數語，孔明縱奸如莽、操，亦自動手脚不得矣，況孔明又原忠誠不二者乎？

孔明固爲筭無遺策，但拿班也是第一手。先前草廬三顧，已在他父親面前拿過班矣；今復觀魚不出，又在他兒子面前拿班。做軍師的直是這樣貴重。雖然，不如此又言不聽計不從，衆人多口矣。也是没柰何耳，豈得已哉！

先主托孤真寔不欺，即稍肫懇者，亦自感動，況忠誠如孔明乎！宜其有以報知遇之恩也。

孔明觀魚不出，早將神機妙筭，俱已辦却。大抵善幹事者，深謀遠慮，斷不淺露如此。

第八十六回

難張温秦宓逞天辨
破曹丕徐盛用火攻

自曹丕以三路取吴，而吴、魏之釁生；自曹丕以五路取蜀，而吴、蜀之交復合。吴、蜀之交復合，而吴、魏之釁乃愈生矣。以前回觀之，則五路之中，孔明獨以孫權一路爲緩；以此回觀之，則五路之中〔一〕，孔明又以孫權一路爲急。蓋其於四路，不過退之已耳。若孫權一路，則不但退之，又將用之。退之使不侵蜀，用之即使侵魏也。吴縱不侵魏，而魏必侵吴，以致吴之侵魏；既致吴之侵，而吴必結我以侵魏。是吴以兩路答三路之師，蜀亦以兩路答五路之師也。然則魏之伐吴，適所以自伐；而蜀之通吴，乃其所以伐魏歟？

孔明之遣鄧芝，爲伐魏地也。然爲伐魏地，亦正爲吞吴地也。先主嘗讐吴矣，先主讐之，而孔明通之，豈孔明之心異於先主哉？以爲不先滅魏，則吴未可吞；而不先通吴，則魏未可滅。魏滅而蜀與吴勢不兩存。觀鄧芝「天無二日」之言，章章可見。然則孔明反先主伐吴之事，實欲終先主吞吴之志耳。

屈靈均作《天問》，柳子厚作《天對》，一問於千百載之前，一對於千百載之後。竊謂子厚未識靈均寄托之本意，恨不再起靈均以難之。若秦宓既爲天對以答問，又復爲天問以索對，殆以一人而兼靈均、子厚之長矣。

吴王〔二〕初以刀鋸鼎鑊待蜀使，而吴使至蜀，蜀豈得無答禮乎？有秦宓之舌劒，可以當刀斧手；其懸河之口，可以當油鼎之沸矣。然

〔一〕「孔明」至「之中」二十字，貫本脱，疑翻刻串行而脱。

〔二〕「王」，原作「侯」，毛校本同。按：孫權已受曹丕封爲「吴王」，據前文改。

孔明亦常舌戰東吴之士，何以不自折之，而乃用秦宓也？曰：師相之體固宜養重，與前番入吴時又自不同故也。

前有周郎赤壁之火，又有陸遜猇亭之火，無分毫相犯，斯亦事與文之最奇者矣。乃不意兩番之後，又有徐盛南徐之火，又與前兩番無分毫相犯。如赤壁、猇亭之用火甚遲，南徐之用火甚速，其不同者一。曹操、先主之兵燒之而後退，曹丕之兵至於退而後燒；前兩番則以火躡其後，後一番則以火截其前，其不同者二。周郎之兵先小勝而後大勝，陸遜之兵先小敗而後大勝，而徐盛則止是一勝，其不同者三。不但此也。程普不服周郎，韓當、周泰不服陸遜，是以老成輕量少年；孫韶不服徐盛，是以少年輕量老成，此則其同而不同者也。曹操有連環之舟，先主有連營之屯，其連在敵；徐盛有連城之勢，其連在我，此又其同而不同者也。孔明以草爲人，用之大霧之中；徐盛以草爲人，見〔三〕之大霧之後。孔明以石爲兵，禦陸遜於既勝；徐盛以木爲城，惑曹丕於初來。其彷彿處皆種種各別。如此妙事，如此妙文，使今之揑造稗官者執筆而摹之，豈能效其萬一耶？

若曹丕自守鄴都〔四〕，吴亦以徐盛代守荆州，而令司馬懿與陸遜相拒於江淮之間，其鬬智必有可觀，惜未見此兩人之交手也。且使攻南徐者爲曹操，則龍舟之役未必如此之憊；又使助徐盛者有孔明，則曹丕之奔必無生還之路矣。讀書者將前後彼此相易而觀之，則其人才之分數自出。

却説東吴陸遜，自退魏兵之後，吴王〔五〕拜遜爲輔國將軍、江陵侯，領荆州牧。自此軍權皆歸於

〔三〕「見」，商本作「用」。
〔四〕「都」，澹本、商本作「郡」。
〔五〕「王」，商本作「主」。

遜。張昭、顧雍啟奏吳王，請自改元。權從之，遂改爲黃武元年。【毛】魏曰「黃初」，吳亦曰「黃武」，皆應「黃天當立」之讖。【三】因魏號「黃初」，蜀號「章武」，於二號中各取一字，故號曰「黃武」。忽報魏主遣使至，權召入。使命陳說：「蜀前使人求救於魏，魏一時不明，故發兵應之，【毛】蜀安肯求救於魏，如此說謊騙孫權不信。今已大悔，欲起四路兵收〔六〕川，東吳可來接應。若得蜀土，各分一半。」【毛】前既救蜀，今又取蜀，便是自相矛盾之語。權聞言，不能決，乃問於張昭、顧雍等。昭曰：「陸伯言極有高見，可問之。」權即召陸遜至。遜奏曰：「曹丕坐鎮〔七〕中原，急不可圖，今君〔八〕不從，必爲讎矣。臣料魏與吳皆無諸葛亮之敵手，今且勉强應允，整軍預備，只探聽四路如何。若四路兵勝，川中危急，諸葛亮首尾不能救，主上則發兵以應之，先取成都，深〔九〕爲上策；如四路兵敗，別作商議。」【毛】已在孔明算中。【贊】亦是。【鍾】（陸遜）之（計），果不（出）孔明所料。【漁】早不出孔明所料。權從之，乃謂魏使曰：「軍需未辦，擇日便當起程。」使者拜辭而去。權令人探得：西番兵出西平關，見了馬超，不戰自退；南蠻孟獲起兵攻四郡，皆被魏延用疑兵計殺退回洞去了；上庸孟達兵至半路，忽然染病不能行；曹真兵出陽平關，趙子龍拒住各處險道，果然「一將守關，萬夫莫開」。曹真屯兵於斜谷【五】斜谷，（地名，）在陝西西安府郿州也。道，不能取勝而回。【毛】【漁】四路兵退，却在孫權（一邊聽得，不向西蜀一邊〔一〇〕敘來，筆）（口中敘出，文）法變換，（却）又（極）省筆（法）。孫權知了此信，乃謂文武曰：「陸伯言真神算也。孤若妄動，又結怨於西蜀矣。」【毛】怕結怨于蜀一語，絶妙鬭笋。

忽報西蜀遣鄧芝到。張昭曰：「此又是諸葛亮退兵之計，遣鄧芝爲説客也。」權曰：「當何以

〔六〕「收」，商本作「取」。
〔七〕「至遜奏」，商本倒作「遜至奏」。「鎮」，齋本、光本作「定」。
〔八〕「君」，光本作「若」。
〔九〕「深」，齋本、光本、商本作「此」。
〔一〇〕毛批「邊」，商本作「筆」。

答之?」昭曰：「先於殿前立一大鼎，貯油數百斤，下用炭燒。待其油沸，可選身長面大武士一千人，各執刀在手，從宮門前直擺〔一一〕至殿上，却喚芝入見。休等此人開言下說詞，責以酈㊁音力。食㊁音異。其㊁音箕。說齊故事，㊁補註酈食其，漢高祖時人，不用軍兵，伏軾掉三寸舌往說，齊國七十餘城具下。效此例烹之，看〔一二〕其人如何對答。」毛漁如此恐嚇，亦是下着。權從其言，遂立油鼎，命武士立〔一三〕於左右，各執軍器，召鄧芝入。芝整衣冠而入，行至宮門前，只見兩行武士，威風凜凜，各持鋼刀、大斧、長戟、短劍，直列至殿上〔一四〕。芝曉其意，並無懼色，昂然而行。毛以前能有喜色，故此時能〔一五〕無懼色。至殿前，又見鼎鑊〔一六〕內熱油正沸，左右武士以目視之，芝但微微而笑。毛漁（鄧芝直〔一七〕是）（總）嚇不動。近臣引至簾前，鄧芝長揖不拜。妙。贄鍾使乎！使乎！（可人，可人。）權令捲起珠簾，大喝曰：「何不拜！」芝昂然而答曰：「上國天使，不拜小邦之主。」毛漁以硬對硬。權大怒曰：「汝不自料，欲掉三寸之舌，效酈生說齊乎！可速入油鼎！」芝大笑曰：「人皆言東吳多賢，誰想懼一儒生！」毛漁（不但說自己不懼，）反說東吳懼他，妙甚〔一八〕。權轉怒曰：「孤何懼爾一匹夫耶〔一九〕?」芝曰：「既不懼鄧伯苗，何愁來說汝等也?」贄妙，妙！權曰：「爾欲爲諸葛亮作說客，來說孤絶魏向蜀，是否?」芝曰：「吾乃蜀中一〔二〇〕儒生，特爲吳國利害而來。毛漁不說爲蜀，反說爲吳，妙（甚）（絶）。乃陳兵設鼎〔二一〕，以拒一使，何其

〔一一〕「擺」，齋本、光本作「排」。
〔一二〕「看」上，齋本、光本有「且」字。
〔一三〕「立」，光本作「侍」，嘉本作「列」。
〔一四〕「戟」「劍」，商本互易作「劍」「戟」。「上」，齋本、光本作「前」。
〔一五〕「能」，商本作「皆」。
〔一六〕「鑊」，原作「護」，致本同，據其他古本改。
〔一七〕毛批「直」，致本同，其他毛校本作「真」。
〔一八〕毛批「甚」，業本作「法」，澹本作「算」。
〔一九〕「耶」，商本作「耳」。
〔二〇〕「一」，商本作「之」。
〔二一〕「陳兵設鼎」，齋本、光本倒作「設兵陳鼎」。

局量之不能容物耶？」【毛】又用激法。【鍾】開得好□。權聞言惶愧，即叱退武士，命芝上殿，賜坐而問曰：「吳、魏之利害若何？願先生教我。」【贊】【鍾】仲謀真如小兒，可發（長者）一笑。芝曰：「大王欲與蜀和，還是欲與魏和？」【毛】妙在先問他主意。權曰：「孤正欲與蜀主講和，【毛】【漁】（此句）待他自説，（更）妙（甚）。但恐蜀主年輕識淺，不能全始全終耳。」芝曰：「大王乃命世之英豪，諸葛亮亦一時之俊傑；【毛】權欺後主之幼，芝乃請出孔明來對説。【漁】權欺阿斗，鄧芝請出孔明，更妙。蜀有山川之險，吳有三江之固。【毛】上二語説吳、蜀人才，此二語説吳、蜀形勢。若二國連和，共爲脣齒，進則可以兼吞天下，退則可以鼎足而立。【毛】此言與蜀和之利。【贊】【鍾】至言至言（，有理有理）。今大王若委質〔二二〕稱臣於魏，魏必望大王朝覲，求世子〔二三〕以爲内侍，如其不從，則興兵來攻，蜀亦順流而進取，【毛】【漁】（妙在）又用一句硬話。如此則江南之地，不復爲大王有矣。【毛】【漁】（此）言與魏和之害。【贊】【鍾】説得如此利害。若大王以愚言爲不然，愚將就死於大王之前，以絶説客之名也。」【毛】【漁】（又）答還説客一句，（更）妙（甚）。言訖，撩衣下殿，望油鼎中便跳。【毛】此等做法，却是放刁，妙不可言。【贊】【鍾】更妙。權急命止之，請入後殿，以上賓之禮相待。權曰：「先生之言，正合孤意。孤今欲與蜀主連和，先生肯爲我介紹乎？」【毛】反〔二四〕使孫權求他，妙不可言。芝曰：「適欲烹小臣者，乃大王也；今欲使小臣者，亦大王也〔二五〕。大王猶自狐疑未定，安能取信於人？」【毛】【漁】反（是他）作（難）起（難）來。妙（不可言）。【贊】【鍾】説得更自入人。權曰：「孤意已決，先生勿疑。」【毛】恐孫權不決，故撩他此一句出來。於是吳王留住鄧芝，集多〔二六〕官問曰：「孤掌江南八十一州，更有荊楚之

〔二二〕「質」，明四本作「曲」，齋本作「贄」。
〔二三〕「世子」，原作「太子」，毛校本同；明四本作「東宮太子」。按：時孫權爵位爲吳王，作「世子」是。
〔二四〕「反」，光本作「及」，形訛。
〔二五〕「今欲」至「王也」十字，商本脱。
〔二六〕「多」，商本作「衆」。

地，反不如西蜀偏僻之處也？蜀有鄧芝，不辱其主，吳並無一人入蜀，以達孤意。」毛漁孫權亦〔二七〕用激法。忽一人出班奏曰：「臣願爲使。」衆視之，乃吳郡吳人，姓張名温，字惠恕，見爲輔義〔二八〕中郎將。權曰：「恐卿到蜀見諸葛亮，不能達孤之情。」毛漁又激他（一句）。温曰：「孔明亦人耳，臣何畏彼哉？」毛漁孫權（不注意後主而）注意（在）孔明，使者之意亦（不在後主而）在孔明。贅鍾此人便有（腐）（怒）氣。權大喜，重賞張温，使同鄧芝入川通好。毛以上按下東吳，以下再敘西蜀。

却說孔明自鄧芝去後，奏後主漁此處再敘後主。曰：「鄧芝此去，其事必成。吳地多賢，定有人來答禮，陛下當禮貌之，毛不必用油鍋武士。令彼回吳，以通盟好。吳若通和，魏必不敢加兵於蜀矣。吳、魏寧靖，臣當征南，平定蠻方，毛便爲七擒孟獲張本。然後圖魏。毛便爲六出祁山張本。魏削則東吳亦不能久存，毛仍照顧先主伐吳之意。可以復一統之基業也。」漁着着先定。後主然之。

忽報東吳遣張温與鄧芝入川答禮。後主聚文武於丹墀，令鄧芝、張温入。温自以爲得志，昂然上殿，見後主施禮。後主賜錦墩，坐於殿左，設御宴待之，後主但敬禮而已。毛說不出一句話。漁只此便知後主無能爲也。宴罷，百官送張温到舘舍。次日，孔明設宴相待。孔明謂張温曰：「先帝在日，與吳不睦，今已宴駕。當今主上，深慕吳王，欲捐舊忿，永結盟好，併力〔二九〕破魏。望大夫善言回奏。」毛鄧芝見吳王，不曾提起先主伐吳之事，却於孔明對吳使補出。漁只此數語，言内言外，包括盡矣。張温領諾。酒至半酣，張温喜笑自若，頗有傲慢之意。毛孔明此日任其傲慢，不與計論，自是相體。次日，後主將金帛賜與張温，設宴於城南郵亭之上，命衆官相送。孔明

〔二七〕毛批「亦」，商本作「又」。
〔二八〕「輔義」，原無，古本同。按：《三國志·吳書·吳主傳》：「遣輔義中郎將張温聘于蜀。」據補。
〔二九〕「併力」，業本訛作「併刀」，商本作「同力」。

慇懃勸酒，正飲酒間，忽一人乘醉而入，昂然長揖，入席就坐。【毛】【漁】此人定是孔明約來。温怪之，乃問孔明曰：「此何人也？」孔明答曰：「姓秦名宓，字子勑，見爲益州學士。」温笑曰：「名稱學士，未知胸中曾『學事』否？」【毛】【漁】（此句）笑今人則可，笑秦宓（則）不可。宓正色而言曰：「蜀中三尺小童，尚皆就學，何況於我？」温曰：「且説公何所學？」宓對曰：「上至天文，下至地理，三教九流，諸子百家，無所不通；古今興廢，聖賢經傳，無所不覽。」【毛】此等大話，我今亦聞之矣，但未見真有如秦宓者耳。【贊】【鍾】此人定是孔明約來，亦留侯之「四皓」也。温笑曰：「公既出大言，請即以天爲問：天有頭乎？」【毛】問得詼諧。宓曰：「有頭。」【毛】答亦詼諧。温曰：「頭在何方？」【毛】詼諧。宓曰：「在西方。《詩》云：『乃眷西顧。』以此推之，頭在西方也。」【毛】【漁】便將西蜀高擡（，妙）。温又問：「天有耳乎？」【毛】詼諧。宓答曰：「天處高而聽卑。《詩》云：『鶴鳴於〔三〇〕九皋，聲聞於天。』無耳何能聽？」【毛】敏妙之極。【贊】【鍾】勝講學諸公多矣。温又問：「天有足乎？」【毛】詼諧。宓曰：「有足。《詩》云：『天步艱難。』無足何能步？」【毛】敏妙之極。温又問：「天有姓乎？」【毛】詼諧。宓曰：「豈得無姓！」【毛】妙。温曰：「何姓？」宓答曰：「姓劉。」【毛】妙。【漁】答姓劉，更妙。温曰：「何以知之？」宓曰：「天子姓劉，以故知之。」【毛】天子爲天之子，以子之姓，姓其父也。然則天子屢易姓，則天之姓亦屢易矣。【贊】通，大通。〔三一〕【鍾】（答）得絶（妙）。温又問曰：「日生於東乎？」【毛】日言君象，是言君在東吴也。【漁】温言君在東吴之意。宓對曰：「雖生於東，而没於西。」【毛】又將西蜀抹倒東吴。此時秦宓語言〔三二〕清朗，答問如流，滿坐皆驚。張温無語，宓乃問

〔三〇〕「於」，原無，業本、貫本、齋本、澹本、商本、明四本同。按：《詩經·小雅·鴻雁之什》第四篇《鶴鳴》：「鶴鳴於九皋，聲聞於天。」據光本補。

〔三一〕「通大通」，緑本作「大通大通」。按：皆通。贊甲本版面無闕文痕跡，疑後本衍。

〔三二〕「語言」，商本倒作「言語」。

曰：「先生東吳名士，既以天事下問，必能深明天之理。昔混沌既分，陰陽剖判，輕清者上浮而爲天，重濁者下凝而爲地。至共工氏戰敗，頭觸不周山，天柱折，地維缺：天傾西北，地陷東南。天既輕清而上浮，何以傾其西北乎？毛漁張温（之）問天是詼諧，秦宓却認真問起來，教他如何對答。又未知輕清之外，還是何物？毛此一句又問天之外，一發難對。願先生教我。」張温無言可對，乃避席而謝曰：「不意蜀中多出俊〔三三〕傑！恰聞講論，使僕頓開茅塞。」二音色。贊無可奈何，只得如此。孔明恐温羞愧，故以善言解之曰：「席間問難，皆戲談耳。足下深知安邦定國之道，何在〔三四〕脣齒之戲哉？」毛漁暗約秦宓來難倒了他，却又自己收〔三五〕科，孔明真是妙人。贊妙，妙！鍾孔明妙。温拜謝。孔明又令鄧芝入吳答禮，就與張温同行。張、鄧〔三六〕二人拜辭孔明〔三七〕，望東吳而來。

却説吳王見張温入蜀未還，乃聚文武商議。忽近臣奏曰：「蜀遣鄧芝同張温入國答禮。」權召入。張温拜於殿前，備稱後主、孔明之德，願求永結盟好，特遣鄧尚書又來答禮。權大喜，乃設宴待之。權問鄧芝曰：「若吳、蜀二國同心滅魏，得天下太平，二主〔三八〕分治，豈不樂乎？」芝答曰：「『天無二日，毛漁秦宓論天，鄧芝又論天。民無二王』。如滅魏之後，未識天命所歸何人。但爲君者各修其德，爲臣者各盡其忠：則戰争方息耳。」毛漁鄧芝到底不弱，勝張温多矣。贊通。鍾言甚利害。權大笑曰：「君之誠欵，乃如是耶！」贊此大作用，大奸詐也，何言老實乎？鍾何謂誠實？遂厚贈鄧芝還蜀。自此吳、蜀通好。毛自此一和之後，永不相伐，又是大關目處。〇以上

〔三三〕「俊」，商本作「豪」。

〔三四〕「在」，商本作「足」。

〔三五〕漁批「收」，衡校本作「救」。

〔三六〕「鄧」，光本作「温」。

〔三七〕「辭孔明」，原作「謝孔明」，致本、業本、貫本、齋本、澹本、光本同；商本作「辭而去」。按：「拜辭」義通，「拜謝」與前句重，據明四本改。

〔三八〕「主」，澹本作「王」，光本作「國」。

按下吴、蜀兩邊，以下接敘魏國一邊。【漁】此係大関目處。

却說魏國【漁】又敘魏國。細作人探知此事，火速報入中原。魏主曹丕聽知，大怒曰：「吴、蜀連和，必有圖中原之意也。不若朕先伐之。」於是大集文武，商議起兵伐吴。【毛】頭醋不酸，只怕二醋不辣。此時大司馬曹仁、太尉賈詡已亡。侍中辛毗出班奏曰：「中原之地，土濶民稀，而欲用兵，未見其利。今日之計，莫若養兵屯田十年，足食足兵，然後用之，則吴、蜀方可破也。」【毛】【漁】辛毗（十年）之説太遠，與賈詡、劉曄（之諫伐吴）不〔三九〕同。丕怒曰：「此迂儒之論也！今吴、蜀連和，早晚必來侵境，何暇等待十年！」【贊】是。即傳旨起兵伐吴。司馬懿奏曰：「吴有長江之險，非船莫〔四〇〕渡。陛下必御駕親征，可選大小戰船，從蔡、潁而入淮，取壽春，至廣陵，渡江口，逕取南徐，【二】蔡，水名，在河南汝寧府上蔡縣出；潁，水名，由河南至鳳陽府潁州而出；淮，水名，今淮安府。〈【六】〉壽春，（郡名，）今（屬南直隸）壽州（是也）；廣陵，（郡名，）今揚州府（是也）；南徐（，郡名），今（屬）鎮江府（是也）。此爲上策。」【毛】與曹操之屯兵赤壁又不同。蓋曹操既得荆州，故赤壁之兵欲從荆州渡江；今荆州已屬孫權，故淮上之軍欲從廣陵渡江。地勢既殊，局面亦異。丕從之。於是日夜併工，造龍舟十隻，長二十餘丈，可容二千餘人，【毛】【贊】此時好〔四一〕向鎮江看（大龍舟也）（龍船也，一笑一笑）。【漁】比鎮江龍船大不同矣。收拾戰船三千餘隻。魏黄初五年秋八月，會聚〔四二〕大小將士，令曹真爲前部，張遼、張郃、文聘、徐晃等爲大將先行，許褚、吕虔爲中軍護衛，曹休爲合後，劉曄、蔣濟爲叅謀官〔四三〕。【毛】劉曄此時何以不諫？前後水陸軍馬三十餘萬，剋日起兵。尚書右僕射【二】音夜。司馬懿封撫軍大將軍，假

〔三九〕漁批「不」上，衡校本有「之諫伐吴」四字。
〔四〇〕「莫」，光本作「不」，明四本作「不可」。
〔四一〕毛批「時好」，光本倒作「好時」。
〔四二〕「會聚」，商本倒作「聚會」。
〔四三〕「叅」，業本訛作「泰」。「官」，齋本、光本脱。

節鉞〔四四〕，留在許昌，凡國政大事，並皆聽懿決斷。毛漁便爲司馬氏專權之兆。

不説魏兵起程，却説東吴細作探知此事，報入吴國，漁再敘孫權。近臣慌奏吴王曰：「今魏主〔四五〕曹丕親自乘駕龍舟，提水陸大軍三十餘萬，從蔡、潁出淮，必取廣陵渡江來下江南，甚爲利害。」孫權大驚，即聚文武商議。顧雍曰：「今主上既與西蜀連和，可修書與諸葛孔明，令起兵出漢中，以分其勢。毛漁爲下文趙雲取陽平關伏線。贊是。一面遣一大將，屯兵南徐以拒之。」權曰：「非陸伯言不可當此大任。」雍曰：「陸伯言鎮守荊州，不可輕動。」毛丕之不取荊州，想亦爲陸遜在彼之故。贊是。鍾顧雍老成。權曰：「孤非不知，奈眼前無替力之人。」毛漁孫權慣用激將法〔四六〕。言未盡，一人從班部内應聲而出曰：「臣雖不才，願統一軍以當魏兵。若曹丕親渡大江，臣必生擒以獻殿下；若不渡江，亦殺魏兵大半，令魏兵不敢正視東吴。」權視之，乃徐盛也。毛守南徐，恰好用着姓徐的。權大喜曰：「如得卿守江南一帶，孤何憂哉！」遂封徐盛爲安東將軍，總鎮都督建業、南徐二建業，郡名，今應天府是也；南徐，今鎮江府是也。軍馬。盛謝恩，領命而退，即傳令教衆官軍多置器械，多設旌旗，以爲守護江岸之計。毛其地曰徐，其將曰徐，其用兵亦不疾而徐。忽一人挺身出曰：「今日大王以重任委託將軍，欲破魏兵以擒曹丕，將軍何不早發軍馬渡江，於淮南之地迎敵？直待曹丕兵至，恐無及矣。」毛漁與韓當、周泰不服陸遜彷彿相似。贊極是。盛視之，乃吴王姪孫韶也。韶字公禮，官授揚威將軍，曾在廣陵守禦，年幼負氣，

〔四四〕「尚書右僕射司馬懿封撫軍大將軍，假節鉞」，原作「封司馬懿爲尚書僕射」，古本同。按：《晉書·宣帝紀》：「黄初二年，督軍官罷，遷侍中、尚書右僕射」，「帝留鎮許昌，改封向鄉侯，轉撫軍、假節，領兵五千，加給事中、録尚書事。」《三國志·魏書·文帝紀》裴注引《魏略》載曹丕詔書曰「尚書僕射西鄉侯司馬懿爲撫軍大將軍」。據改。

〔四五〕「主」，原作「王」，毛校本、夏本、贊本同。按：曹丕已稱帝，據嘉本、周本改。

〔四六〕毛批「法」上，商本有「之」字。

極有膽勇。【毛】陸遜以年少，人不服他；孫韶亦以年少，不肯服人。盛曰：「曹丕勢大，更有名將爲先鋒，不可渡江迎敵。待彼船皆集於北岸，吾自有計破之。」【毛】與陸遜候先主移營彷彿相似。韶曰：「吾手下自有三千軍馬，更兼深知廣陵路勢，吾願自去江北與曹丕決一死戰。如不勝，甘當軍令。」【贊】此子大通。盛不從，韶堅執要去。盛只是不肯，韶再三要行。盛怒曰：「汝如此〔四七〕不聽號令，吾安能制諸將乎？」【贊】亦是。〔四八〕叱武士推出斬之。【毛】【漁】如韓信之欲斬樊噲。刀斧手擁孫韶出轅門之外，立起皂旗。韶部將飛報孫權，權聽知，急上馬來救。【毛】樊噲是相國來救，孫韶却是君王自救。武士恰待行刑，孫權早到，喝散刀斧手，救了孫韶。韶哭奏曰：「臣往年在廣陵，深知地利〔四九〕。不就那裏與曹丕厮殺，直待他下了長江，東吴指日休矣！」【毛】【漁】孫韶有終軍、宗慤之風。【贊】亦是一見，吴〔五〇〕快可取。權逕入營來，徐盛迎接入帳，奏曰：「大王命臣爲都督，提兵拒魏。今揚威將軍孫韶不遵軍法，違令當斬，大王何故赦之？」

權曰：「韶倚血氣之壯，誤犯軍法〔五一〕，萬希寬恕。」盛曰：「法非臣所立，亦非大王所立，乃國家之典刑也。若以親而免之，何以令衆乎？」【毛】【漁】徐盛有穰苴、孫武之風。【贊】好箇徐盛。〔五二〕【鍾】徐盛有理。權曰：「韶犯法，本應任將軍處治，奈此子雖本姓俞氏，然孤兄甚愛之，賜姓孫，於孤頗有勞績〔五三〕。今若殺之，負兄義矣。」【毛】【漁】孫權篤於兄弟，與曹丕不同。盛曰：「且看大王之面，寄下死罪。」權令孫韶拜謝，韶不肯拜，厲聲而言曰：「據吾之見，只是引軍去破曹丕！便死也不服你的見識！」【毛】可謂强項

〔四七〕「如此」，光本作「在此」，明四本作「今」。

〔四八〕贊批二字漫漶，據贊校本補。

〔四九〕「利」，齋本、光本作「理」。

〔五〇〕「吴」，緑本訛作「央」。

〔五一〕「法」，原作「令」，致本、業本、貫本、滄本、商本、明四本同。按：前後句皆論「軍法」，據前後文及齋本、光本改。

〔五二〕緑本脱此句贊批。

〔五三〕「績」，原作「蹟」，同「迹」，致本、業本、貫本、齋本、滄本、明四本同。按：「勞績」義通，據光本、商本改。

將軍。【贊】韶是硬漢，不以成敗論可也。【鍾】孫韶志亦可取，勿以成敗論也。【漁】少年性格寫得盡情。徐盛變色。權叱退孫韶，謂徐盛曰：「便無此子，何損於吳？今後勿再用之。」【毛】【漁】善於調停。【贊】吳主亦通。言訖自回。是夜人報徐盛，說：「孫韶引本部三千精兵，潛地過江去了。」盛恐有失，於吳王面上不好看，乃喚丁奉授以密計，引三千兵渡江接應。【毛】【漁】（徐盛亦得體，）若棄韶而不救，便不成大將矣。【贊】【鍾】好箇徐盛。

却說魏主〔五四〕駕龍舟至廣陵，前部曹真已領兵列於大江之岸。曹丕問曰：「江岸有多少兵？」真曰：「隔岸遠望，並不見一人，亦無旌旗營寨。」【毛】【漁】與朱桓之在濡須彷佛相似。丕曰：「此必詭計也。朕自往觀其虛實。」於是大開江道，放龍舟直至大江，泊於江岸。船上建龍鳳日月五色旌旗，儀鑾簇擁，光耀射目。【毛】此等龍舟，只好去汨羅江弔屈原耳。【漁】此等龍舟，賞端陽真暢。曹丕端坐舟中，遙望江南，不見一人，回顧劉曄、蔣濟曰：「可渡江否？」曄曰：「兵法『實實虛虛』。彼見大軍至，如何不作整〔五五〕備？陛下未可造次。且待三五日，看其動靜，然後發先鋒渡江以探之。」【毛】【漁】畢竟劉曄把細。【鍾】曄奏得慎重之法。丕曰：「卿言正合朕意。」

是日天晚，宿於江中。當夜月黑，【毛】將寫霧，先寫月。軍士皆執燈火，明耀天地，恰如白晝。遙望江南，並不見半點兒火光。【毛】【漁】（連寫燈火火光，正）爲後文火攻點染。丕問左右曰：「此何故也？」近臣奏曰：「想聞陛下天兵來到，故望風逃竄耳。」丕暗笑。及至天曉，大霧迷漫，對面不〔五六〕見。【毛】既寫月黑，又寫霧天〔五七〕。〈【毛】【漁】〉與（曹操舞槊之月，）孔明借箭之霧（，前後）閒閒相（映）（對）。須臾風起，霧散雲收，望見江南一帶皆是連城，城樓上鎗刀耀日，遍城盡插旌旗號帶〔五八〕。頃刻數次人來報：「南徐

〔五四〕「主」，齋本、光本、商本作「王」。
〔五五〕「整」，齋本、光本、明四本作「准」。
〔五六〕「不」上，商本有「能」字。
〔五七〕「天」，濟本、商本作「大」，光本作「漫」。
〔五八〕「號帶」，光本、商本作「無數」。

沿江一帶，直至石頭城，一連數百里城廓，舟車連綿不絶，一夜成就。」【毛】如海市蜃樓之不測。【鍾】鬼神莫測。曹丕大驚。【毛】讀者見之亦吃一驚。原來徐盛束縛蘆葦爲人，盡穿青衣，執旌旗，立於假城疑樓之上。【漁】如海市蜃樓之不測。而〈【毛】【漁】〉假城（疑樓，只）（假樓，又）用假人守把。妙（甚）。魏兵見城上許多人馬，如何不膽寒？丕歎曰：「魏雖有武士千羣，無所用之。江南人物如此，未可圖也！」【毛】然則特地到此，只當龍舟一樂。正驚訝間，忽然狂風大作，白浪滔天，江水濺濕龍袍，大船將覆，【漁】龍舟、龍袍如此銷繳，好没興。曹真慌令文聘撑小舟急來救駕。龍舟上人立站不住，文聘跳上龍舟，負〔五九〕丕下得小舟，奔入河港。忽流星馬報〔六〇〕：「趙雲引兵出陽平關，逕取長安。」【毛】【漁】與曹操在赤壁〔六一〕時聞馬騰消息（，一虚一實，前後又閒閒）相映。丕聽得，大驚失色，便教回〔六二〕軍，衆軍各自奔走。背後吴兵追至，丕傳旨，教盡棄御用之物而走。龍舟將次入淮，忽然鼓角齊鳴，喊聲大震，刺斜裏一彪軍殺到，爲首大將乃孫韶也。魏兵不能抵當，折其大半，渰死者無數。【毛】少〔六三〕年負氣，未甞悮事，與近日少年不同。【贊】方〔六四〕遂其志。【鍾】如此方遂孫韶之志。【漁】孫韶可爲有志者事竟成。諸將奮力救出魏主。魏主渡淮河，行不三十里，淮河中一帶蘆葦，預灌魚油，盡皆火着，【毛】前徐盛所授之計，至此始〔六五〕見。順風而下，風勢甚急，火焰漫空，絶〔六六〕住龍舟。【毛】曹操之火背後燒來，曹丕之火當面截住，更〔六七〕是着急。丕大驚，急下小船傍岸時，龍舟上早已火着。【毛】【漁】此時（十隻）龍舟已化作（十條）火龍矣。丕慌忙上馬。岸上一彪軍殺

〔五九〕「負」，光本作「扶」。
〔六〇〕「報」下，明四本有「道」字。
〔六一〕漁批「壁」，原訛作「檗」，據衡校本改。
〔六二〕「回」，齋本、光本作「收」。
〔六三〕「少」，光本作「韶」。
〔六四〕「方」，緑本訛作「力」。
〔六五〕「始」，商本作「方」。
〔六六〕「絶」，貫本作「阻」，光本作「截」。
〔六七〕「更」，貫本作「便」。

來，爲首一〔六八〕將，乃丁奉也。張遼急拍馬來迎，被奉一箭射中其腰，毛可與太史慈報讐。却得徐晃救了，同保魏主而走，折軍無數。背後孫韶、丁奉奪到〔六九〕馬疋、車仗、船隻、器械，不計其數。魏兵大敗而回。鍾韶心當大快矣。吴將徐盛全獲大功，吴王重加賞賜。張遼回到許昌，箭瘡迸裂而亡，曹丕厚葬之，不在話下。毛以上按下東吴，以下〈毛漁〉再敘西蜀。

却說趙雲引兵殺出陽平關之次，忽報丞相有文書到，說益州耆帥雍闓結連蠻王孟獲，起十萬蠻兵，侵掠四郡，因此宣雲回軍，令馬超堅守陽平關，丞相欲自南征。毛漁（南蠻〔七〇〕消息）（蠻兵）却從趙雲一邊聽得，絕妙接筍。趙雲乃急收兵而回。此時孔明在成都整飭軍馬，親自南征。正是：

方見東吴敵北魏，又看西蜀戰南蠻〔七一〕。

未知勝負如何，且看下文分解。

秦宓不怕張温羞死，鄧芝不管孫權惱殺，西蜀之人亦大横哉！

天果有頭、目、手、足乎？若說是無，秦宓說得有理；若說是有，秦宓說得無憑。莫便被他哄殺也，亦只爲「姓劉」二字張本耳，勿認真也，認真却被秦宓笑人。

孫韶原不曾誤事，徐盛何執拗如此，可惡可惡。或曰：此徐盛激將之法也。未知和尚笑曰：此等議論，正吴人所謂屁香者也。嗚呼！今日讀史之人，誰一人非屁香者乎？

孫韶好，徐盛好，孫權也好。然孫韶即不能成功，其志自是可取。正不必以成敗論也。

天那有頭、目、手、足？秦宓言雖有理，事實無憑，然其引《詩》大趣也。更尠者，天子姓劉知天姓劉之解。從來儒者說天話，此人可謂談天衍矣。

〔六八〕「一」，光本作「大」，明四本作「吴」。
〔六九〕「到」，貫本、澹本、光本作「得」，商本作「去」。
〔七〇〕毛批「蠻」，貫本、光本作「征」。
〔七一〕「戰南蠻」三字原闕，據毛校本補。

第八十七回

征南寇丞相大興師
抗天兵蠻王初受執

孔明通吴之後，便當接以伐魏之事，乃忽置中原而從事於南方者何哉？曰：孫權之兵，曹丕所欲借以攻蜀者也；孟獲之兵，亦曹丕所欲借以攻蜀者也。魏借〔一〕孫權以攻蜀，而蜀得收之以爲我用；乃魏借孟獲以攻蜀，而蜀不得收之爲我用。不惟不爲我用，又〔二〕深足爲我患，則安得不以全力取之乎？不以全力取之，而遽欲伐魏，則孟獲將乘虚而議我之後矣。故凡孔明之通吴，非注意於東，而注意在北；孔明之征南蠻，亦非注意於南，而注意在北也。

曹操致韓遂之書，妙在先與韓遂看，後與馬超看；孔明致雍闓之書，又妙在不令雍闓看，却令高定看。周瑜假作張、蔡之書，妙在不與蔣幹看，却令蔣幹偷看；孔明假作〔三〕朱褒之書，又妙在自與高定看，更不消高定偷看。曹操、周郎分用之而各見其奇，孔明兼用之而又各極其變。

呂凱之圖善矣，猶不若馬謖之説爲善也。何也？呂凱能繪其地，未能繪其人；即能繪其人，未能繪其人之心也。馬謖之意不在取其地、取其人，而在取其人之心。故披呂凱之圖，能使南方無處不在孔明之目中；聽馬謖之説，直當使孔明無日不在南人之心中耳。

用兵之家，但知攻城與兵戰，至於攻心、心戰之論，則《六韜》《三畧》之所未及詳，《黄石素書》《孫武十三篇》之所未及載也。惟南巢、牧野之師爲能得此意，而不謂馬謖能言

〔一〕「借」，商本作「用」。
〔二〕「又」，光本作「反」。
〔三〕「作」，光本作「令」。

之；然非待馬謖言之〔四〕，而孔明始知之，孔明特因馬謖之言而愈決之耳。

此回敘孔明一擒一縱之始事也。而就第一番擒縱之中，已有三番擒縱之妙。如鄂〔五〕焕之被獲，是一番擒縱也；董、阿二人之被獲，又一番擒縱也；至孟獲而三矣。且其間交戰者三，而用計者五。若第一番用計，則故以雍闓人認爲高定人；第二番用計，則又故以高定人認爲雍闓人；第三番用計，則又故以高定之真降認爲假降；至於設伏以擒董、阿，設伏以擒孟獲，非又用計之第四番、第五番乎？只一起手時，而事之變化，已不可方物如此，豈非絶世奇文！

却說諸葛丞相在於成都，事無大小，皆親自從公決斷。【贊】却好替這老兒做了事。兩川之民，忻樂太平，夜不閉户，路不拾遺。又幸連年大熟，老幼鼓腹謳歌，凡遇差徭，争先早辦。因此軍需器械應用之物無不完備，米滿倉廒，財盈府庫。【毛】先敘蜀中富庶，以見内安而後可以外攘也。【鍾】孔明王（化）治效如此。【漁】細細述此一番，爲連年用兵張本。

建興三年，益州飛報：「蠻王孟獲，大起蠻兵十萬，犯境侵掠。【毛】孟獲猶是曹丕五路中之一路，此時乃去而復來。益州太守〔六〕雍闓，乃漢朝什方〔七〕侯雍齒之後，今結連〔八〕孟獲造反。牂【嘉】音臧。【二】音庄。牁【嘉】音歌。【二】音哥。郡太守朱褒、【三】音包。越嶲【三】音吮。郡太守高定，二人獻了城。止有永昌郡太守王伉【三】音亢。不肯反。見今〔九〕雍闓、朱褒、高

〔四〕「言之」，貫本脱「之」。

〔五〕「鄂」，致本同，其他毛校本作「郭」。按：後文作「鄂焕」，「郭」字形訛。

〔六〕「益州太守」，原作「建寧太守」，古本同。按：《三國志·蜀書·後主傳》：「丞相亮南征四郡，四郡皆平。改益州郡爲建寧郡」；前後文作「益州」。據改。

〔七〕「方」，原作「万」，致本、業本、貫本、齋本、光本同。按：《史記·留侯世家》：「封雍齒爲什方侯。」據其他古本改。

〔八〕「結連」，商本倒作「連結」。

〔九〕「今」，商本脱。

定三人部下人馬皆與孟獲爲鄉導官，攻打永昌郡。今〔一〇〕王伉與功曹吕凱，會集百姓死守此城，其勢〔一一〕甚急。」【毛】只用傳報，不用實敘，皆是省筆。【漁】一之已甚，豈再乎？孔明乃入朝奏後主曰：「臣觀南蠻不服，實國家之大患也。臣當自領大軍前去征討。」【毛】【漁】不伐〔一二〕魏而親自征蠻（兵），出人意外。後主曰：「東有孫權，北有曹丕，今相父棄朕而去，倘吴、魏來攻，如之奈何？」【毛】先説〔一三〕孫權，次説曹丕，且吴方連和，而並言吴、魏來攻，便見其胸中没分曉。孔明曰：「東吴方與我國講和，料無異心。若有異心，李嚴在白帝城，此人可當陸遜也。【毛】放下東吴。曹丕新敗，鋭氣已喪，未能遠圖，且有馬超守把漢中諸處關口，不必憂也。【毛】放下北魏。【漁】此二處俱不必憂矣。臣又留關興、張苞等分兩軍爲救應，保陛下萬無一失。【鍾】胸有成筭久矣。今臣先去掃蕩蠻方，然後北伐，以圖中原，【毛】【漁】（歸重中原。）征蠻（者）正爲伐魏地耳。〔一四〕報先帝三顧之恩、託孤之重。」後主曰：「朕年幼無知，惟相父斟酌行之。」言未畢，班部内一人出曰：「不可！不可！」衆視之，乃南陽人也，姓王名連，字文儀，見爲屯騎校尉〔一五〕。連諫曰：「南方不毛之地，瘴疫之鄉，丞相秉鈞衡之重任，而自遠征，非所宜也。且雍闓等乃癬疥〔一六〕之疾，丞相只須遣一大將討之，必然成功。」【毛】不知南方未平，不是疥癬〔一七〕之疾，直是心腹之患。孔明曰：「南蠻之地，離國甚遠，人多不習王化，收伏甚難，吾當親去〔一八〕征之。可剛可柔，别

〔一〇〕「今」，光本作「賴」。

〔一一〕「勢」，貫本作「報」，明四本作「危」。

〔一二〕毛批「伐」，光本作「征」。

〔一三〕「説」，商本作「敍」，貫本、齋本、光本作「有」。

〔一四〕漁批原作「征蠻者正爲代魏地耳」，衡校本作「並蠻者正爲伐魏地耳」。按：「代」「並」皆訛，據毛批改。

〔一五〕「屯騎校尉」，原作「諫議大夫」，古本同。按：《三國志·蜀書·王連傳》：「建興元年，拜屯騎校尉，領丞相長史，封平陽亭侯。」據改。

〔一六〕「癬疥」，商本、明四本作「疥癬」。

〔一七〕「疥癬」，光本作「癬疥」。

〔一八〕「去」，商本作「往」。

有斟酌，非可容易託人。」【毛】【漁】七縱七擒之意，（于此）已先定矣（，不消〔一九〕待馬謖説得）。王連再三苦勸，孔明不從。是日，孔明辭了後主，令蔣琬爲叅軍，費禕爲長史；董厥、樊建二人爲掾史〔二〇〕；趙雲、魏延爲大將，總督軍馬；王平、張翼爲副將；并川將數十員，共起川兵五十萬，前望益州進發。【毛】似乎小題大做。忽有關公第三子關索入軍來見孔明曰：「自荆州失陷，逃難在鮑家莊養病。每要赴川見〔二一〕先帝報讎，瘡痕未合，不能起行。近已安痊，打探得東吳讎人已皆誅戮，逕來西川見帝，恰在途中遇見征南之兵，特來投見。」【毛】關索踪跡，直於此處敘出，〈【毛】【漁】〉補前文所未及。孔明聞之，嗟訝不已，一面遣人申報朝廷，就令關索爲前部先鋒，一同征南。【鍾】此遇亦巧。大隊人馬各依隊伍而行，飢湌〔二二〕渴飲，夜住曉行，所經之處，秋毫無犯。【毛】【漁】（的）（真）是王者之兵。

却説雍闓聽知孔明自統大軍而來，即與高定、朱褒商議，分兵三路：高定取中路，雍闓在左，朱褒在右，三路各引兵五六萬迎敵。【毛】孟獲本是一路，忽先有三路。於是高定令鄂煥爲前部先鋒。煥身長九尺，面貌醜惡，使一枝方天戟，有萬夫不當之勇，領本部兵離了大寨來迎蜀兵。【毛】三路又先寫一路。

却説孔明引〔二三〕大軍已到益州界分。前部先鋒魏延，副將張翼、王平，纔入界口，正遇鄂煥軍馬。兩陣對〔二四〕圓，魏延出馬大罵曰：「反賊早早受降！」鄂煥拍馬與魏延交鋒，戰不數合，延詐敗走，煥隨後趕來。走不數里，喊聲大震，張翼、王平兩路軍殺來，絶其後路。延復回，三員將併力拒戰，生擒鄂煥。解到大寨，入見孔明。孔明令去其

〔一九〕毛批「消」，商本作「必」。
〔二〇〕「掾史」，原訛作「椽史」，致本、業本、齋本、滄本、贊本同；商本作「椽吏」。據貫本、光本改。
〔二一〕「見」，商本作「替」，嘉本無。
〔二二〕「湌」，商本作「食」。
〔二三〕「引」，嘉本作「領」，商本作「統」。
〔二四〕「對」，光本作「將」。

縛，以酒食待之。【毛】此待孟獲之法，先將鄂焕做個引子。問曰：「汝是何人部將？」焕曰：「某是高定部將。」孔明曰：「吾知高定乃忠義之士，今爲雍闓所惑，以致如此。吾今放汝回去，令高太守早早歸降，免遭大禍。」【贊】【鍾】此老得此法，便省却多少事矣。【漁】孔明以德服遠人，故劈頭擒來便放，是處孟獲小樣子。鄂焕拜謝而去，【毛】妙，亦算一擒一縱。回見高定，説孔明之德，定亦感激不已。次日，雍闓至寨。禮畢，闓曰：「如何得鄂焕回也？」定曰：「諸葛亮以義放之。」闓曰：「此乃諸葛亮反間之計，欲令我兩人不和，故施此謀也。」【毛】雍闓作梗，與高定罪有輕重。定半信不信，心中〔二五〕猶豫。忽報蜀將搦戰，闓自引三萬兵出迎。戰不數合，闓撥馬便走，延率兵大進，追殺二十餘里。【毛】三路中又寫一路。次日，雍闓又起兵來迎。孔明一連三日不出。至第四日，雍闓、高定分兵兩路，來取蜀寨。【毛】三路中並寫兩路，却不見朱褒一路。

却説孔明令魏延等兩路伺候，果然雍闓、高定兩路兵來，被伏兵殺傷大半，生擒者無數，都解到大寨來。雍闓的人囚在一邊，高定的人囚在一邊，却令軍士謡〔二六〕説：「但是高定的人免死，雍闓的人盡殺。」【毛】【漁】（好）妙計。【鍾】（絶）妙作用。衆軍皆聞此言。少時，孔明令取雍闓的人到帳前問曰：「汝等皆是何人部從？」衆僞曰：「高定部下人也。」【毛】【漁】必然如此（説）。【贊】妙，妙。孔明教皆免其死，與酒食賞勞，令人送出界首，縱放回寨。【毛】先發遣雍闓的人，妙在故意認作高定的人，以疑雍闓。孔明又喚高定的人問之。衆皆告曰：「吾等實是高定部下軍士。」孔明亦皆免其死，賜以酒食，却揚言曰：「雍闓今日使人投降，要獻汝主并朱褒首級以爲功勞，吾甚不忍。汝等既是高定部下軍，吾放汝等回去，再不可背反。若再擒來，決不輕恕。」【贊】妙，妙。【漁】反間之巧，令彼兩下懷疑，真神機妙論也。衆皆拜謝而去，

〔二五〕「不信」，澹本、光本作「半疑」。「中」，光本作「下」。
〔二六〕「謡」，齋本作「稱」，光本、商本作「傳」。

【毛】次發遣高定的人，又妙在詐稱雍闓之約，以疑高定，又帶朱褒在內。回到本寨，入見高定，說知此事。定乃密遣人去雍闓寨中探聽，却有一般〔二七〕放回的人言說孔明之德，因此雍闓部軍多有歸順高定之心。雖然如此，高定心中不穩，又令一人來孔明寨中探聽虛實，被伏路軍捉來見孔明。孔明故意認做雍闓的人，【毛】前將雍闓的人，故意認作高定的人；今又將高定的人，故意認作雍闓的人。〈【毛】【漁】〉巧妙之極。【贊】老兒老兒，弄得這些蠻子好也。喚入帳中問曰：「汝元帥既約下獻高定、朱褒二人首級，因何悞了日期？汝這厮不精細，如何做得細作！」【毛】【漁】妙在對高定的人說雍闓的話。【鍾】弄得這蠻子七顛八倒。軍士含糊答應。孔明以酒食賜之，修密書一封，付軍士曰：「汝持此書付雍闓，教他早早下手，休得誤事。」【毛】【漁】（妙在）（又）使高定的人致雍闓的書。【贊】真如弄小兒于股掌之上也。細作拜謝而去，回見高定，呈上孔明之書，說雍闓如此如此。定看書畢，大怒曰：「吾以真心待之，彼反欲害吾，情理難容！」便喚鄂煥商議。煥曰：「孔明乃仁人，背之不祥。【毛】孔明已先下種。我等謀反作惡，皆雍闓之故，不如殺闓以投孔明。」【毛】皆在孔明算中。定曰：「如何〔二八〕下手？」煥曰：「可設一席，令人去請雍闓。彼若無異心，必坦然而來，若其不來，必有異心。我主可攻其前，某伏於寨後小路候之，闓可擒矣。」【漁】皆在孔明算中。高定從其言，設席請雍闓。闓果疑前日放回軍士之言，懼而不來。【毛】【漁】與假書相合〔二九〕。是夜，高定引兵殺投雍闓寨中。原來有孔明放回免死的人，皆想高定之德，乘時助戰，【毛】又是孔明先下的種。【鍾】真如弄小兒于掌中。雍闓軍不戰自亂。闓上馬望山路而走，行不二里，鼓聲響處，一彪軍出，乃鄂煥也：挺方天戟，驟馬當先。雍闓措手不及，被煥一戟刺於馬下，就梟其首級。【毛】非鄂煥殺之，亦非高定殺之，是孔明殺之耳。闓

〔二七〕「雍」上，商本有「到」字。「般」，齋本、光本作「半」。

〔二八〕「如何」，光本作「如此」，明四本作「怎能勾」。

〔二九〕毛批「合」，商本作「會」。

部下軍士皆降高定。

定引兩部軍來降孔明，獻雍闓首級於帳下，孔明高坐於帳上，喝令左右，推轉高定，斬首報來。毛漁讀至此，令人不解其故。定曰：「某感丞相大恩，今將雍闓首級來降，何故斬也？」孔明大笑曰：「汝來詐降。敢瞞吾耶！」毛實是我瞞他，反說他瞞我。〈毛漁〉妙甚。贊鍾此老做事甚奇，甚奇。定曰：「丞相何以知吾詐降？」孔明於匣中取出一緘，與高定曰：「朱褒已使人密獻降書，說你與雍闓結生死之交，豈肯一旦便殺此人？吾故知汝詐也。」毛既假致雍闓之書，又假作朱褒之書，一派是假。定叫屈曰：「朱褒乃反間之計也，毛漁不是朱褒反間，實是孔明反間。丞相切不可信！」孔明曰：「吾亦難憑一面之詞。汝若捉得朱褒，方表真心。」毛殺朱褒又只用高定，殊不費力。定曰：「丞相休疑。某去擒朱褒來見丞相，若何？」鍾正要你如此。孔明曰：「若如此，吾疑心方息也。」漁一客不煩二主，此一轉更見妙用。高定即引部將鄂煥，并本部兵殺奔朱褒營來。比及離寨約有十里，山後一彪軍到，乃朱褒也。毛來得湊巧，此處方寫朱褒一路。褒見高定軍來，慌忙與高定答話。定大罵曰：「汝如何寫書與諸葛丞相處，使反間之計害吾耶？」褒目瞪口呆，不能回答。毛漁（雍闓妙在先知，）朱褒妙在不知。忽然鄂煥於馬後轉過，一戟刺朱褒於馬下。定厲聲而言曰：「如不順者皆戮之！」於是衆軍一齊拜降。定引兩部軍來見孔明，獻朱褒首級於帳下，孔明大笑曰：「吾故使汝殺此二賊，以表忠心。」毛漁算〔三〇〕高定於股掌之上。贊（好作畧。）遂命高定爲益州太守，總攝三郡，令鄂煥爲牙將。三路軍馬已平。毛以上了却三路。

於是永昌太守王伉出城迎接孔明。孔明入城已畢，問曰：「誰與公守此城，以保無虞？」伉曰：「某今日得此郡無危者，皆賴永昌不韋人，姓呂名凱，字季平。皆此人之力。」鍾大有用人。孔明遂請呂凱至。凱入見禮畢，孔明曰：「久聞公乃永昌高

〔三〇〕毛批「算」，滄本、光本作「玩」，商本作「弄」。

士，多虧公保守此城。今欲平蠻方，公有何高見？」贊大智，用人無不如此。漁寫孔明虛心如此。呂凱遂取一圖〔三一〕呈與孔明曰：「某自歷仕以來，知南人欲反久矣，故密遣人入其境，察看可屯兵交戰之處，畫成一圖，名曰《平蠻指掌圖》。毛蠻人已在掌中。贊天下自有如此有心人。今敢獻與明公。明公試觀之，可爲征蠻之一助也。」毛與張松獻圖前後相對。○先主無張松不能入西川，孔明無呂凱不能平孟獲。鍾呂凱大有心人。漁寫呂凱如此留心，此時蠻人已在掌中。〔三二〕孔明大喜，就用呂凱爲行軍教授，兼鄉導官。於是孔明提兵大進，深入南蠻之境。

正行軍之次，忽報天子差使命至。孔明請入中軍，但見一人素袍白衣而進，乃馬謖二音速。也。爲兄馬良新亡，因此掛孝。毛漁馬良（之）死，在此帶（敘）出（來），省筆（之）法。〔三三〕謖曰：「奉主上勅命，賜衆軍酒帛。」孔明接詔已畢，依命一一給散，遂留馬謖在帳敘話。孔明問曰：「吾奉天子詔削平蠻方，久聞幼常高見，望乞賜教。」毛漁（又）足見孔明虛心，（非今）（他）人所（不）及（也）。謖曰：「愚有片言，望丞相察之：南蠻恃其地遠山險，不服久矣，雖今日破之，明日復叛。贊其言未嘗不是。丞相大軍到彼，必然平服，但班師之日，必用北伐曹丕，蠻兵若知內虛，其反必速。毛算到北魏，正合孔明意中之事。鍾馬謖高見。漁正合孔明之意。夫用兵之道：『攻心爲上，攻城爲下；心戰爲上，兵戰爲下。』毛此四語是兵法中之所無，却是絕妙兵法，又在孫、吴之上。贊鍾千古至言。願丞相但服其心足矣。」毛的的〔三四〕高見。漁的真高見。孔明歎曰：「幼常足知吾肺腑也！」於是孔明遂令馬謖爲叅軍，即統大兵前進。

却說蠻王孟獲，聽知孔明智破雍闓等，遂聚三

〔三一〕「圖」下，光本、商本有「册」字。
〔三二〕衡校本脱此句漁批。
〔三三〕毛批句尾，光本、商本有「妙」字。
〔三四〕「的」，光本、商本作「是」。

洞元帥商議：第一洞乃金環三結元帥，第二洞乃董荼那元帥，第三洞乃阿會喃元帥。【毛】平了三郡，卻又生出三洞來，正與三郡相對。三洞元帥入見孟獲，獲曰：「今諸葛丞相領大軍來侵我境界，不得不併力敵之。汝三人可分兵三路而進，如得勝者，便爲洞主。」於是分金環三結取中路，董荼那取左路，阿會喃取右路：各引五萬蠻兵，依令而行。【毛】前三郡分三路，今三洞亦分三路；前三路只是兩路厮殺，今卻一齊都出。

卻說孔明正在寨中議事，忽哨馬飛報，説三洞元帥分兵三路到來。孔明聽畢，即喚趙雲、魏延至，卻都不分付；【毛】不分付卻是勝於分付。【漁】喚來不分咐，妙。更喚王平、馬忠至，【毛】馬忠有二：一爲吳之馬忠，一爲蜀之馬忠。吳之馬忠已死，此乃蜀之馬忠也。囑之曰：「今蠻兵三路而來，吾欲令子龍、文長去，此二人不識地理，未敢用之。【毛】【漁】（孔明）慣用激將之法。【贊】老兒慣用這般賊智。【鍾】孔明慣用這般智巧。王平可往左路迎敵，馬忠可往右路迎敵。吾卻使子龍、文長隨後接應。今日整頓軍馬，來日平明進發。」二人聽令而去。又喚張嶷、張翼分付曰：「汝二人同領一軍，往中路迎敵。今日整點軍馬，來日與王平、馬忠約會而進。吾欲令子龍、文長去取，奈二人不識地理，故未敢用之。」【毛】【漁】妙在（又説一句，）再激他一激。張嶷、張翼聽令去了。趙雲、魏延見孔明不用，各有愠色。孔明曰：「吾非不用汝二人，但恐以中年涉險〔三五〕，爲蠻人所算，失其鋭氣耳。」【毛】【漁】（此是）第三〔三六〕番激他。【鍾】此是激法。趙雲曰：「倘我等識地理，若何？」孔明曰：「汝二人只宜小心，休得妄動。」【毛】妙。止之正以激之也。二人怏怏而退。趙雲請魏延到自己寨内商議曰：「吾二人爲先鋒，卻説不識地理而不肯用。今用此後輩，吾等豈不羞乎？」延曰：「吾二人只今就上馬，親去〔三七〕

〔三五〕「以中年」，光本作「汝」，明四本作「因中年」。「險」下，光本有「入深」二字。
〔三六〕毛批「三」，光本訛作「一」。
〔三七〕「去」，商本作「往」。

探之，捉住土人，便教引進以敵蠻兵，大事可成。」【毛】【漁】皆在孔明算中。【贊】自〔三八〕然如此，老兒已筭定了。【鍾】孔明已筭定了。雲從之，遂上馬逕取中路而來。方行不數里，遠遠望見塵頭大起。二人上山坡看時，果見數十騎蠻兵縱馬而來。二人兩路衝出。蠻兵見了，大驚而走。趙雲、魏延各生擒幾人，回到本寨，以酒食待之，却細問其故。【毛】【漁】不激不肯如此。蠻兵告曰：「前面是金環三結元帥大寨，正在山口。寨邊東西兩路，却通五溪洞，【毛】一箇洞名。并董荼那、阿會喃各寨之後。」趙雲、魏延聽知此話，遂點精兵五千，教擒來蠻兵引路。比及起軍〔三九〕時，已是二更天氣，月明星朗，趁着月色而行。【毛】百忙中偏有閒〔四〇〕筆寫星寫月。【漁】忙中偏寫星月。剛到金環三結大寨之時，約有四更。【毛】行了兩箇更次。蠻兵方起造飯，准備天明厮殺。忽然趙雲、魏延兩路殺入，蠻兵大亂。趙雲直殺入中軍，正逢金環三結元帥，交馬只一合，被雲一鎗刺落馬下，就梟其首級。【贊】【鍾】不激安能如此爽快。餘軍潰散。魏延便分兵一半，望東路抄董荼那寨來。趙雲分兵一半，望西路抄阿會喃寨來。比及殺到蠻兵大寨之時，天已平明。【毛】又殺了一箇更次。

先說魏延殺奔董荼那寨來，董荼那聽知寨後有軍殺至，便引兵出寨拒敵。忽然寨前門一聲喊起，蠻兵大亂。原來王平軍馬早已到了。【毛】明明是孔明教他接應魏延。兩下夾攻，蠻兵大敗。董荼那奪路走脱，魏延追趕不上。

却說趙雲引兵殺到阿會喃寨後之時，馬忠已殺至寨前。【毛】明明是孔明教他接應趙雲。兩下夾攻，蠻兵大敗，阿會喃乘亂走脱。各自收軍，回見孔明。孔明問曰：「三洞蠻兵，走了兩洞之主，金環三結元帥首級安在？」趙雲將首級獻功。衆皆言曰：「董荼那、阿會喃皆棄馬越嶺而去，因此趕他不上。」孔

〔三八〕「自」，緑本作「必」。

〔三九〕「軍」，澹本作「兵」，光本作「身」。

〔四〇〕「閒」，原作「開」，致本同，貫本、澹本作「間」，據其他毛校本改。

明大笑曰：「二人吾已擒下了。」毛漁奇幻之極。贊奇，大奇。趙、魏二人并諸將皆不信。少頃，張嶷解董荼那到，張翼解阿會喃到。毛漁（妙，）令人不解其故。衆皆驚訝。孔明曰：「吾觀呂凱圖本，已知他各人下的寨子，故以言激子龍、文長之鋭氣，故教深入重地，先破金環三結，隨即分兵左右寨後抄出，以王平、馬忠應之。非子龍、文長不可當此任也。毛漁此時却極力讚他一句（，真神妙不測）。吾料董荼那、阿會喃必從便徑往山路而走，故遣張嶷、張翼以伏兵待之，令關索以兵接應，擒此二人。」毛漁至此方（纔）說明。贊鍾算無遺策。諸將皆拜伏曰：「丞相機算，神鬼莫測！」孔明令押過董荼那、阿會喃至帳下，盡去其縛，以酒食衣服賜之，令各自歸洞，勿得助惡。毛孔明自此以後，只用此法。贊妙，妙。鍾妙用。漁往往俱用此法。二人泣拜，各投小路而去。孔明謂諸將曰：「來日孟獲必然親自引兵厮殺，便可就此擒之。」乃喚趙雲、魏延至，付與計策，各引五千兵去了。毛前是暗使，此是明遣。又喚王平、關索同引一軍，授計而去。孔明分撥已畢，坐於帳上待之。

却說蠻王孟獲在帳中正坐，忽哨馬報來，說三洞元帥俱被孔明捉將去了，部下之兵各自潰散。獲大怒，毛不大驚而大怒，便見其倔强。漁方見獲之倔强。遂起蠻兵迤邐進發，正遇王平軍馬。兩陣對圓，王平出馬，横刀望之，只見門旗〔四一〕開處，數百南蠻騎將兩勢擺開。中間孟獲出馬，頭頂嵌寶紫金冠，身披纓絡紅錦袍，腰繫碾玉獅子帶，脚穿鷹嘴抹緑靴，騎一匹捲毛赤兔馬，懸兩口松紋鑲寶劍，毛漁寫得孟獲怕人，（乃）（方）見擒之（非易）（甚難），縱之（亦非）（不）易。昂然觀望，回顧左右蠻將曰：「人每說諸葛亮善能用兵，今觀此陣，旌旗雜亂，隊伍交錯，刀鎗器械，無一可能勝吾者：始知前日之言謬也！毛漁（在）孟獲眼中寫出孔明誘敵。早知如此，吾反多時矣。誰敢去擒蜀將，以振軍威？」言未

〔四一〕「門旗」，光本倒作「旗門」。

盡〔四二〕，一將應聲而出，名喚忙牙長，使一口截頭大刀，騎一匹黃驃馬，來取王平。二將交鋒，戰不數合，王平便走。【毛】明明是誘敵。孟獲驅兵大進，迤邐追趕。關索略戰又走，【毛】又明明是誘敵。【漁】總是誘敵之法。約退二十餘里。孟獲正追殺之間，忽然喊聲大起，左有張嶷，右有張翼，兩路兵殺出，截斷歸路。【毛】只道此二人爲伏兵，那知又有子龍、文長在後。王平、關索復兵殺回。前後夾攻，蠻兵大敗。孟獲引部將死戰得脱，望錦帶山而逃。背後三路兵追殺將來。獲正奔走之間，前面喊聲大起，一彪軍攔住：爲首大將乃常山趙子龍也。獲見了大驚，慌忙奔錦帶山小路而走。子龍衝殺一陣，蠻兵大敗，生擒者無數。孟獲止〔四三〕與數十騎奔入山谷之中，背後追兵至近，前面路狹，馬不能行，乃棄了馬匹，爬山越嶺而逃。忽然山谷中一聲鼓響，乃是魏延受了孔明計策，引五百步軍伏於此處。孟獲抵敵不住，被魏延生擒活捉了，【毛】前二張擒董、阿用虛寫，今魏延擒孟獲用實寫。○〈【毛】【漁】〉此是一擒。從騎皆降。

魏延解孟獲到大寨來見孔明。孔明早已殺牛宰馬〔四四〕，設宴在寨；却教帳中擺〔四五〕開七重圍子手，刀鎗劍戟，燦若霜雪；又執御賜黃金鉞斧，曲柄傘蓋，前後羽葆鼓吹，左右排開御林軍，布列得十分嚴整。【毛】【漁】令孟獲見漢官〔四六〕威儀。【贊】如此設施也只好哄蠻子罷了。〔四七〕【鍾】此等設施亦妙。孔明端坐於帳上，只見蠻兵紛紛穰穰，解到無數。孔明喚到帳中，盡去其縛，撫諭曰：「汝等皆是好百姓，不幸被孟獲所拘，今受驚謊。吾想汝等父母、兄弟、妻子必倚門而望，若聽知陣敗，定然割肚牽腸，眼中流血。吾今盡放汝等回去，以安各人父母、兄弟、妻子之心。」言訖，各賜酒食米糧而遣之。【毛】【漁】一路

〔四二〕「盡」，光本作「畢」。
〔四三〕「止」，商本作「正」。
〔四四〕「宰」，光本作「牢」，形訛。「馬」，貫本、澹本作「羊」。
〔四五〕「擺」，光本作「排」。
〔四六〕漁批「見」，原作「是」，據衡校本改。毛批「官」，齋本、光本作「兵」。
〔四七〕吴本脱此句贊批。緑本「施」作「放」。

（只）（俱）用此法。蠻兵深感其恩，泣拜而去。【鍾】服得蠻子。孔明教喚武士押過孟獲來。不移時，前推後擁，縛至帳前。獲跪於帳下，孔明曰：「先帝待汝不薄，汝何敢〔四八〕背反？」獲曰：「兩川之地，皆是他人所占地土，汝主倚强奪之，自稱爲帝。吾世居此處，汝等無禮，侵我土地，何爲反耶？」【毛】兩川之地，須〔四九〕不是你的。【贊】【鍾】亦説得是。孔明曰：「吾今擒汝，汝心服否？」【毛】「心」字正與攻心之戰相應。獲曰：「山僻路狹，誤遭汝手，如何肯服！」孔明曰：「汝既不服，吾放汝去，若何？」【毛】妙。獲曰：「汝放我回去，再整軍馬，共決雌雄。若能再擒吾，吾方服也。」【贊】他何嘗蠻。〔五〇〕【漁】文勢至此愈妙。孔明即令〔五一〕去其縛，與衣服穿了，賜以酒食，給與鞍馬，差人送出路徑，望本寨而去。【毛】【漁】此是一縱。正是：

寇入掌中還放去，人居化外未能降。

未知再來交戰若何，且看下文分解。

可憐高定、雍闓、朱褒，真如一班小兒，隨人調弄。孔明老者，竟如看戲文一般，並不廢一毫氣力。此等計策，今日尚有人用之弄愚人也；然亦不由人不愚。孔明老子，的是妙人，可取可取。

馬幼常之言，是攻蠻夷至論，亦是待小人之良方。如君子待小人，與他一般較論是非，便與他一般了；只是不與之較論是非，以德服之，爲第一義。余近來用之大驗，奉勸世人都用此方，不必十年，天下當無小人也。

擒而放之，此待蠻子妙法。今日住在蠻世界，此法最好，如何不學他，如何不學他！〔五二〕

孔明縱妙算，若不識蠻方境土，安所用之？得吕凱《平蠻指掌圖》，便好運籌決策，出鬼入神，以服蠻夷，真是妙事自有天成。

〔四八〕「敢」，商本作「故」。
〔四九〕「須」，澹本作「亦」，光本脱，商本作「胥」。
〔五〇〕贊批首字漫漶，據贊校本補。
〔五一〕「令」，光本脱。
〔五二〕吴本脱葉闕回末總評。

第八十八回

渡瀘水再縛番王
識詐降三擒孟獲

二擒孟獲，即《出師表》所謂「五月渡瀘」者也。詩云：「六月棲棲，戎車既飭〔一〕。」孔明之征南蠻，其宣王之伐玁狁乎〔二〕？然「深入不毛」，獨與「薄伐玁狁，至於太原」者有異，何哉？蓋孟獲於初擒之時，則有辭矣，以爲彼來犯境，而擒之不足以相服，必深入彼境而擒之，乃足以相服。宣王不再傳，而有驪山之禍，正以未盡伐之之力耳。

二擒之計，已在一擒之中也。何也？董荼那、阿會〔三〕喃即初擒孟獲時之所縱也。不必我擒之，而彼之人自擒之；彼之人自擒之，而一如我之擒之。孔明之不費力者在此，孟獲之不肯服者亦在此。

兵家有必敗之法，非避之之難，而犯之之難；又非犯之之難，而犯而避之之爲難。如先主猇亭之兵屯於林木之間，孔明瀘水之兵亦屯於林木之間；而先主敗而孔明勝者，先主以此自愚，而孔明以此愚敵也，則犯之之妙也。至於孟優內應、孟獲外攻，皆被擒捉，於是拔〔四〕寨多起，盡渡瀘水，非復前日依山傍木〔五〕之營，則犯而避之之妙也。

不獨二擒止是一擒，即三擒亦止是一擒也。何也？二擒孟獲之時，使之遍觀各營虛實，正

〔一〕「六月棲棲，戎車既飭」，原作「六月萋萋，戎車是飭」，致本、業本、貫本、澹本、商本同；齋本、光本「是」作「既」。按：此句引自《詩經·小雅·南有嘉魚之什》第十篇《六月》。據原詩句校正。

〔二〕「乎」，商本作「也」。

〔三〕「會」，齋本、光本作「噲」，後同。

〔四〕「拔」，澹本作「投」。

〔五〕「非」上，貫本、澹本有「并」字。「木」，齋本、光本作「林」。

欲其來攻而中我之計也。則三擒之計，亦於二擒時早伏之也。三擒有相連而及之〔六〕勢，三縱亦有相連而及之勢。二擒止是一擒，而孟獲不服，所以有三擒；三擒又止是〔七〕一擒，而孟獲又不服，所以有三縱云。

馬岱自成都來，而孔明用其力；馬謖自成都來，而孔明用其謀。用其力所以分衆人之力也，用其謀所以合一己之謀也。知攻心之爲上，是與孔明七縱之謀合；知孟獲之詐降，是與孔明三擒之謀合。妙在皆不説明，事後方見。即今日〔八〕讀者猜之，亦不能測其玄機，況當日孟獲遇之，安得不中其妙計乎？

却說孔明放了孟獲，衆將上帳問曰：「孟獲乃南蠻渠魁，今幸被擒，南方便定，丞相何故放之？」孔明笑曰：「吾擒此人，如囊中取物耳。毛掌中物，又即囊中物。漁果如囊中取物。直須降伏其心，自然平矣。」諸將聞言，皆未肯信。

當日孟獲行至瀘水〔九〕，毛先在此處點瀘水。嘉地名。正遇手下敗殘的蠻兵，皆來尋探。衆兵見了孟獲，且驚且喜，拜問曰：「大王如何能勾回來？」獲曰：「蜀人監我在帳中，被我殺死十餘人，乘夜黑而走。正行間，逢着一哨馬軍，亦〔一〇〕被我殺之，奪了此馬，因此得脱。」毛背地出醜之事，在人前遮瞞得乾乾浄浄，何近日孟獲之多也。贊鍾蠻子説謊。漁背地出醜，在人前説鬼話，可羞。衆皆大喜，擁孟獲渡了瀘水，下住寨柵，會集各洞酋長，陸續招聚原放回的蠻兵，約有十餘萬騎。此時董荼那、阿會喃已

〔六〕「之」下，商本重衍「之」，後一處同。

〔七〕「止」，貫本、澮本作「正」。「是」，齋本、光本脱。

〔八〕「日」，貫本脱。

〔九〕「瀘水」醉本眉注原作「瀘水，今四川盧州納谿」，贊本系夾注後原有「是也」，周、夏批作「盧水，地名，今在四川直隸瀘州納谿是也」。按：《攷證》：「瀘水，即今之金沙江也，在滇、蜀之交。自雲南昭通府北流入四川雷波廳界。其水色黑，故以爲瀘耳。在漢爲越嶲郡地。若今瀘州，在漢爲犍爲江陽縣地，非孔明所渡之瀘水。」。各本「瀘水」誤注，不録。

〔一〇〕「亦」，商本作「又」。

在洞中。【毛】前三郡太守殺其二，而存其一；今三洞元帥殺其一，而存其二。孟獲使人去請，二人懼怕，只得也引洞兵來。【毛】孟獲何等倔强，二人何等疲軟。【漁】可知蠻人深懼孟獲。獲傳令曰：「吾已知諸葛亮之計矣，不可與戰，戰則中他詭計。彼川兵遠來勞苦，況即日天炎，彼兵豈能久住？吾等有此瀘水之險，將船筏盡拘在南岸，一帶皆築土城，深溝高壘，看諸葛亮如何施謀！」【毛】蠻子膽怯。【贊】好計策，好計策。【鍾】蠻子亦用計策。衆酋長從其計，盡拘船筏於南岸，一帶築起土城。有依山傍崖〔一一〕之地，高竪敵樓，樓上多設弓弩砲石，准備久處之計。糧草皆是各洞供運。孟獲以爲萬全之策，坦然不憂。【毛】蠻子膽大。【漁】孟獲之所恃在此，孔明之用計亦在此。

却說孔明提兵大進，前軍已至瀘水，哨馬飛報說：「瀘水之內，並無船筏，又兼水勢甚急，隔岸一帶築起土城，皆有蠻兵守把。」時值五月，天氣炎熱，南方之地分外炎酷，軍馬衣甲皆穿不得。【毛】南方屬火故也，彷彿似《西遊記》「火焰山」。【漁】豈《西遊記》之「火焰山」耶？孔明自至瀘水邊觀畢，回到本寨，聚諸將至帳中，傳令曰：「今孟獲兵屯瀘水之南，深溝高壘，以拒我兵。吾既提兵至此，如何空回？汝等各各引兵，依山傍樹，揀林木茂盛之處，與我將息人馬。」【毛】【漁】先（主）（帝）在猇亭亦屯於林木茂盛（之）處，但孔明不是連營耳。〈【漁】〉臨後七擒孟獲，又借林木爲疑兵，受却多少益處。乃遣呂凱離瀘水百里，揀陰凉之地，分作四〔一二〕箇寨子，使王平、張嶷、張翼、關索各守一寨，內外皆搭草棚，遮蓋馬匹，將士乘凉，以避暑氣。叅軍蔣琬看了，入問孔明曰：「某看呂凱所造之寨甚不好，正犯昔日先帝敗於東吳時之地勢矣。【毛】回顧前文。倘蠻兵偷渡瀘水，前來劫寨，若用火攻，如何解救？」孔明笑曰：「公勿多

〔一一〕「崖」，齋本、光本作「岸」。

〔一二〕「四」，原作「兩」，致本、業本、貫本、齋本、光本、商本、夏本、贊本同。按：後文四人「各守一寨」，又作「分派四寨」。據其他古本改。

疑，吾自有妙算。」【毛】【漁】可知孔明（應）在〔一三〕猇亭，必不被燒。蔣琬等皆不曉其意。忽報蜀中差馬岱解暑藥并糧米到，孔明令入。岱叅拜畢，一面將米藥分派四〔一四〕寨。【毛】此時用得幾服香薷〔一五〕飲。孔明問曰：「汝將帶多少軍來？」馬岱曰：「有三千軍。」孔明曰：「吾軍累戰疲困，欲用汝軍，未知肯向前否？」岱曰：「皆是朝廷軍馬，何分彼我？丞相要用，雖死不辭。」【毛】說出一箇「死」字，果應下文死了一半。孔明曰：「今孟獲拒住瀘水，無路可渡。吾欲先斷其糧道，令彼軍自亂。」岱曰：「如何斷得？」孔明曰：「離此一百五十里，瀘水下流沙口，【嘉】地名。此處水慢，可以扎筏而渡。【毛】觀吕凱圖本，連水之急慢亦多曉得。【鍾】都在圖内看出。汝提本部三千軍渡水，直入蠻洞，先斷其糧，然後會合董荼那、阿會喃兩箇洞主，使爲〔一六〕内應。不可有悮。」【毛】亦如前回中之用鄂煥。馬岱欣然去了，領兵前到沙口，驅兵渡水。因見水淺，大半不下筏，只裸衣而過，半渡皆倒，急救傍岸，口鼻出血而死。【毛】彷彿《西遊記》「通天河」。【漁】豈《西遊記》之「通天河」耶？馬岱大驚，連夜回告孔明。孔明隨喚鄉導土人問之，土人曰：「目今炎天，毒聚瀘水，日間甚熱，毒氣正發，有人渡水，必中其毒，或飲此水，其人必死。若要渡時，須待夜静水冷，毒氣不起，飽食渡之，方可無事。」【毛】此又吕凱圖中所未及。【漁】有藥定有解。孔明遂令土人引路，又選精壯軍五六百隨着馬岱，來到瀘水沙口，扎起木筏，半夜渡水，果然無事。岱領着二千壯軍，令土人引路，逕取蠻洞運糧總路口，夾山峪【嘉】地名。【周】音郁。而來。那夾山峪，兩下是山，中間一條路，止容一人一馬而過。【毛】與後文鄧艾渡陰平嶺彷彿相似。馬岱占了夾山峪，分撥軍士，立起寨柵。洞蠻不知，正解糧到，被岱前後截住，奪糧百餘車，蠻人報入

〔一三〕毛批「在」上，光本有「若」字。
〔一四〕「四」，光本作「各」，嘉本作「三」。
〔一五〕「薷」，貫本作「需」，光本作「茹」。
〔一六〕「使爲」，原作「便爲」，致本、業本、貫本、齋本、澹本、商本同；明四本作「令使」。據光本改。

孟獲大寨中。此時孟獲在寨中，終日飲酒取樂，不理軍務，【毛】【漁】如避暑九成宮。謂衆酋長曰：「吾若與諸葛亮對敵，必中奸計。今靠此瀘水之險，深溝高壘以待之，蜀人受不過酷熱，必然退走。【漁】地理難恃。那時吾與汝等隨後擊之，便可擒諸葛亮也。」【贊】好計策，好計策。言訖，呵呵大笑。【毛】【漁】蠻子且慢作樂（，苦便到也）。忽然班内一酋長曰：「沙口水淺，倘蜀兵透漏過來，深爲利害，當分軍守把。」獲笑曰：「汝是本處土人，如何不知？吾正要蜀兵來渡此水，渡則必死於水中矣。」【毛】土人之語，又在孟獲口中說一遍。酋長又曰：「倘有土人說與夜渡之法，當復何如？」獲曰：「不必多疑。吾境内之人，安肯助敵人耶？」【毛】【贊】【鍾】癡蠻子。【漁】人和難恃。正言之間，忽報蜀兵不知多少，暗渡瀘水，絕斷了夾山糧道，打着「平北將軍馬岱」旗號。【毛】馬岱名字妙在旗號上看出。○平北將軍今作平南將軍矣。獲笑曰：「量此小輩，何足道哉！」即遣副將忙牙長引三千兵投夾山峪來。

却說馬岱望見蠻兵已到，遂將二千軍擺〔一七〕在山前。兩陣對圓，忙牙長出馬，與馬岱交鋒，只一合，被岱一刀斬於馬下。【毛】蠻子無用。蠻兵大敗走回，來見孟獲，細言其事。獲喚諸將問曰：「誰敢去敵馬岱？」言未畢，董荼那出曰：「某願往。」孟獲大喜，遂與三千兵而去。獲又恐有人再渡瀘水，即遣阿會喃引三千兵去守把沙口。

却說董荼那引蠻兵到了夾山峪下寨，馬岱引兵來迎。部内軍有認得是董荼那，說與馬岱如此如此。【毛】【漁】妙在部下人認得，不然馬岱如何知之？方知孔明撥與五六百軍，正爲此時用也。岱縱馬向前大罵曰：「無義背恩之徒！吾丞相饒汝性命，今又背反，豈不自羞！」董荼那滿面慚愧〔一八〕，無言可答，不戰而退。【毛】蠻子原〔一九〕有良心。馬岱掩殺一陣而回。董荼那回見孟獲曰：「馬岱英雄，抵敵不住。」獲大怒曰：

〔一七〕「擺」，齋本、澹本、光本作「排」。
〔一八〕「慚愧」，光本作「羞慚」。
〔一九〕「原」，商本作「頗」。

「吾知汝原受諸葛亮之恩，今故不戰而退，正是賣陣之計！」喝教推出斬了。衆酋長再三哀告，方纔免死，叱武士將董荼那打了一百大棍，放歸本寨。【毛】孟獲取禍之道。諸多酋長皆來告董荼那曰：「我等雖居蠻方，未常敢犯中國，中國亦不曾侵我。今因孟獲勢力相逼，不得已而造反。想孔明神機莫測，曹操、孫權尚自懼之，何況我等蠻方乎？【毛】是說孔明之智。【漁】是說其智。況我等皆受其活命之恩，無可爲報。【毛】是說孔明之仁。【漁】是說其仁。今欲捨一死命，殺孟獲去投孔明，以免洞中百姓塗炭之苦。」【毛】勢所必然。【鍾】諸多酋長大通。董荼那曰：「未知汝等心下若何？」內有原蒙孔明放回的人，一齊同聲應曰：「願往！」於是董荼那手執鋼刀，引百餘人，直奔大寨而來。時孟獲大醉於帳中，董荼那引衆人持刀而入，帳下有兩將侍立。董荼那以刀指曰：「汝等亦受諸葛丞相活命之恩，宜當報効。」二將曰：「不須將軍下手，某當生擒孟獲，去獻丞相。」【毛】【漁】皆在孔明算中。於是一齊入帳，將孟獲執縛已定，押到瀘水邊，駕船直過北岸，【毛】蠻子此時却蠻不過。○此是二擒。【漁】此第二次擒。先使人報知孔明。

却說孔明已有細作探知此事，於是密傳號令，教各寨將士整頓軍器，方教爲首酋長解孟獲入來，其餘皆回本寨聽候。董荼那先入中軍見孔明，細說其事。孔明重加賞勞，用好言撫〔二〇〕慰，遣董荼那引衆酋長去了，然後令刀斧手推孟獲入。孔明笑曰：「汝前者有言：『但再擒得，便肯降服！』今日如何？」獲曰：「此非汝之能也，乃吾手下之人自相殘害，以致如此，如何肯服！」【毛】【漁】蠻子嘴硬（，偏會解說）。【贄】是。孔明曰：「吾今再放汝去，若何？」【毛】妙。孟獲曰：「吾雖蠻人，頗知兵法。若丞相端的肯放吾回洞中，吾當率兵再決勝負。若丞相這番再擒得我，那時傾心吐膽歸降，並不敢改移也。」【毛】虧他此副老面皮。【贄】【鍾】他何嘗蠻？孔明曰：「這番生擒，如又不服，必無輕恕。」令左右

〔二〇〕「撫」，齋本、光本作「安」。

去其繩索，仍前賜以酒食，列坐於帳上。毛前但賜酒，今又賜坐，第二番更是加厚。孔明曰：「吾自出茅廬，戰無不勝，攻無不取。汝蠻邦之人，何爲不服？」毛第二番放他，偏有許多説話。獲默然不答。孔明酒後，喚孟獲同上馬，出寨看視諸營寨柵所屯糧草，所〔二一〕積軍器。毛故意教他看虛實，妙。孔明指謂孟獲曰：「汝不降吾，真愚人也。吾有如此之精兵猛將，糧草兵器，汝安能勝吾哉？」贄彼心已奪久矣。鍾看見此般，彼心奪矣。漁着着不虛。汝若早降，吾〔二二〕當奏聞天子，令汝不失王位，子子孫孫永鎮蠻邦。意下若何？」獲曰：「某雖肯降，怎奈洞中之人未肯心服。若丞相肯放〔二三〕回去，就當招安本部人馬，同心合膽，方可歸順。」毛漁蠻子説謊。孔明忻然，又與孟獲回到大寨。飲酒至晚，獲辭去；孔明親自送至瀘水邊，以船送獲歸寨。毛漁此是二縱。

孟獲來到本寨，先伏刀斧手於帳下，差心腹人到董荼那、阿會喃寨中，只推孔明有使命至，將二人賺到大寨帳下，盡皆殺之，棄屍於澗。毛好狠蠻子。贄鍾也怪他不得。孟獲隨即遣親信之人守把〔二四〕隘口，自引軍出了夾山峪，要與馬岱交戰，却並不見一人，及問土人，皆言昨夜盡搬糧草復渡瀘水，歸大寨去了。毛孔明撤回馬岱，却在孟獲一邊虛寫。漁在土人口中説出。獲再回洞中，與親弟孟優商議曰：「如今諸葛亮之虛實，吾已盡知，汝可去如此如此。」毛漁（已）（皆）在孔明筭中。孟優領了兄計，引百餘蠻兵，搬〔二五〕載金珠、寶貝、象牙、犀角之類，渡了瀘水，逕投孔明大寨而來。方纔過了河時，前面鼓角齊鳴，一彪軍擺開，爲首大將乃馬岱也。毛此時忽然又見馬岱，寫得出沒不測。漁寫馬岱出沒〔二六〕不

〔二一〕「所」，商本作「堆」。
〔二二〕「降吾」二字原闕，據毛校本補。
〔二三〕「放」上，齋本、光本有「再」字。
〔二四〕「守把」，光本倒作「把守」。
〔二五〕「搬」，原作「撇」，致本、業本同。按：「撇」形訛，據其他古本改。
〔二六〕「没」，原作「設」，形訛，據衡校本改。

測。孟優大驚。岱問了來情，令在外廂，差人來報孔明。孔明正在帳中與馬謖、吕凱、蔣琬、費禕等共議平蠻之事，忽帳下一人報稱孟獲差弟孟優來進寶貝。孔明回顧馬謖曰：「汝知其來意否？」謖曰：「不敢明言。容某暗寫於紙上，呈與丞相，看合鈞意否？」毛漁（與孔明、周郎）（孔明與周瑜）各寫「火」字（於掌中），彷佛相似。孔明從之。馬謖寫訖，呈與孔明。孔明看畢，撫掌大笑曰：「擒孟獲之計，吾已差派下也。汝之所見正與吾同。」毛妙在不敘出所説何語，令讀者自知之。鍾所謂英雄之見皆同。漁所見何同？讀者自猜。遂喚趙雲入，向耳畔分付如此如此；又喚魏延入，亦低言分付；又喚王平、馬忠、關索入，亦密密地分付。各人受了計策，皆依令而去，毛妙在不敘出所用何計，待後文方見。方召孟優入帳，優再拜於帳下曰：「家兄孟獲，感丞相活命之恩，無可奉獻，輒具金珠寶貝若干，權爲賞軍之資。續後別〔二七〕有進貢天子禮物。」毛前説手下人不肯降，今却手下人先來，明明是詐。孔明曰：「汝兄今在何處？」優曰：「爲感丞相天恩，逕往銀坑山中，毛漁銀坑山（先在此處點出，）（早）爲後文伏（線）（筆）。收拾寶物去了，少時便回來也。」孔明曰：「汝帶多少人來？」優曰：「不敢多帶。只是隨行百餘人，皆運貨物者。」孔明盡教入帳看時，皆是青眼黑面，黄髮紫鬚，耳帶金環，鬅頭跣足，身長力大之士。毛名爲波斯獻寶，却是夜叉作怪。孔明就令隨席而坐，教諸將勸酒，慇懃相待。

却説孟獲在帳中專望回音，忽報有二人回了，喚入問之，具説：「諸葛亮受了禮物大喜，將隨行之人皆喚入帳中，殺牛宰馬，設宴相待。二大王令某密報大王：今夜二〔二八〕更，裏應外合，以成大事。」毛漁孟獲所授之計，至此方（纔敘）明。孟獲聽知甚喜，即點起三萬蠻兵，分爲三隊。獲喚各洞酋長分付曰：「各軍盡帶火具。今晚到了蜀寨時，放

〔二七〕「別」，齋本、光本作「便」。
〔二八〕「二」，光本、商本作「三」。

火爲號。吾當自取中軍，以擒諸葛亮。」毛痴蠻子説得如此容易。漁且慢喜，且莫説得容易。諸多蠻將受了計策，黄昏左側〔二九〕，各渡瀘水而來。孟獲帶領心腹蠻將〔三〇〕百餘人徑投孔明大寨，於路並無一軍阻當。前至寨門，獲率衆將驟馬而入，乃是空寨，並不見一人。毛孔明分付諸將之計，亦至此方纔敘明。獲撞入中軍，只見帳中燈燭熒煌，孟優并番兵盡皆醉倒。毛蠻子貪嘴。原來孟優被孔明教馬謖、吕凱二人管待，令樂人搬做雜劇，慇懃勸酒，酒内下藥，盡皆昏倒，渾〔三一〕如醉死之人。毛奉答瀘水之毒。孟獲入帳問之，内有醒者，但指口而已。毛好看。獲知中計，急救了孟優等一干人，却待奔回中隊，前面喊聲大震，火光驟起，蠻兵各自逃竄。一彪軍殺到，乃是蜀將王平。獲大驚，急奔左隊時，火光衝天，一彪軍殺到，爲首蜀將乃是魏延。獲慌忙望右隊而來，只見火光又起，又一彪軍殺到，爲首蜀將乃是趙雲。毛三將之來，寫得參差錯落。三路軍夾將攻來〔三二〕，四下無路。孟獲棄了軍士，匹馬望瀘水而逃。正見瀘水上數十箇蠻兵，駕一小舟，獲慌令近岸。人馬方纔下船，一聲號起，將孟獲縛住。毛此是三擒。漁快燥。原來馬岱受了計策，引本部兵扮作蠻兵，撑船在此，誘擒孟獲。毛前未敘孔明分付馬岱，却於此處補出。漁孔明附耳之計，至此方明。

於是孔明招安蠻兵，降者無數。孔明一一撫慰，並不加害。毛一路多用此法。就教救滅了餘火。須臾，馬岱擒孟獲至，毛此是前文所有，用實寫。趙雲擒孟優至，毛此是前文未敘，用虚寫。魏延、馬忠、王平、關索擒諸洞酋長至。毛馬忠、關索於此補出，其諸洞酋長亦用虚寫。漁竟像搏猪的，一個個好看。孔明

〔二九〕「側」，齋本、光本作「右」。
〔三〇〕「將」，商本作「兵」。
〔三一〕「昏」，齋本、光本作「醉」。「渾」，商本脱。
〔三二〕「夾將攻來」，貫本、滄本、商本倒作「夾攻將來」，光本倒作「將夾攻來」，明四本作「大殺在一處」。

指孟獲而笑曰：「汝先令汝弟以禮詐降，如何瞞得過吾〔三三〕！今番又被我擒，汝可服否？」【漁】此是三擒。獲曰：「此乃吾弟貪口腹之故，誤中汝毒，因此失了大事。【贄】是。吾若自來，弟以兵應之〔三四〕，必然成功。此乃天敗，非吾之不能也，如何肯服！」【毛】每次不服，必有一段解説，蠻子油嘴。○極似〔三五〕今日低棋輸了，到底不服輸。【贄】【鍾】他何嘗蠻？【漁】低碁越不肯認低。孔明曰：「今已三次，如何不服？」孟獲低頭無語。孔明笑曰：「吾再放汝回去。」【毛】妙。孟獲曰：「丞相若肯放我弟兄〔三六〕回去，收拾家下親丁，和丞相大戰一塲。那時擒得，方纔死心塌地而降。」孔明曰：「再若擒住，必不輕恕。汝可小心在意，勤攻韜略之書，再整親信之士，早用良策，勿生後悔。」【毛】十分調笑，十分作樂。【贄】惡。【漁】調笑極矣，蠻子知否？遂令武士去其繩索，放起〔三七〕孟獲并孟優及各洞酋長，一齊都放。孟獲等拜謝去了。【毛】【漁】此是三縱。此時蜀兵已渡瀘水。孟獲等過了瀘水，只見岸口陳兵列將，旗幟紛紛。獲到營前，馬岱高坐，以劒指之曰：「這番拏住，必無輕放！」【毛】前兩番賜酒賜坐，今第三番又是換一樣面孔矣。孟獲到了自己寨時，趙雲早已襲了此寨，布列兵馬。雲坐於大旗下，按劒而言曰：「丞相如此相待，休忘大恩！」【毛】馬岱之言純是剛，趙雲之言剛中帶寬。【贄】【鍾】百千計較，只是要收服他心耳。獲喏喏連聲而去。將出界口山坡，魏延引一千精兵，擺在坡上，勒馬厲聲而言曰：「吾今已深入巢穴，奪汝險要，汝尚自愚迷，抗拒大軍！這回拏住，碎屍萬段，決不輕饒！」【毛】趙雲之言畧寬，魏延之言又剛，真是三收三放。【漁】此番孟獲得放，不似前番大雅。已受勾無數氣了。孟獲等抱頭鼠竄，望本

〔三三〕「過吾」，原作「吾過」，致本、業本、貫本、齋本同，光本、商本作「我過」，商本作。按：「過吾」通，據明四本乙。
〔三四〕「弟以兵應之」五字，光本脱。
〔三五〕「似」，原作「是」，致本、業本、貫本、齋本、滄本、商本同。按：「是」疑「似」之訛，據光本改。
〔三六〕「我弟兄」，貫本、嘉本作「我兄弟」，滄本作「吾兄弟」。
〔三七〕「起」，光本脱。

洞〔三八〕而去。後人有詩讚曰〔三九〕：

五月驅兵入不毛，月明瀘水瘴烟高。
誓將雄略酬三顧，豈憚征蠻七縱勞。

却説孔明渡了瀘水，下寨已畢，大賞三軍，聚諸〔四〇〕將於帳下曰：「孟獲第二番擒來，吾令遍觀各營虛實，正欲令其來劫營也。漁方知孔明着着不虛。吾知孟獲頗曉兵法，吾以〔四一〕兵馬糧草炫耀，實令孟獲看吾破綻，必用火攻。彼令其弟詐降，欲爲內應耳。吾三番擒之而不殺，誠欲服其心，不欲滅其類也。毛上項事，此處方纔説〔四二〕明。贄鍾（到此）方纔説出。漁方知手上各書之字。吾今明告汝等，勿得辭勞，可用心報國。」毛又激勸衆人，是孔明妙處。衆將拜伏曰：「丞相智、仁、勇三者足備，雖子牙、張良二子牙、姜吕望字也，即周文王時人，八十歲遇於渭水之陽，載以歸國，用爲軍師。張良，字子房，漢高祖時人，居三傑之首也。不能及也。」孔明曰：「吾今安敢望古人耶？皆頼汝等之力，共成功業耳。」毛又獎勵衆人，皆是孔明妙處。帳下諸將聽得孔明之言，盡皆喜悅。

却説孟獲受了三擒之氣，毛漁還虧蠻子肚（皮）（量）大，（着〔四三〕得這）（受得）許多氣。忿忿歸到銀坑洞中，即差心腹人齎金珠寶貝，往八番九十三甸等處，并蠻方部落，借使牌刀獠丁軍健數十萬，毛漁引出無數蠻子來（了）。尅日齊備。各隊人馬，雲堆霧擁，俱聽孟獲調用。伏路軍探知其事，來報孔明，孔明笑曰：「吾正欲令蠻兵皆至，見吾之能也。」贄此是老主意。遂上小車而行。正是：

若非洞主威風猛，怎顯軍師手段高！

〔三八〕「洞」下，光本有「中」字。
〔三九〕毛本後人讚詩從贄本；鍾本、漁本同贄本，贄本同明三本。
〔四〇〕「諸」，嘉本作「衆」。
〔四一〕「以」，原作「已」，致本、業本、齋本同；其他毛校本作「將」。據明四本改。
〔四二〕「説」，齋本、光本作「敘」。
〔四三〕毛批「着」，光本作「受」。

未知勝負如何，且看下文分解。

孟獲有許多妙筭，却是孔明對手，呵呵。

孟獲有此老面皮，孔明有此老手段，看此，分明看了雜劇也。

人説孟獲蠻，孟獲何嘗蠻，只是其心不服耳。服則永服也，不比今人蠻，心則服，口不服也。

人説孟獲蠻，孟獲何嘗蠻？只是其心不服耳，服則永服也。不比今人蠻，心服口不服也。

第八十九回

武鄉侯四番用計
南蠻王五次遭擒

瀘水之險不可徒涉，西洱河之險不可方舟，可謂險之極矣。不謂又有啞泉、柔泉、黑泉、滅泉之惡，尤有甚焉。南方屬火，炎天如火，蜀兵方苦於火，而忽又苦於水，真有出於意料之外者。惟南方險阻出於意料之外，乃愈顯丞相功績出於意料之外耳。

四擒孟獲，以假棄舊寨爲欲退之勢而擒之，是以退爲進也。五擒孟獲，以深入重地爲不可退之勢而擒之，是以進爲進也。五擒之難，倍難於四擒；則五縱之難，亦倍難於四縱。於四擒見孔明之智，於五擒見孔明之勇，於四縱、五縱見孔明之仁。

孔明乃先主之所謂「水」也，而有四泉以難孔明，則是以水厄水矣。又有二溪以助孔明，則又以水濟水矣。至於拜井出泉，而水又自能生水。然則蜀人之有孔明，其亦如魚之得水乎！

每讀《封神演義》，滿紙仙道，滿目鬼神，覺姜子牙竟一無所用，不若《三國志》中之偶一見之也。如伏波顯聖，山神指迷，入山求草，祝井出泉，未嘗不仰邀神助，恍遇仙翁；然不可無一，不容有二。使盡賴鬼謀，何以見人謀之善；使盡仗仙力，何以見人力之奇哉！

文章之妙，妙在極熱時寫一冷人，極忙中寫一閒景。如萬安隱者，飄飄然有世外之風，其地則栢澗松巖，其人則竹冠藜杖。孔明之遇之，殆與先主之遇水鏡、劉璝之問紫虛、陳震之謁青城，幾相彷彿矣。然先主遇水鏡於難後，孔明則求萬安於難中；紫虛、青城未常賴之以救敗，萬安則實賴之以救死。是彼雖極閒，而

見者之心極忙；彼雖極冷，而見者之心極熱：又不似前三人之有意無意，爲可見可不見之人也。最相類又最不相類，豈非絶世奇事、絶世奇文？

孔明之見隱者不足奇，而奇莫奇於即孟獲之兄也。有四泉之惡，則有二溪之美以爲之反；有助虐之孟優，則有助善之孟節以爲之反：地既有之，人亦宜然。然我謂孟獲之五擒而不服者正在此。何也？納孟獲之弟之詐降以誘孟獲，與以孟獲誘孟獲無異也；賴孟獲之兄之相救以制孟獲，與以孟獲制孟獲無異也。以孟獲誘孟獲，而孟獲不服；以孟獲制孟獲，而孟獲〔一〕愈不服；惟以孔明勝孟獲，而孟獲始服〔二〕。則吾得而更觀五縱之後矣。

却説孔明自駕小車，引數百騎前來探路。前有一河，名曰西洱河，水勢雖慢，並無一隻船筏。孔明令伐木爲筏而渡，其木到水皆沉。毛東方有弱水，南方亦有弱水。**孔明遂問呂凱，凱曰：「聞西洱河上流有一山，其山多竹，大者數圍。可令人伐之，於河上搭起竹橋，以渡軍馬。」孔明即調三萬人，入山伐竹數十萬根順水放下，於河面狹處搭起竹橋，闊十餘丈。**毛渡瀘水尚〔三〕可用筏，渡此處只可搭橋，比前又險。**乃調大軍於河北岸一字兒下寨，便以河〔四〕爲壕塹，以浮橋爲門，壘土爲城。過橋南岸，一字下三箇大營，以待蠻兵。**毛倚竹橋爲寨，全賴篾片之力。

却説孟獲引數十萬蠻兵恨怒而來。將近西洱河，孟獲引前部一萬刀牌獠丁，直扣前寨搦戰。孔明頭戴綸巾，身披鶴氅，手執羽扇，乘駟馬車，左右衆將簇擁而出。毛一邊忿怒，一邊安閒，相形之下，好看煞人。**孔明見孟獲身穿犀皮甲，頭頂朱紅盔，左**

〔一〕「而孟獲」，貫本、潘本脱。
〔二〕「服」上，貫本、潘本有「傾心折」三字。
〔三〕「尚」，商本作「不」。
〔四〕「河」，原無，毛校本同。按：後句作「以浮橋爲門」，據明四本補。

手挽牌，右手執刀，騎赤毛牛，【毛】又是一樣打扮。【漁】騎牛出戰，好看。口中辱罵；手下萬餘洞丁各舞刀牌，往來衝突。孔明急令退回本寨，四面緊閉，不許出戰。蠻兵皆裸衣赤身，直到寨門前叫罵。【毛】蠻子一味蠻罵。諸將大怒，皆來禀孔明曰〔五〕：「某等情願出寨，決一死戰！」孔明不許。諸將再三欲〔六〕戰，孔明止曰：「蠻方之人，不遵王化，今此一來，狂惡正盛，不可迎也。且宜堅守數日，待其猖獗少懈，吾自〔七〕有妙計破之。」【毛】蠻人正使蠻性，須要讓他頭勢〔八〕。【贊】【鍾】此待蠻子第一妙法。【漁】蠻性。且讓過勢頭。於是蜀兵堅守數日。孔明在高阜處探〔九〕之，窺見蠻兵已多懈怠，乃聚諸將曰：「汝等敢出戰否？」衆將欣然要〔一〇〕出。孔明先喚趙雲、魏延入帳，向耳畔低言，分付如此如此，二人受了計策先進。却喚王平、馬忠入帳，受計去了。【毛】【漁】此兩路受計，不敘明白。又喚馬岱分付曰：「吾今棄此三寨，退過河北。吾軍一退，汝可便拆浮橋，移於下流，却渡趙雲、魏延軍馬過河來接應。」岱受計而去。又喚張翼曰：「吾軍退去，寨中多設燈火。孟獲知之，必來追趕，汝却斷其後。」張翼受計而退。【毛】此兩路授計，先說明白，又是一樣筆法。【漁】兩路受計，却說明白。孔明只教關索護車。衆軍退去，寨中多設燈火。蠻兵望見，不敢衝突。

次日平明，孟獲引大隊蠻兵逕到蜀寨之時，只見三個大寨皆無人馬，於〔一一〕內棄下糧草車仗數百餘輛。孟優曰：「諸葛棄寨而走，莫非有計否？」孟獲曰：「吾料諸葛亮棄輜重而去，必因國中有緊急之事：若非吳侵，定是〔一二〕魏伐。故虛張燈火以爲疑兵，棄車仗而去也。【毛】看這般光景，必然料到此

〔五〕「曰」，原無，致本、業本、貫本、澹本、商本同。據其他古本補。
〔六〕「欲」，商本作「要」，明四本無。
〔七〕「吾自」二字原闕，據毛校本補。
〔八〕「頭勢」，光本倒作「勢頭」。
〔九〕「探」，光本、商本作「望」。
〔一〇〕「要」，商本作「欲」。
〔一一〕「於」，光本、商本作「在」。
〔一二〕「定是」，光本作「定有」，明四本作「必然」。

處，蠻子原不呆。【漁】蠻子料到此處，亦不大呆。可速追之，不可錯過。」於是孟獲自驅前部，直到西洱河邊。望見河北岸上寨中旗幟整齊如故，燦若雲錦，沿河一帶，又設錦城。蠻兵哨見，皆不敢進。獲謂優曰：「此是諸葛亮懼吾追趕，故就河北岸少住，不二日必走矣。」【毛】蠻子亦會猜，但孔明手法太高，故猜不着耳。遂將蠻兵屯於河岸〔一三〕，又使人去山上砍竹爲筏，以備渡河，却將敢戰之兵，皆移於寨前面。却不知蜀兵早已入自己之境。【毛】【漁】只一句輕輕點出，方知前（所囑）（邊）趙雲、魏延（之）（受）計，乃此（計也）。

是日狂風大起，四壁廂火明鼓響，蜀兵殺到。蠻兵獠丁自相衝突，孟獲大驚，急引宗族洞丁殺開條路，逕奔舊寨。忽一彪軍從寨中殺出，乃是趙雲。【毛】來得突兀。獲慌忙回西洱河，望山僻處而走。又一彪軍殺出，乃是馬岱。【毛】此處方知所授馬岱之計。孟獲只剩得數十個敗殘兵，望山谷中而逃。見南、北、西三處塵頭火光，因此不敢前進，【毛】【漁】此處火光是王平、馬忠，妙在虛寫，令讀者自知。只得望東奔走。方纔轉過山口，見一大林之前，數十從人，引一輛小車，車上端坐孔明，呵呵大笑曰：「蠻王孟獲！天〔一四〕敗至此，吾已等候多時也！」【毛】作樂得他好〔一五〕。【贊】惡！可恨！氣殺人。〔一六〕獲大怒，回顧左右曰：「吾遭此人詭計受辱三次！今幸得這裏相遇。汝等可〔一七〕奮力前去，連人帶車〔一八〕砍爲粉碎！」【毛】痴蠻子，只怕踏了空。數騎蠻兵猛力向前。孟獲當先吶喊，搶到大林之前，趷踏一聲，踏了陷坑，一齊塌倒。大林之內，轉出魏延，引數百軍來，一個個拖出，用索縛定。【毛】【漁】此是四擒。孔明先到寨

〔一三〕「岸」上，光本有「北」字。
〔一四〕「天」，齋本、滄本、光本、商本作「大」。
〔一五〕「好」，齋本、光本、商本作「妙」。
〔一六〕吳本脱此句贊批。
〔一七〕「等可」，原作「可」，致本、業本、貫本、齋本、滄本、周本、夏本、贊本同；光本、商本作「等」。按：「等可」義長。據嘉本補。
〔一八〕「車」，致本同，其他毛校本作「馬」。按：前文作「車上端坐孔明」。

中，招安蠻兵，并諸甸酋〔一九〕長洞丁。此時大半皆歸本鄉去了，除死傷外，其餘盡皆歸降。孔明以酒肉相待，以好言撫慰，盡令放回。【毛】【贊】【鍾】【漁】（到底只）（只）（孔明純）用此法。蠻兵皆感嘆而去。少頃，張翼解孟優至。【毛】擒孟優只用虛寫。【三】【補註】乃是張翼受了孔明計策斷後，小路擒之。孔明誨之曰：「汝兄愚迷，汝當諫之。今被吾擒了四番，有何面目再見人耶！」孟優羞慚滿面，伏地告〔二〇〕求免死。孔明曰：「吾殺汝不在今日。吾且饒汝性命，勸諭汝兄。」令武士解其繩索，放起孟優。優泣拜而去。【毛】先打發去一個。不一時，魏延解孟獲至。孔明大怒曰：「你今番又被吾擒了，有何理說！」【毛】此時又是一樣面孔。【漁】若只管賜酒食，便没趣矣。獲曰：「吾今悮中詭計，死不瞑目！」【贊】【鍾】好老皮面。孔明叱武士推出斬之。【毛】此時又是一樣做法，若只管〔二一〕賜酒食善言勸之，便没趣矣。獲全無懼色，回顧孔明曰：「若敢再放吾回去，必然報四番之恨！」【毛】蠻子真是蠻皮。【贊】此蠻原通。孔明大笑，令左右去其縛，賜酒壓驚，就坐於帳中。【毛】先硬後軟。孔明問曰：「吾今四次以禮相待，汝尚然不服，何也？」獲曰：「吾雖是化外之人，不似丞相專施詭計，吾如何肯服？」【毛】蠻子偏會强辨。【贊】【鍾】（極是，）（所言）極是！他何嘗蠻？孔明曰：「吾再放汝回去，復能戰乎？」獲曰：「丞相若再拏住吾，吾那時傾心降服，盡獻本洞之物犒軍，誓不反亂。」【毛】蠻子偏會活脱。孔明即笑而遣之，獲忻然拜謝而去。【毛】【漁】此是四縱。

於是聚得諸洞壯丁數千人，望南迤邐而行。早望見塵頭起處，一隊兵到，乃是兄弟孟優，重整殘兵，來與兄報讎。【毛】兩人一樣蠻皮。兄弟二人抱頭相〔二二〕哭，訴説前事。優曰：「我兵屢敗，蜀兵屢勝，難以抵當。只可就山陰洞中退避不出。【贊】【鍾】難兄難弟。蜀兵受不過暑氣，自然退矣。」獲問曰：

〔一九〕「酋」，原作「奠」，致本同。按：「奠」字訛，據其他古本改。
〔二〇〕「告」，商本脱。
〔二一〕「時」，光本作「是」。「管」，齋本、光本作「仍」。
〔二二〕「相」，光本作「大」。

「何處可避？」優曰：「此去西南有一洞，名曰秃龍洞。漁秃龍洞抵不得卧龍崗。洞主朵思大王，毛洞名人名，宛似《西遊記》上名色。與弟甚厚，可投之。」於是孟獲先教孟優到秃龍洞，毛秃龍争〔一二三〕當卧龍？見了朵思大王。朵思慌引洞兵出迎，孟獲入洞，禮畢，訴説前事。朵思曰：「大王寬心。若川〔一二四〕兵到來，令他一人一騎不得還鄉，與諸葛亮皆死於此處！」毛説得利害，竟似洞中妖怪聲口。獲大喜，問計於朵思。朵思曰：「此洞中止有兩條路：東北上一路，就是大王所來之路，地勢平坦，土厚水甜，人馬可行。若以木石壘斷洞口，雖有百萬之衆，不能進也。毛關門塞狗洞，不算好漢。西北上有一條路，山險嶺惡，道路窄狹，其中雖有小路，多藏毒蛇惡蝎，黄昏時分，烟瘴大起，直至巳、午時方收，毛與瀘水可以夜渡者又不同。惟未、申、酉三時可以往來，漁可知也有可渡時候。水不可飲，人馬難行。此處更有四個毒泉：一名啞泉，其水頗甜，人若飲之，則不能言，不過旬日必死；毛人之嘵嘵多言者，當令飲此。二曰滅泉，此水與湯無異，人若沐浴，則皮肉皆爛，見骨必死；毛今之好潔太〔一二五〕甚者，當令遇此。贊好箇去處，倒好躲債。三曰黑泉，其水微清，人若濺之在身，則手足皆黑而死；毛若此泉，恐世人多有在心。四曰柔泉，其水如冰，人若飲之，咽喉無煖氣，身軀軟弱，如綿而死。毛今之剛狠太甚者，當令飲此。此處蟲鳥皆無，惟有漢伏波將軍曾到，毛漁（此處）先點伏波（將軍）一句，爲下（文）孔明（禱伏波伏綫）（祈禱張本）。二補註馬援，漢光武時人，帝遣之擊五溪蠻夷。自此以後，更無一人到此。今壘斷東北大路，令大王穩居敝洞，若蜀兵見東路截斷，必從西路而入，於路無水，若見此四泉，定然飲水，雖百萬之衆，皆無歸矣。何用〔一二六〕刀兵耶！」毛孔明慣

〔一二三〕「争」，光本作「怎」，商本作「真」。
〔一二四〕「川」，濸本作「蜀」。
〔一二五〕「潔太」，光本倒作「太潔」。
〔一二六〕「何用」，商本作「有何」。

用火攻，朵思却欲以水勝。孟獲大喜，以手加額曰：「今日方有容身之地！」贊得地利矣，恭喜恭喜。漁且莫笑。又望北指曰：「任諸葛神機妙算，難以施設！四泉之水，足以報敗兵之恨也！」毛先主以孔明爲「水」，誰知好水又遇着惡水。自此，孟獲、孟優終日與朵思大王筵宴。

　　却說孔明連日不見孟獲兵出，遂傳號令，教大軍離西洱河，望南進發。此時正當六月炎天，其熱如火。毛漁與（上文）五月渡瀘相應。〈毛〉〇「火」字與「水」字正相應。有後人〔二七〕咏南方苦熱詩曰〔二八〕：

　　山澤欲焦枯，火光覆太虛。
　　不知天地外，暑氣更何如！

又有詩曰〔二九〕：

　　赤帝施權柄，陰雲不敢生。
　　雲蒸孤鶴喘，海熱巨鰲驚。
　　忍捨溪邊坐，慵抛竹裏行。
　　如何沙塞客，擐周音慣。夏音環。甲復長征。

　　孔明統領大軍正行之際，忽哨馬飛報：「孟獲退往〔三〇〕秃龍洞中不出，將洞口要路壘斷，內有兵把守，山惡嶺峻，不能前進。」孔明請呂凱問之，凱曰：「某曾聞此洞有條路，實不知詳細。」毛四泉恐亦圖中之所未詳。蔣琬曰：「孟獲四次遭擒，既已喪膽，安敢再出？況今天氣炎熱，軍馬疲乏，征之無益，不如班師回國。」漁頓銼。孔明曰：「若如此，正中孟獲之計也。吾軍一退，彼必乘勢追之。今已〔三一〕到此，安有復回之理！」毛此時之勢，騎虎難下，能〔三二〕入而不能出矣。遂令王平領數百軍

〔二七〕「有後人」，光本倒作「後人有」，明四本無。
〔二八〕毛本後人咏熱詩一從贊本，爲司馬光所作絶句《大熱》；鍾本同贊本，贊本同明三本；漁本無。
〔二九〕毛本後人咏熱詩二從贊本；鍾本同贊本，贊本同明三本；漁本無。明四本、鍾本詩一與詩二合爲一首。
〔三〇〕「往」，光本、商本、嘉本作「走」，周本、夏本、贊本作「住」。
〔三一〕「之今已」三字原闕，據毛校本補。
〔三二〕「能」，貫本作「〇」。

爲前部，却教新降蠻兵引路，尋西北小徑〔三三〕而入。前到一泉，人馬皆渴，争飲此水。王平探有此路，回報孔明。比及到大寨之時，皆不能言，但指口而已。毛與孟優等中酒毒以手指口，前後相對。漁好看。孔明大驚，知是中毒，遂自駕小車，引數十人前來看時，見一潭清水，深不見底，水氣凛凛，軍不敢試。孔明下車，登高望之，四壁峯嶺，鳥雀不聞，心中大疑，漁可知路險。○竊意曹操到此，籌無一展。忽望見遠遠山岡之上，有一古廟。孔明攀藤附葛而到〔三四〕，見一石屋之中，塑一將軍端坐，傍有石碑，乃漢伏波將軍馬援之廟：因平蠻到此，土人立廟祀之。毛此處忽然遇着馬超、馬岱之祖。漁忽見馬超、馬騰之祖。孔明再拜曰：「亮受先帝託孤之重，今承聖旨，到此平蠻。欲待蠻方既平，然後伐魏吞吴，重安漢室。毛大主意。今軍士不識地理，誤飲毒水，不能出聲。萬望尊神念本朝恩義，通靈顯聖，護佑三軍！」祈禱已畢，出廟尋土人問之。隱隱望見對山一老叟扶杖而來，形容甚異。毛漁（來得奇，）與陸遜之遇黄承彦相似。贅鍾此必伏波之靈，非老叟（也）。孔明請老叟入廟，禮畢，對坐於石上。孔明問曰：「丈者高姓？」老叟曰：「老夫久聞大國丞相隆名，幸得拜見。蠻方之人，多蒙丞相活命，皆感恩不淺。」孔明問泉水之故，老叟答曰：「軍所飲水，乃啞泉之〔三五〕水也，飲之難言，數日而死。此泉之外，又有三泉：東南有一泉，其水至冷，人若飲之，咽喉無煖氣，身軀軟弱而死，名曰柔泉；正南有一泉，人若濺之在身，手足皆黑而死，名曰黑泉；西南有一泉，沸如熱湯，人若浴之，皮肉盡脱而死，名曰滅泉。毛又將四泉歷敘一遍，却與朶思大王所言參差，前後文法甚變。漁因啞泉帶出三泉。敝處有此四泉，毒氣所聚，無藥可治，又烟瘴甚起，惟未、申、酉三箇時辰可往來，餘者時辰皆瘴氣密布，觸

〔三三〕「徑」，原作「境」，致本、業本、貫本、齋本、滄本、夏本、贅本同；光本、商本作「路」。按：「徑」字通，據嘉本、周本改。

〔三四〕「到」，光本作「上」。

〔三五〕「飲」下，商本有「之」字。「之」，光本、商本脱。

之即死。」毛亦與朶思之言照〔三六〕應。漁率性說明。孔明曰：「如此則蠻方不可平矣。蠻方不平，安能併吞吳、魏，再興漢室？有負先帝託孤之重，生不如死也！」毛讀者至此，已是水窮山盡。老叟曰：「丞相勿憂。老夫指引一處，可以解之。」毛忽然絶處逢生。孔明曰：「老丈有何高見，望乞指教。」老叟曰：「此去正西數里，有一山谷，入内行二十里，有一溪名曰『萬安溪』。毛只「萬安」二〔三七〕字，便可破得四泉名色。漁「萬安」二字便好。上有一高士，號爲『萬安隱者』，毛人以溪名乎？溪以人名乎？此人不出溪有數十餘年矣。其草庵後有一泉，名『安樂泉』。毛只「安樂」二字，又可破得四泉名色。漁「安樂」二字足見說四泉之惡。人若中毒，汲〔三八〕其水飲之即愈。有人或生疥癩，或感瘴氣，於萬安溪内浴之，自然無事。毛以水治水，以一水治四水。更兼庵前有一等草，名曰『薤二音解。葉芸香』，毛好名色。人若口含一葉，則瘴氣不染。毛草頭郎中，賽過服藥。丞相可速往求之。」孔明拜謝，問曰：「承丈者如此活命之德，感刻〔三九〕不勝。願聞高姓？」老叟入廟曰：「吾乃本處山神，奉伏波將軍之命，特來指引。」言訖，喝開廟後石壁而入。毛前有關公顯聖，此處有伏波顯聖。關公自顯聖，伏波又使山神顯聖，愈出愈奇。鍾孔明忠心，神□□（明）。孔明驚訝不已，再拜廟神，尋舊路上車，回到大寨。

次日，孔明備信香、禮物，引王平及衆啞軍，連夜望山神所言去處迤邐而進。入山谷小徑，約行二十餘里，但見長松大栢，茂竹奇花，環遶一莊，籬落之中，有數間茅屋，聞得馨香噴鼻。毛又是一箇水鏡莊、卧龍崗也。漁百忙中忽敘法〔四〇〕雅數筆。孔明大喜，到莊前扣户，有一小童出。孔明方欲通姓

〔三六〕「照」，光本作「相」。
〔三七〕「二」，光本訛作「四」。
〔三八〕「汲」，原作「吸」，毛校本、夏本、贊本同。按：「汲」字通，後文亦作「汲」。據嘉本、周本改。
〔三九〕「感刻」，商本作「感恩」，明四本作「刻感」。
〔四〇〕「法」，衡校本作「清」。

名，早有一人，竹冠草履，白袍皂縧，碧眼黃髮，忻然出曰：「來者莫非漢丞相否？」【毛】【漁】（又）與紫虛上人、青城老叟一般〔四一〕風致。孔明笑曰：「高士何以知之？」隱者曰：「久聞丞相大纛【周】音道。【夏】音督。南征，安得不知！」遂邀孔明入草堂。禮畢，分賓主坐定。孔明告曰：「亮受昭烈皇帝託孤之重，今承嗣君聖旨，領大軍至此，欲服蠻邦，使歸王化。不期孟獲潛入洞中，軍士誤飲啞泉之水。夜來蒙伏波將軍顯聖，言高士有藥泉可以治之。望乞矜念，賜神水以救衆兵殘生。」【毛】水火不求人，孰知此時水亦甚貴。隱者曰：「量老夫山野廢人，何勞丞相枉駕。此泉就在庵後。」教取來飲。於是童子引王平等一起啞軍，來到溪邊，汲水飲之，隨即吐出惡涎，便能言語。【毛】如今之服半夏者，飲〔四二〕着生姜湯。童子又引衆軍到萬安溪中沐浴。隱者於庵中進栢子茶、松花菜，以待孔明。【毛】百忙中却偏敘出隱士清冷之況，〈【毛】【漁】〉令人煩襟頓滌。隱者告曰：「此間蠻洞多毒蛇惡蝎，柳花飄入溪泉之間，水不可飲。但掘地爲泉，汲水飲之方可。」孔明求「薤葉芸香」，隱者令衆軍儘意採取，各人口含一葉，自然瘴氣不侵。【毛】留香草根，何如此草之妙。孔明拜求隱者姓名，隱者笑曰：「某乃孟獲之兄孟節是也。」【毛】【漁】說出姓名，令人一嚇。孔明愕然。隱者又曰：「丞相休疑，容伸片言：某一父母所生三人：長即老夫孟節，次孟獲，又次孟優。父母皆亡。二弟强〔四三〕惡，不歸王化。某屢諫不從，故更名改姓，隱居於此。【毛】兄弟之不得〔四四〕如此，可嘆。今辱弟造反，又勞丞相深入不毛之地，如此生受〔四五〕，孟節合該萬死，故先於丞相之前請罪。」【贄】【鍾】奇，奇！一父母所生，自有蠻（有不

〔四一〕漁批「青」，原作「清」，衡校本同。按：前文第八十一回作「青城山」，「清」字訛，據前文改。毛批「般」，原作「船」，業本同，致本作「投」，據其他毛校本改。

〔四二〕「飲」上，齋本、光本有「忽」字。

〔四三〕「强」，商本作「皆」。

〔四四〕「得」上，光本有「相」字。

〔四五〕「生受」，光本作「困苦」。

蠻也）（異）。孔明嘆曰：「方信盜跖、下惠之事，二補註 盜跖、下惠，周末時人。盜跖，兄也，爲惡人；下惠，弟也，爲善人。今亦有之。」遂與孟節曰：「吾申奏天子，立公爲王，可乎？」節曰：「爲嫌功名而逃於此，豈復有貪富貴之意！」毛贊鍾 泰伯讓天下而逃之蠻方，此蠻〔四六〕又（讓蠻王之位）（逃功名），而逃之深山，（豈聞泰伯之風而起者耶？）〈毛〉其殆比泰伯之讓而更甚耶？名之曰「節」，真不愧其名。漁 後人有議孔明擒孟獲之後，何不立孟節爲蠻主。要知節乃世外之人，豈肯復居世内？孔明乃具金帛贈之，孟節堅辭不受。孔明嗟嘆不已，拜別而回。後人有詩曰〔四七〕：

高士幽棲獨閉關，武侯曾此破諸蠻。
至今古木無人境，猶有寒煙鎖舊山。

三考證 至今雲南各處皆以此水爲藥（寶），以治諸病。

孔明回到大寨之中，令軍士掘地取水。掘下二十餘丈，並無滴水，凡掘十餘處，皆是如此，軍心〔四八〕驚慌。毛 又作一折，令讀者再吃一驚。孔明夜半焚香告天曰：「臣亮不才，仰承大漢之福，受命平蠻。今途中乏水，軍馬枯渴。倘上天不絕大漢，即賜甘泉！若氣運已終，臣亮等願死於此處！」是夜祝罷，平明視之，皆得滿井甘泉。毛 與後文司馬昭〔四九〕祝井，遥相對照。後人有詩曰〔五〇〕：

爲國平蠻統大兵，心存正道合神明。
耿恭拜井甘泉出，諸葛虔誠水夜生。

二補註 後漢耿恭守疏勒城，被圍城中，穿井十五丈無水，恭整衣冠向井而拜，飛泉湧出。贊 好腐詩。

孔明軍馬既得甘泉，遂安然由小徑直入禿龍洞前下寨。蠻兵探知，來報孟獲曰：「蜀兵不染瘴疫之氣，又無枯渴之患，諸泉皆不應。」毛 孟獲不是失

〔四六〕毛批「此蠻」，光本作「孟節」。
〔四七〕毛本後人詩改自贊本；鍾本、漁本同贊本，贊本同明三本。
〔四八〕「心」，貫本、滄本作「士」。
〔四九〕「昭」，光本、商本訛作「懿」。
〔五〇〕毛本後人詩從贊本，爲静軒詩；鍾本同周本、夏本、贊本；嘉本及漁本無。

地利，乃失人和耳。朵思大王聞知不信〔五一〕，自與孟獲來高山望之。只見蜀兵安然無事，大桶小擔，搬運水漿，飲馬造飯。朵思見之，毛髮聳然，回顧孟獲曰：「此乃神兵也！」【毛】有此處疑爲神兵，便生出後文神獸來。獲曰：「吾兄弟二人與蜀兵決一死戰，就殞於軍前，安肯束手受縛！」朵思曰：「若大王兵敗，吾妻子亦休矣。當殺牛宰馬，大賞洞丁，不避水火，直衝蜀寨，方可得勝。」

於是大賞蠻兵，正欲起程，【毛】讀者至此，必謂有一場大厮殺矣，不知下文竟不消厮殺得。忽報洞後迤西銀冶洞二十一洞主楊鋒引三萬兵來助戰。【毛】讀者至此，必謂下文又有一場助戰矣，不知却是相反〔五二〕。【漁】讀史至此者，疑有一場大戰矣。孟獲大喜曰：「隣兵助我，我必勝矣！」即與朵思大王出洞迎接。楊鋒引兵入曰：「吾有精兵三萬，皆披鐵甲，能飛山越嶺，足以敵蜀兵百萬。我有五子，皆武藝足備，願助大王。」【漁】讀至此，又謂有一場大厮殺矣。鋒令五子入拜，皆彪軀虎體，威風抖擻。孟獲大喜，遂設席相待楊鋒父子。酒至半酣，鋒曰：「軍中少樂，吾隨軍有蠻姑，善舞刀牌，以助一笑。」【毛】先主與劉璋飲酒之時，有諸將舞劒；今楊鋒與孟獲飲酒之時，有諸蠻舞刀：正復相似。獲忻然從之。須臾，數十蠻姑，皆披髮跣足，從帳外舞跳而入，羣蠻拍手以歌和之。【贊】好看好看，比今美人以妙喉和紫簫作鳳凰〔五三〕聲者，大不同也。楊鋒令二子把盞，二子舉盃詣孟獲、孟優前。二人接盃，方欲飲酒，鋒大喝一聲，二子早將孟獲、孟優執下座來。【毛】董荼那之擒孟獲，則讀者之所料也；楊鋒之擒孟獲，則非讀者之所料。【漁】奇，非意想所及。朵思大王却待要走，已被楊鋒擒了。蠻姑横截於帳上，誰敢近前。獲曰：「『兔死狐悲，物傷其類。』吾與汝皆是各洞之主，往日無寃，何故害我？」鋒曰：「吾兄弟子侄皆感諸葛丞相活命之恩，無可以〔五四〕

〔五一〕「不信」，齋本、光本作「皆不信」，濟本作「出洞」。
〔五二〕「相反」，光本、商本作「又相反了」。
〔五三〕「凰」，吴本闕，緑本漫漶。
〔五四〕「可以」，齋本倒作「以可」，光本作「以爲」。

報。毛又與前文放回蠻兵照〔五五〕應。漁吾意此亦非孔明所意及。今汝反叛，何不擒獻！」於是各洞蠻兵皆走回本鄉。楊鋒將孟獲、孟優、朵思等解赴孔明寨來。毛漁此是五擒。孔明令入，楊鋒等拜於帳下曰：「某等子侄皆感丞相恩德，故擒孟獲、孟優等呈獻。」孔明重賞之，令驅孟獲入。孔明笑曰：「汝今番心服乎？」獲曰：「非汝之能，乃吾洞中之人自相殘害，以致如此。要殺便殺，只是不服！」毛漁甚矣，攻心之難。贄有得他説。孔明曰：「汝賺吾入無水之地，更以啞泉、滅泉、黑泉、柔泉如此之毒，吾軍無恙，豈非天意乎？汝何〔五六〕如此執迷？」獲又曰：「吾祖居銀坑山中，有三江之險、重關之固。汝若就彼擒之，吾當子子孫孫，傾心服事。」毛漁縱虎歸穴，然後入穴取虎，更（自）不（容）易。贄説得是。孔明曰：「吾再放汝回去，重整兵〔五七〕馬，與吾共決勝負。如那時擒住，汝再不服，當滅九族。」叱左右去其縛，放起孟獲。獲再拜而去。毛漁此是五縱。孔明又將孟優并朵思大王皆釋其縛，賜酒食壓驚。二人悚懼，不敢正視。贄鍾（都是老兒賊智，）又收却此二人心矣。孔明令鞍馬送回。毛前番先放孟優，次放孟獲；此又先放孟獲，次放孟優。正是：

深臨險地非容易，更展奇謀豈偶然！

未知孟獲整兵再來勝負如何，且看下文分解。

孟獲却也頑皮，孔明却也耐心。想欲借此消閒過日乎？不然，何不憚煩一至此也！

或曰，孔明不去征吴伐魏，乃與這夥蠻人頑耍，亦没正經極矣。不知世上蠻人極多，然亦未嘗不可化誨，只要耐心誨訓，自然變化。若一性急，蠻人便使起蠻性來，愈多事矣。此爲後世待蠻秘訣，作者借孔明征蠻而寓言之也，勿太認真也。

世上蠻人極多，未嘗不可化誨，只要耐心。若一性急，蠻人便使起蠻性來，愈多事矣。此爲後世待蠻秘訣。

〔五五〕「照」，商本作「相」。
〔五六〕「何」下，光本有「爲」，明四本有「故」。
〔五七〕「兵」，商本作「軍」。

第九十回　驅巨獸六破蠻兵　燒藤甲七擒孟獲

天下惟猛獸最難降，又惟婦人最難降，降猛獸而猛漢不足憂矣，降婦人而猛獸又不足憂矣。木鹿大王之驅虎豹，是猛漢仗猛獸之不〔一〕以跋扈者也；孟獲之有祝融夫人，是男蠻仗女蠻之不以跋扈者也。降女蠻之法，妙在以我之漢將，擒彼之女蠻，即以彼之女蠻，易我之漢將，而女蠻亦爲我所用；降猛獸之法，妙在以我之假獸，逐彼之真獸，又使彼之猛漢，即受逐於彼之猛獸，而〔二〕猛獸亦爲我所用。諸葛真神人哉！

木獸之用不可無一，不容有二，何也？木鹿大王亦獸類也。彼既以獸驅獸，我亦以獸勝獸，特因〔三〕其人而用之耳。使盡欲不用人而用獸，豈長恃之法哉！齊用火牛以攻燕而勝，楚用燧象以攻吴而不勝，觀於往事，可爲明鑒。

前回祝井出泉，是孔明但邀神助；此回以扇反風，是孔明自有神通。每讀《西遊記》，見孫行者之降妖，讀《水滸傳》，見公孫勝之鬪法，以爲奇幻；不謂《三國志》中已備《西遊》《水滸》之長矣。況彼以捏造之事，雖層見疊出，總屬虛談，不若此爲真實之事。即偶有一二，已足括彼全部也。

七擒之中，縛送者三，有前二者之真，而後之一假生焉。七擒之中，詐降者二，有前者之詐，而後之詐又因焉。孔明辨其真於二擒五

〔一〕「不」，齋本、澹本、光本、商本作「威」。
〔二〕「而」，貫本、澹本作「於彼之」。
〔三〕「因」，原作「曰」，致本、業本、貫本同。按：「曰」字不通，據其他毛校本改。

擒，而又辨其假於六擒，則知其異。識其詐於二縱之後，而又識其詐於七擒之前，則知其同。

武侯博望之火、新野之火及助周郎赤壁之火，皆燒之不盡不絶，而獨於藤甲軍則燒之盡絶，毋乃太酷乎？曰：此藤甲軍之自取耳。能禦金，能禦水，而獨不能禦火；不惟不能禦火，又特特引火，是如身負硫黄焰硝而行，於人何尤焉？且既有四泉之惡，又有桃花溪之惡，而孔明以火治之，此以火勝水也。若夫南方屬火，而用火於南，此又以火勝火也。火與火遇，而火之威安得不烈耶！

武侯之欲撫南蠻而即用孟獲者，真深得安蠻之道哉！得其土而欲守之，不能不分兵，分兵則不能不轉餉，轉餉而輸輓徒勞，不若使自守之，而庇蔭之下皆吾土也。得其人而欲治之，不能不設官，設官則不能不用法，用法而刑獄滋擾，不若使自治之，而函蓋之下皆吾人也。不但此也，殺其身不能變其心，殺之不足以爲武；而生其身又復奪其地，則生之亦不足以爲恩。不殺其人而南人不反，不奪其地而南人乃愈不反耳。

武〔四〕侯仍以孟獲王南蠻，何如立孟節以王南蠻？曰：孟節在蠻而超於蠻者也。在蠻而超於蠻，則孟節非蠻人也。以非蠻治蠻，豈若以蠻治蠻之爲善乎？故雖使孟節肯受爵，而用節不如用獲也。然則荆蠻曷爲有泰伯？曰：泰伯聖人也，孟節賢人也。惟賢守節，惟聖達權。聖人可以治蠻，而賢人不可以治蠻，賢人不可以治蠻〔五〕則惟聽蠻人之自相治而已矣。

却説孔明放了孟獲等一干人，楊鋒父子皆封官爵，重賞洞兵。楊鋒等拜謝而去，孟獲等連夜奔回銀坑洞。那洞外有三江：乃是瀘水、甘南水、西城

〔四〕「武」上，光本有「或謂」二字。
〔五〕「賢人不可以治蠻」，貫本、商本脱。

水。三路水會合，故爲三江。【毛】瀘水之外又添出二水。其洞北近平坦二〔六〕百餘里，多產萬物。洞西二百里，有鹽井。西南二〔七〕百里，直抵瀘、甘。正南三百里，乃是梁都洞，【三】一名僞州。洞中有山，環抱其洞，山上出銀礦，故名爲銀坑山。【毛】產銀之山而謂之坑，可見錢財與糞土一般。奈何今人之陷此坑而不悟也！山中置宮殿樓臺，以爲蠻王巢穴。其中建一祖廟，名曰「家鬼」。【毛】老蠻子謂之祖，死蠻子謂之鬼。【漁】好鬼名。四時殺牛宰馬享祭，名爲「卜鬼」。【毛】以祭爲卜，則其俗之無卜可知。管輅、吕範全用不着矣。每年常以蜀人並外鄉之人祭之。【毛】平蠻之後，此風始革。武侯之功不小。若人患病，不肯服藥，只禱師巫，名爲「藥鬼」。【毛】以禱爲藥，則其俗之無醫可知。華佗、吉平全用不着矣。【漁】近日醫生皆「藥鬼」耶？其處無刑法，但犯罪即斬。【毛】【漁】倒（也）爽〔八〕利。有女長成，却於溪中沐浴，男女自相混淆，任其自配，父母不禁，名爲「學藝」。【毛】問他所學何藝〔九〕？可發一笑。【漁】此事人人要學。年歲雨水均調，則種稻穀，倘若不熟，殺蛇爲羹，煮象爲飯。【毛】是蠻食。每方隅之中，上戶號曰「洞主」，次曰「酋長」。每月初一、十五兩日，皆在三江城中買賣，轉易貨物。其風俗如此。【毛】如此風俗，何必設官理之。宜孔明服蠻之後，不復設官也。○以上抵得一篇《南蠻風俗誌》。吕凱但能圖之，此則譜之也。

却說孟獲在洞中，聚集宗黨千餘人，謂之曰：「吾屢受辱於蜀兵，立誓欲報之。汝等有何高見？」言未畢，一人應曰：「吾舉一人，可破諸葛亮。」衆視之，乃孟獲妻弟，見爲八番部長，名曰「帶來洞主」。獲大喜，急問何人。帶來洞主曰：「此去西南八納洞，洞主木鹿大王，深通法術：出則騎象，能呼風喚雨，常有虎豹豺狼、毒蛇惡蠍跟隨。【毛】

〔六〕「二」，嘉本作「三」。
〔七〕「二」，商本脱。
〔八〕毛批「倒」，光本訛作「到」。漁批「爽」，原作「夾」，據衡校本改。
〔九〕「問他所學何藝」，原作「問也所以可發」，致本同，據其他毛校本改。

直〔一〇〕是一洞妖魔。如《西遊記》金角、銀角、虎力、鹿力之類。手下更有三萬神兵，甚是英勇〔一一〕。毛又如《水滸傳》樊瑞、高廉之類。大王可修書具禮，某親往求之。此人若允，何懼蜀兵哉！」獲忻然令國舅賫書而去。却令朵思大王守把三江城，以爲前面屏障。毛東吴以江爲固，南蠻亦以江爲固。儼然鼎足之〔一二〕外又是一足。漁可謂「襟江帶湖」。

却說孔明提兵直至三江城，遥望見此城三面傍江，一面通旱〔一三〕，即遣魏延、趙雲同領一軍，於旱路打城。軍到城下時，城上弓弩齊發。原來洞中之人，多習弓弩，一弩齊發十矢，箭頭上皆用毒藥，但有中箭者，皮肉皆爛，見五臟而死。毛此藥不減四泉之毒。趙雲、魏延不能取勝，回見孔明，言藥箭之事。孔明自乘小車，到軍前看了虛實，回到寨中，令軍退數里下寨。毛漁所以疎敵之防。蠻兵望見蜀兵遠退，皆大笑作賀，只疑蜀兵懼怯而退，因此夜間安心穩睡，不去哨探。毛已〔一四〕在孔明算中。

却說孔明約軍退後，即閉寨不出。一連五日，並無號令。毛疎敵之防。漁奇。黄昏左側，忽起微風。孔明傳令曰：「每軍要衣襟一幅，限一更時分應點。無者立斬。」毛漁奇。諸將皆〔一五〕不知其意，毛讀者亦不知其意。衆軍依令預備。初更時分，又傳令曰：「每軍衣襟一幅，包土一包。無者立斬。」毛漁奇。衆軍亦不知其意，毛讀者亦不知其意。只得依令預備。孔明又傳令曰：「諸軍包土俱在三江城下交割，先到者有賞。」毛妙。漁斬與賞參差，妙。衆軍聞令，皆包淨土，飛奔城下。孔明令積土爲蹬道，先上城者爲頭功。毛漁（妙，）原來爲〔一六〕此。〈毛〉

〔一〇〕「直」，致本同，其他毛校本作「真」。
〔一一〕「勇」，商本作「雄」。
〔一二〕「之」，貫本作「以」，澹本作「而」。
〔一三〕「旱」，光本作「岸」。
〔一四〕「已」，貫本作「是」，澹本作「早」。
〔一五〕「皆」，商本作「盡」。
〔一六〕毛批「爲」，齋本、光本作「如」。

○四番號令，兩〔一七〕言罰，兩言賞。於是蜀兵十〔一八〕餘萬，并降兵萬餘，將所包之土，一齊棄於城下。一霎時，積土成山，接連城上。一聲暗號，蜀兵皆上城。【毛】有前之退，故有此之速。蠻兵急放弩時，大半早被執下，餘者棄城而走。朵思大王死於亂軍之中，【毛】想朵思此時已剁〔一九〕了兩刀矣。【漁】死得不值。蜀將督軍分路勦殺。孔明取了三江城，所得珍寶皆賞三軍。敗殘蠻兵逃回見孟獲說：「朵思大王身死，失了三江城。」獲大驚。正慮之間，人報蜀兵已渡江，見在本洞前〔二〇〕下寨，孟獲甚是慌張。忽然屏風後一人大笑而出曰：【漁】屏風後又有人。「既爲男子，何無智也？我雖是一婦人，願與你出戰。」獲視之，乃妻祝融夫人也。【毛】蠻子還蠻不了，蠻婆又蠻起來，真好看煞人。【漁】蠻婆亦出來了，祝融夫人想即是帶來大王姊〔二一〕。夫人世居南蠻，乃祝融氏之後，【毛】南方屬火，故有此火種。然則此婦如火一〔二二〕般熱，如何煞得他火氣？善使飛刀，百發百中。孟獲起身稱謝。夫人忻然上馬，引宗黨猛將數百員、生力洞兵五萬，出銀坑宮闕來與蜀兵對敵。【毛】貂蟬可當女將軍，然未嘗用兵也；孫夫人雖好兵，然未嘗以兵戰也。此處却真有一員女將出來，《三國志》中真是無所不有。方纔轉過洞口，一彪軍攔住，爲首蜀將乃是張嶷。蠻兵見之，却早兩路擺開。祝融夫人背插五口飛刀，【毛】還有一口軟剪刀，更利害。手挺丈八長標，【毛】夫人亦喜挺長標耶？坐下捲毛赤兔馬。【毛】夫人坐下之物又毛又赤，可發一笑。【鍾】好箇蠻婆子。【漁】亦是赤兔馬。張嶷見之，暗暗稱奇。二人驟馬交鋒，戰不數合，夫人撥馬便走。張

〔一七〕「兩」，光本作「而」。

〔一八〕「十」，原作「千」，致本同，據其他古本改。

〔一九〕「剁」，原作「朵」，致本、業本、商本同；齋本、光本作「着」。據貫本、澹本改。

〔二〇〕「前」，原作「中」，致本、業本、貫本、齋本、澹本、商本、明四本同。按：「前」字佳，據光本改。

〔二一〕「姊」，原作「妹」，衡校本、致本同。按：前正文「孟獲妻弟」，「妹」字訛，酌改。

〔二二〕「一」上，商本有「熱」字。

嶷趕去，空中一把飛刀落下。嶷急〔二三〕用手隔，正中左臂，翻身落馬。蠻兵發一聲喊，將張嶷執縛去了。【毛】這一張閗他不過。【漁】想是一見婦人就軟了。馬忠聽得張嶷被執，急出救時，早被蠻兵困住，望見祝融夫人挺標勒馬而立，忠忿怒向前去戰，坐下馬絆到，亦被擒了。【毛】夫人又戰倒了一箇。【漁】一婦人能敵二〔二四〕將。都解入洞中來見孟獲，獲設席慶賀。夫人叱刀斧手推出張嶷、馬忠要斬，獲止曰：「諸葛亮放吾五次，今番若殺彼將，是不義也。【毛】畢竟蠻婆心狠，還是蠻子心軟。且囚在洞中，待擒住諸葛亮，殺之未遲。」【漁】吾料孟獲决不斬二人。夫人從其言，笑飲作樂。

却說敗殘兵來見孔明，告知其事。孔明即喚馬岱、趙雲、魏延三人受計，各自領軍〔二五〕前去。【毛】兩箇戰倒了，又差三箇去。次日，蠻兵報入洞中，説趙雲搦戰。祝融夫人即上馬出迎。二人戰不數合，雲撥馬便走。夫人恐有埋伏，勒兵而回。【毛】蠻婆甚〔二六〕乖。【漁】乖。魏〔二七〕延又引軍來搦戰，夫人縱馬相迎。正交鋒緊急，延詐敗而逃，夫人只不趕。【毛】又不趕來，畢竟蠻婆乖似蠻子。次日，趙雲又引軍來搦戰，夫人領洞兵出迎。二人戰不數合，雲詐敗而走，夫人按標不趕。欲收兵回洞時，魏延引軍齊聲辱罵，【毛】罵得必然好聽，大約是囉唣也。夫人急挺標來取魏延，延撥馬便走。夫人忿怒趕來，【漁】倒底不乖。延驟馬奔入山僻小路。忽然背後一聲響亮，延回頭〔二八〕視之，夫人仰鞍落馬。【毛】「仰」字妙，想見此時兩脚朝天，甚是好看。【漁】「仰」字妙。婦人仰面而跌，必然好看。原來馬岱埋伏在此，用絆馬索絆倒。就裏擒縛，解投大寨而來。【毛】前孔明所授之計，至此方敘明。【鍾】祝融就似猩猩，雖知計誘，畢竟就擒。【漁】前止縛

〔二三〕「急」，商本作「即」。
〔二四〕「二」，原作「三」，據衡校本改。
〔二五〕「領軍」，商本作「引軍」，明四本作「領命引軍」。
〔二六〕「甚」上，光本、商本有「却」字。
〔二七〕「魏」，商本脱。
〔二八〕「頭」，商本作「顧」。

得〔二九〕蠻兄蠻弟，今連蠻婆一併縛來。蠻將洞兵皆來救時，趙雲一陣殺散。孔明端坐於帳上，馬岱解祝融夫人到〔三〇〕。孔明急令武士去其縛，請在別帳賜酒壓驚，【漁】并蠻婆亦買囑其心。遣使往告孟獲，欲送夫人換張嶷、馬忠二將。【毛】此番交易，不知誰得便宜。孟獲允諾，即放出張嶷、馬忠還了孔明。孔明遂送夫人入洞。【毛】夫人有洞可入，可發一笑。【鍾】以一蠻婆換二勇將，換得值。孟獲接入，又喜又惱。

忽報八納洞主到。孟獲出洞迎接，見其人騎着白象，身穿金珠纓絡，腰懸兩口大刀，領着一班喂養虎豹豺狼之士，簇擁而入。【毛】蠻婦人不濟事，又換一起蠻畜生來〔三一〕了。○先在孟獲眼中寫木鹿聲勢。【漁】并蠻畜生一齊來。獲再拜哀告，訴説前事。木鹿大王許以報讐。獲大喜，設宴相待。次日，木鹿大王引本洞兵，帶猛獸而出。趙雲、魏延聽知蠻兵出，遂將軍馬布成陣勢。二將並轡立於陣前視之，只見蠻兵旗幟器械皆別，人多不穿衣甲，盡裸身赤體，面目醜陋，身帶四把尖刀。軍中不鳴鼓角，但篩金爲號。木鹿大王腰掛〔三二〕兩把寶刀，手執蒂鍾，身騎白象，從大旗中〔三三〕而出。【毛】又在蜀將眼中寫木鹿聲勢。趙雲見了，謂魏延曰：「我等上陣一生，未嘗見如此人物。」二人正沉吟之際，只見木鹿大王口中不知念甚呪語，手摇蒂鍾，【毛】念呪摇鍾，極似今日和尚道士。吾恐和尚道士之毒，亦不輸與木鹿大王也。忽然狂風大作，飛砂走石，如同驟雨，一聲畫角響，虎豹豺狼、毒蛇猛獸〔三四〕，乘風而出，張牙舞爪，衝將過來。【毛】蠻子是禽獸，禽獸亦只算是蠻子。蜀兵如何抵當，往後便退。蠻兵隨後追殺，直趕到三江界路〔三五〕方回。

〔二九〕「得」，原作「後」，致本同，據衡校本改。
〔三〇〕「到」，齋本、光本作「至」。
〔三一〕「來」上，商本有「出」字。
〔三二〕「掛」，商本作「懸」。
〔三三〕「從」，光本脱。「中」，商本脱。
〔三四〕「毒蛇猛獸」，商本倒作「猛獸毒蛇」。
〔三五〕「路」，光本作「口」。

趙雲、魏延收聚敗兵，來孔明帳前請罪，細說此事。孔明笑曰：「非汝二人之罪。吾未出茅廬之時，先知南蠻有驅虎豹之法。吾在蜀中已辦下破此陣之物也。毛與魚腹浦石塊正復相似。隨軍有二十輛車，俱封記在此，毛車中是何物，令人不測。漁車中不知何物，猜摸不出。今日且用一半，留下一半，後有別用。」毛早爲七擒伏線。漁留一半後用，奇。遂令左右取了十輛紅油櫃車到帳下，留十輛黑油櫃車在後。衆皆不知其意。孔明將櫃打開，皆是木刻綵畫巨獸，俱用五色絨線爲毛衣，鋼鐵爲牙爪，三（即）今之「獅子」也。一箇可騎坐十人。毛與後木牛流馬彷彿相似。孔明選了精壯軍士一千餘人，領了一百口，内裝煙火之物，藏在車〔三六〕中。毛早爲燒藤甲之火作一引子。次日，孔明驅兵大進，布於洞口。蠻兵探知，入洞報與蠻王。木鹿大王自謂無敵，即與孟獲引洞兵而出。孔明綸巾羽扇，身衣道袍，端坐於車上〔三七〕。孟獲指曰：「車上坐的便是諸葛亮！若擒住此人，大事定矣！」毛負心蠻子。漁蠻子負心。木鹿大王口中念呪，手搖蒂鍾。頃刻之間，狂風大作，猛獸突出。孔明將羽扇一搖，其風便回吹彼陣中去了。毛孔明能借風，又能退風。漁能借風者，必然反風。蜀陣中假獸擁出，蠻洞真獸見蜀陣巨獸口吐火焰，鼻出黑烟，身搖銅鈴，張牙舞爪而來，諸惡獸不敢前進，皆奔回蠻洞，反將蠻兵衝倒無數。毛漁不是真破假，反是假破真，奇幻之極。（○此法想從《西遊記》得來。）孔明驅兵大進，鼓角齊鳴，望前追殺。木鹿大王死於亂軍之中。毛又當摇鍾召之。漁亦死得不值。洞内孟獲宗黨，皆棄宮闕，扒二音巴。山越嶺而走。孔明大軍占了銀坑洞。

次日，孔明正要分兵緝擒孟獲，忽報：「蠻王孟獲妻弟帶來洞主，因勸孟獲歸降，獲不從，今將孟獲并祝融夫人及宗黨數百餘人，盡皆擒來獻

〔三六〕「車」，嘉本作「軍」。
〔三七〕「上」，貫本、滄本作「中」。

與丞相。」【毛】前只使孟優〔三八〕詐降，今却一齊都來，更不費力。【漁】奇！匪夷所思。孔明聽知，即喚張嶷、馬忠，分付如此如此。二將受了計，引二千精壯兵，伏〔三九〕於兩廊。孔明即令守門將俱放進來。帶來洞主引刀斧手解孟獲等數百人，拜於殿下。孔明大喝曰：「與吾擒下！」【贄鍾】孔明自通。【漁】又奇。匪夷所思。兩廊壯兵齊出，二人捉一人，盡被執縛。【毛漁】此是六擒。孔明大笑曰：「量汝些小詭計，如何瞞得我〔四〇〕！汝見二次俱是本洞人擒汝來降，吾不加害汝，只道吾深信，故來詐降，欲就洞中殺吾！」【毛】孟獲一邊算計，却在孔明一邊敘出。喝令武士搜其身畔，果然各帶利刀。【漁】不然焉知不是真降。孔明問孟獲曰：「汝原説在汝家擒住，方始心服，今日如何？」獲曰：「此是我等自來送死，非汝之能也。吾心未服。」【毛漁】（南蠻）巧舌。【贄鍾】（好）老面皮。孔明曰：「吾擒汝六番，尚然不服，欲待何時耶？」獲曰：「汝第七次擒住，吾方傾心歸服，誓不反矣。」孔明曰：「巢穴已破，吾何慮哉！」令武士盡去其縛，叱之曰：「這番擒住，再若支吾，必不輕恕！」孟獲等抱頭鼠竄而去。【毛漁】此是六縱。〇縱法〔四一〕與前又異。

却説敗殘蠻兵有千餘人，大半中傷而逃，正遇蠻王孟獲。獲收了敗兵，心中稍喜，却與帶來洞主商議曰：「吾今洞府已被蜀兵所占，今投何地安身？」帶來洞主曰：「止有一國可以破蜀。」【毛】前薦一人，此又薦一國。是〈【毛漁】〉此國（之人）死期至矣。獲喜曰：「何處可去？」帶來洞主曰：「此去西南〔四二〕七百里，有一國名烏戈〔四三〕國。國主兀突

〔三八〕「只」，商本作「因」。「優」，致本同，其他毛校本作「獲」。按：前文第八十八回爲孟優詐降，作「優」是。

〔三九〕「伏」，原作「扶」，致本同，據其他古本改。

〔四〇〕「我」上，明四本有「過」字。

〔四一〕毛批「法」，致本作「去」。

〔四二〕「西南」，原作「東南」，古本同。按：後文作「東北」，方向對應有誤，酌改。

〔四三〕「戈」，商本作「弋」，形訛，後同。

骨，身長丈二〔四四〕，不食五穀，以生蛇惡獸爲飯，毛亦與殺蛇爲羹、煑象爲飯者差不多。身有鱗甲，刀箭不能侵。毛今人腹中有鱗甲，亦一烏戈國也。其手下軍士，俱穿藤甲。毛木鹿之兵不穿甲，烏戈之兵穿藤甲，愈出愈奇。○其軍以藤爲甲，不若其主身自有鱗甲。其藤生於山澗之中，盤於石壁之上〔四五〕，國人採取，浸於油中半年方取出曬之，曬乾復浸，凡十餘遍，却纔造成鎧甲。毛漁好箇引火（之物）（甲）！穿在身上，渡江不沉，經水不濕，刀箭皆不能入：因此號爲『藤甲軍』。毛不懼水，不懼金，獨不能禦火耳。漁只不曾遇火。今大王可往求之。若得彼相助，擒諸葛亮如利刀破竹也〔四六〕。」毛孰知竹能破藤。孟獲大喜，遂投烏戈國來，見兀突骨。其洞無宇舍，皆居土穴之內。孟獲入洞再拜，哀告前事。兀突骨曰：「吾起本洞之兵，與汝報讎。」獲欣然拜謝。於是兀突骨喚兩箇領兵俘長，一名土安，一名奚泥，起三萬兵，皆穿藤甲，離烏戈國望東北而來。行至一江，名桃花水，兩岸有桃樹，歷年落葉於水中，若別國人飲之盡死，惟烏戈國人飲之倍添精神。毛桃花之名甚美，而獨不宜於他國，豈盡如桃花源之未許人問津者耶？漁桃源未〔四七〕許問津。兀突骨兵至桃花渡口下寨，以待蜀兵。

却說孔明令蠻人哨探孟獲消息，回報曰：「孟獲請烏戈國主，引三萬藤甲軍，見屯於桃花渡口。孟獲又在各畨聚集蠻兵，併力拒戰。」毛此時將服，定須大戰一場，以作收尾。孔明聽説，提兵大進，直至桃花渡口。隔岸望見蠻兵，不類人形，甚是醜惡。又問土人，言說即日桃葉正落，水不可飲。孔明退五里下寨，留魏延守寨。次日，烏戈國主引一

〔四四〕「丈二」，原作「二丈」，毛校本、夏本、贊本同。按：「丈二」通，據嘉本、周本乙正。
〔四五〕「上」，原作「內」，毛校本、夏本、贊本同。按：「上」字義長，據嘉本、周本改。
〔四六〕「也」，商本作「耳」。
〔四七〕「未」，原作「來」。按：「未」字通，另同位置毛批作「未許人問津」，據衡校本、毛批改。

彪藤甲軍過河來。金鼓大震，魏延引兵出迎。蠻兵捲地而至〔四八〕，蜀兵以弩箭射到藤甲之上，皆不能透，俱落於地，刀砍鎗刺，亦不能入。【毛】【漁】（此番）作怪，又與木鹿大王不同。蠻兵皆使利刀鋼叉，蜀兵如何抵當，盡皆敗走。蠻兵不趕而回。魏延復回，趕到桃花渡口，只見蠻兵帶甲渡水而去，内有困乏者，將甲脱下，放在水面，以身坐其上而渡。【毛】【漁】以甲爲舟，更（是）奇幻。魏延急回大寨來禀孔明，細言其事。孔明請吕凱并土人問之。凱曰：「某素聞南蠻中有一烏戈國，無人倫者也。【毛】有此一句，覺後盡情燒殺，亦不爲過。【漁】「無人倫者」，盡情燒殺，似不爲過。更有藤甲護身，急切難傷。又有桃葉惡水，本國人飲之，反添精神，别國人飲之即死：【鍾】有此異類，出此異水，真□異事。如此蠻方，縱使全勝，有何益焉？不如班師早回。」【毛】借吕凱口中作一頓，文勢便曲。孔明笑曰：「吾非容易到此，豈可便去？吾明日自有平蠻之策。」【毛】【漁】還有十輛油車未曾發市。於是令趙雲助魏延守寨，且休輕出。

次日，孔明令土人引路，自乘小車到桃花渡口北岸山僻去處，遍觀地理。山險嶺峻之處，車不能行，孔明棄車步行。忽到一山，望見一谷，形如長蛇，皆危〔四九〕峭石壁，並無樹木，中間一條大路。【鍾】此天□險以（建）此功。孔明問土人曰：「此谷何名？」土人答曰：「此處名爲盤蛇谷。【毛】【漁】（盤蛇谷，）後（即）變作火龍洞。出谷則三江城大路，谷前名塔郎甸。」孔明大喜曰：「此乃天賜吾成功於此也！」遂回舊路，上車歸寨，唤馬岱分付曰：「與汝黑油櫃車十輛，須用竹竿千條，【毛】以竹竿對藤甲，皆是草木門。【漁】發市了。櫃内之物，如此如此。【毛】【漁】妙在不説明（櫃中何物）（白）。可將本部兵去把住盤蛇谷兩頭，依法而行。與汝半月限，一切完備，至期如此施設。倘有走漏，定按軍法。」馬岱受計而去。又唤趙雲分付曰：「汝去盤蛇谷後，三江大路口，

〔四八〕「至」，貫本、滄本作「來」。
〔四九〕「危」，嘉本、周本作「光」。

如此守把。所用之物，尅日完備。」【毛】妙在不說明所用何物。【漁】所用何物，亦不說明。趙雲受計而去。又喚魏延分付曰：「汝可引本部兵去桃花渡口下寨。如蠻兵渡水來敵，汝便棄了寨，望白旗處而走。【毛】白旗正與後文紅熖相映。限半箇月内，須要連輸十五陣，棄七箇寨柵。若輸十四陣，也休來見我。」【毛】驕敵之計，大妙，大妙。【漁】驕敵如此。魏延領命，心中不樂，怏怏而去。【毛】今之畏厮殺者，遇如此軍令有何不樂！【漁】今領命厮殺者巴不得。孔明又喚張翼另引一軍，依所指之處，築立寨柵去了。却令張嶷、馬忠引本洞所降千人，如此行之。【毛】此是用降兵以賺孟獲耳，妙在不便〔五〇〕敘明。【漁】妙不說明。各人都依計而行。

却說孟獲與烏戈國主兀突骨曰：「諸葛亮多有巧計，只是埋伏。今後交戰，分付三軍：但見山谷之中，林木多處，切〔五一〕不可輕進。」【毛】只避林木多處，誰知却在無林木處等你。【漁】誰知倒在没林木處。兀突骨曰：「大王說的有理。吾已知道中國人多行〔五二〕詭計，今後依此言行之。吾在前面厮殺，汝在背後教道〔五三〕。」【漁】孩子要教道。兩人商量〔五四〕已定。忽報蜀兵在桃花渡口北岸立起營寨。兀突骨即差二俘長引藤甲軍渡了〔五五〕河，來與蜀兵交戰。不數合，魏延敗走。【毛】是第一日敗。蠻兵恐有埋伏，不趕自回。次日，魏延又去立了營寨。蠻兵哨得，又有〔五六〕衆軍渡過河來戰。延出迎之，不數合，延敗走。【毛】是第二日敗。蠻兵追殺十餘里，見四下並無動静，便在蜀寨中屯住。【毛】棄第〔五七〕一箇寨。次日，二俘長請兀突骨到寨，說知此事。兀突骨即引兵大進，將魏延追一陣，蜀兵皆棄甲抛戈而走。【毛】

〔五〇〕「便」，商本作「必」。
〔五一〕「切」，商本脱。
〔五二〕「行」，光本作「有」。
〔五三〕「道」，貫本、滄本作「我」。
〔五四〕「量」，貫本、滄本作「議」，明四本無。
〔五五〕「起營」「了」，齋本、光本脱。
〔五六〕「有」，明四本作「引」。
〔五七〕「第」上，貫本、滄本有「了」字。

所棄之甲，蠻兵却用不着。○是第三日敗。只見前有白旗，延引敗兵急奔到白旗處，早有一寨，就寨中屯住。兀突骨驅兵追至，魏延引兵棄寨而走，【毛】棄第二箇寨。蠻兵得了蜀寨。次日，又望前追殺。魏延回兵交戰，不三合又敗，【毛】是第四日敗。只看白旗處而走，又有一寨，延就寨屯住。次日，蠻兵又至。延畧戰又走，【毛】是第五日敗。蠻兵占了蜀寨。【毛】棄第三箇寨。話休絮煩〔五八〕，魏延且戰且走，已敗十五陣，連棄七箇營寨，【毛】前逐日寫、逐〔五九〕寨寫，至此却總敘一句。省筆之法。蠻兵大進追殺。兀突骨自在軍前破敵，於路但見林木茂盛之處便不敢進，却使人遠望，果見樹陰之中，旌旗招颭。【毛】【漁】孔明疑兵，在兀突骨眼中點出。兀突骨謂孟獲曰：「果不出大王所料。」孟獲大笑曰：「諸葛亮今番被吾識破！大王連日勝了他十五陣，奪了七箇營寨，蜀兵望風而走，諸葛亮已是計窮。只此一進，大事定矣！」【毛】【漁】當彼喪膽之後，而欲驕其志（爲最）（實）難。既有六〔六〇〕擒以挫之，須（此）（有）十五勝〔六一〕以驕之。【鍾】欺敵者必敗，況蠻子乎？兀突骨大喜，遂不以蜀兵爲念。至第十六日，魏延引敗殘兵，來與藤甲軍對敵。兀突骨騎象當先，頭戴日月狼鬚帽，身披金珠纓絡，兩肋下露出生鱗甲，眼目中微有〔六二〕光芒，【毛】在魏延眼中寫兀突骨聲勢，以見孔明勝之之難。手指魏延大罵。延撥馬便走，後面蠻兵大進。魏延引兵轉過了盤蛇谷，望白旗而走。兀突骨統引兵衆，隨後追殺。兀突骨望見山上並無草木，料無埋伏，放心追殺。【毛】呆蠻子。【漁】誰知與二擒用計全然相反。趕到谷中，見數十輛黑油櫃車在當路。【漁】遇着送命對頭。蠻兵報曰：「此是蜀兵運糧道路，因大王兵至，撇下糧車而走。」【毛】此糧是燙手的。兀突骨大喜，催兵追趕。將出谷口，不見

〔五八〕「絮煩」，光本作「恕煩」，商本作「繁絮」，明四本無。
〔五九〕「逐」，貫本、澹本作「棄」。
〔六〇〕漁批「六」，原作「七」。按：尚未「七擒」，據衡校本改。
〔六一〕毛批「勝」，貫本、澹本作「陣」。
〔六二〕「有」，光本、商本作「露」。

蜀兵，只見橫木亂石滾下，壘斷谷口。兀突骨令兵開路而進，忽見前面大小車輛裝載乾柴，盡皆火起。【毛】糧車未取，草車反來。兀突骨忙教退兵，只聞後軍發喊，報説谷口〔六三〕已被乾柴壘斷，車中原來皆是火藥，一齊燒着。【毛】藤甲軍身上已自各有火藥。兀突骨見無草木，心尚不慌，【毛】藤甲軍身上已自各有草木。【漁】真呆子。令尋路而走。只見山上兩邊亂丟火把，【毛】【漁】火自上而下。火把到處，地中藥線皆着，就地飛起鐵砲。【毛】【漁】火自下而上。滿谷中火光亂舞，但逢藤甲，無有不着，將兀突骨并三萬藤甲軍燒得互相擁抱，死於盤蛇谷中。【毛】幾番用火者是橫燒，此番用火却是竪着〔六四〕。【漁】博望火、新野火、赤壁火俱燒不盡，獨藤甲軍燒之盡絶。孔明在山上往下看時，只見蠻兵被火燒的伸拳舒腿，大半被鐵砲打的頭臉粉碎，皆死於谷中，臭不可聞。【毛】真是臭蠻子。【鍾】甚趣，亦甚慘。【漁】予謂孔明一生用術，未有如此之慘且毒者。孔明垂淚而歎曰：「吾雖有功於社稷，必損壽矣！」【毛】此爲後人好殺者説法耳。五丈原之殞星，豈真爲此乎？若真爲此，則新野、博望前後共二十萬之兵，赤壁亦有八十三萬之兵，其生還者無幾，殆更多於藤甲軍也。【漁】孔明用火，前後共燒殺數十萬人，應該損壽。左右將士，無不感嘆。

却説孟獲在寨中，正望蠻兵回報。忽然千餘人笑拜於寨前，言説：「烏戈國兵與蜀兵大戰，將諸葛亮圍在盤蛇谷中了，特請大王前去接應。我等皆是本洞之人，不得已而降蜀，今知大王前到〔六五〕，特來助戰。」【毛】【漁】前受計降兵，（於此處方纔明白）（此方説明）。孟獲大喜，即引宗黨并所聚番人，連夜上馬，就令蠻兵引路。【贊】孟獲大呆，非關諸葛智也。方到盤蛇谷時，只見火光甚起〔六六〕，臭氣難聞。獲知中計，急退兵時，左邊張嶷，右邊馬忠，兩路軍殺出。獲方欲抵敵，一聲喊起，蠻兵中大半皆是蜀兵，將蠻

〔六三〕「口」，齋本、光本、周本作「中」。
〔六四〕「着」，齋本、滄本、光本、商本作「燒」。
〔六五〕「到」，商本作「來」。
〔六六〕「起」，齋本作「衆」，光本、商本作「烈」。

王宗黨并聚集的畨人，盡皆擒了。孟獲匹馬殺出重圍，望山徑而走。【毛】【漁】（孟獲）此時不即（就）擒（孟獲），妙有曲折。正走之間，見山凹裡一簇人馬，擁出一輛小車，車中端坐一人，綸巾羽扇，身衣道袍，乃孔明也。孔明大喝曰：「反賊孟獲！今畨如何？」獲急〔六七〕回馬走。【毛】不似前畨趕去〔六八〕，乃是驚弓之鳥矣。【漁】此番不是自送，不是詭計，再有何說？旁邊閃過一將攔住去路，乃是馬岱。孟獲措手不及，被馬岱生擒活捉了。【毛】【漁】此是七擒。此時王平、張翼已引一軍趕到蠻寨中〔六九〕，將祝融夫人并一應老小皆活捉而來。【毛】蠻子是第七畨出醜，蠻婆是第二畨出醜。孔明歸到寨中，升帳而坐，謂衆將曰：「吾今此計，不得已而用之，大損陰德。【漁】計可一，不可二。孔明用之，那得不戒諸將。我料敵人必算吾於林木多處埋伏，吾却空設旌旗，實無兵馬，疑其心也。【毛】疑其心，使不進別〔七〇〕處。吾令魏文長連輸十五陣者，堅其心也。【毛】堅其心，使專追一處。吾見盤蛇谷止一條路，兩壁廂皆是光石，並無樹木，下面都是沙土，因令馬岱將黑油車安排於谷中，車中油櫃內，皆是預先造下的火〔七一〕砲，名曰『地雷』，【毛】先生能使風，又能使雷。一砲中藏九砲，三十步埋之，中用竹竿通節，以引藥線；纔一發動，山損〔七二〕石裂。吾又令趙子龍預備草車，安排於谷口，又於山上准備大木亂石。却令魏延賺兀突骨并藤甲軍入谷，放出魏延，即斷其路，隨後焚之。【毛】此處方將上項事一一說明。【漁】何不於此時將魏延一併燒死？（格）物之理，人人訪學。吾聞：『利於水者，必不利於火。』藤甲雖刀箭不能入，乃油浸之物，見火必着。【贄】【鍾】最爲有見。蠻兵如此頑皮，非火攻安能取勝？【毛】又說明用計之意。使烏戈國之人不留種類者，是吾之大罪也！」

〔六七〕「急」，商本作「即」。
〔六八〕「去」，貫本、濟本作「出」。
〔六九〕「到」，齋本、光本作「至」。「中」，光本作「內」。
〔七〇〕「別」，齋本、光本作「他」。
〔七一〕「火」，齋本、光本作「大」，明四本無。
〔七二〕「損」，光本、商本作「殞」。

毛大罪乃是大功。漁看孔明作用。衆將拜伏曰：「丞相天機，鬼神莫測也！」孔明令押過孟獲來。孟獲跪於帳下，孔明令去其縛，教〔七三〕且在別帳與酒食壓驚。毛妙。孔明喚管酒食官至坐榻前，如此如此，分付而去〔七四〕。漁既七擒矣，又有何計？且看。

却說孟獲與祝融夫人并孟優、帶來洞主、一切〔七五〕宗黨在別帳飲酒。忽一人入帳謂孟獲曰：「丞相面羞，不欲〔七六〕與公相見。毛不說孟獲羞，倒說孔明羞，其羞孟獲甚矣。漁不說孟獲羞，反說丞相害羞。妙有機鋒。特令我來放公回去，再招人馬來決勝負。公今可速去。」毛妙，妙！勝似打〔七七〕，勝似殺。贊惡極了。〔七八〕孟獲垂淚言曰：「七擒七縱，自古未嘗有也。吾雖化外之人，頗知禮義，直如此無羞恥乎〔七九〕？」毛漁此時蠻子（亦蠻不過矣）（改變）。遂同兄弟妻子宗黨人等，皆匍匐二匍，音蒲；匐，音白。匍匐者，手足俱伏地而行。跪於帳下，肉袒謝罪曰：「丞相天威，南人不復反矣！」毛攻心之法，至此方賀〔八〇〕戰勝。贊中國人却到有不如孟獲者，即百縱百擒亦無如之，何也？漁「南人不復反」語，至今美談。孔明曰：「公今服乎？」獲泣謝曰：「某子子孫孫皆感覆載生成之恩，安得不服！」毛前說畏威，此說感恩，恩威交至。孔明乃請孟獲上帳，設宴慶賀，就令永爲洞主。所奪之地，盡皆退還。孟獲宗黨及諸蠻兵，無不感戴，皆欣然跳躍而去。毛此是七縱。漁只得七擒，未〔八一〕有七縱。孔明不略其地，正是七縱。後人有詩讚孔明曰〔八二〕：

〔七三〕「其縛教」三字原闕，據毛校本補。
〔七四〕「榻……去」十字原闕，據毛校本補。光本「分付」移至「前」下。
〔七五〕「一切」二字原闕，據毛校本補。
〔七六〕「不欲」二字原闕，據毛校本補。
〔七七〕「打」字原闕，據毛校本補。
〔七八〕贊批漫漶，據贊校本補。
〔七九〕「乎」，光本、明四本作「也」。
〔八〇〕「攻」，業本作「服」。「賀」，齋本、光本、商本作「纔」。
〔八一〕「未」，原作「所」，不通，據衡校本改。
〔八二〕毛本讚孔明詩刪自贊本，取贊本律詩第一、六、七、八句；鍾本、漁本同贊本，贊本同明三本。

羽扇綸巾擁碧幢，七擒妙策制蠻王。
至今溪洞傳威德，爲選高原立廟堂。

長史費禕入諫曰：「今丞相親提士卒，深入不毛，收服蠻方。今〔八三〕蠻王既已歸服，何不置官吏，與孟獲〔八四〕一同守之？」孔明曰：「如此有三不易：留外人則當留〔八五〕兵，兵無所食，一不易也；【毛漁】此言留兵之難。蠻人傷破，父兄死亡，留外人而〔八六〕不留兵，必成禍患，二不易也；【毛漁】此言不留兵之難。蠻人累有廢殺〔八七〕之罪，自有嫌疑，留外人終不相信，三不易也。【毛漁】此言設官之難。【鍾】「三不易」乃孔明量情度勢之言。今吾不〔八八〕留人，不運糧，與相安於無事而已。」【毛】蛇羹象飯，不可以漢人飲食之道治之；沐浴〔八九〕「學藝」，不可以漢人男女之道治之；「卜鬼」「藥鬼」，不可以漢人祭祀之道治之。不可治而不治，正治之以不〔九〇〕治也。【漁】每見唐太宗勤兵于戎狄，只知威遠，如此蠻夷，蛇羹象飯、沐浴「學藝〔九一〕」，不思「藥鬼」之人，服其人可也，要其地何爲？故知孔明經畧在唐太宗上。衆人盡服。於是蠻方〔九二〕皆感孔明恩德，乃爲孔明立生祠，四時享祭，【毛】如此人不愧生祠矣。與前回馬伏波廟〔九三〕正是相映。皆呼之爲「慈父」；各送珍珠金寶、丹漆藥材、耕牛戰馬，以資軍用，誓不再反，南方已定。【毛】文勢至此一束。

却說孔明犒軍已畢，班師回蜀〔九四〕，令魏延引本部兵爲前鋒。延引兵方至瀘水，忽然陰雲四合，

〔八三〕「今」上，明四本有「目」。
〔八四〕「孟獲」，商本作「蠻王」。
〔八五〕「留外人則當留」六字原闕，據毛校本補。
〔八六〕「亡留外人而」五字原闕，據毛校本補。
〔八七〕「有廢殺」三字原闕，據毛校本補。
〔八八〕「吾不」二字原闕，據毛校本補。
〔八九〕「飲」，貫本、滄本作「飯」。「沐浴」二字原闕，據毛校本補。
〔九〇〕「不」，光本移至前「之」上。
〔九一〕「藝」，原作「執」，據衡校本改。
〔九二〕「蠻方」，齋本、滄本、光本作「南方」，明四本作「蠻夷」。
〔九三〕「廟」，貫本、滄本作「祠」。
〔九四〕「班師回蜀」四字原闕，據毛校本補。

水面上一陣狂風驟起，飛沙走石，軍不能進。延退兵回報孔明，孔明遂請孟獲問之。正是：

塞外蠻人〔九五〕方帖服，水邊鬼卒又猖狂。

未知孟獲〔九六〕所言若何，且看下文分解。

孔明待孟獲，却是化蠻妙訣。今日南方蠻氣復張，將何以擒之縱之！不如將這些蠻子與兀突骨一處過活，反省事也。呵呵。

孔明征孟獲七擒七縱，能服其心，故獲肉袒謝罪曰：「公天威也，南人不復反矣。」向者經略遼東諸輩，試一捫心，視此何如？

〔九五〕「塞外蠻人」四字原闕，據毛校本補。

〔九六〕「孟獲」二字原闕，據毛校本補。

第九十一回

祭瀘水漢相[一]班師　伐中原武侯上表

觀伏波之顯聖，而知南人之信神真有神；觀[二]瀘水之夜哭，而知南人之信鬼真有鬼也。雖然，明於天地之理者，不可惑以神怪。使鬼能作[三]祟，何以猇亭七十余萬之衆，不聞爲祟於林間，以阻陸生之駕；赤壁八十三萬之師，不聞爲祟於江上，以阻周郎之舟乎？若畏其鬼而祭之，則藤甲三萬人，孔明亦哀之矣，曷爲不祭盤蛇谷而獨祭瀘水也？所以然者，爲死於王事，理所當恤。非動於猖獗之足畏，而動於忠義之可矜耳。且也曹操哭既死之典韋，以勸未死之典韋；武侯哭陣亡之蜀將，以勸未亡之蜀將。蓋不獨爲死者而不得不祭，亦爲生者而不得不祭云。

讀武侯祭瀘水一篇，而嘆兵之不可輕用也。古人不得已而用兵，則有遣戍（[側]音恕。）卒之詩，有勞還卒之詩，必備述其骨肉綢繆、室家繫戀[四]之況。至於「楊柳」「雨雪」，「蟰户」「鹿場」，無不代寫離憂，爲之永嘆。其待生者且然，況既死乎？若爲上者不哀之，而使其人自哀之，則「死生契濶，與子成説」，《邶風》[五]所以悲也。「轉予於恤，有母尸饔」，《祈父》所以怨也。誰無父母，提携捧負，恐其不壽；誰無兄弟，如足如手；誰無妻子，如

[一]「相」，回目原作「將」，毛校本同。按：各本書前總目皆作「相」，義合，據改。

[二]「觀」，光本、商本作「也」。

[三]「以」，貫本、澹本作「於」。「作」，商本脱。

[四]「戀」，商本作「念」。

[五]「邶風」，原作「衛風」，毛校本同。按：前句引自《詩經·國風·邶風》第六篇《擊鼓》，非《衛風》。據改。

賓如友。甞覽唐人《從軍行》及諸《塞上曲》，如「磧裏征人三十萬，一時回首月中看」，又如「可憐無定河邊骨，猶是春〔六〕閨夢裡人」，其詞之痛、情之傷〔七〕，有令人泫然泣下者。今武侯秋夜奠文，可以彷佛矣。

兵固不可輕用，而有不得不用者，迫於討賊之義也。然伐魏所以討賊，平蠻豈亦以討賊乎？而伐魏之師，必在平蠻之後者何也？亦猶曹操之不滅呂布，則未敢謀袁紹；不滅袁紹，則未敢窺江南耳。不然而夫差争長於黄〔八〕池，句踐已入於國；苻堅投鞭於淝水，慕容已襲其邦：此〔九〕非其明驗哉！且魏欲借蠻以攻蜀，則武侯之平蠻，即謂之伐魏也可。平蠻即爲伐魏，則武侯之初伐魏，即謂之再伐魏也可。

武侯北伐而無南顧之憂，此武侯之所樂也。武侯外伐而終不免於内顧之憂，此則武侯之所懼也。何也？平蠻之後，憂不在於南人，而憂乃在於後主也。試觀武侯《出師》一篇曰〔一〇〕：「臨表涕零〔一一〕。」夫伐魏即伐魏耳，何用涕零爲哉？正惟此日國事，實當危急存亡之際，而此日嗣主方在醉生夢死之中。知子莫如父，惟「不可輔」之言，固已驗矣；豈知臣莫如君，而「自取之」之語，乃遂敢真蹈也〔一二〕？於是而身提重師，萬萬不可不去；而心牽鈍物，又萬萬不能少寬。因而切切開導，勤勤叮嚀，一回如嚴父，一回如慈嫗。蓋先生

〔六〕「春」，原作「深」，毛校本同。按：贊批引詩句爲唐代陳陶《隴西行四首·其二》。據《全唐詩》改。

〔七〕「傷」，商本作「深」。

〔八〕「黄」，原作「潢」，其他毛校本同。按：《史記·趙世家》：「定公與吴王夫差争長於黄池。」據致本改。

〔九〕「此」，貫本、滄本作「豈」。

〔一〇〕按：以下至「一副眼淚矣」改自《金批古文》之《後漢文·前出師表》文前批語。

〔一一〕「涕零」，原作「涕泣」，毛校本同。按：《三國志·蜀書·諸葛亮傳》作「涕零」，據改，後同。

〔一二〕「也」，商本作「耶」。

此日此表之涕零，固有甚難於嗣主者，非但爲漢賊之不兩立也。後日杜工部有詩云：「幹排雷雨猶力争，根斷泉源豈天意。」正是此一副眼淚矣。今人但知此表爲討賊之義，而不知其爲戀主之忠，安得爲知武侯者耶？

《周禮》閹人領之太宰，則外庭有制内庭之體〔一三〕，而内庭無侵外庭之權。武侯之教後主者，止在「宫中府中」一語耳。使宫中親而府中疎，遂至小人近而賢人遠，此桓、靈之所以失也。於六出祁山之前，早知有後主寵黄皓之事；在七擒孟獲之後，猶回顧桓、靈寵常〔一四〕侍之文。後事於此伏焉，前文又於此照焉。《三國》一書，當以此回爲一大關鍵，一大章法。

武侯《出師》一表，固爲前後文之伏應。而馬謖反間之計，亦爲前後文之伏應也。何也？曹操欲立曹植而問賈詡，則在初稱魏王之時矣。「煮荳燃萁〔一五〕」之詩，則在曹丕初立之時矣。「三馬同槽」，一夢於馬騰未死之前，一夢於曹操將死之日矣。而謖之行反間，言曹植之當立，則前文於此應也；言司馬氏之欲反，則後文又於此伏也。不但此也。好言天象者，莫如譙周。前稱天象以勸劉璋之出降，後復稱天象以勸劉禪之出降。而此回諫武侯之語，亦正與前後文相連屬云。

蜀使入吴，而有徐盛南徐之役，是雖吴之破魏，而實蜀之以吴破魏也。吴使入蜀，而有趙雲陽平之兵，是雖蜀之爲吴伐魏，而實蜀之爲漢伐魏也。然猶未大伸討賊之義也。《綱目》書云「漢丞相武鄉侯諸葛亮出師伐魏」，則討賊之義所由大伸者，斷自武侯出師始。

〔一三〕「體」，齋本、光本作「禮」。
〔一四〕「常」上，光本、商本有「十」字。
〔一五〕「萁」，原作「豆」，致本、業本、貫本、齋本、澹本同。據光本、商本改。

却説孔明班師回國，孟獲率引大小洞主酋長及諸部落羅拜相送。前軍至瀘水，【五】瀘水，江名，（自）（在）四川〈【二】〉行都司建昌衛流，從永昌衛過，合敘州府出。時值九月秋天，【毛】【漁】與（前）五月渡瀘（相）（照）應。忽然陰雲布合，狂風驟起，兵不能渡，回報孔明。孔明遂問孟獲，獲曰：「此水原有猖神作禍，往來者必須祭之。」【毛】猖神者，蠻鬼也。孔明曰：「用何物祭享〔一六〕？」獲曰：「舊時國中因猖神作禍，用七七四十九顆人頭并黑牛白羊〔一七〕祭之，自然風恬浪静，更兼連年豐稔。」【毛】假使四十九個鬼又作禍，將奈何？孔明曰：「吾今事已平定，安可妄殺一人？」【贄】佛。【鍾】此是佛心。遂自到瀘水岸邊觀看。果見陰風大起，波濤洶湧，人馬皆驚。【毛】再在武侯眼中一寫。孔明甚疑，即尋土人問之。土人告説：「自丞相經過之後，夜夜只聞得水邊鬼哭神號，自黄昏直至天曉〔一八〕，哭聲不絶。瘴烟之内，陰鬼無數，【毛】又在土人口中補寫。因此作禍，無人敢渡。」孔明曰：「此乃我之罪愆也。前者馬岱引蜀兵千餘，皆死於水中。【毛】照應八十八回中事。【漁】炤應前事。更兼殺死南人，盡棄此處，狂魂怨鬼，不能解釋〔一九〕，以致如此。【毛】「往往鬼哭，天陰則聞」，方信李華《弔古戰場文》不是虚話。吾今晚當親自往祭。」【贄】佛。〔二〇〕土人曰：「須依舊例，殺四十九顆人頭爲祭，則怨鬼自散也。」【毛】若此則是以鬼祭鬼。孔明曰：「本爲人死而成怨鬼，豈可又殺生人耶？【毛】若爲鬼殺人，而人又成鬼，是鬼與鬼相怨無已時也。吾自有主意。」唤行厨宰殺牛馬，和麵爲劑，塑成人頭，内以牛羊等肉代之，名曰「饅頭」。【毛】【贄】【鍾】是國法，亦是佛法。〈【毛】〉今日和尚吃饅頭，恨不以此爲之。【三】考證傳至今日，出《事物（紀源）（紀原）（原始）》。【漁】饅頭之始。當夜於瀘水岸上

〔一六〕「享」，光本作「之」。
〔一七〕「羊」，商本作「馬」。
〔一八〕「曉」，貫本、瀹本作「晚」。
〔一九〕「狂」，商本作「枉」。「能解釋」，原作「□釋解」，致本作「能釋解」。據其他古本補、乙正。
〔二〇〕原脱此句及下句贄批，據贄校本補。

設香案，鋪祭物，列燈四十九盞，揚旛招魂，將饅頭等物陳設於地。三更時分，孔明金冠鶴氅，親自臨祭，令董厥讀祭文。漁明于天地之理者，不可惑以鬼神。使鬼〔二一〕能作祟，何以猇亭七十餘萬〔二二〕之衆，孔明不聞祭之，而獨祭于此？蓋孔明爲死于王事諸臣理所當恤，非動于猖獗〔二三〕之足畏，而動于忠義之可恤耳。況哭陣亡之蜀將，正以勸未亡之蜀將，與曹操之哭典韋一般作用。**其文曰**〔二四〕：

維大漢建興三年秋九月一日，武鄉侯、領益州牧、丞相諸葛亮，謹陳祭儀，享於故歿王事蜀中將校，及南人亡者陰魂曰：

我大漢皇帝，威勝五霸，明繼三王。昨自遠方侵境，異俗起兵，縱蠆毛眉音蔡。周音寨。尾以興妖，恣狼心而逞亂。我奉王命，問罪遐荒；大舉貔貅，悉除螻蟻。雄軍雲集，狂寇氷消。纔聞破竹之聲，便是失猿之勢。但士卒兒郎，盡是九州豪傑；官僚將校，皆爲四海英雄。習武從戎，投明事主，莫不同申三令，共展七擒，齊堅奉國之誠，並效忠君之志。何期汝等偶失兵機，緣落奸計：或爲流矢所中，魂掩泉臺；或爲刀劍所傷，魄歸長夜。贊鍾一將功成萬骨枯，真可憐也。又言「可憐無定河邊骨，猶是春閨夢裏人〔二五〕」，更可憐也。生則有勇，死則成名，今凱歌欲還，獻俘將及。汝等英靈尚在，祈禱必聞。隨我旌旗，逐我部曲，同回上國，各認本鄉，受骨肉之蒸嘗，領家人之祭祀；莫作他鄉之鬼，徒爲異國〔二六〕之魂。漁嘗讀唐

〔二一〕「鬼」字原闕，據衡校本、致本補。

〔二二〕「猇亭七十余萬」，原作「□亭七十餘」，衡校本、致本作「蒼亭七十餘」。據毛批回前評補「猇」「萬」。

〔二三〕「獗」字原闕，據衡校本、致本補。

〔二四〕毛本祭文改自贊本；鍾本、漁本同贊本，周本、夏本、贊本改自嘉本。

〔二五〕贊、鍾批「無定河」「猶」，原作「河定橋」「還」，贊校本同。按：同本回校記〔六〕，據《全唐詩》改，後文漁批同。

〔二六〕「國」，致本同，其他毛校本作「域」。

人諸詩，如「磧裡征人三〔二七〕十萬，一時回首月中看」，又如「可憐無定河邊骨，猶是春閨夢裡人」，與此祭文俱堪酸鼻。我當奏之天子，使爾〔二八〕等各家盡霑恩露，年給衣糧，月賜廩禄。用茲酬答，以慰汝心。【贄】【鍾】鬼定歡喜（也）。至於本境土神，南方亡鬼，血食有常，憑依不遠。生者既凜天威，死者亦歸王化。想宜寧帖，毋致號啕〔二九〕。【周】音桃。聊表丹誠〔三〇〕，敬陳祭祀。嗚呼哀哉！伏惟尚饗！

讀畢祭文〔三一〕，孔明放聲大哭，【贄】是真是假？【鍾】真情所感。【漁】該有此一哭，以謝衆鬼豈止數千。極其痛切，情動三軍，無不下淚。孟獲等衆，盡皆哭泣。只見愁雲怨霧之中，隱隱有數千鬼魂，皆隨風而散。【毛】恐今日和尚施食，倒無此等應驗。於是孔明令左右將祭物盡〔三二〕棄於瀘水之中。

次日，孔明引大軍俱到瀘水南岸，但見雲收霧散，風静浪平。蜀兵安然盡渡瀘水，果然「鞭敲金鐙響，人唱凱歌還」。【毛】絶妙好辭。【漁】好詞，從何處得來。行到永昌，【五】永昌，郡名，今屬雲南〈二〉永昌軍民府〔三三〕。孔明留王伉、吕凱守四郡，發付孟獲領衆自回，囑其勤政馭下，善撫居民，勿失農務。【贄】得體。【鍾】（得）政大（通）。孟獲涕泣，拜别而去，【毛】蠻子原有良心，若没良心人，雖十擒十縱，亦不服也。孔明自引大軍回成都。後主排鑾駕出郭三十里迎接，下輦立於道傍，以候孔明。【毛】【漁】與獻帝迎曹操相類，而君之誠僞既殊，臣之忠奸亦别。孔明慌下車伏道而言

〔二七〕「征人三」三字原闕，據衡校本補。
〔二八〕「爾」，致本同，其他毛校本、嘉本作「汝」。
〔二九〕「啕」，致本、貫本、齋本、滄本作「陶」。
〔三〇〕「誠」，光本、商本作「忱」。
〔三一〕「畢祭文」，齋本、光本作「祭文畢」，嘉本作「畢文」。
〔三二〕「盡」，光本脱。
〔三三〕周、夏批「雲南永昌軍民府」，原作「四川行都司會川衛境内」；贄本系夾注「雲南」，原作「四川」。按：《一統志》：永昌軍民府「蜀漢及晉仍爲永昌郡」。據改。

曰：「臣不能速平南方，使主上懷憂，臣之罪也。」後主扶起孔明，並車而回，設太平筵會，重賞三軍。自此遠邦進貢來朝者二百餘處。毛服者不但南人。漁想俱隨孔明得來。孔明奏准後主，將歿於王事者之家，一一優恤。鍾不負初心。人心懽悦，朝野清平。毛以上按下蜀漢一邊，以下〔三四〕再叙魏國一邊。漁以下按下西蜀。

却説魏主曹丕在位七年，即蜀漢建興四年也。丕先納夫人甄氏，即袁紹次子袁熙之婦，前破鄴城時所得。毛追應三十三回中事。漁照應前事。後生一子，名叡，毛眉叡，音胃。字元仲，自幼聰明，丕甚愛之。後丕又納安平廣宗人郭永之女爲貴妃，甚有顔色，其父嘗曰：「吾女乃女中之王也。」故號爲「女王」。毛便有奪后之意。自丕納爲貴妃，因甄夫人失寵，郭貴妃欲謀爲后，却與幸臣張韜商議。時丕有疾，韜乃詐稱於甄夫人宮中掘得桐木偶人，上書天子年月日時，爲魘〔三五〕鎮之事。贄鍾婦人相妬如此。丕大怒，遂將甄夫人賜死，立郭貴妃爲后。毛郭后奪嫡，亦比於曹丕之篡〔三六〕。因無出，毛如此人自然絶嗣。養曹叡爲己子，雖甚愛之，不立爲嗣。叡年至十五歲，弓馬熟嫻。當年春二月，丕帶叡出獵。行於山塢之間，趕出子母二鹿，丕一箭射倒母鹿，回視小鹿馳於曹叡馬前。丕大呼曰：「吾兒何不射之？」叡在馬上泣告曰：「陛下已殺其母，臣安忍復殺其子〔三七〕？」毛漁曹操射鹿失君臣之禮，曹叡射鹿動母子之情（，前後相對）。贄鍾此言亦自寓耳。蠢哉（曹）丕（也）！何足以知此？丕聞之，擲弓於地曰：「吾兒真仁德之主也！」于是遂封叡爲平原王。

夏五月，丕感寒疾，醫治不痊，乃召中軍大將軍曹真、鎮軍大將軍陳羣、撫軍大將軍司馬懿三人

〔三四〕「下」，原作「上」，致本同，據其他毛校本改。

〔三五〕「魘」，致本、商本、明三本同，其他古本作「壓」。

〔三六〕「篡」下，貫本有「國」字。

〔三七〕「臣安忍復殺其子」，原無「臣」，毛校本同；明四本「子」下有「也」字。按：《三國志·魏書·明帝紀》裴注引《魏略》曰：「臣不忍復殺其子。」毛本缺主語，據明四本補。

入寢宮。丕喚曹叡至，指謂曹真等曰：「今朕病已沉重，不能復生。此子年幼，卿等三人可善輔之，勿負朕心。」三人皆告曰：「陛下何出此言？臣等願竭力以事陛下，至千秋萬歲。」丕曰：「今年許昌【周】許昌，魏主立都之處，今河南開封府許州是也。城門無故自崩，乃不祥之兆，朕故自知必死也。」【毛】【漁】許昌災異，從（曹）丕口中（補）（說）出。正言間，內侍奏征東大將軍曹休入宮問安。【毛】三人召來，一個[三八]自來。丕召入謂曰：「卿等皆國家柱石之臣也，若能同心輔朕之子，朕死亦瞑目矣！」言訖，墮[三九]淚而薨。時年四十歲，【漁】曹丕使他善終，千古遺恨。在位七年。於是曹真、陳羣、司馬懿、曹休等，一面舉哀，一面擁立曹叡爲大魏皇帝。謚父丕爲文皇帝，【毛】謚之曰「文」，取繼體守文之意也。然則造簒漢之基者，斷[四〇]歸之曹操矣。【漁】「文」者，取守之意也。謚丕爲文，掾之簒[四一]益彰。謚母甄氏爲文昭皇后。封鍾繇爲太傅，曹真爲大將軍，曹休爲大司馬，華歆爲太尉，王朗爲司徒，陳羣爲司空，司馬懿爲驃騎大將軍。其餘文武官僚，各各封贈，大赦天下。時雍、涼二州【四】雍州、涼州，（俱）屬陝西[四二]。【二】雍州、涼州，即今之陝西西安府、平涼府是也。缺人守把，司馬懿上表乞守雍、涼[四三]等處。【毛】【漁】（司馬）懿注意在西，所畏者蜀也。曹叡從之，遂封懿提督雍、涼等處兵馬，領詔去訖。

早有細作飛報入川。【毛】關節甚緊。孔明大驚曰：「曹丕已死，孺子曹叡即位。餘皆不足慮，司馬懿深有謀畧，今督雍、涼兵馬，倘訓練成時，必爲蜀中之大患。不如先起兵伐之。」【毛】【漁】（司馬懿患蜀，）蜀亦患司馬懿。【贊】對手。參軍馬謖【周】音速。曰：「今丞

[三八]「個」，致本同，其他毛校本作「人」。
[三九]「墮」，齋本、光本、周本作「墜」。
[四〇]「斷」，齋本、光本、商本作「統」。
[四一]「簒」，原作「纂」，形訛，據衡校本改。
[四二]醉本眉注、贊本系夾注「陝西」，原作「四川」，據周、夏批改。
[四三]「雍、涼」，原作「西涼」，古本同。按：前後文皆作「雍、涼」，據前後文改。

相平南方回，軍馬疲敝，只宜存恤，豈可復遠征？某有一計，使司馬懿自死於曹叡之手，未知丞相鈞意允否？」孔明問是何計，馬謖曰：「司馬懿雖是魏國大臣，曹叡素懷疑忌，漁大凡反間，都從疑起。何不密遣人往洛陽、鄴郡等處，布散流言，道此人欲反，更作司馬懿告示天下榜文，遍貼諸處。使曹叡心疑，必然殺此人也。」毛此一時反間之計耳，孰知後來果應司馬氏篡位。漁一時反間，誰知後來果成真事。孔明從之，即遣人密行此計去了。

却説鄴城門上，五鄴，郡名，今屬河南（彰德府）。忽一日見貼下告示一道。守門者揭了，來奏曹叡。叡觀之，其文曰〔四四〕：

驃騎大將軍總領雍、涼等處兵馬事司馬懿，謹以信義布告天下：昔太祖武皇帝，創立基業，本欲立浚儀王〔四五〕子建爲社稷主，不幸奸讒交集，歲久潛龍。皇孫曹叡，素無德行，妄自居尊，有負太祖之遺意。今吾應天順人，尅日興師，以慰萬民之望。告示到日，各宜歸命新君。如不順者，當滅九族！先此告聞，想宜知悉。

曹叡覽畢，大驚失色，急問羣臣。太尉華歆奏曰：「司馬懿上表乞守雍、涼，正爲此也。先時太祖武皇帝嘗謂臣曰：『司馬懿鷹視狼顧，不可付以兵權，久必爲國家大禍。』毛漁曹孟德語，（却從此處）（于此）補出。今日反情已萌，可速誅之。」王朗奏曰：「司馬懿深明韜畧，善曉兵機，素有大志。若不早除，久必爲禍。」毛又是一個趂脚蹺的。叡乃降旨，欲興兵御駕親征。忽班部中閃出大將軍曹真奏曰：「不可。文皇帝托孤於臣等數人，是知司馬仲達無異志也。今事未知真假，遽爾加兵，乃逼之反耳。或者蜀、吴奸細行反間二音諫。之計，使

〔四四〕毛本告示文增、改自贊本；鍾本、漁本同贊本，贊本同明三本。

〔四五〕「浚儀王」，原作「陳思王」，古本同。按：《三國志·魏書·曹植傳》：「太和元年，徙封浚儀。」據改。

我君臣自亂，彼却乘虛而擊，未可知也。陛下幸察之。」毛漁（曹）子丹畧有見〔四六〕識。贊此人大通。鍾此人（大）急，迫而（後走）也。叡曰：「司馬懿若果謀反，將奈何？」真曰：「如陛下心疑，可倣漢高僞遊雲夢之計。六雲夢，山名，在湖廣〈二〉德安府境內。漢時人言韓信反，高祖僞遊，擒之載後車。御駕幸安邑，全安邑，地名（也），〈六〉屬司隸〔四七〕。司馬懿必然來迎；觀其動静，就車前擒之，可也。」毛此時仲達亦危矣。叡從之，遂命曹真監國，親自領御林軍十萬，徑到安邑。司馬懿不知其故，欲令天子知其威嚴，乃整兵馬，率甲士數萬來迎。毛漁仲達雖乖，此時〔四八〕却着（了）道兒。近臣奏曰：「司馬懿果率兵十餘萬前來抗拒，實有反心矣。」叡慌命曹休先領兵迎之。司馬懿見兵馬前來，只疑車駕親至，伏道而迎。曹休出曰：「仲達受先帝托孤之重，何故反耶？」毛問得出其不意。懿大驚失色，汗流遍體，乃問其故。休備言前事。懿曰：「此吳、蜀奸細反間之計，欲使我君臣自相殘害，彼却乘虛而襲。某當自見天子辨之。」毛漁畢竟〔四九〕仲達乖覺。遂急〔五〇〕退了軍馬，至叡車前俯伏泣奏曰：「臣受先帝托孤之重，安敢有異心？必是吳、蜀之奸計。臣請提一旅之師，先破蜀，後伐吳，報先帝與陛下，以明臣心。」叡疑慮未決。華歆奏曰：「不可付之兵權。可即罷歸田里。」毛名士見識，亦甚平常。叡依言，將司馬懿削職回鄉，毛未見「三馬同槽」，先見一馬離槽。命曹休總督雍、凉軍馬。曹叡駕回洛陽。毛以上按下魏國一邊，以下再敘蜀漢一邊。

却説細作探知此事，報入川中。孔明聞之大喜曰：「吾欲伐魏久矣，漁伐魏大義，孔明何先鑾後

〔四六〕漁批「見」，原作「具」，形訛，據衡校本改。

〔四七〕醉本眉注、周、夏批、贊本系夾注「司隸」，原作「雍州」。按：《一統志》：安邑縣「秦漢爲安邑縣，河東郡治此。」《後漢書·郡國志》：河東郡屬司隸校尉部。據改。

〔四八〕毛批「時」字原闕，據毛校本補。

〔四九〕漁批「竟」，原作「覺」，形訛，據衡校本改。

〔五〇〕「遂急」，商本作「速即」。

魏？蓋不平蠻則有内顧之憂〔五一〕，與曹掾不謀吕布，不敢攻〔五二〕袁紹同意。**奈有司馬懿總雍、凉之兵。今既中計遭貶，吾有〔五三〕何憂！」次日，後主早朝，大會官僚，孔明出班，上《出師表》一道。表曰〔五四〕：**

臣亮言：先帝創業未半，而中道崩殂，毛落筆更不着半句閒言語，只用八字慟哭先帝，早使讀者精誠發越。今天下三分，益州罷毛側音疲。敝，此誠危急存亡之秋也。毛筆態一伏。然侍衛之臣不懈於内，忠志之士忘身於外者，蓋追先帝之殊遇，欲報之於陛下也。毛筆態一起。一面讀其妙文，一面記其口口「先帝」。誠宜開張聖聽，以光先帝遺德，恢弘志士之氣，毛此是説宜。不宜妄自菲薄，引喻失義，以塞忠諫之路也。毛此是説不宜。「宜」「不宜」二語，發起一篇。○妄自菲薄是子弟大病，引喻失義又是子弟大病，此特説盡。宫中漁伏下文宫中。府中，漁伏下文府中。俱爲一體，毛此又説宜。○恐其暱於宫中，已預知有寵黄皓之事〔五五〕。陟罰臧否，不宜異同。毛此又説不宜。若有作奸犯科及爲忠善者，宜付有司論其刑賞，以昭陛下平明之理〔五六〕，毛此又説宜。不宜偏私，使内外異法也。漁此段言當自治，以爲諸臣圖報之地，在君德上講「宜」「不宜」二字眼。〈毛漁〉（此又説不宜。○）宫中暱，府中疎，出師（進）表，全爲此一段（可知）。贊千〔五七〕古至言。侍中、侍郎郭攸之、費禕、毛側音衣。董

〔五一〕「憂」，原作「夏」，形訛，據衡校本改。

〔五二〕「攻」，原作「改」，衡校本作「滅」。按：「改」疑爲「攻」之形訛，酌改。

〔五三〕「有」，光本作「又」。

〔五四〕毛本諸葛亮《出師表》增、改自贊本；鍾本、漁本同贊本，贊本同明三本。全文毛批增、改自《金批古文》之《前出師表》批語。按：嘉本引自《三國志·蜀書·諸葛亮傳》，毛本引全文，正文異文據《三國志》校正。

〔五五〕「事」下，光本有「也」，商本有「矣」。

〔五六〕「理」，原作「治」，古本同。據《諸葛亮傳》改。

〔五七〕「千」，吴本首字漫漶，緑本作「今」。

允等，此皆良實，志慮忠純，是以先帝簡拔以遺陛下。【毛】重之以先帝，句句不脱先帝。愚以爲宫中之事，事無大小，悉以咨之，然後施行，必能〔五八〕裨補闕漏，有所廣益。【毛】切囑宫中。將軍向寵，性行淑均，曉暢軍事，試用於〔五九〕昔日，先帝稱之曰「能」，【毛】【漁】重之以先帝（，句之不脱）。是以衆議舉寵爲〔六〇〕督。【毛】看此處入「衆議」二字，嫌疑不小。愚以爲營中之事，悉〔六一〕以咨之，必能使行【毛】側音杭。陣和穆，優劣得所〔六二〕。【毛】切囑府中。親賢臣，遠小人，此先漢所以興隆也，親小人，遠賢臣，此後漢所以傾頹也。先帝在時，每與臣論此事，未甞不嘆息痛恨於桓、靈也！【毛】明明龜鑑之言，亦必重之以先帝，哀哉！〇桓、靈之寵十常侍，正與後主之寵黄皓同〔六三〕。【漁】（根）上先漢、後漢。侍中、尚書、【毛】陳震。長史、叅軍，【毛】蔣琬。此悉貞亮死節之臣也，願陛下親之、信之，則漢室之隆，可計日而待也。【毛】此數臣〔六四〕，先生所進，恐出師後未必用，故又另囑。

臣本布衣，躬耕南陽，苟全性命於亂世，不求聞達於諸侯。【毛】自敘，最悲苦。先帝不以臣卑鄙，猥自枉屈，三顧臣於草廬之中，諮〔六五〕臣以當世之事，由是感激，遂許先帝以驅馳。【毛】【漁】自敘，最悲苦（甚）。〈【漁】〉此段追叙先帝殊遇，啟下出師圖報之意。後值傾覆，受任於敗軍之際，奉命於危難【二】去聲。之間：爾來二十有【二】音又。一年矣。先帝知臣謹慎，故臨崩寄臣以大事也。

〔五八〕「能」，原作「得」，毛校本同。據《諸葛亮傳》改。
〔五九〕「於」上，齋本有「之」字。
〔六〇〕「爲」上，原有「以」字，毛校本同，據《諸葛亮傳》删。
〔六一〕「悉」上，原有「事無大小」四字，古本同，據《諸葛亮傳》删。
〔六二〕「所」下，原有「也」字，毛校本同，據《諸葛亮傳》删。
〔六三〕「同」，原無，致本、業本、貫本、齋本同，據其他毛校本補。
〔六四〕「數臣」，原作「二臣」，業本、齋本、光本、商本同；貫本、澹本作「二人」。按：依前後文，「侍中」指郭攸之、費禕、董允，「尚書」指陳震，「長史」指張裔，「參軍」指蔣琬。「二臣」誤，酌改。
〔六五〕「諮」，原作「諮」，形訛。據《諸葛亮傳》改，後一處同。

【毛】自敘，最悲苦。受命以來，夙夜憂嘆〔六六〕，恐付托不效，以傷先帝之明，故五月渡瀘，深入不毛。【毛】自敘，最悲苦。今南方已定，兵甲〔六七〕已足，當獎帥【毛】側音率。三軍，北定中原，庶竭駑鈍，攘除姦凶，興復漢室，還於舊都：【二】補註舊〔六八〕都，漢立帝都于長安、洛陽。此臣所以報先帝而忠陛下之職分也。至於斟酌損益，進盡忠言，則攸之、禕、允之任也。【毛】自敘，最悲苦。此非以師保推三臣，蓋自既解任，去而出師，則必使之自代耳。願陛下托臣以討賊興復之效，不效則治臣之罪，以告先帝之靈。若無興德【毛】一本作「興復」。之言，則〔六九〕責攸之、禕、允等之慢，以彰其咎〔七〇〕。【毛】説自出師，必連三臣禕補者，此表所憂不在外賊，而在内蠱也，哀哉！【漁】身既出，不能在朝，故匡君德分責三臣。陛下亦宜自謀，以諮諏【周】音鄒。善道，察納雅言。深追先帝遺詔，【毛】要他納言，亦必重之以先帝。【漁】以君德起，以君德落。臣不勝受恩感激！今當遠離，臨表涕零，不知所言〔七一〕。【毛】非爲伐魏而涕零，爲後主而涕零也。【漁】孔明伐魏，正當踴躍，何用涕零？蓋孔明此出，正當危急存亡之秋，廹于大義討賊，勢不容已。然回顧嗣主柔闇，實又難爲進退，因而切切開導，忽如人父教子，忽如慈嫗戀兒，故于表中慷慨流離，非但爲漢賊不兩立也。

後主覽表曰：「相父南征，遠涉艱難；方始回都，坐未安席，今又欲北征，恐勞神思。」孔明

〔六六〕「嘆」，原作「慮」，古本同。據《諸葛亮傳》改。

〔六七〕「兵甲」，原作「甲兵」，毛校本同。據《諸葛亮傳》乙正。

〔六八〕周批「舊」，原作「用」。按：正文作「舊」，據夏批改。

〔六九〕「若無興德之言則」，「德」原作「復」，毛校本同；明四本無。按：古本《三國志·蜀書·諸葛亮傳》《文選》皆無此七字。《三國志·董允傳》有。《文選》李善注曰：「《蜀志》載亮《表》云：『若無興德之言，則戮允等以章其慢。』今此無上六字，於義有缺，誤矣。」《攷證》卷六：「蓋李善據《董允傳》以補之也。」中華書局點校本《三國志》補此七字。據改，毛批同改。

〔七〇〕「慢」「咎」，原作「咎」「慢」，據《三國志》易。

〔七一〕「零」「言」，原作「泣」「云」，古本同。據《諸葛亮傳》改。

曰：「臣受先帝托孤之重，夙夜未嘗有怠。今南方已平，可無内顧之憂，毛一向南征，正是〔七二〕爲此。不就此時討賊，恢復中原，更待何日？」忽班部中太史譙周出奏曰：「臣夜觀天象，北方旺氣正盛，星曜倍明，未可圖也。」毛與後文《讐國論》相應。乃顧〔七三〕孔明曰：「丞相深明天文，何故强爲？」孔明曰：「天道變易不常，豈可拘執？吾今且駐軍馬於漢中，周中原，今之河南；漢中，郡名，今屬陝西漢中府。觀其動静而後行。」譙周苦諫不從。於是孔明乃留郭攸之、董允、費禕等爲侍中，總攝宮中之事；毛正應表中。又留向寵爲大將，總督御林軍馬；毛又應表中。陳震爲尚書〔七四〕，蔣琬爲条軍，毛此表中所已及。張裔爲長史，掌丞相府事；杜微、杜瓊爲諫議大夫；楊洪爲蜀郡太守〔七五〕；孟光爲屯騎校尉；來敏爲軍祭酒〔七六〕；尹默、李譔爲博士；郤正、費詩爲秘書；譙周爲太史。内外文武官僚一百餘員，同理蜀中之事。毛此又表中所未及。漁應來宫中府中。

孔明受詔歸府，喚諸將聽令：漁南徐之後，陽平之兵大概皆爲吴、蜀私怨，揆之大伸討賊之義，則猶未也。惟此則從大義起見。故《綱目》書云「漢丞相、武鄉侯諸葛亮出師伐魏」，重予之也。督前部〔七七〕，鎮北將軍、領丞相司馬、涼州刺史、都亭侯魏延；前軍都督，領

〔七二〕「正是」，商本倒作「是正」。

〔七三〕「顧」，光本作「謂」。

〔七四〕「侍中」，原作「尚書」，毛校本同；明四本無此句。按：《三國志·蜀書·陳震傳》：「建興三年，入拜尚書，遷尚書令。」據改。

〔七五〕「杜微、杜瓊爲諫議大夫；楊洪爲蜀郡太守」，原作「杜瓊爲諫議大夫，杜微、楊洪爲尚書」，古本同。按：《三國志·蜀書·杜微傳》：「拜爲諫議大夫，以從其志。」《杜瓊傳》：「後主踐阼，拜諫議大夫。」《楊洪傳》：「洪建興元年賜爵關内侯，復爲蜀郡太守、忠節將軍，後爲越騎校尉，領郡如故。」據改。

〔七六〕「孟光爲屯騎校尉；來敏爲軍祭酒」，原作「孟光、來敏爲祭酒」，古本同。按：《三國志·蜀書·孟光傳》：「後主踐阼，爲符節令、屯騎校尉、長樂少府，遷大司農。」《來敏傳》：「丞相亮住漢中，請爲軍祭酒、輔軍將軍，坐事去職。」據補、改。

〔七七〕「督前部」，原作「前督部」，古本同。按：《三國志·蜀書·魏延傳》作「督前部」。據乙正。

扶風太守張翼；副將，裨將軍〔七八〕王平；後軍領兵使，安漢將軍、領建寧太守李恢；副將，定遠將軍、領漢中太守吕乂；兼管運糧左軍領兵使，平北將軍、陳倉侯馬岱；副將，飛衛將軍廖化；右軍領兵使，奮威將軍、博陽亭侯馬忠；副將，鎮撫〔七九〕將軍、關内侯張嶷；行中軍師，車騎將軍〔八〇〕、都鄉侯劉琰；中監軍，揚武將軍鄧芝；中參軍，安遠將軍馬謖；前將軍，都亭侯袁綝；左將軍，高陽鄉侯〔八一〕吴懿；右將軍，玄鄉侯〔八二〕高翔；督後部，後將軍，安樂亭侯〔八三〕吴班；領長史，綏軍將軍楊儀；前監軍〔八四〕，征南將軍劉巴；前護軍，偏將軍、漢成〔八五〕亭侯許允；左護軍，篤信中郎將丁咸；右護軍，偏將軍劉敏；中典軍，討虜將軍〔八六〕上官雝；行中參軍〔八七〕，昭武中郎將胡濟；行參軍，建義將軍〔八八〕閻晏；行參軍，偏將軍爨習；行參軍，裨將軍杜義、武畧中郎將杜祺、綏戎都尉〔八九〕盛敦；毛 側音孛。從事，武畧中郎將樊岐、典軍書記樊建、丞相令史董厥；帳前左護衛使，龍驤將軍關興；右護衛使，虎翼將軍張苞。毛 漁（以上）歷敘（諸將官

〔七八〕「副將，裨將軍」，原作「牙門將、裨將軍」，古本同。按：「牙門將」「裨將軍」皆官位，並列誤。《三國志·蜀書·王平傳》：「因降先主，拜牙門將、裨將軍。」述王平先後任職。據改。後文吕乂、張嶷爲後軍、左軍副將，同理前、右軍亦爲正副二將，後文「鎮撫將軍」前同據補「副將」。

〔七九〕「鎮撫」，明四本作「撫戎」。按：據《三國志·蜀書·張嶷傳》，時張嶷爲郡都尉，未參與南征，且未封關内侯。官爵皆爲《演義》杜撰。

〔八〇〕「車騎將軍」，原作「車騎大將軍」，古本同。按：《三國志·蜀書·李嚴傳》裴注引諸葛亮公文作「車騎將軍」。據删。

〔八一〕「高陽鄉侯」，原作「高陽侯」，古本同。按：同前史據，據補。

〔八二〕「玄鄉侯」，原作「玄都侯」，古本同。按：同前史據，據改。

〔八三〕「督後部，後將軍、安樂亭侯」，原作「後將軍，安樂侯」，古本同。按：同前史據，及前文有「督前部」。據補「督後部」「亭」。

〔八四〕「前監軍」，原作「前將軍」，古本同。按：與「前將軍，都亭侯袁綝」重；同前史據，據改。

〔八五〕「成」，嘉本作「城」。按：同前史據，作「成」是。

〔八六〕「中典軍，討虜將軍」，原作「後護軍，典軍中郎將」，古本同。按：同前史據，據改。

〔八七〕「行中參軍」，原作「行參軍」，古本同。按：同前史據，據補。

〔八八〕「建義將軍」，原作「諫議將軍」，古本同。按：同前史據，據改。

〔八九〕「綏戎都尉」，原作「綏軍都尉」，毛校本同。按：同前史據，據明四本改。

銜）（官〔九〇〕爵），以（見）出師伐魏，故特書其官以予之也。以上一應官員，都隨着平北大都督、丞相、武鄉侯、領益州牧、知内外事諸葛亮。【毛】大書特書。分撥已定，又檄李嚴等守川口，以拒東吳。【毛】【漁】周密之〔九一〕（至）（極）。選定建興五年春三月丙寅日，出師伐魏。【毛】至此方大伸討賊之義。【漁】此一出正〔九二〕閎大義，故大書特書。忽帳下一老將，厲聲而進曰：「我雖年邁，尚有廉頗之勇、馬援之雄。【二】〔補註〕廉頗，趙之名將；馬援，漢光武之名將。俱老而有勇，善用兵。此二古人皆不服老，何故不用我耶？」衆視之，乃趙雲也。【鍾】子龍不自老。孔明曰：「吾自平南回都，馬孟起病故，【毛】【漁】馬超〔九三〕（之）死，在孔明口中（補）（説）出（，省筆之法）。予〔九四〕甚惜之，以爲折一臂也。今將軍年紀已高，倘稍有參差，動搖一世英名，減却蜀中鋭氣。」【毛】又用激將之法。【漁】雖是激語，亦是真話。雲厲聲曰：「吾自隨先帝以來，臨陣不退，遇敵則先。大丈夫得死於疆場者，幸也！吾何恨焉？願爲前部先鋒！」【贊】子龍，子龍！〔九五〕【鍾】子龍大丈夫。孔明再三苦勸不住。雲曰：「如〔九六〕不教我爲先鋒，就撞死於堦下！」【毛】寫子龍悍勇之極。【漁】急話。孔明曰：「將軍既要爲先鋒，須得一人同去。」言未盡，一人應曰：「某雖不才，願助老將軍，先引一軍前去破敵。」孔明視之，乃鄧芝也。【毛】【漁】即是不畏油鼎之人。孔明大喜，即撥精兵五千、副將十員，隨趙雲、鄧芝去訖。孔明出師，後主引百官送於北門外十里。孔明辭了後主，旌旗蔽野，戈戟如林，率軍望漢中迤邐進發。【毛】【漁】寫（得）孔明堂堂正正，十分聲勢。

却説邊庭探知此事，報入洛陽。是日曹叡設朝，近臣奏曰：「邊官報稱，諸葛亮率領大兵三十

〔九〇〕「官」，原作「宫」，形訛，據衡校本改。
〔九一〕漁批「之」字原闕，據衡校本補。
〔九二〕「正」，原作「止」。按：「正」字通，據衡校本改。
〔九三〕漁批「超」，原作「起」，據衡校本改。
〔九四〕「予」，致本同，其他毛校本作「吾」。
〔九五〕緑本脱此句贊批。
〔九六〕「如」，商本作「汝」。

餘萬，出屯漢中，毛孔明兵數在曹叡近臣口中補出，妙。今趙雲、鄧芝爲前部先鋒，引兵入境。」叡大驚，問羣臣曰：「誰可爲將，以退蜀兵？」忽一人應聲而出曰：「臣父死於漢中，切齒之恨，未嘗得報。毛照應七十一回中事。今蜀兵犯境，臣願引本部猛將，更乞陛下賜關西之兵，前往破蜀。上爲國家効力，下報父讐，臣萬死不恨！」衆視之，乃夏侯淵之子〔九七〕夏侯楙毛側三（楙，）音茂。也。楙字子林，其性最急，又最吝，毛乃父已負「妙才」之名，此子却又不才之甚。自幼嗣與夏侯惇爲子。後夏侯淵爲黄忠所斬，曹操憐之，以女清河公主招楙爲駙馬，毛漁曹操本（姓）夏侯（氏），（而）以女（與楙，則）（妻之，）是同姓爲婚（，瀆祖甚矣）。因此朝中欽敬。雖掌兵權，未嘗臨陣。當時自請出征，曹叡即命爲大都督，調關西諸路軍馬前去迎敵。司徒王朗諫曰：「不可。夏侯駙馬素不曾經戰，今付以大任，非其所宜。更兼諸葛亮足智多謀，深通韜畧，不可輕敵。」夏侯楙叱曰：「司徒莫非結連諸葛亮，欲爲内應耶？吾自幼從父學習韜畧，深通兵法。汝何欺我年幼？吾若不生擒諸葛亮，誓不回見天子！」毛志大言大之人，每每無用。王朗等皆不敢言。夏侯楙辭了魏主，星夜到長安，調關西諸路軍馬二十餘萬，來敵孔明。

正是：

欲秉白旄麾將士，却教黄吻掌兵權。

未知勝負如何，且看下文分解。

未出茅廬時，與先主説定三分天下，鼎足而定。今日忽然北伐中原，欲〔九八〕平魏國，此何意耶？豈是閑不過乎？抑技痒也？或胸中别有主裁，借此作趨避耳，讀史者亦曾留心此等去處否？如此等去處胡亂放過，不如不讀史也。

未出茅廬時，與先主説定三分天下，鼎足而定，今日忽然北伐中原，欲平魏國，豈技痒哉？其胸中别有主裁耳。

〔九七〕按：《三國志·魏書·夏侯惇傳》裴注引《魏略》曰：「楙字子林，惇中子也。」《演義》虚構情節作楙爲淵子，後嗣惇。從原文。

〔九八〕「欲」，緑本作「次」。

第九十二回

趙子龍力斬五將
諸葛亮智取三城

此回首寫趙雲戰功，所以成雲之志也。曷成乎雲之志？曰：先主初即帝位時，雲即以伐魏爲勸矣。先主之伐吴，以雲爲後應，爲其志不在伐吴故也。武侯之伐魏，以雲爲先鋒，爲其志在伐魏故也。英雄有復讐之志者，自惜其年，又惜讐人之年。不能及曹丕之未死而伐魏，已深爲曹丕惜；不更及趙雲之未死而伐魏，得不爲趙雲惜哉！然則雲之復讐，不敢以老而自愛，正以老而愈不得不奮耳。

魏延子午谷之謀，未甞不善，武侯以爲危計而不用，葢逆知天意之不可回，而不欲行險以争之耳。知天意之不可回，而行險以争之，即争之未必勝。争之不勝，而天下後世乃得以行險之失爲我咎矣。惟兢兢然持一至慎之心，出於萬全之策，而終不能回天意於萬一，然後可以無憾於人事耳。

一擒孟獲之前，先取三郡；一出祁山之前，亦先取三郡：斯則同矣。而前三郡之取則俱易，後三郡之取則兩易而一難。前者高定真降，妙在假疑其詐；今者崔諒詐降，妙在假信其真。前者高定與雍闓不睦，妙在使中我之計；今者崔諒與楊陵同謀，又妙在即用彼之計。令讀者觀其前文，更不能測其後文；觀其後文，乃始解其前文。事之巧，文之幻，皆妙絶今古。

蜀之有姜維，非繼武侯而終伐魏之事者乎？六出祁山之後，始有九伐中原之事。而一出祁山之前，蚤伏一九伐中原之人。將正伏之，先反伏之。正伏之爲蜀之姜維，反伏之爲魏之姜維。而此回則猶反伏之者也。觀天地古今自然之文，可以悟作文者結搆之法矣。

却說孔明率兵前至沔陽，經過馬超墳墓，乃令其弟馬岱掛孝，孔明親自祭之。毛祭死的與活的看。祭畢，回到寨中，商議進兵。忽哨馬報道：「魏主曹叡遣駙馬夏侯楙，調關中諸路軍馬前來拒敵。」魏延上帳獻策曰：「夏侯楙乃膏粱子弟，懦弱無謀。毛魏延之謀瞞不過司馬懿，却瞞得夏侯楙。延願得精兵五千，取路出褒中，循秦嶺以東，當子午谷而投北，不過十日，可到長安。六褒中（、長安俱）（今）屬陝西（漢中府褒谷是也）。秦嶺（，山名），在商州。子午谷（，地名，離）（近）秦嶺（二百餘里）。〈五〉長安（，郡名，今）（今屬）（屬）陝西（西安府長安縣也）。夏侯楙若聞某驟至，必然棄城望橫三音光。門邸閣而走。某却從東方而來，丞相可大驅士馬，自斜谷四斜谷，地名，（亦屬）（在）陝西。二斜谷，地名，在漢中府，南口曰「斜」，北口曰「褒」，去鳳縣僅二百里。而進。如此行之，則咸陽以西，一舉可定也。」毛漁此（亦韓信）「暗渡陳倉」之（計）（策，的是好計）。惜孔明（之）不用[一]（也）。贊鍾亦（見）（是）胆智。孔明笑曰：「此非萬全之計也。汝欺中原無好人物，毛早爲下文姜維之來虛伏一筆。倘有人進言，於山僻中以兵截殺，非惟五千人受害，亦大傷鋭氣，決不可用。」毛武侯只是小心，不肯放膽。贊鍾（還是孔明）老成。漁孔明亦知是此計，但不欲行險以僥倖耳。愚謂孔明生平失計，莫大于此。魏延又曰：「丞相兵從大路進發，彼必盡起關[二]中之兵，於路迎敵：則曠日持久，何時而得中原？」孔明曰：「吾從隴右取平坦大路，依法進兵，何憂不勝！」毛出師之名既正，出師之路亦取其正。遂不用魏延之計。魏延怏怏不悦。毛早爲後文伏筆。孔明差人令趙雲進兵。

却說夏侯楙在長安，聚集諸路軍馬。時有西涼大將韓德，善使[三]開山大斧，有萬夫不當之勇，

[一] 漁批「惜孔明不用」，原作「惜月明不」，衡校本作「惜乎不用」。按：毛批「惜孔明之不用」，「月」字訛，脱「用」，據改、補。
[二] 「起關」二字原闕，據毛校本補。
[三] 「善使」，光本作「喜用」，周本、夏本、贊本作「善能使」。

引西羌諸路兵八萬到來，見了夏侯楙，楙重賞之，就遣爲先鋒。德有四子，皆精通武藝，弓馬過人：長子韓瑛，次子韓瑤，三子韓瓊，四子韓琪。毛以四小將襯出一老將。韓德帶四子并西羌兵八萬取路至鳳鳴山，正遇蜀兵。兩陣對圓，韓德出馬，四子列於兩邊。德厲聲大罵曰：「反國之賊，安敢犯吾境界！」趙雲大怒，挺鎗縱馬，單搦韓德交戰。長子韓瑛躍馬來迎，戰不三合，被趙雲一鎗刺死於馬下。毛子龍不老。漁斷送一個。次子韓瑤見之，縱馬揮刀來戰。趙雲施逞舊日虎威，抖擻精神迎戰。瑤抵敵不住，毛子龍真不老。三子韓瓊急挺方天戟，驟馬前來夾攻。雲全然不懼，鎗法不亂。毛子龍不老。鍾好箇子龍。四子韓琪見二兄戰雲不下，也縱馬輪兩口日月刀而來，圍住趙雲。雲在中央，獨戰三將。少時韓琪中鎗落馬，毛子龍着實不老。漁又傷一個。韓陣中偏將急出救去。雲拖鎗便走，韓瓊按戟急取弓箭射之，連放三箭，皆被雲〔四〕用鎗撥落。瓊大怒，仍綽方天戟縱馬趕來，却被雲一箭射中面門，落馬而死。毛受過三箭，只答一禮，已當不起。贊子龍幾曾老來？漁斷送兩個。韓瑤縱馬舉寶刀便砍趙雲，雲棄鎗於地，閃過寶刀，生擒韓瑤歸陣，復縱馬取鎗殺過陣來。毛子龍着實不老。〇趙能滅韓，亦將滅魏。贊鍾（道）是（箇）老手。漁生擒一個。韓德見四子皆喪於趙雲之手，肝膽皆裂，先走入陣去。西涼兵素知趙雲之名，今見其英勇如昔，誰敢交鋒？趙雲〔五〕馬到處，陣陣倒退。趙雲匹馬單鎗，往來衝突，如入無人之境。毛子龍着實不老。後人有詩讚曰〔六〕：

憶昔常山趙子龍，年登七十建奇功。
獨誅四將來衝陣，猶似當陽救主雄。

鄧芝見趙雲大勝，率蜀兵掩殺，西涼兵大敗而走。韓德險被趙雲擒住，棄甲步行而逃。雲與鄧芝

〔四〕「雲」，明四本作「子龍」，後一處同。
〔五〕「趙雲」，商本脱，明四本作「子龍」。
〔六〕毛本讚趙雲詩從贊本；鍾本同贊本，贊本同明三本；漁本無。

收軍回寨，芝賀曰：「將軍壽已七旬，英勇如昨。今日陣前力斬四將，世所罕有！」雲曰：「丞相以吾年邁，不肯見用，吾故聊以自表耳。」【毛】【漁】有〔七〕（得）他説嘴（分），權將少年人試我老本事。【贊】【鍾】恨辭。遂差人解韓瑤，申報捷書，以達孔明。

却説韓德引敗軍回見夏侯楙，哭告其事，【毛】一喪其父，一喪其子，正是愁人説與愁人道〔八〕。楙自統兵來迎趙雲。探馬報入蜀寨，説夏侯楙引兵到。雲上馬綽鎗〔九〕，引千餘軍，就鳳鳴山前擺成陣勢。當日，夏侯楙戴金盔，坐白馬，手提大砍刀，立在門旗之下，見趙雲躍馬挺鎗，往來馳騁，楙欲自戰。韓德曰：「殺吾四子之讐，如何不報！」縱馬輪開山大斧，直取趙雲。雲奮怒挺鎗來迎，戰不三合，鎗起處，韓德刺死〔一〇〕於馬下，【毛】彼老不如此老。【贊】【鍾】（好）漢子自（然）不老。〔一一〕【漁】又斷送一個。急撥馬直取夏侯楙，楙慌忙閃入本陣。鄧芝驅兵掩殺，魏兵又折一陣，退十餘里下寨。楙連夜與衆將商議曰：「吾久聞趙雲之名，未嘗見面。今日年老，英雄尚在，方信當陽長坂之事。【毛】又提照四十一回中事。【漁】舊事一提。似此無人可敵，如之奈何？」參軍程武，【嘉】乃程昱之子。乃程昱之子也，進言曰：「某料趙雲有勇無謀，不足爲慮。來日都督再引兵出，先伏兩軍於左右。都督臨陣先退，誘趙雲到伏兵處，都督却登山指揮，四面軍馬重疊圍住，雲可擒矣。」【毛】此計亦平常〔一二〕，不過趙雲太猛，故中之耳。【漁】計只平常，但趙雲恃勇輕敵，爲所中耳。楙從其言，遂遣董禧引三萬軍伏於左，薛則引三萬軍伏於右：二人埋伏已定。

次日，夏侯楙復整金鼓旗旛，率兵而進。趙雲、鄧芝出迎。芝在馬上謂趙雲曰：「昨夜魏兵大

〔七〕毛批「有」，光本作「由」。
〔八〕「道」，商本作「聽」。
〔九〕「上馬綽槍」，光本倒作「綽槍上馬」。
〔一〇〕「韓德刺死」，明四本作「刺韓德死」，光本、商本作「刺死韓德」。
〔一一〕吴本闕第一、五字。
〔一二〕「常」，原作「長」，致本同，據其他毛校本改。

敗而去〔一三〕，今日復來，必有詐也。老將軍防之。」【毛】鄧芝甚是仔細，與孔明之小心相似。【鍾】伯苗有□。子龍曰：「量此乳臭小兒，何足道哉！吾今日必當擒之！」便躍馬而出。魏將潘遂出迎，戰不三合，撥馬便走。趙雲趕去，魏陣中八員將一齊來迎。放過夏侯楙先走，八將陸續奔走。趙雲乘勢追殺，鄧芝引兵繼進。趙雲深入重地，只聽得四面喊聲大震，鄧芝急收軍退回，左有董禧，右有薛則，兩路兵殺到。鄧芝兵少，不能解救。【毛】然則長坂坡之解救，仍賴後主之頑福。趙雲被困在垓心，東衝西突，魏兵越厚。時雲〔一四〕手下止有千餘人，殺到山坡之下，只見夏侯楙在山上指揮三軍。趙雲投東則望東指，投西則望西指，因此趙雲不能突圍，乃引兵殺上山來。半山中擂〔一五〕木砲石打將下來，不能上山。【毛】與黃漢升之戰猇亭彷彿相似。【漁】子龍只因恃勇輕敵，故爾困此。趙雲從辰時殺至酉時，不得脱走〔一六〕，只得下馬少歇，且待月明再戰。却纔卸甲而坐，月光方出，【毛】此處寫月，忙中閒筆。忽四下火光沖天，鼓聲大震，矢石如雨，魏兵殺到，皆叫曰：「趙雲蚤降！」雲急上馬迎敵。四面軍馬漸漸逼近，八方弩〔一七〕箭交射甚急，人馬皆不能向前。雲仰天嘆曰：「吾不服老，死於此地矣！」【毛】故作驚人之筆，跌出下文。【漁】讀者至此，只道子龍不生。忽東北角上喊聲大起，魏兵紛紛亂竄：一彪軍殺到，爲首大將，持丈八點鋼矛，馬項下掛一顆人頭。【贄】【鍾】是（益）（翼）德子。雲視之，乃張苞也。【毛】來得突兀。苞見了趙雲，言曰：「丞相恐老將軍有失，特遣某引五千兵接應。【漁】方知孔明〔一八〕精細。聞老將軍被困，故殺透重圍。正遇魏將薛則攔路，被某殺之。」【毛】斬薛則在張苞口中

〔一三〕「去」，齋本、光本作「走」。

〔一四〕「雲」，明四本作「子龍」。

〔一五〕「擂」，原作「雷」，致本、業本、貫本、澹本同。按：「擂木」是，據其他古本改。

〔一六〕「得脱走」，光本作「能得脱」。

〔一七〕「弩」，致本作「努」，光本作「弓」。

〔一八〕「明」，原作「兵」，據衡校本改。

敘出，殊不費力。【漁】殺薛則只在苞口中帶出，簡便。雲大喜，即與張苞殺出西北角來。只見魏兵棄戈奔走：一彪軍從外吶喊殺入，爲首大將提偃月青龍〔一九〕刀，手挽人頭。雲視之，乃關興也。【毛】亦來得突兀。〇兩顆人頭，一在馬項下，一在手中，兩樣寫法。【贊】【鍾】是雲長子。興曰：「奉丞相之命，恐老將軍有失，特引五千兵前來接應。却纔陣上逢着魏將董禧，被吾一刀斬之，梟首在〔二〇〕此。【毛】斬董禧在關興口中叙出，殊不費力。【漁】斬董禧亦只在興口中帶出。丞相隨後便到也。」雲曰：「二將軍已建奇功，何不趁今日擒住夏侯楙，以定大事？」【毛】好子龍，有志氣。【漁】漢子，怎麼說老！張苞聞言，遂引兵去了。興曰：「我也幹功去。」遂亦引兵去了。【毛】前寫子龍，此處又夾寫興、苞。雲回顧左右曰：「他兩箇是吾子姪輩，尚且爭先幹功，吾乃國家上將，朝廷舊臣，反不如此小兒〔二一〕耶？吾當捨老命以報先帝之恩！」【毛】殺了一日猶然如此，子龍到底不老。【贊】【鍾】果然不老。【漁】老的少的，個個出色。於是引兵來捉夏侯楙。當夜三路兵夾攻，大破魏軍一陣。鄧芝引兵接應，殺得屍橫遍野，血流成河。夏侯楙乃無謀之人，更兼年幼，不曾經戰，見軍大亂，遂引帳下驍將百餘人，望南安郡而走。【毛】【漁】曹操女壻（甚是）不濟。衆軍因見無主〔二二〕，盡皆逃竄。

興、苞二將聞夏侯楙望南安郡去了，連夜趕來。楙走入城中，令緊閉城門，驅兵守禦。興、苞二人趕到，將城圍住，趙雲隨後也到，三面攻打。少時，鄧芝亦引兵到。【毛】前將四人分開，今將四人合敘。一連圍了十日，攻打不下。忽報丞相留後軍住沔陽，左軍屯陽平，右軍屯石馬〔二三〕，自引中軍來到。趙雲、鄧芝、關興、張苞皆來拜問孔明，說

〔一九〕「偃月青龍」，光本倒作「青龍偃月」。

〔二〇〕「在」，光本作「右」，形訛。

〔二一〕「兒」，光本作「輩」。

〔二二〕「見無主」，光本作「無主將」。

〔二三〕「石馬」，原作「石城」，古本同。按：《三國志·蜀書·後主傳》：「五年春，丞相亮出屯漢中，營沔北、陽平、石馬。」據改。

連日攻城不下。孔明遂乘小車親到城邊週圍看了一遍，回寨升帳而坐。衆將環立聽令。【毛】讀至此，似已有取南安之策，却猜不出〔二四〕有下文。【漁】却像要取南安的。孔明曰：「此郡壕深城峻，不易攻也。吾正事不在此城，汝等如只久攻，倘魏兵分道而出，以取漢中，吾軍危矣。」【毛】讀至此，又似有不欲取南安之意，更猜不出下文。【漁】又像不要取南安的，令人猜〔二五〕解不出。鄧芝曰：「夏侯楙乃魏之駙馬，若擒此人，勝斬百將。今困於此，豈可棄之而去？」【毛】鄧芝不以南安爲重，却以夏侯楙爲重。【贊】都是。〔二六〕孔明曰：「吾自有計。此處西連天水郡，北抵安定郡，【四】（天水、安定）（二郡）俱屬陝西。【二】天水、安定，二郡名，今屬陝西鞏昌府安定縣也。二處太守不知何人？」【毛】孔明不於南安用計，却欲以天水、安定用計，奇妙。探卒答曰：「天水太守馬遵，安定太守崔諒。」孔明大喜，乃喚魏延受計，如此如此；又喚關興、張苞受計，如此如此；又喚心腹軍士二人受計，如此行之。【毛】妙在此處不〔二七〕敘明白。【漁】喚魏、関、張三人不足爲奇，看喚二心腹人如何作用。各將領命，引兵而去。孔明却在南安城外，令軍運柴草堆於城下，口稱「燒城」。魏兵聞知〔二八〕，皆大笑不懼。

却說安定太守崔諒，在城中聞蜀兵圍了南安，困住夏侯楙，十分慌懼，即點軍馬約共四千，守住城池。忽見一人自正南而來，口稱有機密事。【毛】方知心腹軍士如此用法。崔諒喚入問之，答曰：「某是夏侯都督帳下心腹將裴緒。今奉都督將令，特來求救於天水、安定二郡。南安甚急，每日城上縱火爲號，專望二郡救兵，並不見到，因復差某殺出重圍，來此告急，可星夜起兵爲外應。都督若見二郡兵到，却開城門〔二九〕接應也。」【毛】此是孔明分付之語，至此

〔二四〕「出」，貫本作「着」。
〔二五〕「猜」，原作「情」，形訛，據衡校本改。
〔二六〕吴本脱此句乃下句贊批。
〔二七〕「不」，原作「方」，致本、業本、貫本、齋本同。按：「方」字不通。據其他毛校本改。
〔二八〕「知」，致本作「之」。
〔二九〕「門」，商本脱。

方纔明白。【贊】【鍾】委是神出鬼没，好計（，好計）。諒曰：「有都督文書否？」緒貼肉取出，汗已濕透，畧教一視，【毛】假文書不堪再看。急令手下換了匹馬〔三〇〕，便出城望天水而去。【毛】故作着忙之狀，粧得活像。不二日，又有報馬到，說天水〔三一〕太守已起兵救援南安去了，教安定蚤蚤接應。【毛】此亦心腹軍士，又是一樣用法。【贊】【鍾】更妙。崔諒與府官商議，多官曰：「若不去救，失了南安，送了夏侯駙馬，皆我兩郡之罪也。只得救之。」諒即點起人馬，離城而去，只留文官守城。【毛】此失城之由。崔諒提兵向南安大路進發，遥望見火光沖天，催兵星夜前進。離南安尚有五十餘里，忽聞前後喊聲大震，哨馬報道：「前面關興截住去路，背後張苞殺來！」【毛】前分付興、苞之計，於此方見。安定之兵，四下逃竄。諒大驚，乃領〔三二〕手下百餘人，往小路死戰得脱，奔回安定。方到城壕邊，城上亂箭射下來。蜀將魏延在城上叫曰：「吾已取了城也！何不早降？」【毛】前分付魏延之計，於此方見。【漁】方知分付魏延如此如此。原來魏延扮作安定軍，夤夜賺開城門，蜀兵盡入，因此得了安定。【毛】興、苞截路用實寫，魏延取城用虚寫，兩樣筆法。崔諒慌投天水郡來。行不到一程，前面一彪軍擺開，大旗之下，一人綸巾羽扇，道袍鶴氅，端坐於車上。【贊】妙，妙。諒視之，乃孔明也，急撥回馬走。關興、張苞兩路兵追到，只叫：「蚤降！」崔諒見四面皆是蜀兵，不得已遂降，同歸大寨。【漁】眼。孔明以上賓相待。孔明曰：「南安太守與足下交厚否？」諒曰：「此人乃楊阜之族弟楊陵也，【毛】南安太守姓名在崔諒口中補出。與某鄰郡，交契甚厚。」孔明曰：「今欲煩足下入城，說楊陵擒夏侯楙，可乎？」諒曰：「丞相若令某去，可暫退軍馬，容某入城說之。」孔明從其言，即時傳令，教四面軍馬各退二十里下寨。【毛】崔諒假應承，孔明亦假信任。以假對假，自有妙用。崔諒匹馬

〔三〇〕「匹馬」，致本、貫本、澹本倒作「馬匹」，明四本作「乏馬」。

〔三一〕「天水」，商本脱。

〔三二〕「諒大驚乃領」五字原闕，據毛校本補。

到城邊叫開城門，入到府中，與楊陵禮畢，細言其事。陵曰：「我等受魏主大恩，安忍背之？可將計就計而行。」毛漁楊陵（欲）（要）將計就計，（孰）（誰）知孔明（又）（亦要）將計就計。遂引崔諒到夏侯楙處，備細説知。楙曰：「當用何計？」楊陵曰：「只推某獻城門，賺蜀兵入，却就城中殺之。」漁一個要在城中用計。崔諒依計而行，出城見孔明，説：「楊陵獻城門，放大軍入城，以擒夏侯楙。楊陵本欲自捉，因手下勇士不多，未敢輕動。」毛此句便知其假。漁數句是假〔三三〕。孔明曰：「此事至易：今有足下〔三四〕原降兵百餘人，於内暗藏蜀將，扮作安定軍馬，帶入城去，毛此是真話。漁數句是真。先伏於夏侯楙府下〔三五〕。却暗約楊陵，待半夜之時獻開城門，裏應外合。」毛此是假話。贊鍾（委）（的）是老筭，惜無對手耳。漁數句是假。崔諒暗思：「若不帶蜀將去，恐孔明生疑。且帶入去，就内先斬之，舉火爲號，賺孔明入來，殺之可也。」毛暗寫崔諒意中之語。漁也筭計要在城中殺之。因此應允。孔明囑曰：「吾遣親信將關興、張苞隨足下先去，毛此是真話。漁此句是真。只推救軍殺入城中，以安夏侯楙之心。但舉火，吾當親入城去擒之。」毛又是假語。漁此句是假。

時值黄昏，關興、張苞受了孔明密計，毛妙在不敘明白。披掛上馬，各執兵器，雜在安定軍中，隨崔諒來到南安城下。楊陵在城上撐起懸空板，倚定護心欄，問曰：「何處軍馬？」崔諒曰：「安定救軍〔三六〕來到。」諒先射一號箭上城，箭上帶着密書曰：「今諸葛亮先遣二將伏於城中，要裏應外合，且不可驚動，恐泄漏計策，待入府中圖之。」毛崔諒極乖，却不知已在孔明算中。楊陵將書見了夏侯楙，細言其事。楙曰：「既然諸葛亮中計，漁且慢。可教刀斧手百餘人伏於府中。如二將隨崔太守到府下

〔三三〕此句及下句原作「數句是」，衡校本同。按：疑句尾脱字。依同位置毛批句義，此句及下句尾據補「假」「真」。
〔三四〕「足下」二字原闕，據毛校本補。
〔三五〕「下」，貫本、商本作「中」，滄本脱行。
〔三六〕「軍」，貫本、滄本作「兵」。

馬，閉門斬之，【毛】不知者爲興、苞捏一把汗。却於城上舉火，賺諸葛亮入城。伏兵齊出，亮可擒矣。」【毛】不知者又爲孔明捏一把汗。安排已畢，楊陵回到城上言曰：「既是安定軍馬，可放入城。」關興跟崔諒先行，張苞在後。【漁】有次〔三七〕序。楊陵下城，在門邊迎接。興手起刀落，斬楊陵於馬下。【毛】方知臨行時所受密計，却不是府中，是門邊；却不是半夜，是黄昏也。【漁】方知在城外，不在城中；在黄昏，不在半夜也。崔諒大驚，急撥馬走〔三八〕到弔橋邊，張苞大喝曰：「賊子休走！汝等詭計，如何瞞得丞相耶！」手起一鎗，刺崔諒於馬下。【毛】讀至此，方識孔明將計就計之妙。【贊】自然如此，但魏人痴暗不省此耳。關興早到城上，放起火來，四面蜀兵齊入。夏侯楙措手不及，開南門併力殺出。一彪軍攔住，爲首大將乃是王平，交馬只一合，生擒夏侯楙於馬上〔三九〕，【毛】【漁】丈人（恁般）做（盡了）人，女壻却（如此）出醜。餘皆殺死。孔明入南安，招諭軍民，秋毫無犯，衆將各獻功。孔明將夏侯楙囚於車中。鄧芝問曰：「丞相何故知崔諒詐也？」【毛】讀書者至此亦欲急問其故。孔明曰：「吾已知此人無降心，故意使入城。彼必盡情告與夏侯楙，欲將計就計而行。吾見來情，足知其詐，復使二將同去，以穩其心。此人若有真心，必然阻當，彼忻然同去者，恐吾疑也。他意中度二將同去，賺入城内殺之未遲；又令吾軍有託，放心而進。【毛】窺見肺肝〔四〇〕。【漁】洞見肺腑。【贊】如見。【鍾】孔明知（人）肺肝。吾已暗囑二將，就城門下圖之，城内必無准備，吾軍隨後便到：此出其不意也。」【毛】前面一派疑陣，至此方纔說明。衆將拜服。孔明曰：「賺崔諒者，吾使心腹人詐作魏將裴緒也。【毛】假裴緒亦於此處敘明。【漁】原來二心腹人爲此用。吾又去賺天水郡，至今未到，不知何故。【毛】賺天水亦於此處補出。【漁】就孔明口中帶出天

〔三七〕「次」，原作「决」，據衡校本改。
〔三八〕「走」，明三本作「奔」。
〔三九〕「上」，貫本、滄本作「下」。
〔四〇〕「肝」，貫本、滄本作「腑」。

水郡〔四一〕，妙。今可乘勢取之。」乃留吳懿守南安，劉琰守安定，替出魏延軍馬去取天水郡。

却說天水郡太守馬遵，聽知夏侯楙困在南安城中，乃聚文武官商議。功曹梁緒、主簿尹賞、主記梁虔等曰：「夏侯駙馬乃金枝玉葉，倘有疎虞，難逃坐視之罪。太守何不盡起本部兵以救之？」毛若依此計，不消孔明賺得。漁若如此，便不用賺了。馬遵正疑慮間，忽報夏侯駙馬差心腹將裴緒到。毛又是一箇假裴緒，即是前番做裴緒，換湯不換藥。緒入府，取公文付馬遵，說：「都督求安定〔四二〕、天水兩郡之兵，星夜救應。」言訖，匆匆而去。次日，又有報馬到，稱說：「安定兵已先去了，教太守火急前來會合。」毛兩箇軍士兩樣用法，亦換湯不換藥。贊妙。〔四三〕鍾絶好詐□。漁一樣藥接兩個湯頭。馬遵正欲起兵，忽一人自外而入曰：「太守中諸葛亮之計矣！」衆視之，乃天水冀人也，姓姜名維，字伯約。毛姜維於此出現，又爲後文張本。漁六出祁山之後始有九伐中原之事，却于一出祁山之時，已伏九伐中原之人。父名冏，三音景。昔日曾爲天水郡功曹，因羌人亂，没於王事。維自幼博覽羣書，兵法武藝，無所不通；奉母至孝，郡人敬之，後爲中郎，就叅本郡〔四四〕軍事。毛詳敘伯約生平，正爲後文伐魏註脚。當日姜維謂馬遵曰：「近聞諸葛亮殺敗夏侯楙，困於南安，水泄不通，安得有人自重圍之中而出？又且裴緒乃無名下將，從不曾見，毛賺安定之假裴緒，在孔明口中說明〔四五〕；賺天水之假裴緒，又在伯約口中道破。況安定報馬，又無公文，以此察之，此人乃蜀將詐稱魏將。賺得太守出城，料城中無備，必然暗伏一軍於左近，乘虛而取天水也。」毛孔明瞞過夏侯楙，却瞞不過姜維。鍾（姜

〔四一〕「郡」，原作「群」，形訛，據衡校本改。

〔四二〕「安定」，原作「南安」，致本同，明四本無，據其他毛校本改。

〔四三〕贊校本脱此句贊批。

〔四四〕「中郎」「郡」，原作「中郎將」「部」，古本同。按：《三國志·蜀書·姜維傳》：「賜維官中郎，參本郡軍事。」據删、改。

〔四五〕「明」，齋本、光本作「出」。

〔四六〕「虚」，同「虛」，衡校本作「虗」。

維）能（識其）詐□，的〈贊鍾〉（是）孔明對手。漁可知孔明前言「中原未嘗無好人物」之語不虛〔四六〕。馬遵大悟曰：「非伯約之言，則悮中奸計矣！」維笑曰：「太守放心。某有一計，可擒諸葛亮，解南安之危。」正是：

運籌又遇强中手，鬬智還逢意外人。

未知其計如何，且看下文分解。

趙子龍不肯老，夏侯楙又肯小；諸葛孔明不肯呆，夏侯楙又肯乖，真正是箇對手，呵。

子龍當陽長坂，功高五虎。昔日英雄，末年尚在，安肯自老乎？其大破魏兵，獨誅四將，所謂老當益壯者也。

第九十三回

姜伯約歸降孔明 武鄉侯罵死王朗

有將計就計之孔明，以破崔諒之計，斯已奇矣；又有將計就計之姜維，以破孔明之計，則更奇。以假裴緒賺天水，而姜維能料，斯已奇矣；即以假姜維賺天水，而姜維不能料，則更奇。夫〔一〕以孔明之計，而有破之之人，則其人固孔明之所深愛也。以能料孔明之計之人，而終有不及料之事，則孔明又其人之所不得不服也。縱一夏侯楙以招姜維，而詐稱姜維之有書，是猶在人意想之中；遣一假姜維以見夏侯楙，而即稱夏侯楙之有書，是則出人意想之外。其變幻不測，疑鬼疑神，今日讀之者且爲之迷心眩目，況當日遇之者，能不俯首屈膝哉！

此回有假姜維，前乎此者有假張飛矣。假張飛有二：一則張飛所以賺嚴顏，一則張飛所以賺張郃。而假姜維不容有二，乃孔明所以困姜維。試以《西遊記》擬之，則前之假張飛，是孫行者毫毛所變之假行者也；後之假姜維，是六耳獼猴所冒之假行者也。同一假，而或自假之，或不自假而他人假之。然則《三國》之幻，殆不減《西遊》云。

姜維有母，而孔明即以姜維之母牽制姜維；亦猶徐庶有母，而曹操即以徐庶之母牽制徐庶也。然曹操假其母之書以招其子，孔明則不必假其母之書以招其子。所以然者，欲其人之背順歸逆，不得不以母子之情，奪其君臣之義；若使其人之背逆助順，則自有君臣之義，正不專恃其母子之情耳。且曹操之才，不足以

〔一〕「夫」，貫本、濟本作「矣」，屬上句。

勝〔二〕徐庶；而孔明之才，實足以服姜維。庶不爲操屈，而但爲母屈；維則不獨爲母屈，而直爲孔明屈矣。

人但知討賊者當誅其首，而不知討賊者當先誅其從。何也？無賈充、成濟，則司馬氏父子不能肆其兇；無華歆、王朗，則曹氏父子不能恣其惡。故罵曹操而不罵華歆，未足奪曹操之魄；罵曹丕、曹叡而不罵王朗，未足褫曹丕、曹叡之魂也。罵曹操者，有陳琳之檄矣，有衣帶之詔矣〔三〕，有漢中王進位之疏矣，獨〔四〕於曹丕而缺焉。武侯雖有出師之表上告嗣君，恨無討賊之文布告天下。今觀罵王朗一篇，即以此當罵曹丕，即以此當布告之文可耳。

兵家之有劫寨，題目舊矣，獨至此回，而有翻陳出新者。料彼不知我劫而劫之，不足奇；料彼知我劫而仍劫之，則奇矣。待彼來劫我，而我往劫之，不足奇；知彼待我之往劫而後來，而我故賺其來，則又奇矣。不但此也，以我劫寨之兵截其歸寨之兵，又使彼歸寨之兵即被〔五〕殺於防我劫寨之兵，其愈出愈幻，至於如此。每見他書所紀劫寨之事，不過「殺入寨中，並無一人，情知中計，望後便走」等語耳。層層疊疊，數見不鮮。問有以舊題而作新文，若此回之神妙者乎？

却說姜維獻計於馬遵曰：「諸葛亮必伏兵於郡後，賺我兵出城，乘虛襲我。某願請精兵三千，伏於要路。太守隨後發兵出城，不可遠去，止行三十里便回。但看火起爲號，前後夾攻，可獲大勝。如諸葛亮自來，必爲某所擒矣。」毛漁前（回）（者）孔明用計，說明在後；此（處）（時）姜維用計，（已）說

〔二〕「勝」，光本作「服」。
〔三〕「矣」，貫本作「也」。
〔四〕「獨」，光本作「猶」。
〔五〕「被」，原作「彼」，致本、業本、貫本、滄本同。按：「彼」字不通，據其他毛校本改。

（明）在前（矣）。鍾此可見姜伯約□能。遵用其計，付精兵與姜維去訖，然後自與梁虔引兵出城等候，只留梁緒、尹賞守城。原來孔明果遣趙雲引一軍埋伏於山僻之中，只待天水人馬離城，便乘虛襲之。當日細作回報趙雲，說天水太守馬遵起兵出城，只留文官守城。趙雲大喜，又令人報與張翼、高翔，教於要路截殺馬遵。此二處兵亦是孔明預先埋伏。毛前回之事，補敘於此。

　却說趙雲引五千兵，逕投天水郡城下，高叫曰：「吾乃常山趙子龍也！汝知中計，早獻城池，免遭誅戮！」城上梁緒大笑曰：「汝中吾姜伯約之計，尚然不知耶？」毛漁前是孔明將計就計，（此是姜維）（今姜維亦）將計就計，（可謂）禮無不答（，此之謂也）。雲恰待攻城，忽然喊聲大震，四面火光沖天。當先一員少年將軍，挺鎗躍馬而言曰：「汝見天水姜伯約乎！」毛漁在子龍眼中寫（一）（出）姜維。（○語亦自負之甚。）雲挺鎗直取姜維。戰不數合，維精神倍長。雲大驚，暗忖曰：「誰想此處有這般人物！」毛漁（又在子龍）意中寫一姜維〔六〕。正戰時，兩路軍夾攻來，乃是馬遵、梁虔引軍殺回。趙雲首尾不能相顧，衝開條路，引敗兵奔走。姜維趕來，虧得張翼、高翔兩路軍殺出，接應回去。毛又虧此一路接應，子龍雖敗，可見〈毛漁〉孔明用計之（密〔七〕）（妙）。趙雲歸見孔明，說中了敵人之計。孔明驚問曰：「此是何人，識吾玄機？」有南安人告曰：「此人姓姜名維，字伯約，天水冀人也，二天水，郡名，即今陝西鞏昌府也；冀，縣名，即今鞏昌府伏羌縣〔八〕也。事母至孝，文武雙全，智勇足備，真當〔九〕世之英傑也。」毛漁又在南安人口中寫一姜維。趙雲又誇奬姜維鎗法，與他人大不同。毛漁（又在）子龍口中（寫一）

〔六〕毛批句尾，光本有「更妙」二字。

〔七〕「密」，致本同，其他毛校本作「妙」。

〔八〕夏批「伏羌縣」，原作「冀縣」。按：《一統志》：伏羌縣「伏羌城，屬秦州，金廢爲寨，元復陞爲伏羌縣，本朝因之。」後夏批亦作「冀城，今鞏昌府伏羌縣」。據後文及周批改。

〔九〕「真當」，光本倒作「當真」。

（極贊）姜維〔一〇〕。孔明曰：「吾今欲取天水，不想有此人。」遂起大軍前來。

却説姜維回見馬遵曰：「趙雲敗去，孔明必然自來。彼料我軍必在城中。今可將本部〔一一〕軍馬分爲四枝：某引一軍伏於城東，如彼兵到則截之。太守與梁虔、尹賞各引一軍城外埋伏。梁緒率百姓在城上守禦。」毛漁寫姜維第二〔一二〕番用計（，亦用明寫）。分撥已定。

却説孔明因慮姜維，自爲前部，望天水郡進發。將到城邊，孔明傳令曰：「凡攻城池：以初到之日激勵三軍，鼓譟直上。若遲延日久，鋭氣盡隳，急難破矣。」贄亦是，然不可執。〔一三〕於是大軍逕到城下。因見城上旗幟整齊，未敢輕攻。毛此非寫梁緒，亦是〔一四〕寫姜維。候至半夜，忽然四下火光沖天，喊聲震地，正〔一五〕不知何處兵來。只見城上亦鼓譟吶喊相應，蜀兵亂竄。孔明急上馬，有關興、張苞二將保護，殺出重圍。回頭看時，正東上軍馬〔一六〕，一帶火光，勢若長蛇。毛四路兵獨寫正東，以三路之無用，襯出一路之獨奇。漁四路兵夾攻，而獨言正東，何意？孔明令關興探視，回報曰：「此姜維兵也。」孔明嘆曰：「兵不在多，在人之調遣耳。此人真將才也！」毛漁（又在）孔明眼中、口中（又）寫一姜維。贄鍾豪傑愛才如此。〔一七〕收兵歸寨，思之良久，乃喚安定人問曰：「姜維之母，現在何處？」毛從「事母至孝」上得來。贄只爲有人説他事母至孝，遂生此念。豪傑聽言，字字不放過如此。答曰：「維母今居冀縣。」孔明喚魏延分付曰：「汝可引一軍，虛張聲勢，詐取冀縣。

〔一〇〕毛批句尾，光本有「愈甚」二字。

〔一一〕「部」，原作「郡」，致本、周本、夏本、贄本同。按：「部」字義長，據其他古本改。

〔一二〕毛批「二」，齋本、光本訛作「三」。

〔一三〕緑本脱此句及下句贄批。

〔一四〕「是」，貫本、瀹本訛作「非」。

〔一五〕「正」，商本作「並」。

〔一六〕「軍馬」，原作「馬軍」，毛校本、夏本、贄本同。按：「軍馬」通，據嘉本、周本乙正。

〔一七〕鍾批此句闕字，存「愛」「此」壞字，據同位置贄批補。

若姜維到，可放入城。」又問：「此地何處緊要？」安定人曰：「天水錢糧，皆在上邽。【嘉】音圭。若打破上邽，則糧道自絶矣。」孔明大喜，教趙雲引一軍去攻上邽。【毛】【漁】欲取天水，却不於天水用計（，又於别處用計），妙！孔明離城三十里下寨。早有人報入天水郡，説蜀兵分爲三路：一軍守〔一八〕此郡，一軍取上邽，一軍取冀城。【三】上邽、冀城，俱屬陜西。【二】上邽，郡名，今鞏昌府秦州清水縣是；冀城，今鞏昌府伏羌縣也。姜維聞之，哀告馬遵曰：「維母現在冀城，恐母有失。維乞一軍往救此城，兼保老母。」【毛】亦如徐庶所云「方寸亂矣」。馬遵從之，遂令姜維引三千軍去保冀城，梁虔引三千軍去保上邽。

却説姜維引兵至冀城，前面一彪軍擺開，爲首蜀將乃是魏延。二將交鋒數合，延詐敗奔走。維入城閉門，率兵守護，拜見老母，並不出戰。趙雲亦放過梁虔入上邽城去了。【毛】詳於姜維而畧於梁虔。人有輕重，故敘有詳畧。孔明乃令人去南安郡取夏侯楙至帳下。孔明曰：「汝懼死乎？」楙慌拜伏乞命。【毛】【漁】曹家女壻（何）如此出醜。孔明曰：「目今天水姜維現守冀城，使人持書來説：『但得駙馬在，我願來〔一九〕降。』【毛】【漁】（又用）（即）前番賺高〔二〇〕定之法。吾今饒汝性命，汝肯招安姜維否？」楙曰：「情願招安。」孔明乃與衣服鞍馬，不令人跟隨，放之自去。【毛】【漁】（又用前番）縱〔二一〕崔諒之法（，又用于此人矣）。【贊】【鍾】（孔明弄姜維，）真如弄小〔二二〕兒（無異）。楙得脱出寨，欲尋路而走，奈不知路徑。正行之間，逢數〔二三〕人奔走。楙問之，答曰：「我等是冀縣百姓。今被姜維獻了城池，歸降諸葛亮，蜀將魏延縱火劫財，我等因此棄家奔〔二四〕走，投上邽去也。」

〔一八〕「守」，光本訛作「攻」。
〔一九〕「來」，嘉本、周本作「歸」。
〔二〇〕毛批「高」，致本、光本、商本作「安」。
〔二一〕「縱」，商本作「賺」。
〔二二〕鍾批以下闕字，字數不詳，僅據贊批補「兒」字。
〔二三〕「逢數」，齋本、光本作「忽逢」。
〔二四〕「財」，光本作「掠」。「奔」，商本作「而」。

【毛】此是孔明之計，妙在不敘明白，令讀者自知之。楙又問曰：「今守天水城〔二五〕是誰？」土人曰：「天水城中乃馬太守也。」楙聞之，縱馬望天水而行。又見百姓攜男抱女遠〔二六〕來，所説皆同。【毛】妙哉計乎！楙至天水城下叫門，城上人認得是夏侯楙，慌忙開門迎接。馬遵驚拜問之，楙細言姜維之事，又將百姓所言説了〔二七〕。遵嘆曰：「不想姜維反投蜀矣！」【毛】孔明只賺夏侯楙，却〈【毛】【漁】〉借夏侯楙以賺馬遵，賺一箇（便）（即）是賺兩箇（矣）。梁緒曰：「彼意欲救都督，故以此言虛降。」楙曰：「今維已降，何爲虛也？」正躊躕間，時已初更，蜀兵又來攻城。火光中見姜維在城下挺鎗勒馬，大叫曰：「請夏侯都督答話！」【毛】試令讀者掩卷猜之，此是〈【毛】【漁】〉真姜維乎？假姜維乎？（讀者掩卷猜之。）【鍾】有神出鬼没之妙。夏侯楙與馬遵等皆到城上，見姜維耀武揚威，大叫曰：「我爲都督而降，都督何背前言？」【毛】妙極。楙曰：「汝受魏恩，何故降蜀？有何前言耶？」維應曰：「汝寫書教我降蜀，何出此言？汝要〔二八〕脱身，却將我陷了！【毛】明明當面説謊，却使夏侯楙聞之，又疑是孔明假作楙書以賺姜維也。【贊】【鍾】姜伯約那裏出得老諸葛手？〔二九〕我今降蜀，加爲上將，安有還魏之理？」言訖，驅兵打城，至曉便〔三〇〕退。【毛】若待〔三一〕天明，便認得是假姜維矣。【漁】若到天明，假姜維便認出矣。原來夜間粧〔三二〕姜維者，乃孔明之計，令部卒形貌相似者假扮姜維攻城，因火光之中，不辨真僞。【毛】【漁】此處方（纔説）（寫）明。〈【毛】〉○《水滸傳》假秦明從此學來，然不如此處曲折之妙也。

孔明却引兵來攻冀城。城中糧少，軍食不敷。

〔二五〕「城」，光本作「郡」。
〔二六〕「遠」，光本、商本作「而」。
〔二七〕「了」下，光本、商本有「一遍」二字。
〔二八〕「要」，商本作「欲」。
〔二九〕吴本闕字，存「那」「老」二字。
〔三〇〕「便」，商本、明四本作「方」。按：據句後毛批「便」字義長。
〔三一〕「待」，齋本作「得」，光本作「到」。
〔三二〕「粧」上，光本、商本有「假」字。

姜維在城上，見蜀軍大車小輛搬運糧草，入魏延寨中去了。維引三千兵出城，逕來劫糧。蜀兵盡棄了糧車〔三三〕，尋路而走。毛漁棄一駙馬（以賺之），又棄無數糧車（以賺之）。足見姜維身價之重。姜維奪得糧車，欲要入城，忽然一彪軍攔住：爲首蜀將張翼也。二將交鋒，戰不數合，王平引一軍又到，兩下夾攻。維力窮，抵敵不住，奪路歸城，城上早挿蜀兵旗號，原來已被魏延襲了。毛此番却着了道兒。維殺條路奔天水城，手下尚有十餘騎，又遇張苞殺了一陣，維止剩得匹馬單鎗，來到天水城下叫門。城上軍見是姜維，慌報馬遵。遵曰：「此是姜維來賺我城門也。」令城上亂箭射下。毛漁前把假姜維認作真姜維，今把真（姜維）（的倒）認作假（了。）（毛）姜維，被孔明弄得七顛八倒。贊弄得盡情。姜維回顧蜀兵至近，遂飛奔上邽城來。城上梁虔見了姜維，大罵曰：「反國之賊，安敢來賺我城池！吾已知汝降蜀矣！」遂亂箭射下。毛梁虔一邊知道却用暗寫，此省筆處。姜維不能分說，仰天大〔三四〕嘆，兩眼淚流，撥馬望長安而走。行不數里，前至一派大樹茂林之處，一聲喊起，數千兵擁出，爲首蜀將關興截住去路。毛孔明用計，不在孔明一邊寫去，只在姜維一邊見來。異樣筆法。維人困馬乏，不能抵當，勒回馬便走。忽然一輛小車從山坡中轉出，毛漁（雖）一輛小車，抵得一（隊大兵）（大隊伍）。其人頭戴綸巾，身披鶴氅，手搖羽扇，乃孔明也。孔明喚姜維曰：「伯約此時，何尚不降？」維尋思良久，前有孔明，後有關興，又無去路，只得下馬投降。毛漁（只）此（處）一降，便生出後來無數文字。孔明慌忙下車而迎，執維手曰：「吾自出茅廬以來，遍求賢者，欲傳授平生之學，恨未得其人。今遇伯約，吾願足矣！」毛漁（一見便）有此深談，（此收拾）（收）英雄之法（也）。贊老游嘴，騙人騙人。鍾孔明老油嘴，不（止）逢人。維大喜拜謝。孔明遂同姜維回寨，升帳商議取天水、上邽之計。維曰：

〔三三〕「車」，嘉本作「草」。
〔三四〕「大」，光本、明三本作「長」。

「天水城中尹賞、梁緒，與某至厚。當寫密書二封，射入城中，使其内亂，城可得矣。」【毛漁】弄假成真。【贊鍾】伯約自通。孔明從之。姜維寫了二封密書，拴在箭上，縱馬直至城下，射入城中。小校拾得，呈與馬遵。遵大疑，與夏侯楙商議曰：「梁緒、尹賞與姜維結連，欲爲内應，都督宜早決之。」楙曰：「可殺二人。」尹賞知此消息，乃謂梁緒曰：「不如納城降蜀，以圖進用。」【毛漁】又在姜維算中。是夜，夏侯楙數次使人請梁、尹二人説話。二人料知事急，遂披掛上馬，各執兵器，引本部軍大開城門，放蜀兵入。夏侯楙、馬遵驚慌，引數百人出西門，棄城投羌城〔三五〕而去。梁緒、尹賞迎接孔明入城。安民已畢，孔明問取上邽之計。梁緒曰：「此城乃某親弟梁虔守之，願招來降。」【毛】甚不費力。孔明大喜。緒當日到上邽喚梁虔出城來降孔明〔三六〕。孔明重加賞勞，就令梁緒爲天水太守，尹賞爲冀城令，梁虔爲上邽令。孔明分撥已畢，整兵進發。諸將問曰：「丞相何不去擒夏侯楙？」孔明曰：「吾放夏侯楙，如放一鴨耳。【毛漁】（何）輕薄！今得伯約，得〔三七〕一鳳也！」【毛】鳳雛之後，又有一鳳。【贊鍾】有見之言。夫何今日有鴨無鳳也？噫！

孔明自得三城之後，威聲大震，遠近郡縣〔三八〕望風歸降〔三九〕。孔明整頓軍馬，盡提漢中之兵，前出祁山，【毛漁】是一出祁山。兵臨渭水【三】漢中，郡名；祁山、（，山名；）渭水（，水名），俱屬陝西。【二】漢中，郡名，即今陝西漢中府是也；祁山，山名，在鞏昌府西河縣境内；渭水，水名，出臨洮鳥鼠山。之西。細作報入洛陽。【毛】以下按過孔明，再敘魏國。時魏主曹叡太和元年，升殿設朝。近臣奏曰：「夏侯駙馬已失三郡，逃竄羌中去了。今蜀兵已到祁山，前軍臨渭水之西，

〔三五〕「羌城」，明四本作「羌胡城」。
〔三六〕「孔明」，齋本脱。
〔三七〕「得」，商本作「如」。
〔三八〕同第六十回校記〔九〇〕。
〔三九〕「降」，光本作「順」。

乞蚤發兵破敵。」叡〔四〇〕大驚，乃問羣臣曰：「誰可爲朕退蜀兵耶？」司徒王朗出班奏曰：「臣觀先帝每用大將軍曹真，所到必克。今陛下何不拜爲大都督，以退蜀兵？」【毛】【漁】（亦）强夏侯楙不多。叡准奏，乃宣曹真曰：「先帝托孤與卿，今蜀兵入寇中原，卿安忍坐視乎？」真奏曰：「臣才疎智淺，不稱其職。」王朗曰：「將軍乃社稷之臣，不可固辭。老臣雖駑鈍，願隨將軍一往。」【毛】【漁】此老死期（將）至（矣）。真又奏曰：「臣受大恩，安敢推辭？但乞一人爲副將。」叡曰：「卿自舉之。」真乃保太原陽曲人，【二】太原，郡名，即今山西太原府是也；陽曲，今屬太原忻州。姓郭名淮，字伯濟，封射陽亭侯〔四一〕，領雍州刺史。叡從之，遂拜曹真爲大都督，賜節鉞；命郭淮爲副都督，王朗爲軍師。朗時年已七十六歲矣。【毛】「老而不死是爲賊。」選撥東西二京軍馬二十萬與曹真。真命宗弟曹遵爲先鋒，又命盪寇將軍朱讚爲副先鋒。當年十一月出師，魏主曹叡親自送出西門之外方回。

曹真領〔四二〕大軍來到長安，過渭河之西下寨。真與王朗、郭淮共議退兵之策，朗曰：「來日可嚴整隊伍，大展旌旗。老夫自出，只用一席話，管教諸葛亮拱手而降，蜀兵不戰自退。」【毛】【漁】癡（老兒）（人説話），真在〔四三〕夢中，可（發一）笑。【鍾】會説大話。真大喜，是夜傳令：來日四更造飯，平明務要隊伍整齊，人馬威儀，旌旗鼓角，各按次序。當時使人先下戰書。次日，兩軍相迎，列成陣勢於祁山之前。蜀軍見魏兵甚是雄壯，與夏侯楙大不相同。【毛】【漁】在蜀兵眼中寫魏國軍容之盛。三通〔四四〕鼓角已罷，司徒王朗乘馬而出。上首乃都督曹真，下首乃副都督

〔四〇〕「叡」上，光本有「曹」字。

〔四一〕「封射陽亭侯」，原作「官封射亭侯」，古本同。按：《三國志·魏書·郭淮傳》：「帝悦之，擢領雍州刺史，封射陽亭侯。」「侯」爲爵，非官。據删、補。

〔四二〕「領」，光本作「令」，嘉本、周本作「引」。

〔四三〕毛批「在」，光本作「是」。

〔四四〕「通」，致本同，其他毛校本作「軍」，明四本作「鼕」。

郭淮，兩箇先鋒壓住陣角。探子馬出軍前大叫曰：「請對陣主將答話！」只見蜀兵門旗開處，關興、張苞分左右而出，立馬於兩邊，次後一隊隊驍將分列。毛漁在魏兵眼中寫蜀漢軍容之盛。〔四五〕門旗影下，中央一輛四輪車，孔明端坐車中，綸巾羽扇，素衣皂縧，飄然而出。孔明舉目見魏陣前三箇麾蓋，旗上大書姓名，中央白髯老者，乃軍師司徒王朗。孔明暗忖曰：「王朗必下説詞，吾當隨機應之。」遂教推車於〔四六〕陣外，令護軍小校傳曰：「漢丞相與司徒會話。」毛漁只（言）一〔四七〕「漢」字，（即）可以壓〔四八〕倒王朗。〈毛〉〇司徒上削去「魏」字，不予〔四九〕其事魏也，亦不加以「漢」字者，以不成其爲漢臣也。王朗縱馬而出。孔明於車上拱手，朗在馬上欠身答禮。朗曰：「久聞公之大名，今幸一會。公既知天命、識時務，何故興無名之兵？」孔明曰：「吾奉詔討賊，何謂無名？」毛不但奉後主之詔，直奉先主之詔也。又不但奉先主之詔，直奉衣帶詔之詔也。朗曰：「天數有變，毛漁開口（便）説一「天」字來壓孔明。神器更易，而歸有德之人，此自然之理也。曩自桓、靈二桓帝名志，靈帝名宏，俱東漢末。以來，黄巾倡亂，天下争横。毛應第一回中事。降至初平、建安之歲，董卓造逆，毛應第九回以前事。傕、汜繼虐；毛應十三回以前事。袁術僭號於壽春，毛應十七回中〔五〇〕事。袁紹稱雄於鄴土；毛應三十一回以前事。劉表占據荆州，四鉅鹿，郡名，（今）（屬）北直隸（順德府鉅鹿也）。陳留，郡名，（今）（屬）河南（開封府陳留縣也）。壽春，郡名，（今）（屬）南直隸（鳳陽府壽州也）。鄴，郡名，（今）（屬）河南（彰德府也）。荆州，（即今荆州府也）（郡名，屬湖廣）。毛應三十九回以前事。吕布虎吞徐郡。毛應十九回以前事。盜賊蜂起，奸雄鷹揚，社稷有纍卵之危，

〔四五〕毛批「蜀」，商本作「出」。衡校本脱此句漁批。
〔四六〕「於」，光本、商本作「出」。
〔四七〕毛批「只一」，貫本作「是以」。
〔四八〕漁批「壓」，原作「厭」，形訛，據衡校本改。
〔四九〕「予」，商本作「與」。
〔五〇〕「中」，商本作「前」。

生靈有倒懸之急。【毛】將羣雄總敘四句。我太祖武【二】曹操。皇帝，掃清六合，席捲八荒，萬姓傾心，四方仰德，非以權勢取之，實天命所歸也。【毛】應七十八回以前事。○稱一「天」字以尊曹操。世祖文帝，神文聖武，以膺〔五一〕大統，應天合人，法堯禪舜，處中國以治〔五二〕萬邦，豈非天心人意乎？【毛】應九十一回以前事。○稱一「天」字，又添出一「人」字，以尊曹丕。今公蘊大才、抱大器，自欲比於管、樂，【毛】先將孔明一揚。【二】補註管仲，春秋時人，相齊桓公；樂毅，戰國時人，相燕王。何乃强欲逆天理、背人情而行事耶？【毛】又將孔明一抑。○但言〔五三〕逆天數則可，若云逆天理則不可。勉强將一「理」字換却〔五四〕「數」字，又勉强添一「人」字倍却〔五五〕「天」字。豈不聞古人云：『順天者昌，逆天者亡。』【毛】究竟只好歸重「天」字上去。今我大魏帶甲百萬，良將千員。量〔五六〕腐草之螢光，怎及天心之皓月？公可倒戈卸甲，以禮來降，不失封侯之位。國安民樂，豈不美哉！」【鍾】反說，豈不自愧？孔明在車上大笑曰：「吾以爲漢朝大老元臣，必有高論，【毛】劈頭將一「漢」字對他「天」字。豈期出此鄙言！吾有一言，諸軍靜聽：【毛】要在衆人面前出他醜。昔日〔五七〕桓、靈之世，漢統凌替，宦官釀禍，國亂歲凶，四方擾攘。黄巾之後，董卓、傕、汜等接踵而起，遷劫漢帝，殘暴生靈。【毛】畧敘往時之亂，隱括不煩。因廟堂之上，朽木爲官，殿陛之間，禽獸食禄；狼心狗行之輩，滚滚當朝〔五八〕，奴顔婢膝之徒，紛紛秉政。【贊】駡得暢〔五九〕。【鍾】駡得狗（彘）不如。以致社稷丘墟，蒼生塗炭。【毛】【漁】（駡）（寫）盡漢臣，（暗）

〔五一〕「世」上，光本、商本有「我」。「神文聖武以膺」，光本訛作「聖神文武以鷹」。
〔五二〕「治」字原闕，據毛校本補。
〔五三〕「言」，齋本、澹本、光本作「云」。
〔五四〕「却」，齋本、光本作「一」。
〔五五〕「倍却」，齋本、光本、商本作「對上」。
〔五六〕「量」，齋本作「諒」。
〔五七〕「日」，商本脱。
〔五八〕「朝」，明四本作「道」。
〔五九〕「暢」，原作「腸」，贊校本同。按：「腸」字不通，酌改。

切王朗。吾素知汝所行：世居東海之濱，初舉孝廉入仕，理合匡君輔國，安漢興劉，何期反助逆賊，同謀篡位！罪惡深重，天地不容！天下之人，願食汝肉！【毛】【漁】（方）指名罵他。【贊】罵得有理。【鍾】更以大義責之。今幸天意不絕炎漢，【毛】此以天理決天數也〔六〇〕。昭烈皇帝繼統西川。吾今奉嗣君之旨，興師討賊。自敘出師伐魏之意，不但奉詔討賊，亦是奉天討賊。汝既爲諂諛之臣，只可潛身縮首，苟圖衣食；安敢在行伍之前，妄稱天數耶？【毛】折倒他「天數」之説〔六一〕。皓首匹夫！蒼髯老賊！【漁】辱罵至此，無以潛身。汝即日將歸於九泉之下，何面目見二十四帝乎！【毛】又奉列聖之靈以折之，連死後都罵到。【二】西漢高祖、惠帝、文帝、景帝、武帝、昭帝、宣帝、元帝、成帝、哀帝、平帝、孺子嬰，東漢光武、明帝、章帝、和帝、殤帝、安帝、順帝、沖帝、質帝、桓帝、靈帝、獻帝：共〔六二〕二十四帝。【漁】連死後都罵盡了。老賊速退！可教反臣與吾共決勝負！」王朗聽罷，氣滿胸膛，大叫一聲，撞死於馬下。【毛】周瑜有三氣，王朗只是一氣，老兒氣不起，不似少年熬得。【贊】【鍾】王老兒〔六三〕這樣不禁罵的。【漁】老人家氣不起，不比少年人熬得。後人有詩讚孔明曰〔六四〕：

兵馬出西秦，雄才敵萬人。
輕搖三寸舌，罵死老奸臣。

孔明以扇指曹真曰：「吾不逼汝。汝可整頓軍馬，來日決戰。」言訖回車，於是兩軍皆退。

曹真將王朗屍首，用棺木盛【二】音成。貯，送回長安去了。【毛】一箇軍師，早完了局。副都督郭淮曰：「諸葛亮料吾軍中治喪，今夜必來劫寨。可分兵四路：兩路兵從山僻小路，乘虛去劫蜀寨，兩路兵伏於本寨外，左右擊之。」【毛】算到敵人劫寨，却又去劫敵人寨，其計亦巧。【贊】亦通。【漁】巧計。曹真大喜曰：「此

〔六〇〕「也」字原闕，其他毛校本脱，據致本補。
〔六一〕「説」，致本同，其他毛校本作「語」。
〔六二〕周批「共」，原作「其」。按：「共」字通，據夏批改。
〔六三〕贊批「王老兒」，贊乙本作「王朗何」。
〔六四〕毛本讚孔明詩從贊本；鍾本同贊本，贊本同明三本；漁本無。

計與吾相合。」遂傳令喚曹遵、朱讚兩箇先鋒分付曰：「汝二人各引一萬軍，抄出祁山之後，但見蜀兵望吾寨而來，汝可進兵去劫蜀寨。如蜀兵不動，便撤兵回，不可輕進。」【毛】若彼不劫，我亦不劫，其謀亦慎。二人受計，引兵而去。真謂淮曰：「我兩箇各引一枝軍，伏於寨外，寨中虛堆柴草，只留數人。如蜀兵到，放火爲號。」諸將皆分左右，各自准備去了。

却説孔明歸帳，先喚趙雲、魏延聽令。孔明曰：「汝二人各引本部兵〔六五〕去劫魏寨。」魏延進曰：「曹真深明兵法，必料我乘喪劫寨。他豈不隄防？」【毛】此寫魏延。孔明笑曰：「吾正欲曹真知吾去劫寨也。【毛】【漁】妙極。【贄】【鍾】更通。彼必伏兵在祁山之後，待我兵過去，却來襲我寨。吾故令汝二人引兵前去，過山脚後路，遠下營寨，任〔六六〕魏兵來劫吾寨。汝看火起爲號，分兵兩路：文長拒住山口，子龍引兵殺回，必遇魏兵，却放彼走回，汝乘勢攻之，彼必自相掩殺，可獲全勝。」【毛】【漁】妙在原不教他劫寨，只教他殺劫寨之人。【鍾】大妙。二將引兵受計而去。又喚關興、張苞分付曰：「汝二人各引一軍，伏於祁山要路，放過魏兵，却從魏兵來路殺奔魏寨而去。」【毛】這兩箇却是教他劫寨。【贄】【鍾】老孔明筭無遺策。二人引兵受計去了。又令馬岱、王平、張翼、張嶷四將，伏於寨外，四面迎擊魏兵。孔明乃虛立寨柵，居中堆起柴草，以備火號，自引諸將退於寨後，以觀動静。【毛】【漁】既防他（來）劫寨，又（要）騙他（來）劫寨。（神）妙（之）極。

却説魏先鋒曹遵、朱讚黄昏離寨，迤邐前進。二〔六七〕更左側，遥望山前隱隱有軍行動。曹遵自思曰：「郭都督真神機妙算！」【毛】且慢讚着。遂催兵急進，到蜀寨時，將及三更。曹遵先殺入寨，却是空寨，並無一人，料知中計，急撤軍〔六八〕回。寨

〔六五〕「兵」，商本作「軍」。
〔六六〕「任」，齋本、光本作「待」，嘉本無。
〔六七〕「二」，商本作「三」。
〔六八〕「軍」，商本作「兵」。

中火起。朱讚兵到，自相掩殺，人馬大亂。贊鍾妙妙。漁自殺自，妙極。曹遵與朱讚交馬，方知自相踐踏。毛此是〔六九〕以魏伐魏，妙！妙！急合兵時，忽四面喊聲大震，王平、馬岱、張翼、張嶷〔七〇〕殺到。毛第三次分付的，第一次出現。曹、朱二人引心腹軍百餘騎，望大路奔走。忽然鼓角齊鳴，一彪軍截住去路，爲首大將乃常山趙子龍也，毛第一次分付的，第二次先是一箇出現。大叫曰：「賊將那里去！早早受死！」曹、朱二人奪路而走。忽喊聲又起，魏延又引一彪軍殺到。毛第一次分付的，第三次又是一箇出現。曹、朱二人大敗，奪路奔回本寨。守寨軍士只道蜀兵來劫寨，慌忙放起號火〔七一〕。左邊曹真殺至，右邊郭淮殺至，自相掩殺。毛漁又是以魏伐魏，妙！妙！〔七二〕贊妙，妙。〔七三〕背後三路蜀兵殺到：中央魏延，左邊關興，右邊張苞，大殺一陣，毛第二次分付的，第四次出現，又妙在魏延再出現。魏兵敗走十餘里，魏將死者極多。孔明全獲大勝，方始收兵。曹真、郭淮收拾敗軍回寨，商議曰：「今魏兵勢孤，蜀兵勢大，將何策以退之？」淮曰：「勝負乃兵家常事，不足爲憂。某有一計，使蜀兵首尾不能相顧，定然自走矣。」正是：

可憐魏將難成事，欲向西方索救兵。

未知其計如何，且看下文〔七四〕分解。

一姜伯約也，子龍愛其武〔七五〕藝，孔明愛其謀畧，惟恐失之，必期得之而後已。真正是唯英雄識英雄，惟豪傑愛豪傑也。人患自己不爲姜伯約耳，不患無子龍、孔明也。

一姜伯約也，子龍愛其武藝，孔明愛其謀畧，百計得之，真正是惟英雄識英雄，惟豪杰識豪杰。

〔六九〕「此是」，貫本倒作「是此」。
〔七〇〕「張翼張嶷」，商本倒作「張嶷張翼」。
〔七一〕「號火」，齋本倒作「火號」，商本作「火來」。
〔七二〕衡校本脱此句漁批。
〔七三〕吴本脱此句贊批。
〔七四〕「文」，明四本作「回」。
〔七五〕「武」，緑本作「才」。

第九十四回

諸葛亮乘雪破羌兵
司馬懿尅日擒孟達

讀《三國》者讀至此回，而知文之彼此相伏、前後相因，殆合十數回而只如一篇、只如一句也。其相反而相因者，有助漢之沙摩柯，乃有抗漢之孟獲；其不相反而相因者，有借羌兵之曹丕，乃有借羌兵之曹真。其相類而相因者，有馬超在而即去之柯比能，乃有馬超死而忽來之徹里吉；其不相類而相因者，有六縱而不服之蠻王，乃有一縱而即服之雅丹丞相。至於孟達致書於李嚴，早有李嚴致書於孟達，以爲之伏筆矣。申儀助司馬而殺孟達，早有孟達之約申儀而背劉封，以爲之伏筆矣。文如常山率〔一〕然，擊首則尾應，擊尾則首應，擊中則首尾皆應，豈非結搆之至妙者哉！

此回之内，忽有一關公之神，突如其來，倏焉〔二〕而往。一救關興，再救張苞，可謂英靈之極矣。然越吉元帥之頭，何不即取之以雲中顯聖之偃月刀，而必待孔明之用計而後斬之乎？曰：《三國》一書，所以紀人事，非以紀鬼神。惟有一番籌度，一番誘敵，乃見相臣之勞心、諸將之用命，不似《西遊》《水滸》等書原非正史，可以任意結搆也。

平蠻之後，又有平羌；藤甲之後，又有鐵車。一則在於未伐魏之始，一則間於既伐魏之中；一則炎天，一則雪地；一則出其全力持之曠日，一則施以小計定之終朝。或詳或畧，或長或短，事不雷同，文一〔三〕不合掌。如此妙

〔一〕「率」，齋本、齋本、滄本、光本作「蛇」。按：《孫子兵法·九地第十一》：「率然者，常山之蛇也。」
〔二〕「焉」，致本同，其他毛校本作「然」。
〔三〕「一」，貫本、齋本、滄本作「亦」，光本、商本脱。

事，如此妙文，真他書之所未有。

司馬懿不用，則孟達不死。孟達不死，則兩京可圖。兩京可圖，則曹氏可滅。曹氏之不遽滅，以爲司馬懿之功也。然而救魏之事，即爲篡魏之階。魏之以懿拒漢，猶之前門拒虎、後户〔四〕進狼耳。此回於司馬懿起復之初，便敘師、昭二子之英英露〔五〕爽，蓋非魏之亡於此救，而正魏之亡於此兆云。

蜀事之壞，一壞於失荆州，再壞於失上庸也。荆州不失，則可由荆州以定襄、樊；上庸不失，則可由上庸以取宛、洛。而原其所以失，則有故焉。當關公離荆州以伐魏之時，使别遣一上將以守荆州，則荆州可以不失；當孟達棄上庸而奔魏之時，更遣一上將以守上庸，則上庸可以不失。而先主不慮之，孔明亦不慮之，則皆天也，非人也。其所以失而不復者，又有故焉。當先主大戰猇亭之初，孫權願獻荆州，而先主不之拒，則荆州雖失而可復；當孔明初出祁山之時，孟達欲獻上庸，而司馬懿未之知〔六〕，則上庸雖失而可復。而先主必拒之，司馬懿必知之，則又天也，非人也。天不祚漢，亦何咎於先主，亦何咎於孟達耶？

孟達不足咎，而孟達之不知人則可咎也。於諸葛亮之小心不之信，於申儀、申耽則信之矣；於司馬懿之機警不之信，於李輔、鄧賢則信之矣。不能料申儀、申耽，而何能料司馬懿？不能識李輔、鄧賢，而何能識諸葛亮哉？蓋惟諸葛亮能知司馬懿，亦惟司馬懿能知諸葛亮耳。

却説郭淮謂曹真曰：「西羌之人，自太祖時連年入貢，文皇帝亦有恩惠加之。我等今可據住險阻，遣人從小路直入羌中求救，許以和親，羌人必起兵

〔四〕「户」，光本、商本作「門」。
〔五〕「露」，致本、齋本、澹本、光本作「靈」。
〔六〕「之知」，商本倒作「知之」。

襲蜀兵之後。毛即曹丕五路中之一也。鍾□□倒□得近。吾却以大兵擊之，首尾夾攻，豈不大勝？」真從之，即遣人星夜馳書赴羌。

却説西羌國王徹里吉，自曹操時年年入貢，手下有一文一武：文乃雅丹丞相，武乃越吉元帥。毛亦如董荼那、阿會喃等名色。時魏使賫金珠并書到國，先來見雅丹丞相，送了禮物，具言求救之意。雅丹引見國王，呈上書禮。徹里吉覽了書，與衆商議。雅丹曰：「我與魏國素相往來，今曹都督求救，且許和親，理合依允。」毛是金帛説話。徹里吉從其言，即命雅丹與越吉元帥起羌兵二〔七〕十五萬，皆慣使弓弩、鎗刀、蒺藜、飛鎚等器，又有戰車，用鐵葉裹釘，裝載糧食軍器什物：或用駱駝駕車，或用騾馬駕車，號爲「鐵車兵」。毛寫得羌兵可畏，以襯〔八〕孔明之能。漁先寫得羌兵雄勇，方顯得孔明之能。二人辭了國王，領兵直扣西平關。守關蜀將韓禎，急差人賫文報知孔明。孔明聞報，問衆將曰：「誰敢去退羌兵？」張苞、關興應曰：「某等願往。」孔明曰：「汝二人要去，奈路途〔九〕不熟。」遂喚馬岱曰：「汝素知羌人之性，久居彼處，可作鄉導。」毛漁用馬岱可謂（最）得其人（矣）。便起精兵五萬，與興、苞二人同往。興、苞等引兵而去，行有數日，早遇羌兵。關興先引百餘騎登山坡看時，只見羌兵把鐵車首尾相連，隨處結寨，車上遍排兵器，就似城池一般。毛赤壁江中有連舟，西平關外有連車。連舟易破，〈毛漁〉連車不易破（也）。興睹之良久，無破敵之策，回寨與張苞、馬岱商議。岱曰：「且待來日見陣，觀其〔一〇〕虛實，另作計議。」毛馬超已死，馬岱亦無如之何。次早分兵三路：關興在中，張苞在左，馬岱在右，三路兵齊進。羌兵陣裡，越吉元帥手挽鐵鎚，腰懸寶雕弓，躍馬奮勇而出。關興招三路兵

〔七〕「二」，嘉本、周本作「一」。

〔八〕「襯」，齋本、光本作「見」。

〔九〕「去」，齋本、光本作「往」。「路途」，原作「途路」，致本、夏本、贊本同。據其他古本乙正。

〔一〇〕「其」，明四本無，商本作「看」。

徑進。忽見羌兵分〔一一〕在兩邊，中央放出鐵車，如湧潮〔一二〕一般，毛其静也如城，其動也如水。弓弩一齊驟發。蜀兵大敗，馬岱、張苞兩軍先退，關興一軍，被羌兵一裹〔一三〕，直圍入西北角上去了。

興在垓心，左衝右突，不能得脱，毛漁（關）興（至）此（時）好生着急。鐵車密圍，就如城池，蜀兵你我不能相顧。興望山谷中尋路而走，看看天晚，但見一簇皂旗蜂擁而來，一員羌將，手提鐵鎚大叫曰：「小將休走！吾乃越吉元帥也！」關興急走到前面，儘力縱馬加鞭，正遇斷澗，毛漁（關）興至此（好生）（又）着急。只得回馬來戰越吉。興終是膽寒，抵敵不住，望澗中而逃，被越吉趕到，一鐵鎚打來，興急閃過，正中馬胯。那馬望澗中便倒，興落於水中。毛漁興至此（又好生）（愈加）着急。忽聽得一聲響處，背後越吉連人帶馬，平白地倒下水來。興就水中掙起看時，只見岸上一員大將，殺退羌兵。毛漁絶處逢生，（真乃）出於意外。贊好老子，急時却用他着。興提刀待砍越吉，吉躍水而走。毛此時未便斬越吉，更妙。關興得了越吉馬，牽到岸上，整頓鞍轡，綽刀上馬。只見那員將尚在前面追殺羌兵。毛讀者至此，必謂不是張苞，定〔一四〕是馬岱。興自思此人救我性命，當與相見，遂拍馬趕來。看看至近，只見雲霧〔一五〕之中，隱隱有一大將，面如重棗，眉若卧蠶，緑袍金鎧，提青龍刀，騎赤兔馬，手綽美髯，分明認得是父親關公。毛漁關公（又於此處）（見子有難，前來）顯聖，却是（意）（夢）想不到。興大驚。忽見關公以手望東南指曰：「吾兒可速望此路去。吾當護汝歸寨。」贊鍾雲長何常死乎！言訖不見。關興望東南急走。至半夜，毛前是黄昏，此是半夜〔一六〕，正與斬潘璋時相似。忽見〔一七〕一彪軍到，乃

〔一一〕「分」，周本、夏本、贊本無。

〔一二〕「湧潮」，明四本作「潮水」，商本倒作「潮湧」。

〔一三〕「裹」，滄本作「裏」，形訛。

〔一四〕「定」，齋本作「必」，滄本作「便」，商本作「即」。

〔一五〕「霧」，原作「露」，致本同，據其他古本改。

〔一六〕「半夜」，商本倒作「夜半」。

〔一七〕「見」，商本脱。

張苞也，問興曰：「你〔一八〕曾見二伯父否？」毛問得奇特。漁問得好奇。興曰：「你〔一九〕何由知之？」苞曰：「我被鐵車軍追急，忽見伯父自空而下，驚退羌兵，毛漁關公（又）在張苞（一邊）（處）顯聖（，却用虛寫）。指曰：『汝從這條路去救吾兒。』因此引軍逕來尋你。」關興亦說前事，共相嗟異。二人同歸寨內，馬岱接着，對二人說：「此軍無計可退，我守住寨柵，你二人去禀丞相，用計破之。」毛漁（雖有）（暗中）關公神助，終賴諸葛奇謀。於是興、苞二人星夜來見孔明，備說此事。

孔明隨命趙雲、魏延各引一軍埋伏去訖，然後點三萬軍，帶了姜維、張翼、關興、張苞，親自來到馬岱寨中歇定。次日上高阜處觀看，見鐵車連絡不絕，人馬縱橫，往來馳驟。孔明曰：「此不難破也。」毛別人難，他偏不難。喚馬岱、張翼分付如此如此。二人去了，毛妙在不敘出來。乃喚姜維曰：「伯約知破車之法否？」維曰：「羌人惟恃一勇力，豈知妙計乎？」毛妙在不說出來。孔明笑曰：「汝知吾心也。今彤雲密布，朔風緊急，天將降雪，吾計可施矣。」毛漁（種種妙論，）隱隱說出，（却是）（究竟）不曾說出。便令關興、張苞二人引兵埋伏去訖，毛又是兩路伏〔二〇〕兵。令姜維領兵出戰：但有鐵車兵來，退後便走，寨口虛立旌旗，不設軍馬。准備已定，是時十二月終，果然天降大雪。姜維引軍出，越吉引鐵車兵來，姜維即退走。羌兵趕到寨前，姜維從寨後而去。羌兵直到寨外觀看，聽得寨內鼓琴之聲，毛當歌白雪之詩以和之。四壁皆空豎旌旗，贊鍾此等處真可疑，怪哉（，怪哉）！急回報越吉。越吉心疑，未敢輕進。雅丹丞相曰：「此諸葛亮詭計，虛設疑兵耳。可以攻之。」越吉引兵至寨前，但見孔明携琴上車，毛漁（賦詩不能退敵，）携琴（却）可以誘敵。引數騎入寨，望後而走。羌兵搶入寨柵，直趕過山口，

〔一八〕「你」，齋本、滄本、光本、嘉本、周本作「汝」。
〔一九〕「你」，齋本、光本、周本、夏本、贊本作「汝」。
〔二〇〕「路伏」，商本倒作「伏路」。

見小車隱隱轉入林中去了。【毛】以小車引出大車。雅丹謂越吉曰：「這等兵雖有埋伏，不足爲懼。」遂引大兵追趕，又見姜維兵俱在雪地之中奔走，越吉大怒，催兵急追。山路被雪漫蓋，一望平坦。【毛】絶妙雪景。○此句不是閒筆。正趕之間，忽報蜀兵自山後而出，雅丹曰：「縱有些小伏兵，何足懼哉！」只顧催趲兵馬，往前進發。忽然一聲響，如山崩地陷，羌兵俱落於坑塹之中，【毛】所云〔二一〕乘雪用計，乃此計也。背後鐵車正行得緊溜，急難收止，併擁而來，自相踐踏。後兵急要〔二二〕回時，左邊關興，右邊張苞，兩軍〔二三〕衝出，萬弩齊發，背後姜維、馬岱、張翼三路兵又殺到，鐵車兵大亂。越吉元帥望後面山谷中而逃，正逢關興，交馬只一合，被興舉刀大喝一聲，砍死於馬下。【毛】【漁】若（在）關公顯聖（之）時殺之，（便不見）（不顯）關興之勇，又不見孔明之能矣。雅丹丞相早被馬岱活捉，解投大寨來。羌兵四散逃竄。孔明升帳，馬岱押過雅丹來。孔明叱武士去其縛，賜酒壓驚，用好言撫慰。【毛】又用縱孟獲之法。【贊】【鍾】這老子慣用此着，然此着極高，世人自不曉耳。雅丹深感其德。孔明曰：「吾主乃大漢皇帝，今命吾討賊，爾如何反助逆？吾今放汝回去，説與汝主：吾國與爾乃鄰邦，永結盟好，勿聽反賊之言。」遂將所獲羌兵及車馬器械，盡給還雅丹，俱放回國。【漁】羌人至此，可謂喪胆矣。衆皆拜謝而去。【毛】羌人不復反矣。孔明引三軍連夜投祁山大寨而來，命關興、張苞引軍先行；一面差人齎表奏報捷音。

却説曹真連日望羌人消息，忽有伏路軍來報説：「蜀兵拔寨收拾起程。」【毛】孔明用計，却在曹真一邊寫出。郭淮大喜曰：「此因羌兵攻擊，故爾退去。」遂分兩路追趕。前面蜀兵亂走，魏兵隨後追襲〔二四〕。先鋒曹遵正趕之間，忽然鼓聲大震，一彪軍閃出：

〔二一〕「云」，齋本、光本作「謂」。
〔二二〕「要」，光本、商本作「欲」。
〔二三〕「關興」「張苞」，商本互易。「軍」，商本作「路」。
〔二四〕「襲」，齋本、光本作「趕」。

爲首大將乃魏延也，毛漁孔明使魏延埋伏，於此寫出。大叫〔二五〕：「反賊休走！」曹遵大驚，拍馬交鋒；不三合，被魏延一刀斬於馬下。贊老孔明筭無遺策。〔二六〕副先鋒朱讚引兵追趕，忽然一彪軍閃出：爲首大將乃趙雲也。毛漁孔明使趙雲埋伏，於此寫出。朱讚措手不及，被雲一鎗刺死。鍾俱已筭定了。曹真、郭淮見兩路先鋒有失，欲收兵回，背後喊聲大震，鼓角齊鳴，關興、張苞兩路兵殺出，毛漁（關）興（、苞）埋伏，於此寫出。圍了曹真、郭淮，痛殺一陣。曹、郭二人引敗兵衝路走〔二七〕脱。蜀兵全勝，直追到渭水，奪了魏寨。曹真折了兩箇先鋒，哀傷不已，只得寫本申朝，乞撥援兵。

却説魏主曹叡設朝，近臣奏曰：「大都督曹真數敗於蜀，折了兩箇先鋒，羌兵又折了無數，其勢甚急。今上表求救，請陛下裁處。」叡大驚，急問退軍之策。華歆奏曰：「須是陛下御駕親征，大會諸侯，人皆用命，方可退也。不然，長安有失，關中危矣！」毛漁也得孔明罵他一場（便）（方）好。太傅鍾繇奏曰：「凡爲將者，知過於人，則能制人。孫子云：『知彼知己，百戰百勝。』贊至言。臣量曹真雖久用兵，非諸葛亮對手。鍾鍾繇可謂知彼知己者矣。臣以全家良賤，保舉一人，可退蜀兵。未知聖意准否？」毛自然引出這箇人來。叡曰：「卿乃大老元臣，有何賢士可退蜀兵，早召來與朕分憂。」鍾繇奏曰：「向者，諸葛亮欲興師犯境，但懼此人，故散流言，使陛下疑而去之，毛前疑吴、蜀反間，今專指蜀人。方敢長驅大進。今若復用之，則亮自退矣。」鍾此是有數之言。叡問何人，繇曰：「驃騎大將軍司馬懿也。」毛漁鄭重説出（此人）。叡嘆曰：「此事朕亦悔之。今仲達現在何地〔二八〕？」繇曰：「近聞仲達在宛城六宛城，縣〔二九〕名，（屬）（今）河南（南陽府南陽縣是

〔二五〕「叫」下，明四本有「曰」字。
〔二六〕吴本脱此句及下句贊批。
〔二七〕「走」，商本作「而」。
〔二八〕「地」，毛校本作「處」。
〔二九〕醉本眉注、周、夏批、贊本系夾注「縣」，原作「郡」。醉本眉注原闕字，存第三、六字。按：宛城即宛縣，東漢屬南陽郡。據改、補。

也）。閑住。」叡即降詔，遣使持節，復司馬懿官職，加爲平西都督，就起南陽諸路軍馬，前赴長安。叡御駕親征，令司馬懿剋日到彼聚會。使命星夜望宛城去了。毛以下按過魏國，再敘孔明。

却説孔明自出師以來，累獲全勝，心中甚喜，正在祁山寨中會衆議事，忽報鎮守永安宫李嚴令子李豐來見。孔明只道東吴犯境，心甚驚疑，毛有此一句，反襯下文之喜。喚入帳中問之。豐曰：「特來報喜。」孔明曰：「有何喜？」豐曰：「昔日孟達降魏，乃不得已也。彼時曹丕愛其才，時以駿馬金珠賜之，曾同輦出入，封爲散騎常侍，領新城太守，鎮守上庸、房陵〔三〇〕五新城，（郡名；房陵，）郡名；上庸，地名，（今屬鄖陽竹山縣）。等處，委以西南之任。毛曹丕恩遇孟達，却於此處補出。自丕死後，曹叡即位，朝中多人嫉妒，孟達日夜不安，常謂諸將曰：『我本蜀將，勢逼於此。』今累差心腹人持書來見家父，教早早〔三一〕代禀丞相。前者五路下川之時，曾有此意。毛又將前事補炤一句。今在新城，聽知丞相伐魏，欲起房陵、魏興〔三二〕、上庸三處軍馬，就彼舉事，逕取洛陽；丞相取長安，兩京〔三三〕大定矣。」毛漁此事若成，豈不（大）妙（哉）！今某引來人

〔三〇〕「房陵」，原作「金城」，古本同。按：《後漢書·郡國志》：金城郡，屬涼州；今屬甘肅。《三國志·蜀書·劉封傳》：「合房陵、上庸、西城三郡爲新城郡，以達領新城太守。」《集解》引清代吴增僅曰：「其於西城故地置魏興，以上庸、房陵爲新城，均黄初元年冬月事也。」據改，後正文、注釋同。「新城」周、夏批原有「今在陝西西安府咸陽」，「新城、房陵、上庸」贊本系夾注原有「俱屬陝西」。按：新城郡治房陵，《一統志》：上庸、房陵，明分屬竹山縣、房縣，皆屬湖廣。周、夏批、贊本系夾注皆誤注，不録。

〔三一〕「早」字原闕，其他毛校本作「晚」，據致本補。

〔三二〕「房陵魏興」，原作「金城新城」，古本同。按：同本回校記〔三〇〕，金城誤，房陵、上庸屬新城，西城後改魏興。據改。

〔三三〕「長安」下周、夏批原有「金城，郡名，今屬陝西西安府興平縣」，後周、夏批、贊本系夾注原有「洛陽、長安，二縣名，俱屬西安」。按：金城注同本回校記〔三〇〕，據删。洛陽明代屬河南府，長安屬西安府。誤注，不録。「兩京」醉本眉注原有「兩京，東京，今開封府；西京，今河南府」，贊本系夾注、周、夏批同，原在後文「孟達一舉，兩京休矣」以下。按：東漢「兩京」爲洛陽與長安，明時分屬河南府及西安府；「開封府」（今開封）、「河南府」（今洛陽）爲北宋之兩京。各本誤注，不録。

并累次書信呈上。」孔明大喜，厚賞李豐等。忽細作人〔三四〕報說：「魏主曹叡一面駕幸長安；一面詔司馬懿復職，加爲平西都督，起本處之兵，於長安聚〔三五〕會。」孔明大驚。【毛】【漁】一驚（之）後忽有一喜，一喜（之）後又忽有一驚。【贊】神人。【鍾】孔明□人。參軍馬謖曰：「量曹叡何足道！若來長安，可就而擒之。丞相何故驚訝？」孔明曰：「吾豈懼曹叡耶？所患者惟司馬懿一人而已。今孟達欲舉大事，若遇司馬懿，事必敗矣！【贊】是大智人。【鍾】仲達爲孔明所懼，必有大過人□。達非司馬懿對手，必被所擒。孟達若死，中原不易得也。」【毛】【漁】（下文之事）（天意已）早於孔明口中說出。馬謖曰：「何不急修書令孟達隄防？」孔明從之，即修書令來人星夜回報孟達。

却說孟達在新城，專望心腹人回報。一日，心腹人到來，將孔明回〔三六〕書呈上。孟達拆封視之，書畧曰〔三七〕：

近得書，足知公忠義之心，不忘故舊，吾甚喜慰。若成大事，則公漢朝中興第一功臣也。然極宜謹密，不可輕易託人。【贊】【鍾】至言，至言。慎之！戒之！近聞曹叡復詔司馬懿起宛、洛【二】宛，即今河南南陽縣；洛，即今河南洛陽縣。【二】宛、洛，二縣名，俱屬河南。之兵，若聞公舉事，必先至矣。【毛】管輅之卜，無此奇驗。【贊】【鍾】仲達知己。須萬全隄備，勿視爲等閒也。

孟達覽畢，笑曰：「人言孔明心多〔三八〕，今觀此事可知矣。」【贊】【鍾】此兒誤事。乃具回書，令心腹人來答孔明。孔明〔三九〕喚入帳中。其人呈上回書，孔

〔三四〕「人」，齋本、光本作「入」。

〔三五〕「聚」，齋本、光本作「大」。

〔三六〕「回」，商本脫。

〔三七〕毛本孔明致孟達書刪，改自贊本；鍾本、漁本同贊本，周本、夏本、贊本刪，改自嘉本。

〔三八〕「心多」，光本倒作「多心」。

〔三九〕「孔明」，貫本脫。

明拆封視之，書曰〔四〇〕：

適承鈞教，安敢少怠？竊謂司馬懿之事，不必懼也。宛城離洛城約八百里，至新城一〔四一〕千二百里。若司馬懿聞達舉事，須表奏魏主，往復一月間事。贄鍾莽人如何幹事。達城池已固，諸將與三軍皆在深險之地，司馬懿即來，達何懼哉？丞相寬懷，惟聽捷報！

孔明看畢，擲書於地而頓足曰：「孟達必死於司馬懿之手矣！」毛漁管輅之卜，（無此奇驗）（未能奇驗如此）。馬謖問曰：「丞相何謂也？」孔明曰：「兵法云：『攻其無〔四二〕備，出其不意。』豈容料在一月之期？贄老手。鍾孔明（多）□見。曹叡既委任司馬懿，逢寇即除，何待奏聞？若知孟達反，不須十日，兵必到矣，安能措手耶？」毛漁英雄所見（畧同）（皆同耳）。衆將皆服。孔明急令來人回報曰：「若未舉事，切莫教同事者知之，知則必敗。」毛又早知二申之叛。其人拜辭歸新城去了。

却說司馬懿在宛城閑住，聞知魏兵累敗於蜀〔四三〕，乃仰天長嘆。毛此老心痒難〔四四〕熬。漁心痒得緊。懿長子司馬師，字子元；次子司馬昭，字子上：二人素有大志，通曉兵書。毛此處忽寫二子，爲晉代〔四五〕魏張本。當日侍立於側，見懿長嘆，乃問曰：「父親何爲長嘆？」懿曰：「汝輩豈知大事耶？」司馬師曰：「莫非歎魏主不用乎？」司馬昭笑曰：「早晚必來宣召父親也。」毛昭更英敏。贄鍾（子上）可兒。言未已，忽報天使持節至。懿聽詔畢，

〔四〇〕毛本孟達答孔明書刪，改自贄本；鍾本、漁本同贄本，周本、夏本、贄本刪，改自嘉本。

〔四一〕「一」，商本脱。

〔四二〕「無」，原作「不」，致本、業本、貫本、滄本、商本、贄本同。按：《孫子兵法·計第一》：「攻其無備，出其不意。」據其他古本改。

〔四三〕「蜀」上，光本、商本有「西」字。

〔四四〕「難」上，光本有「真」字。

〔四五〕「代」，貫本作「伐」，光本、商本作「滅」。

遂調宛城諸路軍馬。忽又報魏興太守〔四六〕申儀家人，有機密事求見，懿喚入密室問之。其人細説孟達欲反之事，【贊】【鍾】此中有天，非人力也。更有孟達心腹人李輔并達外甥鄧賢，隨狀出首。【毛】【漁】方知「不可容易托人」之語，乃孔明金玉之言。司馬懿聽畢，以手加額曰：「此乃皇上齊天之洪福也！諸葛亮兵在祁山，殺得内外人皆膽落。今天子不得已而幸長安，若旦夕不用吾時，孟達一舉，兩京休〔四七〕矣！【毛】【漁】此時司馬懿原是魏之功臣。此賊必通謀諸葛亮：吾先破〔四八〕之，諸葛亮定然心寒，自退兵也。」【贊】如見。長子司馬師曰：「父親可急寫表申奏天子。」懿曰：「若等聖旨，往復一月之間，事無及矣。」【毛】【漁】與孔明之言不謀而（合）（同）。即傳令教人馬起程，一日要行二〔四九〕日之路，如遲立斬。一面令叅軍梁畿齎檄星夜去新城，教孟達等准備征進，使其不疑。【毛】更是周密。【贊】【鍾】大〔五〇〕作手。梁畿先行，懿隨後發兵。行了二日，山坡下轉出一軍，乃是右將軍徐晃。晃下馬見懿，説：「天子駕到長安，親拒蜀兵，今〔五一〕都督何往？」懿低言曰：「今孟達造反，吾去擒之耳。」【毛】寫仲達機密之至。晃曰：「某願爲先鋒。」懿大喜，合兵一處。徐晃爲前部，懿在中軍，二子押後。又行了二日，前軍哨馬捉住孟達心腹人，搜出孔明回書，來見司馬懿。懿曰：「吾不殺汝，汝從頭細説。」其人只得將孔明、孟達往復之事，一一告説。懿看了孔明回書，大驚曰：「世間能者所見皆同，【毛】【漁】（兩能相遇）（棋逢對手），彼此皆驚。【贊】【鍾】仲達、孔明，的是對手。吾機先被孔明識破。幸得天子有福，獲此消息，孟達今無能爲矣。」遂星

〔四六〕「魏興太守」，原作「金城太守」，古本同。按：《三國志・蜀書・明帝紀》：「魏興太守申儀與達有隙，密表達與蜀潛通。」據改，後同。

〔四七〕「休」，致本同，其他毛校本作「破」。

〔四八〕「破」，致本同，其他毛校本作「擒」。

〔四九〕「二」，商本作「兩」。

〔五〇〕「大」，吴本壞字，疑作「天」；緑本此字貼葉頂邊，作「大」。按：依正文及批語，作「大」是。

〔五一〕「今」，商本作「問」。

夜催軍前行。

却説孟達在新城，約下魏興太守申儀、上庸〔五二〕太守申耽，尅日舉事。耽、儀二人佯許之，每日調練軍馬，只待魏兵到，便爲内應，却報孟達説〔五三〕：「軍器糧草俱未完備，不敢約期起事。」達信之不疑。【毛】【漁】寫孟達疎虞之至。忽報參軍梁幾來到，孟達迎入城中。幾傳司馬懿將令曰：「司馬都督今奉天子詔，起諸路軍以退蜀兵。太守可集本部軍馬聽候調遣。」達問曰：「都督何日起程？」幾曰：「此時約〔五四〕離宛城，望長安去了。」【毛】誰知不向長安，却向上庸。達暗喜曰：「吾大事成矣！」【贊】【鍾】孟達下愚。遂設宴待了梁幾，送出城外，即報申耽、申儀知道：「明日舉事，換上大漢旗號，發諸路軍馬，逕取洛陽。」【毛】【漁】寫孟達鹵莽之至。忽報：「城外塵土沖天，不知何處兵來。」孟達登城視之，只見一彪軍，打着「右將軍徐晃」旗號飛奔城下。達大驚，急扯起吊橋。徐晃坐下馬收拾不住，直來到壕邊，高叫曰：「反賊孟達〔五五〕，早早受降！」達大怒，急開弓射之，正中徐晃頭額，魏將救去。城上亂箭射下，魏兵方退。孟達恰待開門追趕，四面旌〔五六〕旗蔽日，司馬懿兵到。【毛】【漁】懿真可謂能人矣。達仰天長嘆曰：「果不出孔明所料也！」【毛】悔之晚矣。【漁】今日悔無及矣。於是閉門堅守。

却説徐晃被孟達射中頭額，衆軍救到寨中，取了箭頭，令醫調治，當晚身死，時年五十九歲。【毛】【漁】可爲〔五七〕關平報讐。司馬懿令人扶柩還洛陽安塟。

次日，孟達登城遍視，只見魏兵四面圍得鐵桶相似。達行坐不安，驚疑未定，忽見兩路兵自外

〔五二〕「上庸」，光本倒作「庸上」。

〔五三〕「報」，商本作「對」。「説」，原無，致本、業本、貫本、齋本、濟本同；嘉本「達」下有「言」字。按：「説」字通，據其他古本補。

〔五四〕「約」，光本作「纔」。

〔五五〕「反賊孟達」，商本倒作「孟達反賊」。

〔五六〕「旌」，原作「征」，致本、業本、貫本、周本、夏本、贊本同。據其他古本改。

〔五七〕毛批「爲」上，光本、商本有「謂」字。

殺來，旗上大書「申耽」「申儀」。孟達只道是救軍到，忙引本部兵大開城門殺出。毛漁寫孟達愚暗之至。耽、儀大叫曰：「反賊休走！早早受死！」達見事變，撥馬望城中便走，城上亂箭射下。李輔、鄧賢二人在城上大罵曰：「吾等已獻了城也！」達奪路而走，申耽趕來。達人困馬乏，措手不及，被申耽一鎗刺於馬下，毛漁可爲〔五八〕害劉封之報。梟其首級，餘軍皆降。李輔、鄧賢大開城門，迎接司馬懿入城。撫民勞軍已畢，遂遣人奏知魏主曹叡。叡大喜，教將孟達首級去洛陽城市〔五九〕示衆；加申耽、申儀官職，就隨司馬懿征進；命〔六〇〕李輔、鄧賢守新城、上庸。

却説司馬懿引兵到長安城外下寨，懿入城來見魏主。叡大喜曰：「朕一時不明，誤中反間之計，悔之無及！今達造反，非卿等制之，兩京休矣！」毛漁孰知（一）用了司馬（懿），兩京終不姓曹（矣）。贊老面皮。懿奏曰：「臣聞申儀密告反情，意欲表奏陛下，恐往復〔六一〕遲滯，故不待聖旨，星夜而去。若待奏聞，則中諸葛亮之計也。」毛借司馬懿口中將孔明所料明白説一遍，不是寫仲達，正是寫孔明。言罷〔六二〕，將孔明回孟達密書奉上。叡看畢，大喜曰：「卿之學識，過於孫、吳矣！」賜金鉞斧一對，後遇機密重事，不必奏聞，便宜行事。毛漁機密之事，孰有大於篡位者乎？將來（亦不）必（不）奏聞矣。（司馬氏謹如命。）贊却好〔六三〕把天下送他，可憐可憐。就令司馬懿出關破蜀。懿奏曰：「臣舉一大將，可爲先鋒。」叡曰：「卿舉何人？」懿曰：「左將軍〔六四〕張郃，可

〔五八〕毛批「爲」，光本作「謂」。

〔五九〕「市」，貫本、滄本脱。

〔六〇〕「命」上，貫本有「示」字，滄本有「即」字。

〔六一〕「復」，光本作「來」。

〔六二〕「罷」，齋本、光本作「訖」。

〔六三〕「却好」，緑本作「何就」。

〔六四〕「左將軍」，原作「右將軍」，古本同。按：《三國志·魏書·張郃傳》：「文帝即王位，以郃爲左將軍。」本回前文作「右將軍徐晃」，後文第九十八回作「左將軍張郃」。據改。

當此任。」毛張遼、徐晃已死，獨張郃尚存，一向冷落，此處却又出頭。叡笑曰：「朕正欲用之。」遂命張郃爲前部先鋒，隨司馬懿離長安來破蜀兵。正是：

既有謀臣能用智，又求猛將助施威。

未知勝負如何，且看下文分解。

雲長先生之靈，能救其子鐵車之厄，不能爲後主平吴削魏。乃知天命有定，即忠義神聖如雲長，亦不可爲也。如此，則丞相興兵不爲多事乎？何與隆中之言相剌謬也？其中必自有説，讀者亦知之否乎？

雲長之靈能救其子鐵車之厄，不能爲後主平吴削魏，乃知天命有定，即忠義神聖如雲長，亦不可爲也。

第九十五回 馬謖拒諫失街亭 武侯彈琴退仲達

前回方寫孟達不聽孔明之言而失上庸，此回便接寫馬謖不聽孔明之言而失街亭。上庸失而使孔明無進取之望，街亭失而幾使孔明無退足之處矣。何也？無街亭則陽平關危，陽平關危則不惟進無所得，而且退有所失也。未失者且憂其失，而既得者安能保其得？於是南安不得不棄，安定不得不捐，天水不得不委，箕谷之兵不得不撤，西城之餉不得不收。遂令向之擒夏侯、斬崔諒、殺楊陵、取上邽、襲冀縣、罵王朗、破曹真者，其功都付之烏有。悲夫！

兵家勝敗之故，有異而同者，有同而異者。徐晃拒王平之諫，而背水以爲陣；馬謖拒王平之諫，而依山以爲營：水與山異，而必敗之勢則同也。黄忠屯兵於山，而能斬夏侯淵；馬謖屯兵於山，而不能退司馬懿：山與山同，而一勝一敗〔一〕之勢則異也。馬謖之所以敗者，因熟記兵法之成語於胸中，不過曰「置之死地而後生」耳，不過曰「憑高視下，勢如劈竹」耳。孰知坐論則是，起行則非，讀書雖多，致用則誤，豈不重可嘆哉！故善用人者不以言，善用兵者不在〔二〕書。

請守街亭之馬謖，即獻計平蠻之馬謖也，又即反間司馬懿之馬謖也。何以前則智而後則愚？曰：此非人之所能爲也，天也。試以前二事論之：其策南人，則其言果效；其策司馬，則其言始效而不終效。豈非天方授魏，天方啟晉，而人實不能與天爭乎？故知一效、一不盡

〔一〕「勝」「敗」，商本互易。
〔二〕「在」，商本作「意」。

效之故。而街亭之失，不必爲馬謖咎，更不必爲用馬謖者咎。

此回乃司馬懿初與孔明對壘之時也。而孔明利在戰，司馬懿利在不戰。夏侯楙、曹真皆以戰而敗，司馬懿則欲以不戰而勝。其守郿城、箕谷者，所以遏孔明之前，而使不得進也；其取街亭、列〔三〕柳城者，所以截孔明之後，而使不得不退也。使不得不退，而懿於是乎可以不戰矣。非不欲戰，實不敢戰，畏蜀如虎，蓋自此〔四〕日而已然云。

唯小心人不做大膽事，亦唯小心人能做大膽事。魏延欲出子午谷，而孔明以爲危計，是小心者惟孔明也。坐守空城，只以二十軍士掃門，而退司馬懿十五萬之衆，是大膽者亦惟孔明也。孔明若非小心於平日，必不敢大膽於一時。仲達不疑其大膽於一時，正爲信其小心於平日耳。

爲將之道，不獨進兵難，退兵亦難。能進兵是十分本事，能退兵亦是十分本事。當不得不退之時〔五〕，而又當必不可退之勢，進將被擒，退亦受執，於此而權畧不足以濟之，欲全師而退，難矣！試觀孔明焚香操琴，以不退爲退；子龍設伏斬將，又能以退爲進。蜀中有如此之相、如此之將，而卒不能克復中原。嗚呼！天不祚漢耳，豈戰之罪哉！

自九十二回至此，敍武侯第一次伐魏之事。而始之以趙雲、終之以趙雲者，衝鋒陷陣，唯子龍〔六〕爲功首也；班師整旅，亦唯子龍爲功首也。以連斬五將始，以殺一將、釋一將終。覺長阪之英雄如昨，漢水之膽智猶新，務自伸

〔三〕「列」，原無，毛校本同。按：後文作「列柳城」；《三國志·魏書·郭淮傳》：「蜀相諸葛亮出祁山，遣將軍馬謖至街亭，高詳屯列柳城。」據補。

〔四〕「此」，齋本、光本作「今」。

〔五〕「時」，光本作「事」。

〔六〕「子龍」下，貫本、澹本重衍「子龍」二字。

其討魏報漢之志，真不愧先主之舊臣矣！

却説魏主曹叡令張郃爲先鋒，與司馬懿一同征進，一面令辛毗、孫禮二人領兵五萬，往助曹真，二人奉詔而去。

且説司馬懿引二十萬軍，出關下寨，請先鋒張郃至帳下曰：「諸葛亮平生〔七〕謹慎，未敢造次行事。若是吾用兵，先從子午谷【二】子午谷，地名，離長安二百餘里。逕取長安，早得多時矣。【毛】【漁】魏延之計早爲司馬懿所料。他非無謀，但怕〔八〕有失，不肯弄險。【毛】【漁】孔明不用魏延之計，又爲司馬懿所料。【贄】【鍾】過于謹慎，亦屬可則，〈【贄】〉然則孔明尚有破綻在也。今必出軍斜谷，來取郿城。【四】郿城，縣名（，即今陝西鳳翔府郿縣〔九〕是也）；斜谷，地名（，離郿城八十餘里）（俱屬陝西）。若取郿城，必分兵兩路，一軍取箕谷矣。【毛】因祁山筭出郿城一路，因郿城又筭出箕谷一路。吾已發檄文，令子丹拒守郿城，若兵來不可出戰；【毛】【漁】此一（路）（處）是不戰。令孫禮、辛毗截住箕谷道口，若兵來則出奇兵擊之。」【毛】【漁】此一路是戰。〈【毛】〉○以上曹真一枝兵，孫禮、辛毗一枝兵，皆在司馬懿口中敘出。省筆〔一〇〕之法。郃曰：「今將軍當於何處進兵？」懿曰：「吾素知秦嶺之西有一條路，地名街亭，【二】街亭，地名，今在鞏昌府秦州秦安縣境内。【三】屬陝西。傍有一城，名列柳城：此二處皆是漢中咽喉。【毛】【漁】（前算出兩路，）今又算出兩路。諸葛亮欺子丹無備，定從此進。吾與汝逕取街亭，【毛】兩路原只重在一路。望陽平關不遠矣。亮若知吾斷其街亭要路，絶其糧道，則隴西一境不能安守，必然連夜奔回漢中去也。彼若回動，吾提兵於小路擊之，可得全勝；【毛】【漁】料孔明必出於此（，是正說）。【贄】【鍾】此處似孔明勝仲

〔七〕「平生」，嘉本作「平素」，周本作「平昔」，贄本作「平日」。

〔八〕「怕」，齋本、光本作「恐」。

〔九〕周、夏批、贄本、鍾本夾注「縣名」，原作「郡名」。按：郿縣，東漢末屬司隸右扶風，三國時屬雍州扶風郡。據改。周、夏批「郿縣」，原作「郿都縣」。按：元、明、清皆爲郿縣。

〔一〇〕「省筆」，貫本作「青筆」，光本倒作「筆省」。

達一籌。〔一一〕若不歸時，吾却將諸處小路，盡皆壘斷，俱以兵守之。一月無糧，蜀兵皆餓死，亮必被吾〔一二〕擒矣。」【毛】【漁】料孔明必不出於此，此〔一三〕是反說。張郃大悟，拜伏於地曰：「都督神算也！」懿曰：「雖然如此，諸葛亮不比孟達。將軍爲先鋒，不可輕進。當傳與諸將：循山西路，遠遠哨探。如無伏兵，方可前進。若是怠忽，必中諸葛亮之計。」【毛】【漁】（亦以）小心對〔一四〕小心（處）。【贊】【鍾】更爲竿〔一五〕頭之步。張郃受計引軍而行。

却説孔明在祁山寨中，忽報新城探細人來到。孔明〔一六〕急喚入問之，細作告曰：「司馬懿倍道而行，八日已到新城，孟達措手不及，又被申耽、申儀、李輔、鄧賢爲内應，孟達被亂軍所殺。今司馬懿撤兵到長安，見了魏主，同張郃引兵出關，來拒我師也。」【毛】隳括不煩。孔明大驚曰：「孟達作事不密，死固當然。今司馬懿出關，必取街亭，斷吾〔一七〕咽喉之路。」【毛】【漁】司馬懿之計，已（在）（筭入）孔明（算〔一八〕）（胸）中。【贊】對手。【鍾】孔明神見。便問：「誰敢引兵去守街亭？」言未畢，參軍馬謖曰：「某願往。」孔明曰：「街亭雖小，干係甚重，倘街亭有失，吾大軍皆休矣。汝雖深通謀畧，此地奈無城郭，又無險阻，守之極難。」【毛】惟其無城郭可守，無險阻可依，所以馬謖欲屯兵山上也。謖曰：「某自幼熟讀兵書，頗知兵法，【毛】正壞在此。【漁】正壞孰讀兵法。豈一街亭不能守耶？」【贊】【鍾】此所云〔一九〕「言過其實」也。孔明曰：「司馬懿非等閒之輩，更有先鋒張郃，乃魏之名將，恐汝不能敵之。」【毛】【漁】（孔明）十分疑慮。謖曰：「休道司馬懿、張郃，便是曹叡親來，有何懼

〔一一〕贊批原闕第一、第五字，吴本五字漫漶，據緑本補。
〔一二〕「吾」，商本作「我」。
〔一三〕毛批「此」，光本脱。
〔一四〕毛批「對」，商本作「將」。
〔一五〕贊批「更爲竿」，緑本作「只爲等」。
〔一六〕「孔明」，商本脱。
〔一七〕「吾」，光本作「我」。
〔一八〕「算」，齋本、光本作「料」。
〔一九〕贊批「云」，緑本訛作「六」。

哉！【毛】此句便差，曹叡不足懼，司馬懿乃足懼耳。【贊】此三言便不該用之矣，曹叡反在司馬懿、張郃之上乎？【鍾】曹叡不在懿、郃之上。若有差失，乞斬全家。」孔明曰：「軍中無戲言。」謖曰：「願立軍令狀。」孔明從之。謖遂寫了軍令狀呈上。孔明曰：「吾與汝二萬五千精兵，再撥一員上將，相助你去。」即喚王平分付曰：「吾素知汝平生謹慎，故特以此重任相託。汝可小心謹守〔二〇〕此地，下寨必當要道之處，【毛】正與馬謖山上屯兵相反。使賊兵急切不能偷過。安營既畢，便畫四至八道地理形狀圖本來我看。【毛】【漁】十分仔細。凡事商議停當而行，不可輕易。如所守無危，則是取長安第一功也。戒之！戒之！」【毛】【漁】（十分）叮嚀〔二一〕（再三）。【贊】說得孔明謹慎仔細處，一一如畫。【鍾】謹慎仔細。二人拜辭引兵而去。

孔明尋思，恐二人有失，【毛】【漁】十分隄防。又喚高翔曰：「街亭東北上有一城，名列柳城，乃山僻小路，此可以屯兵扎寨。與汝一萬兵，去此城屯劄。但街亭危，可引兵救之。」【毛】【漁】十分周密。高翔引兵而去。孔明又思高翔非張郃對手，必得一員大將，屯兵於街亭之後〔二二〕，方可防之，【毛】【漁】十分小心。遂喚魏延引本部兵，去街亭之後屯劄。【毛】【漁】十分到家。延曰：「某爲前部，理合當先破敵，何故置某於安閑之地？」孔明曰：「前鋒破敵，乃偏裨之事耳。今令汝接應街亭，當陽平關衝要道路，總守漢中咽喉，此乃大任也，何爲安閑乎？汝勿以等閑視之，失吾大事。切宜小心在意！」【毛】【漁】十分鄭重。【贊】【鍾】（□）說得是。魏延大喜，引兵而去。孔明恰纔心安，乃喚趙雲、鄧芝分付曰：「今司馬懿出兵，與舊〔二三〕日不同。汝二人各引一軍出箕谷，以爲疑兵。如逢魏兵，或戰或不戰，以驚其心。【毛】【漁】司馬懿所算，孔明亦算到此。吾自統大軍，由斜谷逕取郿

〔二〇〕「守」，商本訛作「慎」。
〔二一〕毛批「嚀」，光本作「囑」。
〔二二〕「後」，原作「右」，古本同。按：據後文，魏延部離街亭「三十餘里」，作「右」非，酌改。
〔二三〕「舊」，光本、商本作「往」。

城，若得郿城，長安可破矣。」【毛】街亭是算退後路，郿城是算進前路。【漁】神筭。二人受命而去。孔明令姜維作先鋒，兵出斜谷。

却説馬謖、王平二人兵到街亭，看了地勢，馬謖笑曰：「丞相何故多心也？量此山僻之處，魏兵如何敢來！」【毛】【漁】孔明一團正經，（却）（何馬謖）看得如此（没要緊）（冷落）。【鍾】馬謖一味自是。王平曰：「雖然魏兵不敢來，可就此五路總口下寨，【毛】此孔明所謂要道也[二四]。却[二五]令軍士伐木爲柵，以圖久計。」謖曰：「當道豈是下寨之地？此處側邊一山，四面皆不相連，且樹木極廣，此乃天賜之險也，可就山上屯軍。」平曰：「叅軍差矣：若屯兵當道，築起城垣，賊兵總[二六]有十萬，不能偷過。今若棄此要路，屯兵於山上，倘魏兵驟至，四面圍定，將何策保之？」【毛】【漁】後文之事，（已）先在王平口中（道破）（説破矣）。【鍾】王平知兵。謖大笑曰：「汝真女子之見！兵法云：『凭高視下，勢如劈竹。』【毛】泥成法者，不可與論兵。若魏兵到來，吾教他片甲不回！」【毛】【漁】會説大話（耳）（的，每每誤事）。【贊】馬謖極似今時考得起的秀才，一味自是，如何濟得大事！平曰：「吾累隨丞相經陣，每到之處，丞相盡意指教。今觀此山乃絶地也，【毛】【漁】（王平）（又）會看風水（，賽過今日堪輿先生）。若魏兵斷我汲水之道，軍士不戰自亂矣。」【毛】【漁】後文（之）事，又在王平口中道破。謖曰：「汝莫亂道！孫子云：『置之死地而後生。』若魏兵絶我汲水之道，蜀兵豈不死戰？以一可當百也。吾素讀兵書，丞相諸事尚問於我，汝奈何相阻耶！」【毛】馬謖只記得許多兵書，記得多却是見得少也。【贊】【鍾】馬謖一味胡説，只爲記得許多兵書（耳，今人記得多的，然見得少也）。[二七]平曰：「若叅軍欲在山上下寨，可分兵與我，自於山西下一小寨，爲犄【周】音機。角之勢。倘魏兵至，

[二四]「也」上，光本、商本有「是」字。
[二五]「却」，齋本、光本作「即」。
[二六]「總」，致本同，其他毛校本作「縱」。
[二七]贊批第二至六行各闕行首二字，第七行闕行首一字，共闕十一字，據贊校本補。

可以相應。」毛漁馬謖不聽王平是大話，王平不聽馬謖是小心。馬謖不從。忽然山中居民，成羣結隊，飛奔而來，報説魏兵已到。王平欲辭去，馬謖曰：「汝既不聽吾令，與汝五千兵自去下寨。毛二萬五千兵，如何止撥五千？若多與之，猶不至於敗。待吾破了魏兵，到丞相面前須分不得功！」王平引兵離山十里下寨，畫成圖本，星夜差人去禀孔明，具〔二八〕説馬謖自於山上下寨。毛照應上文。

却説司馬懿在城中，令次子司馬昭去探前路。若街亭有兵守禦，即當按兵不行。司馬昭奉令探了一遍，回見父曰：「街亭有兵守把〔二九〕。」懿嘆曰：「諸葛亮真乃神人，吾不如也！」昭笑曰：「父親何故自墮〔三〇〕志氣耶？男料街亭易取。」毛漁（前寫司馬懿，）此處寫（出）司馬昭。贊可兒，可兒。鍾司馬昭的是可兒。懿問曰：「汝安敢出此大言〔三一〕？」昭曰：「男親自哨見，當道並無寨栅，軍皆屯於山上，故知可破也。」毛漁見識高（於馬謖）。懿大喜曰：「若兵果在山上，乃天使吾成功矣！」毛又寫司馬懿。遂更換衣服，引百餘騎親自來看。是夜天晴月朗，毛閒筆點染。直至山下，周圍巡哨了一遍，方回。馬謖在山上見之，大笑曰：「彼若有命，不來圍山。」毛你若有命，不屯在山。傳令與諸將：「倘兵來，只看〔三二〕山頂上紅旗招動，即四面皆下。」毛一面寫司馬懿在山下探看，一面寫馬謖在山上傳令，夾寫得妙。

却説司馬懿回到寨中，使人打聽是何將引兵守街亭。回報曰：「乃馬良之弟馬謖也。」懿笑曰：「徒有虛名，乃庸才耳！毛漁虛名是平日聽來，庸才（是〔三三〕）今日看出。孔明用如此人物，如何不誤事！」贊鍾此處孔明（大）不及仲達（與玄德）矣。又問：「街亭左右别有軍否？」探馬報曰：「離山十

〔二八〕「孔明具」，光本作「丞相且」。
〔二九〕「守把」，致本、商本倒作「把守」。
〔三〇〕「墮」，商本作「隳」。
〔三一〕「言」下，明四本有「也」。
〔三二〕「看」，光本、商本作「見」。
〔三三〕毛批「是」，商本作「乃」。

里有王平安營。」懿乃命張郃引一軍，當住王平來路，【毛】【漁】（懿亦）十分周密。又令申耽、申儀引兩路兵[三四]圍山，先斷了汲水道路，【毛】【漁】果應王平之言。待蜀兵自亂，然後乘勢擊之。當夜調度已定。次日天明，張郃引兵先往背後去了。司馬懿大驅軍馬一擁而進，把山四面圍定。【毛】【漁】竟來圍山（，不怕無命）。馬謖在山上看時，只見魏兵漫山遍野，旌旗隊伍，甚是嚴整。蜀兵見之，盡皆喪膽，不敢下山。馬謖將紅旗招動，軍將你我相推，無一人敢動。【毛】【漁】紅旗不濟事。謖大怒，自殺二將。衆軍驚懼，只得努力下山來衝魏兵，魏兵端然不動，蜀兵又退上山去。【毛】謖曰「置之死地而後生」，今則置之死地而竟死矣。馬謖見事不諧，教軍緊守寨門，只等外應。【毛】【漁】（困守窮山以待外應）（馬謖熟看兵書），豈亦兵書中有此策（耶）（否）？

却說王平見魏兵到，引軍殺來，正遇張郃，戰有數十餘合，平力窮勢孤，只得退去。【毛】更無外應了。魏兵自辰時困[三五]至戌時，山上無水，軍不得食，寨中大亂。嚷到半夜時分，【毛】口枯舌乾，怕嚷不響。山南蜀兵大開寨門，下山降魏，馬謖禁止不住。【毛】【漁】兵法何在？〈【漁】〉是半夜口乾舌枯矣。司馬懿又令人於沿山放火，【毛】既絶之以水，又贈之以火。【漁】水絶復[三六]以火贈之。山上蜀兵愈亂。馬謖料守不住，只得驅殘兵殺下山西逃奔。【毛】【漁】（壞了，）街亭（一）失（了）（，大事壞矣）！好箇熟讀兵書深明韜畧（的）！司馬懿放條大路，讓過馬謖，背後張郃引兵追[三七]來。趕到三十餘里，前面鼓角齊鳴，一彪軍出，放過馬謖，攔住張郃，視之乃魏延也。【毛】孔明用魏延，本爲守街亭，誰知却是救馬謖。延[三八]揮刀縱馬，直取張郃。郃回軍便走，延驅兵趕來，復奪街亭。【毛】至此爲孔明一喜。趕到五十餘里，一聲喊起，兩邊伏兵齊

〔三四〕「兵」，商本作「軍」。
〔三五〕「困」，光本、商本作「圍」。
〔三六〕「復」，衡校本作「後」，形訛。
〔三七〕「追」，齋本、光本作「趕」。
〔三八〕「延」，原無，毛校本同。按：缺主語，據明四本補。

出：左邊司馬懿，右邊司馬昭，却抄在魏延背後，把延困在垓心。張郃復來，三路兵合在一處。魏延左衝右突，不得脱身，折兵大半。毛至此又爲孔明一嘆。正危急間，忽一彪軍殺入，乃王平也。毛漁孔明用王平，（本）（原）爲守街亭，誰知却是救魏延。延大喜曰：「吾得生矣！」二將合兵一處，大殺一陣，魏兵方退。二將慌忙奔回寨時，營中皆是魏兵旌旗。申耽、申儀從營中殺出。王平、魏延逕奔列柳城，來投高翔。此時高翔聞知街亭有失，盡起列柳城之兵，前來救應，毛接筍甚緊。正遇延、平二人，訴説前事。高翔曰：「不如今晚去劫魏寨，再復街亭。」鍾三人商議却通。當時三人在山坡下商議已定。毛漁三人商議，難出司馬懿所料。待天色將晚，兵分〔三九〕三路。魏延引兵先進，逕到街亭，不見一人，毛漁此是司馬懿（用〔四〇〕）計（，却在魏延一邊寫出）。心中大疑，未〔四一〕敢輕進，且伏在路口等候。忽見高翔兵到，二人共説魏兵不知在何處。正没理會，又〔四二〕不見王平兵到。毛漁虧得他還未到。忽然一聲砲響，火光沖天，鼓聲震地。魏兵齊出〔四三〕，把魏延、高翔圍在垓心。二人往來衝突，不得脱身。忽聽得山坡後〔四四〕喊聲若雷，一彪軍殺入，乃是王平，救了高、魏二人，毛漁此王平第二次救魏延。逕奔列柳城來。比及奔到城下時，城邊早有一軍殺到，旗上大書「魏都督郭淮」字樣。原來郭淮與曹真商議，恐司馬懿得了全功，乃分淮來取街亭，聞知司馬懿、張郃成了此功，遂引兵徑襲列柳城。毛此是趂現成。正遇三將，大殺一陣，蜀兵傷者極多。魏延恐陽平關有失，慌與王平、高翔望陽平〔四五〕關來。

〔三九〕「兵分」，致本同，其他毛校本作「分兵」。

〔四〇〕毛批「用」字原闕，據毛校本補。

〔四一〕「未」，齋本、光本作「不」。

〔四二〕「又」，原作「却」，毛校本同；周本、夏本、贊本無。按：「又」字通，據嘉本改。

〔四三〕「出」，光本作「來」。

〔四四〕「往來」，齋本、光本作「盡力」。「得山坡後」四字原闕，原手寫補入「得背後大」四字，今據古本補。

〔四五〕「平」，光本訛作「街」。

却説郭淮收了軍馬，乃謂左右曰：「吾雖不得街亭，却取了列柳城，亦是大功。」毛且慢喜着，還有手長的。漁且慢歡喜。引兵逕到城下叫門，只見城上一聲砲響，旗幟皆竪，當頭一面大旗，上書「平西都督司馬懿」。懿撑起懸空板，倚定護心木欄干，大笑曰：「郭伯濟來何遲也？」毛漁（本是）郭淮要趂現成，又被司馬懿趂去（了），妙甚。淮大驚曰：「仲達神機，吾不及也！」遂入城。相見已畢，懿曰：「今街亭已失，諸葛亮必走。公可速與子丹星夜追之。」郭淮從其言，出城而去。懿喚張郃曰：「子丹、伯濟恐吾全獲大功〔四六〕，故來取此城池。吾非獨欲成功，乃僥倖而已。吾料魏延、王平、馬謖、高翔等輩，必先去據陽平關。毛漁魏延等（三人）商議，（又）不出司馬懿所料。吾若去取此〔四七〕關，諸葛亮必隨後掩殺，中其計矣。毛司馬懿算計，却非〔四八〕魏延等所料。漁好神算。兵法云：『歸師勿掩，窮寇莫追。』汝可從小路抄箕谷退兵。毛此是孫禮、辛毗所〔四九〕守處。吾自引兵當斜谷之兵。若彼敗走，不可相拒，只宜中途截住，蜀兵輜重可盡得也。」毛漁慢着，且保守（了自己輜重者〔五〇〕）（自己的）。鍾仲達好箇對手，然孔明還高一着。張郃受計，引兵一半去了〔五一〕。懿下令：「逕取斜谷，由西城〔五二〕四西城，縣名，屬陝西。而進。西城雖山僻小縣，乃蜀兵屯糧之所，又南安、天水、安定三郡總路。若得此城，三郡可復矣。」毛漁又算出一個緊要去處。於是司

〔四六〕「功」，商本作「勝」。
〔四七〕「此」，貫本、澹本脱。
〔四八〕「非」，光本、商本作「被」。
〔四九〕「毗」，澹本作「呲」，形訛。「所」，光本作「之」。
〔五〇〕毛批「守了自己」，齋本、光本作「了自己的」。「者」，光本作「物」，商本作「看」。
〔五一〕「一半去了」，商本倒作「去了一半」。
〔五二〕「逕」，商本作「盡」。「西城」周、夏批原有「西城，縣名，即今漢中府金州漢陰縣是也」。按：《三國志·蜀書·諸葛亮傳》：「亮拔西縣千餘家，還于漢中。」《方輿紀要·陝西八》：「西縣城，（秦）州西南百二十里。」《一統志》：漢中府興安州「東漢末分置西城郡」，「西魏以其地出金改金州」。西城，即西縣，周、夏批以西城郡誤注，不録。

馬懿留申耽、申儀守列柳城，自領大軍望斜谷進發。【毛】以上按下司馬懿，以下再敘孔明。

却説孔明自令馬謖等守街亭去後，猶豫不定。忽報王平使人送圖本至。孔明喚入，左右呈上圖本。孔明就文几上拆開視之，拍案大驚曰：「馬謖無知，坑陷吾軍矣！」【毛】與見猇亭圖本時一樣吃謊〔五三〕。【贊】遲了。左右問曰：「丞相何故失驚？」孔明曰：「吾觀此圖本，失却要路，占山爲寨。倘魏兵大至，四面圍合，斷汲水道路，不須二日，軍自亂矣。【毛】【漁】先生如見。若街亭有失，吾等安歸？」長史楊儀進曰：「某雖不才，願替馬幼常回。」【毛】楊儀於此處出現。孔明將安營之法，一一分付與楊儀。正待要行，忽報馬到來，説：「街亭、列柳城盡皆失了！」孔明跌足長嘆曰：「大事去矣！此吾之過也！」【毛】【漁】孟〔五四〕達之失，孔明（有）知人之明；馬謖之敗，孔明自引不知人之過。急喚關興、張苞分付曰：「汝二人各引三千精兵，投武功山小路而行。如遇魏兵，不可大擊，只鼓譟吶喊爲疑兵驚之。彼當自走，亦不可追。【毛】讀者必謂此魏兵定指〔五五〕將來追孔明之魏兵矣，不知却反是孔明謊走之〔五六〕魏兵，真正神妙。待軍退盡，便投陽平關去。」【毛】先是兩箇領兵去了。又令張翼先引軍去修理劍閣，以備歸路。【毛】又是一箇引兵去了。又密傳號令，教大軍暗暗收拾行裝，以備起程。又令馬岱、姜維斷後，先伏於山谷中，待諸軍退盡，方始收兵。【毛】又是兩箇領兵去了。又差心腹人，分路報與天水、南安、安定三郡官吏軍民，皆入漢中。【毛】【漁】是棄三郡〔五七〕。又遣心腹人到冀縣搬取姜維老母，送入漢中。【毛】更周匝之極。

〔五三〕「謊」，光本作「嚇」，本回後同。

〔五四〕漁批「孟」，原作「馬」，據衡校本改。

〔五五〕「魏」，致本同，其他毛校本作「蜀」。按：依正文句，批語結構爲「此魏兵非某魏兵，乃另某魏兵」。作「蜀」非。「指」，光本作「退」。按：如前「魏」作「蜀」，則「退」通。

〔五六〕「謊走之」，致本同，其他毛校本作「謊走了」。按：前文如作「必謂此蜀兵」「定退」，則「謊走了」通。

〔五七〕漁批「郡」，原作「羣」，形訛，據衡校本改。

孔明分撥已定，先引五千兵退〔五八〕去西城縣搬運糧草，【毛】【漁】只剩孔明一箇。忽然十餘次飛馬報到，說：「司馬懿引大軍十五萬，望西城蜂擁而來！」時孔明身邊別〔五九〕無大將，止有一班文官，所引五千軍，已分一半先運糧草去了，只剩二千五百軍在城中。【毛】【漁】以二千五百人當十五萬〔六〇〕之衆，看先生如何（布置）（處法）。衆官聽得這箇消息，盡皆失色。孔明登城望之，果然塵土沖天，魏兵分兩路望西城縣殺來。孔明傳令，教：「將旌旗盡皆藏〔六一〕匿；【毛】【漁】奇絶（，怪絶）。諸軍各守城舖。如有妄行出入，及高聲言語者，立斬！【毛】奇絶，怪絶。〔六二〕【漁】又怪絶。大開四門，每一門上〔六三〕用二十軍士扮作百姓，洒掃街道。【毛】【漁】（真）奇絶，怪絶。〈【毛】〉〇二千五百人當不得十五萬之衆，二十人却反當得十五萬之衆，妙，妙。如魏兵到時，不可擅動，吾自有計。」【毛】正〔六四〕不知先生將用何計？【贊】【鍾】（孔明）平日小心，纔做得一時大胆。（不然，鮮不敗者。）〔六五〕孔明乃披鶴氅，戴綸巾，引二小童携琴一張，於城上敵樓前，凭欄而坐，焚香操琴。【毛】【漁】奇絶，妙絶。（弄〔六六〕出隆中故態，只怕）（但）此時之琴，（恐）有殺聲在絃中（見）矣。

却說司馬懿前軍哨到城下，見了如此模樣，皆不敢進，急報與司馬懿。懿笑而不信，【毛】不唯仲達不信，至今我亦不信。遂止住三軍，自飛馬遠遠望之。果見孔明坐於城樓之上，笑容可掬，焚香操琴。左有一童子，手捧寶劍；右有一童子，手執麈尾。城門内外，有二十餘百姓，低頭灑掃，傍若無人。懿

〔五八〕「退」，光本脱。
〔五九〕「別」，商本作「并」。
〔六〇〕毛批「人」，齋本、光本作「軍」。漁批「十五萬」，原作「十萬」，衡校本同。據漁本正文補。
〔六一〕「教」，齋本、光本作「衆」。「藏」，明四本作「隱」。
〔六二〕正文「諸軍」至毛批「怪絶」，貫本、滄本脱，疑刊刻脱行。正文「高聲言語者立斬」，明四本作「高言大語者斬之」。
〔六三〕「上」，嘉本無，周本作「正」。
〔六四〕「正」，商本作「但」。
〔六五〕贊批「時」「者」二字，吴本闕。
〔六六〕毛批「弄」，商本訛作「補」。

看畢大疑，毛作怪蹺蹊〔六七〕。不獨仲達大疑，至今我亦大疑。漁作怪蹺蹊。前者不信，今又大疑矣。便到中軍，教後軍作前軍，前軍作後軍，望北山路而退。毛妙，妙，仲達反誆走了。次子司馬昭曰：「莫非諸葛亮無軍，故作此態？父親何故便退兵？」毛漁（退得好奇。到此）司馬昭勝（似〔六八〕其）父（也）。贊好兒子。鍾□□□兒□。懿曰：「亮平生謹慎，不曾弄險。今大開城門，必有埋伏。我兵若進，中其計也。汝輩豈〔六九〕知？宜速退。」毛正以平日信之，故於此時疑之。於是兩路兵盡皆退去。

孔明見魏軍遠去，撫掌而笑。衆官無不駭然，乃問孔明曰：「司馬懿乃魏之名將，今統十五萬精兵到此，見了丞相，便速退去，何也？」毛漁莫非（孔明）彈琴（時默念）（中有）退兵呪語？孔明曰：「此人料吾平生〔七〇〕謹慎，必不弄險。見如此規模〔七一〕，疑有伏兵，所以退去。毛知彼之能知己，因出於彼所不及知之外，以善全夫己。真正神妙。吾非行險，蓋因不得已而用之。毛漁此日之險，比子午谷更險。贊鍾「因不得已而用之」，乃是真話。（後人毋漫試此也。）〔七二〕此人必引軍投山北小路去也。吾已令興、苞二人在彼等候。」毛不唯自己不誆，倒還要去誆人。衆皆驚服曰：「丞相之機，神鬼〔七三〕莫測。若某等之見，必棄城而走矣。」孔明曰：「吾兵止有二千五百，若棄城而走，必不能遠遁。得不爲司馬懿所擒乎？」毛走則不能走，不走則能走。後人有詩讚曰：

瑶琴三尺勝雄師，諸葛西城退敵時。

〔六七〕「蹺蹊」，光本、商本倒作「蹊蹺」。
〔六八〕毛批「似」，商本作「是」。
〔六九〕「兵」，光本作「軍」。「豈」，光本作「焉」。
〔七〇〕「吾」，光本作「我」。「平生」，原作「生平」，業本、貫本、齋本、滄本、商本、贊本同。按：「平生謹慎」與前司馬懿言前後相應，據其他古本乙。
〔七一〕「規模」，齋本、光本作「模樣」。
〔七二〕贊批吴本第一至四行各闕行首一字，共闕四字。
〔七三〕「之機神鬼」，光本作「玄機鬼神」。

十五萬人回馬處，土〔七四〕人指點到今疑。

言訖，拍手大笑曰：「吾若爲司馬懿，必不便退也。」毛使仲達爲先生，將如何？遂下令：「教西城百姓隨軍入漢中，司馬懿必將復來。」毛漁（只疑得他一時，）料他必然省（覺）（悟）。於是孔明離西城望漢中而走。天水、安定、南安三郡官吏軍民陸續而來。

却說司馬懿望武功山小路而走〔七五〕。忽然山坡後喊殺連天，鼓聲震地。毛纔聞琴聲，又聽鼓聲。懿回顧二子曰：「吾若不走，必中諸葛〔七六〕之計矣。」毛你今走，正中了諸葛之計矣。鍾妙在末後數着。只見大路上一軍殺來，旗上大書「右護衛使虎翼將軍張苞」。毛只在旗鼓上寫得聲勢。魏兵皆棄甲拋戈而走。行不到一程，山谷中喊聲震地，鼓角喧天，前面一杆大旗，上書「左護衛使龍驤將軍關興」。毛漁（亦只在）（二處）旗鼓上寫得聲勢。山谷應聲，不知蜀兵多少，更兼魏軍心疑，不敢久停，只得盡棄輜重而去。毛欲奪蜀兵輜重，反自棄其輜重。漁欲奪城池，反却自失了輜重。興、苞二人皆遵將令，不敢追襲，多得軍器糧草而歸。司馬懿見山谷中皆有蜀兵，不敢出大路，遂回街亭。此時曹真聽知孔明退兵，急引兵追趕。山背後一聲砲起〔七七〕，蜀兵漫山遍野而來，爲首大將乃是姜維、馬岱。毛漁二將齊出，敘法與前變。真大驚，急退軍時，先鋒陳造已被馬岱所斬。真引兵鼠竄而還。毛漁司馬懿尚不能趕，曹真又何能（爲）（哉）！蜀兵連夜皆奔回漢中。

却說趙雲、鄧芝伏兵於箕谷道中，聞孔明傳令回軍，雲謂芝曰：「魏軍知吾兵退，必然來追。吾先引一軍伏於其後，公却引兵打吾旗號，徐徐而退，吾一〔七八〕步步自有護送也。」毛寫趙雲更是精細〔七九〕。

〔七四〕「土」，貫本、商本作「士」，齋本、光本作「二」。

〔七五〕「走」，商本作「來」。

〔七六〕「葛」下，明四本有「亮」字。

〔七七〕「一聲砲起」，光本、商本作「一聲砲響」，明四本作「喊聲震地，鼓角喧天」。

〔七八〕「一」，商本作「亦」。

〔七九〕「細」，原作「神」，業本、貫本、齋本、商本同；澹本訛作「補」。

贊 子龍多智。

却說郭淮提兵再回箕谷道中，喚先鋒蘇顒分付曰：「蜀將趙雲，英勇無敵，汝可小心隄防。彼軍若退，必有計也。」蘇顒欣然曰：「都督若肯接應，某當生擒趙雲。」毛漁 馬謖（只爲）說大話壞了事，今又（是）（出）一箇說大話的。遂引前部三千兵，奔入箕谷。看看趕上蜀兵，只見山坡後閃出紅旗白字，上書「趙雲」，毛 不知旗下却是鄧芝。蘇顒急收兵退走。毛漁（好箇說大話的，）見了假的，（便）（尚）諕一跳。行不到數里，喊聲大震，一彪軍撞出，爲首大將挺鎗躍馬，大喝曰：「汝識趙子龍否！」鍾 □已間□乆矣〔八〇〕。蘇顒大驚曰：「如何這裏又有趙雲？」毛 竟似身外身法。措手不及，被雲〔八一〕一鎗刺死於馬下，毛漁 說大話的看樣。餘軍潰散。雲迤邐前進，背後又一軍到，乃郭淮部將萬政也。雲見魏兵追急，乃勒馬挺鎗，立於路口，待來將交鋒。蜀兵已去三十餘里，毛 到底渾身是膽。萬政認得是趙雲，不敢前進。雲等得〔八二〕天色黃昏，方纔撥回馬緩緩而進。郭淮兵到，萬政言趙雲英勇如舊，因此不敢近前。淮傳令教軍急趕，政令數百騎壯士趕來。毛 勉强生活。行至一大林，忽聽得背後大喝一聲曰：「趙子龍在此！」驚得魏兵落馬者百餘人，餘者皆越嶺而去。毛 長坂坡之先聲，至此猶烈。萬政勉强來敵，被雲一箭射中盔纓，驚跌於澗中。雲以鎗指之曰：「吾饒汝性命回去！快教郭淮趕來！」毛漁 妙在不殺他，教他寄信去諕郭淮。贊鍾 此是〔八三〕子龍之智，不可認作子龍之勇。萬政脫命而回。雲護送車仗人馬望漢中而去，沿途並無遺失。曹真、郭淮復奪三郡，以爲己功。毛 聊爲列〔八四〕柳城遮羞。

却說司馬懿分兵而進。此時蜀兵盡回漢中去

按：「精細」義長，據致本、光本改。

〔八〇〕鍾批作「間□乆矣」，「間□」疑應作「聞名」，「間」字訛。

〔八一〕「雲」，明四本作「子龍」。

〔八二〕「得」，光本、商本作「待」。

〔八三〕贊批「此是」，緑本訛作「比昪」。

〔八四〕「列」，原無，致本、業本、貫本、齋本、濬本同。按：同本回校記〔三〕，據光本、商本補。

了，懿引一軍復到西城，因問遺下居民及山僻隱者，皆言孔明止有二千五百軍在城中，又無武將，只有幾箇文官，別無埋伏。武功山士〔八五〕民告曰：「關興、張苞只各有三千軍，轉山吶喊，鼓譟驚追〔八六〕，又無別軍，並不敢厮殺。」懿悔之不〔八七〕及，仰天嘆曰：「吾不如孔明也！」毛漁只好去欺瞞曹真。贊鍾仲達服，善。〔八八〕遂安撫了諸處官民，引兵逕還長安，朝見魏主。叡曰：「今日復得隴西諸郡，皆卿之功也。」懿奏曰：「今蜀兵皆在漢中，未盡勦滅。臣乞大兵併力收川，以報陛下。」叡大喜，令懿即便興兵。忽班內一人出奏曰：「臣有一計，足可定蜀降吳。」正是：

蜀中將相方歸國，魏地君臣又逞謀。

未知獻計者是誰，且看下文分解。

馬謖妄自尊大，一味糊塗，一味自是，及到魏兵圍定，莫展一籌，惟待救兵而已。極以今時說大話秀才，平時議論鑿鑿可聽，孫、吳不及也，及至臨事，惟有縮頸吐舌而已。真可發一大噱也。

街亭之失，馬謖狂妄所致。焚香操琴以退魏兵，孔明曰：「吾非行險，蓋因不得已而用之。」固知善行師者，有堂堂之陣，必不以陰平走險爲奇也。

〔八五〕「士」，致本同，其他毛校本作「小」。
〔八六〕「山」，商本作「出」。「追」，齋本、商本作「退」。
〔八七〕「不」，商本作「無」。
〔八八〕吳本贊批闕首字。

第九十六回

孔明揮淚斬馬謖　周魴斷髮賺曹休

觀孔明之自貶，而愈知馬謖之斬難寬也。丞相且以用參軍之誤而引罪，參軍得不以負丞相之故而坐法乎？又觀孔明之斬謖〔一〕，而愈知自貶之情非僞也。參軍且以誤丞相之故而受誅，丞相得不以辱天子之命而自責乎？奉《春秋》先自治之義，既不容責人而恕己；準《尚書》克厥愛之文，又不容責己而恕人。蓋孔明之治蜀以嚴，而治兵之法一如其治國而已。

趙括之母，預〔二〕知其子之必敗，以其好言兵，而又易言兵也。先主之知馬謖，亦猶此乎？以戰爲戲之子玉，其病在玩；過門超乘之三帥，其病在輕；舉趾高、心不固〔三〕之莫敖，其病在驕；截截善諞言之杞子，其病在佞：此數者，皆兵〔四〕家之所忌。覽馬謖之事，可爲用兵者鑒，又可爲用人者鑒。

武侯之「臨表涕零」，戀後主也；武侯之臨刑涕泣，念先帝也。其出師之初，一則曰先帝，再則曰先帝；其悔敗之餘，亦一則曰先帝，再則曰先帝。不獨斬馬謖，爲奉先帝以斬之；即自貶三等，亦奉先帝以貶之耳。君子於街亭之自責，而知武侯之盡瘁；於枋頭之自諱，而知桓温之不臣。

樊城之役，蜀方伐魏，而有吕蒙襲荊州之事，是吴乃漢之罪人也。街亭之役，魏方勝蜀，而有陸遜破曹休之事，是吴又漢之功臣也。然非吴之能爲罪又能爲功也，在乎蜀之能用之耳。

〔一〕「謖」上，光本、商本有「馬」字。
〔二〕「預」，光本作「須」，形訛。
〔三〕「心不固」，齋本、光本脱。
〔四〕「兵」，齋本、光本作「法」。

武侯唯善用之，故終武侯之世〔五〕，吳不爲罪而但爲功云。

黄蓋、甘寧、闞澤之後，復有周魴，何南人之多詐與？不知此非南人詐也，乃南人之忠也。用以欺敵，則謂之詐；用以報主，則謂之忠。不當曰南人多詐，正當曰南人多忠耳。有謂南人不可爲宰相者，此宋朝迂儒之論。試觀東吳當日，豈嘗借才於異國哉？

曹操詐欲自刎而割其髮，周魴亦詐欲自刎而割其髮。曹操以此欺我軍，所以申軍法也；周魴以此欺敵國，所以成戰功也。世之不古，乃有以父母之遺體而行詐者。雖然髮如此用，方爲不負此髮，髮不虚生，亦不虚棄。不似今日之和尚無故自髡，又不似今日之割髮者，徒以供婦人雲髻之用也。

却説獻計者，乃中書令〔六〕孫資也。曹叡問曰：「卿有何妙計？」資奏曰：「昔太祖武皇帝收張魯時，危而後濟，常對羣臣曰：『南鄭【五】南鄭，即漢中府（是也）。**之地，真爲天獄。』**【毛】【贊】【鍾】「天獄」（二字亦奇）（二字佳甚）（妙）。**中斜谷道爲五百里石穴，非用武之地。**【毛】補六十七回中所未及。**今若盡起天下之兵伐蜀，則東吳又將入寇。不如以現在之兵，分命大將據守險要，養精蓄鋭。不過數年，中國日盛，吳、蜀二國必自相殘害，那時圖之，豈非勝算？乞陛下裁之。」**【毛】特地畫策〔七〕，不過是守而不戰。【贊】【鍾】老成石畫。**叡乃問司馬懿曰：「此論若何？」懿奏曰：「孫令君〔八〕所言極當。」**【漁】好個善守之法。**叡從之，命懿分撥諸將守把險要，留郭淮、張郃守長安。大賞三軍，駕回洛陽。**【毛】按下魏國，再敘孔明。

〔五〕「世」，商本作「死」。
〔六〕「中書令」，原作「尚書」，古本同。按：《三國志·魏書·劉放傳》：「黄初初，改祕書爲中書，以放爲監，資爲令，各加給事中。」據改。
〔七〕「策」，貫本作「裁」。
〔八〕「令君」，原作「尚書」，毛校本同；明四本無。按：據本回校記〔六〕，作「令君」是。

却說孔明回到漢中，漁此處敘出孔明。計點軍士，只少趙雲、鄧芝，心中甚憂，乃令關興、張苞各引一軍接應。二人正欲起身，忽報趙雲、鄧芝到來，並不曾折一人一騎，輜重等器亦無遺失。毛漁此番一出，便斬五將，（可謂）全始全終。孔明大喜，親引諸將出迎。趙雲慌忙下馬伏地曰：「敗軍之將，何勞丞相遠接？」孔明急扶起，執手而言曰：「是吾不識賢愚，以致如此！毛越是有本事人，更[九]不瞞着短處。漁自肯認錯。各處兵將敗損，惟子龍不折一人一騎，何也？」贊鍾自然不同。鄧芝告曰：「某引兵先行，子龍獨自斷後，斬將立功，敵人驚怕，因此軍資什物不曾遺棄。」孔明曰：「真將軍也！」遂取金五十斤以贈趙雲，又取絹一萬疋賞雲部卒。毛敗而整旅，更難於勝而班師，〈毛漁〉（可謂）賞之不謬。雲辭曰：「三軍無尺寸之功，某等俱各有罪，若反受賞，乃丞相賞罰不明也。且請寄庫，候今冬賜與諸軍未遲。」毛與諫先主分田意同。贊鍾（子龍此言）極是。漁賢愚不識，孔明已認；賞罰不明，又加一等，子龍筭法更嚴。孔明嘆曰：「先帝在日，常稱子龍之德，今果如此！」毛讚子龍亦[一〇]思先帝。乃倍加欽敬。

忽報馬謖、王平、魏延、高翔至。孔明先喚王平入帳，責之曰：「吾令汝同馬謖守街亭，汝何不諫之，致使失事？」平曰：「某再三相勸，要在當道築土城，安營守把。參軍大怒不從，某因此自引五千軍離山十里下寨。魏兵驟至，把山四面圍合，某引兵衝殺十餘次，毛十餘次在此補出。皆不能入。次日土崩瓦解，降者無數。某孤軍難立，故投魏文長求救。半途又被魏兵困在山谷之中，某奮死殺出。比及歸寨，早被魏兵占了。及投列柳城時，路逢高翔，遂分兵三路去刼魏寨，指望克復街亭。因見街亭並無伏路軍，以此心疑。登高望之，毛此句亦是補出。只見魏延、高翔被魏兵圍住，某即殺入重圍，

[九]「更」，致本、齋本、光本、商本作「便」。
[一〇]「亦」，齋本、光本作「正」。

救出二將，就同叅軍併在一處。某恐失却陽平關，因此急來回守。非某之不諫也。毛將上項事訴說一遍，凡載之未詳者，皆於王平口中補之[一一]。漁說得明白。丞相不信，可問各部將校。」孔明喝退，又喚馬謖入帳。謖自縛跪於帳前。孔明變色曰：「汝自幼飽讀兵書，熟諳戰法。毛呌[一二]笑他亦是可惜。吾累次丁寧告戒，街亭是吾根本！汝以全家之命，領此重任。汝若早聽王平之言，豈有此禍？今敗軍折將，失地陷城，皆汝之過也！毛漁西城之役，連孔明亦幾乎送在他手中（矣）。若不明正軍律，何以服衆？汝今犯法，休得怨吾。汝死之後，汝之家小，吾按月給與禄糧，汝不必掛心[一三]。」毛漁（死後又顧其家，）此（是）（係）法外之恩。叱左右推出斬之。贄孔明不差。鍾軍□□□。謖泣曰：「丞相視某如子，某以丞相爲父。某之死罪，實已難逃，願丞相思舜帝殛二音急。鯀二音懷。用禹之義，三考證補註鯀乃禹之父也。舜廢之，而用禹治水，後傳位與禹。謖引此告之。某雖死亦無恨於九泉！」言訖大哭。孔明揮淚曰：「吾與汝義同兄弟，毛漁（謖曰父子，亮曰兄弟，）（雖）情好如此，（而）終不免一死，可見軍法之嚴。汝之子即吾之子也，不必多囑。」左右推出馬謖於轅門之外，將斬。叅軍蔣琬自成都至，見武士欲斬馬謖，大驚，高呌：「留人！」入見孔明曰：「昔楚殺得臣而文公喜。毛引一《春秋》故事。嘉昔楚成暗弱，而殺得益之臣[一四]，晉文公聞而喜之。二考證補註昔楚成暗[一五]弱。得臣，春秋時楚令尹也。是時晉、楚戰於城濮[一六]。楚師敗績，晉

[一一]「之」，貫本、澹本、光本、商本作「出」。
[一二]「呌」，致本同，其他毛校本作「說」。
[一三]「禄糧」，齋本、光本作「禄米」，明四本作「俸禄」。「心」下，貫本、澹本有「矣」字。
[一四]按：得臣，楚國令尹。嘉批疑誤解作「得益之臣」。
[一五]周批「暗」，原作「罪」。據嘉、夏批改。
[一六]周批「城濮」，原作「成饑」。按：《左傳·宣公十二年》：「士貞子諫曰：『不可。城濮之役，晉師三日穀，文公猶有憂色。左右曰：「有喜而憂，如有憂而喜乎？」公曰：「得臣猶在，憂未歇也。困獸猶鬬，況國相乎！」及楚殺子玉，公喜而後可知也，曰：「莫余毒也已。」』」據夏批改。

文公有憂色，左右曰：「有喜而憂，何也？」公曰：「得臣猶在，憂未（散）（徹）也。」（及）（後）楚殺得臣，晉文公聞之而後喜〔一七〕。今天下未定，而戮智謀之臣，豈不可惜乎？」孔明流涕而答曰：「昔孫武所以能制勝於天下者，用法明也。毛亦引一《春秋》故事。今四方分爭，兵交方始〔一八〕，若復廢法，何以討賊耶？合當斬之。」須臾，武士獻馬謖首級於堦下，孔明大哭不已。贊此處大執，然不執不足以爲法也，然言過其實之人，亦不足惜也。蔣琬問曰：「今幼常得罪，既正軍法，丞相何故哭耶？」孔明曰：「吾非爲馬謖而哭。吾想先帝在白帝城臨危之時，曾囑吾曰：『馬謖言過其實，不可大用。』毛應八十五回中語〔一九〕。今果應此言。乃深恨己之不明，追思先帝之明〔二〇〕，因此痛哭耳！」毛漁前賞趙雲，（口口念着）（念及）先帝；今殺馬謖，亦（口口）念（着）先帝。贊鍾孔明自遜玄德一籌。大小將士，無不流涕。馬謖亡年三十九歲，時建興六年夏五月也。後人有詩曰〔二一〕：

失守街亭罪不輕，堪嗟馬謖枉談兵。
轅門斬首嚴軍法，拭淚猶思先帝明。

却說孔明斬了馬謖，將首級遍示各營已畢，用線縫在屍上，具棺葬之，自修祭文享祀；將謖家小加意撫恤，按月給與祿米。毛先盡法，後盡情。漁先正其法，軍令之嚴也；後盡其情者，存仁之厚。於是孔明自作表文，令蔣琬申奏後主，請自貶丞相之職。毛光明正大，無一毫掩飾之意。琬回成都，入見後主，進上孔明表章。後主拆視之，表曰〔二二〕：

〔一七〕周批「聞」，原訛作「間」，酌改。夏批「公聞之而後喜」，原作「不喜之」。按：同前，夏批義反，據周批改。

〔一八〕「兵交方始」，明四本作「干戈交接」，商本作「兵戈方始」。

〔一九〕「語」，致本同，其他毛校本作「事」。

〔二〇〕「明」，嘉本作「言」。

〔二一〕毛本後人詩從贊本；鍾本、漁本同贊本，贊本同明三本。

〔二二〕「之表」，原無，致本、業本、貫本、齋本、澹本、周本、夏本、贊本同；光本、商本作「之」。據嘉本補。毛本孔明上疏改自贊本；鍾本、漁本同贊本，夏本、贊本改自嘉本、周本。按：嘉本增、改自《三國志·蜀書·諸葛亮傳》。

臣本庸才，叨竊非據，親秉旄鉞，以勵三軍。不能訓章明法，臨事而懼，至有街亭違命之闕、箕谷不戒之失，咎皆在臣授任無方〔二三〕。臣明不知人，恤〔二四〕事多闇。【毛】不似曹操不肯認差。《春秋》責帥，臣職是當〔二五〕。請自貶三等，以督厥咎。臣〔二六〕不勝慚愧，俯伏待命！

後主覽畢曰：「勝負兵家常事，丞相何出此言？」侍中費禕奏曰：「臣聞治國者，必以奉法爲重。法若不行，何以服人？丞相敗績，自行貶降，正其宜也。」【毛】丞相殺叅軍，天子貶丞相，皆法也。【贄】費禕此處甚是侃侃，後來見孔明又何世情甚也，爲孔明所擯絶，寧不愧耶？人何可世情也，戒之，戒之！後主從之，乃詔貶孔明爲右將軍，行丞相事，照舊總督軍馬，就命費禕齎詔到漢中。【漁】丞相自貶，而天子從而貶之，皆法也。孔明受詔貶降訖，禕恐孔明羞赧，乃賀曰：「蜀中之民，知丞相初拔四縣，深以爲喜。」【毛】背後正言，當面世事，此等人今日最多。孔明變色曰：「是何言也！得而復失，與不得同。公以此賀我，實足使我愧赧耳。」【毛】取三郡不自功。禕又〔二七〕曰：「近聞丞相得姜維，天子甚喜。」【贄】費禕要死，可耻可戒！【鍾】此甚世情，可恥。孔明怒曰：「兵敗師還，不曾奪得寸土，此吾之大罪也。量得一姜維，於魏何損？」【毛】【漁】（取三郡〔二八〕自不以爲功，）收姜維亦不（自）（以爲）功（，光明正大如此）。禕又曰：「丞相現統雄師數十萬，可再伐魏乎？」孔明曰：「昔大軍屯於祁山、箕谷之時，我兵多於賊兵，而不能

〔二三〕「授任無方」，原無，毛校本同。按：《諸葛亮傳》原文有，據明四本補。

〔二四〕「明」，商本作「愚」，貫本、齋本、澹本、光本作「不明」。「恤」，原作「慮」，毛校本同，據明四本改。按：《諸葛亮傳》作「明」「恤」。

〔二五〕「帥臣職是當」，原作「備罪何所逃」，毛校本同；「帥」，嘉本、周本作「師」，夏本、贄本作「備」。按：《諸葛亮傳》作「帥臣職是當」。

〔二六〕「臣」，貫本、澹本脱。

〔二七〕「又」，商本、周本脱。

〔二八〕「郡」字原闕，據衡校本補。

破賊，反爲賊所破，此病不在兵之多寡，在主將耳。【贊】至言，至言。今欲減兵省將，明罰思過，較變通之道於將來。如其不然，雖兵〔二九〕多何用？自今以後，諸人有遠慮於國者，但勤攻吾之闕、責吾之短，則事可定，賊可滅，功可翹足而待矣。」【毛】深戒面諛之人。【漁】爲面諛之人深戒。費禕諸將皆服其論。費禕自回成都。孔明在漢中，惜軍愛民，勵兵講武，置造攻城渡水之器，聚積糧草，預備戰筏，以爲後圖。

細作探知，報入洛陽。【毛】【漁】（按過孔明，）再敘魏（國）（主）。魏主曹叡聞知〔三〇〕，即召司馬懿商議收川之策。懿曰：「蜀未可攻也。方今天道亢炎〔三一〕，蜀兵必不出。若我軍深入其地，彼守其險要，急切難下。」【毛】只肯爲應蜀之兵，不敢爲攻蜀之兵。叡曰：「倘蜀兵再來入寇，如之奈何？」懿曰：「臣已算定，今番諸葛亮必效韓信『暗度陳倉』【二】陳倉，山名，離鳳翔府寶雞縣六十餘里。【三】陳倉，山名，屬陝西〔三二〕。之計。臣舉一人，往陳倉道口築城守禦，萬無一失。此人身長九尺，猿臂善射，深有謀畧。若諸葛亮入寇，此人足可當之。」【毛】又引出一箇人來。【贊】【鍾】（大抵豪傑舉事，）先要得人爲第一義也。〔三三〕叡大喜，問曰：「此何人也？」懿奏曰：「乃太原人，姓郝名昭，字伯道，現爲雜號〔三四〕將軍，鎮守河西。」【毛】【漁】前薦（一）張郃，今又薦一郝昭。叡從之，加郝昭爲鎮西將軍，命把守〔三五〕陳倉道口，【毛】早爲後文孔明攻陳倉伏線。遣使持詔去訖。忽報大司馬、

〔二九〕「雖兵」，光本、商本倒作「兵雖」。

〔三〇〕「知」，原作「之」，致本、贊本同。據其他古本改。

〔三一〕「炎」，原作「災」，夏本、贊本同。按：「亢炎」，意炎熱。據其他古本改。

〔三二〕贊本系夾注「陝西」，原作「南直隸」。按：陳倉，明時至今皆屬陝西；南直隸，今江蘇、安徽、上海。

〔三三〕綠本贊批闕字，存「傑」字。

〔三四〕「號」，原作「霸」，毛校本、周本、夏本、贊本同。按：《三國志·魏書·明帝紀》裴注引《魏略》：「數有戰功，爲雜號將軍。」據嘉本改。

〔三五〕「把守」，明四本作「守把」。

揚州都督〔三六〕曹休上表，說東吳鄱陽太守周魴，願以郡來降，密遣人陳言七事，說東吳可破，乞早發兵取之。叡就御案〔三七〕上展開，與司馬懿同觀。懿奏曰：「此言極有理，吳當滅矣！」毛漁司馬懿此時（亦）（却）猜不着。臣願引一軍往助曹休。」忽班中一人進曰：「吳人之言，反覆不一，未可深信。周魴智謀之士，必不肯降，此特誘兵之詭計也。」毛漁此人見識勝（似〔三八〕）（于）仲達。贊吳人倒不。鍾賈逵能料敵。衆視之，乃建威將軍賈逵也。懿曰：「此言亦不可不聽，機會亦不可錯失。」毛兩可之論。魏主曰：「仲達可與賈逵同助曹休。」二人領命去訖。於是曹休引大軍逕取皖城，六皖城，（即）今安慶（也）。賈逵引前將軍滿寵、東莞太守胡質，逕取西陽〔三九〕，六西陽，（即）今光山。直向東關；司馬懿引本部軍逕取江陵。毛按下魏國，再敘東吳。五江陵，即（今）荆州。

却說吳主孫權在武昌東關，漁此處又敘東吳。會多官商議曰：「今有鄱陽太守周魴密表，告稱魏揚州〔四〇〕都督曹休，有入寇之意。今魴詐施詭計，暗陳七事，引誘魏兵深入重地，可設伏兵擒之。毛讀者至此，方知仲達之見不如賈逵。今魏兵分三道〔四一〕而來，諸卿有何高見？」顧雍進曰：「此大任非陸伯言不敢當也。」權大喜，乃召陸遜，封爲大都

〔三六〕「大司馬、揚州都督」，原作「揚州司馬、大都督」，古本同。按：《三國志·魏書·曹休傳》：「遷大司馬，都督揚州如故。」後文亦作「揚州都督」。據改。

〔三七〕「案」，原作「床」，其他毛校本同，致本訛作「來」。按：「案」字通，據明四本改。

〔三八〕「似」，商本作「於」。

〔三九〕「東莞」「西陽」，原作「東皖」「陽城」，毛校本、夏本、贊本同，嘉本、周本「皖」作「莞」。按：《三國志·魏書·賈逵傳》：「帝使逵督前將軍滿寵、東莞太守胡質等四軍，從西陽直向東關。」據改，注釋同。「西陽」醉本眉注、周、夏批、贊本系夾注「光山」，原作「麻城」。按：《一統志》：光山縣「漢爲西陽縣地，屬江夏郡」；黃州府「晉屬弋陽郡，又析置西陽國」，「宋爲西陽郡」；麻城縣「本漢西陵縣地」，「梁置信安縣及北西陽縣」。據改。

〔四〇〕「告」，致本同，其他毛校本作「奏」。「揚州」，齋本、光本脫。

〔四一〕「道」，嘉本、光本、商本作「路」。

督〔四二〕、平北都元帥，統御林大兵，攝行王事，授以白旄黄鉞，文武百官皆聽約束。權親自與遜執鞭。毛漁此時陸遜（寵榮）（可謂榮耀）之極（矣）。遜領命謝恩畢，乃保二人爲左右都督，分兵以迎三道。權問何人，遜曰：「奮武將軍〔四三〕朱桓，綏南將軍全琮，二人可爲輔佐。」權從之，即命朱桓爲左都督，全琮爲右都督。於是陸遜總率江南八十一州并荊湖之衆七十餘萬，令朱桓在左，全琮在右，遜自居中，三路進兵。毛以三路對三路。朱桓獻策曰：「曹休以親見任，非智勇之將也。今聽周魴誘言，深入重地，元帥以兵擊之，曹休必敗。鍾朱桓却是。敗後必走兩條路：左乃夾石，嘉地名。右乃挂車〔四四〕。嘉地名。四夾石、挂車，俱地名。此二條路，皆山僻小徑，最爲險峻。某願與全子璜各引一軍，伏於山險，先以柴木大石塞二音色。斷其路，曹休可擒矣。贊鍾亦似。若擒了曹休，便長驅直進，唾手而得壽春，以窺許、洛，此萬世一時也。」毛説得高興，可爲蜀中吐氣。漁説得好豪興。遜曰：「此非善策，吾自有妙用。」於是朱桓懷不平而退。遜令諸葛瑾等拒守江陵，以敵司馬懿。諸路俱各調撥停當。

却説曹休兵臨皖城，周魴來迎，逕到曹休帳下。休問曰：「近得足下之書，所陳七事深爲有理，奏聞天子，故起大軍三路進發。若得江東之地，足下之功不小。有人言足下多謀，誠恐所言不實。吾料足下必不欺我〔四五〕。」周魴大哭，毛何從〔四六〕得此一副急淚。急掣從人所佩劍欲自刎。毛今之欲以死詐

〔四二〕「大都督」，原作「輔國大將軍」，古本同。按：《三國志·吳書·陸遜傳》：「召遜假黄鉞，爲大都督。」《朱桓傳》：「時陸遜爲元帥，全琮與桓爲左右督。」據改。

〔四三〕「奮武將軍」，原作「奮威將軍」，毛校本同。按：《三國志·吳書·朱桓傳》：「權嘉桓功，封嘉興侯，遷奮武將軍，領彭城相。」據明四本改。

〔四四〕「挂車」，原作「桂車」，古本同。按：《三國志·吳書·朱桓傳》：「今戰必敗，敗必走，走當由夾石、挂車。」據改，注釋同。

〔四五〕「欺我」，光本作「棄我」，明四本作「爲此等事也」。

〔四六〕「何從」，貫本、瀋本倒作「從何」。

人者，大都是〔四七〕學周魴。漁急淚從何處得來？又將死詐人矣。休急止之。魴仗劍而言曰：「吾所陳七事，恨不能吐出心肝。今反生疑，必有吳人使反間之計也。若聽其言，吾必死矣。吾之忠心，惟天可表！」言訖，又欲自刎。毛越粧越像，勸愈力則粧愈甚。贊周魴用得。〔四八〕鍾周魴妙人妙事。曹休大驚，慌忙抱住曰：「吾戲言爾，足下何故如此！」魴乃用劍割髮擲於地曰：「吾以忠心待公，公以吾爲戲，吾割父母所遺之髮，以表此心！」毛只怕頭髮是空心的。○周魴斷髮易，黄蓋苦肉難，以斷髮不痛而苦肉則痛也。然亦視所賺之人何如耳。賺曹操，不痛不信；賺曹休，直是〔四九〕不消痛得。贊鍾更妙！漁好賺法。曹休乃深信之，設宴相待。席罷，周魴辭去。忽報建威將軍賈逵來見，休令入，問曰：「汝此來何爲？」逵曰：「某料東吳之兵，必盡屯於皖城。都督不可輕進，待某兩下夾攻，賊兵可破矣。」休怒曰：「汝欲奪吾功耶？」毛癡人聲口。贊好個曹休，真堪爲大將也！我勸他罷〔五〇〕休。鍾賈逵堪爲大將，（曹）休□□（謀）。逵曰：「又〔五一〕聞周魴截髮爲誓，此乃詐也，昔要離斷臂刺殺慶忌，未可深信。」毛漁（亦）（又）引一吳中故事。休大怒曰：「吾正欲進兵，汝何出此言以慢軍心！」叱左右推出斬之。毛若髮可當頭，何不亦斷其髮以示罰〔五二〕。漁此時不但斷其髮，亦斷其頭矣。衆將告曰：「未及進兵，先斬大將，於軍不利。且乞暫免。」休從之，將賈逵兵留在寨中調用，自引一軍來取東關。時周魴聽知賈逵削去兵權，暗喜曰：「曹休若用賈逵之言，則東吳敗矣！毛若如此，白做了一箇光頭。今天使我成功也！」贊鍾惟敵人方能知本國賢否也。周魴〔五三〕非賈逵知己耶？即遣人密到皖城嘉

〔四七〕「欲」，商本脱。「大」，業本訛作「人」。「是」，商本作「欲」。
〔四八〕緑本脱此句贊批。
〔四九〕「直是」，商本脱。
〔五〇〕「罷」，吳本作「恨」。
〔五一〕「又」，光本作「某」。
〔五二〕「罰」下，齋本、光本有「也」字。
〔五三〕贊批「也」，緑本訛作「包」。鍾批「魴」，原作「訪」，形訛，據贊批改。

今之潯陽是也。報知陸遜。遜喚諸將聽令曰：「前面石亭，雖是山路，足可埋〔五四〕伏。早先去占石亭濶處，布成陣勢，以待魏軍。」遂令徐盛爲先鋒，引兵〔五五〕前進。

却説曹休命周魴引兵而〔五六〕進，正行間，休問曰：「前至〔五七〕何處？」魴曰：「前面石亭也，堪〔五八〕以屯兵。」休從之，遂率大軍并車仗等器，盡赴石亭駐劄。【毛】騙上路了。次日，哨馬報道：「前面吴兵不知多少，據住山口。」休大驚曰：「周魴言無兵，爲何有准備？」急尋魴問之。人報周魴引數十人，不知何處去了。【毛】有頭髮做當〔五九〕頭，怕他則甚。休大悔曰：「吾〔六〇〕中賊之計矣！【贄】【鍾】方纔得知。雖然如此，亦不足懼！」【毛】生姜湯，自煖肚。【漁】且慢些悔，尚有頭髮做當頭。遂令大將張普爲先鋒，引數千兵來與吴兵交戰。兩陣對圓，張普出馬罵曰：「賊將蚤降！」徐盛出馬相迎。戰無〔六一〕數合，普抵敵不住，勒馬收兵回見曹休，言徐盛勇不可當。休曰：「吾當以奇兵勝之。」【毛】何奇之有？【鍾】試看奇兵何如。【漁】奇在那裡？就令張普引二萬軍伏於石亭之南，又令薛喬引二萬軍伏於石亭之北：「明日吾自引一千兵〔六二〕搦戰，却佯輸詐敗，誘到北山之前，放砲爲號，三面夾攻，必獲大勝。」【毛】【漁】（如此便）自以爲奇兵，（那知〔六三〕）都做了敗兵（耶）（了）！【贄】好奇兵！真奇，真奇！二將受計，各引二萬軍到晚埋伏去了。

却説陸遜喚朱桓、全琮分付曰：「汝二人各引

〔五四〕「石」字原闕，據毛校本補。「埋」，原作「理」，澹本同，據其他古本改。
〔五五〕「兵」，商本作「其」，形訛。
〔五六〕「兵」，明四本作「軍」。「而」，商本作「前」。
〔五七〕「至」，商本作「面」。
〔五八〕「堪」，原作「甚」，致本同，據其他古本改。
〔五九〕「做當」，商本倒作「當做」。
〔六〇〕「吾」，光本作「我」。
〔六一〕「無」，商本、嘉本作「不」。
〔六二〕「兵」，商本作「軍」。
〔六三〕毛批「那知」，貫本、澹本作「到却」。

三萬軍，從石亭山路抄到曹休寨後，放火爲號，吾親率大軍從中路而進，可擒曹休也。」當日黄昏，二將受計引兵而進。二更時分，朱桓引一軍正抄到魏寨後，迎着張普伏兵。普不知是吴兵，逕來問時，被朱桓一刀斬於馬下。魏兵便走，桓令後軍放火。【毛】恰好此一路伏兵，遇着此一路伏兵。全琮引一軍抄到魏寨後，正撞在薛喬陣裡，就那裡大殺一陣。薛喬敗走，魏兵大損，奔回本寨。【毛】又是一路伏兵，遇着一路伏兵。四伏相遇，大家撞破，魏兵吃虧。【漁】恰好伏兵遇着伏兵。後面朱桓、全琮兩路殺來。曹休寨中大亂，自相衝擊。休慌上馬，望夾石道奔走。徐盛引大隊軍馬從正路殺來，魏兵死者不可勝數，逃命者盡棄衣甲。曹休大驚，在夾石道中奮力奔走，忽見一彪軍從小路衝出，爲首大將乃賈逵也。休驚慌少息，自愧曰：「吾不用公言，果遭此敗。」【毛】【漁】（周魴已擇〔六四〕髮短，）曹休自覺（顔厚）（面〔六五〕愧）。【鍾】休當愧死。逵曰：「都督可速出此道：若被吴兵以木石塞斷，吾等皆危矣！」於是曹休驟馬而行，賈逵斷後。逵於林木盛茂處及險峻小徑，多設旌旗以爲疑兵。【毛】虧此得脱。及至徐盛趕到，見山坡下閃出旗角，疑有埋伏，不敢追趕，收兵而回〔六六〕。【毛】周魴以空頭騙了曹休，賈逵又以空頭騙了徐盛。因此救了曹休。司馬懿聽知休敗，亦引兵退去。【毛】【漁】仲達此時亦虎頭蛇尾。

却説陸遜正望捷音，須臾，徐盛、朱桓、全琮皆到。所得車仗、牛馬、驢騾、軍資、器械，不計其數，降兵數萬餘人。遜大喜，即同太守周魴并諸將班師還吴。吴王〔六七〕孫權領文武官僚出武昌城迎接，以御蓋覆遜而入。【毛】【漁】（陸遜）此時十分榮耀（，年少書生，固未可量）。諸將盡皆陞賞。權見周魴

〔六四〕毛批「已擇」，齋本、光本作「自嫌」，澹本作「己嫌」，商本作「自覺」。
〔六五〕「面」，衡校本作「而」，形訛。
〔六六〕「而回」，商本作「回去」。
〔六七〕「諸將」，商本脱。「吴王」，致本同，其他毛校本作「吴主」。

無髮，毛周魴没〔六八〕髮，却弄得曹休没法。慰勞曰：「卿斷髮成此大事，功名當書於竹帛也。」即封周魴爲關内侯，毛光了頭，宜封他爲國師〔六九〕。大設筵會，勞軍慶賀。陸遜奏曰：「今曹休大敗，魏已喪膽，可修國書，遣使入川，教諸葛亮進兵攻之。」權從其言，遂遣使齎書入川去。正是：

只因東國能施計，致令西川又動兵。

未知孔明再來伐魏勝負如何，且看下文分解。

做人極忌周旋世務，俯仰他人面孔以爲榮辱。一遇正人，色色破綻，真如戲場丑淨，徒供人訕笑而已，但看費禕之於孔明便是樣子。

一鈍士問曰：「周魴即欲取信曹休，亦何必截髮乎？身體髮膚受之父母，即爲忠臣，亦不得爲孝子矣！」梁溪葉仲子見其腐氣可掬，故謔之曰：「渠尚有深意，公未及知。」鈍士急問之曰：「何意？」曰：「渠意恐怕此事不成，欲向虎丘山中作一和尚耳！」聞者大笑

做人極忌周旋世務，俯仰他人面孔以爲榮辱，一遇正人，色色破綻，真如戲場丑淨，徒供人笑訕而已。但看費禕之于孔明，便是樣子。

〔六八〕「没」，齋本、光本作「無」，後一處同。

〔六九〕「師」，光本作「光侯」。

第九十七回

討魏國武侯再上表　破曹兵姜維詐獻書

《前出師表》開導嗣君，《後出師表》力辯衆議，辨衆議亦所以開嗣君也。《前出師表》憂在國中，《後出師表》慮在境外：慮境外亦所以憂國中也。何也？自失街亭斬馬謖以來，議者以爲但宜安蜀，不宜伐魏。武侯則以爲若不伐魏，不能安蜀，我不滅賊，賊必滅我，此不兩立之勢，非不欲偏安，正恐欲偏安而不能耳。漢與賊不兩立，則不共天地，不同日月，既以義斷之而在所當奮矣。賊亦與漢不兩立，則如苗有莠，如粟有秕，不又以勢度之，而在所當慮乎？「不兩立」一語，今人但見得漢一邊，不曾見得賊一邊，然則《表》中「慮」字將何所指？是雖讀過《後出師表》一篇，却是未嘗讀一字也。

人知武侯之智不可及，不知武侯之愚不可及。料其事之必成必利而後爲之，此智者之事也；不能料其事之必成必利而亦爲之，此愚者之心也。不能料其事之必敗必鈍而蹈之，此愚而愚者之事也；能料其事之必敗必鈍而終必蹈之，此智而愚者之心也。先生未出草廬，已知三分天下。然則伐魏之無成、出師之不利，先生料之熟矣。明明逆覩而乃云「非所逆覩」者，何哉？蓋以智而愚者，自盡老臣之責，而仍以愚而愚者，上杜幼主之疑耳〔一〕。

武侯之死，尚在數回之後，而此處表中結語，早下一「死」字，已爲五丈原伏筆矣。先生不但知伐魏之無成、出師之不利，而又逆知其身之必死於是役也。以漢、賊不兩立之故，

〔一〕「耳」，貫本脫。

而至於敗亦不惜，鈍亦不惜，即死亦不惜。嗚呼！先生真大漢之忠臣哉〔二〕！文天祥《正氣歌》曰：「或爲《出師表》，鬼神泣壯烈。」殆於後一篇而愈見之。

武侯未出祁山，而天使姜維歸漢，特以備六出祁山以後之用耳。然將寫其歸武侯，不先寫其敵武侯，不見姜維之才之妙也。但寫其敵武侯於前，不寫其佐武侯於後，又不見姜維之才之妙也。此回之賺曹真，則其佐武侯者矣。武侯未死，而有佐武侯之姜維；然後武侯既死，而有繼武侯之姜維。人但知武侯既死，而後顯一能伐魏之姜維；不知武侯未死，而早見一能破〔三〕魏之姜維。然則九伐中原之事，殆兆端於此乎！

周魴降魏而曹休信之，姜維降魏而曹真又信之，其事相類。而魴以書往，又以身往，維則不以身往，但以書往；曹休則賺之而來，曹真則賺之不來，而〔四〕真之部將來：此則其不相類者也。孟達以蜀人歸蜀而武侯信之，姜維以魏人歸魏而曹真亦信之，其事相類。而一則信之而是，一則信之而非；一則真而孟達之謀不諧，一則詐而姜維之謀克遂：此又其不相類者也。至於天水城外有一叫門之假姜維，曹真書中又有一降魏之假姜維，或假而假，或真而假，前後無不映射成趣。

却說蜀漢建興六年秋九月，魏都督曹休被東吳陸遜大破於石亭，車仗馬匹，軍資器械，并皆罄盡。休惶恐之甚，氣憂成病，到洛陽，疽發背而死。【毛】【漁】陸遜氣殺曹休，與孔明氣殺王朗（正復）相似。**魏主曹叡勑令厚葬。司馬懿引兵還，衆將接入問曰：「曹都督兵敗，即元帥之干係，何故急回耶？」懿曰：**

〔二〕「哉」，光本作「者」。
〔三〕「破」，齋本、光本作「伐」。
〔四〕「而」，光本作「曹」。

「吾料諸葛亮知吾〔五〕兵敗，必乘虛來取長安。倘隴西緊急，何人救之？吾故回耳。」毛 疑其懼吳，却是懼蜀。贊 先見。鍾 西事更急，回顧極是。漁 着着是對手。衆皆以爲懼怯，哂笑而退。

却説東吳遣使致書蜀中，請兵伐〔六〕魏，并言大破曹休之事：一者顯自己威風，二者通和會之好。毛 敘事中忽斷二〔七〕語，直是《史記》筆法。漁 兩言該括。後主大喜，令人持書至漢中，報知孔明。時孔明兵强馬壯，糧草豐足，所用之物，一切完備，正要出師。聽知此信，即設宴大會諸將，計〔八〕議出師。忽一陣大風，自東北角上而起，把庭前松樹吹折。毛漁 正應棟梁之才將折。衆皆大驚。孔明就占一課，曰：「此風〔九〕主損一大將！」諸將未信。正飲酒間，忽報鎮軍將軍〔一〇〕趙雲長子趙統、次子趙廣，來見丞相。孔明大驚，擲杯於地曰：「子龍休矣！」二子入見，拜哭曰：「某父昨夜三更病重而死。」毛 前出師以子龍始，以子龍終者，以子龍於〔一一〕此結局也。孔明跌足而哭曰：「子龍身故，國家損一棟梁，吾去一臂也！」衆將無不揮涕〔一二〕。孔明令二子入成都面君報喪。後主聞雲死，放聲大哭曰：「朕昔年幼，非子龍則死於亂軍之中矣！」毛漁 追(應)(想)四十一回中(之)事。即下詔追贈大將軍，謚〔一三〕順平侯，勅葬於成都錦屏山之東，建立廟堂，四時享祭。後人有詩曰：

常山有虎將，智勇匹關張。
漢水功勳在，當陽姓字彰。

〔五〕「吾」，商本作「我」。
〔六〕「伐」，光本作「代」，形訛。
〔七〕「二」，商本訛作「一」。
〔八〕「信」，商本作「話」，贊本作「言」，明三本作「事」。「將」，原作「臣」。按：「將」字通，據古本改。「計」，商本作「討」，形訛。
〔九〕「曰此風」，商本作「乃大叫」。
〔一〇〕「鎮軍將軍」，原作「鎮南將軍」，古本同。按：《三國志·蜀書·趙雲傳》：「軍退，貶爲鎮軍將軍。」據改。
〔一一〕「於」，商本作「如」。
〔一二〕「吾去」，毛校本倒作「去吾」。「涕」，商本作「淚」，明四本無。
〔一三〕「謚」下，明四本有「封」字。

兩番扶幼主，一念答先皇。
青史書忠烈，應流百世芳。

却說後主思念趙雲昔日之功，祭葬甚厚，封趙統爲虎賁中郎〔一四〕，趙廣爲牙門將，就令守墳。二人辭謝而去。忽近臣奏曰：「諸葛丞相將軍馬分撥已定，即日將出師伐魏。」後主問在朝諸臣，諸臣多言未可輕動，【毛】只因朝臣多有言不當伐〔一五〕魏者，故先生《後出師表》中歷歷辨之。後主疑慮未決。忽奏丞相令楊儀齎《出師表》至，後主宣入，儀呈上表章。後主就御案上拆視，其表曰〔一六〕：

先帝慮漢、賊不兩立，【毛】漢、賊不兩立，從來人只解得一半。但曰漢不與賊兩立，止〔一七〕是誓不共戴之意耳；不知漢不滅賊，則賊必滅漢，賊亦不與漢兩立，此則先生〔一八〕之所深慮也。若第云誓不共戴，又何慮之有哉？今人却是不曾解得「慮」字。王業不偏安，【毛】此句承上「慮」字說來。言我不討賊，則賊必滅〔一九〕我，是偏安不成矣。今人都認作不欲偏安，便覺上文「慮」字說不去。故托臣以討賊也。【毛】重以先帝之托。可見武侯不討賊，則是不忠；後主不使武侯討賊，則是不孝。以先帝之明，量臣之才，故知臣伐賊，才弱敵强也。【毛】「故」字，作「固」字解。此四句反說，以跌下文。明明自己謙遜，却借先帝來說。然不伐賊，王業亦亡。【毛】正是「不兩立」註脚。惟坐〔二〇〕待亡，孰與伐之？【贊】真話。【鍾】可見伐賊是不得已也。是故托臣

〔一四〕「郎」下，光本有「將」字。
〔一五〕同本回校記〔六〕。
〔一六〕毛本諸葛亮《後出師表》删，改自贊本；鍾本、漁本同贊本，贊本同明三本。按：嘉本增、改自《三國志·蜀書·諸葛亮傳》裴注引東晉習鑿齒《漢晉春秋》，述其文出自三國吴張儼《默記》。毛本引全文，異文據《三國志》裴注校正。
〔一七〕「止」，貫本作「且」，滄本、光本、商本作「正」。
〔一八〕「生」，致本、業本、齋本作「主」。
〔一九〕「滅」，商本作「伐」。
〔二〇〕「坐」下，原有「而」字，古本同，據《諸葛亮傳》裴注删。

而弗疑也。毛此四句正說，自起至此，述先帝見托之意。臣受命之日，寢不安席，食不甘味，思惟北征，宜先入南，毛可見先生入南，正是爲北。故五月渡瀘，深入不毛，并日而食。臣非不自惜也，毛亦反跌一句，以起下文。顧王業不可得偏全[二一]於蜀都，毛「不可」猶言「不能」。故冒危難以奉先帝之遺意。毛自「臣受命」一句至此，自敘其奉先帝之意。而議者謂爲非計。毛只因此一句，生出下文六「未解」來。今賊適疲於西，毛指街亭之相持。又務於東，毛指石亭之戰敗。兵法「乘勞」：此進趨之時也。毛此四句，正今日伐魏主意。謹陳其事如左：毛以上作一冒。

高帝明並日月，謀臣淵深，然涉險被創，危然後安。今陛下未及高帝，謀臣不如良、平，而欲以長計[二二]取勝，坐定天下，此臣之未解一也。毛此言賊不可待其自滅。特借高帝爲証，以破議者「未可輕動」之說。劉繇、王朗，各據州郡，論安言計，動引聖人，羣疑滿腹，衆難塞胸，今歲不戰，明年不征，使孫策[二三]坐大，遂併江東，此臣之未解二也。毛此言狃於偏安之必失，又借劉繇、王朗爲証，以破議者姑守一隅之說。曹操智計殊絶於人，其用兵也彷彿孫、吴，然困於南陽，險於烏巢[二四]，危於祁連，偪於黎陽，幾敗北山，殆死潼關，然後僞定一時耳[二五]；況臣才弱，而欲以不危而定之，此臣之未解三也。毛此借曹操之屢敗，自解其街亭之敗。贊鍾今人説得孔明便如天神，戰無不勝、攻

[二一]「得偏全」，原作「偏安」，毛校本、夏本、贊本同；嘉本、周本作「得偏安」。據《諸葛亮傳》裴注改。

[二二]「計」，夏本、贊本同；原作「策」，毛校本、周本同；嘉本作「榮」。據《諸葛亮傳》裴注改。

[二三]「策」，周本、贊本同；原作「權」，毛校本同；嘉本作「榮」。據《諸葛亮傳》裴注改。

[二四]「烏巢」，光本、明四本同；原作「烏桓」，其他毛校本同。據《諸葛亮傳》裴注改。

[二五]「耳」，齋本、光本、嘉本同；原作「爾」，其他毛校本、周本、夏本、贊本同。據《諸葛亮傳》裴注改。

無不克。其自序述不過如此（而已。此真情實話，不比後人誇張也）。曹操五攻昌霸不下，四越巢湖不成，任用李服而李服圖之，委〔二六〕夏侯而夏侯敗亡，先帝每稱操爲能，猶有此失，況臣駑下，何能必勝？此臣之未解四也。毛此又借曹操用人之誤，自解其用馬謖之誤。贄鍾觀此表，反（則）（賊）老瞞乃孔明之所深服也。（不若今人評品失真，顛倒高下也。）自臣到漢中，中間朞年耳，然喪趙雲、陽羣、馬玉、閻芝、丁立、白壽、劉郃、鄧銅等及曲長屯將七十餘人，突將無前、賨〔二七〕叟三（賨，）音叢。青羌、散騎武騎一千餘人，此皆數十年之内所糾合四方之精鋭，非一州之所有；若復數年，則損三分之二也，當何以圖敵？此臣之未解五也。毛此言舊臣代謝，若〔二八〕不及時討賊，恐將來無討賊之人。今民窮兵疲，而事不可息。事不可息，則住與行，勞費正等，而不及今〔二九〕圖之，欲以一州之地與賊持久，此臣之未解六也。毛此言一隅難恃。若不及時討賊，恐蜀中非持久之地。○以上〔三〇〕六段皆用反説，駁倒議者之論。

夫難平者，事也。昔先帝敗軍於楚，當此〔三一〕時，曹操拊手，謂天下已定。毛此是漢敗而賊成，漢鈍而賊利。然後先帝東連吴、越，西取巴、蜀，舉兵北征，夏侯授首，此操之失計而漢事將成也。毛此是賊〔三二〕敗而漢成，賊鈍而漢利〔三三〕。然後吴更違盟，關羽〔三四〕毁敗，秭二音子。歸蹉跌，曹丕稱帝。毛漢又敗而賊又

〔二六〕「委」下，原有「任」字，古本同；據《諸葛亮傳》裴注删。
〔二七〕「賨」，澹本、光本作「賔」。
〔二八〕「代」，原作「伐」，據毛校本改。「若」，光本作「又」。
〔二九〕「今」，原作「早」，古本同。據《諸葛亮傳》裴注改。
〔三〇〕「上」，光本作「往」。
〔三一〕「此」下，澹本有「之」字。
〔三二〕「賊」，原作「漢」，業本同。按：「漢」字訛，據其他毛校本改。
〔三三〕「利」下，齋本、光本有「矣」字。
〔三四〕「羽」，商本同；原作「某」，其他毛校本、周本、夏本、贄本同；嘉本作「將」。據《諸葛亮傳》裴注改。

成，漢又鈍而賊又利。凡事如是，難可逆見〔三五〕。【毛】此言往事之難料，以見後事之難期〔三六〕。【贊】真話。臣鞠躬盡瘁〔三七〕，死而後已，至於成敗利鈍，非臣之明所能逆〔三八〕覩也。【毛】說到終篇下一「死」字，雖云非所逆覩，已預知有五丈原之事。

後主覽表甚喜，即勅令孔明出師。孔明受命，起三十萬精兵，令魏延總督前部先鋒，逕奔陳倉道口而來。

早有細作報入洛陽。【毛】【漁】（以上按下蜀漢一邊，）以下再敘魏國（一邊）。司馬懿奏知魏主，大會文武商議。大將軍曹真出班奏曰：「臣昨守隴西，功微罪大，不勝惶恐。今乞引大軍往擒諸葛亮。【毛】有曹休伐吴看樣，也要仔細。臣近得一員大將，使六十斤大刀，騎千里征駒馬，開兩石鐵胎弓，暗藏三箇流星鎚，百發百中，有萬夫不當之勇，乃隴西狄道【三】狄道縣屬陝西。【二】狄道，即今臨洮府狄道縣是也。人，姓王名雙，字子全。臣保此人爲先鋒。」【毛】司馬懿進一郝昭，曹真亦薦一王雙，互相賭賽。叡大喜，便召王雙上殿。視之，身長九尺，面黑睛黃，熊腰虎背。【毛】王雙之勇在曹真口中敘出，王雙之形在曹叡眼中看見。叡笑曰：「朕得此大將，有何慮哉！」遂賜錦袍金甲，封爲虎威將軍、前部大先鋒。【毛】【漁】此曹叡之許褚（也）。曹真爲大都督。真謝恩出朝，遂引十五萬精兵，會合郭淮、張郃，分道守把〔三九〕隘口。

却說蜀兵前隊哨至陳倉，回報孔明，說：「陳倉口已築起一城，內有大將郝昭守把，【毛】一回之前，預爲此處埋伏。深溝高壘，遍排鹿角，十分謹嚴。不如棄了此城，從太白嶺烏道出祁山甚便。」孔

〔三五〕「見」，明四本同；原作「料」，毛校本同。據《諸葛亮傳》裴注改。
〔三六〕「期」，光本作「料」。
〔三七〕「瘁」，嘉本、周本作「力」。按：《諸葛亮傳》裴注原文作「力」；後文第一百二回作「瘁」，「鞠躬盡瘁」成習。
〔三八〕「逆」，齋本、澹本、光本、商本、明四本同；原作「料」，致本、業本、貫本同。據《諸葛亮傳》裴注改。
〔三九〕「守把」，光本作「把守」，本回後同。

明曰：「陳倉正北是街亭，必得此城，方可進兵。」【毛】【漁】六出祁山而陳倉未得，則有内顧之憂故也。命魏延引兵到城下，四面攻之，連日不能破。魏延復來告孔明，説城難打。孔明大怒，欲斬魏延。忽帳下一人告曰：「某雖無才，隨丞相多年，未嘗報効。願去陳倉城中，説郝昭來降，不用張弓隻箭。」衆視之，乃部曲靳詳也。【毛】【漁】如李恢之請説馬超。孔明曰：「汝用何言以説之？」詳曰：「郝昭與某同是太原〔四〇〕人氏，自幼交契。某今到彼以利害説之，必來降矣。」孔明即令前去。【贊】靳詳固莽，孔明亦似兒戲〔四一〕。靳詳驟馬逕到城下，呌曰：「郝伯道，故人靳詳來見！」城上人報知郝昭。昭令開門放入，登城相見。昭問曰：「故人因何到此？」詳曰：「吾在西蜀孔明帳下〔四二〕，叅贊軍機，待以上賓之禮。特令某來見公，有言相告。」昭勃然變色曰：「諸葛亮乃我國讐敵也！吾事魏，汝事蜀，各事其主，昔時爲昆仲，今時爲讐敵！【贊】是。〔四三〕【鍾】好箇郝昭。汝再不必多言，便請出城！」【毛】【漁】司馬懿薦人如此，亦見懿之知人。靳詳又欲開言，郝昭已出敵樓上了。魏軍急催上馬，趕出城外。詳回頭視之，見昭倚定護心木欄杆。詳勒馬以鞭指之曰：「伯道賢弟，何太情薄耶？」昭曰：「魏國法度，兄所知也。吾受國恩，但有死而已，兄不必下説詞。早回見諸葛亮，教快來攻城：吾不懼也！」【毛】【漁】（言非不）（亦〔四四〕詞甚）壯，惜乎事非其主（耳）。【鍾】如何説他得他動。詳回告孔明曰：「郝昭未等某開言，便先阻却。」孔明曰：「汝可再去見他，以利害説之。」詳又〔四五〕到城下，請郝昭相見。【毛】李恢見馬超只是〔四六〕一次，靳詳見郝昭却是兩番。昭出到敵樓上，詳勒馬高

〔四〇〕「太原」，原作「隴西」，古本同。按：前回作「太原人」，據前文改。
〔四一〕「兒戲」，緑本作「兄弟」，形訛。
〔四二〕「下」，光本作「上」。
〔四三〕贊甲本無此句贊批，據緑本補。
〔四四〕「亦」，衡校本作「言」。
〔四五〕「又」，光本作「及」。
〔四六〕「是」，商本作「見」。

叫曰：「伯道賢弟，聽吾忠言：汝據守一孤城，怎拒數十萬之衆？今不早降，後悔無及！且不順大漢而事奸魏，抑何不知天命、不辨清濁乎？願伯道思之！」郝昭大怒，拈弓搭箭，指靳詳而喝曰：「吾前言已定，汝不必再言！可速退！吾不射汝！」【毛】馬超一說便來，郝昭再說不從者，一則有人驅之於內，一則無人驅之於內也。靳詳回見孔明，具言郝昭如此光景。孔明大怒曰：「匹夫無禮太甚！豈欺吾無攻城之具耶？」隨叫土人問曰：「陳倉城中有多少人馬？」土人告曰：「雖不知的數，約有三千人。」孔明笑曰：「量此小城，安能禦我。休等他救兵到，火速攻之！」於是軍中起百乘雲梯，一乘上可立十數人，週圍用木版遮護。軍士各把短梯軟索，聽軍中擂鼓，一齊上城。郝昭在敵樓上，望見蜀兵裝起雲梯，四面而來，即令三千軍各執火箭，分布四面，待雲梯近城，一齊射之。【毛】馬謖以三萬人而不能守街亭，郝昭以三千人而能〔四七〕守陳倉者，一則無城以爲固，一則有城以爲固也。孔明只道城中無備，故大造雲梯，令三軍鼓譟〔四八〕吶喊而進，不期城上火箭齊發，雲梯盡着〔四九〕，梯上軍士多被燒死。【贊】郝昭可得。【鍾】郝昭儘有智略。城上矢石如雨，蜀兵皆退。【毛】司馬懿能取街亭，武侯不能取陳倉者，所遇之人不同，所攻之地〔五〇〕亦異耳。孔明大怒曰：「汝燒吾雲梯，吾却用『衝車』之法。」於是連夜安排下衝車。次日，又四面鼓譟吶〔五一〕喊而進。郝昭急命運石鑿眼，用葛繩〔五二〕穿定飛打，衝車皆被打折。【毛】【漁】郝昭甚能。孔明又令人運土塡城壕，教廖化引三千鍬钁軍，從夜間掘地道，暗入城去。郝昭又於城中掘重壕橫截之。【毛】【漁】能斷城外之水，不能斷城内之水。【鍾】更有防備。

〔四七〕「能」上，齋本、光本有「竟」字。
〔四八〕「譟」，光本作「誤」，形訛，後一處同。
〔四九〕「着」，貫本、齋本、澹本、光本作「焚」。
〔五〇〕「地」，齋本、光本作「城」。
〔五一〕「吶」，光本作「哂」，形訛。
〔五二〕「繩」，齋本、光本作「索」。

如此晝夜相攻，二十餘日，無計可破。毛孔明不滅公輸，郝昭不減墨翟。孔明營〔五三〕中憂悶，忽報：「東邊救兵到了，旗上書『魏先鋒大將王雙』。」孔明問曰：「誰可迎之？」魏延出曰：「某願往。」孔明曰：「汝乃先鋒大將，未可輕出。」又問：「誰敢迎之？」裨將謝雄應聲而出。孔明與三千軍去了。孔明又問曰：「誰敢再去？」裨將龔起應聲要去。孔明亦與三千兵去了。孔明恐城内郝昭引兵衝出，乃把人馬退二十里下寨。

却說謝雄引軍前行，正遇王雙，戰不三合，被雙一刀劈死。毛有郝昭之能守，又有王雙之能戰，不想于此處遇着兩箇勁敵。蜀兵敗走，雙隨後趕來。龔起接着，交馬只三合，亦被雙所斬。毛漁此處〔五四〕（連）寫王雙之勇，（方）爲後（回）（文）斬王雙伏線。敗兵回報孔明。孔明大驚，忙令廖化、王平、張嶷三人〔五五〕出迎。毛攻郝昭連換三樣攻法，攻王雙亦連調三次人馬，取一人如取一城之難。兩陣對圓，張嶷出馬，王平、廖化壓住陣角。王雙縱馬來與張嶷交馬數合，不分勝負。雙詐敗便走，嶷隨後趕去〔五六〕。王平見張嶷中計，忙叫曰：「休趕！」毛漁畢竟王平精細。嶷急回馬時，王雙流星鎚早到，正中其背。嶷伏鞍而走，雙回馬趕來，王平、廖化截住，救得張嶷回陣。王雙驅兵大殺一陣，蜀兵折傷甚多。嶷吐血數口，回見孔明，説：「王雙英雄無敵，如今將二萬兵就陳倉城外下寨，四圍立起排柵，築起重城，深挑〔五七〕壕塹，守禦甚嚴。」孔明見折二將，張嶷又被打傷，即喚姜維曰：「陳倉道口這條路不可行。別求何策？」鍾孔明何不自爲耶？維曰：「陳倉城池堅固，郝昭守禦甚密，又得王雙相助，實不可取。不若令一大將依山傍水下寨固守，再令良將守把要道，以防街亭之攻，却統大軍去襲祁山，某却

〔五三〕「明」下，嘉本有「正在」。「營」，光本作「心」。
〔五四〕毛批「處」，光本作「回」。
〔五五〕「三人」，商本脱。
〔五六〕「去」，商本、明四本作「來」。
〔五七〕「挑」，光本作「挖」。按：「挑」意挖、掘。

如此如此用計，可捉曹真也。」毛漁妙在不敘明何計，（待）下文自見。孔明從其言，即令王平、李恢引二枝兵守街亭小路，毛牽制街亭之兵。魏延引一軍守陳倉口。毛牽制陳倉之兵。馬岱爲先鋒，關興、張苞爲前後救應使，從小徑出斜谷望祁山進發。毛漁此是二出祁山。

却説曹真因思前番被司馬懿奪了功勞，因此到郿城〔五八〕，分調郭淮、孫禮東西守把，又聽的陳倉告急，已令王雙去救。聞知王雙斬將立功，大喜，乃令中護軍大將費曜，權攝前部總督，諸將各自守把隘口。忽報山谷中捉得細作來見，曹真令押入，跪於帳前。其人告曰：「小人不是奸細，有機密來見都督，誤被伏路軍捉來。乞退左右。」真乃教去其縛，左右暫退。其人曰：「小人乃姜伯約心腹人也。蒙本官遣送密書。」毛漁此姜維用計也。〈毛〉妙在不向姜維一邊寫來，却在曹真一邊見得。真曰：「書安在？」其人於貼肉衣内取出呈上，真拆視之，書曰〔五九〕：

罪將姜維百拜，書呈大都督曹麾下：維念世食魏禄，忝守邊城，叨竊厚恩，無門補報。昨日誤遭諸葛亮之計，陷身於顛崖之中。思〔六〇〕念舊國，何日忘之！今幸蜀兵西出，諸葛亮甚不相疑，賴都督親提〔六一〕大兵而來，如遇敵人，可以詐敗，維當在後，以舉火爲號，先燒蜀人糧草，却以大兵翻身掩之，則諸葛亮可擒也。非敢立功報國，實欲自贖前罪。倘蒙照察，速

〔五八〕「郿城」，原作「洛口」，毛校本同；明四本作「洛陽」。按：《漢書·地理志》顔注曰：「洛汭，洛入河處，蓋今所謂洛口也。」即洛水黄河入口處，在洛陽以東。「洛口」「洛陽」皆不在魏蜀交戰之地。《三國志·魏書·曹真傳》：諸葛亮首次北伐時「帝遣真督諸軍軍郿」，據本回前後文及前文第九十五回，曹真應守斜谷北口之「郿城」，并遣王雙救陳倉。

〔五九〕「之書」，商本作「之」，原無，其他毛校本、周本、夏本、贊本同。據嘉本補。毛本姜維詐降書删、改自贊本；鍾本、漁本同贊本，周本、夏本、贊本增、改自嘉本。

〔六〇〕「思」，商本作「想」。

〔六一〕「提」，商本作「領」。

賜〔六二〕來命。周魴賺曹休書是虛敘，姜維賺曹真書是實寫〔六三〕。

曹真看畢，大喜曰：「天使吾成功也！」遂重賞來人，便令回報，依期會合。真喚費曜商議曰：「今姜維暗獻密書，令吾如此如此。」曜曰：「諸葛亮多謀，姜維智廣，或者是諸葛亮所使，恐其中有詐。」毛漁此人見識（殊勝曹真）（頗高）。贊費曜用得。鍾費曜甚明。真曰：「他原是魏人，不得已而降蜀，又何疑乎？」毛曹真只因要奪司馬懿之功，故易于中〔六四〕。曜曰：「都督不可輕去，只守定本寨。某願引一軍接應〔六五〕姜維。如成功，盡歸都督，倘有奸計，某自支當。」毛漁太便宜了曹真（，可惜了費曜）。贊曜更〔六六〕難得。鍾此人難得。真大喜，遂令費曜引五萬兵，望斜谷而進。行了兩三程，屯下軍馬，令人哨探〔六七〕。當日申時分，回報：「斜谷〔六八〕道中，有蜀兵來也。」曜忙催兵進〔六九〕，蜀兵未及交戰先退，曜引兵追之。蜀兵又來，方欲對陣，蜀兵又退。如此者三次，毛省筆。俄延至次日申時分。魏軍一日一夜不曾敢歇，只恐蜀兵攻擊。方欲屯軍造飯，忽然四面喊聲大震，鼓角齊鳴，蜀兵漫山遍野而來。毛漁先疲之，而後誘〔七〇〕之。贊惡。鍾中其計矣。門旗開處，閃出一輛四輪車，孔明端坐其中，令人請魏軍主將答話。毛漁只（道）（當）曹真自來，故親自誘敵（耳。不然，割鷄焉用牛刀）。曜縱馬而出，

〔六二〕「賜」，原作「須」，毛校本、周本、夏本、贊本同。據嘉本改。
〔六三〕「寫」，光本作「敘」。
〔六四〕「中」下，貫本、滄本、光本、商本有「計」字。
〔六五〕「應」，原作「引」，致本、業本、貫本、齋本、滄本、商本、夏本、贊本同。按：「接應」義長，據其他古本改。
〔六六〕贊甲本原闕句首二字，據綠本補。
〔六七〕「哨探」，原作「探哨」，致本、周本、夏本、贊本同。按：作「哨探」是，據其他古本乙正。
〔六八〕「斜谷」，原作「斜口」，致本、業本、貫本、齋本、滄本、光本、贊本同。按：據上下文，應作「斜谷」，據其他古本改。
〔六九〕「兵進」，光本倒作「進兵」，嘉本作「兵前進」。
〔七〇〕毛批「誘」，商本作「破」。

遥見孔明，心中暗喜，回顧左右曰：「如蜀兵掩至，便退後走。若見山後火起，却回身殺去，自有兵來相應。」分付畢，躍馬出呼曰：「前者敗將，今何敢又來！」孔明曰：「唤汝曹真來答話！」曜罵曰：「曹都督乃金枝玉葉〔七一〕，安肯與反賊相見耶！」孔明大怒，把羽扇一招，左有馬岱，右有張嶷，兩路兵衝出。魏兵便退。行不到三十里，望見蜀兵背後火起，喊聲不絶。毛漁正合姜維之書。費曜只道號火〔七二〕，便回身殺來，蜀兵齊退。曜提刀在前，只望喊處追趕。將次近火，山路中鼓角喧天，喊聲震地，兩軍殺出：左有關興，右有張苞。山上矢石如雨，往下射來，魏兵大敗。費曜知是中計，急退軍望山谷中而走，人馬困乏。毛漁（爲）一夜不曾睡（之故）（得）。背後關興引生力軍趕來，魏兵自相踐踏及落澗身死者，不知其數。曜逃命而走，正遇山坡口一彪軍，乃是姜維。曜大罵曰：「反賊無信！吾不幸誤中汝奸計也！」維笑曰：「吾欲擒曹真，誤賺汝矣！毛漁可惜一篇大文字，却（換了一個小題目）（小做了）。速下馬受降！」曜驟馬奪路，望山谷中而走。忽見谷口〔七三〕火光沖天，背後追兵又〔七四〕至。曜自刎身死，毛漁是曹真替死鬼。贄費曜用得。鍾費曜自刎不降，亦漢子□。餘衆盡降。孔明連夜驅兵直出祁山前下寨，收住軍馬，重賞姜維。維曰：「某恨不得殺曹真也！」孔明亦曰：「可惜大計小用矣。」

却説曹真聽知折了費曜，悔之不及，遂與郭淮商議退兵之策。漁曹真要掙氣，却掙不來。於是孫禮、辛毗星夜具表申奏魏主，毛只得又去求〔七五〕司馬懿來救，硬要掙氣，掙氣不來。言蜀兵又出祁山，曹真損兵折將，勢甚危急。叡大驚，即召司馬懿入内曰：「曹真損兵折將，蜀兵又出祁山。卿有何策，可以退

〔七一〕「葉」，原作「枝」。據古本改。
〔七二〕「號火」，齊本、光本倒作「火號」。
〔七三〕「口」，光本、商本作「中」。
〔七四〕「又」字原闕，原手寫補入「聚」字，據毛校本補。
〔七五〕「求」字原闕，據毛校本補。

之？」懿曰：「臣已有退諸葛亮之計。不用魏軍揚武耀威，蜀兵自然走矣。」正是：

已見子丹無勝術，全憑仲達有良謀。

未知其計如何，且看下文分解。

姜維之計，只好哄曹真耳！你看費曜便不被他瞞過。

費曜智足以知此，已可瓦矣！更能自刎不辱，真智勇兩全者也，曹真犬彘耳，何足以辱此公？讀史至此，深爲費君惜也。

予觀《出師表》「漢賊不兩立，王業不偏安」「鞠躬盡瘁，死而後已」「成敗利鈍，非臣逆睹」數語，可見國家事知無不爲，爲而不成，非盡臣子之罪。故曰「讀《陳情表》而不哭者，非孝子；讀《出師表》而不哭者，非忠臣。」

第九十八回

追漢軍王雙受誅　襲陳倉武侯取勝

進兵有進兵之奇，退兵又有退兵之奇。使人不知我進而進，而後我不爲敵之所防；使人不知我退而退，而後我不爲敵之所掩。夫勝則[一]不退，不勝則退者，人之所知也。不勝則不退，一勝則急退者，則非人之所知也。人不知而武侯知之，我於此奇武侯；武侯知之，而司馬懿又知之，我更於此奇司馬[二]。

文有與前相應者，觀後事益信其有前事；事有與前相反者，讀前文更不料其有後文。如武侯之斬王雙、襲陳倉，是則與前相反者矣。王雙之戰甚勇，郝昭之守甚堅。三戰之而不勝，而忽斬之於一朝；兩説之而不降，屢攻之而不下，而忽取之於一夕。不有所甚難於前，不見其甚易於後者之爲異耳。

七擒孟獲之文，妙在相連；六出祁山之文，妙在不相連。於一出祁山之後，二出祁山之前，忽有陸遜破魏之事以間之，此間於數回之中者也。二出祁山之後，三出祁山之前，又有孫權稱帝之事以間之，此即間於一回之内者也。每見左丘明叙一國，必旁及他國，而事乃詳。又見司馬遷叙一事，必旁及他事，而文乃曲。今觀《三國演義》，不減左丘、司馬之長。

三國之中，惟孫權之稱帝獨後，何也？曰：有不得不後之勢也。不稱帝於曹操未死之時，恐操之挾天子以伐之耳。至于曹丕稱帝，其亦可以尤而效之矣，而猶不敢者，蜀方伐吴，而吴遽帝，是益其伐也；吴方求援於魏，而吴

[一]「則」，商本作「而」。
[二]「馬」下，滄本有「懿」，光本、商本有「懿也」。

遽帝，是絶其援也。迨夫蜀既欸，魏既離，蜀方有事於魏，魏方屢敗于蜀，夫然後乘間而踐天子位焉。此孫權之所以謹避于先，而審處於後者也。

魏僭帝，吴亦僭帝，則魏賊也，吴亦賊也。武侯伐魏而不伐吴，不惟不伐，又加欵焉，毋乃討賊之意未全與？曰：原夫伏后之所以死，獻帝之所以亡，元惡大憝，不在吴而在魏也。君子耻失其君而悼喪其親，則惟討魏之是急，討魏急則討吴不得不緩。且吴嘗稱臣于魏而受魏之九錫矣，是欲魏之助吴以攻蜀也。吴既帝，而吴與魏必不復合。吴與魏不復合，不獨魏之勢孤，而吴之勢亦孤。然則武侯欵吴之計，謂即吞吴之計也可。

武侯初出祁山而表一上，二出祁山而表再上，何至于三而表獨闕焉？曰：武侯之志決而言切，已盡在《後出師表》一篇中矣。志既決則不必多言，言既切則不必更贅之以言。非獨三出祁山爲然也，即至六出祁山之事，亦不過「死而後已」一語足以概之云。

却説司馬懿奏曰：「臣嘗奏陛下，言孔明必出陳倉，故以郝昭守之，今果然矣。毛自喜其前言之已中。彼若從陳倉入寇，運糧甚便。毛孔明之力攻陳倉正是爲此，却在仲達口中説出。漁孔明欲得陳倉正爲此耳。今幸有郝昭、王雙守把〔三〕，不敢從此路運糧。其餘小道，搬運艱難。臣算蜀兵行糧止有一月，利在急戰，我軍只宜久守。毛司馬懿之意，只是利在不戰。贄鍾（仲達）有主張。陛下可降詔，令曹真堅守諸路關隘，不要出戰。不須一月，蜀兵自走。毛自信其後言之必中。那時乘虚而擊之，諸葛亮可擒也。」毛爲王雙被斬反襯一句。漁自以爲言之必中。叡欣然曰：「卿既有先見之明，何不自引一〔四〕軍以襲之？」懿曰：

〔三〕「守把」，光本倒作「把守」，本回後同。
〔四〕「一」字原闕，據毛校本補。

「臣非惜身重命，實欲存下〔五〕此兵，以防東吴陸遜耳。孫權不久必將僭號稱尊，【毛】【漁】爲後文孫權稱帝伏筆。如稱尊號〔六〕，恐陛下伐之，定先入寇也，臣故欲以兵待之。」【贊】【鍾】（甚）有見識。正言間，忽近臣奏曰：「曹都督奏報軍情。」懿曰：「陛下可即令人告戒曹真，凡追趕蜀兵，必須觀其虛實，不可深入重地，以中諸葛亮之計。」【毛】【漁】又爲（後）斬王雙反襯一句。叡即時下詔，遣太常〔七〕韓暨持節告戒曹真：「切不可戰，務在謹守。只待蜀兵退去，方纔擊之。」【鍾】□（術）處。司馬懿送韓暨于城外，囑之曰：「吾以此功讓與子丹，【毛】先知曹真有争功之意。公見子丹，休言是吾所陳之意，只道天子降詔，教保守爲上。追趕之人，大〔八〕要仔細，勿遣性急氣躁者追之。」【毛】【漁】再爲斬王雙反襯一句，更妙。【贊】更好。暨辭去。

却説曹真正升帳議事，忽報天子遣太常韓暨持節至。真出寨接入，受詔已畢，退與郭淮、孫禮計議。淮笑曰：「此乃司馬仲達之見也。」【毛】【漁】（司馬懿能料孔明，）郭淮又能料司馬懿。真曰：「此見若何？」淮曰：「此言深識諸葛亮〔九〕用兵之法。久後能禦蜀兵者，必仲達也。」【毛】高擡仲達，却是當面抹倒曹真。【贊】【鍾】郭淮（亦）（大）通。真曰：「倘蜀兵不退，又將如何〔一〇〕？」淮曰：「可密令人去教王雙引兵於小路巡哨，彼自不敢運糧。待其糧盡兵退，乘勢追擊，可獲全勝。」【毛】説追，與司馬同；不説追之宜慎，則不及司馬矣。孫禮曰：「某去祁山虛粧做運糧兵，車上盡裝乾柴茆草，以硫黄燄硝灌之，却教人虛報隴西運糧到。若蜀人無糧，必然來搶。待入其中，放火燒車，外以伏兵應之，可勝矣。」【毛】【漁】此計亦

〔五〕「下」，商本作「留」。
〔六〕「號」，光本作「處」。
〔七〕「常」下原有「卿」，古本同。按：《三國志·魏書·韓暨傳》：「黄初七年，遷太常，進封南鄉亭侯。」據删，後同。
〔八〕「大」，光本作「切」。
〔九〕「亮」，光本脱。
〔一〇〕「將如何」，原作「將何如」，致本同，明四本作「何論耶」，據其他毛校本改。

通，但（恐）瞞不過武侯耳。【贊】【鍾】孫禮亦通。真喜曰：「此計大妙！」即令孫禮引兵依計而行。又遣人教王雙引兵於小路上巡哨，郭淮引兵提調箕谷、街亭，令諸路軍馬守把險要。真又令張遼子張虎爲先鋒，樂進子樂綝【三】音中。爲副先鋒，同守頭營，不許出戰。【毛】以上按下曹真一邊，以下再接〔一一〕武侯一邊。

却說孔明在祁山寨中，每日令人挑戰，魏兵堅守不出。【漁】再寫武侯。孔明喚姜維等商議曰：「魏兵堅守不出，是料吾軍中無糧也。【毛】【漁】司馬〔一二〕所算，又在孔明算中。今陳倉轉運不通，其餘小路盤涉艱難，吾算隨軍糧草，不敷一月用度，如之奈何？」正躊躕間，忽報：「隴西魏軍運糧數千車於祁山之西，運糧官乃孫禮也。」【毛】【漁】來得湊巧，〈毛〉宜孔明之必中計矣。孔明曰：「其人如何？」有魏人告曰：「此人曾隨魏主〔一三〕出獵於大石山，忽驚起一猛虎，直奔御前，孫禮下馬拔劍斬之，從此用爲上將〔一四〕，乃曹真心腹人也。」【毛】孫禮往事前文未見，忽于此處補前文所未及。孔明笑曰：「此是魏將料吾乏糧，故用此計。車上裝載者，必是茅草引火之物。【毛】【漁】孫禮所算，又在孔明算中。【贊】老諸葛到底通。吾平生專用火攻，彼乃欲以此計誘我耶？【毛】真是〔一五〕班門弄斧。【鍾】孔明班門，魏人如何來弄斧？彼若知吾軍去劫糧車，必來劫吾寨矣。【毛】曹真所未及即算者，已早在孔明算中。可將計就計而行。」遂喚馬岱分付曰：「汝引三千軍，徑到魏兵屯糧之所，不可入營，但於上風頭放火。【毛】【漁】不待他放火，倒替他放火，妙甚！若燒着車仗，魏兵必來圍吾寨。」【毛】第一路是誘其劫寨之兵。

〔一一〕「接」，齋本、光本、商本作「敘」。

〔一二〕毛批「馬」下，光本有「懿」字。

〔一三〕「主」，原作「王」，致本、業本、貫本、商本、明四本同。按：《三國志·魏書·孫禮傳》：「（明）帝獵於大石山，虎趨乘輿，禮便投鞭下馬，欲奮劍斫虎。」作「主」是，據其他毛校本改。

〔一四〕「用爲上將」，原作「封爲上將軍」，嘉本、周本、贊本、毛校本同；夏本闕葉至「關興張苞襲了營寨」之上，後略。按：《三國志·魏書·孫禮傳》：明帝時，孫禮「遷陽平太守，入爲尚書」，且東漢三國無「上將軍」官爵，酌改。

〔一五〕「真是」，光本作「曹真」。

又差馬忠、張嶷各引五千兵在外圍住，內外夾攻。毛第二路是敵其劫寨之兵。三人受計去了。又喚關興、張苞分付曰：「魏兵頭營接連四通之路。今晚若西山火起，魏兵必來劫吾營，汝二人却伏于魏寨左右，只等他兵出寨，汝二人便可劫之。」毛第三路是劫彼寨之兵。贊通。〔一六〕又喚吴班、吴懿分付曰：「汝二人各引一軍伏於營外。如魏兵到，可截其歸路。」毛第四路是截路之兵。孔明分撥已畢，自在祁山上凭高而坐。魏兵探知蜀兵要來劫糧，慌忙報與孫禮，禮令人飛報曹真。真遣人去頭營分付張虎、樂綝：「看今夜山西火起，蜀兵必來救應。可以出軍，如此如此。」毛漁不出孔明所（算）（料）。二將受計，令人登樓專看號火〔一七〕。

却說孫禮把軍伏於山西，只待蜀兵到。是夜二更，馬岱引三千兵來，毛漁第一路兵于此出現。人皆銜枚，馬盡勒口，逕到山西。見許多車仗，重重疊疊，攢遶成營，車仗虛插旌旗。正值西南風起，毛赤壁之火仗着東南風，此處之火却仗着西南風。漁風不借自來矣。岱令軍士逕去營南放火，車仗盡着，火光沖天。孫禮只道蜀兵到魏寨內放號火，急引兵一齊掩至。背後鼓角喧天，兩路兵殺來，乃是馬忠、張嶷，毛漁第二路兵于此出現。把魏軍圍在垓心。孫禮大驚。又聽的魏軍中喊聲起，一彪軍從火光邊殺來，乃是馬岱。毛漁第一路兵（于此下〔一八〕）（又）出現。內外夾攻，魏兵大敗。火緊風急，人馬亂竄，死者無數。孫禮引中傷軍，突〔一九〕烟冒火而走。

却說張虎在營中，望見火光，大開寨門，與樂綝盡引人馬，殺奔蜀寨來，寨中却〔二〇〕不見一人。急收軍回時，吴班、吴懿兩路兵殺出，斷其歸路。毛漁第四路兵于此出現。張、樂二將急衝出重圍，奔

〔一六〕綠本脫此句贊批。
〔一七〕「號火」，齋本、光本倒作「火號」。
〔一八〕毛批「一路兵于此下」，致本同，其他毛校本「下」作「處」；貫本、瀹本「一」作「三」，光本「于」上有「又」。
〔一九〕「突」，齋本、光本作「沖」。
〔二〇〕「却」，齋本、光本脫，明四本無。

回本寨，只見土城之上，箭如飛蝗，原來却被關興、張苞襲了營寨。【毛】【漁】第三路兵于此出現。（〇以上）四路兵寫得參差錯落，筆法變幻之極。魏兵大敗，皆投曹真寨來。方欲入寨，忽〔一二一〕見一彪敗軍飛奔而來，乃是孫禮，遂同入寨見真，各言中計之事。【毛】愁人説與愁人道〔一二二〕。真聽知，謹守大寨，更不出戰。蜀兵得勝，回見孔明。孔明令人密授計與魏延，【毛】此處〔一二三〕伏一句，妙在不叙明。一面教拔寨齊起。【毛】【漁】奇絶，出人意外。楊儀曰：「今已大勝，挫盡魏兵鋭氣，何故反欲收軍？」孔明曰：「吾兵無糧，利在急戰。今彼堅守不出，吾受其病矣。彼今雖暫時兵敗，中原必有添〔一二四〕益，若以輕騎襲吾糧道，那時要歸不能。今乘魏兵新敗，不敢正視蜀兵，便可出其不意，乘機退去。【毛】巧于退兵，軍師妙計。【贄】有見識。【鍾】□□而（進），知難而退，此兵家玄機，孔明得之矣。【漁】孔明退兵之巧。所憂者但魏延一軍，在陳倉道口拒住王雙，急不能脱身。吾已令人授以密計，教斬王雙，使魏人不敢來追。【毛】此處説明一句，却不説出如何斬法，直待下文自見。妙在隱隱躍躍。只今後隊先行。」當夜，孔明只留金鼓手〔一二五〕在寨中打更。一夜兵已盡退，只落空營。

却説曹真正在寨中憂悶，忽報左將軍張郃領軍到。【毛】【漁】（魏兵有添益，）果應孔明（所）（之）言。郃下馬入帳，謂真曰：「某奉聖旨，特來聽調。」真曰：「曾別仲達否？」郃曰：「仲達分付云：『吾軍勝，蜀兵必不便去；【贄】【鍾】糧既盡矣，勝且去，不勝（如何）（則）不去（，説不通，説不通）。若吾軍敗，蜀兵必即去矣。』【毛】能者所見略同，讀到此等處最是好看。【漁】能者機謀皆同。今吾軍失利之後，都督曾往哨探蜀兵消息否？」真曰：「未也。」于是即令人往探之，果是虚營，只揷着數十面旌旗，兵已去了二日也。

〔一二一〕「忽」，商本作「只」。
〔一二二〕「道」，光本、商本作「聽」。
〔一二三〕「此處」，貫本、商本作「在此處先」。
〔一二四〕「添」，光本作「增」，後一處同。
〔一二五〕「手」，原作「守」，毛校本、贄本同。按：「手」字通，據明三本改。

【毛】如猜拳者，遇着此等空拳，却是再猜不着。曹真懊悔無及，急令郃追之〔二六〕。

且説魏延受了密計，當夜二更拔寨，急回漢中。早有細作報知〔二七〕王雙。雙大驅軍馬併力追趕。追到二十餘里，看看趕上，見魏延旗號在前，【毛】旗號之下却無魏延，與前番趙雲退兵時正是彷彿。雙大呌曰：「魏延休走！」蜀兵更不回頭。雙拍馬趕來，背後魏兵呌曰：「城外寨中火起，恐中敵人奸〔二八〕計。」【毛】【漁】孔明所授之計，于此始見。雙急勒馬回時，只見一片火光沖天，慌令退軍。行到山坡左側，忽一騎馬從林中驟出，大喝曰：「魏延在此！」【毛】【漁】（此處忽然）（忽地）又有一魏延，寫得出色驚人。王雙大驚，措手不及，被延一刀砍於馬下。【毛】殺得好。魏兵疑有埋伏，四散逃走。延手下止有三十騎人馬，望漢中緩緩而行。【毛】【漁】以三十騎（而）斬一大將。寫魏延正是寫武侯（也）。後人有詩讚曰〔二九〕：

孔明妙算勝孫龐，耿若長星照一方。
進退行兵神莫測，陳倉道口斬王雙。

原來魏延受了孔明密計：先教存下三十騎，伏於王雙營邊，只待王雙起兵趕時，却去他營中放火，待他回寨，出其不意，突出斬之。【毛】此處方將上項事叙明一遍。【鍾】妙筭。魏延斬了王雙，引兵回到漢中見孔明，交割了人馬。孔明設宴大會，不在話下。

且説張郃追蜀兵不上，回到寨中，忽有陳倉城郝昭差人申報，言王雙被斬。曹真聞知，傷感不已，因此憂成疾病，遂回洛陽，命郭淮、孫禮、張郃守長安諸道。【毛】【漁】（以上按下魏國，）以下接叙東吳。

却説吴王孫權設朝，有細作人報説：「蜀諸葛丞相出兵兩次，魏都督曹真兵損將亡。」於是羣臣皆

〔二六〕「急令郃追之」，原無，夏本、致本、毛校本同。按：後文作「且説張郃追蜀兵不上」。據嘉本、周本補。
〔二七〕「知」，光本、明四本作「與」。
〔二八〕「奸」，光本作「之」，明四本無。
〔二九〕毛本後人讚詩改自贊本；鍾本同贊本，贊本同明三本；漁本無。

勸吴王興師伐魏，以圖中原，毛借興兵引出稱帝來，甚有步驟。權猶疑未决。張昭奏曰：「近聞武昌東山，鳳凰來儀；大江之中，黄龍屢現。主公德配唐、虞，明竝文、武，可即皇帝位，然後興兵。」毛漁因魏兵屢敗，而吴國稱尊，鬬筍甚奇。贊又一塲戲〔三〇〕。多官皆應曰：「子布之言是也。」遂選定夏四月丙寅日，築壇於武昌南郊。是日，羣臣請權登壇即皇帝位，毛漁（頗覺）（可見）前番受九錫之無謂（也）。改黄武八年爲黄龍元年。毛到底不换「黄」字，又是「黄天當立」之讖。謚父孫堅爲武烈皇帝，母吴氏爲武烈皇后，兄孫策爲長沙桓王。立子孫登爲皇太子，命諸葛瑾長子諸葛恪爲太子左輔，張昭次子張休爲太子右弼。毛魏有張遼〔三一〕、樂進之子，吴有諸葛瑾、張昭之子，一班小輩後生〔三二〕，前後閒閒相對。恪字元遜，身長七尺，極聰明，善應對，權甚愛之。贊鍾不愧爲孔明猶子矣。年六歲時，值東吴筵會，恪隨父在座。權見諸葛瑾面長，乃令人牽一驢來，用粉筆書其面曰「諸葛子瑜」。衆皆大笑。恪趨至前，取粉筆添二字於其下曰「諸葛子瑜之驢」。毛又添得二字，驢面之長可知。滿座之人，無不驚訝。權大喜，遂將驢賜之。漁忙中忽夾此一段閒文。又一日，大宴官僚，權命恪把盞。廵至張昭面前，昭不飲，曰：「此非養老之禮也。」權謂恪曰：「汝能强子布飲乎？」恪領命，乃謂昭曰：「昔姜尚父周音甫。年九十，秉旄仗鉞，未嘗言老。毛漁先破他「老」字（，十〔三三〕分調笑）。今臨陣之日，先生在後，飲酒之日，先生在前。何謂不養老也？」毛漁又破他「養」字（，又十分調笑）。昭無言可答，只得强飲。贊鍾正史記此二事極佳，《演義》便改壞了。（俗笔可恨如此。）權因此愛之，故命輔太子。毛忙中忽夾此一段閒文。張昭佐吴

〔三〇〕「塲戲」，原無「戲」，吴本同；緑本作「揚戲」。按：「揚」字形訛，據補「戲」。
〔三一〕「遼」，商本作「僚」，形訛。
〔三二〕「小輩後生」，光本倒作「後生小輩」。
〔三三〕毛批「十」上，光本有「又」字。

王，位列三公之上，故以其子張休爲太子右弼。【毛】恪以才選，休以貴選。又以顧雍爲丞相，陸遜爲上大將軍〔三四〕，輔太子守武昌。

權復還建業，【嘉】即金陵郡。【周】建業，即今南京是也。羣臣共議伐魏之策。張昭奏曰：「陛下初登寶位，未可動兵。【毛】前說先稱帝然後動兵，及稱帝后又說未可動兵，隨口變換，方知上文鬪筍之幻。只宜修文偃武，增設學校，以安民心，遣使入川，與蜀同盟，共分天下，緩緩圖也〔三五〕。」權從其言，即令使命星夜入川來見後主。禮畢，細奏其事。後主聞知，遂與羣臣商議，【二補遺】按《綱目》：「吳王權以並尊二帝來告，蜀臣皆以爲交之無益而名體弗順，宜顯名正義，絶其盟好。丞相亮曰：『權有僭逆之心久矣。國家所以畧其釁情者，求犄角之援也。今若加顯〔三六〕絶之，必與我爲深仇矣。即時須要移兵東向，與他鬪力，併其土地，方可議圖中原。今江東賢才尚多，將相和睦，一朝豈能定也？屯兵相守，坐而待老，使魏賊得計，非筭之上者。昔孝文皇帝尚卑辭屈於匈奴，先帝在日亦與吳盟，此皆能審時通變、深思遠益〔三七〕，非若匹夫之忿者也。今蜀之羣臣議者，〔三八〕以孫權利在鼎足，不能并力，且志望已滿，無上岸之情，此皆似是而非也。蓋其智力不侔，故限江自保。權之不能越江，猶魏賊之不能渡漢，非力有餘而利不取也。若大軍致討彼，則高當分裂其位以爲後圖，下當畧民廣境示武於內，非端坐者也。今正宜就其不動而求和於我，使我伐地無東顧之憂。河南之衆不得盡西北之爲利，亦已深矣。權僭逆之罪未宜明也，乃遣陳震〔三九〕賀吳，權與盟約中分天下。』」衆議皆謂孫權僭逆，宜絶其盟

〔三四〕「大」，原無，古本同。按：《三國志·吳書·陸遜傳》：「黃龍元年，拜上大將軍、右都護。」據補。

〔三五〕「也」，明四本作「之」。

〔三六〕夏批「加顯」，原作「顯加」。按：《綱目》卷十五作「今若加顯絶」。據周批乙正。

〔三七〕周批「時」，原無。據夏批補。夏批「益」，原作「慮」。按：《綱目》卷十五作「益」。據周批改。

〔三八〕夏本以下闕葉至正文「陳倉城下看時」以上，後略。

〔三九〕周、夏批「震」，原作「霞」。按：《綱目》卷十五作「乃遣震賀吳」，據改。

好。毛此是正論，但〔四〇〕不知通變耳。蔣琬曰：「可令人問于丞相。」後主即遣使到漢中問孔明〔四一〕。孔明曰：「可令人齎禮物入吳作賀，乞遣陸遜興師伐魏。毛漁非愛孫權，（只）（正）爲〔四二〕重在伐魏，故暫許之。魏必命〔四三〕司馬懿拒之。懿若南拒東吳，我再出祁山，長安可圖也。」毛欲以陸遜牽制司馬懿。贊是。後主依言，遂令衛尉〔四四〕陳震將名馬玉帶、金珠寶貝，入吳作賀。震至東吳，見了孫權，呈上國書。權大喜，設宴相待，打發回蜀。毛兩國使者，遨遊二帝之間。權召陸遜入，告以西蜀約會興兵伐魏之事。遜曰：「此乃孔明懼司馬懿之謀也。毛漁能者所見（略）（皆）同，讀到此（等）處最是好看。既與同盟〔四五〕，不得不從。今却虛作起兵之勢，遙與西蜀爲應。待孔明攻魏急，吾可乘虛取中原也。」毛此學孔明取南郡之智〔四六〕，又是一箇要趂現成的。即時下令，教荊襄各處都要訓練人馬，擇日興師。毛漁（以上按下東吳，以下）再叙蜀漢。二考證陸遜之意，欲魏蜀相吞，（盡力）（乘疲）伐之。

却說陳震回到漢中，報知孔明。孔明尚憂陳倉不可輕進，先令人去哨探。回報說：「陳倉城中郝昭病重。」孔明曰：「大事成矣。」遂喚魏延、姜維分付曰：「汝二人領五千兵，星夜直奔陳倉城下，如見火起，併力攻城。」毛漁（正）不知火（自）（從）何來，令人猜摸不出〔四七〕。鍾乘機用□叙事□□。二人俱未深信，毛不獨二人不信，即我至今亦尚未信。又來告曰：「何日可行？」孔明曰：「三日都要完備，

〔四〇〕「但」，商本作「而」。
〔四一〕「孔明」，貫本、滄本脫。
〔四二〕毛批「爲」，貫本、滄本作「因」。
〔四三〕「命」，光本、商本作「令」。
〔四四〕「衛尉」，原作「太尉」，嘉本、周本、贊本、毛校本同。按：《三國志·蜀書·陳震傳》：「七年，孫權稱尊號，以震爲衛尉，賀權踐阼。」據改。
〔四五〕「盟」，原作「謀」，毛校本同。按：「盟」字通，據嘉本、周本、贊本改。
〔四六〕「智」，光本、商本作「法」。
〔四七〕毛批「出」，光本作「着」，後一處同。

不須辭我，即便起行。」毛一發作怪。二人受計去了。又喚關興、張苞至，附耳低言，如此如此。毛漁（正）（又）不知所言何語〔四八〕（，又令人猜摸不出）。二人各受密計而去〔四九〕。

且說郭淮聞郝昭病重，乃與張郃商議曰：「郝昭病重，你可速去替他。我自寫表申奏朝廷，別行定奪。」張郃引着三千兵，急來替郝昭。毛此人亦不爲疎虞。時郝昭病危，當夜正呻吟之間，忽報蜀軍到城下了，昭急令人上城守把。時各門上火起，毛正不知火自何來，令人猜摸不出。漁奇極。城中大亂，昭聽知驚死。蜀兵一擁入城。

却說魏延、姜維領兵到陳倉城下看時，竝不見一面旗號，又無打更之人。毛漁一發作怪。二人驚疑，不敢攻城。忽聽得城上〔五〇〕一聲砲響，四面旗幟齊竪。只見一人綸巾羽扇，鶴氅道袍，大叫曰：「汝二人來的遲了！」二人視之，乃孔明也。毛漁（正）（又）不知何時到此，一發令人猜摸不（出〔五一〕）（着）。贊鍾（孔明）神矣。二人慌忙下馬，拜伏於地曰：「丞相真神計也！」孔明令放入城，謂二人曰：「吾打探得郝昭病重，吾令汝三日內領兵取城，此乃穩衆人之心也。毛方知三日之限是假。吾却令關興、張苞，只推點軍，暗出漢中。毛方知附耳低言乃是此語。吾即藏於軍中，星夜倍道，逕到城下，使彼不能調兵。毛方知武侯來法。贊老賊。吾早有細作在城內放火、發喊相助，毛漁方知（城中）（武侯來法，及）起火〔五二〕之由（，真鬼神莫測也）。令魏兵驚疑不定。兵無主將，必自亂矣。吾因而取之，易如反掌。毛至此方將上項事細說一遍。前乎此者，令人如在夢中。兵法云：『出其不意，攻其無備。』正謂此也。」

〔四八〕毛批「正」，商本作「吾」。「語」，光本作「話」。

〔四九〕「各受密計而去」，嘉本「各受」作「受了」，周本作「受了密計」，贊本作「受了密計自去」。

〔五〇〕「城上」，商本脱。

〔五一〕毛批「出」，光本作「測」。

〔五二〕毛批「起火」，光本作「放火」，商本倒作「火起」。

毛又自下一註脚。魏延、姜維拜服〔五三〕。孔明憐郝昭之死，令彼妻小扶靈柩回魏，以表其忠。毛上文都是鬼神〔五四〕手段，此處忽現一菩薩心腸。贊真真。〔五五〕鍾仁心。孔明謂魏延、姜維曰：「汝二人且莫卸甲，可引兵去襲散關。四散関（在）（屬）陝西。二《一統志》云：散關，在陝西鳳翔府寶雞縣南五十二里，嶺下有關通褒斜大路。把關之人若知兵到，必然驚走。鍾用兵莫測。若稍遲便有魏兵至關，即難攻矣。」毛漁（看過上文神機妙算，無以加矣，）不意又有一〔五六〕段在後。魏延、姜維受命，引兵逕到散關，把關之人果然盡走。二人上關纔要卸甲，遥見關外塵頭大起，魏兵到來。毛先生之言，其應如響。二人相謂曰：「丞相神算，不可測度！」急登樓視之，乃魏將張郃也。二人乃分兵守住險道。張郃見蜀兵把住要路，遂令退軍。魏延隨後追殺一陣，魏兵死者無數，張郃大敗而去。毛前者差遣姜、魏二人，本爲取陳倉之用，不知却爲取散關之用。延回到關上，令人報知孔明。孔明先自領兵出陳倉斜谷，取了建威。嘉地名。後面蜀兵陸續進發。後主又命大將陳式來助。孔明驅大兵復出祁山，毛漁此是三出祁山。安下營寨，孔明聚衆言曰：「吾二次出祁山，不得其利。今又到此，吾料魏人必依舊戰之地，與吾相敵。彼意疑我取雍、郿二處，二雍，縣名〔五七〕，即今鳳翔縣也；郿，縣名，即今郿〔五八〕縣也。必以兵拒守。吾觀陰平、武都四陰平，邑名；武都，郡名〔五九〕。（今）俱屬鞏昌府。二郡，與漢連接，二武都，郡名，今屬鞏昌府階州；陰平，今之階州文縣

〔五三〕「拜服」，致本同，其他毛校本作「拜伏」，明四本無。
〔五四〕「鬼神」，光本倒作「神鬼」。
〔五五〕贊甲本無此句贊批，據緑本補。
〔五六〕毛批「一」，滄本作「此」。
〔五七〕周、夏批二「縣」，原皆作「郡」。按：《一統志》：鳳翔縣「秦置雍縣，漢屬右扶風」；郿縣「本秦縣，漢屬右扶風」。據改。周、夏批「郿」下原有「都」。按：同第七十二回校記〔一五〕，據删。
〔五八〕周、夏批「郿」下原有「都」。按：同第七十二回校記〔一五〕，據删。
〔五九〕醉本眉注「郡」原訛作「句」，據贊本系夾注改；贊本系夾注「陰平邑名」「武都郡名」互乙。

也。若得此城，亦可分魏兵之勢。【毛】【漁】（舍却兩路，）又算出兩路來。【鍾】看定局勢，然後（行）□。何人敢取之？」姜維曰：「某願往。」王平應曰：「某亦願往。」孔明大喜，遂令姜維引兵一萬取武都，王平引兵一萬取陰平。二人領兵去了。

再説張郃回到長安，見郭淮、孫禮，説：「陳倉已失，郝昭已亡，散關亦被蜀兵奪了。今孔明復出祁山，分道進兵。」淮大驚曰：「若如此，必取雍、郿〔六〇〕矣！」【毛】【漁】不出武侯所料。乃留張郃守長安，令〔六一〕孫禮保雍城，淮自引兵星夜來郿城守禦，一面上表入洛陽告急。

却説魏主曹叡設朝，近臣奏曰：「陳倉城已失，郝昭已亡，諸葛亮又出祁山，散關亦被蜀兵奪了。」叡大驚。忽又奏滿寵等有表，説：「東吴孫權僭稱帝號，與蜀同盟。今遣陸遜在武昌訓練人馬，聽候調用。只在旦夕，必入寇矣。」【毛】若在梨園劇中，當是一對雙探子。叡聞知兩處危急，舉止失措，甚是驚慌。此時曹真病未痊，即召司馬懿商議。懿奏曰：「以臣愚意所料，東吴必不舉兵。」【毛】【漁】陸遜所算，已在司馬懿算中。叡曰：「卿何以知之？」懿曰：「孔明嘗思報猇亭之讐，非不欲吞吴也，只恐中原乘虚擊彼，故暫與東吴結盟。【贊】有見識。【鍾】（仲達）見□□孔明□上，□□□料事多中。陸遜亦知其意，故假作興兵之勢以應之，實是坐觀成敗耳。【毛】【漁】你猜着我，我猜着你。（兩人對手不奇，）三（手〔六二〕）（人）一般（則大奇矣）。【贊】【鍾】如見。陛下不必防吴，只須防蜀。」【毛】放下一頭，單重一頭。叡曰：「卿真高見！」遂封懿爲大都督，總攝隴西諸路軍馬，令近臣取曹真總兵將印來。懿曰：「臣自去取之。」【毛】曹真之印，不欲天子收之，而欲令曹真自讓之，善處曹真處〔六三〕。然天子之

〔六〇〕「雍郿」，原作「郿雍」，致本、業本、貫本、澹本、商本、夏本、贊本同。按：前後文皆作「雍郿」，據前後文及其他古本乙正。
〔六一〕「令」，商本脱。
〔六二〕「手」，商本作「人」。
〔六三〕下「處」字，齋本、光本作「耶」。

印，不待天子與之，而曰臣自取之，便是目無天子處。【贊】是。遂辭帝出朝，逕到曹真府下，先令人入府報知，懿方進見真〔六四〕。問病畢，懿曰：「東吳、西蜀會合，興兵入寇，今孔明又出祁山下寨，明公知之乎？」真驚訝曰：「吾家人知我〔六五〕病重，不令我知。似此國家危急，何不拜仲達爲都〔六六〕督，以退蜀兵耶？」【毛】【漁】妙在待他自說出來。懿曰：「某才薄智淺，不稱其職。」真曰：「取印與仲達。」懿曰：「都督少慮。某願助一臂之力，只不敢受此印也。」【毛】【漁】（極）寫司馬（懿）之詐。【贊】老世事。【鍾】仲達欲看真之誠否。真躍起曰：「如仲達不領此任，中國必〔六七〕危矣！吾當抱病見帝以保之！」【毛】【漁】又要逼出他（此）（只）一句來，極寫司馬懿之詐。懿曰：「天子已有恩命，但懿不敢受耳。」【毛】老奸猾，老世事。真大喜曰：「仲達今領此任，可退蜀兵。」懿見真再三讓印，遂受之，入內〔六八〕辭了魏主，引兵往長安來與孔明決戰。正是：

舊帥印爲新帥取〔六九〕，兩路兵惟一路來。

未知勝負如何，且看下文分解。

諸葛孔明、司馬仲達，這一班人是天地間最愚最蠢之人也，有此聰明，如何這等閒撒漫了，可惜，可惜！

當時吴肯戮力誓師，使荊襄摧其南，蜀從陳倉擣其西，仲達雖猾虜，亦安能分身自將耶？吴人既不效先登之勇，反令蜀有後顧之憂，真漢賊哉！

〔六四〕「真」，致本同，其他毛校本脱。
〔六五〕「我」，商本、明三本作「吾」。
〔六六〕「都」上，商本有「大」字。
〔六七〕「必」，齋本、光本脱。
〔六八〕「入內」，致本同，其他毛校本脱。
〔六九〕「取」，澹本、商本作「印」。

第九十九回

諸葛亮大破魏兵　司馬懿入寇西蜀

武侯之計，未甞不爲司馬懿之所料；而無如司馬懿之料武侯，又早爲武侯之所料也。懿料武侯之必出，於是而思有以破之；武侯又料懿之知我之出，於是而預有以防之〔一〕。料其在祁山寨中，而已在武都、陰平；料其在武都、陰平，而已在祁山寨中。料其真退而竟是假退，料其〔二〕假退而竟是真退。致使一足智多謀之司馬懿而動多舛誤，束手無策，武侯真神人哉！

武侯一出祁山而即歸，以街亭之既失也；再出祁山而又歸，以陳倉之未拔也。迨三出祁山而陳倉拔矣，陳倉拔而糧道便矣，糧道便而街亭之兵不必憂矣，且蜀又屢勝，魏又屢敗，宜其不歸而終亦歸者，復因張苞之死，而致武侯之病。嗚呼！天不祚漢，於人乎何尤。

前文連寫三次出師，而兩間以吴國之事。此回將寫武侯四番出師，而又間以魏國之事。夫以吴事間伐魏不足奇，即以魏事間伐魏則奇矣。以魏之侵吴間伐魏不足奇，即以魏之侵漢間伐魏則更奇矣。且魏方侵漢，而不得侵而去，是前所間之兩事爲實，而今所間之一事爲虚也。魏不侵漢，漢猶伐之；及不侵漢，漢乃不追而聽其去，是有前三事與後三事之實，而後間以此一事之虚也。斷斷續續，實實虚虚，豈非妙事妙文，天造地設！

爲將者不可不知天時。知天時而後能戰，亦惟知天時而後能不戰。赤壁之風，南徐之

〔一〕醉本本回闕首葉，回目至回前評「有以防之」闕文，據毛校本補。
〔二〕「料其」，貫本、澹本脱。

霧，破鐵車之雪，所以助戰者也。蜀道陳倉之雨，所以阻戰者也。知其戰而有戰之備，知其不戰而亦有不戰之備。乃孔明知之而禦之，司馬懿亦知之而不早避之，則司馬懿終遜孔明一頭〔三〕。

劉曄之戒漏言，與王肅之請回兵，同一意也。何也？兵爲詭道，聲趨左而實趨右，所謂「出其不意，攻其無備」也。事未發而謀先泄，猶恐敵人知之而備我，況勞師於外，曠日持久，而不得進者哉？用兵之法貴在密，貴在速。不密則不速，不速則不密，故曰兩人〔四〕之意同。

觀於魏之侵蜀，而四出祁山之師，愈不容緩矣。漢以魏爲賊，魏亦以漢爲賊；漢縱忘賊，賊不忘漢：故曰「不伐賊則王業亦亡」。此「漢、賊不兩立」之言，於斯益驗也。我以彼爲賊，而伐之不得不急；至彼亦以我爲賊，而我之伐之又何得不急哉！

蜀漢建興七年夏四月，與後六月炎天相照。孔明兵在祁山，分作三寨，專候魏兵。毛漁先寫蜀兵下寨。

却説司馬懿引兵到長安，張郃接見，備言前事。懿令郃爲先鋒，戴陵爲副將，引十萬兵到祁山，於渭水之南下寨。毛漁（次〔五〕）（後）寫魏兵下寨。郭淮、孫禮入寨參見。懿問曰：「汝等曾與蜀兵對陣否？」二人答曰：「未也。」毛蜀兵不戰，却借魏將口中叙出。懿曰：「蜀兵千里而來，利在速戰；今來此不戰，必有謀也。鍾□□是。隴西諸路，曾有信息否？」贊有見。〔六〕淮曰：「已有細作探得各郡十分用心，日夜隄防，竝無他事。只有武都、陰平二處，未曾回報。」毛漁爲下文虛伏一句〔七〕。懿曰：

〔三〕「頭」，光本、商本作「籌」。
〔四〕「人」，貫本脱。
〔五〕「次」，光本作「上」。
〔六〕贊甲本無此句贊批，據緑本補。
〔七〕毛批「句」，致本同，其他毛校本作「筆」。

「吾自〔八〕差人與孔明交戰。汝二人急從小路去救二郡，却掩在蜀兵之後，彼必自亂矣。」毛漁亦算得着，（但嫌）（只是）遲了些。二人受計，引兵五千，從隴西小路來救武都、陰平，就襲蜀兵之後。郭淮於路謂孫禮曰：「仲達比孔明如何？」禮曰：「孔明勝仲達多矣。」毛漁（誠如所論。○兩）（二）人優劣（却）在魏將口中定之。淮曰：「孔明雖勝，此一計足顯仲達有過人之智。蜀兵如正攻兩郡，我等從後抄到，彼豈不自亂乎？」毛襯起下文。正言間，忽哨馬來報：「陰平已被王平打破〔九〕了，武都已被姜維打破了，毛漁（不在姜維、王平一邊寫來，只）（陰平、武都之破，）在郭淮、孫禮一邊聽得，省筆之甚。前離蜀兵不遠。」禮曰：「蜀兵既已打破了城池，如何陳兵於外？必有詐也。不如速退。」毛前用反筆襯起下文，此用正筆襯起下文。郭淮從之。方傳令教軍退時，忽然一聲砲響，山背後閃出一枝軍馬來，旗上大書「漢丞相諸葛亮」，中央一輛四輪車，孔明端坐於上，毛漁寫得孔明出色驚人。〈毛〉○先見旗，次見車，然後見人。左有關興，右有張苞。孫、郭二人見之，大驚。孔明大笑曰：「郭淮、孫禮休走！司馬懿之計，安能瞞得過吾？他每日令人在前交戰，毛司馬懿在祁山一邊事，又借孔明口中叙出。却教汝等襲吾軍後。毛漁司馬懿所算，已在孔明算中。武都、陰平吾已取了，汝二人不早來降，欲驅兵與吾決戰耶？」贊甚是安閑。鍾（此）等計策司馬懿如何展得脚□？郭淮、孫禮聽畢，大慌。毛適纔路上閒評，何其閒也。忽然背後喊殺連天，王平、姜維引兵從後殺來，興、苞二將又引軍從前面殺來，兩下夾攻，魏兵大敗，郭、孫二人棄馬爬山而走。張苞望見，驟馬趕來，不期連人帶馬，跌入澗内。後軍急忙救起，頭已跌破。孔明令人送回成都養病。毛令人嘆想蜀道之難。

却說郭、孫〔一〇〕二人走脱，回見司馬懿曰：

〔八〕「自」，光本作「已」。
〔九〕「破」字原闕，據毛校本補。
〔一〇〕「郭孫」，商本倒作「孫郭」。

「武都、陰平二郡已失。孔明伏於要路，前後攻殺，因此大敗，棄馬步行，方得逃回。」懿曰：「非汝等之罪，孔明智在吾先。毛不惟孫禮知之，司馬懿亦自知之。贄鍾（凡）真正有（見識）（□）人，（决）不臨事慌張，亦不因敗〔一一〕（而）尤人（怨人，此類是也）（□□）。漁司馬懿亦當拜伏矣。可再引兵守把〔一二〕雍、郿二城，切勿出戰。吾自有破敵之策。」二人拜辭而去。懿又喚張郃、戴陵分付曰：「今孔明得了武都、陰平，必然撫百姓以安民心，不在營中矣。毛只因孫、郭二人路上撞見孔明，故算到此。汝二人各引一萬精兵，今夜起身，抄在蜀兵營後，一齊奮勇殺將過來；吾却引兵〔一三〕在前布陣，只待蜀兵勢亂，吾大驅士馬攻殺進去：兩軍併力，可奪蜀寨也。贄亦是。〔一四〕若得此地山勢，破敵何難？」毛此計大妙。若以郭淮論之，又道必勝孔明矣。漁也恐〔一五〕未必盡善。二人受計引兵而去。戴陵在左，張郃在右，各取小路進發，深入蜀〔一六〕兵之後。三更時分，來到大路，兩軍相遇，合兵一處，却從蜀兵背〔一七〕後殺來。行不到三十里，前軍不行。張、戴二人自縱馬視之，只見〔一八〕數百輛草車横截去路。毛每到遇〔一九〕伏兵處，便是「一聲砲響，一彪軍出」，文法舊矣。此處不寫砲，先寫車；不寫敵軍忽至，却寫我軍不行，又换一樣文法。漁又是一樣筆法。郃曰：「此必有准備。可急取路而回。」纔傳令退軍，只見滿山火光齊明，鼓角大震，伏兵四下皆出，把二人圍住。孔明在祁山上大叫曰：「戴陵、張郃可聽吾言：司馬懿料吾往武都、陰平撫民，不在營中，故令汝二人來劫吾寨，却中吾之計也。毛不寫孔明在營中算他劫寨，調遣伏兵，却

〔一一〕贄批「敗」，緑本訛作「跋」。
〔一二〕「守把」，光本倒作「把守」。
〔一三〕「兵」，商本作「軍」。
〔一四〕贄甲本無此句贄批，據緑本補。
〔一五〕「也恐」，衡校本作「此計」，致本闕。
〔一六〕「蜀」字原闕，據毛校本補。
〔一七〕「兵背」二字原闕，據毛校本補。
〔一八〕「只見」二字原闕，據毛校本補。
〔一九〕「遇」，貫本、滄本脱。

於此處突然而出。不獨張、戴〔二〇〕二人所不料，亦今日讀者所不料。【贊】【鍾】棋高一着，縛手縛脚。【漁】不但張、戴二人所不料，即今讀者亦不料。汝二人乃無名下將，吾不殺害，下馬早降！」郃大怒，指孔明而罵曰：「汝乃山野村夫，侵吾大國境界，如何敢發此言！吾若捉住汝時，碎屍萬段！」言訖，縱馬挺鎗，殺上山來。【贊】張郃可用。山上矢石如雨。郃不能上山，乃拍馬舞鎗，衝出重圍，無人敢當。蜀兵困戴陵在垓心。郃殺出舊路，不見戴陵，即奮勇翻身又殺入重圍，救出戴陵而回。【毛】【漁】極寫張郃之勇，正爲後文射張郃伏線。【贊】張郃可用。孔明在山上，見郃在萬軍之中往來衝突，英勇倍加，乃謂左右曰：「嘗聞張翼德大戰張郃，人皆驚懼。【毛】照應七十回中事。吾今日見之，方〔二一〕知其勇也。若留下此人，必爲蜀中之害。吾當除之。」【毛】【漁】木門道之箭，已伏于此。【贊】小人之心。遂收軍還營。

却說司馬懿引兵布成陣勢，只待蜀兵亂動，一齊攻之。忽見張郃、戴陵狼狽而來，告曰：「孔明先如此隄防，因此大敗而歸。」懿大驚曰：「孔明真神人也！不如且退。」【贊】【鍾】仲達大通。即傳令教大軍盡回本寨，堅守不出。【毛】【漁】堅守不出，是他（看家拳〔二二〕）（老主意）。

且說孔明大勝，所得器械、馬匹，不計其數，乃引大軍回寨。每日令魏延挑戰，魏兵不出。一連半月，不曾交兵。孔明正在帳中思慮，忽報天子遣侍中費禕齎詔至。孔明接入營中，焚香禮畢，開詔讀曰〔二三〕：

街亭之役〔二四〕，咎由馬謖；而君引愆，深自貶抑。重違君意，聽順所守。【贊】詔書大通。

〔二〇〕「張戴」，光本倒作「戴張」。

〔二一〕「方」，光本作「乃」。

〔二二〕毛批「拳」下，光本有「頭」字。

〔二三〕毛本詔書刪，改自贊本；鍾本、漁本同贊本；夏本、贊本同嘉本，周本改自嘉本。按：嘉本增自《三國志·蜀書·諸葛亮傳》，毛本全文同原文，異文據《三國志》校正。

〔二四〕「役」，致本訛作「設」。

鍾 詔書亦甚愷切。前年耀師，馘斬王雙；今歲爰征，郭淮遁走；降集氐、羌，興復〔二五〕二郡：威震凶暴，功勳顯然。方今天下騷擾，元惡未梟，君受大任，幹國之重，而久自挹損，非所以光揚洪烈矣〔二六〕。今復君丞相，君其勿辭！

孔明聽詔畢，謂費〔二七〕禕曰：「吾國事未成，安可復丞相之職？」堅辭不受。禕曰：「丞相若不受職，拂了天子之意，又冷淡了將士之心。毛 復爵于軍中，不專答丞相之勳，實以鼓將士之氣。宜且權受。」孔明方纔拜受。毛 受爵不在斬王雙之時，而在破郭淮之後，功如武侯，猶不敢濫爵如此。人奈何欲享無勞之俸耶！漁 功如武侯，尚不敢受顯職如此；今爲臣者，無功受祿，可愧。禕辭去。

孔明見司馬懿不出，思得一計，傳令教各處皆拔寨而起。毛 孔明第一處誘敵。當有細作報知司馬懿，説孔明退兵〔二八〕了。懿曰：「孔明必有大謀，不可輕動。」毛 寫仲達把細之甚。張郃曰：「此必因糧盡而回，如何不追？」懿曰：「吾料孔明上年大收，今又麥熟，糧草豐足。雖然轉運艱難，亦可支吾半載，毛 前算一月，此算半年。糧多糧少，都〔二九〕要司馬懿代爲記帳，竟似知數人一般，只因畏蜀如虎故也。贊 仲達通。漁 蜀營之糧，要司馬懿代爲記帳，奇極。安肯便走？彼見吾連日不戰，故作此計引誘，可令人遠遠哨之。」毛 寫仲達把細之甚。鍾 □□退兵，正是誘他處，仲達見及此矣。軍士探知，回報説：「孔明離此三十里下寨。」懿曰：「吾料孔明果不走。且堅守寨柵，不可輕進。」毛 仲達第一次不趕。漁 如此三次誘敵而司馬懿總不欲趕，精細之極。住了旬日，絶無音信，竝不見蜀

〔二五〕「興復」，原作「復興」，古本同。據《諸葛亮傳》乙正。
〔二六〕「挹」「矣」，明四本同，原作「抑」「也」，毛校本同。據《諸葛亮傳》改。
〔二七〕「費」，齋本、光本脱。
〔二八〕「退兵」，商本倒作「兵退」，嘉本作「拔寨退」，周本、夏本、贊本作「起營退」。
〔二九〕「都」，光本作「部」，形訛。

將來戰。懿再令人哨探，回報說：「蜀兵已起營去了。」【毛】孔明第二次誘敵。懿未信，乃更換衣服，雜在軍中，親自來看，果〔三〇〕見蜀兵又退三十里下寨。懿回營謂張郃曰：「此乃孔明之計也，不可追趕。」【毛】仲達第二次又不趕。又住了旬日，再令人哨探。回報說：「蜀兵又退三十里下寨。」【毛】孔明第三次誘敵。郃曰：「孔明用緩兵之計，漸退漢中，都督何故懷疑，不早追之？郃願往決一戰！」懿曰：「孔明詭計極多，倘有差失，喪我軍之銳氣。不可輕進。」【毛】仲達第三次又不欲趕。【贊】【鍾】仲達極是。〔三一〕郃曰：「某去若敗，甘當軍令。」懿曰：「既汝要去，可分兵兩枝：汝引一枝先行，須要奮力死戰；吾隨後接應，以防伏兵。汝次日先進，到半途駐劄，後日交戰，使兵力不乏。」【毛】【漁】（凡作三番跌頓，然後趕去，却又）（至此）再三隄防〔三二〕，再三分付。寫仲達十分周密，不比他人。遂分兵已畢。次日，張郃、戴陵引副將數十員、精兵三萬，奮勇先進，到半路下寨。司馬懿留下許多軍馬守寨，只引五千精兵隨後進發。【毛】以上在魏兵一面寫。

原來孔明密令人哨探，見魏兵半路而歇。【毛】【漁】以下在蜀兵一面寫。是夜，孔明喚衆將商議曰：「今魏兵來追，必然死戰，汝等須以一當十，吾以伏兵截其後，非智勇之將，不可當此任。」言畢，以目視魏延。延低頭不語。【毛】魏延此時不肯當先，只因不聽其子午谷之計，心中不悅，〈【毛】【漁】〉非（復）前（日）之魏延矣。王平出曰：「某願當之。」【毛】激出一箇人來。孔明曰：「若有失，如何？」平曰：「願當軍令。」孔明歎曰：「王平肯捨身親冒矢石，真忠臣也！」【毛】【漁】讚王平，正反襯〔三三〕魏延。雖然如此，奈魏〔三四〕兵分兩枝前後而來，斷吾伏兵在中；平縱然智勇，只

〔三〇〕「果」，原作「況」，致本、貫本同；業本、齋本、滄本、光本作「只」，商本作「竟」。按：「果」字通，據明四本改。
〔三一〕綠本脫此句贊批。
〔三二〕毛批「隄防」，原作「防隄」，致本同，據其他毛校本乙正。
〔三三〕毛批「讚」，業本訛作「讀」。「襯」，光本作「激」，後一處同。
〔三四〕「魏」上，商本有「何」字。

可當一頭，豈能〔三五〕分身兩處？須再得一將同去爲妙。怎奈軍中再無捨死當先之人！」【毛】【漁】又用激法。【鍾】□不直差魏延，用此暗（激）。言未畢，一將出曰：「某願往！」孔明視之，乃張翼也。【毛】【漁】又激出一箇人來。孔明曰：「張郃乃魏之名將，有萬夫不當之勇，汝非敵手。」【毛】又用激法。翼曰：「若有失事，願獻首於帳下。」【毛】【漁】寫張翼，亦反襯魏延。孔明曰：「汝既敢去，可與王平各引一萬精兵伏於山谷中，只待魏兵趕上，任他過盡，汝等却引伏兵從後掩殺。若司馬懿隨後趕來，却分兵兩頭，張翼引一軍當住後隊，王平引一軍截其前隊。兩軍須要死戰。吾自有別計相助。」【毛】【漁】第一起調撥〔三六〕二人，是明白分付。二人受計引兵而去。孔明又喚姜維、廖化分付曰：「與汝二人一箇錦囊，引三千精兵，偃旗息鼓，伏於前山之上。如見魏兵圍住王平、張翼，十分危急，不必去救，只開錦囊看視，自有解危之策。」【毛】【漁】第二起（調撥二人，）却用錦囊，不（是）明白分付。【鍾】俱已筭定。二人受計引兵而去。又令吴班、吴懿、馬忠、張嶷四將，附耳分付曰：「如來日魏兵到，鋭氣正盛，不可便迎，且戰且走。只看關興引兵來〔三七〕掠陣之時，汝等便回軍趕殺，吾自有兵接應。」【毛】【漁】第三起（調撥四人，）又（是）明白分付。四將受計引兵而去。又喚關興分付曰：「汝引五千精兵伏於山谷，只看山上紅旗颭動，却引兵殺出。」【毛】【漁】第四起（只調撥一人，）亦（用）明白分付。興受計引兵而去。

却説張郃、戴陵領兵前來，驟如風雨。馬忠、張嶷、吴懿、吴班四將接着，出馬交鋒。【毛】【漁】（前）第三起所撥，却于第一次出現。張郃大怒，驅兵追殺。蜀兵且戰且走。魏兵追趕約有二十餘里，時值六月，天氣十分炎熱，人馬汗如潑水。【毛】百忙裏〔三八〕忽點

〔三五〕「能」，致本同，其他毛校本作「可」。

〔三六〕毛、漁批「調撥」，原作「撥調」，致本同，漁批衡校本同。毛批據其他毛校本乙正，漁批同。

〔三七〕「引兵來」，商本倒作「來引兵」。

〔三八〕「裏」，致本同，其他毛校本作「中」。

時序，與五月渡瀘遥遥相對。走到五十里外，魏兵盡皆氣喘。孔明在山上把紅旗一招，關興引兵殺出。毛漁（前）第四起所撥，却于第二次出現。馬忠等四將一齊引兵掩殺回來。張郃、戴陵死戰不退。忽然喊聲大震，兩路軍殺出，乃王平、張翼也。毛漁（前）第一起所撥，却于第三次出現。鍾所謂以逸待勞者也。各奮勇追殺，截其後路。郃大叫衆將曰：「汝等到此，不決一死戰，更待何時！」魏兵奮力衝突，不得脱身。忽然背後鼓角喧天，司馬懿自領精兵殺到。懿指揮衆將，把王平、張翼圍在垓心。毛漁（已）（俱）在孔明算中。翼大呼曰：「丞相真神人也！計已算定，必有良謀。吾等當決一死戰！」即分兵兩路：平引一軍截住張郃、戴陵，翼引一軍力當司馬懿。兩頭死戰，叫殺連天。姜維、廖化在山上探望，毛漁（前）第二起所撥，却于第四次出現。見魏兵勢大，蜀兵力危，漸漸抵當不住。維謂化曰：「如此危急，可開錦囊看計。」二人拆開視之，内書云：「若司馬懿兵來圍王平、張翼至急，汝二人可分兵兩枝〔三九〕，竟襲司馬懿之營；懿必急退，汝可乘亂攻之。營雖不得，可獲全勝。」毛漁（獨）此數語（，却）于此處（開封）方見，機密之至。二人大喜，即分兵兩路，逕襲〔四〇〕司馬懿營中而去。原來司馬懿亦恐中孔明之計，沿途不住的令人傳報。懿正催戰間，忽流星馬飛報，言蜀兵兩路竟取大寨去了，毛漁（維、化二人）劫寨（，只）在司馬懿耳中虚寫，妙。懿大驚失色，乃謂衆將曰：「吾料孔明有計，汝等不信，勉强追來，却誤了大事！」即提兵急回。軍心〔四一〕惶惶亂走。張翼隨後掩殺，魏兵大敗。毛第一起張翼，于此再寫一番。張郃、戴陵見勢孤，亦望山僻小路而走，蜀兵大勝。背後關興引兵接應諸路。毛第四起關興，亦再寫一番。司馬懿大敗一陣，奔入寨時，蜀兵已自回去。毛又將維、化二人虚寫一筆。懿收聚敗軍，責罵

〔三九〕「枝」，商本作「路」。

〔四〇〕「襲」，光本作「向」，嘉本作「往」。

〔四一〕「心」，齋本、光本作「士」。

諸將曰：「汝等不知兵法，只憑血氣之勇，强欲出戰，致有此敗。今後切不許妄動，再有不遵，決正軍法！」衆皆羞慚而退。這一陣，魏將〔四二〕死者極多，遺棄馬匹器械無數。【毛】又將上項事總敘一句。【漁】恐有漏，說得没漏，亦是作文之一法。

却說孔明收得勝軍馬入寨，又欲起兵進取。忽報有人自成都來，說張苞身死。【毛】趙雲之死，在《後出師表》之中；張苞之死，又在《後出師表》之外。【三】考證補註後主後封苞弟張紹爲侍中。孔明聞知，放聲大哭，口中吐血，昏絶於地。衆人救醒。孔明自此得病，卧牀不起。【毛】曹操哭典韋，孔明哭張苞。然曹操不病，孔明則病，哭可假，得病却假不得。諸將無不感激。後人有詩歎曰〔四三〕：

悍勇張苞欲建功，可憐天不助英雄！
武侯淚向西風灑，爲念無人佐鞠躬。

旬日之後，孔明喚董厥、樊建等入帳分付曰：「吾自覺昏沉，不能理事。不如且回漢中養病，再作良圖。汝等切勿走泄。司馬懿若知，必來攻擊。」遂傳號令，教當夜暗暗拔寨，皆回漢中。孔明去了五日，懿方得知，乃長嘆曰：「孔明真有神出鬼没之計，吾不能及也！」【鍾】仲達不得不服他。於是司馬懿留諸將在寨中，分兵守把各處隘口，懿自班師回。

却說孔明將大軍屯於漢中，自回成都養病。文武官僚出城迎接，送入丞相府中，後主御駕自來問病，命御醫調治，日漸痊可。【漁】待大臣之禮。

建興八年秋七月，魏都督曹真病可，【毛】方叙武侯病可，又忽叙曹真病可，鬪筍絶妙。乃上表說：「蜀兵數次侵界，屢犯中原，若不勦除，必爲後患。今時值秋凉，【毛】與上文炎天相應。人馬安閒，正當征伐。臣願與司馬懿同領大軍，逕入漢中，殄滅奸黨，以清邊境。」【毛】漢不伐賊，賊亦〔四四〕伐漢。果應《後出師

〔四二〕「魏將」，明四本作「魏國無名將」，光本、商本作「魏軍」。
〔四三〕毛本歎張苞詩改自贊本，爲静軒詩；鍾本、漁本同周本、夏本、贊本；嘉本無。
〔四四〕「亦」，光本作「必」。

表》之言。魏主大喜，問侍中劉曄曰：「子丹勸朕伐蜀，若何？」曄奏曰：「大將軍之言是也。二補註是時曹真爲大將軍。今若不勦除，後必爲大患。陛下便可行之。」毛可見賊亦與漢不兩立。叡點頭。曄出內回家，有衆大臣相探，問曰：「聞天子與公計議興兵伐蜀，此事如何？」曄應曰：「無此事也。蜀有山川之險，非可易圖。空費軍馬之勞，於國無益。」毛忽然要瞞衆人。贊是。鍾曄應却有深機。衆官皆默然而出。楊暨入內奏曰：「昨聞劉曄勸陛下伐蜀，今日與衆臣議，又言〔四五〕不可伐：是欺陛下也。陛下何不召而問之？」叡即召劉曄入內問曰：「卿勸朕伐蜀，今又言不可，何也？」曄曰：「臣細詳之，蜀不可伐。」毛又在天子面前瞞衆人，更妙。叡大笑。少時，楊暨出內。曄奏曰：「臣昨日勸陛下伐蜀，乃國之大事，豈可妄泄於人？夫兵者，詭道也。事未發，切宜秘之。」毛前此只疑其模稜〔四六〕兩可，至此方知是深心人。贊鍾竟如兒戲，可發一笑。叡大悟曰：「卿言是也。」自此愈加敬重。旬日內，司馬懿入朝，魏主將曹真表奏之事，逐一言之。懿奏曰：「臣料東吳未敢動兵，今日正可乘此去伐蜀。」叡即拜曹真爲大司馬、征西大都督，司馬懿爲大將軍、征西副都督，毛此時大都督印又是〔四七〕曹真掛了。可見前番司馬懿謙讓，正是老世事處。劉曄爲軍師。三人拜辭魏主，引四十萬大兵前行，至長安，逕奔劍閣來取漢中。其餘郭淮、孫禮等，各取路而行。

漢中人報入成都。此時孔明病好多時，每日操練人馬，習學八陣之法，盡皆精熟，毛早爲後回賭陣伏筆。欲取中原。毛正要討賊，賊却自來受討。聽得這箇消息，遂喚張嶷、王平分付曰：「汝二人先引一千兵去守陳倉古〔四八〕道，以當魏兵。毛只

〔四五〕「言」，原作「云」，致本同。按：「言」字義長，據其他古本改。

〔四六〕「模稜」，原作「䅿稜」，致本同，業本作「模俊」，澹本訛作「摸稜」。按：「䅿」同「秣」，訛用字；「稜」同「棱」。據其他毛校本改。

〔四七〕「是」，商本作「與」。

〔四八〕「古」，商本作「故」。

用一千兵，令人測摸不出。吾却提大兵便來接應。」二人告曰：「人報魏軍四十萬，詐稱八十萬，聲勢甚大，如何只與一千兵去守隘口？倘魏兵大至，何以拒之？」毛不獨兩人不解，即讀者亦不解。孔明曰：「吾欲多與，恐士卒辛苦耳。」毛說得没氣力，没要緊，一發令人不解。疑與平面面相覷，皆不敢去。孔明曰：「若有疎失，非汝等之罪。不必多言，可疾去。」二人又哀告曰：「丞相欲殺某二人，就此請殺，只不敢去。」毛不獨二人哀，我亦爲二人哀之。孔明笑曰：「何其愚也！吾令汝等去，自有主見：吾昨夜仰觀天文，見畢星躔於太陰之分，此月内必有大雨淋漓。毛漁先生知風，知霧，又知雨（，又知晴）。魏兵雖有四十萬，安敢深入山險之地？贊是。〔四九〕鍾孔明天文果妙。因此不用多軍，決不受害。吾將大軍皆在〔五〇〕漢中安居一月，待魏兵退，那時以大兵掩之：以逸待勞，吾十萬之衆可勝魏兵四十萬也。」毛此處方纔盡情說明。二人聽畢，方大喜，拜辭而去。孔明隨〔五一〕統大軍出漢中，傳令教各處隘口預備乾柴草料細〔五二〕糧，俱勾一月人馬支用，以防秋雨。毛又點「秋」字，應上秋凉時序，一毫不亂。將大軍寬限一月，先給衣食，俟〔五三〕候出征。毛漁（以上按下武侯一邊，以下）再叙真、懿（一邊）（二人）。

却說曹真、司馬懿同領大軍，逕到陳倉城内，不見一間房屋。尋土人問之，皆言孔明回時放火燒毁。毛漁（將）前事于此補出。曹真便要往〔五四〕陳倉道進發。懿曰：「不可輕進。我夜觀天文，見畢星躔於太陰之分，此月内必有大雨，毛孔明知雨，仲達知雨；但〔五五〕孔明知有一月之雨，仲達則未必知有一月之雨耳。漁孔明知雨，仲達亦知雨。但雨之日期，仲達未

〔四九〕贊甲本無此句贊批，據緑本補。
〔五〇〕「皆在」，光本作「雖在」，嘉本作「屯於」。
〔五一〕「隨」，齋本、光本作「遂」。
〔五二〕「細」，齋本、光本作「軍」。
〔五三〕「俟」，滄本、明三本作「伺」。
〔五四〕「往」，商本作「從」。
〔五五〕「知雨但」，光本作「亦知雨」。

必能知也。若深入重地，常〔五六〕勝則可，倘有疎虞，人馬受苦，要退則難。且宜在城中搭起窩鋪住扎，以防陰雨。」【鍾】天文之□可與孔明頡頏。真從其言。未及半月，天雨大降，淋漓不止。陳倉城外，平地水深三尺，軍器盡濕，人不得睡，晝夜不安。【毛】沉竈産蛙，彷彿似晉陽當日。大雨連降三十日，馬無草料，死者無數，軍士怨聲不絶。傳入洛陽，魏主設壇，求晴不得。【毛】此時道士亦大吃苦也。散騎常侍王肅上疏曰〔五七〕：

前志有之：「千里饋糧，士有飢色；樵蘇後爨，師不宿飽。」【二】採薪曰樵，取草曰蘇。言：雖有糧，必待樵蘇而後可炊（爨），（言）軍衆無越宿自飽之理。【贄】【鍾】都是套子，從來大臣無不如此。〔五八〕此謂平途之行軍者也。【毛】先言轉餉之遠。又況於深入阻險〔五九〕，鑿路而前，則其爲勞，必相百也。【毛】次言路徑之險。今又加之以霖雨，山坂〔六〇〕峻滑，衆逼而不展，糧懸〔六一〕而難繼：實行軍者〔六二〕之大忌也。【毛】次言天時之灾〔六三〕。聞曹真發已踰月，而行裁〔六四〕半谷，治道功夫〔六五〕，戰士悉作。是賊偏得以逸而

〔五六〕「常」，齋本、光本、商本作「或」。

〔五七〕「散騎常侍」，原作「黃門侍郎」，毛校本同；明四本作「散騎黃門侍郎臣」。按：《三國志·魏書·王朗傳》附《王肅傳》：「太和三年，拜散騎常侍。」「臣」字稱謂誤。據改。毛本王肅疏刪、改自贄本；鍾本、漁本同贄本；周本、夏本、贄本改自嘉本。嘉本全文改、引自《王肅傳》，毛本全文同原文，異文據《三國志》校正。

〔五八〕按：明三本及贄本系正文，王肅疏前有華歆、楊阜兩篇疏。

〔五九〕「阻險」，原作「險阻」，古本同。據《王肅傳》乙正。

〔六〇〕「坂」，嘉本、周本同；原作「坡」，毛校本、夏本、贄本同。據《王肅傳》改。

〔六一〕「懸」，原作「遠」，毛校本同。按：《王肅傳》作「縣」，通「懸」。據明四本改。

〔六二〕「者」，明四本同；原無，毛校本同。據《王肅傳》補。

〔六三〕「灾」，光本作「變」。

〔六四〕「裁」，原作「方」，毛校本同；嘉本作「裁」，周本、夏本、贄本作「載」。按：《王肅傳》作「裁」，同「纔」。據改。

〔六五〕「功夫」，周本同；原作「功大」，毛校本同；嘉本作「工夫」，夏本、贄本作「功失」。據《王肅傳》改。

待勞〔六六〕，乃兵家之所憚也。毛次〔六七〕言士卒之勞。言之前代，則武王伐紂，出關而復還；二補註武王東觀，兵至扵（盟）（孟）津，諸侯皆曰：「紂可伐。」王曰：「汝未知天命未可也。」乃還師。論之近事，則武、文征權，臨江而不濟；二補註魏武〔六八〕帝進軍濡須口，與吴相守月餘而還；文帝以舟師擊吴，臨江而還。豈非所謂〔六九〕順天知時，通於權變者哉？兆民知聖上以〔七〇〕水雨艱劇之故，休而息之〔七一〕；毛漁此言目〔七二〕下（必）（速）宜退兵。後日有釁，乘而用之，則〔七三〕所謂「悦以犯難，民忘其死」者矣〔七四〕。毛此言他日方可進兵。

魏主覽表，正在猶豫，楊阜、華歆亦上疏諫。毛王肅表用實寫，楊阜、華歆表用虛寫。**魏主即下詔，遣使詔曹真、司馬懿還朝。**

却説曹真與司馬懿商議曰：「今連陰三十日，軍無戰心，各有思歸之意，如何禁止？」毛此番一出，是特地來〔七五〕賞雨。漁此番直當出來祈雨。**懿曰：「不如且回。」真曰：「倘孔明追來，怎生退之？」懿曰：「先伏兩軍斷後，方可回兵。」正議間，忽使命來召。二人遂將大軍前隊作後隊，後隊作前隊，徐徐而退。**毛漁（以上按下真、懿一邊，以下）（此處）再叙武侯（一邊）。

〔六六〕「賊偏得以逸而待勞」，明四本同；原作「彼偏得以逸待勞」，致本、業本同，其他毛校本「偏」作「徧」。據《王肅傳》改。
〔六七〕「次」，光本作「先」。
〔六八〕夏批「武」，原作「文」。據周批改。
〔六九〕「所謂」，明四本同；原無，毛校本同。據《王肅傳》補。
〔七〇〕「兆民知聖上以」，明四本同；原作「願陛下念」，毛校本同。據《王肅傳》改。
〔七一〕「休而息之」，明四本同；原作「休息士卒」，毛校本同。據《王肅傳》改。
〔七二〕毛批「目」，貫本作「日」，形訛。
〔七三〕「乘而用之則」，明四本同；原作「乘時用之」，毛校本同。據《王肅傳》增、改。
〔七四〕「矣」，原作「也」，毛校本同；明三本作「矣謹疏」，贄本作「謹疏」。據《王肅傳》改。
〔七五〕「地來」，商本倒作「來地」。

却說孔明計算一月秋雨，天氣未晴〔七六〕，自提一軍屯於城固，㊁今漢中府城固縣〔七七〕是也。又傳令教大軍會於赤阪〔七八〕㊃城固、赤阪，俱〔七九〕在漢中府。【嘉】地名。㊁赤阪，地名，在漢中府洋縣東二十里。司馬懿伐蜀，「丞相亮待之扵城固、赤阪」即此〔八〇〕。駐劄。孔明升帳喚衆將言曰：「吾料魏兵必走，魏主必下詔來取曹真、司馬懿兵回。【毛】【漁】（寫）先生如見。吾若追之，必有准備；不如任他且去，再作良圖。」【毛】【漁】（魏兵每爲追蜀兵而敗。）武侯不追，大有主見。【鍾】□見方□。忽王平令人報來〔八一〕，說魏兵已回。孔明分付來人，傳與王平：「不可追襲。吾自有破魏兵之策。」正是：

魏兵縱使能埋伏，漢相原來不肯追。

未知孔明怎生破魏，且看下文分解。

此番出兵都無所作爲，諸葛孔明、司馬仲達俱知天雨，而故爲此，並罰他住俸三年，以贖傷民之罪乃妥。而仲達更當倍罰，以其傷民尤多也。

此番出兵，孔明、仲達俱知天雨，而故爲此，並罰他住俸三年，以贖傷民之罪。然仲達傷民尤多，更當倍罰。

〔七六〕「一月秋雨，天氣未晴」，嘉本「雨」下有「未盡」，「氣」作「尚」。

〔七七〕「城固」周、夏批「今」上原有「按《綱目》作西城」，「城固縣」原作「西城縣」。按：《綱目》卷十五作「丞相亮聞之次於成固、赤阪」，周、夏批誤引王集覽「西城」注。《一統志》：城固縣「本漢舊縣，屬漢中郡」。據改。

〔七八〕「赤阪」，原作「赤坡」，古本同。按：《三國志·蜀書·後主傳》：「丞相亮待之於城固、赤阪。」據改，注釋同。

〔七九〕漁本夾注「俱」，原作「住」，醉本眉注、贊、鍾本夾注皆作「俱」。按：「住」字不通，據改。

〔八〇〕夏批「赤阪即此」，原作「即此赤阪」。據周批乙正。

〔八一〕「報來」，光本倒作「來報」。

第一百回　漢兵劫寨破曹真　武侯鬬陣辱仲達

將寫武侯與仲達決雌雄，先見仲達與子丹決雌雄；其以面塗紅粉、身服女衣爲賭，此以贏者爲雄、輸者爲雌也。然以仲達、子丹相較，則子丹是女，仲達是男；若以武侯、仲達相較，則又武侯是男，仲達是女。觀後文巾幗之受，其不異於面塗紅粉、身服女衣者幾希矣。

武侯氣王朗，只是一氣；氣曹真，不止是一氣。姜維詐降，一氣也；王雙被斬，二氣也；秦良死而寨又劫，三氣也。與三氣周瑜之事殆相彷彿矣。然周瑜未死之前，有兩句歌謡、一封書札；周瑜既死之後，又有一篇祭文。獨至曹真，而片紙之中，一番教訓，一番嘲笑，

一番哀憐，直將歌謡、書札、祭文合成一幅，尤令見者解頤。

甚矣，爲將之不可不嚴也！武侯斬陳式而不斬〔一〕魏延，憐其勇耳。若縱苟安而反爲其所譖，則寬之過也。且陳式未歸之時，恐其〔二〕降魏，而使鄧芝撫之；魏延將反之日，預知其背漢，而使馬岱防之；獨至苟安，而武侯慮不及此，又似失之於踈矣。雖然，此天之不欲興漢，豈武侯之咎與？

我以此計中人，而人亦以此計中我。如武侯曾以反間之計退仲達，而仲達亦以反間之計退武侯是也。雖然，物必先腐也，而後蟲生之。仲達雖智，豈能間英明之主哉？苟安不能愚後主，而宦官得以愚後主，又非宦官足以愚後主，而後主實受愚於宦官。昭烈所爲嘆息痛恨於桓、

〔一〕「斬」，光本作「殺」。
〔二〕「其」，原作「未」，業本同。按：「其」字通，據其他毛校本改。

靈者，而其父恨焉，其子蹈焉，悲夫！

三出祁山之師，爲武侯之病而去，此仲達不知其去者也。四出祁山之師，爲苟安之譖而去，此仲達先知其必去者也。不知其去，則其去也易；知其必去，則其去也難。而武侯卒不難於去者，則減兵添竈之計得也。孫臏以減竈誘敵之追，武侯又以增竈遏敵之追，是得孫臏之意而變化之。可見讀古書者，讀此句必是此句，便是不能讀；用古事者，用此法必是此法，便是不能用。觀於武侯，可以悟矣。

却說衆將聞孔明不追魏兵，俱入帳告曰：「魏兵苦雨，不能屯扎，因此回去，正好乘勢追之，丞相如何不追？」孔明曰：「司馬懿善能用兵，今軍退必有埋伏。吾若追之，正中其計。毛不犯他人失着。不如縱他遠去，吾却分兵逕出斜谷，而取祁山，使魏人不隄防也。」毛漁此之謂「攻其無備」。衆將曰：「取長安之地，別有路途，丞相只取祁山，何也？」毛吾亦欲問之。孔明曰：「祁山乃長安之首也，隴西諸郡倘有兵來，必經由此地；更兼前臨渭濵，後靠斜谷，左出右入，可以伏兵，乃用武之地。吾故欲先取此，得地利也。」毛前回是仰察〔三〕天文，後回是俯察地理。漁有此一問一解，始知六出祁山之故。衆將皆拜服。孔明令魏延、張嶷、杜瓊、陳式出箕谷，馬岱、王平、張翼、馬忠出斜谷，俱會於祁山。調撥已定，孔明自提大軍，令關興、廖化爲先鋒，隨後進發。毛以上按下武侯一邊，以下再叙真、懿一邊。

却說曹真、司馬懿二人在後監督人馬，漁再寫魏國。令一軍入〔四〕陳倉古道探視，回報說蜀兵不來。又行旬日，後面埋伏衆將皆回，說蜀兵全無音耗。真曰：「連綿秋雨，棧道斷絶，蜀人豈知吾等退軍〔五〕耶？」毛漁寫曹真之愚，以襯司馬之智。懿

〔三〕「察」，齋本、光本、商本作「觀」。
〔四〕「入」，致本作「人」。
〔五〕「軍」，明四本作「兵」。

曰：「蜀兵隨後出矣。」【毛】誠如公言。真曰：「何以知之？」懿曰：「連日晴明，蜀兵不趕，料吾有伏兵也，故縱我〔六〕兵遠去；待我兵過盡，他却奪祁山矣。」【毛】誠如公言。【鍾】如見。【漁】言之甚切〔七〕。曹真不信。懿曰：「子丹如何不信？吾料孔明必從兩谷而來。吾與子丹各守一谷口，十日爲期。若無蜀兵來，我面塗紅粉，身穿女衣，來營中伏罪。」【毛】【漁】此等賭法甚奇。〈毛〉贏的是男子，輸的是婦人。但恐今日天下婦人，偏要贏着男子也。○面塗紅粉，早與後文張虎、樂綝相映；身穿女衣，早與後文受巾幗相映。真曰：「若有蜀兵來，我願將天子所賜玉帶一條、御馬一匹與你。」【毛】【漁】（今日）以（天子）所賜爲賭，孰知後（來却把一箇）（日）天子（全）輸與他家。即分兵兩路：真引兵屯於祁山之西斜谷口，懿引軍屯於祁山之東箕谷口。各下寨已畢，懿先引一枝兵伏於山谷中〔八〕；其餘軍馬各於要路安營。懿更換衣粧，雜在衆軍之内〔九〕，【毛】賭輸了要換婦人粧束，今不曾輸，先着小卒衣裳。遍觀各營。【贄】【鍾】此等都是妙用。忽到一營，有一偏將仰天而怨曰：「大雨淋了許多時，不肯回去；今又在這裏頓住，强要賭賽，却不苦了官軍！」【毛】賭賽原是一時高興。懿聞言，歸寨升帳，聚衆將皆到帳下，挨出那將來。懿叱之曰：「朝廷養軍千日，用在一時。汝安敢出怨言，以慢軍心！」其人不招。懿叫出同伴之人對證，那將不能抵賴。懿曰：「吾非賭賽，欲勝蜀兵，【毛】勝曹真便是取笑，勝蜀兵便是正經。令汝各人有功回朝。汝乃妄出怨言，自取罪戾！」喝令武士推出斬之。【毛】取笑弄出認真來。【漁】此一段方見行軍非賭戲之事，又使衆悚然，可以決勝。須臾，獻首帳下。衆將悚然。懿曰：「汝等諸將，皆要盡心，以防蜀兵。聽吾中軍砲響，四面皆進。」衆將受令〔一〇〕而退。【毛】以上按下真、懿一邊，以下再叙武侯

〔六〕「我」，商本作「吾」。
〔七〕「切」，原作「却」。按：「切」字合，據衡校本改。
〔八〕「中」，光本作「口」。
〔九〕「内」，齋本、光本作「中」。
〔一〇〕「令」，光本、商本作「命」。

一邊。

却説魏延、張嶷、陳式、杜瓊四將，引二〔一一〕萬兵取箕谷而進。正行之間，忽報參謀鄧芝到來。【漁】再敘武侯。四將問其故，芝曰：「丞相有令：如出箕谷，隄防魏兵埋伏，不可輕進。」【毛】【漁】（司馬懿之料武侯，）又爲武侯所料。陳式曰：「丞相用兵何多疑耶？吾料魏兵連遭大雨，衣甲皆毀，必然急歸，安得又有埋伏？今吾兵倍道而進，可獲大勝，如何又教休進〔一二〕？」芝曰：「丞相計無不中，謀無不成，汝安敢違令〔一三〕？」式笑曰：「丞相若果多謀，不致街亭之失！」【毛】照應九十五回中事。魏延想起孔明向日不聽其計，亦笑曰：「丞相若聽吾言，逕出子午谷，此時休説長安，連洛陽皆得矣！【毛】照應九十二回中語〔一四〕。今執定要出祁山，有何益耶？既令進兵，今又教休進，何其號令不明。」式曰：「吾自有〔一五〕五千兵逕出箕谷，先到祁山下寨，看丞相羞也不羞！」【鍾】這等頑拗，如何不敗乃公事？芝再三阻當，式只不聽，逕自引五千兵出箕谷去了。【毛】司馬懿部下一末將不服，武侯部下一大將不服，正是〔一六〕相對。○〈【毛】【漁】〉陳式又是一箇馬謖。【二】（《一統志》云：「箕山，在漢中府褒城縣北一十五里」，「昔諸葛亮遣趙雲、鄧芝等拠箕谷即此」。）鄧芝只得飛報孔明。

却説陳式引兵行不數里，忽聽的〔一七〕一聲砲響，四面伏兵皆出。式急退時，魏兵塞滿谷口，圍得鐵桶相似。式左衝右突，不能得脱。忽聞喊聲大震，一彪軍殺入，乃是魏延，救了陳式，回到谷中，五千兵只剩得四五百帶傷人馬。【毛】此時陳將軍羞也不羞？【漁】此時陳式豈不羞死。背後魏兵趕來，却得杜瓊、張嶷引兵接應，魏兵方退。陳、魏二人方信孔明先

〔一一〕「二」，商本作「一」。
〔一二〕「進」，光本作「兵」。
〔一三〕「違令」，明四本作「如此」。
〔一四〕「語」上，齋本、光本有「之」字。
〔一五〕「有」，光本作「引」。
〔一六〕「是」，商本作「自」。
〔一七〕「的」，商本脱。

見如神，懊悔不及。

且說鄧芝回見孔明，言魏延、陳式如此無禮。孔明笑曰：「魏延素有反相〔一八〕，吾知彼常有不平之意，因憐其勇而用之。久後必生患害。」毛早爲一百五回伏筆。漁早爲後文伏線。正言間，忽流星馬報到，說陳式折了四千餘人，止有四五百帶傷人馬屯在谷中。孔明令鄧芝再來箕谷，撫慰陳式，防其生變。毛漁周密之至。鍾都料得定。一面喚馬岱、王平分付曰：「斜谷若有魏兵守把〔一九〕，汝二人引本部軍越山嶺，夜行晝伏，速出祁山之左，舉火爲號。」又喚馬忠、張翼分付曰：「汝等亦〔二〇〕從山僻小路，晝伏夜行，逕出祁山之右，舉火爲號。與馬岱、王平會合，共劫曹真營寨。毛前番調撥以此四人爲一路，今又分作兩路。吾自從谷中三面攻之，魏兵可破也。」四人領命，分頭引兵去了。孔明又喚關興、廖化分付曰如此如此，毛前兩路叙明所授之計，此一路不叙明所授之計，待後文始見，是換筆。二人受了密計，引兵而去。孔明自領精兵倍道而行。正行間，又喚吳班、吳懿授與密計，毛又不叙明所授何計，又留在末後，分明亦是換筆。漁前兩路之計敘明，後兩路之計暗囑，文法變換。亦引兵先行。

却說曹真心中不信蜀兵來，以此怠慢，縱令軍士歇息，只等十日無事，要羞司馬懿。鍾曹真鹵（莽）。不覺守了七日，毛再熬〔二一〕過三日，便要贏他花面矣。忽有人報谷中有些小〔二二〕蜀兵出來。真令副將秦良引五千兵哨探，不許縱令蜀兵近界。毛圖欲瞞過司馬懿也。〈毛漁〉曹真（之意，只）以賭賽爲重，不以國事爲重。秦良領命，引兵剛到谷口，哨見蜀兵退去。良急引兵趕來，行到五六十里，不見蜀兵，毛漁此乃孔明所授密計（也）。心下疑惑，教軍士下馬歇息。忽哨馬報說：「前面有蜀兵埋伏。」良上馬看

〔一八〕「反相」，光本倒作「相反」。
〔一九〕「守把」，光本倒作「把守」。
〔二〇〕「亦」，齋本、光本脫。
〔二一〕「熬」，貫本作「敖」。
〔二二〕「小」，光本作「少」，後一處同。

時，只見山中塵土大起，急令軍士隄防。不一時，四壁廂喊聲大震，前面吴班、吴懿引兵殺出，【毛】末後分付的最先出現。背後關興、廖化引兵殺來。【毛】第三起分付的出現在第二。左右是山，皆無走路，山上蜀兵大叫：「下馬投降者免死！」【毛】不盡殺之，而欲降之，計畫已定。魏軍〔二三〕大半多降。秦良死戰，被廖化一刀斬於馬下。【毛】【漁】今番（却）瞞不〔二四〕過司馬懿（也）（了）。孔明把降卒〔二五〕拘於後軍，却將魏軍衣甲與蜀軍〔二六〕五千人穿了，扮作魏兵，【毛】不見男子扮女子，先見蜀兵扮魏兵。令關興、廖化、吴班、吴懿四將引着，【毛】此四人重復調撥。逕奔曹真寨來。先令報馬入寨說：「只有些小蜀兵，盡趕去了。」【毛】妙，正〔二七〕合他不許近界之意。【鍾】兵以詭勝，孔明絶好詭□。【漁】妙在正合他意。真大喜。忽報司馬都督差心腹人至。真喚入問之，其人告曰：「今都督用埋伏計，殺蜀兵〔二八〕四千餘人。【毛】與秦良所折正好相當，武侯正了本矣。司馬都督致意將軍，教休將賭賽爲念，務要用心隄備。」【毛】夾叙此一段，筆法妙甚。真曰：「吾這裏竝無一箇蜀兵。」【毛】還要強嘴。【漁】此一段筆法妙甚。遂打發來人回去。忽又報秦良引兵回來了〔二九〕，真自出帳迎之。比及到寨，人報前後兩把火起。真急回寨後看時，關興、廖化、吴班、吴懿四將指麾蜀軍就營前殺將進來，【毛】重復調撥的，于此再出現。馬岱、王平從後面殺來，馬忠、張翼亦引兵殺到。【毛】第一番調撥與第二番調撥的，却于末後出現。魏軍措手不及，各自逃生。衆將保曹真望東而走，背後蜀兵趕來。曹真正奔走，忽然喊聲大震，一彪軍殺到。真

〔二三〕「軍」，嘉本作「兵」。
〔二四〕毛批「瞞不」，業本作「瞙承」，商本作「賭不」。
〔二五〕「卒」，贊本作「軍」，明三本作「兵」。
〔二六〕二「軍」字，貫本、周本、夏本後一「軍」作「兵」，嘉本皆作「兵」。
〔二七〕「正」，光本作「在」。
〔二八〕「都督」「蜀兵」，原作「蜀兵」「魏兵」，毛校本、周本、夏本、贊本同。按：司馬懿心腹向曹真通報司馬懿一邊戰績，嘉本通，據改。後句毛批義反，「陳式」應作「秦良」。
〔二九〕「了」，滄本訛作「子」。

膽戰心驚，【毛】【漁】（每到遇救兵處，反）故作驚人之筆。視之，乃司馬懿也。【毛】莫非來取玉帶、御馬乎？懿大戰一場，蜀兵方退。真得脱，羞慚無地。【毛】不惟輸與孔明，又輸與仲達，是雙輸了，安得不羞。懿曰：「諸葛亮奪了祁山地勢，吾等不可久居此處，宜去渭濵〔三〇〕安營，再作良圖。」真曰：「仲達何以知吾遭此大敗也？」懿曰：「見來人報稱子丹説竝無一箇蜀兵，吾料孔明暗來劫寨，因此知之，故相接應。今果中計。【毛】司馬懿一邊事，即在司馬懿口中補出。切莫言賭賽之事，只同心報國。」【毛】老奸猾，老世事。曹真甚是惶恐，氣成疾病，卧牀不起。【毛】姓曹的如此無用，安得不以大事托之司馬氏？【漁】姓曹人如此無用，故以大事盡托司馬氏矣。兵屯渭濵，懿恐軍心有亂，不敢教真引〔三一〕兵。

却説孔明大驅士馬，復出〔三二〕祁山。【毛】【漁】此是四出祁山。勞軍已畢，魏延、陳式、杜瓊、張嶷入帳，拜伏〔三三〕請罪。孔明曰：「是誰失陷了軍來？」延曰：「陳式不聽號令，潛入谷口，以此大敗。」式曰：「此事魏延教我行來。」【毛】始而一齊扛幇，繼而互相埋怨。可發一笑。孔明曰：「他倒救你，你反攀他！【毛】【漁】（輕輕）（只此）一句，便將魏延抛開。將令已違，不必巧説！」即叱〔三四〕武士推出陳式斬之。須臾，懸首於帳前，以示諸將。【三】考證補註後陳式（之）子陳壽爲晉平陽侯相〔三五〕，編《三國志》，（將魏延爲證）（以魏爲正統），（絶）言孔明入寇中原。此時孔明不殺魏延，欲畱之以爲後用也。【毛】按〔三六〕中忽結一斷語，絶妙筆法。孔明既斬了陳式，正議進兵，忽有細作報説：「曹真卧病不起，現在營中治療。」孔明大喜，謂諸將曰：「若曹真病輕〔三七〕，必便回長安。今魏兵不

〔三〇〕「濵」，商本作「北」。
〔三一〕「引」，光本作「退」。
〔三二〕「出」，光本訛作「入」。
〔三三〕「伏」，齋本、光本作「服」。
〔三四〕「叱」，齋本、光本、商本作「令」。
〔三五〕嘉、周、夏批「相」，原無。按：同卷首校記〔二〕。據補。
〔三六〕「按」，澹本作「案」，光本、商本作「忙」。
〔三七〕「輕」，齋本、光本作「死」。

退，必爲病重，故留於軍中，以安衆人之心。吾寫下一書，教秦良的降兵持與曹真，真若見之，必然死矣。」毛漁與前番致書于周郎一樣局面。鍾更毒。遂唤降兵至帳下，問曰：「汝等皆是魏軍，父母妻子多在中原，不宜久居蜀中。今放汝等回家，若何？」毛武侯妙人〔三八〕。衆軍泣淚〔三九〕拜謝。孔明曰：「曹子丹與吾有約，吾有一書，汝等帶回，送與子丹，必有重賞。」毛漁武侯（係）妙人（也）。魏軍領了書，奔回本寨，將孔明書呈與曹真。真扶病而起，拆封視之。其書曰〔四〇〕：

漢丞相、武鄉侯諸葛亮，致書於大司馬曹子丹之前：切〔四一〕謂夫爲將者，能去能就，能柔能剛；能進能退，能弱能强。不動如山岳，難知〔四二〕如陰陽。無窮如天地，充實如太倉。浩渺如四海，眩曜如三光。預知天文之旱澇〔四三〕，先識地理之平康。察陣勢之期會，揣敵人之短長。嗟爾無學後輩，上逆穹蒼，助篡國之反賊，稱帝號於洛陽。走殘兵於斜谷，遭霖雨於陳倉。水陸困乏，人馬猖狂。抛盈郊之戈甲，棄滿地之刀鎗。都督心崩而膽裂，將軍鼠竄而狼忙。無面見關中之父老，何顔入相府之廳堂！贊亦可作祭曹子丹文。〔四四〕鍾此可作祭曹真文，不當以書目之也。史官秉筆而記録，百姓衆口而傳揚：仲達聞陣而惕惕，子丹望風而遑遑。吾軍兵强而馬壯，大將虎奮以龍驤；掃秦川爲平壤，蕩魏國作坵荒！毛漁（直〔四五〕）（竟）是一篇叶韻祭文。鍾看到此，未有不氣死者也。

〔三八〕「妙人」二字原闕，據毛校本補。
〔三九〕「泣淚」，光本作「涕泣」。
〔四〇〕毛本孔明致曹真書删，改自贊本；鍾本、漁本同贊本；夏本、贊本删，改自嘉本，周本同嘉本。
〔四一〕「切」，光本、商本作「竊」。
〔四二〕「知」，嘉本作「測」。
〔四三〕「曜」，齋本、光本作「明」。「澇」，光本訛作「潦」。
〔四四〕贊甲本原闕字，存「祭」「文」二字，據緑本補。
〔四五〕「直」，光本作「真」。

曹真看畢，恨氣填胸，至晚死於軍中。【毛】【漁】又是一箇王朗〔四六〕。司馬懿用兵車裝載，差人送赴洛陽安葬。

魏主聞知曹真已死，即下詔催司馬懿出戰。懿提大軍來與孔明交鋒，隔日先下戰書。【毛】【漁】（仲達）此時（亦）（也）是不得已。孔明謂諸將曰：「曹真必死矣。」遂批回「來日交鋒」，使者去了。孔明當夜教姜維受了密計，如此而行；又喚關興，分付如此如此。【毛】【漁】又不知（先生）（武侯）用何妙計。次日，孔明盡起祁山之兵前到渭濵〔四七〕：一邊是河，一邊是山，中央平川曠野，好片戰塲。【毛】正好擺陣耍子。兩軍相迎，以弓箭〔四八〕射住陣角。三通鼓罷，魏陣中門旗開處，司馬懿出馬，衆將隨後而出。只見孔明端坐於四輪車上，手搖羽扇。【毛】二人向來並不曾交話，此是第一番相見。【漁】此二人第一次相見。懿曰：「吾主上法堯禪舜，【毛】開口便說禪〔四九〕代，正爲他日效尤張本。相傳二帝，坐鎮中原，容汝蜀、吴二國者，乃吾主寬慈仁厚，恐傷百姓也。汝乃南陽一耕夫，不識天數，强要相侵，理宜殄滅！如省心改過，宜即早回，各守疆界，以成鼎足之勢，免致生靈塗炭，汝等皆得全生！」孔明笑曰：「吾受先帝託孤之重，安肯不傾心竭力以討賊乎！【毛】對嗣君開口說先帝，對敵人亦開口只說先帝。【漁】開口就以先帝，說詞甚正。汝曹氏不久爲漢所滅。汝祖、父皆爲漢臣，世食漢禄，不思報効，反助簒逆，豈不自耻？」【鍾】說入（髓），那教人□不羞？懿羞慚滿面曰：「吾與汝決一雌雄！汝若能勝，吾〔五〇〕誓不爲大將！汝若敗時，早歸故

〔四六〕毛批「朗」，光本作「郎」，形訛。

〔四七〕「濵」，光本作「河」。「渭濵」周、夏批原有「《一統志》云：渭濵，在鞏昌府城北三里」。按：本回前文作「前臨渭濵，後靠斜谷」。《三國志·蜀書·諸葛亮傳》：「據武功五丈原」，「耕者雜於渭濵居民之間」，「其年八月，亮疾病，卒于軍」。《一統志》：五丈原「在武功縣西南七十里」，「在郿縣西三十里」；斜谷關「在郿縣西南三十里，谷之南口曰『褒』，北口曰『斜』」。皆屬陝西鳳翔府。明鞏昌府，今甘肅隴西市。誤注，不録。

〔四八〕「弓箭」，齋本、光本作「萬箭」，嘉本、周本作「弓弩」。

〔四九〕「禪」，光本作「傳」。

〔五〇〕「吾」，商本作「我」。

里，吾竝不加害！」毛漁又是一番賭賽。孔明曰：「汝欲鬭將？鬭兵？鬭陣法？」毛漁（偏）（就）有許多鬭法。懿曰：「先鬭陣法。」孔明曰：「先布陣我看。」懿入中軍帳下，手執黃旗招颭，左右軍動，排成一陣，復上馬出陣，問曰：「汝識吾陣否？」孔明笑曰：「吾軍中末將亦能布之。此乃『混元一氣陣』也。」毛取「混一」之意。懿曰：「汝布陣我看。」孔明入陣，把羽扇一摇，復出陣前，問曰：「汝識我陣否？」懿曰：「量此『八卦陣』，如何不識！」毛一氣主合，八卦主分，以分破合也。孔明曰：「識便識了，敢打我陣否？」懿曰：「既識之，如何不敢打！」孔明曰：「汝只管打來。」司馬懿回到本陣中，唤戴陵、張虎、樂綝三將分付曰：「今孔明所布之陣，按休、生、傷、杜、景、死、驚、開八門。汝三人可從正東『生門』打入，往西南『休門』殺出，復從正北『開門』殺入：此陣可破。鍾仲達既識陣法，何不自來破之？汝等小心在意。」毛如黃承彦教陸遜之語。於是戴陵在中，張虎在前，樂綝在後，各引三十騎，從生門打入。兩軍吶喊相助。三人殺入蜀陣，只見陣如連城，衝突不出。三人慌引騎轉過陣脚，往西南衝去，却被蜀兵射住，衝突不出。毛魚腹浦前，石疑是人；祁山寨前，人疑是石。陣中重重疊疊，都有門户，那裏分東西南北？毛妙寫陣法。漁寫陣法之妙。三將不能相顧，只管亂撞，但見愁雲漠漠，慘霧濛濛。毛漁（又加此二句，）更見陣法之（神）奇。喊聲起處，魏軍一箇箇皆被縛了，毛賭陣法輸了。送到中軍。孔明坐於帳中，左右將張虎、戴陵、樂綝并九十箇軍，皆縛在帳下。孔明笑曰：「吾縱然捉得汝等，何足爲奇。吾放汝等回見司馬懿，教他再讀兵書，重觀戰策，那時來決雌雄，未爲遲也。毛漁（叫他回去讀書，）竟似（考試官，）對求試不中的秀才説。贊惡極了。鍾孔明這樣毒口，不知仲達怎麽□受？汝等性命既饒，當留下軍器戰馬。」遂將衆人衣服盔甲〔五一〕脱了，以墨塗面，步行出陣。毛司馬

〔五一〕「衣服盔甲」，原無「盔甲」，致本、業本、貫本、濟本、商本、周本、夏本、贊本同；齊本、光本作「衣甲」。據嘉本補。

懿與曹真賭，只賭得紅粉塗面，今却搽了黑〔五二〕臉，更是難當。【漁】前與曹真賭粉塗面，今搽了黑臉，豈不愧殺。司馬懿見之大怒，【毛】老羞變怒。回顧諸將曰：「如此挫敗鋭氣，有何面目回見中原大臣耶！」即指揮三軍奮死〔五三〕掠陣。懿自扳劍在手，引百餘驍將，催督衝殺。兩軍恰纔相會，忽然陣後鼓角齊鳴，喊聲大震，一彪軍從西南上殺來，乃關興也。【毛】第二次授計者出現在前〔五四〕。懿分後軍當之，復催軍向前厮殺。忽然魏兵大亂，原來姜維引一彪軍悄地殺來，【毛】第一次授計者出現在後。蜀兵三路夾攻。懿大驚，急忙退軍。蜀兵周圍殺到，懿引三軍望南死命衝出。魏兵十傷六七。【毛】鬭兵鬭將又輸了。司馬懿退在渭濱南岸下寨，堅守不出。

孔明收得勝之兵，回到祁山時，永安城李嚴遣都尉苟安解送糧米至軍中交割。苟安好酒，於路怠慢，違限十日。孔明大怒曰：「吾軍中專以糧爲大事，悞了三日，便該處斬！汝今悞了十日，有何理說？」喝令推出斬之。【毛】與陳式正是同罪。長史楊儀曰：「苟安乃李嚴用人，又兼錢糧多出於西川，若殺此人，後無人敢送糧也。」孔明乃叱武士去其縛，杖八十放之。【毛】【漁】不斬〔五五〕此人反受其悞，可見好人做不得。【鍾】苟安該〔五六〕斬。苟安被責，心中懷恨，連夜引親隨五六騎，逕奔魏寨投降。【毛】苟安不是苟，竟是狗矣！懿喚入，苟安拜告前事。懿曰：「雖然如此，孔明多謀，汝言難信。汝能爲我幹一件大功，吾那時奏准天子，保汝爲上將。」安曰：「但有甚事，即當効力。」懿曰：「汝可回成都布散流言，說孔明有怨上之意，早晚欲稱爲帝。使汝主召回孔明，即是汝之功〔五七〕。」【毛】此奉〔五八〕荅前文馬謖反間之計，

〔五二〕「搽」，貫本、齋本、濟本作「塗」，光本作「變」。「黑」，商本作「墨」。

〔五三〕「死」，光本作「氣」。

〔五四〕「前」、後一處批語「後」，光本易作「後」「前」。

〔五五〕毛批「斬」，濟本訛作「所」，光本作「殺」。致本脱前正文「此人」至後文「當復如」，與醉本整葉雙面同，可證其底本與醉本版式同，此處脱葉。

〔五六〕鍾批「該」，原作「皆」。按：「皆」字不通，酌改。

〔五七〕「即」，齋本作「便」。「功」下，濟本有「也」，明四本有「矣」。

〔五八〕「奉」，齋本、光本作「乃」。

彼此相對。鍾司馬懿此着甚毒。苟安允諾，逕回〔五九〕成都，見了宦官，毛得其人矣。布散流言，說孔明自倚大功，早晚必將篡國。宦官聞知大驚，即入內奏帝，細言前事。毛官中府中，不宜異同。後主驚訝曰：「似此如之奈何？」宦官曰：「可詔〔六〇〕還成都，削其兵權，免生叛逆。」後主下詔，宣孔明班師回朝。毛「親小人，遠賢臣，此〔六一〕後漢所以傾頽也。」漁後主之不明如此。蔣琬出班奏曰：「丞相自出師以來，累建大功，何故宣回？」後主曰：「朕有機密事，必須與丞相面〔六二〕議。」毛漁也會說謊。即遣使齎詔星夜宣孔明回。使命逕到祁山大寨，孔明接入，受詔已畢，仰天嘆曰：「主上年幼，必有佞臣在側！吾正欲建功，何故取回？我如不回，是欺主矣〔六三〕。贊此時或尚是謙恭之王莽，亦未可知也。若奉命而退，日後〔六四〕再難得此機會也。」毛苟安之罪，上通於天。鍾不得建功，此中却有天意。姜維問曰：「若大軍退，司馬懿乘勢掩殺，當復如何？」孔明曰：「吾今退軍，可分五路而退。今日先退此營，假如營內兵一千，却掘二千竈。明日掘三千竈，後日掘四千竈〔六五〕，每日退軍，添竈而行。」毛孫臏減竈之法，武侯反用之；虞詡增竈之法，武侯正用之。楊儀曰：「昔孫臏擒龐涓，用添兵減竈之法〔六六〕；今丞相退兵，何故增竈？」孔明曰：「司馬懿善能用兵，知吾退兵〔六七〕，必然追趕；心中疑吾有伏兵，定於舊營內數竈；見每日增竈，兵又不知退與不退，則疑而不敢追。吾徐徐而退，自無損兵之患。」毛漁（方將添

〔五九〕「逕回」，齋本、光本作「竟回」，嘉本、周本作「逕還」。

〔六〇〕「詔」，貫本、滄本作「召」。

〔六一〕「臣此」，原作「人」，其他毛校本作「臣」。據前文第九十一回《出師表》改、補。

〔六二〕「面」，光本作「商」。

〔六三〕「矣」，商本作「也」。

〔六四〕「日後」，商本倒作「後日」，明四本無。

〔六五〕「明日」「後日」，原作「今日」「明日」，毛校本、周本、夏本、贊本同。按：嘉本較佳，據改。「四千竈」，商本倒作「竈四千」。

〔六六〕「法」下，嘉本有「而取勝」，周本、夏本、贊本有「而取勝也」。

〔六七〕「退兵」，致本同，其他毛校本、嘉本作「兵退」。

竈計策）解説一遍。鍾分明是效虞詡之法。遂傳令退軍。

却説司馬懿料苟安行計停〔六八〕當，只待蜀兵退時，一齊掩殺。正躊躇間，忽報蜀寨空虛，人馬皆去。懿因孔明多謀，不敢輕追，自引百餘騎前來蜀營內踏看，教軍士數竈，毛不出（先生）（武侯）所料。仍回本寨；次日，又教軍士趕到那箇營內，查點竈數。回報說：「這〔六九〕營內之竈，比前又增一分。」司馬懿謂諸將曰：「吾料孔明多謀，今果添兵增竈，吾若追之，必中其計；毛誰知已中孔明之計。二補註厖涓爲魏將，與齊將孫臏有隙。魏攻韓，韓求救於齊，齊使臏與田忌領兵攻之。減竈行兵，涓倍道逐之。臏度其行，暮至馬陵，乃伏（兵）狹隘。（砍）（斫）大樹白而書曰：「厖涓死此樹下。」果至，舉火讀未畢，齊軍萬弩俱發，魏軍大亂。涓智窮，（乃）自刎，曰：「遂成豎子之名！」（遂）（齊）乘勢擊之，魏人敗，虜太子申以歸。贄都爲聞見所誤。漁果然中了孔明之計。不如且退，再作良圖。」於是回軍不追。孔明不折一人，望成都而去。次後川口土人來報司馬懿，說孔明退兵之時，未見添兵，只見增竈。懿仰天長嘆曰：「孔明效虞詡之法，二補註虞詡遷武都太守，羌寇攻之。詡即停車不進，宣言上書請兵，須到當發。羌聞之，乃分抄傍縣。詡因其兵散，日夜兼行百餘里，令衆各作兩竈，日增倍之，羌不敢偪。或問曰：「孫臏減竈而君增之，何也？」詡曰：「虜見吾竈日增，必謂郡兵來迎，必憚追我。孫臏見弱，吾今示強，勢有不同（之）故也。」瞞過吾也。其謀畧吾不如之！」遂引大軍還〔七〇〕洛陽。正是：

棋逢敵手難相勝，將遇良才不敢驕。

未知孔明回到成都，竟是〔七一〕如何，且看下文分解。

〔六八〕「停」，光本作「定」。

〔六九〕「這」，光本作「道」，屬上句。

〔七〇〕「還」，嘉本作「回」；夏本回末闕葉，後略。

〔七一〕「棋逢敵手難」「未知孔明回」十字漫漶，據毛校本補。「到」，貫本脫。「竟是」，光本作「畢竟」，嘉本作「還是」，周本、贊本作「面君」。

早知陳壽後來編史，此時不殺陳式倒好。余聞一先生之論如此，不知何如，大家評一評看。呵呵。

八陣、增竈，司馬俱爲聞見所誤，遂遜孔明一籌。若令司馬胸中不知「休、生、傷、杜、景、死、驚、開」，并龐涓減竈、虞詡增竈許多骨董，自不爲諸葛所算矣。聞見

誤人，一至于此。即今之做秀才者，胸中絶無講章時文，安有不軼王駕唐之理，都是一個道理。

八陣、增竈，司馬俱爲聞見所誤，遂遜孔明一籌。若令司馬不知「休、生、傷、杜、景、死、驚、開」，并龐涓減竈、虞詡增竈許多骨董，自不爲諸葛所算矣。

第一百一回

出隴上諸葛粧神
逵劍閣張郃中計

或謂武侯粧神作怪，不過爲割麥之計，毋乃爲人所笑？予曰：不然。今天下之粧神作怪者，大抵類此矣。書符遣將，禱雨祈晴，使人羣相尊奉，稱其道法，無他故也，重口食也；燒丹鍊藥，却老延年，使人轉相傳述〔一〕，指曰仙翁，無他故也，重口食也；杖錫升座，講佛談禪，使人疑爲慧遠再來，生公復出，無他故也，重口食也；歌姬舞伎，盡態極妍，使人疑爲天上飛瓊，山中神女，無他故也，重口食也；翰墨丹青，琴棋諸藝，窮工鬭巧，竭智悉能，使人疑其筆下有神，腕中有鬼，無他故也，重口食也；星卜堪輿，醫方雜術，推吉論凶，知生決死，使人疑其胸羅陰陽，心通造化，無他故也，重口食也。推而準之，比比皆是，何獨笑一武侯哉？

勞師遠征，動以年歲，楊儀請立換班之法，可謂善矣。然使及期而不代，此連稱、管至父之所以作亂於齊也。一旦大敵猝臨，新軍未至，不從權則無以應敵，欲從權則又恐失信於我軍。當此之時，將何法以處之乎？而武侯則更有妙術焉。以爲我欲從權，而人必以我爲失信，惟〔二〕我不失信，而人乃樂於從權。於是不以驅之戰者督其戰，正以遣之去者鼓其戰。《易》曰：「悦以先〔三〕民，民忘其勞；悦以犯難，民忘其死。」武侯其得此道也夫！

君子讀書至此，而嘆糧之爲累大也。民以

〔一〕「述」，光本訛作「術」。
〔二〕「惟」，商本作「因」。
〔三〕「先」，原作「使」，毛校本同。按：原句引自《易經》之五十八卦《兑卦》：「悦以先民，民忘其勞。」據改。

食爲天，兵亦以食爲天。武侯割隴上之麥，迫於無糧耳。司馬懿之不戰，亦曰糧盡而彼自退耳。郭淮之請斷劍閣，又曰截其糧道，則彼自亂耳。前者苟安之被責而興謗，不過以解糧之過期；今者李嚴之遺書以相欺，亦不過爲運糧之有缺。嗟呼！兵之需餉如此，而餉之艱難又如此，然則將如之何哉？故國家兵未足必先足食，食不足無寧去兵。

嚇司馬懿，則孔明之外又有孔明。東西南北一人化作四人，何其多而幻也！誘張郃，則魏延之外止有關興，關興之外止有魏延。輪流轉換，兩人只是兩人，何其少而窮也！非多而幻，須嚇司馬懿不得；非少而窮，亦誘張郃不得。假張飛兩度撮空，假姜維一番竊冒，假孔明四面分身，前後可稱三絕。晉口川中捕一活魚，魚腹浦邊放一生鹿，木門道上獲一死獐，前後又可稱三絕。

却說孔明用減兵添竈之法，退兵到漢中，司馬懿恐有埋伏，不敢追趕，亦收兵回長安去了，因此蜀〔四〕兵不曾折了一人。孔明大賞三軍已畢，回到成都，入見後主，奏曰：「老臣出了祁山，欲取長安，忽承陛下降詔召回，不知有何大事？」後主無言可對，【毛】活畫一昏庸之主。【漁】寫後主昏庸如此。良久，乃曰：「朕久不見丞相之面，心甚思慕，故特詔回，別〔五〕無他事。」【毛】又來說謊。孔明曰：「此非陛下本心，必有奸臣讒譖，言臣有異志也。」【毛】【漁】（孔明）一語道着。後主聞言，默然無語。【毛】活畫一昏庸之主。孔明曰：「老臣受先帝厚恩，誓以死報。今若內有奸邪，臣安能討賊乎？」後主曰：「朕因過聽宦官之言，一時召回丞相。今日茅塞【二】音色。方開，悔之不及矣！」【毛】活畫一昏庸之主。【贊】聖人，聖人，劉玄德乃有此子。【鍾】此言不愧玄德之子。【漁】寫

〔四〕「蜀」，齋本、商本作「罷」。
〔五〕「別」，明四本作「還餘」。

後主老實。孔明遂喚衆宦官究問，方知是苟安流言，急令人捕之，已投魏國去了。孔明將妄奏的宦官誅戮，餘皆廢出宮外，又深責蔣琬、費禕等不能覺察奸邪，規諫天子。毛「責攸之、禕、允等之慢〔六〕」，《前出師表》已言之矣。二人唯唯服罪。孔明拜辭後主，復到漢中，一面發檄令李嚴應付糧草，仍運赴軍前，一面再議出師。楊儀曰：「前數興兵，軍力罷弊，糧又不繼。今不如分兵兩班，以三箇月爲期，且如二十萬之兵，只領十萬出祁山，住了三箇月，却教這十萬替回，循環相轉。若此則兵力不乏，然後徐徐而進，中原可圖矣。」毛輪流更换之法，使兵不苦於遠〔七〕征，「三年破斧」之詩，可以勿作矣。贄亦〔八〕是。鍾楊儀説得通。孔明曰：「此言正合我〔九〕意。吾伐中原，非一朝一夕之事，正當爲此長久之計。」毛死而後已，曷計其年。遂下令分兵〔一〇〕兩班，限一百日爲期，循環相轉，毛所謂「及瓜期而代」。違限者按軍法處治。

建興九年春二月，毛此處忽點時序，正與後文四月麥熟相應。孔明復出師伐魏，時魏太和五年也。毛漁（以上按過蜀漢，）（以下）再叙魏國。魏主曹叡知孔明又伐中原，急召司馬懿商議。懿曰：「今子丹已亡，臣願竭一人之力，勦除寇賊，以報陛下。」毛賊反以漢爲賊。賊者，漢之賊；漢者，亦賊之賊也。叡大喜，設宴待之。次日，人報蜀兵寇急。毛賊反以伐爲寇，有〔一一〕廵檢爲强盗所擒，而廵檢呼盗爲爺爺，盗罵廵檢爲强盗者，其猶此乎？叡即命司馬懿出師禦敵，親排鑾駕送出城外。毛漁（此日之）司馬懿漸漸與曹操相似。懿辭了魏主，逕到長安，大會諸路人馬，計議破蜀兵之策。張郃曰：「吾願引一軍去守雍、郿，以拒蜀兵。」懿曰：「吾〔一二〕前軍不能獨當孔明之

〔六〕「慢」，原作「咎」，毛校本同。據前文第九十一回《出師表》改。
〔七〕「遠」，滄本作「連」。
〔八〕「亦」，緑本脱。
〔九〕「我」，光本、商本、明四本作「吾」。
〔一〇〕「兵」，光本誤作「令」。
〔一一〕「有」，光本作「猶」。
〔一二〕「吾」，滄本誤作「君」。

衆，而又分兵爲前後，非勝算也。不如留兵守上邽，餘衆悉往祁山。公肯爲先鋒否？」【毛】懿之資張郃，猶真之資王雙。郃大喜曰：「吾素懷忠義，欲盡心報國，惜未遇知己，今都督肯委重任，雖萬死不辭！」【毛】【漁】說出一「死」字，爲之兆也。於是司馬懿令張郃爲先鋒，總督大軍。又令郭淮守隴西諸郡，其餘衆將各分道而進。前軍哨馬報說：「孔明率大軍望祁山進發，前部先鋒王平、張嶷逕出陳倉，過劍閣，由散關望斜谷而來。」【毛】蜀兵之來，却在魏兵一邊敘出。司馬懿謂張郃曰：「今孔明長驅大進，必將割隴西小麥，以資軍糧。汝可結營守祁山，吾與郭淮巡略天水諸郡，以防賊〔一三〕兵割麥。」【毛】謹防偷麥賊，一發以漢爲賊也〔一四〕。【贊】【鍾】（仲達）如見。【漁】防其偷麥，以漢爲賊也。郃領諾，遂引〔一五〕四萬兵守祁山。懿引大軍望隴西而去。【毛】以上按過司馬，以下再敘武侯。

却說孔明兵至祁山，【毛】【漁】（再接敘武侯，）此（是）（乃）五出祁山（也）。安營已畢，見渭濱有魏軍〔一六〕隄備，乃謂諸將曰：「此必是司馬懿也。即今營中乏糧，屢遣人催併李嚴運米應付，却只是不到。【毛】預爲李嚴賺武侯伏筆。吾料隴上麥熟，可密引兵割之。」於是留王平、張嶷、吳班、吳懿四將守祁山營，孔明自引姜維、魏延等諸將前到鹵城。鹵城縣令〔一七〕素知孔明，慌忙開城出降。【毛】【漁】（皆）先聲奪人（也）。孔明撫慰畢，問曰：「此時何處麥熟？」縣令告曰：「隴上麥已熟。」孔明乃留張翼、馬忠守鹵城，自引諸將并三軍望隴上而來。前軍回報說：「司馬懿引兵在此。」孔明驚曰：「此人預知吾來割麥也。」【毛】亦算是絕糧道。【漁】針鋒相對。即沐浴更衣，【毛】讀者至此，必謂又如拜井出泉故事，禱之於天，以求食也。【漁】讀者至此，必謂禱天以求食矣。推過一般

〔一三〕「賊」，商本、明四本作「蜀」。
〔一四〕「也」，致本、業本同，其他毛校本脫。
〔一五〕「引」，明四本作「留」。
〔一六〕「軍」，周本、贊本作「兵」。
〔一七〕「縣令」，原作「太守」，古本同。按：《後漢書·郡國志》：鹵城爲縣，屬雁門郡。據改。

三輛四輪車來，車上皆要一樣粧飾。此車乃孔明在蜀中預先造下的。【毛】與黑油車又自〔一八〕不同。當下令姜維引一千軍護車，五百軍擂鼓，伏在上邽【嘉】音圭。之後；【毛】第一路。馬岱在左，魏延在右，亦各引一千軍護車，五百軍擂鼓。【毛】第二、第三路。每一輛車用二十四人，皂衣跣足，披髮仗劍，手執七星皂旛，在左右推車。【毛】【漁】又來作怪。【贄】如此粧妖揑怪，便不見本事矣。〔一九〕三人各受計，引兵推車而去。孔明又令三萬軍皆執鐮刀、馱繩，伺候割麥。【毛】原來粧妖作怪，只是爲此。却選二十四箇精壯之士，各穿皂衣，披髮跣足，仗劍簇擁四輪車，爲推車使者。令關興結束做天蓬模樣，【毛】是《西遊記》猪八戒名色。〇〈【毛】【漁】〉今之打劫東西者，往往搽畫頭臉，想（亦）用此法也。手執七星皂旛，步行於車前。孔明端坐於上，望魏營而來。

哨探軍見之大驚，不知是人是鬼，【毛】在衆人眼中，寫一作怪蹺蹊〔二〇〕之孔明。火速報知司馬懿。懿自出營視之，只見孔明簪冠鶴氅，手搖羽扇，端坐於四輪車上。左右二十四人，披髮仗劍，前面一人，手執皂旛，隱隱似天神一般。【毛】【漁】又像七星壇前祭風時形（狀）（像）。〈【毛】〉〇又在司馬懿眼中寫一作怪蹺蹊之孔明。懿曰：「這箇又是孔明作怪也！」【鍾】的是作怪。遂撥二千人馬分付曰：「汝等疾去，連車帶人，盡情都捉來！」【毛】諸葛粧神，司馬又要捉鬼。魏兵領命，一齊追趕〔二一〕。孔明見魏兵趕來，便教回車，遥望蜀營緩緩而行。魏兵皆驟馬追趕，【毛】《西廂》曲云：「馬兒慢慢行，車兒緊緊隨。」〔二二〕今却是車兒慢慢行，馬兒緊緊隨矣。但見陰風習習，冷霧漫漫。儘力趕了一程，追之不上，【毛】【漁】（竟）是《西遊記》孫行

〔一八〕「自」，光本、商本作「是」。
〔一九〕贄甲本原闕各行首二字，共六字，據緑本補。
〔二〇〕「人」，業本作「中」，商本作「軍」。「蹺蹊」，光本、商本倒作「蹊蹺」，後一處同。
〔二一〕「追趕」，明四本作「追之」。
〔二二〕按：毛批詞句引自王德信（實甫）《北西廂》（見《六十種曲》），原句作「馬兒迍迍行，車兒快快隨」。

者神通。各人大驚，都勒住馬言曰：「奇怪！我等急急趕了三十里，只見在前，追之不上，如之奈何？」孔明見兵不來〔二三〕，又令推車過來，朝着魏兵歇下。毛漁一發作怪，倒好耍子。魏兵猶豫良久，又放馬趕來。孔明復回車慢慢而行。魏兵又趕了二十里，只見在前，不曾趕上，毛竟似海上三神山，可望而不可即〔二四〕。盡皆癡呆。孔明教回過車，朝着魏兵〔二五〕推車倒行。毛漁一發作怪，倒好耍子。魏兵又欲追趕，後面司馬懿自引一軍到，傳令曰：「孔明善會八門遁甲，能驅六丁六甲之神。此乃《六甲天書》內『縮地』之法也，毛漁借司馬（懿）口中下一註脚。衆軍不可追之。」衆軍方勒馬回時，左勢下戰鼓大震，一彪軍殺來。懿急令兵拒之，只見蜀兵隊裏二十四人，披髮仗劍，皂衣跣足，擁出一輛四輪車，車上端坐孔明，簪冠鶴氅，手摇羽扇。毛又是一箇孔明，與前却是兩箇孔明，作怪之極。鍾神妙莫測。漁又是一個孔明，共兩個孔明矣。懿大驚曰：「方纔那箇車上坐着孔明，趕了五十里，追之不上，如何這裏〔二六〕又有孔明？怪哉！怪哉！」毛不知《遁甲天書》中，可有此等變化？贊倒好耍子。言未畢，右勢下戰鼓又鳴，一彪軍殺來，四輪車上亦坐着一箇孔明，左右亦有二十四人，皂衣跣足，披髮仗劍，擁〔二七〕車而來。毛叙法比前變。又是一箇孔明，〈毛漁〉與前（却是）（共）三箇孔明（矣）（，作怪之極）。懿心中大疑，回顧諸將曰：「此必神兵也！」毛漁疑是六丁六甲變（化）的。鍾（的）是神（兵）。衆軍心下大亂，不敢交戰，各自奔走。正行之際，忽然鼓聲大震，又一彪軍殺來：當先一輛四輪車，孔明端坐於上，左右前後推車使者，同前一般。毛漁（又是一箇孔明，）與前却是四箇孔明（矣）（，作怪之極。○叙法又變）。魏兵無不駭然。司馬懿不知是人是鬼，又不知多少蜀兵，十分

〔二三〕「來」下，嘉本有「追趕」二字。
〔二四〕「即」，光本作「至」。
〔二五〕「兵」，商本、周本作「軍」。
〔二六〕「如何這裏」，商本倒作「這裏如何」。
〔二七〕「擁」，商本作「推」。

驚懼，急急引兵奔入上邽，閉門不出。毛一箇孔明當不起，又生出無數孔明。司馬懿真要嚇殺也。漁真要嚇殺。此時孔明早令三萬精兵將隴上小麥割盡，運赴鹵城打曬去了。毛今人雖有吃食意智，却弄〔二八〕不出這等神通。贊粧〔二九〕做許多妖怪，只爲割麥耳，可稱笨賊矣。一笑一笑。

司馬懿在上邽城中，三日不敢出城。毛漁此時麥已曬乾矣。後見蜀兵退去，方敢令軍出哨，於路捉得一蜀兵，來見司馬懿。懿問之，其人告曰：「某乃割麥之人，因走失馬匹，被捉前來。」懿曰：「前者是何神兵？」毛竟道是神兵。答曰：「三路伏兵，皆不是孔明，乃姜維、馬岱、魏延也。毛漁借蜀兵口中註明。每一路只有一千軍護車，五百軍擂鼓，只是先來誘陣的車上乃孔明也。」毛又註明一句。懿仰天長嘆曰：「孔明有神出鬼没之機！」忽報副都督郭淮入見。懿接入，禮畢，淮曰：「吾聞蜀兵不多，現在鹵城打麥，可以擊之。」懿細言前事。淮笑曰：「只瞞過一時，今已識破，何足道哉！毛漁只怕到底識不破。吾引一軍攻其後，公引一軍攻其前，鹵城可破，孔明可擒矣。」懿從之，遂分兵兩路而來。毛如今不怕鬼了。

却説孔明引軍在鹵城打曬小麥，忽喚諸將聽令曰：「今夜敵人必來攻城。吾料鹵城東西麥田之内，足可伏兵，毛割了麥去止剩光地〔三〇〕，正好屯兵。漁空地正好屯兵。誰敢爲我一往？」姜維、魏延、馬忠、馬岱四將出曰：「某等願往。」孔明大喜，乃命：「姜維、魏延各引二千兵，伏在〔三一〕東南、西北兩處；馬岱、馬忠各引二千兵，伏在西南、東北兩處，毛前是四箇孔明，今亦是四面埋伏。只聽砲響，四角一齊殺來。」四將受計，引兵去了。孔明自引百餘人，

〔二八〕「弄」，貫本作「算」。

〔二九〕贊甲、乙本首字皆漫漶；藜本作「料」。按：「料」字不通，各本漫漶字均爲「米」部，疑作「粧」是，通「妝」，同「裝」。

〔三〇〕「地」，齋本、光本、商本作「田」。

〔三一〕「在」，原無，致本、業本、貫本、齋本、滄本、光本、贊本同；商本作「於」，後同。按：後句作「伏在」，據明三本補。

各帶火砲出城，伏在麥田之內等候。

却説司馬懿引兵逕到鹵城下，日已昏黑，乃謂諸將曰：「若白日進兵，城中必有準備，今可乘夜晚攻之。毛只怕夜裡有鬼。此處城低壕淺，可便打破。」遂屯兵城外。一更時分，郭淮亦引兵到，兩下合兵，一聲鼓〔三二〕響，把鹵城圍得鐵桶相似。城上萬弩齊發，矢石如雨，魏兵不敢前進。忽然魏軍中信砲連聲，三〔三三〕軍大驚，又不知何處兵來。毛先聞砲聲，又恐是驅使雷神。鍾（好）埋伏。漁又疑是天神下降。淮令人去麥田搜時，四角上火光沖天，喊聲大震，四路蜀兵一齊殺至。鹵城四門大開，城內兵殺出，裏應外合，大殺了一陣，魏兵死者無數。毛是被天蓬元帥擊死了。司馬懿引敗兵奮死突出重圍，占住了山頭，郭淮亦引敗兵奔到山後扎住。孔明入城，令四將於四角下安營。毛漁犄角之勢。郭淮告司馬懿曰：「今與蜀兵相持許久，無策可退。目下又被殺了一陣，折傷三千餘人，毛漁折兵之數，在郭淮口中補出。若不早圖，日後難退矣。」懿曰：「當復如何？」淮曰：「可發檄文調雍、涼人馬，併力勦殺。吾願引一軍襲劍〔三四〕閣，截其歸路，使彼糧草不通，毛武侯割隴上之麥，所重在糧；郭淮欲截劍閣之路，亦所重在糧。三軍慌亂，那時乘勢擊之，敵可滅矣。」懿從之，即發檄文星夜往雍、涼調撥人馬。不一日，大將孫禮引雍、涼諸郡人馬到。懿即令孫禮約會郭淮去襲劍閣。毛漁與前（之）襲街亭一樣算計〔三五〕。

却説孔明在鹵城相距〔三六〕日久，不見魏兵出戰，乃喚馬岱、姜維〔三七〕入城聽令曰：「今魏兵守住山險，不與我〔三八〕戰。一者料吾麥盡無糧，二者

〔三二〕「到」，光本作「來」。「鼓」，商本作「砲」，明四本無。
〔三三〕「魏軍中」「三」，商本作「聞」「魏」。
〔三四〕「引一軍」，原無「引」，致本同，其他毛校本無「一」。據明四本補。「劍」字原闕，據毛校本補。
〔三五〕漁批「計」，衡校本作「法」。
〔三六〕「距」，光本、商本作「持」。
〔三七〕「馬岱姜維」，明四本作「魏延姜維」。
〔三八〕「我」，明四本作「交」，光本、商本作「吾」。

令兵去襲劍閣，斷吾糧道也。贊如見。汝二人各引一萬軍先去守住險要，魏兵見有准備，自然退去。」毛漁與前（之）使馬謖、王平守街亭一樣算計。二人引兵去了。長史楊儀入帳告曰：「向者丞相令大兵一百日一換，今已限足，漢中兵已出川口，前路公文已到，只待會兵交換，見存八萬軍内，四萬該與換班。」孔明曰：「既有令，便教速行。」衆軍聞知，各各收拾起程。毛漁軍士思家，歸心（如）（似）箭。忽報孫禮引雍、凉人馬二十萬來助戰，去襲劍閣，司馬懿自引兵來攻鹵城了，蜀兵無不驚駭。毛欲歸不得，驚駭可知。漁驚駭，恐欲歸不能之故。楊儀入告孔明曰：「魏兵來得甚急，丞相可將換班軍且留下退敵，待新來兵到，然後換之。」毛楊儀是老實算計。孔明曰：「不可。吾用兵命將，以信爲本，既有令在先，豈可失信？贊甚是道學。鍾欲留之，故遣之。且蜀兵應去者，皆准備歸計，其父母妻子倚扉而望。吾今便有大難，決不留他。」即傳令教應去之兵當日便行。毛武侯是巧妙機權，着實要他去，正是着實不要他去也。衆軍聞之，皆大呼曰：「丞相如此施恩於衆，我等願且不回，各捨一命，大殺魏兵，以報丞相！」毛方知武侯幾句撫慰言語，賽過一紙催督公文。漁武侯出此良言，不是遣回，正是遣戰。孔明曰：「爾等該還家，豈可復留於此？」毛妙在只是打發他去，却是不留之留。贊不獨道學，甚有智畧，此〔三九〕所云有用道學也。鍾絶好激法。衆軍皆要出戰，不願回家。毛越打發他，越不肯去。孔明曰：「汝等既要與〔四〇〕我出戰，可出城安營，待魏兵到，莫待他息喘，便急攻之：此以逸待勞之法也。」毛漁要去時（便）再三遣歸，不去時便立刻要戰，足見機權之妙。衆兵領命，各執兵器，懽喜出城，列陣而待。

却説西凉人馬倍道而來，走的人馬困乏，方欲下營歇息，被蜀兵一擁而進，人人奮勇，將鋭兵驍，雍、凉兵抵敵不住，望後便退。蜀兵奮力追殺，殺

〔三九〕「甚」「此」，吴本闕。

〔四〇〕「與」，商本作「爲」。

得那雍、涼兵屍横遍野，血流成渠。毛以少勝衆，全虧以逸待勞。漁此以逸待勞之勝。孔明出城收聚得勝之兵，入城賞勞，忽報永安〔四一〕李嚴有書告急。孔明大驚，拆封視之，書云〔四二〕：

近聞東吴令人入洛陽，與魏連和；魏〔四三〕令吴取蜀，幸吴尚未起兵。今嚴探知消息，伏望丞相早作良圖。

孔明覽畢，甚是驚疑，乃聚諸〔四四〕將曰：「若東吴興兵寇蜀，吾須索〔四五〕速回也。」毛試令讀《三國》者掩卷猜之，謂書中之言真乎？假乎？若曰真也，則洛陽有此消息，何不知會司馬懿？而今司馬懿一邊曾不聞也？贊鍾（又）安知非司馬（懿）流言乎？即傳令，教：「祁山大寨人馬且退回西川。司馬懿知吾屯軍在此，必不敢追趕。」於是王平、張嶷、吴班、吴懿，分兵兩路，徐徐退入西川去了。張郃見蜀兵退去，恐有計策，不敢來追，乃引兵往〔四六〕見司馬懿曰：「今蜀兵退去，不知何意？」懿曰：「孔明詭計極多，不可輕動。毛驚弓之鳥。不如堅守，待他糧盡，自然退去。」大將魏平出曰：「蜀兵拔祁山之營而退，正可乘勢追之。都督按兵不動，畏蜀如虎，毛卧龍亦是卧虎。奈天下笑何？」鍾有血性。懿堅執不從。漁亦係傷弓之鳥。

却説孔明知祁山兵已回，遂喚楊儀、馬忠入帳，授以密計，令〔四七〕：「先引一萬弓弩手，去劍閣、木門道，五木門道，地〔四八〕名。〈二〉在鞏昌府秦州西南一百一十二里。兩下埋伏，若魏兵追到，聽吾砲響，急滚下木石，先截其去路，兩頭一齊射之。」

〔四一〕「安」，光本訛作「平」。
〔四二〕毛本李嚴書删，改自贊本。鍾本、漁本同贊本，周本、贊本同嘉本。
〔四三〕「魏」，貫本、濟本脱。
〔四四〕「諸」，齊本、光本作「衆」。
〔四五〕「索」，齊本作「緊」，光本作「急」。
〔四六〕「往」，嘉本、周本作「來齒城」，夏本、贊本作「來」。
〔四七〕「喚」，商本作「令」。「令」，嘉本作「曰」，周本、夏本、贊本無。
〔四八〕周批「地」，原訛作「也」，據其他古本批語改。

二人引兵去了。【毛】此處授計，明白敘出，與前回文法不同。又喚魏延、關興引兵斷後，城上四面遍插旌旗，城内亂堆柴草，虚放烟火。大兵盡望木門道而去。【毛】【漁】去得井井有條。魏營〔四九〕巡哨軍來報司馬懿曰：「蜀兵大隊已退，但不知城中還有多少兵。」懿自往視之，見城上插旗，城中烟起，笑曰：「此乃空城也。」令人探之，果是空城。懿大喜曰：「孔明已退，誰敢追之？」【毛】【漁】方知旌旗烟火非拒其追，正誘其追也。先鋒張郃曰：「吾願往。」懿阻〔五〇〕曰：「公性急躁，不可去。」郃曰：「都督出關之時，命吾爲先鋒，今日正是立功之際，【毛】正是效死之日。却不用吾，何也？」懿曰：「蜀兵退去，險阻處必有埋伏，須十分仔細，方可追之。」郃曰：「吾已知得，不必掛慮。」懿曰：「公自欲去，莫要追悔。」郃曰：「大丈夫捨身報國，雖萬死無恨。」【毛】説一「死」字在他口内，明明道破下文。【贄】張郃是漢子。〔五一〕【鍾】好箇張郃，不可以成敗論也。【漁】又説一「死」字，皆自取死。懿曰：「公既堅執要去，可引五千兵先行，却教魏平引二萬馬步兵後行，以防埋伏。吾却引三千兵隨後策應。」【毛】【漁】寫（仲達）（司馬）仔細之極。張郃領命，引兵火速望前追趕。行到三十餘里，忽然背後一聲喊起〔五二〕，樹林内閃出一彪軍，爲首大將横刀勒馬大叫曰：「賊將引兵那裏去！」郃回頭視之，乃魏延也。【毛】不以無伏兵誘之，正以有伏兵誘之。郃大怒，回馬交鋒。不十合，延詐敗而走。【毛】使知伏兵之無用，則伏兵不足畏矣。郃又追趕三十餘里，勒馬回顧，全無伏兵；【毛】忽間一段無伏兵處，使知伏兵之迢〔五三〕遞，則伏兵不足畏矣。【漁】郃此時已放心。又策馬前追。方轉過山坡，忽喊聲大起，一彪軍擁〔五四〕出，爲首大將乃關興也，【毛】不止以一路伏兵誘之，又再

〔四九〕「營」，商本作「兵」。
〔五〇〕「吾」，光本作「我」。「阻」，致本作「言」，商本脱。
〔五一〕贄甲本無此句贄批，據緑本補。
〔五二〕「望前追趕」「一聲喊起」，明四本作「趕來」「一聲喊處」。
〔五三〕「迢」，光本作「超」，形訛。
〔五四〕「擁」，商本作「閃」。

以一路伏兵誘之。橫刀勒馬大叫曰：「張郃休趕〔五五〕！有吾在此！」郃就拍馬交鋒。不十合，興撥馬便走。【毛】使知伏兵之皆無用，則伏兵又不足畏矣。郃隨後追之，趕到一密林内，郃心疑，令人四下哨探，並無伏兵，【毛】再間一段無伏兵處，使知伏兵又如此之迢遞，則伏兵愈不足畏矣。【漁】見無伏兵，又放心矣。於是放心又趕。不想魏延却抄在前面，郃又與戰十餘合，延又敗走。郃奮怒追〔五六〕來，又被關興抄在前面，截住去路。【毛】後所見之伏兵，即前所見之伏兵，使知伏兵之更無添換，則伏兵愈不足畏矣。【漁】寫得如走馬燈相似，好看。郃大怒，拍馬交鋒，戰有十合，蜀兵盡棄衣甲什物等件，塞【二】音色。滿道路，魏兵〔五七〕皆下馬爭取。【毛】【漁】以利誘之。延、興二將，輪流交戰，【毛】省筆法。張郃奮勇追趕。看看天晚，趕到木門道口，魏延撥回馬，高聲大罵曰：「張郃逆賊！吾不與汝相拒，汝只顧趕來，吾今與汝決一死戰！」郃十分忿怒，挺鎗驟馬，直取魏延。延揮刀來迎，戰不十合，延大敗，盡棄衣甲、頭盔，匹馬引敗兵望木門道中而走。【毛】【漁】如此，方纔引（得）到木門道去。張郃殺的性起，又見魏延大敗而逃，乃驟馬趕來。此時天色昏黑，一聲砲響，山上火光沖天，大石亂柴滚將下來，阻截去路。【毛】【漁】今番着了道兒。郃大驚曰：「我中計矣！」急回馬時，背後已被木石塞滿了歸路，中間只有一段空地，兩邊〔五八〕皆是峭壁，郃進退無路。忽一通〔五九〕梆子響，兩下萬弩齊發，將張郃并百餘箇部將，皆射死於木門道中。【毛】【漁】此日之死，早在三出祁山時伏之。後人有詩曰〔六〇〕：

伏弩齊飛萬點星，木門道上射雄兵。
至今劍閣行人過，猶説軍師舊日名。

〔五五〕「趕」，光本作「走」。
〔五六〕「追」，齋本、滄本、光本作「趕」。
〔五七〕「兵」，明三本作「軍」。
〔五八〕「邊」，商本作「壁」。
〔五九〕「通」，原作「聲」，毛校本、周本、夏本、贊本同。按：「通」字義長，據嘉本改。
〔六〇〕毛本後人詩改自贊本；鍾本同周本、夏本、贊本，改自嘉本；漁本用他詩。

却説張郃已死，隨後魏兵追到，見塞了道路，已知張郃中計。衆軍勒回馬急退，毛讀至此必謂一篇妙文已完，不謂又有一篇妙文在後。忽聽的山頭上大叫曰：「諸葛丞相在此！」衆軍仰視，只見孔明立於火光之中，指衆〔六一〕軍而言曰：「吾今日圍獵，欲射一『馬』，毛司馬之馬。誤中一『獐』。毛張郃之張。三「獐」與「張」同（音，借言之）；「馬」者司馬懿，「獐」即張郃也。汝各人安心而去，上覆仲達，早晚必爲吾所擒矣。」毛木門道射張郃是一篇敘傳，續以武侯幾句言語，竟是一篇論贊。此段妙文更出意外。贄可惡。〔六二〕漁如此妙文，真千古之美談也。魏兵回見司馬懿，細告前事。懿悲傷不已，仰天嘆曰：「張儁乂身死，吾之過也！」毛又是幾句論贊。乃收兵回洛陽。魏主聞張郃死，揮淚歎息，令人收其屍，厚葬之。

却説孔明入漢中，欲歸成都見後主。中都護〔六三〕李嚴妄奏後主曰：「臣已辦備〔六四〕軍糧，行將運赴丞相軍前，不知丞相何故忽然班師。」毛漁兩舌之人今日多有（，毋獨怪李嚴也）。後主聞奏，即命中護軍〔六五〕費禕入漢中見孔明，問班師之故。禕至漢中，宣後主之意。孔明大驚曰：「李嚴發書告急，説東吴將興兵寇川，因此回師。」費禕曰：「李嚴奏稱軍糧已辦，丞相無故回師，天子因此命某來問耳。」孔明大怒，令人訪察，乃是李嚴因軍糧不濟，怕丞相見罪，故發書取回，却又妄奏天子，遮飾己過。毛漁此處方（纔）敘明。贄鍾每每遭此掣肘〔六六〕，便知天意矣。孔明大怒曰：「匹夫爲一己之故，廢國家大事！」令人召至，欲斬之。費禕勸曰：「丞相念先帝托孤之意，姑且寬恕。」毛漁照應

〔六一〕「衆」字原闕，據毛校本補。

〔六二〕按：此句爲行間側批，此葉紙張顔色始異，至後回第五葉爲配補，版式同贄丙本。配補葉贄批以吴本爲底本。

〔六三〕「中都護」，原作「都護」，毛校本同；明四本無。按：《三國志·蜀書·李嚴傳》：「亮以明年當出軍，命嚴以中都護署府事。」據補。

〔六四〕「辦備」，明四本無，商本倒作「備辦」。

〔六五〕「中護軍」，原作「尚書」，古本同。按：《三國志·蜀書·費禕傳》：「建興八年，轉爲中護軍」。據改。

〔六六〕贄批「掣肘」，吴本作「字肘」，緑本作「□肘」。據同位置鍾批改。

八十五回中事。孔明從之。費禕即具表啓奏後主，後主覽表，勃然大怒，叱武士推出李嚴〔六七〕斬之。長史蔣琬出班〔六八〕奏曰：「李嚴乃先帝托孤之臣，【毛】【漁】先主〔六九〕能知馬謖，而不能知李嚴，可見知人之難。乞望恩寬恕。」後主從之，即謫爲庶人，徙於梓潼郡【三】梓潼，（縣名，屬〔七〇〕）四川（縣名）。【二】梓潼，郡名，今屬四川保寧府劍州梓潼縣是也。閑住〔七一〕。【三】補註後李嚴聞孔明身亡，掛孝出城迎接靈柩，大哭而死。〈【二】〉廖立，字公淵，先主時爲侍中，因嫌官小，口出怨言。諸葛孔明廢爲民，後孔明死，亦大哭。

孔明回到成都，用李嚴子李豐爲長史，【毛】【漁】點其父而用其子，（是孔明無成〔七二〕心處）（真古聖心腸）。積草屯糧，講陣論武，整治軍器，存恤將士，三年然後出征。兩川人民軍士，皆仰其恩德。光陰荏苒，不覺三年，時建興十二〔七三〕年春二月，孔明入朝奏曰：「臣今存恤軍士，已經三年。【毛】日月逝矣，歲不我與。不更討賊，將待何時？糧草豐足，軍器完備，人馬雄壯，可以伐魏。今番若不掃清奸黨，恢復中原，誓不見陛下也！」【毛】【漁】（已爲五丈原之讖〔七四〕。〇）武侯此行果然不復見後主矣。讀（書）（者）至此，爲之一（哭）（嘆）。後主曰：「方今已成鼎足之勢，吳、魏不曾入寇，相父【二】音甫。何不安享太平？」【贊】極是。孔明曰：「臣受先帝知遇之恩，夢寐之間，未嘗不設伐魏之策。竭力盡忠，爲陛下克復中原，重興漢室，臣之願也。」言未已〔七五〕，班部中一人出曰：

〔六七〕「推出李嚴」，原作「推李嚴出」，致本、業本、貫本、齋本同；嘉本作「將嚴推去市曹」，周本、夏本、贊本作「推出市曹」。據光本、商本乙。

〔六八〕「長史」，原作「条軍」，古本同。按：《三國志·蜀書·蔣琬傳》：「八年，代裔爲長史，加撫軍將軍。」據改。「出班」，商本作「叩首」。

〔六九〕毛批「主」，致本、貫本、澹本作「帝」。

〔七〇〕醉本眉注「屬」，原作「蜀」，據業本改。

〔七一〕「住」，澹本作「性」，形訛。

〔七二〕「成」，澹本訛作「戊」，光本、商本作「存」。

〔七三〕「十二」，原作「十三」，古本同。按：《三國志·蜀書·諸葛亮傳》：諸葛亮於建興十二年春北伐，八月卒。據改。

〔七四〕「讖」，原作「識」，致本同，據其他毛校本改。

〔七五〕「已」，商本、明三本作「畢」，贊本無。

「丞相不可興兵。」衆視之，乃譙周也。正是：

武侯盡瘁惟憂國，太史知幾〔七六〕又論天。

未知譙周有何議論，且看下文分解。

孔明是時實欲留應換之兵，但筭如此則留，不如此則亂耳，故以遣之之道留之也。只是先人一着，不露一毫破綻，不可及也耳，不知者，真以爲孔明全信而然，却不是箇大呆子，如何與他議天下玄妙事也。

後主曰：「方今已成鼎足之勢，吴、魏不曾入寇，相父何不安享太平？」此言最公，何丞相太多事乎？不可解也。

孔明隴西取麥，粧妖作怪，變化莫測，天耶？人耶？神鬼耶？直令仲（達）不可方物。

應換之兵，孔明實欲留之；然不激以信義，人心涣漫，未必奮勇，故以遣之之道留之也。此等妙用，誰人窺破？

〔七六〕「幾」，致本同，其他毛校本作「機」。

第一百二回

司馬懿占北原渭橋 諸葛亮造木牛流馬

觀武侯渭橋之敗，而益信魏延子午谷之計，非善計也。武侯不能必魏人之不防渭橋，魏延安能必魏人之不防子午谷哉？且燒渭橋而不克，則一敗猶可以復勝；若使出子午谷而不遂，則一敗將不可復勝。故武侯寧爲渭橋之偶有一失，而必不爲子午谷之僥倖於一得耳。

司馬懿之使鄭文爲内應，猶孟獲之使孟優爲内應也。而孟優未嘗殺一人以取孔明之信，鄭文則自殺一將以取孔明之信，是司馬懿之謀〔一〕巧於孟獲也。孔明欲賺司馬懿而止賺一秦朗，猶姜維之欲賺曹真而止殺一費曜也。乃姜維則以我獻書，而使彼中我之計；孔明即以彼獻書，而使彼自中彼之計：是孔明之謀巧於姜維也。兩巧相對，而尤巧者勝焉，真令讀者驚心悦目。

平蠻之時，曾用木獸矣。而驅兵之木獸，止用於一時，運糧之木獸，可用之永久，則後之獸，更奇於前之獸也。割麥之時，嘗粧神將矣，而隴上之神將，使人背地割麥，渭濱之神將，妙在當面奪糧，是後之將，更奇於前之將也。以木爲獸，能使之活；以人爲兵，能使之神。却不止一番，偏用兩番，又各各驚人，各各出色。若在稗官揑造，不足爲怪，而此獨爲正史中之所實有者，豈非造物奇觀！

天下事有我能爲之，人亦能學之者矣。而學之者終不如爲之者能知其變，則學者不如爲者之智也。且爲之者能使學之者之適爲我用，則學者反受爲者之愚也。武侯木牛流馬，不但

〔一〕「謀」，光本作「計」。

不禁人學，正欲使人學，而人乃至於不敢學。妙哉，技至此乎！

却說譙周官居太史令〔二〕，頗明天文，見孔明又欲出師，乃奏後主曰：「臣今職掌靈臺〔三〕，但有禍福，不可不奏。近有羣鳥數萬自南飛來，投於漢水而死，此不祥之兆。毛鳥獸之變。臣又觀天象，見奎星躔〔四〕於太白之分，盛氣在北，不利伐魏。毛星辰之變。又成都人民，皆聞栢樹夜哭。毛草木之變。○梁木其壞，正應武侯之死。漁令人思孔明廟前有古栢。有此數般災異，丞相只宜謹守，不可妄動。」贊是。〔五〕孔明曰：「吾受先帝托孤之重，當竭力討賊，豈可以虛妄之災氛〔六〕，而廢國家大事耶！」遂命有司設太牢祭於昭烈之廟，毛漁（武侯自〔七〕）（孔明此）去，便與昭烈之廟永別（矣）。讀（書）（者）至此，爲之一哭！涕泣拜告曰：「臣亮五出祁山，未得寸土，負罪非輕！今臣復統全部〔八〕，再出祁山，誓竭力盡心，勦滅漢賊，恢復中原，鞠躬盡瘁，死而後已！」毛告後主之言，即以告先帝。祭畢，拜辭後主，星夜至漢中，聚集諸將商議出師〔九〕。忽報關興病亡，孔明放聲大哭，昏倒於地，半晌方甦。毛與哭張苞彷彿。然一在將歸，一在初出，又各不同。衆將再三勸解，孔明歎曰：「可憐忠義之人，天不與以壽！」二補註按逸史前載關索隨孔明平定南方，回成都，臥病不起，后遂不〔一〇〕入本傳。恐難以取信於人，當時皆指關興是關索，非也。

〔二〕「令」，原無，古本同。按：《後漢書·百官志》：「太史令一人，六百石。本注曰：掌天時、星曆。」據補。

〔三〕「靈臺」，原作「司天臺」，古本同。按：《後漢書·百官志》：「靈臺掌候日月星氣，皆屬太史。」《舊唐書·天文志》：「乾元元年三月，改太史監爲司天臺。」東漢天文機構爲靈臺，司天臺始見於唐肅宗年間。據改。

〔四〕「躔」，原作「纏」，致本、業本、貫本、齋本、澹本、光本、夏本、贊本同。形訛，據其他古本改。

〔五〕緑本脱此句及下句贊批。

〔六〕「災氛」，澹本作「災氣」，光本作「妖氛」，明四本作「兆」。

〔七〕「自」，致本同，其他毛校本作「此」。

〔八〕「部」，明四本作「師」。

〔九〕「出師」，商本脱，明四本作「出師之策」。

〔一〇〕周批「遂不」原闕，據夏批補。

徃徃傳説雲南、四川等處皆有關索之廟，細考之：索的是蜀將也，小説中直以爲關羽之子，其傳必有所本矣。今畧附扵此，以俟後之知者。我今番出師，又少一員大將也！」後人有詩歎曰〔一一〕：

生死人常理，蜉蝣一樣空。
但存忠孝節，何必壽喬松。贊通。鍾□詩。

孔明引蜀兵三十四萬，分五路而進，令姜維、魏延爲先鋒，皆出祁山取齊，令李恢先運糧草於斜谷道口伺候。毛以下按過武侯一邊，再叙魏國一邊。

却説魏國因舊歲有青龍自摩陂井〔一二〕内而出，改爲青龍元年，毛青蛇見御座，早爲此日改元之兆。此時乃青龍二年春二月也。近臣奏曰：「邊官飛報蜀兵三十餘萬，分五路復出祁山。」魏主曹叡大驚，急召司馬懿至，謂曰：「蜀人三年不曾入寇，今諸葛亮又出祁山，如之奈何？」懿奏曰：「臣夜觀天象，見中原旺氣正盛，奎星犯太白，不利於西川。毛漁與譙周之言相（應）（合）。今孔明自負才智，逆天而行，乃自取敗亡也。臣托陛下洪福，當往破之，但〔一三〕願保四人同去。」叡曰：「卿保何人？」懿曰：「夏侯淵有四子：長名霸，字仲權；次名威，字季權；三名惠，字稚權；四名和，字義權。霸、威二人，弓馬熟嫻；惠、和二人，諳知韜畧。此四人常欲爲父報仇。臣今保夏侯霸、夏侯威爲左右先鋒，夏侯惠、夏侯和爲行軍司馬，共贊軍機，以退蜀兵。」毛前所薦郝昭、張郃已死，今又引出四人來。叡曰：「向者夏侯楙駙馬違悞軍機，失陷了許多人馬，至今羞慚不回。毛照應武侯初出祁山時事。今此四人，亦與楙同否？」懿曰：「此四人非楙之比〔一四〕也。」毛此夏侯非彼夏侯。若但以宗室親黨薄之，此子建所以有

〔一一〕毛本後人歎詩改自贊本，爲静軒詩；鍾本同周本、夏本、贊本；嘉本、漁本無。
〔一二〕「摩陂井」，原作「摩彼井」，致本同，其他古本作「摩坡井」。按：《三國志·魏書·明帝紀》：「青龍見郟之摩陂井中。」據改。
〔一三〕「但」，光本、商本作「臣」，明四本無。
〔一四〕「非楙之比」，貫本作「非夏侯楙所可比」，濟本作「非稱之比」，明四本作「大不同」。

求自試之表也。叡乃從其請，即命司馬懿爲大都督，凡將士悉聽量才委用，各處兵馬皆聽調遣。懿受命，辭朝出城。叡又以手詔賜懿曰〔一五〕：

卿到渭濱，宜堅壁固守，勿與交鋒。蜀兵不得志，必詐退誘敵，卿慎勿追。贊亦是。鍾善戰不必善守，魏主得慎重之方。待彼糧盡，必將自走，然後乘虛攻之，則取勝不難，亦免軍馬疲勞之苦，計莫善於此也。毛此詔出於司馬懿之意，乃密令天子賜之耳，恐諸將欲戰故也。

司馬懿頓首受詔，即日到長安，聚集各處軍馬共四十萬，皆來渭濱下寨；又撥五萬軍，於渭水上搭起九座浮橋，令先鋒夏侯霸、夏侯威過渭水安營；又於大營之後東原，嘉地名。築起一城，以防不虞。毛築城便是欲守不欲戰之意。懿正與衆將商議間，忽報郭淮、孫禮來見。懿迎入，禮畢，淮曰：「今蜀兵現〔一六〕在祁山，儻跨渭登原，接連北山，阻絕隴道，大可虞也。」贊大是。鍾郭淮説得是。懿曰：「所言甚善。公可就總督隴西軍馬，據北原下寨，深溝高壘，按兵休動。只待彼兵糧盡，方可攻之。」毛即曹叡手詔中語。郭淮、孫禮領命，引兵下寨去了。

却説孔明復出祁山，毛此是六出祁山。下五箇大寨，按左、右、中、前、後。自斜谷直至劍閣，一連又下十四箇大寨，分屯軍馬，以爲久計。毛已有不欲復返〔一七〕之勢。每日令人巡哨。忽報郭淮、孫禮領隴西之兵於北原下寨，孔明謂諸將曰：「魏兵於北原安營者，懼吾取此路，阻絕隴道也。吾今虛攻北原，却暗取渭濱。令人扎木筏百餘隻，上載草把，選慣熟水手五千人駕之。我夤夜只攻北原，司馬懿必引兵來救。彼若少敗，我把後軍先渡過岸去，然

〔一五〕毛本曹叡詔書刪，改自贄本；鍾本、漁本同贄本，贄本同明三本。按：嘉本增，改自《三國志·魏書·明帝紀》，明四本系皆作「叡囑曰」，非詔書。毛本從《明帝紀》改作詔書。

〔一六〕「現」，商本作「悉」。

〔一七〕「返」，貫本作「退」。

後把前軍下於筏中，休要上岸，順水取浮橋放火燒斷，以攻其後。吾〔一八〕自引一軍去取前營之門。若得渭水之南，則進兵不難矣。」毛武侯此算亦是妙着，但恨爲司馬懿猜破耳〔一九〕。漁好計，惜爲懿猜破。諸將遵令而行。早有巡哨軍飛報〔二〇〕司馬懿。懿唤諸將議曰：「孔明如此設施，其中有計〔二一〕。彼以取北原爲名，順水來燒浮橋，亂吾後，却攻吾前也。」毛漁以前往往只猜得一半，此却被他全猜着。贊鍾（仲達）如見。即傳令與夏侯霸、夏侯威曰：「若聽得北原發喊，便提兵於渭水南山〔二二〕之中，待蜀兵至擊之。」毛先遣一路兵，是防渭濱。又令：「張虎、樂綝三音申。引二千弓弩手，伏於渭水浮橋北岸。若蜀兵乘木筏順水而來，可一齊射之，休令近橋。」毛又遣一路兵，又是防渭濱。漁二路俱是防渭濱。又傳令郭淮、孫禮曰：「孔明來北原暗渡渭水，汝新立之營，人馬不多，可盡伏於半路。若蜀兵於〔二三〕午後渡水，黄昏時分必來攻汝，汝詐敗而走。蜀兵必追〔二四〕，汝等皆以弓弩射之。吾水陸並進。若蜀兵大至，只看吾指揮而〔二五〕擊之。」毛漁（第）三〔二六〕路（兵，方）是防北原。各處下令已畢，又令二子司馬師、司馬昭，引兵救應前營，毛漁（第）四路又（是）防渭濱。懿自引一軍救北原。毛漁（第）五路又〔二七〕防北原。

却説孔明令魏延、馬岱引兵渡渭水攻北原；毛孔明第一路兵是攻北原。令吴班、吴懿引木筏兵去燒浮

〔一八〕「吾」，商本作「某」。
〔一九〕「耳」，商本作「矣」。
〔二〇〕「早有」二字原闕，據毛校本補。「哨軍」，商本作「軍去」。「飛報」，明四本作「報知」。
〔二一〕「有」上，光本有「必」。「計」，澹本訛作「討」，商本作「詐」，明四本作「計也」。
〔二二〕「山」，光本作「岸」。
〔二三〕「於」，齋本、光本脱。
〔二四〕「追」，原作「退」，致本、業本、貫本、齋本、澹本同。按：「追」字通。據其他古本改。
〔二五〕「而」，齋本、光本脱。
〔二六〕漁批「三」，原作「二」，據衡校本改。
〔二七〕「又」下，光本有「是」字。

橋；毛第二路燒浮橋。令王平、張嶷爲前隊，姜維、馬忠爲中隊，廖化、張翼爲後隊：兵分〔二八〕三路，去攻渭水旱營。毛此三路俱取渭濱。是日午時，人馬離大寨，盡渡渭水，列成陣勢，緩緩而行。

却説魏延、馬岱將近北原，天色已昏，毛先寫第一路蜀兵。孫禮哨見，便棄營而走。魏延知有准備，急退軍時，四下喊聲大震，左有司馬懿，右有郭淮，兩路兵殺來。毛兩路魏兵於此出現。魏延、馬岱奮力殺出，蜀兵多半落於水中，餘衆奔逃無路。幸得吴懿兵殺來，救了敗兵過岸拒住。吴班分一半兵撐筏順水來燒浮橋，毛再寫第二路蜀兵。却被張虎、樂綝在岸上亂箭射住。毛又一路魏兵於此出見。吴班中箭，落水而死。毛吴班死了。餘軍跳水逃命，木筏盡被魏兵奪去。此時王平、張嶷不知北原兵敗，直奔到魏營，毛又寫第三路蜀兵。已有二更天氣，只聽得喊聲四起。王平謂張嶷曰：「軍馬〔二九〕攻打北原，未知勝負。渭南之寨現在面前，如何不見一箇魏兵？莫非司馬懿知道了，先作准備也？我等且看浮橋火起，方可進兵。」毛王平比衆人又加把細。二人勒住軍馬，忽背後一騎馬來報，説：「丞相教軍馬急回。北原兵、浮橋兵俱失了。」毛姜維、馬忠、廖化、張翼兩路兵已在取回之內，故不復實寫。用筆甚妙〔三〇〕。王平、張嶷大驚，急退軍時，却被魏兵抄在背後，一聲砲響，一齊殺來，火光沖天。毛此司馬師、司馬昭、夏侯霸、夏侯威也。妙在不實寫其人，但虚寫其兵，令讀者自知。漁此司馬師、司馬昭等兵也，不實寫〔三一〕其人，妙。王平、張嶷引兵相迎，兩軍〔三二〕混戰一場。平、嶷二人奮力殺出，蜀兵折傷大半。

孔明回到祁山大寨，收聚敗〔三三〕兵，約折了

〔二八〕「兵分」，齋本、光本、商本倒作「分兵」。

〔二九〕「軍馬」，原作「馬軍」，毛校本、夏本、贊本同。按：「軍馬」義長，據嘉本、周本乙正。

〔三〇〕「甚妙」，光本、商本倒作「妙甚」。

〔三一〕「實寫」，原作「實」，衡校本作「識」。按：「實」字不通；「識」字不合。據同位置毛批補。

〔三二〕「軍」，商本作「兵」。

〔三三〕「敗」，致本同，其他毛校本作「殘」。

萬餘人，心中憂悶。毛漁街亭之失，失在馬謖；渭橋之（敗，敗由武侯）（失，失在孔明）。〈毛〉勝敗之不可料如此，用兵者可不臨事而懼耶？贊鍾孔明這敗，自亦竟惶矣。〔三四〕忽報費禕自成都來見丞相。孔明請入。費禕禮畢，孔明曰：「吾有一書，正欲煩公去東吳投遞，不知肯去否？」禕曰：「丞相之命，豈敢推辭？」孔明即修書付費禕去了。禕持書逕到建業，入見吳主孫權，呈上孔明之書。權拆視之，書畧曰〔三五〕：

漢室不幸，王綱失紀，曹賊篡逆，蔓延及今。亮受昭烈皇帝寄托之重，敢不竭力盡忠〔三六〕。今大兵已會於祁山，狂寇將亡於渭水。伏望陛下念同盟之義，命將北征，共取中原，同分天下。書不盡言，萬希聖聽！

權覽畢，大喜，乃謂費禕曰：「朕久欲興兵，未得會合孔明。今既有書到，即日朕自親征，入居巢門，二《一統志》云：居巢，漢之縣〔三七〕名，今廬州府無爲州巢縣是也。二居巢，今廬州府巢縣是也。取魏新城；二新〔三八〕城，在廬州府無爲州城南一十五里，乃三國吴諸葛恪所築，以居新附之人，故名新城。再令陸遜、諸葛瑾等屯兵於江夏、沔口取襄陽。孫韶、張承等出兵廣陵取淮陰〔三九〕等處：三處一齊進軍，共三十萬，尅日興師。」毛漁讀書至此，（似）爲（之）一快。費禕拜謝曰：「誠如此，則中原不日自破矣！」權

〔三四〕贊甲本無此句贊批，據緑本補。
〔三五〕毛本孔明書刪、改自贊本；鍾本、漁本同贊本，周本、夏本、贊本刪改自嘉本。
〔三六〕「忠」，齋本、光本作「心」。
〔三七〕周批「縣」，原作「公」。按：《後漢書·郡國志》：居巢侯國屬廬江郡；《漢書·地理志》：居巢縣屬廬江郡。據夏批改。
〔三八〕周批「新」，原作「秋」。據正文及夏批改。
〔三九〕「淮陰」，原作「淮陽」，古本同。按：《三國志·吴書·吴主傳》：「孫韶、張承等向廣陵、淮陽。」《通鑑·魏紀四》作「淮陰」。《集解》曰：「魏廣陵郡治淮陰，今江蘇淮安府清河縣南。」引清代胡一清案：「上云江夏、沔口，一地也；下云合肥、新城，亦一地也；此云廣陵、淮陽，『書法不例』。」引南宋胡三省曰：「去廣陵甚遠，『淮陽』是『淮陰』之誤無疑。」《後漢書·郡國志》：淮陽屬陳國，今河南周口淮陽區。據改。

設宴欵待費禕。飲宴〔四〇〕間，權問曰：「丞相軍前，用誰當先破敵？」禕曰：「魏延爲首。」權笑曰：「此人勇有餘，而心不正。若一朝無孔明，彼必爲禍。孔明豈未知耶？」【毛漁】趙咨稱其智，良然；良然！禕曰：「陛下之言極當！臣今歸去，即當以此言告孔明。」遂拜辭孫權，回到祁山，見了孔明，具言吴主起大兵三十萬，御駕親征，兵分三路而進。孔明又問曰：「吴主别有所言否？」費禕將論魏延之語告之。孔明嘆曰：「真聰明之主也！吾非不知此人，爲惜其勇，故用之耳。」【鍾】孔明實話。禕曰：「丞相早宜區處。」孔明曰：「吾自有法。」【毛】早爲授計〔四一〕馬岱伏筆。禕辭别孔明，自回成都。

孔明正與諸將商議征進，忽報有魏將來投降。孔明喚入問之，答曰：「某乃魏國偏將軍鄭文也。近與秦朗同領人馬，聽司馬懿調用。不料懿狥私偏向，加秦朗爲前將軍，而視文如草芥，因此不忿〔四二〕，特來投降丞相。願賜收録。」言未已〔四三〕，人報秦朗引兵在寨外，單搦鄭文交戰。【毛】秦朗來得快，明明是假。孔明曰：「此人武藝比汝若何？」鄭文曰：「某當立斬之。」孔明曰：「汝若先殺〔四四〕秦朗，吾方不疑。」鄭文欣然上馬出營，與秦朗交鋒。孔明親自出營視之。只見秦朗挺鎗大罵曰：「反賊盜我戰馬來此，可早早還我！」【毛漁】不責其反，但索其馬，明明是假。言訖，直取鄭文。文拍馬舞刀相迎，只一合，斬秦朗於馬下，【毛漁】如此斬得快，（又明明是假）（真假可知）。魏軍各自逃走。鄭文提首級入營。孔明回到帳中坐定，喚鄭文至，勃然大怒，叱左右：「推出斬之！」【毛】奇妙。鄭文曰：「小將無罪！」孔明曰：「吾向識秦朗，汝今斬者並非秦朗。安敢欺我！」【毛】武侯實未嘗識秦朗，哄騙得妙。文拜告曰：「此實秦朗之弟秦明也。」【毛漁】一冒便（説，

〔四〇〕「宴」，商本脱，明四本無。
〔四一〕「授計」二字原闕，據毛校本補。
〔四二〕「忿」，齋本、光本、商本作「平」，明四本無。
〔四三〕「已」，商本、嘉本作「畢」，周本、夏本、贊本作「盡」。
〔四四〕「殺」，光本作「斬」。

然秦朗）（供，不但）不是秦朗，（秦明亦）（并）不是秦明（，還有一半是假）。孔明笑曰：「司馬懿令汝來詐降，於中取事，却如何瞞得我過！若不實説，必然斬汝！」【毛】奇妙。鄭文只得訴告其實是詐降，泣求免死。【毛】一冒又一嚇，只得盡情説出。【贊】司馬懿如此設計，亦不成司馬懿矣。〔四五〕【鍾】仲達爲此計亦拙矣。孔明曰：「汝既〔四六〕求生，可修書一封，教司馬懿自來劫營，【毛】司馬懿先教鄭文斬一魏將，以取信於孔明，則必不料此書之詐也。吾便饒汝性命。若捉住司馬懿，便是汝之功，還當重用。」鄭文只得寫了一書，呈與孔明。孔明令將鄭文監下。樊建問曰：「丞相何以知此人詐降？」孔明曰：「司馬懿不輕用人。若加秦朗爲前將軍，必武藝高强，今與鄭文交馬只一合，便爲文所殺，必不是秦朗也。【鍾】原情之論。以故知其詐。」【毛】【漁】説曾識秦朗，亦是（武侯）（孔明）之詐。衆皆〔四七〕拜服。孔明選一舌辨軍士，附耳分付如此如此。軍士領命，持書逕來魏寨，求見司馬懿。懿喚入，拆書看畢，問曰：「汝何人也？」答曰：「某乃中原人，流落蜀中，鄭文與某同鄉，【毛】秦朗既有兄弟，鄭文如何没有同鄉？今孔明因鄭文有功，用爲先鋒。鄭文特托某來獻書，約於明日晚間舉火爲號，望乞都督盡提大軍前來劫寨〔四八〕，鄭文在内爲應。」【毛】此皆孔明附耳分付之語。司馬懿反覆詰問，又將來書仔細檢看，果然是實，【毛】書中筆跡果然是實。【漁】因字跡不差。即賜軍士酒食，分付曰：「本日二更爲期，我自來劫寨。大事若成，必重用汝。」軍士拜别，回到本寨告知孔明。孔明仗劍步罡，禱〔四九〕祝已畢，【毛】又來作怪。【漁】葫蘆裡又賣甚的藥。喚王平、張嶷分付如此〔五〇〕如此，又喚馬忠、馬岱分付如此如此，又喚魏延分付如此如此。【毛】此處不先叙明，止用

〔四五〕緑本二「懿」字，皆訛作「怡」。後文多處，不另出校。
〔四六〕「既」，光本作「欲」。
〔四七〕「衆皆」，光本倒作「皆衆」。
〔四八〕「寨」，商本作「營」，後一處同；後一處明四本無。
〔四九〕「禱」，商本作「拜」。
〔五〇〕「此」字原闕，據毛校本補。

虛筆，好〔五一〕！孔明自引數十人坐於高山之上，指揮衆軍。

却説司馬懿見了鄭文之書，便欲引二子提大兵〔五二〕來劫蜀寨。長子司馬師諫曰：「父親何故據片紙而親入重地？儻有疎虞，如之奈何？不如令别將先去，父親爲後應可也。」毛漁懿之不死，賴有（此）（斯）兒。贊鍾（司馬）此子大通。懿從之，遂令秦朗引一萬兵去劫蜀寨，毛漁真秦朗（纔）來（了）。懿自引兵接應。是夜初更，風清月朗，毛先寫風月，反襯下文。將及二更時分，忽然陰雲四合，黑氣漫空，對面不見。毛此從仗劒步罡中來，令讀者自知。漁皆步罡時作用。懿大喜曰：「天使我成功也！」於是人盡啣枚，馬皆勒口，長驅大進。秦朗當先引一萬兵直殺入蜀寨中，並不見一人。朗知中計，忙叫退兵。四下火把齊明，喊聲震地，左有王平、張嶷，右有馬岱、馬忠，兩路兵殺來。毛「如此如此」，原來如此。秦朗死戰，不能得出。背後司馬懿見蜀寨火光沖天，喊聲不絶，又不知魏兵勝負，只顧催兵接應，望火光中殺來。忽然一聲喊起，鼓角喧天，火炮震地，左有魏延，右有姜維，兩路殺出。毛「如此如此」，原來如此。魏兵大敗，十傷八九，四散逃奔。此時秦朗所引一萬兵，都被蜀兵圍住，箭如飛蝗，秦朗死於亂軍之中。毛漁（秦朗）是（司馬）懿替死鬼。〈毛〉○假秦朗之死，瞞不得孔明；真秦朗之死，却替了仲達。司馬懿引敗兵奔入本寨。

三更以後，天復清朗。毛神奇之極。孔明在山頭上鳴金收軍。原來二更時陰雲暗黑，乃孔明用遁甲之法，後收兵已了，天復清朗，乃孔明驅六丁六甲掃蕩浮雲也。毛漁（補註明白。○）如此作（法）（用），不（曾殺得）（能殺）司馬懿，（只算）（可謂）小題大做。當下孔明得勝回寨，命將鄭文斬了，毛寫書後不即斬，至得勝後方斬，大有針線。贊極是。〔五三〕再議取渭

〔五一〕「好」，致本同，其他毛校本作「妙」。
〔五二〕「兵」，商本作「軍」。
〔五三〕緑本脱此句及下句贊批。

南之策。每日令〔五四〕兵搦戰，魏軍只不出迎。孔明自乘小車，來祁山前、渭水東西，踏看地理。忽到一谷口，見其形如葫蘆之狀，内中可容千餘人；兩山又合一谷，可容四五百人；背後兩山環抱，只可通一人一騎。【毛】與征蠻時盤蛇谷相彷彿。孔明看了，心中大喜，問鄉導官曰：「此處是何地名？」答曰：「此名『上方谷』，又號『葫蘆谷』。」孔明回到帳中，唤裨將杜叡、胡忠二人，附耳授以密計。令唤集隨軍匠作一千餘人，入葫蘆谷中，製造「木牛」「流馬」應用，【毛】前征蠻時所用木獸，早爲此時「木牛」「流馬」作一引子。又令馬岱領五百兵守住谷口。孔明囑馬岱曰：「匠作人等，不許放出，外人不許放入。吾還不時自來點視。捉司馬懿之計，只在此舉，切不可走漏消息。」【毛】爲後回伏線。馬岱受命而去。杜叡等二人在谷中監督匠作，依法製造。孔明每日往來指示。

忽一日，長史楊儀入告曰：「即令糧米皆在劍閣，人夫牛馬搬運不便，如之奈何？」【毛】不用孔明分付楊儀，先寫楊儀來禀孔明。鬬筍處用逆不用順，絶妙筆法。孔明笑曰：「吾已運謀多時也。前者所積木料，并西川收買下的大木，教人製造『木牛』『流馬』，搬運糧米甚是便利。牛馬皆不水食，可以轉〔五五〕運，晝夜不絶。」【毛】今有人要便宜者，諺讖〔五六〕之云：「又要馬兒不喫〔五七〕草，又要馬兒走得好。」惜其未得傳孔明之法也。【漁】今人云：「又要馬兒不吃草，又要馬走得好。」想從此處〔五八〕得來。衆皆驚曰：「自古及今，未聞有『木牛』『流馬』之事。不知丞相有何妙法，造此奇物？」【贄】【鍾】真奇。孔明曰：「吾已令人依法製造，尚未完備。吾今先將造『木牛』『流馬』之法，尺寸方員，長短濶狹，開寫明白，汝等視之。」衆大

〔五四〕「令」，商本作「領」。
〔五五〕「水」上，明四本有「用」字。「轉」，原作「輕」，致本、業本、貫本同，其他毛校本作「搬」。據明四本改。
〔五六〕「讖」，原作「機」，貫本同；業本作「饑」。據其他毛校本改。
〔五七〕「喫」，貫本、澹本、商本作「食」。
〔五八〕「此處」，原作「處」，衡校本作「此」。按：翼本脱字，酌補。

喜。孔明即手書一紙，付衆觀看。衆將環遶而視。其造「木牛」之法云〔五九〕：

方腹曲頭，一脚〔六〇〕四足，頭入領中，舌着於腹。載多而行少，宜可大用，不可小使〔六一〕：特行者數十里，羣行者二十里也〔六二〕。曲者爲牛頭，雙者爲牛脚，横者爲牛領，轉者爲牛足〔六三〕，覆者爲牛背，方者爲牛腹，垂者爲牛舌，曲者爲牛肋，刻者爲牛齒，立者爲牛角，細者爲牛鞅，攝者爲牛鞦軸。牛仰〔六四〕雙轅，人行六尺，牛行四步。載一歲糧，日行二十里，而人不大勞。〔六五〕

造「流馬」之法云：

肋長三尺五寸，廣三寸，厚二寸二〔六六〕分，左右同。前軸孔分墨去頭四寸，徑中二寸。前脚孔分墨二寸，去前軸孔四寸五分，廣〔六七〕一寸。前杠孔去前脚孔分墨二寸七分，孔長二寸，廣一寸。後軸孔去前杠分墨一尺五分〔六八〕，大小與前同。後脚孔分墨去後軸孔三寸五分，

〔五九〕毛本造「木牛」「流馬」法刪，改自贊本；鍾本、漁本同贊本，贊本同明三本。嘉本全文引自《三國志·蜀書·諸葛亮傳》裴注引《諸葛亮集》。毛本引全文，異文據《諸葛亮傳》裴注校正。

〔六〇〕「頭」，原作「脛」，古本同，據《諸葛亮傳》裴注改。「脚」，原作「腹」，毛校本同；明四本作「股」，據《諸葛亮傳》裴注改。

〔六一〕「宜可」至「小使」八字原脱，古本同，據《諸葛亮傳》裴注補。

〔六二〕「特」，原作「獨」，古本同，據《諸葛亮傳》裴注改。「二十里也」，原作「三十里」，毛校本同；明四本作「二十里」，據《諸葛亮傳》裴注改、補。

〔六三〕「脚」「足」，原作「足」「脚」，毛校本同。據《諸葛亮傳》裴注易。

〔六四〕「仰」，原作「御」，毛校本同。據《諸葛亮傳》裴注改。

〔六五〕「載」至「里而」十字原脱，古本同，據《諸葛亮傳》裴注補。以下原有「牛不飲食」，毛校本同；明四本有「牛不飲食也」。據《諸葛亮傳》裴注刪。

〔六六〕「二寸二」，業本作「三寸五」，其他毛校本作「二寸五」。

〔六七〕「二寸」，原脱，毛校本同。據《諸葛亮傳》裴注補。「前軸孔」，原作「頭」，毛校本同。據《諸葛亮傳》裴注改。「廣」上，原有「長一寸五分」五字，毛校本同。據《諸葛亮傳》裴注刪。

〔六八〕「分」，明四本同，原作「寸」，毛校本同。據《諸葛亮傳》裴注改。

大小與前同〔六九〕。後杠孔去後脚孔分墨二寸七分，後載剋去〔七〇〕後杠孔分墨四寸五分。前杠長一尺八寸，廣二寸，厚一寸五分。後杠與等板方囊二枚，厚八分，長二尺七寸，高一尺六寸五分，廣一尺六寸，每枚受米二斛三斗。從上杠孔去肋下七寸，前後同。上杠孔去下杠孔分墨一尺三寸，孔長一寸五分，廣七分，八孔同。前後四脚，廣二寸，厚一寸五分。形制如象，靬三音軒。長四寸，徑面四寸三分。孔徑中三脚杠，長二尺一寸，廣一寸五分，厚一寸四分，同杠耳〔七一〕。

衆將看了一遍，皆拜伏〔七二〕曰：「丞相真神人也！」毛漁若非神人，安能驅（使）（動）草木？三考證補註人言孔明妻黃氏善會此法，故孔明學之。未知是否？

過了數日，木牛流馬皆造完備，宛然如活者一般，上山下嶺，各盡其便。毛不唯省力，亦好耍子。鍾有此佳（製），何不傳今？衆軍見之，無不欣喜。孔明令右將軍高翔引一千兵駕着木牛流馬，自劍閣直抵祁山大寨，往來搬運糧草，供給蜀兵之用。後人有詩讚曰〔七三〕：

劍關〔七四〕險峻驅流馬，斜谷崎嶇駕木牛。
後世若能行此法，輸將安得使人愁？

却說司馬懿正憂悶間，忽哨馬報說：「蜀兵用木牛流馬轉運糧草。人不大〔七五〕勞，牛馬不食。」

〔六九〕「後脚孔」至「與前同」十八字原脱，毛校本同。據《諸葛亮傳》裴注補。
〔七〇〕「二寸七」，原作「二寸二」，毛校本同；明四本作「四寸七」。據《三國志》裴注改。「後載剋去」四字原脱，毛校本同。據《諸葛亮傳》裴注補。
〔七一〕「同杠耳」，原脱，毛校本同。據《諸葛亮傳》裴注補。
〔七二〕「伏」，齋本、光本作「服」。
〔七三〕毛本後人讚詩刪，改自贊本，前二句引自贊本詩第三、四句，另做後二句。鍾本、漁本同贊本，贊本同明三本。
〔七四〕「劍關」，致本同，商本作「蜀山」，其他毛校本、贊本作「劍閣」。
〔七五〕「大」，原作「人」，疑漫漶，明四本作「太」。按：前文作「人不大勞」，據毛校本改。

懿大驚曰：「吾所以堅守不出者，爲彼糧草不能接濟，欲待其自斃耳。今用此法，必爲久遠之計，不思退矣。漁果然。如之奈何？」毛畏蜀如虎。虎可畏，牛馬更可畏。急喚張虎、樂綝二人分付曰：「汝二人各引五百軍，從斜谷小路抄出，待蜀兵驅過木牛流馬，任他過盡，一齊殺出，不可多搶，只搶三五匹便回。」毛偷石人石馬者是笨賊，搶木牛流馬者是巧賊。漁俱在孔明算中。二人依令，各引五百軍〔七六〕，扮作蜀兵，夜間偷過小路，伏在谷中，果見高翔引兵驅木牛流馬而來。將次過盡，兩邊一齊鼓譟殺出，蜀兵措手不及，棄下數匹，張虎、樂綝歡喜，驅回本寨。毛「爰喪其馬」，蜀人之憂；「爾牛來思」，魏人之喜。司馬懿看了，果然進退如活的一般，乃大喜曰：「汝會用此法，難道我不會用！」便令巧匠百餘人，當面拆開，分付依其尺寸長短厚薄〔七七〕之法，一樣製造木牛流馬。毛司馬懿善抄別人文字，然依樣畫葫蘆，畢竟未盡知文字〔七八〕中之妙也。贊司馬懿別無計謀，而依孔明作怪，便不成司馬懿矣。〔七九〕鍾別無計謀，必依孔明製作，懿亦奇矣。不消半月，造成二千餘隻，與孔明所造者一般法則，亦能奔走。遂令鎮遠將軍岑威，引一千軍驅駕木牛流馬，去隴西搬運糧草，往來不絕。毛抄得快，用得快，極似今之讀時文秀才。漁俱在孔明算中。魏營軍將無不歡喜。

却說高翔回見孔明，說魏兵搶奪木牛流馬各五六匹去了。孔明笑曰：「吾正要他搶去。我只費了幾匹木牛流馬，却不久便得軍中許多資助也。」毛故意使他抄我文字，却是替我做了文字，妙極〔八〇〕。諸將問曰：「丞相何以知之？」孔明曰：「司馬懿見了木牛流馬，必然倣我法度，一樣製造。那時我又有計策。」毛漁妙在不（即説明）（説出）。數日後，人報魏兵也會造木牛流馬，往隴西搬運糧草。孔明大喜

〔七六〕「軍」，明四本作「兵」。
〔七七〕「薄」，原作「簿」，業本同，據其他古本改。
〔七八〕「畢」，光本、商本作「究」。「字」，商本脱。
〔七九〕原葉殘，脱此句贊批，據贊校本補。
〔八〇〕「極」，商本作「甚」。

曰：「不出吾之算也。」便喚王平分付曰：「汝引一千兵，扮作魏人，星夜偷過北原，只說是巡糧軍，混入彼運糧軍中〔八一〕，將護糧之人盡皆殺散，却驅木牛流馬而回，逕奔過北原來。此處必有魏兵追趕，汝便將木牛流馬口內舌頭扭轉，牛馬就不能行動，毛前但說得造法，不曾說得用法；前但說得行法，不曾說得止法：却在此處補出。漁前止說得造法，不曾說得行法、止法，於此補出。汝等竟棄之而走。背後魏兵趕到，牽拽不動，扛擡不去。吾再有兵到，汝却回身再將牛馬舌扭過來，長驅大行。魏兵必疑爲怪也。」毛真正作怪。王平受計引兵而去。孔明又喚張嶷分付曰：「汝引五百軍，都扮作六丁六甲神兵，鬼頭獸身，用五采塗面，粧作種種怪異之狀，一手執繡旗，一手仗寶劍，身掛葫蘆，內藏烟火之物，伏於山傍。待木牛流馬到時，放起烟火，一齊擁出，驅牛馬而行。毛漁比前番割麥時（倍覺）（愈加）聲勢〔八二〕（，如此用兵倒好耍子）。贊粧神作鬼，此孔明之鬼戲，好看，好看。〔八三〕鍾粧神作鬼，孔明極會搬演。魏人見之，必疑是神鬼〔八四〕，不敢來追趕。」張嶷受計引兵而去。孔明又喚魏延、姜維分付曰：「汝二人同引一萬兵，去北原寨口接應木牛流馬，以防交戰。」又喚廖化、張翼分付曰：「汝二人引五千兵，去斷司馬懿來路。」又喚馬忠〔八五〕、馬岱分付曰：「汝二人引二千兵去渭南搦戰。」毛先遣一隊天將〔八六〕，後遣三隊人兵。六人各各遵令而去〔八七〕。

且說魏將岑威引軍驅木牛流馬，裝載糧米〔八八〕，正行之間，忽報前面有兵巡糧。岑威令人哨探，果是魏兵，毛人且可以粧神，蜀何不可粧魏！遂放心前進。兩軍合在一處，忽然喊聲大震，蜀兵就

〔八一〕「混入彼運糧軍中」，明四本作「徑到運糧之所」。
〔八二〕漁批「勢」，原無，據衡校本補。
〔八三〕綠本脫此句贊批。
〔八四〕「鬼」，光本訛作「馬」。
〔八五〕「路又喚馬忠」五字原闕，據毛校本補。
〔八六〕「將」，商本作「兵」。
〔八七〕「去」，商本作「行」。
〔八八〕「米」，齋本作「草」。

本隊裡殺起，大呼：「蜀中大將王平在此！」魏兵措手不及，被蜀兵殺死大半。岑威引敗兵抵敵，被王平一刀斬了，餘皆潰散。王平引兵盡驅木牛流馬而回。毛 司馬懿用别人文字，却倒被别人用了去。敗兵飛奔報入北原寨内，郭淮聞軍糧被劫，疾忙引軍〔八九〕來救。王平令兵扭轉木牛流馬舌頭，皆棄於道上〔九〇〕，且戰且走。郭淮教且莫追，只驅回木牛流馬。衆軍一齊驅趕，却那裡驅得動？毛 此時却似盜石人石馬矣。郭淮心中疑惑，正無奈何，忽鼓角喧天，喊聲四起，兩路兵殺來，乃魏延、姜維也，王平復引兵殺回。三路夾攻，郭淮大敗而走。王平令軍士將牛馬舌頭重復扭轉，驅趕而行。毛 司馬懿但能學文，不能學舌。郭淮望見，方欲回兵再追，只見山後烟雲突起，一隊神兵擁出，一箇箇手執旗劍，怪異之狀，驅駕〔九一〕木牛流馬，如風擁而去。毛 粧神作怪只爲搶糧之用，與前回天蓬元帥正是一般。郭淮大驚曰：「此必神助也！」衆軍見了，無不驚畏，不敢追趕。鍾 看此尤勝（觀）看把戲，然此即是把戲也。

却說司馬懿聞北原兵敗，急自引軍來救。方到半路，忽一聲砲響，兩路兵自險峻處殺出，喊聲震地，旗上大書「漢將張翼、廖化」。司馬懿見了大驚，魏軍着慌，各自逃竄。正是：

路逢神將糧遭劫，身遇奇兵命又危。

未知司馬懿怎地抵敵〔九二〕，且看下文分解。

《三國志通俗演義》决是不識字市井小人編纂，毋論其他，即鄭文投降一事，三歲小兒亦不爲此，而司馬仲達爲之乎，三歲小兒亦自曉得，而諸葛孔明識此又何足爲奇乎，

〔八九〕「軍」，商本、明四本作「兵」。

〔九〇〕「皆棄於道上」，原作「俱棄於道中」，毛校本同；贊本作「皆棄於道中」。據明三本改。

〔九一〕「驅駕」，原作「擁護」，毛校本同。按：「驅駕」義合、避重，據明四本改。

〔九二〕「司馬懿怎地抵敵」，光本作「究竟若何」，嘉本作「懿性命如何」，周本、夏本、贊本作「司馬懿性命如何」。

讀至此，深爲羅貫中不平也，無知小人，托名誤事，每每如此，可恨可恨！

作《三國志演義》者，真胡説也，若是司馬仲達亦倣諸葛孔明造作木牛流馬，便是依様畫葫蘆矣！依様畫葫蘆，又何足以爲司馬仲達也哉！

木牛流馬，正孔明巧奪化工手段，不知者以爲小把戲也。仲達不自爲計，亦依様畫葫蘆，失却許多軍糧，諸葛何巧而司馬何拙耶！

第一百三回 上方谷司馬受困 五丈原諸葛禳星

二出祁山之前，有魏侵吴、吴破魏之事。六出祁山之時，又有吴侵魏、魏破吴之事。猶是吴也，禦魏則勝，攻魏則不勝，何也？曰：無討賊之志也。魏之侵吴，司馬懿在焉，乃曹休一敗，而〔一〕司馬引歸，爲慮武侯之將伐魏也。吴之侵魏，陸遜在〔二〕焉，乃諸葛瑾一敗，而陸遜亦引歸，此豈亦慮武侯之將伐吴乎？本無所慮，而一敗輒退，使武侯之倚賴於吴者，竟成畫餅。悲夫！

武侯一生，用火攻者凡五：有燒之而不必殺之者，如博望之燒，不必殺夏侯惇；新野之燒，不必殺曹仁；赤壁之燒，不必殺曹操是也。有燒之而必欲殺之者，如盤蛇谷之燒，必欲殺藤甲〔三〕；上方谷之燒，必欲殺司馬懿是也。乃不欲殺之，則果無一人之見殺；必欲殺之，則獨有一事之不同，何也？人曰：天之助魏。予曰：非天之助魏而天之助晉也。天爲〔四〕助晉而雨，則不惟不助魏，乃正所以滅魏與？

或謂武侯知曹操之不死，而特使關公釋之；知陸遜之不死，而特使黄承彦救之。若獨於司馬氏三人，而不能預知其不死，是不智也；知其不死而必欲置之於死，是逆天也。予曰：不然。華容之役，不遣别將，或以爲孔明咎矣；魚腹之役，不報猇亭，或又以爲孔明咎矣：以爲人之縱之，而非天之縱之也。唯至於上方谷之事，而殫慮竭能，盡其人力，然而人

〔一〕「而」，商本脱。
〔二〕「遜在」二字原闕，據毛校本補。
〔三〕「甲」下，光本有「兵」字。
〔四〕「爲」，商本作「惟」。

不縱之，而天終縱之。夫然後天下後世，不得以謀事之不忠咎武侯，而武侯亦得告無憾於先帝耳〔五〕。

因糧於敵之計，善矣。而敵之糧不可常恃，則因糧不若運糧之善也。木牛流馬之輓〔六〕輸，善矣。而我之糧又未可常繼，則運糧又不若屯田之善也。屯田而轉餉不勞，蜀之兵便，而蜀之民亦便矣。三分其田，而軍屯其一，民屯其二，兵不妨〔七〕民，民不苦兵。不獨蜀之民便，而魏之民亦便矣。後之有事於遠征者，武侯屯田渭濱之法，其何可以不講乎？

司馬懿尅日而擒孟達，未嘗受詔於曹丕；受巾幗而不戰，何獨受詔於曹叡！知其軍中請詔之詐，而臨行所受之詔，亦必其密啓之魏主，而求其賜之者也。爲將之道，貴於隨機應變，便宜行事。豈有既出師以後，而爲將者復以欲戰之謀，千里〔八〕而請命者哉？則又豈有未出師以前，而爲上者主一不戰之説，先期而預定者哉？由其後之非真，益可悟其前之是假。

《詩》之刺尹氏者曰：「誰秉國成〔九〕，不自爲政。」蓋言大臣誤天子，而大臣所用者誤大臣也。武侯之自校簿書，殆鑒諸此矣。托馬謖而馬謖失之，釋苟安而苟安負之，任李嚴而李嚴又背之，其猶敢以弗躬弗親而取咎與？故處陳平、丙吉之世，可以不爲武侯；而當武侯之時，不得復爲陳平、丙吉。

天下豈有壽而可借者哉？若壽而可借，則死亦可詛也。武侯祝之，仲達何必不詛之？武

〔五〕「耳」，商本作「矣」。
〔六〕「輓」，光本作「轉」。
〔七〕「妨」，商本作「殃」。
〔八〕「千里」，滄本訛作「十里」，商本作「上書」。
〔九〕「成」，原作「均」，致本同，其他毛校本作「鈞」。按：「均」同「鈞」。《詩經·小雅·節南山》第一篇《節南山》：「秉國之均，四方是維。」「憂心如酲，誰秉國成？不自爲政，卒勞百姓。」毛亨傳曰：「均，平。」「成，平也。」清代陳奐《詩毛氏傳疏》：「秉國成，猶云秉國均也。」據改。

侯自祝之，何不取仲達而詛之也？天下豈有星而可救者哉？若星可救，則雨亦可止也。風將借之，雨獨不能止之。陳倉之雨，既知之而預備之；上方谷之雨，何以不知之，而勿燒之也？然則武侯之祝壽而禳星者，毋乃愚乎？曰：武侯非爲己請命，而爲漢請命耳。忠臣之事君，如孝子之事父母，知其親之將殞，而不復爲之求醫，不復爲之問卜者，必非人情。然則武侯之披髮步罡，與《金縢》之秉圭植璧，一而已矣。

却說司馬懿被張翼、廖化一陣殺敗，匹馬單鎗，望密林間而走。張翼收住後軍，廖化當先追趕。看看趕上，懿着慌，遶樹而轉〔一〇〕。化一刀砍去，正砍在樹上，及拔出刀時，懿已走出林外。毛與馬超追曹操相似。漁懿可謂二世人矣。廖化隨後趕出，却不知去向，但見樹林之東落下金盔一箇。廖化取盔稍在馬上，一直望東追趕。原來司馬懿把金盔棄於林東，却反向西走去了。毛與孫堅之棄赤幘相似。廖化追了一程，不見踪跡，奔出谷口，遇見姜維，同回寨見孔明。張嶷早驅木牛流馬到寨，交割已畢，獲糧萬餘石。廖化獻上金盔，録爲頭功。魏延心中不悦，口出怨言，孔明只做不知。毛又爲後文伏筆。

且說司馬懿逃回寨中，心甚惱悶。忽使命賫詔至，言東吴三路入寇，朝廷正議命將抵敵，令懿等堅守勿戰。毛漁（此則）（雖）是魏主之詔（矣），然亦司馬懿〔一一〕教之於前也。懿受命已畢，深溝高壘，堅守不出。毛以下按過西蜀，再叙吴、魏。

却說曹叡聞孫權分兵三路而來，亦起兵三路迎之：令劉劭引兵救江夏，田豫引兵救襄陽，叡自與滿寵率大軍救合淝。滿寵先引一軍至巢湖口，望見東岸戰船無數，旌旗整肅。寵入軍〔一二〕中奏魏主曰：「吴人必輕我遠來，未曾隄備，今夜〔一三〕可乘

〔一〇〕「轉」，商本作「走」。
〔一一〕「懿」，澹本訛作「一」，商本脱。
〔一二〕「軍」上，商本有「中」字。
〔一三〕「夜」，商本脱，嘉本無。

虛劫其水寨，必得全勝。」毛漁此寫魏將用計，三路中只寫一路。鍾滿寵通。魏主曰：「汝言正合朕意。」即令驍將張球領五千兵，各帶火具，從湖口攻之，滿寵引兵五千，從東岸攻之。是夜二更時分，張球、滿寵各引軍悄悄望湖口進發，將近水寨，一齊吶喊殺入。吳兵慌亂，不戰而走，被魏軍四下舉火，燒燬戰船、糧草、器具不計其數。毛漁吳人兩次以火攻勝魏，今（番）却（反）爲魏所燒，何其憊也。諸葛瑾率敗兵逃走沔口。魏兵大勝而回。次日，哨軍報知陸遜。遜集諸將議曰：「吾當[一四]作表申奏主上，請撤新城之圍，以兵斷魏軍歸路，吾率衆攻其前。彼首尾不敵，一鼓可破也。」毛漁此寫吳將用計，三路中只寫兩路。贊亦是。鍾陸遜有見。衆服其言。陸遜即具表，遣一小校密地齎往新城。小校領命，齎着表文，行至渡口，不期被魏軍伏路的捉住，解赴軍中見魏主曹叡。叡搜出陸遜表文，覽畢，歎曰：「東吳陸遜真妙算也！」遂命將吳卒監下，令劉劭謹防孫權後兵。毛漁魏將用計，而吳人不知；吳將用計，而魏[一五]人知備，亦天意也。

却說諸葛瑾大敗一陣，又值暑天，人馬多生疾病，乃修書一封，令人轉達陸遜，議欲撤兵還國。遜看書畢，謂來人曰：「拜上將軍：吾自有主意。」使者回報諸葛瑾。瑾問：「陸將軍作何舉動？」使者曰：「但見陸將軍催督衆人於營外種荳菽，自與諸將在轅門射戲。」毛從容不迫，頗有名士風流，然不似他人之燕雀處堂也。鍾正是妙用。瑾大驚，親自往陸遜營中，與遜相見，問曰：「今曹叡親來，兵勢甚盛，都督何以禦之？」遜曰：「吾前遣人奉表於主上，不料爲敵人所獲。機謀既洩，彼必知備，與戰無益，不如且退。已差人奉表約主上緩緩退兵矣。」毛前上表用實[一六]寫，後上表用虛寫。瑾曰：「都督

[一四]「當」，原作「富」，明四本無，據毛校本改。

[一五]漁批「魏」，原作「吳」。按：同位置毛批「魏」，依正文「吳」字訛，據衡校本改。

[一六]「實」，原作「虛」，致本同。按：「虛」字與正文異，據其他毛校本改。

既有此意，即宜速退，何又遲延？」遜曰：「吾軍欲退，當徐徐而動。今若便退，魏人必乘勢追趕，此取敗之道也。足下宜先督船隻，詐爲拒敵之意，吾悉以人馬向襄陽而進，爲疑敵之計，然後徐徐退歸江東，魏兵自不敢近耳。」【毛】【漁】與武侯焚香操琴一樣意思。【贄】識〔一七〕時務。【鍾】伯言識（時）務，明（義）理。瑾依其計，辭遜歸本營，整頓船隻，預備起行。陸遜整肅部伍，張揚〔一八〕聲勢，望襄陽進發。【毛】【漁】以進爲退，是爲善退。早有細作報知魏主，説吴兵已動，須用隄防。魏將聞之，皆要出戰。魏主素知陸遜之才，諭衆將曰：「陸遜有謀，莫非用誘敵之計？不可輕進。」衆將乃止。數日後，哨卒報來：「東吴三路兵馬皆退矣。」魏主未信，再令人探之，回報果然盡退〔一九〕。魏主曰：「陸遜用兵，不亞孫、吴，東南未可平也。」【毛】善進爲能，善退亦爲能。因勅諸將各守險要，自引大軍屯合淝，以伺其變。【毛】以下按過吴、魏，再叙武侯。

却説孔明在祁山，欲爲久駐之計，乃令蜀兵與魏民相雜種田：軍一分，民二分，並不侵犯，魏民皆安心樂業。【毛】木牛流馬運糧雖便，不如屯田之尤便。【二】考證補註 按《通鑑》：亮以前者數出，皆以運糧不繼，使己志不伸，乃分兵屯田爲久駐之基，耕者雜於渭濱居民之間，而百姓安堵。司馬師入告其父曰：「蜀兵劫去我許多糧米，今又令蜀兵與我民相雜屯田於渭濱，以爲久計，似此真爲國家大患。父親何不與孔明約期大戰一塲，以决雌雄？」懿曰：「吾奉旨堅守，不可輕動。」【毛】老兒油嘴，只是害怕耳。【贄】【鍾】無計便不如矣。正議間，忽報：「魏延將着元帥前日所失金盔，前來罵戰。」【毛】【漁】先以失金盔羞之，後乃以送巾幗辱之。衆將忿怒，俱欲出戰。懿笑曰：「聖人云：『小不忍則亂大謀。』但堅守爲上。」【毛】今之引書中言語，以掩飾其短者，大率類此。諸將依令不出。魏延辱

〔一七〕「識」，緑本訛作「議」。
〔一八〕「揚」，原作「楊」，業本作「陽」，嘉本無。按：「楊」「陽」皆形訛，據其他古本改。
〔一九〕「盡退」，周本、夏本、贄本作「退去」，嘉本無。

罵良久方回。孔明見司馬懿不肯出戰，乃密令馬岱造成木柵，營中掘下深塹，多積乾柴引火之物，週圍山上多用柴草虛搭窩鋪，内外皆伏地雷。置備停當，孔明附耳囑之曰：「可將葫蘆谷後路塞斷，暗伏兵於谷中〔二〇〕。若司馬懿追到，任他入谷，便將地雷乾柴一齊放起火來。」毛漁葫蘆（裡）（中）却是賣火〔二一〕藥。又令軍士晝舉七星號帶於谷口，夜設七盞明燈於山上，以爲暗號。毛七星燈之火，正與下文之火相應。燎原之大〔二二〕，未有不本於星星之細者也。馬岱受計引兵而去。孔明又喚魏延分付曰：「汝可引五百兵去魏寨討戰，務要誘司馬懿出戰。不可取勝，只可詐敗。懿必追趕，汝却望七星旗處而入。若是夜間，則望七盞燈處而走。只要引得司馬懿入葫蘆谷内，吾自有擒之之計。」毛漁如孫行者以葫蘆裝人。魏延受計引兵而去。孔明又喚高翔分付曰：「汝將木牛流馬或二三十爲一羣，或四五十爲一羣，各裝米糧，於山路往來行走。如魏兵搶去，便是汝之功。」毛漁（此又）（令人）測摸不出。高翔領計，驅駕木牛流馬去了。孔明將祁山兵一一調去，只推屯田，分付：「如别兵來戰，只許詐敗，若司馬懿自來，方併力只攻渭南，斷其歸路。」毛漁算到他歸路，已是算無遺策。鍾此計若就，三馬□爲灰燼矣。孔明分撥已畢，自引一軍近上方谷下營。

且説夏侯惠、夏侯和二人入寨告司馬懿曰：「今蜀兵四散結營，各處屯田，以爲久計，若不趁此時除之，縱令安居日久，深根固蒂，難以摇動。」懿曰：「此必又是孔明之計。」毛漁只是（害怕）不敢出頭。鍾仲達還通。二人曰：「都督若如此疑慮，寇敵何時得滅？我兄弟二人當奮力決一死戰，以報國恩。」懿曰：「既如此，汝二人可分頭出戰。」毛漁（自己不敢出頭，却）（先）推别人去試一試（，妙）。遂令夏侯惠、夏侯和，各引五千兵去訖。懿坐待回音。

〔二〇〕「中」，光本作「口」。
〔二一〕毛批「是」，光本作「可」。「火」，業本作「一」。
〔二二〕「大」，貫本、瀹本作「火」。

却說夏侯惠、夏侯和二人分兵兩路，正行之間，忽見蜀兵驅木牛流馬而來。二人一齊殺將過去，蜀兵大敗奔走，木牛流馬盡被魏兵搶獲，解送司馬懿營中。毛以木牛流馬引誘司馬懿，是以牛引馬，以馬引馬也。次日又劫擄得人馬百餘，亦解赴大寨。毛既以流馬引馬，又以活馬引馬。漁引誘司馬懿，故用木牛流馬。懿將解到蜀兵，詰審虛實。蜀兵告曰：「孔明只料都督堅守不出，盡命我等四散屯田，以爲久計。不想却被擒獲。」毛漁此明係武侯所教，却不叙明，令〔二三〕讀者自知。懿即將蜀兵盡皆放回。夏侯和曰：「何不殺之？」懿曰：「量此小卒，殺之無〔二四〕益。放歸本寨，令說魏將寬厚仁慈，釋彼戰心：此吕蒙取荊州之計也。」毛照應七十五回中事。遂傳令今後凡有擒到蜀兵，俱當善遣〔二五〕之，仍重賞有功將吏。鍾亦善斡旋。諸將皆聽令而去。

却說孔明令高翔佯作運糧，驅駕木牛流馬，往來於上方谷内〔二六〕，夏侯惠等不時截殺，半月之間，連勝數陣。毛省筆之法。司馬懿見蜀兵屢敗，心中歡喜。一日，又擒到蜀兵數十人。懿喚至帳下，問曰：「孔明今在何處？」衆告曰：「諸葛丞相不在祁山，在上方谷西十里下營安住。今每日運糧屯於上方谷。」毛漁此又〔二七〕明係武侯所教，却（以）（又）不叙〔二八〕明，令讀者自知。懿備細問了，即將衆人放去，乃喚諸將分付曰：「孔明今不在祁山，在上方谷安營。汝等於明日可一齊併力攻取祁山大寨。吾自引兵來接應。」毛漁今番却騙（得）出頭了。衆將領命，各各准備出戰。司馬師曰：「父親何故反欲攻其後？」懿曰：「祁山乃蜀人之根本，若見我兵攻之，各營必盡來救，我却取上方谷，燒其糧草，使

〔二三〕漁批「令」，原作「今」，據衡校本改。
〔二四〕「無」，光本、商本作「何」。
〔二五〕「遣」，商本作「遇」，明四本無。
〔二六〕「内」，齋本、光本作「口」。
〔二七〕毛批「又」，商本作「明」。
〔二八〕毛批「却以」，致本同，其他毛校本作「今却」。漁批「不叙」二字原闕，據衡校本補。

彼首尾不接，必大敗也。」【毛】【漁】（欲攻上谷，先取祁山。）自以爲妙計（者），那知正中了〔二九〕别人妙（計）（筭也）。司馬師拜服。懿即發兵起行，令張虎、樂綝各引五千兵在後救應。且説孔明正在山上，望見魏兵或三五千一行，或一二千一行，隊伍紛紛，前後顧盼，料必來取祁山大寨，乃密傳令衆將：「若司馬懿自來，汝等便往劫魏寨，奪了渭南。」【毛】騙他出户，便使無家。衆將各各聽令。

却説魏兵皆奔祁山寨來，蜀兵四下一齊吶喊奔走，虚作救應之勢。司馬懿見蜀兵都去救祁山寨，便引二子并中軍護衛人馬，殺奔上方谷來。【毛】【漁】今番着了道兒（，供候久了）。【鍾】墮其計矣。魏延在谷口，只盼司馬懿到來，忽見〔三〇〕一枝魏兵殺到，延縱馬向前視之，正是司馬懿。【毛】候久了。延大喝曰：「司馬懿休走！」舞刀相迎，懿挺鎗接戰。不上三〔三一〕合，延撥回馬便走，懿隨後趕來。延只望七星旗處而走。懿見魏延只一人，軍馬又少，放心追之，令司馬師在左，司馬昭在右，懿自〔三二〕居中，一齊攻殺將來。【毛】不是三馬同槽，却是三馬落阱矣。魏延引五百兵皆退入谷中去。懿追到谷口，先令人入谷中哨探。【毛】【漁】（亦）（也）甚把細。回報谷内並無伏兵，山上皆是草房。懿曰：「此必是積糧之所也。」遂大驅士馬，盡入谷中。懿忽見草房上盡是乾柴，前面魏延已不見了。懿心疑，謂二子曰：「儻有兵截斷谷口，如之奈何？」【毛】【漁】至此方疑，已是遲〔三三〕了。言未已，只聽得喊聲大震，山上一齊丟下火把來，燒斷谷口。魏兵奔逃無路。山上火箭射下，地雷一齊突出，草房内乾柴都着，刮刮雜雜，火勢沖天。司馬懿驚得手足無措，乃下馬抱二子大哭曰：

〔二九〕毛批「谷」上，光本、商本有「方」字。「取」，商本訛作「敘」。「以」，光本脱。「了」，商本脱。

〔三〇〕「忽見」，原作「一見」，致本同，嘉本作「忽」，周本、贊本作「忽然」。按：「忽見」通，據其他毛校本改。

〔三一〕「三」，原漫漶作「二」，致本同，嘉本作「十」，周本、夏本、贊本作「一」。據其他毛校本改。

〔三二〕「自」，商本作「在」。

〔三三〕漁批「遲」，原作「運」，據衡校本改。

「我父子三人皆死於此處矣！」【毛】【漁】讀至此，爲之拍案一快。正哭之間，忽然狂風大作，黑氣漫空，一聲霹靂響處，驟雨傾盆。滿谷之火，盡皆澆滅，地雷不震，火器無功。【毛】地雷怎及天雷，人火怎當霹靂火？○〈【毛】【漁】〉讀至此，（令人）爲之（廢書）一歎！【二】評曰武侯屢出祁山不得志而回，爲勍敵者，司馬懿也。此一條計，當時武侯必可以爲擒懿矣，不意天已有屬於司馬氏之禪，默垂其護。大雨一降而火熖飛消，使懿父子再生，是則人力寧可以勝天者哉？吁！武侯用心亦勤矣。【贊】【鍾】丞相其如天何！〔三四〕司馬懿大喜曰：「不就此時殺出，更待何時！」即引兵奮力衝殺。張虎、樂綝亦各引兵殺來接應。馬岱軍少，不敢追趕。司馬懿父子與張虎、樂綝合兵一處，同歸渭南大寨，不想寨柵已被蜀兵奪了，【毛】雖失其槽，未喪其馬。【漁】馬失其槽矣。郭淮、孫禮正在浮橋上與蜀兵接戰。司馬懿等引兵殺到，蜀兵退去。懿燒斷浮橋，據住北岸。

且說魏兵在祁山攻打蜀寨，聽知司馬懿大敗，失了渭南營寨，軍心慌亂，急退時，四面蜀兵衝殺將來。魏兵大敗，十傷八九，死者無數，餘衆奔過渭北逃生。孔明在山上見魏延誘司馬懿入谷，一霎時火光大起，心中甚喜，以爲司馬懿此番必死。不期天降大雨〔三五〕，火不能着，哨馬報説司馬懿父子俱逃去了。【三】補註此乃孔明欲將（司馬懿）（仲達）、魏延皆要燒死，不想天降大雨，二人得生。後孔明死時，遺計與馬岱，將延斬之。〔三六〕孔明歎曰：「『謀事在人，成事在天。』不可强也！」【毛】知其不可而强爲之，亦欲自盡其人事耳。若竟諉之天，而不爲之謀，豈昭烈托孤之意哉！【鍾】千古格言。【漁】此時不獨孔明嘆，即千百世後，能不爲之一嘆乎？後人有詩歎曰〔三七〕：

〔三四〕緑本脱此句贊批。

〔三五〕「天降大雨」，原作「天雨大降」，致本、業本、貫本、齋本、澹本同；贊本作「忽降大雨」。據其他古本乙。

〔三六〕按：明三本及贊本系正文有諸葛亮欲將司馬懿與魏延一同燒死於上方谷內，雨後魏延亦率軍士逃出一段情節，毛本删去。此處明三本批語及贊本回末批皆從原文。

〔三七〕毛本後人歎詩改自贊本；鍾本同贊本，夏本、贊本改自嘉本、周本；漁本用他詩。

谷口風狂〔三八〕烈焰飄，何期驟雨降青霄。
武侯妙計如能就，安得山河屬晉朝！

却說司馬懿在渭北寨内傳令曰：「渭南寨栅，今已失了。諸將如再言出戰者斬！」【毛】只是不要出頭好。【漁】如今又不肯出頭了。衆將聽令，據守不出。郭淮入告曰：「近日孔明引兵巡哨，必將擇地安營。」懿曰：「孔明若出武功，【嘉】地名。【六】（《一統志》云：）武功，（秦之縣名，）今西安府武功縣（是也）。依山而東，我等皆危矣！若出渭南，西止五丈原，【六】五丈原在鳳翔府郿縣（西）〈【二】〉西三十里。漢諸葛據渭南與魏司馬懿相拒，屯兵北山處。方無事也。」【毛】【漁】此（是）欺人之語。明知（孔明）（武侯）必屯五丈原，（故）詐爲此言，以安衆心耳。令人探之，回報果屯五丈原。司馬懿以手加額曰：「大魏皇帝之洪福也！」【毛】老兒油嘴。遂令諸將：「堅守勿出，彼久必自變。」

且說孔明自引一軍屯於五丈原，累令人搦戰，魏兵只不出。孔明乃取巾幗【三】音國。并婦人縞素之服，【三】（巾幗，）婦人（之）喪冠也（，以布上覆髮如帕〔三九〕之類）。盛【周】音成。於大盒之内，修書一封，遣人送至魏寨。【毛】【漁】既送巾幗，又送縞服，不唯是婦人，又是寡婦矣。諸將不敢隱蔽，引來使入見司馬懿。懿對衆啓盒視之，内有巾〔四〇〕幗婦人之衣，并書一封。懿拆視其書，畧曰〔四一〕：

仲達既爲大將，統領中原之衆，不思披堅執鋭，以決雌雄，乃甘窟守土巢，謹避刀箭，與婦人又何異哉！今遣人送巾幗素衣至，如不出戰，可再拜而受之。倘恥心未泯，猶有男子胸襟，早與批迴，依期赴敵。【贊】此亦老鼠矢耳，何足以藥人哉？

司馬懿看畢，心中大怒，乃佯笑曰：「孔明視

〔三八〕「風狂」，光本倒作「狂風」。
〔三九〕周批「帕」，原作「怕」，疑形訛，據夏批改。
〔四〇〕「巾」，原作「中」，據古本改。
〔四一〕「曰」，光本作「云」。毛本孔明與仲達書删、改自贊本；鍾本、漁本同贊本，夏本、贊本删、改自嘉本，周本同嘉本。

我爲婦人耶！」即受之，毛漁（此時〔四二〕）虧他耐得，便是今日婦人，（亦不肯自以爲婦人，而）（尚不）耐男子之氣也。贊仲達是妙人。鍾仲達妙人，故忍辱如此。令重待來使。懿問曰：「孔明寢食及事之煩簡若何？」使者曰：「丞相夙興夜寐，罰二十以上皆〔四三〕親覽焉。所啖之食，日不過數升。」懿顧謂諸將曰：「孔明食少事煩，其能久乎？」毛更無别策，只好呪他死。却不想受了他巾幗女衣，是竟爲孔明之婦矣，若呪死了他，則是真正寡婦也。鍾亦先知。漁只好咒他早死罷了。使者辭去，回到五丈原見了孔明，具〔四四〕說：「司馬懿受了巾幗女衣，看了書扎，並不嗔怒，只問丞相寢食及事之煩簡，絶不提起軍旅之事。某如此應對，彼言：『食少事煩，豈能長久？』」孔明歎曰：「彼深知我也！」毛武侯亦自料其不久於人世也。漁孔明亦自料不久人世矣。主簿楊顒諫曰：「某見丞相常自校簿書，竊以爲不必。夫爲治有體，上下不可相侵。譬之治家之道，必使僕執耕，婢典爨，嘉音竄。私業無曠，所求皆足，其家主從容自在，高枕飲食而已。若皆身親其事，將形疲神困，終無一成。豈其智之不如婢僕哉？失爲家主之道也。是故古人稱：坐而論道，謂之三公；作而行之，謂之士大夫。贊千古至言。〔四五〕昔丙吉憂牛喘，而不問横道死人；二補註丙吉爲相，出逢死傷横道，過之不問，前行。逢人逐牛，牛喘吐舌，使問：「牛行幾里矣？」吏謂前後失問，吉曰：「民鬭相殺傷，令、尹之事也。方春牛行，困暑故喘，三公典調陰陽，戢〔四六〕當憂，是以問之也。」陳平不知錢穀之數，曰：『自有主者。』毛陳平、丙吉當國家無事之時。〈毛漁〉（此二人）豈可與武侯一例論乎？二補註前漢孝文帝問陳平一歲錢〔四七〕穀出入幾何，平曰：「自有

〔四二〕「此時」，齋本、光本脱。
〔四三〕「皆」上，嘉本有「者」字。
〔四四〕「具」，光本作「訴」，商本作「且」，明四本無。
〔四五〕吴本脱此句贊批。
〔四六〕周批「戢」，原作「失」。按：《漢書·丙吉傳》：「三公典調和陰陽，職當憂，是以問之。」據夏批改。
〔四七〕周批「錢」，原作「禾」。按：後句作「錢」。《漢書·陳平傳》：「天下錢穀一歲出入幾何？」據後文及夏批改。

主者。問決獄責廷尉，問錢穀責治粟內史，吾之所理不在此也。」今丞相親理細事，汗流終日，豈不勞乎？司馬懿之言，真至言也。」【鍾】楊顒之言得其大體，亦千古不易定論也。孔明泣曰：「吾非不知。但受先帝托孤之重，惟恐他人不似我盡心也。」【毛】正是鞠躬盡瘁之意。【漁】鞠躬盡瘁如此。衆皆垂淚。自此孔明自覺神思不寧。諸將因此未敢進兵。

却説魏將皆知孔明以巾幗女衣辱司馬懿，懿受之不戰。衆將不〔四八〕忿，入帳告曰：「我等皆大國名將，安忍受蜀人如此之辱！即請出戰，以決雌雄。」【毛】【漁】主將已（是雌了）（比爲雌人矣），衆人雄出甚麼來？懿曰：「吾非不敢出戰而甘心受辱也。奈天子明詔，令堅守勿動。今若輕出，有違君命矣〔四九〕。」【毛】老兒油嘴，何不云「將在外，君命有所不受」乎？【鍾】只是把詔爲口實。【漁】此時以君命推，看只老兒油嘴。衆將俱忿怒不平。懿曰：「汝等既要出戰，待我奏准天子，同力赴敵，何如〔五〇〕？」【毛】渾身是解説。衆皆允諾。懿乃寫表遣使，直至合淝〔五一〕軍前，奏聞魏主曹叡。叡拆表覽之，表畧曰〔五二〕：

臣才薄任重，伏蒙明旨，令臣堅守不戰，以待蜀人之自敝〔五三〕。奈今諸葛亮遺臣以巾幗，待臣如婦人，恥辱至甚。臣謹先達聖聰，旦夕將效死一戰，以報朝廷之恩，以雪三軍之恥。臣不勝激切之至！【毛】【漁】純是假話〔五四〕。

叡覽訖，乃謂多官曰：「司馬懿堅守不出，今何故又上表求戰？」衛尉辛毗曰：「司馬懿本無戰心，必因諸葛亮恥辱，衆將忿怒之故，特上此表，欲更乞明旨，以遏諸將之心耳。」【毛】【漁】（辛毗）猜破

〔四八〕「不」，齋本、光本作「盡」，商本作「皆」。
〔四九〕「勿」，商本作「無」。「矣」，光本作「也」。
〔五〇〕「何如」，光本倒作「如何」。
〔五一〕「合淝」二字原闕，據毛校本補。
〔五二〕毛本司馬懿表文删，改自贊本；鍾本、漁本同贊本，周本、夏本、贊本删，改自嘉本。
〔五三〕「敝」，光本、商本作「斃」。
〔五四〕毛批「話」，貫本作「語」，商本作「説」。

仲達之詐。贊鍾（辛毘）知己。叡然其言，即令辛毘持節至渭北寨傳諭，令勿出戰。司馬懿接詔入帳，辛毘宣諭曰：「如再有敢言出戰者，即以違旨論。」毛此時〔五五〕不獨司馬懿爲婦人，曹叡亦爲婦人矣。漁可謂善能體貼臣心。可發一笑。衆將只得奉詔。懿暗謂辛毘曰：「公真知我心也！」於是令軍中傳説：「魏主命辛毘持節，傳諭司馬懿勿得出戰。」蜀將聞知此事，報與孔明。孔明笑曰：「此乃司馬懿安三軍之法也。」毛此法瞞不得辛毘，怎瞞得武侯耶！漁仲達心病，孔明一句道〔五六〕着。姜維曰：「丞相何以知之？」孔明曰：「彼本無戰心，所以請戰者，以示武於衆耳。豈不聞『將在外，君命有所不受』？安有千里而請戰者乎？毛若必請詔而後戰，則上方谷之兵，何以不聞奉詔而出也？漁若必請詔而後戰，則上〔五七〕方谷之兵不奉詔而出者，當可爲乎？此乃司馬懿因將士忿怒，故借曹叡之意〔五八〕以制衆人。今又播傳此言，欲懈我軍心也。」毛若蜀兵懈〔五九〕惰，懿必復出矣。贊鍾（孔明）如見。

正論間，忽報費禕到。孔明請入問之，禕曰：「魏主曹叡聞東吳三路進兵，乃自引大軍至合淝，令滿寵、田豫、劉劭〔六〇〕分兵三路迎敵。滿寵設計盡燒東吳糧草戰具，吳兵多病。陸遜上表於吳主〔六一〕，約會前後夾攻，不意齎表人〔六二〕中途被魏兵所獲，因此機關洩漏，吳兵無功而還。」孔明聽知此信〔六三〕，長歎一聲，不覺昏倒於地。毛漁謀事在人，成事在天，於此愈信。衆將急救，半晌方甦。孔明歎曰：「吾心昏亂，舊病復發，恐不能生矣！」是

〔五五〕「時」，光本作「是」。
〔五六〕「道」，原作「導」，致本同。按：「道」字通，據衡校本改。
〔五七〕「上」，原作「之」，據衡校本改。
〔五八〕「意」，原作「主」，致本同，明四本無。按：「意」字通，據其他毛校本改。
〔五九〕「懈」，齋本作「力」，光本作「懶」。
〔六〇〕「劭」，明四本作「昭」。
〔六一〕「主」，原作「王」，致本、業本、貫本、齋本、滄本、光本同。按：孫權僭帝號，稱「吳主」合，據其他古本改。
〔六二〕「齎表人」，光本訛作「齎表入」，明四本作「持表人」。
〔六三〕「此信」，光本作「此言」，明四本無。

夜，孔明扶病出帳，仰觀天文，十分驚慌，入帳謂姜維曰：「吾命在旦夕矣！」維曰：「丞相何出此言？」孔明曰：「吾見三台星中，客星倍明，主星幽隱〔六四〕，相輔列曜，其光昏暗。天象如此，吾命可知！」【毛】【漁】（但觀）（有）前日之雨，不必更（觀）（覩）今日之星矣。維曰：「天象雖則如此，丞相何不用祈禳之法挽回之？」孔明曰：「吾素諳祈禳之法，但未知天意若何。汝可引甲士四十九人，各執皂旗，穿皂衣，環繞帳外，我自於帳中祈禳北斗。若七日內主燈不滅，吾壽可增一紀，如燈滅，吾必死矣。【贊】癡人做此癡事，不怕人恥笑乎？〔六五〕【鍾】達天知命之人，必不如此。閒雜人等，休教放入。凡一應需用之物，只令二小童搬運。」【毛】【漁】此等禳星法是真本事，不似今日道士（禳星），但〔六六〕騙齋供喫也。姜維領命，自去準備。時值八月中秋，是夜銀河耿耿，玉露零零，旌旗不動，刁斗無聲。【毛】寫軍中秋夜，與子美「暮上河陽橋」之詩相彷彿。姜維在帳外引四十九人守護。孔明自於帳中設香花祭物，地上分布七盞大燈，外布四十九盞小燈，內安本命燈一盞。【毛】【漁】上方谷（只有）（止有燈）七〔六七〕盞（燈），此處（又）添（出）無數小燈，（燈與燈）前後相應。孔明拜祝曰：「亮生於亂世，甘老林泉，承昭烈皇帝三顧之恩、托孤之重，不敢不竭犬馬之勞，誓討國賊。不意將星欲墜，陽壽將終。謹書尺素〔六八〕，上告穹蒼：伏望天慈，俯垂鑒聽，【漁】令人悲咽。曲延臣算，使得上報君恩，下救民命，克復舊物，永延漢祀。非敢妄祈，實由情切。」【毛】是非爲己請命，而爲漢請命也。【漁】爲己請命者，寔爲漢之社稷生靈也。拜祝畢，就帳中俯伏待旦。【毛】不像今之伏壇道士，本無誠心，一味粧模做樣也。次日，

〔六四〕「隱」字原闕，原手寫補入「暗」字；毛校本作「暗」。按：「暗」字同句重，據其他古本補。
〔六五〕綠本脫此句贊批。
〔六六〕毛批「但」，致本同，其他毛校本作「是」。
〔六七〕毛批「七」，原作「此」，致本、業本、貫本、齋本同。按：「此」字不通，據本回前文、其他毛校本改。
〔六八〕「素」，商本作「表」。

扶病理事，吐血不止，日則計議軍機，夜則步罡踏斗。毛 一發食少事煩。漁 事越煩，而食越少矣。

却說司馬懿在營中堅守，忽一夜仰觀天文，大喜，謂夏侯霸曰：「吾見將星失位，孔明必然有病，不久便死。毛 幸災樂禍，只緣無可奈何耳。你可引一千軍去五丈原哨探。若蜀人攘亂，不出接戰，孔明必然患病矣。吾當乘勢擊之。」毛漁 此時何不奉天子詔？霸引兵而去。孔明在帳中祈禳已及六夜，見主燈明亮，心中甚喜。姜維入帳，正見孔明披髮仗劍，踏罡步斗，壓鎮將星。忽聽得寨外吶喊，方欲令人出問，魏延飛步入告曰：「魏兵至矣！」延脚步急，竟將主燈撲滅。毛漁 谷中之火爲大雨所撲滅，帳中之（火[六九]爲魏延所撲）（燈爲延脚所振）滅。（前後又[七〇]相映。）（大數已到，豈能禳哉？）孔明棄劍而歎曰：「死生有命，不可得而禳也！」毛 原是禳不得，可破愚知[七一]之見。漁 此可破愚人之見。魏延惶恐，伏地請罪。姜維忿怒，拔劍欲殺魏[七二]延。正是：

萬事不由人做主，一心難與命爭衡。

未知魏延性命如何，且看下文分解。

孔明定非王道中人：勿論其他，即謀害魏延一事，豈正人所爲？如魏延有罪，不妨明正其罪，何與司馬父子一等視之也？此時驟雨大注，不惟救司馬父子，實救魏延也。若夫「謀事在人，成事在天」八箇字，乃孔明羞慙無聊之語耳，豈真格言哉？

誰云孔明胸中有定見哉？不惟國事不識天時，亦且身事不知天命。禱星祈命，豈有識者之所爲哉？

三馬不死，當是殺運未除，天亦失仁愛本心。即簒弑無論，稱晉後何曾立得朝廷，徒令中原腥臊耳。老天奚爲佑之哉！

[六九]毛批「火」，光本作「燈」。

[七〇]「又」，貫本作「反」，齋本、光本脱。

[七一]「知」，滄本作「痴」，光本作「夫」。

[七二]「魏」，原無，致本同，據其他古本補。

第一百四回

隕大星漢丞相歸天
見木像魏都督喪胆

或疑武侯有靈異之術，如八陣圖、木牛流馬之類，幾於神矣、仙矣，而終不免於一死者，何也？曰：武侯非左慈、李意之比也。長生不死，爲出世之神仙；有生有死，爲入〔一〕世之聖賢。學聖賢則不失爲真寔〔二〕，學神仙則多至於妖妄。武侯不以神仙之不可知者，示天下以可疑；正以聖賢之無不可知者，示天下以可法耳。

曹操、司馬懿之爲相，與諸葛武侯之爲相，其總攬朝政相似也，其獨握兵權相似也，其神機妙筭爲衆推服，又相似也。而或則簒，而或則忠者，一則有私，一則無私；一則爲子孫計，一則不爲子孫計故也。操之臨終，必囑曹丕；懿之臨終，必囑師、昭。而武侯不然。其行丞相事，則托之蔣琬、費禕矣；其行大將軍事，則付之姜維矣。而諸葛瞻、諸葛尚曾不與焉。自〔三〕桑八百株、田十五頃而外，更無一〔四〕事以增家慮，則出將入相之孔明，依然一彈琴抱膝之孔明耳。原其初心，本欲俟功成之後，爲泛湖之范蠡、辟穀之張良，而無如事之未終，乃卒于五丈原之役。嗚呼！有人如此，尚得于功名富貴中求之哉！

五丈原之役，所以踐「死而後已」之一語也。而有已〔五〕而不已者：後事有所托，則九

〔一〕「入」，商本訛作「人」。
〔二〕「寔」，商本作「學」。
〔三〕「自」，貫本、光本作「有」。
〔四〕「一」上，齋本、光本有「有」字。
〔五〕「已」，齋本、光本作「死」。按：後句作「死而不死者」，故本句應作「已而不已者」。

伐中原將自此而始；前事有所承，則六出祁山不自此而止也。又有死而不死者：蜀人之思孔明，皆〔六〕有一未死之孔明在其心；魏人之畏孔明，如有一未死之孔明在其目也。豈獨當日之刻像於車中者爲〔七〕然哉！後世之慕義者，讀《出師》二表，無不欷歔慷慨，想見其爲人。則雖謂武侯至今未嘗死，至今未嘗已焉可也。

死爲定數，而武侯有不欲死之心，何也？曰：念托孤之任重，則不可以死；念嗣君之才劣，則不可以死；外顧敵之未滅，如〔八〕內顧諸臣更無一人堪與我匹者，則又不可以死。不可以死而死，此武侯所以不欲死也。雖然，人事已盡，則亦可以無憾于死。無憾于死，則不可死者其心，而可以死者其事也。老泉以不可死者責管仲，而獨不能以此責武侯。則武侯之死，殆賢於管仲多矣。

管仲尊周，有撥亂之風〔九〕；樂毅存燕，有繼絶之力。武侯自比管、樂，特以撥亂、繼絶之意自寓耳。而武侯之才與品，有非管、樂之所能及者。其用兵，則年少〔一〇〕之子牙也；其輔主，則異姓之公旦也；至其出處大綱，又與伊尹最相彷彿。如先識三分，非先覺乎？躬耕南陽，非樂道乎？三顧而出，非三聘之幡然乎？鞠躬盡瘁，非自任以天下之重乎？兄弟各事一國，而天下不以爲疑，非猶「五就湯五〔一一〕就桀」之跡乎？專國十二年，而後主不以爲偪〔一二〕，非猶遷桐宮廢太甲之事乎？始之不求聞達，依然千駟弗視之心；繼之誓願討賊，

〔六〕「皆」，商本作「常」。
〔七〕「者爲」二字原闕，據毛校本補。
〔八〕「如」，光本脱，澹本、商本作「而」。
〔九〕「風」，商本作「功」。
〔一〇〕「少」，致本訛作「老」。
〔一一〕「五」，光本訛作「三」。按：《孟子》卷十二《告子章句下》：「五就湯，五就桀者，伊尹也。」
〔一二〕「偪」，齋本、光本作「疑」。

無異一夫不獲之耻：三代以後，一人而已。

却説姜維見魏延踏滅了燈，心中忿怒，拔劍欲殺之。孔明止之曰：「此吾命當絶，非文長之過也。」維乃收劍。孔明吐血數口，臥倒床上，謂魏延曰：「此是司馬懿料吾有病，故令人來探視〔一三〕虚實。汝可急出迎敵。」毛漁（抱病若）（病至）此，（尚）料事（到底）如神。魏延領命，出帳上馬，引兵殺出寨來。夏侯霸見了魏延，慌忙引軍退走，延追趕二十餘里方回。孔明令魏延自回本寨把守。

姜維入帳，直至孔明榻〔一四〕前問安。孔明曰：「吾本欲竭忠盡力，恢復中原，重興漢室，奈天意如此，吾旦夕將死。吾平生所學，已著書二十四篇，計十萬四千一百一十二字，内有八務、七戒〔一五〕、六恐、五懼之法。毛務居其一，戒、恐、懼居其三，可見用兵之道貴在小心。漁言行兵不可草莽。吾遍觀諸將，無人可授，獨汝可傳我書。切勿輕忽！」維哭拜而受。孔明又曰：「吾有『連弩』之法，不曾用得。其法矢長八寸，一弩可發十矢，皆畫成圖本。汝可依法造用。」毛爲後文射魏兵伏線。贊鍾（孔明）此時何不念些阿彌陀佛，却又管此閑事。呵呵。漁後事射魏兵用此法。維亦拜受。孔明又曰：「蜀中諸道，皆不必多憂，唯陰平五陰平，（地名，）今（屬）陝西鞏昌府（階州）文縣（也）。之地，切須〔一六〕仔細。此地雖險峻，久必有失。」毛爲後文鄧艾入川伏線。三考證補註後鄧艾取蜀，（自此處而失也）（果由此處而入）。又喚馬岱入帳，附耳低〔一七〕言，授以密計，囑曰：「我死之後，汝可依計行之。」毛漁爲後文斬魏延伏線。岱領計而出。少頃，楊儀入，孔明喚至榻前，授與一錦囊，密囑曰：「我死，魏延必反，待其反時，汝與臨陣方開此囊。那時自有斬魏延之人也。」毛爲

〔一三〕「視」，明四本無。
〔一四〕「榻」，澹本訛作「楊」，商本作「床」，明四本無。
〔一五〕「戒」，原作「戎」，致本同，據其他古本改。
〔一六〕「切須」，齋本、光本作「均須」，明四本作「切要」。
〔一七〕「低」，原作「抵」，致本同，明四本無。據其他毛校本改。

後文臨陣見馬岱伏線。孔明一一調度已畢，便昏然而倒，至晚方甦，便連夜表奏後主。後主聞奏大驚，急命尚書僕射〔一八〕李福星夜至軍中問安，兼詢後事。李福領命，趲程赴五丈原，入見孔明，傳後主之命。問安畢，孔明流涕曰：「吾不幸中道喪亡，虚廢〔一九〕國家大事，得罪於天下。我死後，公等宜竭忠輔主。國家舊制，不可改易，吾所用之人，亦不可輕廢。毛周公曰：「厥若彝，及撫事如予〔二〇〕。」伊尹曰：「罔〔二一〕以辨言亂舊政。」同此意也。吾兵法皆授與姜維，他自能繼吾之志，爲國家出力。毛爲後九伐中原伏線。吾命已在旦夕，當即有遺表上奏天子也。」李福領了言語，匆匆辭去。

孔明强支病體，令左右扶上小車，出寨遍觀各營，自覺秋風吹面，徹骨生寒，毛寫盡病軀，妙在「自覺」二字。乃長歎曰：「再不能臨陣討賊矣！悠悠蒼天，曷此其〔二二〕極！」漁孔明到病勢臨危時，尚如此留心，後來畢竟無救，豈非天意乎？〈毛漁〉千古以下，同此悲憤。○〈毛〉宗澤臨終大呼「過河」者三，又高吟「出師未捷身先死，長使英雄淚滿襟」之句，蓋亦以諸葛武侯自況也。歎息良久。回到帳中，病轉沉重，乃唤楊儀分付曰：「馬岱〔二三〕、王平、廖化、張嶷、張翼、吴懿等，皆忠義〔二四〕之士，久經戰陣，多負勤勞，堪可委用。毛前對李福止言姜維，此對楊儀并及此數人。我死之後，凡事俱依舊法而行。毛前與李福

〔一八〕「命」，齋本、光本作「令」，明四本作「遣」。「僕射」，原無，毛校本同。按：《三國志·蜀書·楊戲傳》附《季漢輔臣贊》：「建興元年，徙巴西太守，爲江州督、揚威將軍，入爲尚書僕射。」據明四本補，後同。

〔一九〕「廢」，貫本訛作「費」。

〔二〇〕「予」，業本、貫本作「子」。按：《尚書·洛誥》：「厥若彝，及撫事如予，惟以在周工。」

〔二一〕「罔」，原作「無」，毛校本同。按：《尚書·太甲》：「君罔以辯言亂舊政。」僞孔安國傳曰：「利口覆國家，故特慎焉。」據改。

〔二二〕「曷此其」，齋本、光本、商本作「曷其有」，澹本作「息此其」，嘉本、周本作「曷我其」。

〔二三〕「馬岱」，明四本無。

〔二四〕「張嶷張翼吴懿」，原作「張翼張嶷」，毛校本、夏本、贄本同。據嘉本、周本補、乙。「義」，齋本作「死」，光本作「諒死節」。

言者，是國法；此與楊儀言者，是軍法。緩緩退兵，不可急驟。汝深通謀畧，不必多囑。姜伯約智勇足備，可以斷後。」毛囑楊儀，亦重托姜維。楊儀泣拜受命。孔明令取文房四寶，于臥榻上手書遺表，以達後主。表畧曰〔二二五〕：

伏聞生死有常，難逃定數。死之將至，願盡愚忠：臣亮賦性愚拙，遭時艱難，分符擁節，專掌鈞〔二六〕衡，興師北伐，未獲成功；何期病入膏肓，嘉音芒。二音荒。命垂〔二七〕旦夕；不及終事陛下，飲恨無窮！伏願陛下清心寡慾，約己愛民，達孝道於先皇，布仁恩於宇下。提拔幽隱，以進賢良；屏斥奸邪，以厚風俗。毛即親賢臣、遠小人之意。

臣家成都〔二八〕，有桑八百株，薄田十五頃〔二九〕，子弟〔三〇〕衣食，自有餘饒。至於臣在外任，無別調度，隨身衣食〔三一〕，悉仰於官，不別治生，以長尺寸。若〔三二〕臣死之日，不使內有餘帛，外有贏財，以負陛下〔三三〕。

孔明寫畢，又囑楊儀曰：「吾死之後，不可發喪。可作一大龕，二音堪。將吾屍坐於龕中，以米七粒放吾口內，脚下用明燈一盞，軍中安靜如常，

〔二二五〕毛本孔明表文刪、改自贊本；鍾本、漁本同贊本，周本、夏本、贊本刪、改自嘉本。按：嘉本引《三國志·蜀書·諸葛亮傳》全文，補「風俗」前文。毛本引全文，據《諸葛亮傳》校正。

〔二六〕「鈞」，原作「鈎」，致本、業本同。據《諸葛亮傳》改。

〔二七〕「垂」，澮本訛作「重」，商本作「在」。

〔二八〕「成都」，原無，毛校本同。據《諸葛亮傳》補。

〔二九〕「薄田十五頃」，原作「田五十頃」，毛校本同。回前批亦作「十五頃」。據《諸葛亮傳》改、補。

〔三〇〕「弟」，原作「孫」，毛校本、夏本、贊本同。據《諸葛亮傳》改。

〔三一〕「無別調度，隨身衣食」，嘉本「無別」作「別無」；原作「隨身所需」，毛校本同。據《諸葛亮傳》改、補。

〔三二〕「以長尺寸」，原作「産」，毛校本同。據《諸葛亮傳》改、補。「若」，原無，毛校本同。據《諸葛亮傳》補。

〔三三〕「贏」，原作「餘」，毛校本同。據《諸葛亮傳》改。句尾原有「也」字，古本同，據《諸葛亮傳》刪。

切勿舉哀，則將星不墜〔三四〕。吾陰魂更自起鎮之。毛神奇之極。漁神奇不測之妙。司馬懿見將星不墜，必然驚疑。吾軍可令後寨先行，然後一營一營緩緩而退。若司馬懿來追，汝可布成陣勢，回旗反鼓。等他來到，却將我先時所雕木像，安於車上，推出軍前，令大小將士分列左右。懿見之必驚走矣。」毛前用木牛、木馬，今又用木人，何先生之善能驅使草木也？鍾此皆脱身計也。漁今又用木爲人矣，種種想頭，奇絶。楊儀一一領諾〔三五〕。是夜，孔明令人扶出，仰觀北斗，遥指一星曰：「此吾之將星也。」毛漁奇絶。衆視之，見其色昏暗，摇摇欲墜。孔明以劍指之，口中念咒。毛漁更是神奇之極。咒畢，急回帳時，不省人事。衆將正慌亂間，忽尚書僕射李福又至，見孔明昏絶，口不能言，乃大哭曰：「我誤國家之大事也！」須臾，孔明復醒，毛又奇。漁復醒尤奇。開目偏視，見李福立於榻前。孔明曰：「吾已知公復來之意。」毛漁奇絶。福謝曰：「福奉天子命，問丞相百年後，誰可任大事者，適因匆遽，失於諮請，故復來耳。」孔明曰：「吾死之後，可任大事者：蔣公琰其宜也。」福曰：「公琰之後，誰可繼之？」孔明曰：「費文偉可繼之。」鍾一到無常萬事休，孔明尚有許多願慮。福又問：「文偉之後，誰當繼者？」孔明不荅。毛漁（不答者，）費禕（之）後，漢祚亦終矣。（先生所以不荅也〔三六〕。）衆將近前視之，已薨矣。時建興十二年秋八月二十三日也，壽五十四歲。後杜工部有詩歎曰〔三七〕：

長星昨夜墜前營，訃報先生此日傾。
虎帳不聞施號令，麟臺唯有〔三八〕著勳名。

〔三四〕「墜」，光本作「墮」，後一處同，後一處明四本無。

〔三五〕「儀一一領諾」，嘉本作「儀聽令曰丞相少慮儀並不敢有違丞相之言也」，周本、夏本、贊本「言」上有「遺」字。「儀」，原作「義」，據古本改。

〔三六〕「先生」，齋本、光本作「孔明」。「也」，致本同，滄本作「之」，其他毛校本脱。

〔三七〕毛本杜工部詩從贊本；鍾本、漁本同贊本；贊本改自明三本。按：此詩不見於他書，明四本未述作者，「杜工部」始見於毛本。

〔三八〕「聞」，原作「開」，致本同，據其他古本改。「唯有」，齋本作「誰有」，光本作「誰復」，明三本作「唯顯」。

空餘門下三千客，辜負胸中十萬兵。
好看緑陰清晝裡，於今無復迓〔三九〕歌聲！

白樂天亦有詩曰〔四〇〕：

先生晦跡臥山林，三顧那逢賢〔四一〕主尋。
魚到南陽方得水，龍飛天外〔四二〕便爲霖。
託孤既盡慇懃禮，報國還傾忠義心。
前後出師遺表在，令人一覽淚沾襟。【鍾】此詩可爲孔明（篤）□。

初，蜀長水校尉廖立，自謂才名宜爲孔明之副，嘗以職位閒散，怏怏不平，怨謗無已。於是孔明廢之爲庶人，徙之汶山。及聞孔明亡，乃垂泣曰：「吾終爲左衽矣！」李嚴聞之，亦大哭病死。蓋嚴嘗望孔明復收己，得自補前過，度孔明死後，人不能用之故也。【毛】管仲奪伯氏駢邑三百，没齒無怨言。夫無怨已難矣！今廢之、黜之，而又爲之泣，爲之死；孔明之得此於廖、李兩〔四三〕人者，更不易也。〇忙中忽夾叙此二事，絕有筆力。【鍾】（罪）無怨□，本必無怨心。

後元微之有贊孔明詩曰〔四四〕：

撥亂扶危主，慇懃受託孤。
英才過管樂，妙策勝孫吳。
凜凜《出師表》，堂堂「八陣圖」。
如公全〔四五〕盛德，應嘆古今無！

是夜，天愁地慘，月色無光，孔明奄然歸天。姜維、楊儀遵孔明遺命，不敢舉哀，依法成殮，安置龕中，令心腹將卒三百人守護，隨傳密令，使魏

〔三九〕「迓」，商本作「雅」。
〔四〇〕毛本白樂天詩從贊本；鍾本、漁本同贊本，夏本、贊本改自嘉本，周本同嘉本。按：此詩亦不見於他書。
〔四一〕「顧」，原作「願」，據古本改。「賢」，明三本作「聖」。
〔四二〕「外」，嘉本、周本作「漢」。
〔四三〕「兩」，齋本、光本作「二」。
〔四四〕毛本元微之贊孔明詩從贊本；鍾本、漁本同贊本，贊本同明三本。按：此詩亦不見於他書。

延斷後，各處營寨一一退去。毛以下按過蜀將一邊，再叙魏將一邊。

却説司馬懿夜觀天文，漁此處再説魏將。見一大星赤色，光芒有角，毛星有角，大奇。自東北方流於西南方，墜於蜀營内，三投再起，毛此是孔明神通。隱隱有聲。毛星有聲，大奇。漁皆孔明之神通，所以星有角又有聲也。懿驚喜曰：「孔明死矣！」毛既驚又喜，寫仲達忌孔明之甚。即傳令起大兵追之。漁一聞死而即起兵，越顯仲達忌孔明之甚。方出寨門，忽又疑慮曰：「孔明善會六丁六甲之法，今見我久不出戰，故以此術詐死，誘我出耳。今若追之，必中其計。」毛漁（既喜又疑）（又恐中計），寫仲達畏孔明之（甚）（意）。鍾着此點心，便起驚怖。遂復勒馬回寨不出，只令夏侯霸暗引數十騎往五丈原山僻哨探消息。毛以下按過魏將，再叙蜀兵。

却説魏延在本寨中，夜作一夢，夢見頭上忽生二角，毛武侯既死，而其星有角；魏延未死，而其頭夢角，亦閒閒相對。漁夢見頭有角，奇。醒來甚是疑異。次日，占夢〔四六〕趙直至，延請入問曰：「久知足下深明《易》理。吾夜夢頭生二角，不知主何吉凶〔四七〕？煩足下爲我決之。」趙直想了半晌〔四八〕，荅曰：「此大吉之兆：麒麟頭上有角，蒼龍頭上有角，乃變化飛騰之象也。」毛總之要反，則是頭上生出角耳〔四九〕。鍾圓夢，此種衣鉢，今人最得之。延大喜曰：「如應公言，當有重謝！」直辭去，行不數里，正遇司馬〔五〇〕費禕。禕問何來，直曰：「適至魏文長營中，文長夢頭生角，令我決其吉凶。此本非吉

〔四五〕「全」，致本同，其他毛校本作「存」，嘉本作「令」。

〔四六〕「占夢」，原作「行軍司馬」，古本同。按：《三國志·蜀書·魏延傳》：「延夢頭上生角，以問占夢趙直。」《漢書·藝文志》：「衆占非一，而夢爲大，故周有其官。」顏注曰：「謂大卜掌三夢之法，又占夢中士二人，皆宗伯之屬官。」「占夢」者，司職解夢之人，據改。

〔四七〕「吉凶」，周本、夏本、贄本倒作「凶吉」。

〔四八〕「晌」，原作「响」，致本、滄本同，明四本無，據其他毛校本改。

〔四九〕「頭上生」，原作「生頭上」，致本、業本同，據其他毛校本改。「角耳」，商本作「二角」。

〔五〇〕「司馬」，原作「尚書」，古本同。按：《三國志·蜀書·費禕傳》：「亮病困，密與長史楊儀、司馬費禕、護軍姜維等作身歿之後退軍節度。」據改。

兆，但恐直言見怪，因以麒麟蒼龍解之。」禕曰：「足下何以知非吉兆？」直曰：「『角』之字形，乃『刀』下『用』也。今頭上用刀〔五一〕，其凶甚矣！」毛預爲後文之兆。漁魏延之死，已有先兆。禕曰：「君且勿洩漏。」直別去。費禕至魏延寨中，屏退左右，告曰：「昨夜三更，丞相已辭世矣。臨終再三囑付，令將軍斷後，以當司馬懿，緩緩而退，不可發喪。今兵符在此，便可起兵。」延曰：「何人代理丞相之大事？」毛此句便有不肯相下之意。禕曰：「丞相一應大事，盡托與楊儀；用兵密法，皆授與姜伯約。此兵符乃楊儀之令也。」毛聞此數語，宜其不服。漁一聞此語，便不服矣。延曰：「丞相雖亡，吾今現〔五二〕在。楊儀不過一長史，安能當此大任？他只宜扶柩入川安葬。我自率大兵攻司馬懿，務要成功，豈可因丞相一人，而廢國家大事耶？」毛不説投魏，只説伐魏；不説不肯聽令，只説不宜回兵，以漸而來。禕曰：「丞相遺令，教且暫退，不可有違。」延怒曰：「丞相當時若依我〔五三〕計，取長安久矣！毛漁此是不服武侯（之語）。〈毛〉○遥應初出祁山時事。贊不差。〔五四〕吾今官任前軍師、征西大將軍，封南鄭侯〔五五〕，毛好貨。安肯與長史斷後！」毛漁此是不服楊儀（之語）。鍾□□□□□□□□孔（明）不當□楊儀也。禕曰：「將軍之言雖是，然不可輕動，令敵人恥笑。待吾往見楊儀，以利害説之，令彼將兵權讓與將軍，何如？」毛費禕詭詞以對，極爲得體。漁皆孔明所教，今不言明，令讀者自知。延依其言。禕辭延出營，急到大寨見楊儀，具述魏延之語。儀曰：「丞相臨終，曾密囑我曰：『魏延必有異志。』今我以兵符往，寔

〔五一〕「用刀」，原作「有刀」，致本、業本、貫本、齋本、澹本、光本同；商本作「有角」。按：「用刀」爲「角」，「用」字義合，據明四本改。

〔五二〕「現」，商本作「尚」。

〔五三〕「我」，商本、明四本作「吾」。

〔五四〕吴本脱此句贊批。

〔五五〕「前軍師」「封南鄭侯」，原作「前將軍」「南鄭侯」，毛校本同；嘉本作「見任前軍」「南鄭侯」，周本、夏本、贊本作「任前軍」「南鄭侯」。按：《三國志·蜀書·魏延傳》：「遷爲前軍師、征西大將軍，假節，進封南鄭侯。」官、爵有別，據改、補。

欲探其心耳，今果應丞相之言。吾自令伯約斷後可也。」於是楊儀領兵扶柩先行，令姜維斷後，依孔明遺令，徐徐而退。【毛】此處楊儀、魏延又分作兩邊寫。魏延在寨中，不見費禕來回覆，心中疑惑，乃令馬岱引十餘〔五六〕騎往探消息。回報曰：「後軍乃姜維總督，前軍大半退入谷中去了。」延大怒曰：「豎儒安敢欺我！我必殺之！」【漁】恐自不能殺人，却被人殺。因顧謂岱曰：「公肯相助否？」岱曰：「某亦素恨楊儀，今願助將軍攻之。」【毛】此是孔明所教，却不叙明，令讀者自知。延大喜，即拔寨引本部兵望南而行。【毛】以下按過蜀將一邊，再叙魏營一邊。

却說夏侯霸引軍至五丈原看時，不見一人，急回報司馬懿曰：「蜀兵已盡退〔五七〕矣。」懿跌足曰：「孔明真死矣！可速追之！」【鍾】仲達此時却能料死。夏侯霸曰：「都督不可輕追，當令偏將先往。」【毛】【漁】又是一〔五八〕箇（害）怕（的）。懿曰：「此番須吾自行。」遂引兵同二子一齊殺奔五丈原來，吶喊搖旗，殺入蜀寨時，果無一人。【毛】【漁】只好在無人處耀武揚威（耳），〈【毛】〉想因孔明死後，特到營中來嚇鬼淨宅耳。懿顧二子曰：「汝急催兵趕來，吾先引軍前進。」於是司馬師、司馬昭在後催軍，懿自引軍當先，追到山脚下，望見蜀兵不遠，乃奮力追趕。忽然山後一聲砲響，喊聲大震，只見蜀兵俱回旗返鼓，樹影中飄出中軍大旗，上書一行大字曰「漢丞相武鄉侯諸葛亮」。【毛】此是銘旌耳。猶認作帥旗，可發一笑。【漁】已吃一驚矣。懿大驚失色，定睛看時，只見中軍數十員上將，擁出一輛四輪車來，車上端坐孔明，綸巾羽扇，鶴氅皂絛。【毛】寫司馬懿先見旗，後見像，喫驚〔五九〕不小。【漁】又吃一驚。懿大驚曰：「孔明尚在！吾輕入重地，墮其計矣！」【漁】好個半信半疑。急勒回馬便〔六〇〕走。【鍾】死諸葛能走生仲達，猶之死雲長能誆（活）曹操。

〔五六〕「餘」，齋本、光本作「數」。

〔五七〕「盡退」，商本、周本、夏本倒作「退盡」，嘉本作「退去」。

〔五八〕漁批「一」，原作「又」，據衡校本改。

〔五九〕「先」「驚」二字原闕，據毛校本補。

〔六〇〕「便」字原闕，據毛校本補。

背後姜維大叫：「賊將休走！你中了我丞相之計也！」魏兵魂飛魄散，棄甲丟盔，抛戈撇戟，各逃性命，自相踐踏，死者無數。【毛】畏蜀如虎。見死虎亦認作生虎，可發一笑。【漁】畏蜀如此，可發一咲。司馬懿奔走了五十餘里，背後兩員魏將趕上，扯住馬嚼環叫曰：「都督勿驚。」懿用手摸頭曰：「我有頭否？」【毛】驚極逼出趣語。○如無頭尚然會走，則隕星安得便死！【漁】驚嚇之中，趣語不由自出。二將曰：「都督休怕，蜀兵去遠了。」懿喘息半晌，神色方定，睁目視之，乃夏侯霸、夏侯惠也。【毛】被死人嚇怕，連活人也〔六一〕幾乎不認得。【漁】連自己人幾乎不相認矣。乃徐徐按轡，與二將尋小路奔歸本寨，使衆將引兵四散哨探。過了兩日，鄉民奔告曰：「蜀兵退入谷中之時，哀聲震地，軍中揚起白旗，孔明果然死了，止留姜維引一千兵斷後。前日車上之孔明，乃木人也。」【毛】人如孔明，雖木人可當活人；不似今人，活人却像木人也。懿嘆曰：「吾能料其生，不能料其死也！」【毛】解嘲語，然而顔汗〔六二〕矣。【漁】到此時真死尚不能料，何畏孔明之甚也？因此蜀中人諺曰：「死諸葛能走生仲達。」【毛】武侯原是如生，仲達幾乎嚇死，直可謂之生諸葛走死仲達耳。【鍾】果是難料。後人有詩歎曰〔六三〕：

長星半夜落天樞，奔走還疑亮未殂。
關外至今人冷笑，頭顱猶問有和無！

司馬懿知孔明死信已確，乃復引兵追趕。【毛】無恥。行到赤岸坡，【二】赤岸，未詳處所。唯漢中府城西有赤崖，乃諸葛亮與兄瑾書云前趙子龍退師燒壞赤崖以北棧道即此。未知此處是否。見蜀兵已去遠，乃引還，顧謂衆將曰：「孔明已死，我等皆高枕無憂矣！」【毛】可知以前却是夜眠不貼席也。遂班師回。一路上見孔明安營下寨之處，前後左右，整整有法，懿嘆曰：「此天下奇才也！」【毛】又在武侯死後補寫武侯。【鍾】仲達可謂好

〔六一〕「也」，齋本、光本作「亦」，滄本脱。
〔六二〕「顔汗」，光本倒作「汗顔」。
〔六三〕毛本後人歎詩改自贊本；鍾本、漁本同贊本；贊本同明三本。

漢□好漢（也）。漁又在死後補寫孔明之英才。於是引兵回長安，分調衆將，各守隘口。懿自回洛陽面君去了。毛以下按過魏兵，再叙蜀事。

却說楊儀、姜維排成〔六四〕陣勢，緩緩退入棧閣道口，然後更衣發喪，揚旛舉哀。漁又寫蜀事。蜀軍皆撞跌而哭，至有哭死者。毛使人畏威易，使人懷德難。孔明何以得此於蜀軍哉！蜀兵前隊正回到棧閣道口，忽見前面火光沖天，喊聲震地，一彪軍攔路。毛故作驚人之筆。衆將大驚，急報楊儀。正是：

已見魏營諸將去，不知蜀地甚兵來。

未知來者是何處軍馬，且看下文分解。

大凡人之相與，決不可先有成心。如孔明之待魏延，一團成心，惟恐其不反，處處防之，着着筭之，畧不念其有功于我也。即是子午谷之失，實是孔明不能服魏延之心，故時有怨言。孔明當付之無聞可也，何相啣一至此哉？予至此實憐魏延，反爲丞相不滿也。但嚼了飯，諸公不可聞此耳。

仲達明見將星之隕，又不敢揜其喪，平日之奇秘，有以亂其智也。生詭孫、曹，死走司馬，亮真人龍哉！

〔六四〕「成」，商本作「列」，嘉本作「作」，周本、夏本、贊本無。

第一百五回

武侯預伏錦囊計
魏主拆取承露盤

此記武侯死後之事也。前營之星方殞，而魏延遂興反漢之兵，則武侯之不可以死也；錦囊之計有遺，而魏延終應生角之夢，則武侯之實未嘗死也。逆知其必叛，而不於未叛之時除之，於此見武侯之仁；不待其既叛，而早於未叛之先防之，於此見武侯之智。

魏延既反，不獨司馬懿一大敵也，即魏延亦一大敵也。當其焚棧道，攻南鄭，使魏人知之，而回兵轉鬬，則蜀之亡可翹足而待矣。且有楊儀與延互相訐奏，少主疑於内，諸將阻於外，太〔一〕后憂惶而未寧，廷臣聚議而未決，而卒能定之，俄頃易危〔二〕爲安，則武侯身後之功不其偉哉！

武侯死，而吴之君臣懼可知也，曰：「今而後莫予援也已！」武侯死，而魏之君臣喜可知也，曰：「今而後莫予毒也已！」惟其懼，而邊境之戍〔三〕於是乎增；惟其喜，而土木之功於是乎起。然則思武侯者，不獨蜀人爲然也。於其戍之勞，而吴之人不得不思武侯；於其役之苦，而魏之人亦不得不思武侯。

凡後人之失，未有不由〔四〕於前人之失以爲之倡也。有銅雀、玉龍、金鳳之臺作於前，乃有總章觀、青霄閣、鳳凰樓之工興於後矣；有曹丕之殺甄后以作之於前，乃有曹叡之殺毛后以效之於後矣。然曹操止於築臺，而叡則更

〔一〕「太」上，齋本、光本有「且」。
〔二〕「頃」，原作「傾」，致本、業本、貫本、滄本、商本同。據齋本、光本改。「危」下，光本有「而」字。
〔三〕「戍」，光本作「戌」，形訛，後一處同。
〔四〕「由」，齋本、光本作「本」。

勞其民於拆臺；操止以其民充役，而叡至欲以官充役。毛氏比甄氏之來爲正，而其被黜亦與甄氏同。曹叡曾以射鹿之事諷其父，而其殺毛氏則與其父等。尤而效之，更有甚焉。則祖宗之爲法於子孫者，可不懼與？

却說楊儀聞報前路有軍攔截〔五〕，忙令人哨探，回報說魏延燒絕棧道，引兵攔路。【毛】魏延隱然一敵國。【漁】魏延此時，儼然敵人耳。儀大驚曰：「丞相在日，料此人久後必反，誰想今日果然如此！今斷吾歸路，當復如何？」費禕曰：「此人必先捏奏天子，誣吾等造反，故燒絕棧道，阻遏歸路。【毛】魏延上表事，在費禕一邊虛寫。【漁】魏延上表，禕已先料之矣。吾等亦當表奏天子，陳魏延反情，然後圖之。」姜維曰：「此間有一小徑，名槎山，雖崎嶇險峻，可以抄出棧道之後。」一面寫表奏聞天子，一面將人馬望槎山小道〔六〕進發。【毛】費禕只算得上表，姜維便算到歸路。【漁】姜維筭出歸路。

且說後主在成都，寢食不安，動止不寧，夜〔七〕作一夢，夢見成都錦屏山崩倒，【毛】孔明乃蜀之屏障。先主得孔明如得水，後主倚孔明如倚山。【鍾】夢異。【漁】山崩即應孔明之死，後主之倚孔明如山之重。遂驚覺，坐而待旦，聚集文武入朝圓夢。譙周曰：「臣昨夜仰觀天文，見一星赤色，光芒有角，自東北落於西南，主丞相有大凶之事。今陛下夢山崩，正應此兆。」【毛】「泰山其頹」，「哲人其萎」。【鍾】天文亦奇。後主愈加驚怖。忽報李福到，後主急召入問之。福頓首泣奏丞相已亡，將丞相臨終言語細述一遍。後主聞言大哭曰：「天喪我也！」哭倒於龍床之上，【毛】能令後主如此，不是寫後主，是寫武侯。侍臣扶入後宮。吳太后聞之，亦放聲大哭不已。【毛】能令太后如此，不是寫太后，是寫武侯。【贊】喪子龍時却不聞有此也。多官無不哀慟，百姓

〔五〕「軍」，商本作「兵」，明四本無。「截」，商本作「住」，明四本無。
〔六〕「道」，齋本、光本、商本、周本作「路」。
〔七〕「夜」，原作「後」，毛校本同。按：「夜」字義長，據明四本改。

人人涕泣。毛能令多官百姓如此，不是寫多官百姓，是寫武侯。漁不有武侯之才能，焉能令後主之哀痛，及太后之哀痛，而文武百官之哀痛如此乎？後主連日傷感，不能設朝。忽報魏延表奏楊儀造反，毛不在魏延一邊寫，只在後主一邊寫，省筆之法。漁武侯一死，就有此變。羣臣大駭，入宮啓奏後主，時吴太后亦在宮中。後主聞奏大驚，命近臣讀魏延表，其畧曰〔八〕：

征西大將軍、南鄭侯臣魏延，誠惶誠恐，頓首上言：楊儀自總兵權，率衆造反，劫丞相靈柩，欲引敵人入境。臣先燒絶棧道，以兵守禦。謹此奏聞。

讀畢，後主曰：「魏延乃勇將，足可拒楊儀等衆，何故燒絶棧道？」毛此句頗似聰明。吴太后曰：「嘗聞先帝有言：孔明識魏延腦後有反骨，每欲斬之，毛又將五十三回中語一提。漁魏延之反，不在此時方知。因憐其勇，故姑留用。今彼奏楊儀等造反，未可輕信。楊儀乃文人，丞相委以長史之任，必其人可用。今日若聽此一面之詞，楊儀等必投魏矣。此事當深慮遠議，不可造次。」毛漁太后（亦長〔九〕於）（能）料人料事（如此）。

衆官正商議間，忽報長史楊儀有緊急表到。近臣拆表讀曰〔一〇〕：

領丞相〔一一〕長史、綏軍將軍臣楊儀，誠惶誠恐，頓首謹表：丞相臨終，將大事委於臣，照依舊制，不敢變更，使魏延斷後，姜維次之。今魏延不遵丞相遺語，自提本部人馬先入漢中，放火燒斷棧道，劫〔一二〕丞相靈車，謀爲不軌。

〔八〕毛本魏延表文補、改、删自贊本；鍾本、漁本同贊本，贊本同明三本。

〔九〕「長」，致本同，光本作「明」，其他毛校本作「能」。

〔一〇〕毛本楊儀表文改自贊本；鍾本、漁本同贊本，周本、夏本、贊本改自嘉本。

〔一一〕「領丞相」，原無，古本同。按：《三國志·蜀書·楊儀傳》：「八年，遷長史，加綏軍將軍。」「後雖俱爲丞相參軍長史，儀每從行。」《李嚴傳》裴注引《公文上尚書》作「領長史、綏軍將軍臣楊儀。」《後漢書·百官志》：長史爲屬官，高官幕府所置。酌補。

〔一二〕「劫」上，光本有「欲」字。

變起倉卒，謹飛章奏聞。

太后聽畢，問：「卿等所見〔一三〕若何？」蔣琬奏曰：「以臣愚見：楊儀爲人雖稟性過急，不能容物，至於籌度糧草，參贊軍機，與丞相辦事多時，今丞相臨終，委以大事，決非背反之人。魏延平日恃功務高，人皆下之，儀獨不假借，延心懷恨。今見儀總兵，心中不服，故燒棧道，斷其歸路，又誣奏而圖陷害。臣願將全家良賤，保楊儀不反，實不敢保魏延。」【毛】一個先料楊儀，次料魏延。董允亦奏曰：「魏延自恃功高，常有不平之心，口出怨言。向所以不即反者，懼丞相耳。今丞相新亡，乘機爲〔一四〕亂，勢所必然。若楊儀才幹敏達，爲丞相所任用，必不背反。」【毛】一個先料魏延，次料楊儀，所見皆同。【鍾】琬、允二人所論大公。【漁】武侯人人欲保，而魏延獨無一人可保者，總在生平爲人耳。凡居官者思之。後主曰：「若魏延果反，當用何策禦之？」蔣琬曰：「丞相素疑此人，必有遺計授與楊儀。若儀無恃，安能退入谷口乎？延必中計矣。陛下寬心。」【毛】【漁】蔣琬料事如見，（方顯）武侯薦之不謬。（寫蔣琬亦是寫武侯。）不多時，魏延又表至，告稱楊儀反了〔一五〕。正覽表之間，楊儀又表到，奏稱魏延背反。二人接連具表，各陳是非。【毛】後〔一六〕表俱用虛寫，省却無數筆墨。忽報費禕到。後主召入，禕細奏魏延反情。後主曰：「若如此，且令董允假節釋勸〔一七〕，用好言撫慰。」【毛】和事天子。允奉詔而去。

却說魏延燒斷棧道，屯兵南谷，把住隘口，自以爲得計，不想楊儀、姜維星夜引兵抄到南谷之後。儀恐漢中有失，令先鋒王平引三千兵先行。儀同姜維等引兵扶柩望漢中而來。【毛】楊儀亦可謂能。且說王

〔一三〕「見」，致本作「相」，光本作「視」。
〔一四〕「爲」，商本作「作」，明四本無。
〔一五〕「反了」，嘉本作「背反」。
〔一六〕「後」，商本作「奏」。
〔一七〕「勸」，原作「歡」，致本、業本、貫本、齋本、滄本、商本、贊本同，形訛，據其他古本改。

平引兵逕到南谷之後，擂鼓吶喊。哨馬飛報魏延，説楊儀令先鋒王平引兵自槎山小路抄來搦戰。延大怒，急披掛上馬提刀，引兵來迎。兩陣對圓，王平出馬大罵曰：「反賊魏延安在？」延亦罵曰：「汝助楊儀造反，何敢罵我！」平叱曰：「丞相新亡，骨肉未寒，汝焉敢造反！」乃揚鞭指川兵曰：「汝等軍士，皆是西川之人，川中多有父母妻子、兄弟親朋〔一八〕。丞相在日，不曾薄待汝等，今不可助反賊，宜各回家鄉，聽候賞賜。」衆軍聞言，大喊一聲，散去大半。【毛】先散其兵，此必楊儀、姜維所教。【漁】先將川兵一散。此必楊儀、姜維之計。延大怒，揮刀縱馬，直取王平，平舞刀〔一九〕來迎。戰不數合，平詐敗而走，延隨後趕〔二〇〕來。衆軍弓弩齊發，延撥馬而回。見衆軍紛紛潰散，延轉怒，拍馬趕上，殺了數人，却只止遏不住，只有馬岱所領三百人不動。【毛】【漁】此受武侯之計，（不即）（此時不便）叙明（，令讀者自知）。延謂岱曰：「公真心助我，事成之後，決不相負。」【贊】他未〔二一〕必就是好人，要仔細。遂與馬岱追殺王平，平引兵飛奔而去〔二二〕。魏延收聚殘軍，與馬岱商議曰：「我等投魏若何？」岱曰：「將軍之言，不智甚也。大丈夫何不自圖霸業，乃輕屈膝於人耶？吾觀將軍智勇足備，兩川之士，誰敢抵敵？吾誓同將軍先取漢中，隨後進攻西〔二三〕川。」【毛】妙，岱亦善於詞令。【漁】馬岱可爲善于説詞。延大喜，遂同馬岱引兵直取南鄭。

姜維在南鄭城上，見魏延、馬岱耀武揚威，風〔二四〕擁而來，維急令拽起弔橋。延、岱二人大叫：「早降！」【毛】此時馬岱竟似同謀，令人猜摸不出。

〔一八〕「之」，商本脱。「親朋」，商本作「朋友」。
〔一九〕「舞刀」，原作「挺鎗」，古本同。按：王平使刀，前文第一百二回刀斬岑威。據前文改。
〔二〇〕「趕」，商本作「追」。
〔二一〕「他未」，原作「他來」，吴本同，緑本作「原來」。按：「來」字疑形訛，酌改。
〔二二〕「奔而去」，齋本、光本作「走而去」，商本、嘉本作「奔而走」。
〔二三〕「西」，光本作「兩」，形訛。
〔二四〕「風」，光本作「蜂」。

姜維令人請楊儀商議曰：「魏延勇猛，更兼馬岱相助，雖然軍少，何計退之？」毛 不是一番疑惑，不見武侯遺計之妙。漁 此時二人同爲造反，連姜維、楊儀尚不知武侯之計。儀曰：「丞相臨終，遺一錦囊，囑曰：『若魏延造反，臨城〔二五〕對敵之時，方可開拆，便有斬魏延之計。』今當取出一看。」遂出錦囊拆封〔二六〕看時，題曰：「待與魏延對敵，馬上方許拆開。」毛 妙在拆開又不見計策，令人猜摸不出。漁 妙在拆封看時，又有兩句，教對敵時方可看，奇。維大喜曰：「既丞相有戒約，長史可收執。吾先引兵出城，列爲〔二七〕陣勢，公可便來。」姜維披掛上馬，綽鎗在手，引三千軍，開了城門，一齊衝出，鼓聲大震，排成陣勢。維挺鎗立馬於門旗之下，高聲大罵曰：「反賊魏延！丞相不曾虧你〔二八〕，今日如何背反？」延横刀勒馬而言曰：「伯約，不干你事。只教楊儀來！」毛漁（姜維大罵，而）魏延只恨（一）楊儀。儀在門旗影裡，拆開錦囊視之，如此如此。毛 妙在到此處又不説明〔二九〕，只是令人猜摸不出。儀大喜，輕騎而出，立馬陣前，手指魏延而笑曰：「丞相在日，知汝久後必反，教我隄備，今果應其言。汝敢在馬上連叫三聲『誰敢殺我』，便是真〔三〇〕大丈夫，吾就獻漢中城池與汝。」毛 讀者至此，正不知此是甚計策〔三一〕。漁 到此又不知是何計策，讀者思之。延大笑曰：「楊儀匹夫聽着！若孔明在日，吾尚懼〔三二〕三分，他今已亡，天下誰敢敵我？休道連叫三聲，便叫三萬聲，亦有何难！」遂提刀按〔三三〕轡，於馬上大叫曰：「誰敢殺我？」一聲未畢，腦後一人厲聲

〔二五〕「城」，商本作「陣」。
〔二六〕「封」，光本、商本作「開」。
〔二七〕「爲」，光本作「成」。
〔二八〕「你」，齋本、光本作「汝」。
〔二九〕「明」下，商本有「白」字。
〔三〇〕「真」，嘉本無。
〔三一〕「策」，滄本作「來」。
〔三二〕「懼」下，嘉本有「他」。
〔三三〕「按」，原作「安」，致本、業本、貫本同。據其他古本改。

而應曰：「吾敢殺汝〔三四〕！」手起刀落，斬魏延於馬下。毛來得突兀，出人意外。贊即此一事，孔明亦非良心美腹之人。〔三五〕漁出人意外，而突乎其來。衆皆駭然。斬魏延者，乃馬岱也。毛先聞其聲，次見其刀，然後知其人，總是寫得意外。原來孔明臨終之時，授馬岱以密計，只待魏延喊叫時，便出其不意斬之。當日，楊儀讀罷錦囊計策〔三六〕，已知伏下馬岱在彼，故依計而行，果然殺了魏延。毛此處方纔叙明，以前却是疑陣。漁到此方纔寫明。後人有詩曰〔三七〕：

諸葛先機識魏延，已知日後反西川。
錦囊遺計人难料，却見成功在馬前。

却說董允未及到南鄭，馬岱已斬了魏延，與姜維合兵一處。楊儀具表星夜奏聞後主，贊太〔三八〕過了。後主降旨曰：「既已名〔三九〕正其罪，仍念前功，賜棺槨葬之。」毛如此待之，不失爲厚。贊是。楊儀等扶孔明靈柩到成都，後主引文武官僚，盡皆掛孝，出城二十里迎接。後主放聲大哭，上至公卿大夫，下及山林百姓，男女老幼，無不痛哭，哀聲震地。毛又寫一番哀痛。後主命扶柩入城，漁凡爲人臣者，能令天子扶柩痛哭如此者，古今能有幾人乎？停於丞相府中，其子諸葛瞻守孝居喪。

後主還朝，楊儀自縛請罪。後主令近臣去其縛曰：「若非卿能依丞相遺教，靈柩何日得歸，魏延如何得滅？大事保全，皆卿之力也。」遂加楊儀爲中軍師。馬岱有討逆之功，即以魏延之爵爵之。毛此亦處置得停當，想必蔣公琰所教也。儀呈上孔明遺表，後主覽畢大哭，降旨卜地安葬。費禕奏曰：「丞相

〔三四〕「汝」，原作「你」，致本、夏本、贊本同。按：「吾」「汝」以對，據其他古本改。
〔三五〕吳本闕字，存「事」「非」「腹」三字；緑本闕「即」「孔」「良」「之」四字。
〔三六〕「計策」，商本脱，嘉本無。
〔三七〕毛本後人詩改自贊本；鍾本同贊本，贊本同明三本；漁本無。
〔三八〕「太」，緑本作「大」。
〔三九〕「名」，光本、周本作「明」。

臨終，命葬於定軍山，【六】定軍山（名）（名），在（陝西）漢中府沔縣〔四〇〕（境内是也）。不用墻垣磚石，亦不用一切祭物。」【毛】補前回中所未及。後主從之。擇本年十月吉日，後主自送靈柩至定軍山安葬。【毛】爲後文鍾會感神伏線。【漁】後主之重待孔明如此。後主降詔致祭，謚號忠武侯；令建廟於沔陽，【六】沔陽，（地名，）今（屬）漢中府沔〔四一〕縣（是也）。〈二〉按：諸葛亮祠廟四川處處有之，不獨沔陽也。四時享祭。後杜工部有詩曰〔四二〕：

丞相祠堂何處尋？錦官城外柏森森。

映階碧草自春色，隔葉黃鸝空好音。【毛】前解咏祠堂，後解咏丞相。至城外然後有丞相祠堂，然至城外而見祠堂，是無心於見祠堂者也。先言祠堂而後至城外，是有心於弔祠堂者也。有一丞相於胸中，而至其地尋其廟，則在錦官城外，森森栢樹之中也。三四兩句，是但見祠堂而無丞相也。「碧草春色」「黃鸝好音」，入一「自」字、「空」字，便凄清之極。〇黃鳥所以求友，曠百世而相感，君子有尚友古人之思，而無如古人終不可見，如隔葉也。【鍾】□句。

三顧頻煩天下計，兩朝開濟老臣心。

出師未捷身先死，長使英雄淚滿襟！【毛】後解承三、四〔四三〕來，丞相不可見於今日矣；然當時若非三顧草廬，丞相并不得見於昔日也。天下妙計，在混一，不在偏安也。兩朝妙〔四四〕受眷於先，并效忠於後也。雖不能混一天下，成開濟之功，然老臣之計、老臣之心，則如是也。死而後已者，老臣所自矢〔四五〕於我

〔四〇〕醉本眉注、周、夏批、贊本系夾注「沔縣」，原作「褒城縣」。按：《一統志》：「定軍山，在沔縣東南一十里。」據改。
〔四一〕周批「沔」下原有「陽」字。按：明清爲沔縣，據夏批、贊本系夾注、醉本眉注删。
〔四二〕毛本杜工部詩從贊本；鍾本、漁本同贊本，贊本同明三本。全文毛批改自《金批杜詩》之《蜀相》批語。按：各本全詩正文從《杜工部集》。
〔四三〕「四」，光本作「顧」。
〔四四〕「妙」，光本作「既」。
〔四五〕「矢」，貫本作「天」，形訛。

者也。捷而後死者，老臣所仰望於天者也。天不可必，老臣之志則可必也。「未」字、「先」字妙絶，一似後曾恢復，而老臣未及身見之者，體其心而爲言也。當日有未了之事，今日遂長留一未了之計、未了之心。嗟呼，後世英雄有其計與心，而不獲見諸事者，可勝道哉！在昔日爲英雄之計、英雄之心，在今日皆成英雄之淚矣。

又杜工部詩曰〔四六〕：

諸葛大名垂宇宙，宗臣遺像肅清高。

三分割據紆籌策，萬古雲霄一羽毛。毛 前解。

史遷疑子房「以爲魁梧奇偉」「而狀貌乃如婦人好女」二語，正與此詩起二語意相似。向聞其名，但震其大；今觀其像，又嘆其高。「清高」二字，從遺像寫出：入相則紫袍象簡，出將則黄鉞白旄，而今其遺像，羽扇綸巾，一何清高之至也。加一「肅」字，又有氣定神閒、不動聲色之意。三分割據，英才輩出，持籌挾〔四七〕策，比肩皆是。如孔明者，萬古一人。三是泛指衆人，四是獨指諸葛也。「鴻漸於逵，其羽可用爲儀」，「鳳翱翔於千仞兮，攬〔四八〕德輝而下之」，羽毛狀其清，雲霄狀其高也。

伯仲之間見伊吕，指揮若定失蕭曹。

運移漢祚終難復，志決身殲毛 [側]音尖。軍務勞。

毛 後解。萬古罕有其匹矣！古人中可與〔四九〕爲伯仲者，庶幾其伊、吕乎？若蕭、曹輩不足數耳。然耕莘釣渭，與伊、吕同其清高；而蕩秦滅楚，不得與蕭、曹同其功烈，何耶？此緣漢祚之已改，非軍務之或踈也。運雖移而志則決。「身」即所云「鞠躬」，「勞」即所云「盡瘁」，「殲」即所云「死而後已」，「終難復」即所云「成敗利鈍，非臣逆覩」也。「終」字妙，包得前後拜表、六出祁山，無數心力在内。前解慕其

〔四六〕毛本杜工部詩；明四本無。全文毛批改自《金批杜詩》之《詠諸葛孔明》（《詠懷古跡五首·其五》）批語。按：全詩正文從《杜工部集》。

〔四七〕「挾」，齋本作「扶」，光本作「決」。

〔四八〕「攬」，光本訛作「覽」。

〔四九〕「與」，光本作「以」。

大名不朽，後解惜其大功不成。慕是十分慕，惜是十分惜〔五〇〕。

却説後主回到成都，忽近臣奏曰：「邊庭報來，東吴令全琮引兵數萬，屯於巴丘界口，未知何意。」後主驚曰：「丞相新亡，東吴負盟侵界，如之奈何？」【毛】不用順接，忽用逆接，鬧筍甚奇。蔣琬奏曰：「臣敢保王平、張嶷引兵數萬屯於永安，以防不測。陛下再命一人去東吴報喪，以探其動静。」【毛】雖無全琮之事，亦當報喪。【漁】東吴處報喪，探其動静如何。後主曰：「須得一舌辨之士爲使。」一人應聲而出曰：「微臣願往。」衆視之，乃南陽安衆人，姓宗名預，字德豔，【嘉】音熖。官任叅軍、右中郎將。後主大喜，即命宗預往東吴報喪，兼探虚實。【毛】不重在報喪，重在探虚實。

宗預領命，逕到建業〔五一〕，入見吴主孫權。禮畢，只見左右人皆着素衣，【毛】【漁】（不消送帛，）先自〔五二〕掛孝。權作色而言曰：「吴、蜀已爲一家，卿主何故而增白帝之守也？」【毛】責問王平、張嶷守永安之故。預曰：「臣以爲東益巴丘之戍，西增白帝之守，皆事〔五三〕勢宜然，俱不足以相問也。」【毛】【漁】（寫守永安之故，宗）預（亦）（可爲）善於詞令。【贊】【鍾】使乎，使乎！權笑曰：「卿不亞於鄧芝。」【毛】照應八十六回中事。乃謂宗預曰：「朕聞諸葛丞相歸天，每日〔五四〕流涕，令官僚盡皆掛孝。【毛】不是寫孫權，是寫武侯。【漁】武侯又從孫權口中寫出。朕恐魏人乘喪取蜀，故增巴丘守兵萬人，以爲救援，别無他意也。」【毛】【漁】（説明全琮）（寫）守巴丘之故。預頓首拜謝。權曰：「朕既許以同盟，安有背義之理？」預

〔五〇〕「惜」，光本訛作「講」。

〔五一〕「建業」，原作「金陵」，古本同。按：《後漢書·郡國志》「秣陵」劉注曰：「其地本名金陵，秦始皇改。建安十六年，孫權改曰建業。」同前文第六十一回「遷治建業」，第九十八回「權復還建業」。據改。

〔五二〕毛批「先自」，滄本作「親自」，光本倒作「自先」。

〔五三〕「事」，光本作「時」。

〔五四〕「每日」，商本作「旬日」，明三本作「日每」。

曰：「天子因丞相新亡，特命臣來報喪。」權遂取金鈚箭一枝折之，設誓曰：「朕若負前盟，子孫絶滅！」【毛】前者砍案〔五五〕爲誓，今者折箭爲誓，一爲伐魏，一爲和蜀。【漁】折箭爲誓，和蜀之意也。又命使賫香帛奠儀，入川致祭。【毛】冥儀四色，奉申奠敬。宗預拜辭吴主，同吴使還成都，入見後主，奏曰：「吴主因丞相新亡，亦自流涕，令羣臣皆掛孝。其益兵巴丘者，恐魏人乘虚而入，别無異心。今折箭爲誓，並不背盟。」後主大喜，重賞宗預，厚待吴使去訖。【毛】以下按過東吴，專叙西蜀。遂依孔明遺言，加蔣琬爲〔五六〕大將軍，録尚書事；加費禕爲尚書令，同理事〔五七〕；加吴懿爲車騎將軍，假節督漢中；姜維爲輔漢將軍、平襄侯，總督諸處人馬，同吴懿出屯漢中，以防魏兵。【毛】【漁】（此時）防魏重於防吴。其餘將校，各依舊職。楊儀自以爲年宦先於蔣琬，而位出琬下，且自恃功高，未有重賞，口出怨言，謂費禕曰：「昔日丞相初亡，吾若將全師投魏，寧當寂寞如此耶！」【毛】楊儀爲人亦與魏延彷彿。【漁】楊儀心迹如此。費禕乃將此言具表密奏後主。後主大怒，命將楊儀下獄勘問，欲斬之。【贊】【鍾】天理發現（了）。蔣琬奏曰：「儀雖有罪，但日前隨丞相多立功勞，未可斬也，當廢爲庶人。」後主從之，遂貶楊儀赴漢嘉郡〔五八〕爲民，儀羞慚自刎而死。【毛】【漁】楊儀結局，（却）與彭羕〔五九〕彷彿。

蜀漢建興十三年，魏主曹叡青龍三年，吴主孫權嘉禾四年，三國各不興兵。【毛】將三國總叙，作一關鎖。單説魏主封司馬懿爲太尉，總督軍馬，安鎮諸邊，懿拜謝〔六〇〕回洛陽去訖。【毛】以下又按下蜀、吴，

〔五五〕「案」，齋本、光本作「石」。

〔五六〕「爲」下原有「丞相」，古本同。按：《三國志·蜀書·蔣琬傳》：「亮卒，以琬爲尚書令，俄而加行都護，假節，領益州刺史，遷大將軍，録尚書事。」據删。

〔五七〕「同理事」，原作「同理丞相事」，古本同。按：《三國志·蜀書·費禕傳》：「頃之，代蔣琬爲尚書令。」據删。

〔五八〕「漢嘉郡」，原作「漢中嘉郡」，古本同。按：《三國志·蜀書·楊儀傳》：「廢儀爲民，徙漢嘉郡。」據删。

〔五九〕毛批「羕」，致本訛作「義」。

〔六〇〕「督」「謝」，光本作「理」「辭」。

單叙魏國。贊此時司馬仲達父子好不懂喜。漁此處單言魏國。魏主在許昌，大興土木，建蓋宮殿；毛前既勝吴而歸，今又聞武侯已死，故安〔六一〕意肆志於土木也。漁孔明一死，庶可放心造宮殿。又於洛陽造昭陽殿〔六二〕、太極殿，築總章觀，俱高十丈；又立崇華殿、青霄閣、鳳凰樓、九龍池，命博士馬鈞監造，極其華麗，雕梁畫〔六三〕棟，碧瓦金磚，光輝耀日。毛抵得一篇《阿房宮賦》。選天下巧匠三萬餘人，民夫三十餘萬，不分晝夜而造，民力疲困，怨聲不絶。贊鍾老奸亦預知此乎？叡又降旨起土木於芳林園，使公卿皆負土樹木於其中。毛公卿爲棟梁，今使公卿負木，是棟梁負棟梁也。司徒軍議掾董尋上表切諫曰〔六四〕：

伏自建安以來，野戰死亡，或門殫户盡，雖有存者，遺孤老弱。若今〔六五〕宮室狹小，欲廣大之，猶宜隨時，不妨農務，況作無益之物乎？陛下既尊羣臣，顯以冠冕，被以文繡，載以華輿，所以異於小人也。今又使負木擔土，沾體塗足，毁國之光以崇無益，甚無謂也。毛役民既已不情，役官更是無禮。贊鍾董尋自是老臣憂國，但非老蒼所以報瞞耳。孔子云：「君使臣以禮，臣事君以忠。」無忠無禮，國何以立？臣知言出必死，而自比於牛之一毛，生既無益，死亦何〔六六〕損？秉筆流涕，心與世辭。臣有八子，臣死之後，累陛下矣。不勝戰慄，待〔六七〕命之至！

〔六一〕「安」，商本作「妄」。

〔六二〕「昭陽殿」，原作「朝陽殿」，古本同。按：《三國志·魏書·明帝紀》：「起昭陽、太極殿，築總章觀。」據改。

〔六三〕「畫」，原作「華」，毛校本、夏本、贊本同，據嘉本、周本改。

〔六四〕「司徒軍議掾董尋上表切諫曰」，原作「司徒董尋上表切諫曰」，毛校本同；明四本無「切」。毛本表文刪，改自贊本；鍾本、漁本同贊本，周本、贊本同嘉本。按：嘉本表文刪，改自《三國志·魏書·明帝紀》裴注引《魏略》，曰：「司徒軍議掾河東董尋上書諫曰。」據補。

〔六五〕「若今」，光本倒作「今若」。

〔六六〕「亦何」，明四本作「何有」，商本作「亦無」。

〔六七〕「待」，原作「恃」，致本、業本、貫本同，形訛，據其他古本改。

叡覽表怒曰：「董尋不怕死耶！」左右奏請斬之。叡曰：「此人素有忠義，今且廢爲庶人。【毛】做了庶人，一發該搬磚弄瓦，爲役夫之事矣。再有妄言者必斬！」時有太子舍人張茂，字彦林，亦上表切諫，叡命斬之。即日召馬鈞問曰：「朕建高臺峻閣，欲與神仙往來，以求長生不老之方。」【毛】武侯祈緩死，忠也；魏主求長生，愚也。【漁】魏主欲求長生，何愚之甚。鈞奏曰：「漢朝二十四帝，惟武帝享國最久，壽算極高，蓋因服天上日精月華之氣也。【贊】【鍾】馬鈞纔是漢室誅逆（操）（賊）的第一功臣。【漁】馬鈞之言，真諂諛小人逢君之惡，罪莫大焉。嘗於長安宫中建栢梁臺，【二】栢梁台，在西安府城西北一十四〔六八〕里未央宫闕内，漢武帝所建，以香栢爲梁故名。臺上立一銅人，手捧一盤，名曰『承露盤』，【二】承露盤，在西安府城西北二十里建章宫内，神明臺上。接三更北斗所降沆【三】音亢。瀣【嘉】音解。【二】音薤。之水，其名曰『天漿』，又曰『甘露』。取此水用美玉爲屑，調和服之，可以反老還童。」【毛】馬鈞是李少君一流人。叡大喜曰：「汝今可引人夫星夜至長安，拆取銅人，移置芳林園中。」

鈞領命，引一萬人至長安，令週圍搭起木架，上栢梁臺去。不移時間，五千人連繩引索，旋環而上。【毛】公卿搬木石，是公卿爲役夫，今役夫升青雲，是役夫爲公卿矣。那栢梁臺高二十丈，銅柱圓十圍。馬鈞教先拆銅人。多人併力拆下銅人來，只見銅人眼中潸【二】音山。然淚下，【毛】興廢無常，成毀頓易，鐵漢亦心酸，銅人安得不淚下？【漁】銅人流淚，國家興衰自無常也。衆皆大驚。忽然臺邊一陣狂風起處，飛砂走石，急若驟雨，一聲响喨，就如天崩地裂，臺傾柱倒，壓死千餘人。【毛】不死於兵，又死於役，君求長生，民則不聊生矣。【漁】長生者未必長生，反壓死千數人矣。鈞取銅人及金盤回洛陽，入見魏主，獻上銅人、承露盤。魏主問曰：「銅柱安在？」鈞奏曰：「柱重百萬斤〔六九〕，不能運至。」叡令將銅柱打碎，運來洛陽，鑄成兩箇

〔六八〕夏批「四」，原作「二」。按：批語引自《綱目》卷四引馮質實：「栢梁台在西安府城西北一十四里。」據周批改。

〔六九〕「斤」，光本作「片」，形訛。

銅人，號爲「翁仲」，列於司馬門外，又鑄銅龍鳳兩箇，龍高四丈，鳳高三丈餘，立在殿前。毛木牛流馬却是有用，銅人、銅龍、銅鳳却是無用。又於上林苑中，種奇花異木，蓄養珍禽怪獸。少府楊阜上表諫曰〔七〇〕：

臣聞堯尚茅茨，二補註《史記》：堯之有天下也，「土階三等〔七一〕，茅茨不翦」。而萬國安居；禹卑宮室，二補註《上論》：禹「卑宮室，而盡力乎溝洫」。而天下樂業；及至殷、周，或堂崇三尺，度以九筵耳。二補註《周禮·冬官考工記》：「殷人重屋」，「堂崇三尺」；「周人明堂，度九尺之筵，東西九筵，南北七筵」。古之聖帝明王，未有宮室高麗，以〔七二〕凋弊百姓之財力者也。贊鍾千古名言。桀作璇室、象廊，二補註（《史記》：）桀王傾天下財力，起造璇室、象廊，列美女爲終夜之飲。紂爲傾宮、鹿臺，二補註紂王有寵妲己，所言皆從，爲傾宮、鹿臺〔七三〕，殫人民財，肉山脯林，與妲己以爲樂，國人大崩。致喪〔七四〕社稷；楚靈以築章華而身受其禍；二章華臺，在南郡華容縣城中。楚靈〔七五〕王作章華宮，納亡人（以）實之，卒有乾谿之禍。秦始皇作阿房宮〔七六〕，二補註《史記》：「秦始皇以爲咸陽人多，先王宮廷小」，乃於「上林苑中，先作前殿阿房宮」，「東西五百步，南北五十丈，上可坐萬人，下可建五丈旗」。而殃及其

〔七〇〕「府」，原作「傅」，古本同。毛本表文删、改自贊本；鍾本、漁本同贊本，周本、夏本、贊本改自嘉本。按：嘉本表文删、改自《三國志·魏書·楊阜傳》，原文作「後遷少府」，據改。

〔七一〕夏批「土」，原作「玉」；周、夏批「等」，原作「尺」。按：《史記·太史公自序》：「墨者亦尚堯舜道，言其德行曰：『堂高三尺，土階三等，茅茨不翦，采椽不刮。』」據改。

〔七二〕「有」下，光本有「以」字。「室」下，明四本有「之」字。「以」，商本前移至「有」下。

〔七三〕周批「妲己」，原作「妹喜」。按：妹喜，亦作妹嬉、末喜、末嬉，夏桀時人。據夏批改，後一處同。周、夏批「鹿臺」，原作「瑶臺」。按：注釋與正文異，據正文改。

〔七四〕「致喪」，明四本作「以喪其」。

〔七五〕周批「靈」，原作「吴」。按：《史記·楚世家》：靈王「七年，就章華臺，下令内亡人實之」。據夏批改。

〔七六〕「房」下，嘉本無「宮」字。

子，天下背叛〔七七〕，二世而滅。夫不度萬民之力，以從耳目之欲，未有不亡者也。陛下當以堯、舜、禹、湯、文、武爲法，以桀、紂、楚、秦爲誡〔七八〕。而乃自暇自逸，惟宫室〔七九〕是飭，必有危亡之禍矣。君作元首，臣爲股肱，存亡一體，得失同之。臣雖駑怯，敢忘諍臣之義？言不切至，不足以感〔八〇〕陛下。謹叩棺沐浴，伏候〔八一〕重誅。」贄鍾 如阜如茂〔八二〕，皆非漢之忠也。

表上，叡不省，只催督馬鈞建造高臺，安置銅人、承露盤，又降旨廣選天下美女入芳林園中。毛 奇花異木、珍禽怪獸，猶〔八三〕不若此物之佳。○此句便引起下文寵妃廢后事，絶妙過接法。衆官紛紛上表諫諍，叡俱不聽。

却説曹叡之后毛氏，乃河内〔八四〕人也，先年叡爲平原王時，最相恩愛，及即帝位，立爲后。後叡因寵郭夫人，毛后失寵。毛 曹叡固甄后之子也，獨不記甄后失寵之事耶〔八五〕？郭夫人美而慧，叡甚嬖之，每日取樂，月餘不出宫闈。是歲春三月，芳林園中百花爭放，叡同郭夫人到園中賞翫飲酒。郭夫人曰：「何不請皇后同樂？」叡曰：「若彼在，朕涓滴不能下咽也〔八六〕。」毛 其新孔嘉，遂令舊者之取厭如此，爲之一嘆。漁 待郭夫人如此之歡心，待毛后如此之冷語，何其喪心至此。遂傳諭宫娥，不許令毛后知道。毛后見叡月餘不入正宫，是日引十餘宫人，來翠花樓上消

〔七七〕「背叛」，明四本作「叛之」。
〔七八〕「法」下，明四本有「則」字。「桀紂楚秦」，光本、商本作「桀紂秦楚」，明四本作「夏桀商紂楚靈秦皇」。「誡」，致本訛作「誠」，明四本作「深誡」。
〔七九〕「室」，明四本作「臺」。
〔八〇〕「感」，貫本訛作「敢」。
〔八一〕「叩棺」，商本作「具棺」，嘉本、周本作「叩指」，夏本、贄本作「叩首」。「候」，明三本作「俟」。
〔八二〕按：明四本、贄本系諸本正文述張茂擊表而諫，毛本删去。
〔八三〕「猶」，商本訛作「尤」。
〔八四〕「内」，光本訛作「南」。按：《三國志·魏書·后妃傳》：「明悼毛皇后，河内人也」。
〔八五〕「耶」，貫本、澹本作「也」。
〔八六〕「也」，齋本、光本脱。

遣，只聽的樂聲嘹喨，乃問曰：「何處奏樂？」一宮〔八七〕官啓曰：「乃聖上與郭夫人於御花園中賞花飲酒。」毛后聞之，心中煩惱，回宮安歇。毛「却恨含情掩秋扇，空懸明月待君王。」次日，毛皇后乘小車出宮遊翫，正迎見叡於曲廊之間，乃笑曰：「陛下昨遊北〔八八〕園，其樂不淺也！」叡大怒，即命〔八九〕擒昨日侍奉諸人到，叱曰：「昨遊北園，朕禁左右不許使毛后知道，何得又宣露！」喝令宮官將〔九〇〕諸侍奉人盡斬之。毛后大驚，回車至宮，叡即降詔賜毛皇后死，立郭夫人爲皇后，毛皮去毛曰鞟〔九一〕，今去毛立郭，却是光皮矣。一笑。鍾不仁不義。朝臣〔九二〕莫敢諫者。

忽一日，幽州刺史毌丘儉上表，報稱遼東公孫淵造反，自號爲燕王，改元紹漢元年，建宮殿，立官職，興兵入寇，摇動北方。叡大驚，即聚文武官僚商議起兵退淵之策。正是〔九三〕：

纔將土木勞中國，又見干戈起外方。

未知何以禦之，且看下文分解。

子房、孔明公案，紛紛已久。近日梁溪仲子二語，不識有當于二公否。附記于此。仲子曰：「子房是知致地步人，孔明是誠意地步人。」不知者，妄言子房僞而孔明誠也，嗚呼！何足以論二公哉！

逆操奸如鬼域，到馬鈞身上一毫用不着矣。余次第誅操功臣，斷以馬鈞爲第一。勿論他人，即忠義如雲長，若論誅操之功，還須讓馬鈞一頭地也。

殺毛后以立郭夫人，一友人謔曰：「皮去毛曰鞟，今去毛立郭，却是光皮也。」真可作一笑話也。

逆操奸如鬼蜮，到馬鈞身上一毫都用不着。次第誅操功臣，斷以馬鈞爲第一。

〔八七〕「宮」，商本作「宦」，後一處同。
〔八八〕「北」，商本作「花」，後一處同。
〔八九〕「命」，光本作「令」，明四本無。
〔九〇〕「將」，原作「與」，致本同，明四本無，據其他毛校本改。
〔九一〕「鞟」，齋本、光本作「郭」，形訛；澹本訛作「元」。
〔九二〕「臣」，商本作「廷」，明四本無。
〔九三〕「是」下，光本有「病」字。

第一百六回

公孫淵兵敗死襄平
司馬懿詐病賺曹爽

孫權之欲結公孫淵以拒魏，猶曹丕之欲借孟獲以侵蜀也。公孫淵之斬吴使以獻曹叡，猶公孫康之殺二袁以獻曹操也。孟獲之叛漢者不一，而公孫之奉魏者至再，則魏於公孫，其亦可以恕〔一〕之矣。而武侯不殺孟獲，司馬懿必殺公孫，何仁與不仁之不同如是耶？厥後懷、愍二帝爲劉淵父子所戮辱，前淵後淵，其名不謀而合，君子於此，有報反之感焉。

用兵之道，有勢同而事不同者，陳倉道口之雨，足以阻侵蜀之師，襄平城外之雨，獨不返平遼之馬是也。有勢不同而事亦不同者，敵糧多而我糧少，則八日而取上庸，敵糧少而我糧多，則百日而後拔襄平是也。或退或進，或速或遲，隨時而易，變化無常：讀此可以悟兵法。

武侯之平蠻難，仲達之平遼易。何也？攻心則難，攻城則易也。且祁山未出之前，武侯有北顧〔二〕之憂，而能肆志於南征，則其事非人之所能及。武侯既死之後，仲達無西顧之患，而後安意於東伐，則其事猶人之所能爲。故仲達雖能，終在武侯之下。

甚矣，管輅之深於《易》也！以不言爲要言，則正使人於不言而得其所言。以常談見不談，則又使人於其言而得其所未言。後世之侈陳陰陽、廣衍象數者，直謂之未嘗知《易》可耳。

曹操之父，爲乞養之子；曹丕之孫，亦爲乞養之子。夫以父而乞養，則前之世系於此

〔一〕「恕」，原作「怒」，據毛校本改。
〔二〕「顧」，原作「願」，形訛，據毛校本改，後一處同。

紊；以孫而乞養，則後之宗祀於此斬也。蓋曹氏之絶，不待晉之受禪，而於曹芳繼立之時，已爲吕秦、黄楚之續矣。或以芳爲任城王曹楷之所出，然則宗室入繼，何以不明告之大臣，而乃秘而不傳，使人莫知其所從來乎？嗚呼！曹丕之謀之，如彼其艱難；而螟蛉之嗣之，如此其率易。後之篡臣，其亦鑒於此而知沮也夫〔三〕？

以既死之孔明，而糊一未死之孔明，所以使仲達見之而懼也；以不死之仲達，而糊一將死之仲達，所以使曹爽聞之而喜也。見之而懼者，不疑此日所見〔四〕之車，是既死而賺以不死；反疑前夜所見之星，是不死而賺以將死。然則仲達之卧床，其殆以所疑於武侯者，反用之也與？

却說公孫淵乃遼東公孫度之孫，公孫康之子也。建安十二年，曹操追袁尚未到遼東，康斬尚首級獻操，操封康爲襄平侯。毛照應三十三回中事。**後康死，有二子：長曰晃，次曰淵，皆幼，康弟公孫恭繼職。曹丕時封恭爲車騎將軍、平郭侯〔五〕。**毛又補叙曹丕時事，此前文所未及。**太和二年，淵長大，文武兼備，性剛好鬭，奪其叔公孫恭之位，曹叡封淵爲揚烈將軍、遼東太守。**毛又補叙曹叡時事，亦前文所未及。**後孫權遣張彌、許晏賫金玉珍寶〔六〕赴遼東，封淵爲燕王。淵懼中原，乃斬張、許二人，送首與曹叡。叡封淵爲大司馬、樂浪公。**毛又補叙東吴事。以上叙公孫淵來歷，皆補前文所未及。**淵心不足，與衆商議，自號爲燕王，改元紹漢元年。副將賈範諫曰：「中原待主公以上公之爵，不爲卑賤，今若背反，實爲不順。更兼司馬懿善能用兵，西蜀諸葛**

〔三〕「沮也夫」，光本作「諸在也」。
〔四〕「見」，貫本、澹本作「望」。
〔五〕「平郭侯」，原作「襄平侯」，古本同。按：《三國志·魏書·公孫度傳》：「文帝踐阼，遣使即拜恭爲車騎將軍、假節，封平郭侯。」據改。
〔六〕「金玉珍寶」，原作「金寶珍玉」，毛校本、夏本、贊本同。據嘉本、周本改。

武侯且不能取勝，何況主公乎？」毛又帶應祁山事。淵大怒，叱左右縛賈範，將斬之。叅軍綸直諫曰：「賈範之言是也。聖人云：『國家將亡，必有妖孽。』二考證已上二〔七〕句出《中庸》。漁引孔子之言以警戒之。今國中屢見怪異之事：近有犬戴巾幘，身披紅衣，上屋作人行；毛此是獸妖。又城南鄉民造飯，飯甑之中，忽有一小兒蒸死於內；毛此是人妖。襄平北市中，地忽陷一穴，湧出一塊肉，週圍數尺，頭面眼耳〔八〕口鼻都具，獨無手足，刀箭不能傷，不知何物，毛此非人非獸之妖。卜者占之曰：『有形不成，有口不〔九〕聲；國家亡滅，故現其形。』有此三者，皆不祥之兆也。毛可當《齊諧》誌怪之書。漁有怪獸、怪人、怪妖，皆不祥之兆也。主公宜避凶就吉，不可輕舉妄動。」淵勃然大怒，叱武士綁綸直并賈範同斬於市。令大將軍卑〔一〇〕衍爲元帥，楊祚爲先鋒，起遼兵十五萬，殺奔中原來。毛何不於武侯未死之前爲之？

邊官報知魏主曹叡，叡大驚，乃召司馬懿入朝計議。懿奏曰：「臣部下馬步官軍四萬，足可破賊。」毛以四萬當十五萬。叡曰：「卿兵少路遠，恐難收復。」懿曰：「兵不在多，在能設奇用智耳。臣托陛下洪福，必擒公孫淵以獻陛下。」毛武侯一死，懿便自負。漁孔明一死，懿自矜其才。叡曰：「卿料公孫淵作何舉動？」懿曰：「淵若棄城預走，是上計也；守遼東拒大軍，是中計也；坐守襄平，是爲下計，必被臣所擒矣。」毛如滕公之料英布。叡曰：「此去往復幾時？」懿曰：「四千里之地，往百日，攻百日，還百日，休息六十日，大約一年足矣。」毛前擒孟達〔一一〕不消一月，今平公孫算定一年。一速一遲，前

〔七〕周、夏批「二」，原作「三」。按：明四本正文原作「聖人云：『禍福將至，善，必先知之；不善，必先知之。』」故作三句，毛本删去。此句亦出自《中庸》，改、移至此。

〔八〕「眼耳」，齊本作「眼目」，光本作「耳目」，明四本作「有眼有耳」。

〔九〕「不」，嘉本作「無」。

〔一〇〕「卑」，光本作「單」，形訛。

〔一一〕「孟達」，原作「孟獲」，致本、業本、貫本、齊本同。按：前文無一月內擒孟獲，只有「尅日擒孟達」，亦司馬懿自身事蹟以作比較。「孟獲」誤，據其他毛校本改。

後相對〔一二〕。【漁】前擒孟達只一月，今平公孫淵却用一年，行軍機謀前後相對。叡曰：「儻吳、蜀入寇，如之奈何？」懿曰：「臣已定下守禦之策，陛下勿憂。」叡大喜，即命司馬懿興師征討公孫淵。懿辭朝出城，令胡遵爲先鋒，引前部兵先到遼東下寨。哨馬飛報公孫淵。淵令卑衍、楊祚分八萬兵屯於遼隧〔一三〕，【三】音（墜）（遂），地名。【二】遼隧，地名。【毛】此是司馬懿所算中計。圍塹二十餘里，環遶鹿角，甚是嚴密。胡遵令人報知司馬懿，懿笑曰：「賊不與我戰，欲老我兵耳。我料賊衆大半在此，其巢穴空虛，不若棄却此處，徑奔襄平，賊必往救，却於中途擊之，必獲全功。」【毛】欲其奔襄平，是使彼出下計。於是勒兵從小路向襄平進發。

却説卑衍與楊祚商議曰：「若魏兵來攻，休與交戰。彼千里而來，糧草不繼，難以持久，糧盡必退。待他退時，然後出奇兵擊之，司馬懿可擒也。昔司馬懿與蜀兵相拒，堅守渭南，孔明竟卒於軍中，今日正與此理相同。」【毛】是抄司馬懿舊文字耳，不想此處却用不着這篇文字。二人正商議間，忽報：「魏兵往南去了。」卑衍大驚曰：「彼知吾襄平軍少，去襲老營也。若襄平有失，我等守此處無益矣。」遂拔寨隨後而起。【毛】【漁】（即）司馬懿取街亭、守陳倉之意。武侯能料（之），卑衍、楊祚不能料之（，是原不會抄文字也）。早有探馬飛報司馬懿，懿笑曰：「中吾計矣！」乃令夏侯霸、夏侯威：「各引一軍伏於遼水〔一四〕之濱，如遼兵到，兩下齊出。」二人受計而往。早望見卑衍、楊祚引兵前來。一聲砲響，兩邊鼓譟摇旗，左有夏侯霸，右有夏侯威，一齊殺出。【鍾】安排布置，與蟻聚烏合者便不同。卑、楊二人無心戀戰，奪路而走，奔至首山，【二】《一統志》云：首山，舊遼東襄平之西。〔一五〕正逢公孫淵兵到，【毛】卑、楊一邊用實寫，公孫

〔一二〕「對」，齋本、光本作「應」。

〔一三〕「隧」，滄本作「陽」，光本作「東」。

〔一四〕「遼水」，原作「濟水」，古本同。按：《晉書·宣帝紀》：「傍遼水作長圍，棄賊而向襄平。」據改。

〔一五〕周、夏批句尾原有「黃帝采銅處即此」。按：黃帝采銅處爲河南襄城縣，非遼東襄平，周、夏批誤注，不録。

淵一邊用虛寫。合兵一處，回馬再與魏兵交戰。卑衍出馬罵曰：「賊將休使詭計！汝敢出戰否？」夏侯霸縱馬揮刀來迎。戰不數合，被夏侯霸一刀斬卑衍於馬下，遼兵大亂。霸驅兵掩殺，公孫淵引敗兵奔入襄平城去，閉門堅守不出。毛此則竟出下計矣。魏兵四面圍合。

時值秋雨連綿，一月不止，平地水深三尺，運糧船自遼河口直至襄平城下。魏兵皆在水中，行坐不安。毛與陳倉道之雨〔一六〕，前後彷彿。漁此處之雨與陳倉道之雨相彷。左都督裴景入帳告曰：「雨水不住，營中泥濘，軍不可停，請移於前面山上。」懿怒曰：「捉公孫淵只在旦夕，安可移營？如有再言移營者斬！」毛漁與陳倉道退軍（又是不同）（大不同矣）。裴景喏喏而退。少頃，都督令史張静〔一七〕又來告曰：「軍士苦水，乞太尉移營高處。」懿大怒曰：「吾軍令已發，汝何敢故違！」即命推出斬之，懸首於轅門外，毛武侯用兵嚴以濟寬，懿之用兵一於嚴耳。於是軍心震懾。

懿令南寨人馬暫退二十里，縱城内軍民出城樵採柴薪，牧放牛馬。司馬陳圭問曰：「前太尉攻上庸之時，兵分八路，八日趕至城下，遂生擒孟達而成大功。毛照應九十四回中事。今帶甲四萬，數千里而來，不令攻打城池，却使久居泥濘之中，又縱賊衆樵牧。某實不知太尉是何主意？」懿笑曰：「公不知兵法耶？昔孟達糧多兵少，我糧少兵多，故不可不速戰，出其不意，突然攻之，方可取勝。贊鍾（仲達）名言妙策〔一八〕。今遼兵多，我兵少，賊飢我飽，何必力攻？正當任彼自走，然後乘機擊之。我今放開一條路，不絕彼之樵牧，是容彼自走也。」毛糧則以多勝少，兵則以少勝多。漁兵少則糧有餘，兵多則糧不足，以少勝多，行兵之要畧也。鍾（的）是勝筭。陳

〔一六〕「雨」，貫本、滄本作「事」。

〔一七〕「都督令史張静」，原作「右都督仇連」，古本同。按：《晉書·宣帝紀》：「都督令史張静犯令，斬之，軍中乃定。」據改。

〔一八〕贊批「策」，緑本脱。

圭拜服。於是司馬懿遣人赴洛陽催糧。魏主曹叡設朝，羣臣皆奏曰：「近日秋雨連綿，一月不止，人馬疲勞，可召回司馬懿，權且罷兵。」【毛】與前王肅等之諫，又相彷彿。叡曰：「司馬太尉善能用兵，臨危制變，多有良謀，捉公孫淵計日而待。卿等何必憂也？」遂不聽羣臣之諫，【毛】此處不聽諫者之言，比前又是不同。【漁】不聽諫臣之言，理當然。使人運糧解至司馬懿軍前。懿在寨中，又過數日，雨止天晴。是夜，懿出帳外，仰觀天文，忽見一星，其大如斗，流光數丈，自首山東北，墜於襄平東南。各營將士無不驚駭。【毛】或疑是司馬懿死耳。懿見之大喜，乃謂衆將曰：「五日之後，星落處必斬公孫淵矣。【毛】遲則百日，速則五日。遲則極遲，速則極速。【漁】仰觀天文，可爲神鑒。來日可併力攻城。」

衆將得令，次日侵晨，引兵四面圍合，築土山，掘地道，立砲架，裝雲梯，日夜攻打不息，箭如急雨，射入城去。公孫淵在城中糧盡，皆宰牛馬爲食。【毛】至此方攻，正是待其糧盡。人人怨恨，各無守心，欲斬淵首，獻城歸降。淵聞之，甚是驚憂，慌令相國王建、御史大夫柳甫往魏寨請降。【毛】孟獲屢戰不降，公孫淵一戰便降，彼此不同。二人自城上繫下，來告司馬懿曰：「請太尉退二十里，我君臣自來投降。」【漁】一戰就降，何如不反？到此時降，焉肯〔一九〕懿大怒曰：「公孫淵何不自來？殊爲無理！」叱武士推出斬之，將首級付與從人。【毛】孟獲不降，而武侯縱之；公孫淵願〔二〇〕降，而司馬懿不許，彼此又自〔二一〕不同。【贊】【鍾】大模大樣，像個太尉。〔二二〕從人回報，公孫淵大驚，又遣侍中衛演來到魏營〔二三〕。司馬懿升帳，聚衆將立於兩邊。演膝行而進，跪於帳下，告曰：「願太尉息雷霆之怒。尅日先送世子公孫修爲質【二】音

〔一九〕漁批以下闕字，衡校本同，字數不詳。
〔二〇〕「願」，業本作「之」。
〔二一〕「自」，光本作「是」。
〔二二〕贊批第一、二、四字原闕，吴本第一、二字漫漶，據緑本補。
〔二三〕「營」，光本、明四本作「寨」。

至。當，然後君臣自縛來降。」懿曰：「軍事大要有五：能戰當戰，不能戰當守，不能守當走，毛重在此一句。不能走當降，不能降當死耳！何必送子爲質當？」毛司馬懿狠甚。漁罵得暢快〔二四〕。叱衛演回報公孫淵。演抱頭鼠竄而去，歸告公孫淵。淵大驚，乃與子公孫修密議停當，選下一千人馬，當夜二更時分，開了南門，往東南而走。毛漁（此之謂）「不能守當走」（也）（，謹如司馬之〔二五〕教）。淵見無人，心中暗喜。行不到十里，忽聽得〔二六〕山上一聲砲響，鼓角齊鳴，一枝兵攔住，中央乃司馬懿也，左有司馬師，右有司馬昭，二人大叫曰：「反賊休走！」淵大驚，急撥馬尋路奔逃〔二七〕。早有胡遵兵到，左有夏侯霸、夏侯威，右有張虎、樂綝，四面圍得鐵桶相似。公孫淵父子只得下馬納降。毛漁（此之謂）「不能走當降」（也）（，亦謹如司馬之教）。懿在馬上顧諸將曰：「吾前夜丙寅日，見大星落於此處，今夜壬申日應矣。」贊鍾此皆「大六壬」也。爲將者何可不知也？衆將稱賀曰：「太尉真神機也！」懿傳令斬之，公孫淵父子對面受戮。毛孟獲有七擒，公孫淵只是一擒；武侯有七縱，司馬懿更不一縱，彼此又大不同。司馬懿遂勒兵來取襄平，未及到城下時，胡遵早引兵入城中〔二八〕。毛漁省筆。人民焚香拜迎，魏兵盡皆入城。懿坐於衙上，將公孫淵宗族，并同謀官僚人等，俱殺之，計首級七十餘顆。毛司馬懿好殺，是但能攻城而不能攻心，但能兵戰而不能心戰者也。出榜安民。人告懿曰：「賈範、綸直苦諫淵不可反叛，俱被淵所殺。」懿遂封其墓而榮其子孫。就將庫內財物賞勞三軍，毛封賞竟自己出，司馬氏專權之漸。班師回洛陽。

却說魏主在宮中，夜至三更，忽然一陣陰風吹滅燈光，只見毛皇后引數十個宮人哭至座前索命，毛纔見番兵滅了，又是一陣陰兵來了。鍾索命鬼來了，此

〔二四〕「罵得暢快」，原作「二得暢云」，據衡校本、致本改。
〔二五〕「之」，齋本、光本作「懿之」，商本作「懿所」。後一處同。
〔二六〕「得」，原作「德」，據古本改。
〔二七〕「奔逃」，滄本作「逃走」，商本作「而逃」，明四本作「欲走」。
〔二八〕「入城中」，嘉本無「中」，商本作「入城城中」。

時尚能自與郭夫人取樂否？叡因此得病。病漸沉重，命侍中、光禄大夫劉放、孫資掌機密〔二九〕；又召武帝〔三〇〕子燕王曹宇爲大將軍，佐太子曹芳攝政。宇爲人恭儉温和，不〔三一〕肯當此大任，堅辭不受。叡召劉放、孫資問曰：「宗族之内，何人可任？」二人久得曹真之惠，乃保奏曰：「惟曹子丹之子曹爽可也。」【毛】宇賢於爽。舍其賢者，用其不賢者，此曹氏之當衰也。【漁】命賢而不用賢，此曹氏之當衰也。叡從之。二人又奏曰：「欲用曹爽，當遣燕王歸國。」叡然其言。二人遂請叡降詔，賫出諭燕王曰：「有天子手詔，命燕王歸國，限即日就行，若無詔，不許入朝。」燕王涕泣而去。【毛】用一曹必去一曹，曹氏之黨寡，而後司馬氏之黨盛矣。遂封曹爽爲大將軍，總攝朝政。叡病漸危，急令使持節詔司馬懿還朝。懿受命，徑到洛陽〔三二〕，入見魏主。叡曰：「朕惟恐不得見卿。今日得見，死無恨矣。」懿頓首奏曰：「臣在途中，聞陛下聖體不安，恨不肋生兩翼，飛至闕下。」【毛】兩翼已成矣。將飛入宮廷，食曹氏之子孫也。【漁】若兩翼生，可食曹氏之子孫矣。今日得覩龍顔，臣之幸也。」叡宣太子曹芳、大將軍曹爽、侍中劉放、孫資等，皆至御榻之前。叡執司馬懿之手曰：「昔劉玄德在白帝城病危，以幼子劉禪託孤於諸葛孔明，【毛】照應八十五回中事。孔明因此竭盡忠誠，至死方休。偏邦尚然如此，何況大國乎？【毛】僭號之國反指正統爲偏邦，此在曹叡之言則然，後世修史者亦復踵之，何其誤也！【鍾】比托孤于孔明□得多。朕幼子曹芳，年纔八歲，不堪掌理社稷。幸太尉及宗兄元勲舊臣，竭力相輔，無負朕心！」又喚芳曰：「仲達與朕一體，爾宜敬禮之。」

〔二九〕「機密」，原作「樞密院一切事務」，古本同。按：《三國志·魏書·劉放傳》：「放賜爵關内侯，資爲關中侯，遂掌機密。」東漢、三國無樞密院。據改。

〔三〇〕「武帝」，原作「文帝」，毛校本同。按：《三國志·魏書·燕王宇傳》：燕王曹宇爲武皇帝之子。據明四本改。

〔三一〕「不」，明四本作「未」。

〔三二〕「洛陽」，原作「許昌」，古本同。按：《三國志·魏書·明帝紀》：「即日，帝崩於嘉福殿。」《文帝紀》：黄初七年正月「壬子，行還洛陽宮」，夏五月「丁巳，帝崩于嘉福殿」。曹叡崩於洛陽。據改。

遂命懿携芳近前，芳抱懿頸不放。叡曰：「太尉勿忘幼子今日相戀之情！」【漁】隆重權臣如此。有今日之隆重，方有異日之篡逆也。言訖，潸然淚下。懿頓首流涕。魏主昏沉，口不能言，只以手指太子，須臾而卒，【毛】曹叡好神仙，何不以承露盤中天漿活之？在位十三年，壽三十六歲，時魏景初三年春正月下旬也。

當下司馬懿、曹爽扶太子曹芳即皇帝位。芳字蘭卿，乃叡乞養之子，秘在宮中，人莫知其所由來。【毛】曹操奸猾，曹丕篡逆，孰知再傳而後，遂不知爲何人之子。蓋不待司馬氏之篡，而曹氏已早絶也。【漁】曹芳係乞養之子，不待司馬懿之篡，而曹氏已早滅矣。於是曹芳諡叡爲明帝，葬於高平陵，尊郭皇后爲皇太后，改元正始元年。司馬懿與曹爽輔政。爽事懿甚謹，一應大事，必先啓知。【毛】【漁】（言）曹爽無用〔三三〕。爽字昭伯，自幼出入宮中，明帝見爽謹慎，甚是愛敬。爽門下有客五百人，內有五人以浮華相尚：【毛】【漁】亦是無用之人。〈【漁】〉故先敘人品，後詳其姓氏。【鍾】不是真誠君子，如何幹得事？一是何晏，字平叔；一是鄧颺，【二】音羊。字玄茂，乃鄧禹之後；一是李勝，字公昭；一是丁謐，【毛】［側］【二】音密。字彦靖；一是畢軌，字昭先。【毛】此五人，先叙其人品，後詳其姓氏〔三四〕。又有大司農桓範字元則，頗有智謀，人多稱爲「智囊」。【毛】此一人先叙其姓氏，後詳其人品。此數人皆爽所信任。何晏告爽曰：「主公大權，不可委托他人，恐生後患。」爽曰：「司馬公與我同受先帝托孤之命，安忍背之？」晏曰：「昔日先公與仲達破〔三五〕蜀兵之時，累受此人之氣，因而致死。主公如〔三六〕何不察也？」【毛】【漁】將賭賽羞慚事于此一提（，照應第一百回中〔三七〕）。爽猛然省悟，遂與多官計議停當，入奏魏主曹芳曰：「司馬懿功高德重，可

〔三三〕毛批「用」，澹本作「知」。
〔三四〕「人品」「姓氏」，光本互易。
〔三五〕「破」，原作「被」，致本作「彼」，據其他古本改。
〔三六〕「如」，商本脱。
〔三七〕毛批「中」，致本同，其他毛校本其下有「語」字。

加爲太傅。」毛太尉掌兵，太傅不掌兵，彼〔三八〕奪其兵權也。芳從之，自是兵權皆歸於爽。贊鍾此班浮華之人，豈是司馬對手（，却不自送了也）。爽命弟曹羲爲中領軍，曹訓爲武衛將軍，曹彦爲散騎常侍侍講〔三九〕，漁太傅不掌兵權。後必爲彼所奪，究竟〈毛漁〉三曹怎敵（過）一馬？各引三千御林軍，任其出入禁宮。又用何晏、鄧颺、丁謐爲尚書，畢軌爲司隸校尉，李勝爲河南尹，此五人日夜與爽議事。於是曹爽門下賓客日盛。贊酒色中人成得恁事，止取敗亡而已。〔四〇〕司馬懿推病不出，二子亦皆退職閒居。毛漁此時武侯若在，亦是伐魏一大〔四一〕機會。鍾仲達已有深機。爽每日與何晏等飲酒作樂，凡用衣服器皿，與朝廷無異；各處進貢玩好珍奇之物，先取上等者入己，然後進宮。佳人美女，充滿府院。黄門張當諂事曹爽，私選先帝侍妾七八人，送入府中。爽又選善歌舞良家子女三四十人爲家樂。又建重樓畫閣，造金銀器皿，用巧匠數百人，晝夜工作。毛漁如此所爲，便不能成（大）事。（安能制司馬懿乎？）

却説何晏聞平原管輅明數術，請與論《易》。時鄧颺在座，問輅曰：「君自謂善《易》，而語不及《易》中詞義，何也？」輅曰：「夫善《易》者，不言《易》也。」毛孔子學《易》，而《易》不在雅言之數，可見《易》不可以言傳。晏笑而讃之曰：「可謂要言不煩。」毛不言《易》正深於言《易》也，故讃之曰「要言」。因謂輅曰：「試爲我卜一卦，可至三公否？」又問：「連夢青蠅數十來集鼻上，此是何兆？」輅曰：「元、愷輔舜，周公佐周，皆以和惠謙恭，享有多福。毛以周公、元、愷爲言，連曹爽亦説在内。漁皆係警戒曹叡、曹芳之語。今君侯位尊勢重，而懷德者鮮，畏威者衆，殆非小心求福之道。毛可謂要言。贊

〔三八〕「彼」，此字原漫漶，存「亻」旁；致本作「俟」，光本作「此先」，滄本作「此暗」，其他毛校本作「此議」；同位置漁批作「後必爲彼所奪」。酌改。

〔三九〕「侍講」，原無，毛校本同。按《三國志·魏書·曹爽傳》作「彦散騎常侍侍講」。據明四本補。

〔四〇〕贊甲本無此句贊批，據緑本補。

〔四一〕毛批「大」，貫本、滄本脱。

鍾千古名言。且鼻者，山也，山高而不危，所以長守貴也。毛忽（又）講（入[四二]）相法。今青蠅臭惡而集焉，位峻者顛，可不懼乎？願君侯裒多益寡，毛此《益》卦之義。非禮勿履，毛此《履》卦之義。不言《易》却是言《易》。然後三公可至，青蠅可驅也。」毛不論數，而論理[四三]。贊鍾此皆至言，借卜以賣之者也。（有道之人每類此。）漁理論得是。鄧颺怒曰：「此老生之常談耳！」輅曰：「老生者見不生，常談者見不談。」毛贊鍾玄語、隱語，亦妙語。遂拂袖而去。二人大笑曰：「真狂士也！」輅到家與舅言之。舅大驚曰：「何、鄧二人威權甚重，汝奈何犯之？」輅曰：「吾與死人語，何所畏耶[四四]！」毛所謂「老生者，見不生」。漁舅以爲威權之人，而輅以爲死人，何管輅如此之識人也？舅問其故，輅曰：「鄧颺行步，筋二音今。不束骨，脉不制肉，起立傾倚，若無手足，此爲『鬼躁』之相。何晏視候，魂不守宅[四五]，血不華色，精爽烟浮，容若槁木，此爲『鬼幽』之相。毛此麻衣相法之所無。贊今天下最多此相，不獨二子已也。[四六]二人早晚必有殺身之禍，何足畏也！」毛不決之於卜，而決之於相。鍾（好）相法。漁好神相。其舅大罵輅爲狂子而去。

却說曹爽嘗與何晏、鄧颺等畋獵。其弟曹羲諫曰：「兄威權太甚，而好出外遊獵，儻爲人所算，悔之無及。」毛漁預爲後文（伏線）（寫出）。爽叱曰：「兵權在吾手中，何懼之有！」司農桓範亦諫，不聽。毛不叙所諫何語，是省筆。時魏主曹芳改正始十年爲嘉平元年。曹爽一向專權，不知仲達虛實，適魏主除李勝爲荆州[四七]刺史，即令李勝往辭

[四二]「入」，衡校本作「人」，形訛。

[四三]「理」，齋本、光本作「命」。

[四四]「所畏耶」，齋本、光本作「所畏也」，明四本作「足懼之」。

[四五]「候」，原作「侯」，致本、業本、貫本、齋本、滄本、商本同。按：《三國志·魏書·管輅傳》裴注引《管輅別傳》：「何之視候，則魂不守宅。」據其他古本改。「宅」，商本作「實」。

[四六]劉本原葉殘，存五字，據贊校本補。

[四七]「荆州」，原作「青州」，毛校本同。按：《三國志·魏書·曹爽傳》：「李勝出爲荆州刺史。」據明四本改，後同。後文「山東青州」，亦據明四本改作「漢上荆州」。

仲達，就探消息。勝徑到太傅府下〔四八〕，早有門吏報入。司馬懿謂二子曰：「此乃曹爽使來探吾病之虛實也。」乃去冠散髮，上床擁被而坐，又令二婢扶策，方請李勝入府。毛漁（曹操假病以試吉平，）司馬懿（粧）假病以欺李勝，（奸雄手段，前後一轍）（真奸雄所爲）。勝至床前拜曰：「一向不見太傅，誰想如此病重。今天子命某爲荆州刺史，特來拜辭。」懿佯荅曰：「并州近朔方，好爲之備。」毛漁詐粧耳聾（，妙〔四九〕甚）。勝曰：「除荆州刺史，非并州也。」懿笑曰：「你方從并州來？」毛漁（妙絶，）活像聾子。勝曰：「漢上荆州耳。」鍾把杭州作汴州〔五〇〕，真耶？假耶？懿大笑曰：「你從荆州來也！」毛妙絶，活像聾子。勝曰：「太傅如何病得這等〔五一〕了？」左右曰：「太傅耳聾。」勝曰：「乞紙筆一用。」左右取紙筆與勝。勝寫畢，呈上。懿看之，笑曰：「吾病的耳聾了。漁粧的竟像聾子。此去保重。」言訖，以手指口。毛妙絶，活像病人。侍婢進湯，懿將口就之，湯流滿襟，毛漁（妙絶，）（懿粧的）活像病人。乃作哽噎之聲曰：「吾今衰老病篤，死在旦夕矣。二子不肖，望君教之。君若見大將軍，千萬看覷二子！」言訖，倒在床上，聲嘶氣喘。毛妙絶〔五二〕，活像病人。贊鍾仲達老于〔五三〕事情（如此，安有不王之理）。漁活像病危光景。李勝拜辭仲達，回見曹爽，細言其事。爽大喜曰：「此老若死，吾無憂矣！」

司馬懿見李勝去了，遂起身謂二子曰：毛漁病得快，好得（也）快。「李勝此去，回報消息，曹爽必不忌我矣。只待他出城畋獵之時，方可圖之。」毛又先爲下文虛伏一筆。不一日，曹爽請魏主曹芳去謁

〔四八〕「下」，貫本、滄本、光本、商本作「中」。按：後文作「方請李勝入府」，作「中」誤。

〔四九〕毛批「妙」，商本作「奸」。

〔五〇〕鍾批「汴州」，原作「卞州」，形訛。酌改。

〔五一〕「等」，商本作「様」。

〔五二〕「妙絶」，光本倒作「絶妙」。

〔五三〕贊批「于」，原作「子」，緑本作「千」。按：此頁至回末爲贊丙本配補，據吴本改。

高平陵，祭祀先帝。大小官僚皆隨駕出城。爽引三弟，并心腹人何晏等，及御林軍護駕正行，司農桓範叩馬諫曰：「主公總典禁兵，不宜兄弟皆出。儻城中有變，如之奈何？」毛此之謂「智囊」，若曹爽只是酒囊、飯囊耳。贄鍾桓大夫的是智囊〔五四〕。漁如此人可爲明亮。若曹爽者，不過酒囊飯袋耳。爽以鞭指而叱之曰：「誰敢爲變！再勿亂言！」當日，司馬懿見爽出城，心中大喜，即起舊日手下破敵之人，并家將數千〔五五〕，引二子上馬，徑來謀殺曹爽。正是：

閉户忽然有起色，驅兵自此逞雄風。

未知曹爽性命如何，且看下文分解。

自孔明〔五六〕託疾之後，又有仲達此着子，不意源清流濁，一至於此，嗚呼！好事不如無，真至言也。聖人〔五七〕每設一法，後必爲奸雄竊而用之，深可恨也。何、鄧小兒耳，如何做得司馬仲達對手。即此一局，便可判萬世而下老嫩之成敗也。

仲達託疾不出，雖刃未加爽，滿腔已具殺機，故粧聾作啞，瞞過李勝，勿令人瞧破機關也。孟德之後，復有仲達，何奸雄接踵耶？

〔五四〕贄、鍾批「囊」，原脱，緑本、鍾批同，據吴本補。

〔五五〕「數千」，致本同，其他毛校本作「數十」，嘉本作「千餘」，周本、夏本、贄本作「千萬」。按：《晉書·景帝紀》：「初，帝陰養死士三千，散在人間，至是一朝而集，衆莫知所出也。」

〔五六〕「孔明」，原作「孔孟」，贄校本同。按：「孔孟」不通，據前文改。

〔五七〕「人」，吴本作「賢」。

第一百七回

魏主政歸司馬氏
姜維兵敗牛頭山（五）一犯中原。

甚矣，天之惡魏也！繼之以不知所從來之曹芳，而又相之以醉生夢死之曹爽，縱令司馬懿真病而真死，而其國亦必爲蜀、吴之所并矣。縱使曹爽聽桓範之言，而遷駕許都，檄召外兵，其勢必不勝，亦必終爲司馬氏之所并矣。而況同槽之三馬，猝然閉城，戀荳之駑馬，靦然就縛哉！孟德奸雄，而再傳以後，其苗裔之不振如此，悲夫！

知何晏、鄧颺之附曹爽爲必死者，管輅也；知司馬懿之謀曹爽爲必勝者，辛憲英也。然管輅知之不足奇，憲英知之則奇矣。當曹爽之未滅，而出從曹爽者，辛敞也。及曹爽之既滅，而不背曹氏者，夏侯女也。然聽其姊以全我之義，不足奇；違其父以伸己之志，則奇矣。管輅以男子知人，必知之以卜與相；憲英以女子知人，不必知之以卜與相。辛敞以男子之智資於婦人，夏侯女則以婦人之志過於男子。如此二女子者，殆《列女傳》中所僅見。

不以盛衰改節，此夏侯女之節，一武侯佐漢之節也；不以存亡易心，此夏侯女之心，一武侯報先帝之心也。然則耳之截、鼻之割，即謂之張睢陽之齒、顏常山之舌可也。身毁而乃以全身，形殘而乃以踐形，是又管輅相法之所不能及者。輅但知鬼躁、鬼幽爲死人之相，孰知截耳、割鼻有完人之目耶？

此回叙曹氏失政，爲司馬篡魏之由；而夏侯霸入蜀，又爲姜維伐魏之始。然夏侯霸之心，非姜維之心也。霸所欲伐者司馬，而欲借漢以存曹也。維所欲伐者曹氏，而欲借霸以滅魏也。姜維之心則武侯之心也。武侯以先帝之心爲心，

而欲終先帝之事；姜維又以武侯之心爲心，而欲終武侯之事也。霸與維事同而心則異，維與武侯心同而才則異。才異而一出即敗，君子亦以其心取之而已。

文之以前伏後者，有實筆，有虛筆。姜維伐魏在六出祁山之後，而一出祁山之前，先寫一姜維，此以實筆伏之者也。鍾、鄧入蜀，在九伐中原之後，而一伐中原之前，先在夏侯霸口中寫一鍾會，寫一鄧艾，此以虛筆伏之者也。且前有武侯之囑陰平，葬定軍，又虛中之虛。此處夏侯霸之言，又虛中之實。敘事作文，如此結撰，可謂匠心。

卻說司馬懿聞曹爽同弟曹羲、曹訓、曹彥并心腹何晏、鄧颺、丁謐、畢軌〔一〕、李勝等及御林軍，隨魏主曹芳出城謁明帝墓，就去畋獵。懿大喜，即到省中，令司徒高柔，【毛】一箇司馬懿心腹。假以節鉞行大將軍事，先據曹爽營；又令太僕王觀，【毛】又是一箇司馬懿心腹。【漁】高柔、王觀俱係懿之心腹人。行中領軍事，據曹羲營。【毛】如陳平領太尉入北軍。懿引舊官入後宮奏郭太后，言爽背先帝託孤之恩，奸邪亂國，其罪當廢。【毛】周勃去產、祿要瞞着婦人，司馬懿去曹爽正要用着婦人。郭〔二〕太后大驚曰：「天子在外，如之奈何？」懿曰：「臣有奏天子之表，誅奸臣之計，太后勿憂。」太后懼怕，只得從之。【贄】仲達的是老手。懿急令太尉蔣濟、尚書令司馬孚，一同寫表，【毛】【漁】（此二人）又是（兩箇司馬）懿（之）心腹。遣黃門賫出城外，逕至帝前申奏。懿自引大軍據武庫。【鍾】仲達的是有用奸雄。早有人報知曹爽家，其妻劉氏急出廳前，喚守府官問曰：「今主公在外，仲達起兵何意？」【毛】郭后已爲司馬懿所用，劉氏幹得甚事！【漁】太后此時尚無濟于事，何況劉氏乎？守門將潘舉曰：「夫人勿驚，我去問來。」乃引弓弩〔三〕手數十人，登門樓望

〔一〕「畢軌」，齋本訛作「畢執」，後同。
〔二〕「郭」，商本脫。
〔三〕「弩」，原作「拏」，形訛，據古本改。

之，正見司馬懿引兵過府前，舉令人亂箭射下，懿不得過。偏將孫謙在後止之曰：「太傅爲國家大事，休得放箭。」【毛】【漁】又是一箇（司馬懿）心腹。連止三次，舉方不射。司馬昭護父司馬懿而過，引兵出城屯於洛河，守住浮橋。

且說曹爽手下司馬魯芝，見城中事變，來與參軍辛敞【三】（辛）（辛敞，）毗之子（也）。商議曰：「今仲達如此變亂，將如之何？」敞曰：「可引本部兵出城去見天子。」芝然其言。敞急入後堂，其姊辛憲英見之，問曰：「汝有何事，慌速如此？」敞告曰：「天子在外，太傅閉了城門，必將謀逆。」憲英曰：「司馬公未必謀逆，特欲殺曹將軍耳。」【毛】善於料事。劉氏若能學之，必不使曹爽出城矣。敞驚曰：「此事未知如何？」憲英曰：「曹將軍非司馬公之對手，必然敗矣。」【毛】明於料人。劉氏若能學之，必不使曹爽廢仲達矣。【漁】善于料事如此，而又能料人，真女中之英才耳。敞曰：「今魯司馬〔四〕教我同去，未知可去否？」憲英曰：「職守，人之大義也。凡人在難，猶或卹之，執鞭而棄其事，不祥莫大焉。」【毛】忠於勸義。劉氏若能學之，必不使曹爽行僭〔五〕妄之事矣。【贄】【鍾】好姐姐（，我亦甘爲之弟也）。敞從其言，乃與魯芝引數十騎，斬關奪門而出。人報知司馬懿，懿恐桓範亦走，急令人召之。範與其子商議，其子曰：「車駕在外，不如南出。」【毛】辛敞有姊，桓範有兒。【贄】【鍾】好兒子。範從其言，乃上馬至平昌門，城門已閉，把門將乃桓範舊吏司蕃也。範袖中取出一竹版曰：「太后有詔，可即開門。」司蕃曰：「請詔驗之。」範叱曰：「汝是吾故吏，何敢如此！」蕃只得開門放出。範出的〔六〕城外，喚司蕃曰：「太傅造反，汝可速隨我去。」【毛】後仲達殺桓範，只爲此語。【贄】【鍾】老桓大通。【漁】後日受戮，皆爲此語。蕃大驚，追之不及。人報知司馬懿，懿大驚曰：「『智囊』洩矣！如之奈何？」蔣濟曰：

〔四〕「今魯司馬」，原作「那日司馬」，致本、業本、貫本、齋本、澹本、光本同；商本作「司馬魯芝」。按：「那日」不通，據明四本改。

〔五〕「僭」，業本作「怪」。

〔六〕「的」，商本作「到」，光本作「至」。

「『駑馬戀棧豆』，必不能用也。」毛 智囊怎當鈍物。懿乃召許允、陳泰曰：毛 漁 又是兩箇（司馬懿）心腹（人）。「汝去見曹爽，說太傅別無他事，只是削汝兄弟兵權而已。」毛 恐其在外生變，故誘之使歸而就死耳。許、陳二人去了。又召殿中校尉尹大目至，令蔣濟作書，與大目〔七〕持去見爽。懿分付曰：「汝與爽厚，可領此任。毛 曹爽所厚者，又爲司馬懿心腹。漁 曹爽所厚之人，也爲懿所用矣。汝見爽，說吾與蔣濟指洛水爲誓，只因兵權之事，別無他意。」毛 直如騙小兒。尹大目依令而去。

却說曹爽正飛鷹走犬之際，忽報城内有變，太傅有表。爽大驚，幾乎落馬。毛 太傅忽然起床，曹爽自應落馬〔八〕。黄門官捧表跪於天子〔九〕之前。爽接表拆封，令近臣讀之，表畧曰〔一〇〕：

征西大都督、太傅臣司馬懿，誠惶誠恐，頓首謹表：臣昔從遼東還，先帝詔陛下與秦王 三（秦王乃）曹詢也。及臣等，升御床，把臣臂，深以後事爲念。今大將軍曹爽，背棄顧命，敗亂國典，内則僭擬，外專威權。以黄門張當爲都監，專共交關，看察至尊，伺候神器，離間二宮，傷害骨肉。天下洶洶，人懷危懼。此非先帝詔陛下及囑臣之本意也。臣雖朽邁，敢忘往言？太尉臣濟、尚書令〔一一〕臣孚等，皆以爽爲有無君之心，兄弟不宜典兵宿衛，奏永寧宮皇太后，令勑臣表〔一二〕奏施行。臣輒勑主者及黄門令，罷爽、羲、訓吏兵，以侯〔一三〕就第，

〔七〕「大目」，原作「目」，古本同。按：後文第一百十回亦作「大目」，據後文補。

〔八〕「自應落馬」，齋本作「應落」，光本倒作「自應馬落」。

〔九〕「天子」二字原闕，據毛校本補。

〔一〇〕毛本司馬懿表文刪，改自贊本；鍾本、漁本同贊本，夏本、贊本刪，改自嘉本，周本同嘉本。按：嘉本補，改自《三國志·魏書·曹爽傳》。

〔一一〕「令」，原無，毛校本、夏本、贊本同。按：本回前文作「尚書令」。《三國志·魏書·曹爽傳》：「太尉臣濟、尚書令臣孚。」據嘉本、周本補。

〔一二〕「表」，明三本作「如」。

〔一三〕「侯」，原作「候」，致本、業本、貫本、周本、夏本、贊本同。按：《三國志·魏書·曹真傳》附《曹爽傳》作「以侯就第」。據其他古本改。

不得逗遛，以稽車駕，敢有稽留，便以軍法從事。【毛】此數語竟似告示，不像表文。〈【毛】【漁】〉司馬懿之專（權），於此見矣。【贊】【鍾】凡幹大事者，定然如此（停當）詳審，畧不鹵莽。臣輒力疾將兵，屯於洛水浮橋，伺察非常。謹表［一四］上聞，伏干聖聽。【毛】「伏干聖聽」四字，何不竟改「想宜知悉」。

魏主曹芳聽畢，乃喚曹爽曰：「太傅之言若此，卿如何裁處？」爽手足失措，回顧二弟曰：「爲［一五］之奈何？」羲曰：「劣弟亦曾諫兄，兄執迷不聽，致有今日。【毛】應前回中語。司馬懿譎詐無比，孔明尚不能勝，況我兄弟乎？不如自縛見之，以免一死。」【毛】爽兄弟三人都是駑馬，懿父子三人都是駿馬。三駑馬戀棧，三駿馬便同槽矣。言未畢，參軍辛敞、司馬魯芝到。爽問之。二人告曰：「城中把得鐵桶相似，太傅引兵屯於洛水浮橋，勢將不可復歸。宜早定大計。」正言間，司農桓範驟馬而至，謂爽曰：「大事［一六］已變，將軍何不請天子幸許都，調外兵以討司馬懿耶？」【毛】若行此計，國中必大亂，姜維得乘亂伐魏，必得成功。【贊】妙筭，妙筭。【鍾】此爲上策。【漁】若此計一行，姜維伐魏必成功矣。爽曰：「吾等全家皆在城中，豈可投他處求援？」【毛】果應蔣濟之料。範曰：「匹夫臨難，尚欲望活！今主公身隨天子，號令天下，誰敢不應？豈可自投死地乎？」【鍾】五箇心腹人都那裡去了？爽聞言不決，惟流涕而已。【毛】【漁】（因戀生泣，只是）（流涕之意，）拋不下棧豆耳。範又曰：「此去許都不過半宿。城中糧草，足支數載。今主公別營兵馬，近在闕南［一七］，呼之即至。大司馬之印，某將在此。主公可急行，遲則休矣！」【毛】此之謂「智

［一四］「表」，致本同，其他毛校本作「此」。

［一五］「爲」，明四本作「如」。

［一六］「大事」，致本同，其他毛校本作「太傅」。

［一七］「闕南」，原作「關南」，毛校本、周本、夏本、贊本同。按：《三國志·魏書·曹爽傳》裴注引《魏略》：「範又謂羲曰：『卿別營近在闕南。』」唐徐堅《初學記》引西晉陸機《洛陽記》：「漢洛陽四關：東成皋關，南伊闕關，西函谷關，北孟津關。」伊闕關，今洛陽龍門。「闕南」當指伊闕關之南。據嘉本改。

囊」。爽曰：「多官勿太催逼，待吾細細思之。」毛活畫一無用之人。贊鍾果不出蔣濟所料。漁觀至此，曹爽可謂一無所用之人矣。少頃，侍中許允、尚書〔一八〕陳泰至。二人告曰：「太傅只爲將軍權重，不過要削去兵權，别無他意。將軍可早歸城中。」爽默然不語。毛其名曰爽，何其人之不爽如此。漁如同騙小兒説話。又只見殿中校尉尹大目到，大目〔一九〕曰：「太傅指洛水爲誓，並無他意。毛罰咒當飯吃。有蔣太尉書在此。將軍可削去兵權，早歸府中〔二〇〕。」爽信爲良言。桓範又告曰：「事急矣，休聽外言而就死地！」贊鍾老桓的是智囊〔二一〕。是夜曹爽意不能決，乃扳劍在手，嗟嘆尋思，自黄昏直流淚〔二二〕到曉，終是狐疑不定。毛今之文思遲鈍者，竟日不成一字，毋乃與曹爽同〔二三〕乎？漁摹寫狐疑不决之意如此，豈是成事者爲之乎？桓範入帳催之曰：「主公思慮一晝夜，何尚不能決？」爽擲劍而嘆曰：「我不起兵，情願棄官，但爲富家翁足矣！」毛曹子丹被孔明氣死羞死，尚是有羞有氣，今曹爽直〔二四〕是不羞不氣也。範大哭出帳曰：「曹子丹以智謀自矜！今兄弟三人，真豚犢耳！」痛哭不已。許允、陳泰令爽先納印綬與司馬懿。爽令〔二五〕將印送去，主簿楊綜扯住印綬而哭曰：「主公今日捨兵權自縛去降，不免東市受戮也！」鍾楊綜大通。爽曰：「太傅必不失信於我。」毛漁曹氏子孫如此無用，（當使奸雄氣沮）（大失奸雄氣象）。於是曹爽將印綬與許、陳二人，先賫與司馬懿。衆軍見無將印，盡皆四散。爽手下只有數〔二六〕騎官僚。到浮橋

〔一八〕「書」下原有「令」，古本同。按：《三國志·魏書·曹爽傳》：「侍中許允、尚書陳泰説爽，使早自歸罪。」據删。

〔一九〕「到」，齋本作「至」。「大目」，原作「目」，毛校本同；明四本作「乃告」。按：同本回校記〔七〕，據補。

〔二〇〕「府中」，原作「相府」，古本同。按：曹爽非相。酌改。

〔二一〕贊批「囊」，吴本同，緑本作「人」。

〔二二〕「淚」，齋本、光本、商本作「涕」。

〔二三〕「毋」，商本脱。「同」上，商本有「相」字。

〔二四〕「爽直」，光本倒作「直爽」。

〔二五〕「令」，商本作「先」。

〔二六〕「數」，原作「散」，致本、業本、貫本、澹本、商本、周本、夏本、贊本同。按：「數」字通，據其他古本改。

時，懿傳令，教曹爽兄弟三人且回私宅，毛奸雄手段，妙在緩緩而來。餘者發監，聽候〔二七〕勑旨。爽等入城時，并無一人侍從。桓範至浮橋邊，懿在馬上以鞭〔二八〕指之曰：「桓大夫何故如此？」範低頭不語，毛智囊囊口〔二九〕矣。入城而去。於是司馬懿請駕拔營入洛陽。

曹爽兄弟三人回家之後，懿用大鎖鎖門，令居民八百人圍守其宅。曹爽心中憂悶。羲謂爽曰：「今家中乏糧，兄可作書與太傅借糧。毛刀在其頸，猶欲借糧，爲之一笑。如肯以糧借我，必無相害之心。」爽乃作書令人持去。漁至此時尚去借糧，何愚之甚也！司馬懿覽書〔三〇〕，遂遣人送糧一百斛，運至曹爽府内〔三一〕。毛奸雄手段，只是緩緩而來。爽大喜曰：「司馬公〔三二〕本無害我之心也！」遂不以爲憂。毛漁愚人愚到底。贄鍾司馬如此深密，曹氏如此淺陋，此成敗之林也。原來司馬懿先將黄門張當捉下獄中問罪。當曰：「非我一人，更有何晏、鄧颺、李勝、畢軌、丁謐等五人，同謀篡逆。」懿取了張當供詞，却捉何晏等勘問明白，皆稱：「三月間欲反。」毛此等獄詞，皆周内所成，未必真有其事也。懿用長枷釘了。城門守將司蕃告稱：「桓範矯詔出城，口稱太傅謀反。」懿曰：「誣人反情，抵罪反坐。」亦將桓範等皆下獄，然後〔三三〕押曹爽兄弟三人并一干人犯皆斬于市曹，滅其三〔三四〕族，毛拔劍尋思，想了一夜，竟想不到此。其家産財物，盡抄入庫。時有曹爽從弟文叔之妻，乃夏侯令女也，早寡而無子，其父欲改嫁

〔二七〕「者」，致本同，其他毛校本作「皆」。「候」，原作「侯」，致本同，據其他古本改。

〔二八〕「鞭」，商本作「手」。

〔二九〕「囊口」，齋本、光本、商本作「今已」。

〔三〇〕「書」，明四本作「畢」。

〔三一〕「内」，貫本、澹本作「中」。

〔三二〕「公」，光本作「懿」。

〔三三〕「然後」，原無「後」，致本、業本同；貫本、澹本作「即」，齋本、光本作「隨」。據商本、明四本補。

〔三四〕「三」，原作「二」，致本同。按：《三國志·魏書·曹真傳》附《曹爽傳》：「於是收爽、羲、訓、晏、颺、謐、軌、勝、範、當等，皆伏誅，夷三族。」據其他古本改。

之，女截耳自〔三五〕誓。及爽被誅，其父復將嫁之，女又斷去其鼻。【贊】賢哉婦也！【鍾】此婦有烈丈夫行。其家驚惶，謂之曰：「人生世間，如輕塵棲弱草，何至自苦如此？【毛】今日此等達人多矣。且夫家又被司馬氏誅戮已盡，守此欲誰爲哉？」女泣曰：「吾聞『仁者不以盛衰改節，義者不以存亡易心』。曹氏盛時，尚欲保終；況今滅亡，何忍棄之？此禽獸之行，吾豈爲乎！」【毛】辛憲英教弟以義，夏侯女辭父以節，同時乃有兩箇奇女子。懿聞而賢之，聽使乞子自〔三六〕養，爲曹氏後。【毛】司馬懿自受巾幗，當以男子衣冠送夏侯氏。【漁】夏侯女辭父以節，而出此决烈之言。不意當日有此奇女子也。後人有詩曰：

弱草微塵盡達觀，夏侯有女義如山。
丈夫不及裙釵節，自顧〔三七〕鬚眉亦汗顏。

却說司馬懿斬了曹爽，太尉蔣濟曰：「尚有魯芝、辛敞斬關奪門而出，楊綜奪印不與，皆不可縱。」懿曰：「彼各爲其主，乃義人也。」【鍾】仲達大通。遂復各人〔三八〕舊職。【毛】獨殺桓範，特以智囊見忌耳。辛敞嘆曰：「吾若不問於姊〔三九〕，失大義矣！」【毛】好姐姐〔四〇〕，我亦願爲之弟矣。後人有詩贊辛憲英曰〔四一〕：

爲臣食禄當思報，事主臨危合盡忠。
辛氏憲英曾勸弟，故令〔四二〕千載頌高風。

司馬懿饒了辛敞等，仍〔四三〕出榜曉諭：但有曹

〔三五〕「自」上，齋本、光本有「而」字。
〔三六〕「自」，貫本、商本作「以」。
〔三七〕「顧」，齋本、澹本、光本、商本作「顧」，形訛。
〔三八〕「復各人」，商本作「各復」。
〔三九〕「姊」，致本同，其他毛校本作「姊」，明四本作「姐」。
〔四〇〕「姐姐」，光本作「姊姊」。
〔四一〕毛本贊辛憲英詩改自贊本；鍾本同贊本；周本、夏本、贊本改自嘉本；漁本用他詩。
〔四二〕「令」，原作「今」，致本、業本、貫本、齋本、澹本、商本同。據其他古本改。
〔四三〕「仍」，澹本訛作「弟」，光本作「乃」。

爽門下一應人等，盡皆免死，有官者照舊復職。軍民各守家業，內外安堵。何、鄧二人死於非命，果應管輅之言。毛應前回中語。後人有詩贊管輅曰〔四四〕：

傳得聖賢真妙訣，平原管輅相通神。
「鬼幽」「鬼躁」分何鄧，未喪先知是死人。

却說魏主曹芳封司馬懿爲丞相，加九錫。毛令人追憶魏公加九錫時〔四五〕。懿固辭不肯受。毛漁（此則）（懿不受，却）賢於曹操（矣）。芳不准，令父子三人同領國事。鍾掌握兵權，大事成了。懿忽然想起：「曹爽全家雖誅，尚有夏侯玄〔四六〕守備雍州等處，係爽親族，倘驟然作亂，如何隄備？必當處置。」即下詔遣使往雍州，取征西將軍夏侯玄赴洛陽議事。毛剪滅公室，其意可知。漁其意太毒。玄叔〔四七〕夏侯霸聽知大驚，便引本部三千兵造反。有鎮守雍州刺史郭淮，聽知夏侯霸反，即率本部兵來與夏侯霸交戰。淮出馬大罵曰：「汝既是大魏皇族，天子又不曾虧汝，何故背反？」霸亦罵曰：「吾父〔四八〕於國家多建勤勞，今司馬懿何等匹夫〔四九〕，滅吾曹氏宗族〔五〇〕，又來取我，早晚必思篡位。吾仗義討賊，何反之有？」毛夏侯霸欲討魏賊，姜維即借他來共討漢賊。淮大怒，挺鎗驟馬，直取夏侯霸。霸揮刀縱馬來迎，戰不十合，淮敗走，霸隨後趕來。忽聽的後軍吶喊，霸急回馬時，陳泰引兵殺來。郭淮復

〔四四〕毛本贊管輅詩從贊本；鍾本同贊本；贊本同明三本；漁本用他詩。
〔四五〕「時」，商本作「事」。
〔四六〕「玄」，原作「霸」，毛校本同。按：《三國志·魏書·夏侯淵傳》裴注引《魏略》：「及司馬宣王誅曹爽，遂召玄，玄來東。」據明四本改，後一處同。
〔四七〕「玄叔」，原無，毛校本同。按：《三國志·魏書·夏侯淵傳》裴注引《魏略》：「時征西將軍夏侯玄，於霸爲從子，而玄於曹爽爲外弟。」據明四本補。
〔四八〕「父」上原有「祖」，古本同。按：《三國志·魏書·夏侯淵傳》：「黄初中，賜中子霸。」據刪。
〔四九〕「勤」，光本、商本作「勳」。「匹夫」，原作「人」，毛校本同。按：「匹夫」意切，據明四本改。
〔五〇〕「曹氏宗族」，嘉本作「吾兄曹爽等弟兄，夷其三族」，贊本作「吾兄曹爽弟兄，夷其三族」。

回，兩路夾攻，霸大敗而走，折兵大半，尋思無計，遂投漢中來降後主。毛孔明得姜維爲幫手，姜維又得一〔五一〕夏侯霸爲幫手。漁姜維又添一幫手了。

有人報與姜維，維心不信，令人體訪得實，方教入城。霸拜見畢，哭告前事。維曰：「昔微子去殷〔五二〕，二補註《史記》：微子者，紂親戚也。紂爲淫泆，微子諫不聽而去之。〔五三〕成萬古之名。公能匡扶漢室，無愧古人也。」遂設宴相待。維就席問曰：「今司馬懿父子掌握重權，有窺我國之志否？」霸曰：「老賊方圖謀逆，未暇及外。但魏國新有二人，正在妙齡之際，若使領兵馬，實吳、蜀之大患也。」毛預爲數回後伏筆。維問：「二人是誰？」霸告曰：「一人見爲中書侍郎〔五四〕，乃潁川〔五五〕長社人，姓鍾名會，字士季，太傅鍾繇之子，幼有胆智。毛乃翁筆下有字，乃郎胸中有字。繇嘗率二子見文帝，會時年七歲，其兄毓年八歲。毓見帝惶懼，汗流滿面。帝問毓曰：『卿〔五六〕何以汗？』毓對曰：『戰戰惶惶，汗出如漿。』帝問會曰：『卿何以不汗？』會對曰：『戰戰慄慄，汗不敢出。』毛一人戲問曰：「人〔五七〕身上何物不怕嚇？」或答曰：「惟有汗不怕嚇。人越嚇他，越要出來。」今〔五八〕會曰「汗不敢出」，則是汗亦怕嚇矣。爲之一笑。帝獨〔五九〕奇之。及稍長，喜讀兵書，深明

〔五一〕「一」字原闕，據毛校本補。

〔五二〕「殷」，原作「周」，古本同。按：《史記·殷本紀》：「紂愈淫亂不止。微子數諫不聽，乃與大師、少師謀，遂去。」《三國志·三少帝紀》：「雖微子去殷，樂毅遁燕，無以加之。」《論語·微子》：「微子去之，箕子爲之奴，比干諫而死。孔子曰：『殷有三仁焉。』」據改。

〔五三〕按：《史記·宋微子世家》：「微子開者，殷帝乙之首子而帝紂之庶兄也」，「箕子者，紂親戚也」，「紂爲淫泆，箕子諫，不聽」，「乃被髮詳狂而爲奴」。

〔五四〕「中書侍郎」，原作「秘書郎」，古本同。按：《三國志·魏書·鍾會傳》：「正始中，以爲祕書郎，遷尚書、中書侍郎。」據改。

〔五五〕「潁川」，原作「頴州」，致本、貫本、滄本、夏本、贊本同；業本作「穎州」，齋本、光本作「潁州」，商本作「穎川」。嘉本、周本作「頴川」。按：同第十回校記〔三二〕，據改。

〔五六〕「卿」字原闕，據毛校本補。

〔五七〕「問」，業本作「開」，形訛。「人」，商本脱。

〔五八〕「嚇他」上，商本有「要」字。「出」上，齋本、光本有「急流」二字。「今」字原闕，據毛校本補。

〔五九〕「帝獨」，商本作「魏帝」，明四本無。

韜畧。司馬懿與蔣濟皆稱奇才〔六〇〕。一人見爲南安太守〔六一〕，乃義陽人也，姓鄧名艾，字士載，贄鍾名下定無虚士。〔六二〕漁此時提出鍾、鄧二人，爲後文張本。幼年失父，素有大志，但見高山大澤，輒窺度指畫，何處可以屯兵，何處可以積糧，何處可以埋伏。毛便爲渡陰平嶺張本。人皆笑之，獨司馬懿奇其才，遂令𠫭贊軍機。艾爲人口吃，每奏事必稱『艾、艾』，毛古之名人口吃者，韓非、周昌、揚雄、鄧艾也。今有嘲口吃者曰：「既是『昌』家，又疑『非』類。如無『雄』風，定有『艾』氣。」懿戲謂曰：『卿稱艾艾，當有幾艾？』艾應聲曰：『「鳳兮鳳兮」，故是一鳳。』其資性敏捷，大抵如此。此二人深可畏也。」毛漁二人（來歷，却在）（之英名，先從）夏侯霸口中叙出（，省筆之法）。維笑曰：「量此孺子，何足道哉！」

於是姜維引夏侯霸至成都，入見後主。維奏曰：「司馬懿謀殺曹爽，又來賺夏侯霸，霸因此投降。目今司馬懿父子專權，曹芳懦弱，魏國將危。臣在漢中有年，兵精糧足，臣願領王師，即以霸爲鄉導官，進取〔六三〕中原，重興漢室，以報陛下之恩，以終丞相之志。」毛此一段言語，可當姜維一篇《前出師表》。漁此一段言語，足見姜維之本心。大將軍〔六四〕費禕諫曰：「近者，蔣琬〔六五〕、董允皆相繼而亡，毛二人之死在費禕口中補出，省筆之法。內治無人。伯約只宜待時，不宜輕動〔六六〕。」維曰：「不然。人生如白駒過隙，似此遷延歲月，何日恢復中原乎？」毛「微塵棲草」是言其輕，「白駒過隙」是言其快。一則以狗節爲不必，一則以狗節當及時也。贄鍾

〔六〇〕「奇才」，原作「其才」，毛校本同。據明四本改。

〔六一〕「南安太守」，原作「椽吏」，毛校本、贄本同；明三本作「掾史」。按：《三國志·魏書·鄧艾傳》：「出參征西軍事，遷南安太守。」據改。

〔六二〕原末二字漫漶，吴本存「無」字，據緑本補。

〔六三〕「進取」，明四本作「克復」。

〔六四〕「大將軍」，原作「尚書令」，古本同。按：《三國志·蜀書·費禕傳》：「禕遷大將軍，録尚書事。」據改。

〔六五〕「琬」，商本訛作「濟」。

〔六六〕「不宜輕動」，商本作「不宜輕出」，明四本作「以俟天命」。

丈〔六七〕夫語。禕又曰：「孫子云：『知彼知己，百戰百勝。』我等皆不如丞相遠甚，丞相尚不能恢復中原，何況我等？」毛漁將六出祁山事（於此）一提。贊鍾費禕（是）老成之言（，姜維不免少年多事）。維曰：「吾久居隴上，深知羌人之心。今若結羌人爲援，雖未能克復中原，自隴而西，可斷而有也。」毛既得夏侯霸爲幇手，又欲借羌人爲幇手。後主曰：「卿既欲伐魏，可盡忠竭力，勿墮鋭氣，以負朕命。」於是姜維領勑辭朝，同夏侯霸逕到漢中，計議起兵。維曰：「可先遣使去羌人處通盟，然後出西平，近雍州。六雍州，（即）今陝西西安府（是也）。先築二城於麴山之下，令兵守之，以爲犄角之勢。我等盡發糧草於川口，依丞相舊制，次第進兵。」毛漁此是一伐中原。

是年秋八月，先差蜀將句安、三句，音鉤，（姓也，）句芒〔六八〕之後。李韶同引一萬五千兵，往麴山前連築二城：句安守東城，李韶守西城。早有細作報與征西將軍〔六九〕郭淮。淮一面申報洛陽，一面遣雍州刺史〔七〇〕陳泰引兵五萬，來與蜀兵交戰。句安、李韶各引一軍出迎，因兵少不能抵敵，退入城中。泰令兵四面圍住攻打，又以兵斷其漢中糧道，句安、李韶城中糧缺。郭淮自引〔七一〕兵亦到，看了地勢，忻然而喜，回到寨中，乃與陳泰計議曰：「此城山勢高阜，必然水少，須出城取水，若斷其上流，蜀兵皆渴死矣。」毛馬謖屯山上，患在水〔七二〕道；今二將屯城中，亦患水道。蓋〈毛漁〉蜀道山多而水少故（也）（耳）。鍾此處水□。遂令軍士掘土，堰〔七三〕斷

〔六七〕贊批「丈」上，緑本有「大」。

〔六八〕嘉批「芒」，原作「芷」。按：《左傳·昭公二十九年》：「社稷五祀，是尊是奉，木正曰句芒」。據周、夏批改。

〔六九〕「征西將軍」，原作「雍州刺史」，致本同，其他古本作「雍州刺史」。按：《三國志·魏書·郭淮傳》：「嘉平元年，遷征西將軍，都督雍、涼諸軍事。」據改。

〔七〇〕「雍州刺史」，原作「副將」，古本同。按：《三國志·魏書·郭淮傳》：「與雍州刺史陳泰協策，降蜀牙門將句安等於翅上」。據改。

〔七一〕「引」，商本作「領」。

〔七二〕「水」，原作「大」，致本同，據其他毛校本改。

〔七三〕「堰」，齋本、光本作「揠」，形訛；濟本作「絶」。

上流，城中果然無水。李韶引兵出城取水，雍州兵圍困甚急。韶死戰不能出，只得退入城去。句安城中亦無水，乃會了李韶，引兵出城，併在一處，大戰良久，又敗入城去。毛此時蜀兵甚渴，其望姜維之救亦甚渴矣。漁蜀兵枯渴，望救於姜維，亦渴甚矣。軍士枯渴，安與韶曰：「姜都督之兵，至今未到，不知何故。」毛街亭之危，咎在馬謖；二人之危，失[七四]在姜維。韶曰：「我當捨命殺出求救。」遂引數十騎，開了城門，殺將出來。雍州兵四面圍合，韶奮死衝突，方纔得脫，只落得獨自一人，身帶重傷，餘皆歿於亂軍之中。是夜北風大起，陰雲布合，天降大雪，因此城内蜀兵分糧化雪而食。毛蜀兵嚙雪，幾似蘇武當年。○此日之雪，雖承露盤之天漿不是過矣。

却説李韶撞[七五]出重圍，從西山小路行了兩日，正迎着姜維人馬。韶下馬伏地告曰：「麴山二城，皆被魏兵圍困，絕了水道。幸得天降大雪，因此化雪度日。甚是危急。」維曰：「吾非救[七六]遲，爲聚羌兵未到，因此悞了。」毛羌人悞姜維，而姜維又悞二將也。遂令人送李韶入川養病。維問夏侯霸曰：「羌兵未到，魏兵圍困麴山甚急，將軍有何高見？」霸曰：「若等羌兵到麴山，二城皆陷矣。吾料雍州兵必盡來麴山攻打，雍州城定然空虛。將軍可引兵逕往牛頭山，六牛頭山，在漢中（府褒城縣）。〈二〉褒城縣西北二十五里，（以）（其）形似牛頭故名。抄在雍州之後，郭淮、陳泰必回救雍州，則麴山之圍自解矣。」毛此圍魏救趙之法。維大喜曰：「此計最善！」於是姜維引兵望牛頭山而去。

却説陳泰見李韶殺出城去了，乃謂郭淮曰：「李韶若告急於姜維，姜維料吾大兵皆在麴山，必抄牛頭山襲吾之後。將軍可引一軍去取洮水，三洮，音滔。〈二〉洮水出隴西臨洮縣北，至枹[七七]罕東入

[七四]「失」，致本同，其他毛校本作「咎」。
[七五]「撞」，光本作「衝」。
[七六]「救」，嘉本作「來」。
[七七]周批「枹」，原作「抱」，形訛，據夏批改。

河。斷絶蜀兵糧道。吾分兵一半，逕出〔七八〕牛頭山擊之。彼若知糧道已絶，必然自走矣。」【毛】【漁】夏侯霸(所)(之)算，早在陳泰算中。【鍾】陳泰通極。郭淮從之，遂引一軍暗取洮水。陳泰引一軍逕往牛頭山來。

却説姜維兵至牛頭山，忽聽的前軍發喊，報説魏兵截住去路，維慌忙自到軍前視之。陳泰大喝曰：「汝欲襲吾雍州，吾已等候多時了！」【毛】句安等候多時，偏等不來。爲之一嘆〔七九〕。維大怒，挺鎗縱馬，直取陳泰，泰揮刀而迎。戰不三合，泰敗走，維揮兵掩殺。雍州兵退回，占住山頭。維收兵就牛頭山下寨。維每日令兵搦戰，不分勝負。夏侯霸謂姜維曰：「此處不是久停之所。連日交戰，不分勝負〔八〇〕，乃誘兵之計耳，必有異謀。不如暫退，再作良圖。」正言間，忽報郭淮引一軍取洮水，斷了糧道。維大驚，急令夏侯霸先退，維自斷後。【鍾】煩惱皆因强出頭。陳泰分兵五路趕來。維獨拒五路總口，戰住魏兵。泰勒兵上山，矢石如雨。維急退到洮水之時，郭淮引兵殺來，維引兵往來衝突，魏兵阻其去路，密如鐵桶。維奮死殺出，折兵大半，【毛】【漁】第一次出兵，(動〔八一〕見掣肘，)不及武侯多矣。飛奔上陽平關來。【鍾】若聽費禕之言何如？前面又一軍殺到，爲首一員大將，縱馬橫刀而出。那人生得圓面大耳，方口厚唇，左目下生箇黑瘤，瘤上生數十根黑毛，【毛】不知管輅相之，又作何語。乃司馬懿長子衛將軍〔八二〕司馬師也，維大怒曰：「孺子安〔八三〕敢阻吾歸路！」拍馬挺鎗，直來刺師。師揮刀相迎。只三合，殺敗了司馬師，維脱身逕奔陽平關來。城上人開門放入姜維。司馬師也來搶關，兩邊伏弩齊發，一弩發十矢，乃武侯臨終時所遺「連弩」之法也。

〔七八〕「出」，原作「住」，致本同，其他毛校本、贊本作「往」，據明三本改。

〔七九〕「嘆」，商本作「笑」。

〔八〇〕「勝負」，原作「負勝」，據古本乙正。

〔八一〕「動」，光本作「就」。

〔八二〕「衛將軍」，原作「驃騎將軍」，古本同。按：《晉書·景帝紀》：「事平，以功封長平鄉侯，食邑千户，尋加衛將軍。」據改。

〔八三〕「安」，致本同，其他毛校本作「焉」。

毛忽將武侯臨終事一提，與一百四回照應。**正是：**

難支此日三軍敗，猶賴當年十矢傳。

未知司馬師性命如何，且看下文分解。

夏侯令女，婦人也。曹孟德、司馬仲達俱男子，然不足爲渠奴也。仲達亦知賢之，其秉彝之好乎？

近見鬼幽、鬼躁之人，無不如何、鄧結果者。神哉相也！即百世以後無不驗也者，亦奇矣。

夏侯令女，耳可截，鼻可斷，而其節必不可奪。幼孀居有烈丈夫行，仲達能無内愧乎？

第一百八回

丁奉雪中奮短兵　孫峻席間施密計

今人將曹操、司馬懿並稱。及觀司馬懿臨終之語，而懿之與操則有別矣。操之事，皆懿之子爲之，而懿則終其身未敢爲操之事也。操之忌先主，是欲除宗室之賢者；懿之謀曹爽，是特殺宗室之不賢者。至於弑主后，害皇嗣，僭王〔一〕號，受九錫，但見之於操，而未見之於懿。故君子於懿有恕辭焉。

曹丕乘喪以伐劉禪，曹芳亦乘喪以伐孫亮。而前之伐則丕自主之；後之伐非芳主〔二〕之，而司馬師主之：其不同者一。前之兵有五路，而止一路是魏兵；後之兵有三路，而三路皆魏兵：其不同者二。前之兵不戰而自解；後之兵戰而後退：其不同者三。前之兵四路實，而一路是虛；後之兵一路敗，而兩路皆走：其不同者四。前後更無一毫相犯，豈非奇事奇文！

乘雪以誘敵者有之矣，武侯之破鐵車兵是也；而冒雪以犯敵，則未之有也。以黑夜劫營者有之矣，甘寧百騎之劫是也；而白日劫營，則未之有也。用短兵步卒於險〔三〕峻無人之處者有之矣，鄧艾之襲陰平嶺是也；用之於平川大寨則未之有也。以舟師破舟師者有之矣，黃蓋之燒北船是也；而以舟師入旱寨則未之有也。以前後所未有者，而獨於丁奉之〔四〕戰徐塘見之，真異樣驚人，異樣出色〔五〕。

〔一〕「皇嗣」，光本作「王嗣」。「王號」，原作「皇號」，致本、業本、貫本、齋本、澹本、商本同。按：曹操稱魏王，未僭位爲帝。據光本改。
〔二〕「主」上，齋本、光本有「自」字。
〔三〕「險」，原作「儉」，形訛，致本同，據其他毛校本改。
〔四〕「之」，齋本、光本脱。
〔五〕「異樣出色」，致本同，其他毛校本脱。

丁奉成東興之功，而諸葛恪不能奏新城之績，其故何也？曰：魏來而我禦之則克，我往攻魏則不克，其〔六〕明驗已見於前事矣。自周郎之禦赤壁，而吴一勝；及孫權之攻合淝，而吴不勝。當曹操之攻濡須，而吴再勝；及張遼之拒逍遥津，而吴又不勝。又〔七〕曹丕之攻三郡，而吴三勝；有〔八〕徐盛之守南徐，而吴四勝；又曹休之取石亭，而吴五勝；及諸葛瑾之被燒於滿寵，而吴又不勝。此非其章章者哉？畫江而守，自顧有餘，而取人不足。在孫權未死，周瑜、魯肅、吕蒙、陸遜未亡之時，猶然如是，而乃欲于孫亮之日進圖中原，吾知其難耳。

司馬懿之殺曹爽，是以異姓而滅宗室；孫峻之殺諸葛恪，是以宗室而滅異姓。恪與爽之才不才不同，而其氣驕而計疎則一也。外不能測張特之詐，內不能燭〔九〕孫峻之奸，而又剛愎自矜，果於殺戮，聰明雖過於其父，而卒以恃才取禍，哀哉！

却說姜維正走，遇着司馬師引兵攔截。原來姜維取雍州之時，郭淮飛報入朝，魏主與司馬懿商議停當，懿遣長子司馬師引兵五萬，前來雍州助戰。【毛】司馬師發兵，補叙在此。省筆之法。師聽知郭淮敵退蜀兵，師料蜀兵勢弱，就來半路擊之。直趕到陽平關，却被姜維用武侯所傳連弩法，於兩邊暗伏連弩百餘張，一弩發十矢，皆是藥箭。【漁】一得所傳之法便用出來，此兵機之不善藏也。兩邊弩箭齊發，前軍連人帶馬射死不知其數。【贄】【鍾】姜維善用武侯法。司馬師於亂軍之中逃命而回。【毛】幾同上方谷之難。

却說麴山城中蜀將句安，見援兵不至，乃開門降魏。姜維折兵數萬，領敗兵回漢中屯扎，【毛】【漁】（以上按下蜀漢，）以下再叙魏國。司馬師自還洛陽。至嘉平三年秋八月，司馬懿染病漸漸沉重，【毛】【漁】前

〔六〕「其」，貫本作「則」。
〔七〕「又」，貫本、齋本、澹本作「及」。
〔八〕「有」，商本作「又」。
〔九〕「特」，商本作「時」，形訛。「燭」，齋本、光本作「灼」。

（是）（者）詐病，（此是）（今乃）真病了。乃喚二子至榻前囑曰：「吾事魏歷年，官授太傅，人臣之位極矣，人皆疑吾有異志，吾甞懷恐懼。吾死之後，汝二人善理國政，慎之！慎之！」毛漁與曹操銅雀臺語相似。〈毛〉〇此〔一〇〕時偏不耳聾，偏不錯亂。贊鍾此是本心之談。〔一一〕言訖而亡。長子司馬師，次子司馬昭，二人申奏魏主曹芳。芳厚加祭葬，優錫贈謚，封師為大將軍，總領尚書機密大事；昭為安西將軍、持節，節度關中諸軍〔一二〕。毛以上按下魏國，以下接敘東吴。贊雖厚二子，不識師為何〔一三〕如人，遽假大權，曹芳好没分曉。鍾此人遽假大權，曹芳是自取禍。

却説吴主孫權，漁此番又説東吴。先有太子孫登，乃徐夫人所生，於吴赤烏四年身亡，三（吴赤烏四年，）即蜀（漢）延熙四年也。遂立三子〔一四〕孫和為太子，乃瑯琊王夫人所生。和因與全公主不睦，被公主所譖，權廢之，和憂恨而死。又立少子〔一五〕孫亮為太子，乃潘夫人所生。此時陸遜、諸葛瑾皆亡，一應大小事務皆歸於諸葛恪。毛補敘前〔一六〕文所未及。太元〔一七〕元年秋八月初一日，忽起大風，江海湧濤，平地水深八尺。吴主先陵所種松栢，盡皆拔起，直飛到建業城南門外，倒挿望道〔一八〕上，毛孫權將亡，先書災異，與後諸葛恪將亡，亦先書災異，正是

〔一〇〕毛批「銅」，原作「桐」，形訛，據毛校本改。「此」上，商本有「至」字。

〔一一〕吴本脱此句及下句贊批。

〔一二〕「安西將軍、持節，節度關中諸軍」，原作「驃騎上將軍」，古本同。按：《晉書·文帝紀》：「進帝位安西將軍、持節，屯關中，為諸軍節度。」據改、補。

〔一三〕「何」，緑本訛作「句」。

〔一四〕「三子」，原作「次子」，古本同。按：《三國志·吴書·孫登傳》：「孫登字子高，權長子也。」《孫慮傳》：「登弟也。」《孫和傳》：「慮弟也。」據改。

〔一五〕「少子」，原作「三子」，古本同。按：《三國志·吴書·三嗣主傳》：「權少子也。」據改。

〔一六〕「敘」，致本同，其他毛校本脱。光本「補前」倒作「前補」。

〔一七〕「太元」，原作「太和」，古本同。按：《三國志·吴書·吴主傳》：太元二年「夏四月，權薨」。據改。

〔一八〕「倒挿望道」，致本「挿」訛作「坤」，夏本、贊本作「倒挿于道」，嘉本、周本作「倒卓於道」。

相對〔一九〕。鍾國家將亡，必有妖孽。漁孫權將亡之時，先有怪異之事，後諸葛恪亡時，亦先書怪異之事，彼此相對。權因此受驚成病。至次年四月内，病勢沉重，乃召太傅諸葛恪、大司馬吕岱至榻前，囑以後事，囑訖而薨。在位二十四年，壽七十一歲，毛紫髯白矣。乃蜀漢延熙十五年也。後人有詩曰〔二〇〕：

紫髯碧眼號英雄，能使臣僚肯盡忠。
二十四年興大業，龍盤虎踞在江東。

孫權既亡，諸葛恪立孫亮爲帝，大赦天下，改元建興〔二一〕元年。謚權曰大皇帝，葬於蔣陵。早有細作探知其事，報入洛陽。司馬師聞孫權已死，遂議起兵伐吴。贊此舉亦所〔二二〕必然。尚書傅嘏三音古。曰：「吴有長江之險，先帝屢次征伐，皆不遂意。毛照應前事。不如各守邊疆，乃爲上策。」鍾傅嘏大通。師曰：「天道三十年一變，毛不但欲滅吴，亦有吞魏之意。吴將變，魏亦將變也。漁師早有篡逆之心，何況滅東吴。天道之變，皆爲己耳。豈得常〔二三〕爲鼎峙乎？吾欲伐吴，立心久矣〔二四〕。今孫權新亡，孫亮幼懦，其隙正可乘也。」遂令征南大將軍王昶毛眉昶，音唱。引兵十萬攻南郡，征東將軍胡遵引兵十萬攻〔二五〕東興，鎮南將軍〔二六〕毌丘儉二毌音无。〔二七〕毌丘，覆姓也。引兵十萬攻武昌，三路進發。毛前

〔一九〕「對」上，貫本有「映」。
〔二〇〕「有」，業本、貫本、齋本、商本脱，明三本作「又」。毛本後人詩從贊本；鍾本同贊本，周本、夏本、贊本改自嘉本；漁本無。
〔二一〕「建興」，原作「大興」，古本同。按：《三國志·吴書·三嗣主傳》作「建興」，據改，後同。
〔二二〕「此」「所」二字，緑本闕。
〔二三〕「得常」，原作「皇帝」，毛校本同。按：「得常」義合，據明四本改。
〔二四〕「立心久矣」，原作「懿曰」，致本同，其他毛校本作「昭曰」。按：「懿曰」訛，「昭曰」通，但後句「遂令」前缺主語，及與「又遣弟司馬昭爲大都督」矛盾。據明四本改。
〔二五〕「南郡，征東將軍胡遵引兵十萬攻」，原無，毛校本同。夏本、贊本「征東」下有「大」字。據嘉本、周本補。
〔二六〕「將軍」，原作「都督」，古本同。按：《三國志·魏書·三少帝紀》：「征南大將軍王昶、征東將軍胡遵、鎮南將軍毌丘儉等征吴。」據改。
〔二七〕按：毌音貫，周、夏批誤。

曹〔二八〕丕用三路取吳，今司馬師亦用三路取吳，正復相似。【漁】師用三路取東吳，與曹丕用三路取吳相似。又遣弟司馬昭爲監軍〔二九〕，總領三路軍馬。是年冬十二月〔三〇〕，【毛】爲雪天伏筆。司馬昭兵至東吳邊界，屯住人馬，喚王昶、胡遵、毌丘儉到帳中計議曰：「東吳最緊要處，惟東興〔三一〕也。今他築起大堤，左右又築兩城，以防巢湖【五】巢湖，（今）（在）（在）無爲州巢縣（東南，周圍四百里）。後面攻擊，諸公須要仔細。」遂令：「王昶、毌丘儉各引一萬兵，列在左右，且勿進發，待取了東興，那時一齊進兵。」昶、儉二人受令而去。昭又令：「胡遵爲先鋒，總領三路兵前去。先搭浮橋，取東興大堤，【二】按《一統志》云：東興大堤在廬州府無爲州東北五十里東關口，西接巢湖，一名濡須塢。若奪得左右二城，便是大功。」遵領兵來搭浮橋。

却說吳太傅諸葛恪，聽知魏兵三路而來，聚衆商議。冠軍將軍〔三二〕丁奉曰：「東興乃東吳緊要處所，若有失，則南郡、武昌危矣。」【毛】寫丁奉能謀，是老將之智。【漁】丁奉可爲老將之智謀矣。恪曰：「此論正合吾意。」【鍾】未詳兵法，何謂妙論？〔三三〕公可就引三千水兵從江中去，吾隨後令呂據、唐咨、留贊各引一萬馬步兵，分三路來接應。但聽連珠砲響，一齊進兵。吾自引大兵後至。」【贄】奉不詳禦敵之法，恪妙其論，遂爾興兵，何也？丁奉得令，即引三千水兵，分作三十隻船，望東興而來。

却說胡遵渡過浮橋，屯軍於堤上，差桓嘉〔三四〕、

〔二八〕「曹」上，光本有「書」字。

〔二九〕「監軍」，原作「大都督」，古本同。按：《三國志·魏書·三少帝紀》裴注引《漢晉春秋》：「時司馬文王爲監軍，統諸軍。」據改。

〔三〇〕「十二月」，原作「十月」，古本同。按：《三國志·魏書·三少帝紀》：「十二月，吳大將軍諸葛恪拒戰。」據改。

〔三一〕「東興」下原有「郡」字，古本同。按：《三國志·吳書·孫亮傳》：「冬十月，太傅恪率軍遏巢湖，城東興。」《水經注》：「昔諸葛恪帥師作東興堤，以遏巢湖，傍山築城。」「塘即東興堤，城亦關城也。」東興爲關城，非郡。據删，後一處同。

〔三二〕「冠軍將軍」，原作「平北將軍」，古本同。按：《三國志·吳書·丁奉傳》：「孫亮即位，爲冠軍將軍，封都亭侯。」據改。

〔三三〕按：明三本及贄本系正文作「此妙論也，正合吾意」。

〔三四〕「嘉」，原作「喜」。按：後文亦作「嘉」，據後文、古本改。

韓綜攻打二城。左城中乃吴將全端守把〔三五〕，右城中乃吴將留畧守把。此二城高峻堅固，急切攻打不下。全、留二人見魏兵勢大，不敢出戰，死守城池。【毛】蜀有句安、李韶守二城，吴亦有全端、留畧守二城。彷彿相似，而勝敗不同。胡遵在徐塘〔三六〕【嘉】地名。下寨。時值嚴寒，天降大雪，胡遵與衆將設席高會。【毛】前回蜀兵取雪當水，此回魏兵對雪飲酒。同一〔三七〕雪也，而憂樂大異。【贊】【鍾】屯軍堤上（，政危險之際），何（遽）（敢）飲酒高會？【漁】對雪飲酒之奇。忽報水上有三十隻戰船來到。遵出寨視之，見船將次傍岸，每船上約有百人，遂還帳中，謂諸將曰：「不過三千人耳，何足懼哉！」只令部將哨探，仍前飲酒。【毛】何貪〔三八〕盃至此！【贊】【鍾】二人好大膽（，丁奉亦有識）。【漁】貪盃如此！丁奉將船一字兒拋在水上，乃謂部將曰：「大丈夫立功名，正〔三九〕在今日！」遂令衆軍脱去衣甲，卸了頭盔，不用長鎗大戟〔四〇〕，止帶短刀。【毛】「狹巷短兵相接處，殺人如草不聞聲。」此用之狹巷耳。今用之平川，則奇矣。【漁】用短刀，又奇。魏兵見之大笑，更不准備。忽然連珠砲響了三聲，丁奉扯〔四一〕刀當先，一躍上岸。【毛】寫丁奉能戰，是老將之勇。衆軍皆扳短刀，隨奉上岸，砍入魏寨，【毛】【漁】以水（兵）（軍而）劫旱〔四二〕寨，（更）奇（絶）。魏兵措手不及。韓綜急扳帳前大戟迎之，早被丁奉搶入懷内，手起刀落，砍翻在地。【毛】雪天遇雪刀〔四三〕，兩白相照，何不更以酒賞之？【鍾】丁奉亦有識力。【漁】殺得好不省力。桓嘉從左邊轉出，忙綽〔四四〕鎗刺丁奉，被奉挾住鎗桿。嘉棄鎗

〔三五〕「守把」，光本倒作「把守」，後一處同；明四本作「守之」。

〔三六〕「徐塘」，原作「徐州」，毛校本同。按：回前批語作「徐塘」。據明四本改。

〔三七〕「一」上，齋本、光本有「是」字。

〔三八〕「何貪」，光本倒作「貪何」。

〔三九〕「正」上，明四本有「取富貴」三字。

〔四〇〕「戟」，原作「戰」，致本同，據其他古本改。

〔四一〕「扯」，光本作「提」。

〔四二〕漁批「旱」，原作「漢」，據衡校本改。

〔四三〕「雪刀」，商本作「白刃」。

〔四四〕「綽」，貫本、商本作「掉」。

而走，奉一刀飛去，正中左肩，嘉望後便倒。【毛】以我之短，勝彼之長。奉趕上，就以鎗刺之。【毛】即用彼之長，濟我之短。【漁】借他人之鎗刺之，更暢。三千吴兵，在魏寨中左衝右突，胡遵急上馬奪路而走。魏兵齊奔上浮橋，浮橋已斷，【毛】斷橋雪景〔四五〕，大有可觀。惜此時魏兵心忙，無暇吃酒耳。大半落水而死，殺倒在雪地者，不知其數。【毛】魏兵此時可謂「紅雪齊腰」。車仗馬匹軍器，皆被吴兵所獲。司馬昭、王昶、毌丘儉聽知東興兵敗，亦勒兵而退。

却説諸葛恪引兵至東興，收兵賞勞了畢，乃聚諸〔四六〕將曰：「司馬昭兵敗北歸，正好乘勢進取中原。」遂一面遣人賫書入蜀，求姜維進兵攻其北，許以平分天下；【毛】前者石亭之勝，吴使入蜀獻捷，與此正復相似。一面起大兵二十萬，來伐中原。臨行時，忽見一道白氣從地而起，遮斷三軍，對面不見。【毛】【漁】（陵樹拔而孫權將死，）白氣見而諸葛將亡（，與陵樹拔而孫權將死）、一（般災）（同奇）異。【贊】【鍾】此時就該暫止〔四七〕。蔣延曰：「此氣乃白虹也，主喪兵之兆。【毛】不止是喪兵，又應在喪身。【漁】喪兵者，正應其自身也。太傅只可回朝，不可伐魏。」恪大怒曰：「汝安敢出不利之言，以慢吾軍心！」叱武士斬之。衆皆告免，恪乃貶蔣延爲庶人，仍〔四八〕催兵前進。丁奉曰：「魏以新城爲總隘口，若先取得此城，司馬師破膽矣。」恪大喜，即趲兵直至新城。守城牙門將軍張特，見吴兵大至，閉門堅守，恪令兵四面圍定。早有流星馬報入洛陽，主簿虞松告司馬師曰：「今諸葛恪困〔四九〕新城，且未可與戰。吴兵遠來，人多糧少，糧盡自走矣。【毛】與司馬懿之料蜀兵，彷彿相似。【漁】司馬懿昔日料蜀兵亦如此耳。待其將走，然後擊之，必得全勝。但恐蜀兵犯境，不可不防。」師然其言，遂令司馬昭引一軍助郭淮防姜維。毌丘儉、胡遵拒住

〔四五〕「景」字原闕，據毛校本補。
〔四六〕「了」，光本作「已」。「諸」，商本作「衆」。
〔四七〕贊批「止」，原作「正」，吴本同，據緑本改。
〔四八〕「仍」，齋本、光本作「乃」。
〔四九〕「困」，齋本、光本作「圍」，後一處同；嘉本、周本作「圍困」。

吴兵。

却説諸葛恪連月〔五〇〕攻打新城不下，下令：「衆將并力攻城，怠慢者立斬！」於是諸將奮力攻打，城東北角將陷。張特在城中定下一計：乃令一舌辨之士，齎捧册籍〔五一〕，赴吴寨見諸葛恪，告曰：「魏國之法：若敵人困城，守城將堅守一百日，而無救兵至，然後出城降敵者，家族不坐罪。今將軍圍城已九十餘日，望乞再容數日，某主將盡率軍民出城投降。今先具册籍呈上。」【毛】曹洪之守潼關，曹操限之以十日；吴兵之攻皖城，吕蒙限之以半日。未聞有百日之約也。【贊】既以請降爲辭，如何又説魏主王法？此不通之論，只好騙小兒。【漁】既降而又懼王法，豈有此理。恪深信之，收了軍馬，遂不打城〔五二〕。【毛】騙信了。【贊】好貨。【鍾】此計只可瞞諸葛恪。【漁】以百日之約哄之，而恪深信，豈有智謀者爲乎？此番着人騙了。原來張特用緩兵之計，哄退吴兵，遂拆城中房屋，於破城處修補完備，乃登城大罵曰：「吾城中尚有半年之糧，豈肯降吴狗耶！儘戰無妨！」【毛】諸葛恪着了道兒，可爲〔五三〕受騙者之戒。【贊】【鍾】張特以守爲戰，甚有意思。恪大怒，催兵打城。城上亂箭射下，恪額上正中一箭，翻身落馬，諸將救起還寨，金瘡舉發。衆軍皆無戰心，又因天氣亢炎，【毛】同想雪天劫寨時〔五四〕，寒暑一更矣。【漁】雪天戰起，又到炎天矣。軍士多病。恪金瘡稍可，欲催兵攻城，營吏告曰：「人人皆病，安能戰乎？」恪大怒曰：「再説病者斬之！」衆軍聞知〔五五〕，逃者無數。忽報都尉〔五六〕蔡林引本部軍投魏去了。恪大驚，自乘馬遍視各營，果見軍士面色黄腫，各帶病容，遂勒兵還吴。【贊】【鍾】（大）敗興。早

〔五〇〕「月」，商本作「夜」。
〔五一〕「籍」，原作「藉」，明四本無，據其他毛校本改。
〔五二〕「打城」，齋本、光本、嘉本作「攻城」，商本作「攻打」。
〔五三〕「爲」，貫本作「謂」。
〔五四〕「時」，商本作「是」。
〔五五〕「知」，光本、商本作「之」。
〔五六〕「都尉」，原作「都督」，毛校本、贊本同。按：《三國志·吴書·諸葛恪傳》：「都尉蔡林數陳軍計，恪不能用，策馬奔魏。」據明三本改。

有細作報知毌丘儉，儉盡起大兵隨後掩〔五七〕殺，吳兵大敗而歸。毛一勝不止，至於敗而後止，是畫蛇添足矣〔五八〕。漁勝時不歸，今大敗而歸，豈不羞死。恪甚羞慚，託病不朝。吳主孫亮自幸其宅問安，文武官僚皆來拜見。恪恐人議論，先搜求衆官將過失，輕則發遣邊方，重則斬首示衆。毛恪有死之道。鍾恪爲惡業，當獲惡報。漁飾己過而殺官，種種皆是取死之道。於是內外官僚無不悚懼。又令心腹將張約、朱恩管御林軍，以爲牙爪。毛恪有死之道。

却說孫峻字子遠，乃孫堅弟孫靜曾孫，孫恭之子也。孫權存〔五九〕日，甚愛之，命掌御林軍馬。今聞諸葛恪令張約、朱恩二人掌御林軍，奪其權，心中大怒。太常〔六〇〕滕胤素與諸葛恪有隙，乃乘間說峻曰：「諸葛恪專權恣虐，殺害公卿，將有不臣之心。公係宗室，何不早圖之？」峻曰：「我有是心久矣，今當即奏天子，請旨誅之。」於是孫峻、滕胤入見吳主孫亮，密奏其事。亮曰：「朕見此人，亦甚恐怖，毛恪有死之道。贊没出息語〔六一〕。漁令吳主恐懼如此，豈不該死？常欲除之，未得其便〔六二〕。今卿等果有忠義，可密圖之。」胤曰：「陛下可設席召恪，暗伏武士於壁衣中，擲盃爲號，就席間殺之，贊卑見。鍾□亦卑□。以絕後患。」亮從之。

却說諸葛恪自兵敗回朝，托病居家，心神恍惚。一日，偶出中堂，忽見一人穿麻掛孝而入。毛又是一道白氣。漁遇麻孝衣，其凶將至矣。恪叱問之，其人大驚無措。恪令拏下拷問，其人告曰：「某因新喪父親，入城請僧追薦，初見是寺院而入，却不想〔六三〕是太傅之府，却怎生來到此處也？」毛宅第

〔五七〕「掩」，原作「撩」，致本、業本同。據其他古本改。
〔五八〕「矣」，商本作「也」。
〔五九〕「存」，光本、商本作「在」。
〔六〇〕「常」下原有「卿」，古本同。按：《三國志·吳書·滕胤傳》：「權寢疾，詣都，留爲太常。」據刪。
〔六一〕「語」，原作「詩」，贊校本同。按：「詩」與正文不符，疑爲「語」之訛。酌改。
〔六二〕「便」，齋本、光本作「隙」。
〔六三〕「想」字原闕，據毛校本補。

化爲寺院，今日多有之矣。【贊】奇。恪怒〔六四〕，召守門軍士問之，軍士告曰：「某等數十人皆荷〔六五〕戈把門，未嘗暫離，並不見一人入來。」【毛】孝子眼中〔六六〕誤見，是作怪；衆人眼中不見，更是作怪。【漁】孝子見寺門而入，而守門軍士並不見一人入來，奇極。恪大怒，盡數斬之。是夜，恪睡臥不安，忽聽得正堂中聲響如霹靂。恪自出視之，見中梁折爲兩段。【毛】棟折榱崩，凶莫大焉。【漁】中梁折爲兩段。恪驚歸寢室，忽然一陣陰風起處，見所殺披麻人與守門軍士數十人，各提頭索命。【毛】前是人怪，此是鬼怪。【漁】今又遇鬼怪了。恪驚倒在地，良久方甦。次早洗面，聞水甚血臭。恪叱侍婢，連換數十盆，皆臭無異。【毛】輕於殺人，故有血腥〔六七〕之怪。【贊】【鍾】全不修省，猶肆殺戮，何也？【漁】輕易殺人，自有血猩臭矣。恪正驚疑間，忽報天子有使至，宣太傅赴宴。恪令安排車仗〔六八〕，方欲出府，有黄犬啣住衣服，嚶嚶作聲，如哭之狀。【毛】「君之獒不若臣〔六九〕之獒。」【漁】犬銜衣爲主如此。恪怒曰：「犬戲我也！」叱左右逐去之，遂乘車出府。【毛】欲牽黄犬出東門，不可得矣〔七〇〕。行不數步，見車前一道白虹，自地而起，如白練沖天而去。【毛】又是白虹，可見前之所應，不止在兵敗也。【贊】【鍾】孫峻欲殺恪，何爲亦作白虹、黄犬（耶）？【漁】又遇白虹。恪甚驚怪，心腹將張約進車前密告曰：「今日宫中設宴，未知好歹，主公不可輕入。」【毛】董卓入朝之時，有李肅賺之；諸葛恪入朝之時，有張約阻之。前後相類而相反。恪聽罷，便令回車。行不到十餘步，孫峻、滕胤乘馬至車前曰：「太傅何故便回？」恪曰：「吾忽然腹痛，不可見天子。」胤曰：「朝廷爲太傅軍回，不曾面叙，

〔六四〕「怒」上，光本、商本、明四本有「大」。
〔六五〕「荷」，原作「筍」，致本同，明四本作「持」，據其他毛校本改。
〔六六〕「中」，光本作「下」。
〔六七〕「腥」，澹本作「臭」。
〔六八〕「仗」，原作「伏」，致本同，據其他古本改。
〔六九〕「若」，原作「如」，毛校本同。按：後文第一百十一回回前批作「君之獒不若臣之獒」。《公羊傳・宣公六年》：「趙盾顧曰：『君之獒，不若臣之獒也。』」據改。「臣」，光本訛作「君」。
〔七〇〕「矣」，貫本、澹本作「也」。

故特設宴相召，兼議大事。太傅雖恙〔七一〕，還當勉强一行。」恪從其言，遂同孫峻、滕胤入宮，張約亦隨入。漁張約已阻而吴主復召入，生死安可逃乎？恪見吴主孫亮，施禮畢，就席而坐。亮命進酒，恪心疑，辭曰：「病軀不勝盃酌。」孫峻曰：「太傅府中常服藥酒，可取飲乎？」恪曰：「可也。」遂令從人回府取自製藥酒到，恪方纔放心飲之。毛不飲君之酒，而自飲家中之酒。以爲懷疑，則懷疑極矣；以爲不敬，則不敬甚矣。漁罪當誅戮，豈藥酒能致之死乎？酒至數巡，吴主孫亮託事先起。孫峻下殿，脱了長服，着短衣，内披環甲，手提利刃，上殿大呼曰：「天子有詔誅逆賊！」諸葛恪大驚，擲盃於地，欲拔劍迎之，頭已落地。毛漁從前種種（災）（怪）異，於〔七二〕此結局。贊鍾孫峻有用。張約見峻斬恪，揮刀來迎。峻急閃過，刀尖傷其左指。峻轉身一刀，砍中張約右臂。武士一齊擁出，砍倒張約，剁爲肉泥。毛此亦一黄犬也。贊鍾暢。孫峻一面令武士收恪家眷，一面令人將張約并諸葛恪屍首，用蘆蓆包裹，以小車載出，棄於城南門外石子崗亂塚坑内。毛漁可惜聰明人如此結果。〈毛〉世之自恃聰明、妄自託〔七三〕大者，可不戒哉？三補註今（爲）（之）亂葬（坑）（岡）也。

却説諸葛恪之妻正在房中心神恍惚，動止不寧。忽一婢女入房，恪妻問曰：「汝遍身如何血臭？」其婢忽然反目切齒，飛身跳躍，頭撞屋梁，口中大叫：「吾乃諸葛恪也！被奸賊孫峻謀殺！」毛前已寫過無數災異，不想又有此一段在後。漁此處又怪異，全家取殺之兆。恪合家老幼，驚惶號哭。不一時，軍馬至，圍住府第，將〔七四〕恪全家老幼，俱縛至市曹斬首。毛前之災異，爲恪殺之兆；後之災異，又爲全家皆殺之兆。鍾此正爲恪太殺戮之報。時吴建興二年冬十

〔七一〕「恙」上，明四本有「感冒」。
〔七二〕毛批「於」，貫本、滄本作「至」。
〔七三〕「托」，貫本、滄本作「尊」。
〔七四〕「將」字原闕，據毛校本補。

月也。昔諸葛瑾存日〔七五〕，見恪聰明盡顯於外，歎曰：「此子非保家之主也！」毛知子莫若〔七六〕父。○此補前文所未及。鍾知子者奚若父？漁瑾已先知子之不能善終。又魏光禄大夫張緝，曾對司馬師曰：「諸葛恪不久死矣。」師問其故，緝曰：「威震其主，何能久乎？」毛宣帝負芒刺於背，霍光之所以赤族也。○此亦補前文所未及。至此果中其言。

却說孫峻殺了諸葛恪，吴主孫亮封峻爲丞相、大將軍、富春侯，總督中外諸軍事。自此權柄盡歸孫峻矣。

且說姜維在成都，接得諸葛恪書，欲求相助〔七七〕伐魏，毛遥接前文。遂入朝，奏准後主，復起大兵，北〔七八〕伐中原。正是：

一度興師未奏績，兩番討賊欲成功。

未知勝負如何，且看下文分解。

諸葛恪不禁熬煉，不濟，不濟，有愧令叔多矣！

大凡少年聰明之人，能折節聖賢，讀書聞道，方免得一死。不然，未有不禍及其身者也。吾于諸葛恪又一驗矣。

少年聰明，必折節聖賢。讀書聞道，方能免禍。諸葛恪妄作妄爲，累及三族，有愧令叔多矣。

〔七五〕「存日」，光本、夏本、贊本作「在日」，嘉本作「在時」。
〔七六〕「若」，光本、商本作「如」。
〔七七〕「相助」，商本作「合約」，明四本無。
〔七八〕「北」，原作「找」，致本同，明四本無。據其他毛校本改。

第一百九回

困司馬漢將奇謀 ㊂二犯中原。
廢曹芳魏家果報

姜維一伐中原，因夏侯霸之來，乘其宗黨之內變也。再伐中原，因諸葛恪之約，乘其隣境之外侵也。而前後皆無成功者，前則借羌兵爲助，而羌兵不至；後則羌兵至，而羌兵反爲敵所用也。夫武侯在日，猶有鐵車之助魏；武侯死後，安得〔一〕恃羌兵之助劉？若以羌兵爲可信，孰如南蠻孟獲之可信乎？武侯不聞求助於蠻，而姜維乃欲求助於羌，此則〔二〕姜維之失計者耳。

姜維雖失計，不得以失計咎姜維也。何也？牛頭山之敗，固甚於武侯之失街亭；而鐵籠山之圍，則不異武侯之算上方谷也。無〔三〕如上方谷之燒，則水自天來；鐵籠山之渴，則水從地出。街亭之水道絶，天不助馬謖以泉；鐵籠之水道絶，天獨助司馬昭以水。天實爲之，謂之何哉？故曰：不得以失計爲姜維咎。

五月渡瀘之時，武侯嘗拜井出泉矣。而武侯所拜，有數十井；司馬昭所拜，止是一井。一井〔四〕而有數十井之用，不更奇乎？赤壁鏖兵之時，武侯嘗借箭曹營矣。而武侯借曹操之箭以射曹操，有十萬枝；姜維借郭淮之箭以射郭淮，止〔五〕是一枝。以一箭而勝十萬箭之力，不更奇乎？讀《三國》者，閱至後幅，愈出愈奇。誰謂武侯死後，無出色驚人之事？

郭淮死，徐質死，而司馬昭不死，非天之

〔一〕「得」，貫本、澹本、商本作「能」。
〔二〕「則」，貫本、澹本脱。
〔三〕「無」上，貫本、澹本有「亦」字。
〔四〕「一井」，貫本、澹本脱。
〔五〕「止」，光本作「正」，形訛。

愛司馬也。爲有一段絶妙排場在後，欲借司馬氏演出，爲後世亂臣賊子戒耳。獻帝有衣帶詔，曹芳亦有血詔；漢有伏后之見弑，魏亦有張后之見弑；漢有伏完、董承之事泄，魏亦有張緝之事泄。報報之反〔六〕，何無分毫之或爽耶？且前人所爲，後人效之，必有更甚者。曹操未嘗以衣帶詔而廢獻帝，司馬師乃以血詔而廢曹芳，則已甚矣。天之假手於後人，以報其前人，又必有比前而更快者。衣帶詔之泄露甚遲，曹芳之血詔泄露甚速，則尤〔七〕快矣。天道好還，及其還也，又加倍相償。讀〔八〕書至此，令人毛髮俱悚！

甚矣，造物者之巧也！逆臣之報，不待後世之人言之，而即令其子孫當日自言之。今人以司馬師比曹操，而曹芳亦自以其太祖比司馬師；今人以董承比張緝，而曹芳亦自以其國丈比董承。此是現前因果，明明告世，不必更聽釋氏地獄輪廻之説矣。

蜀漢延熙十六年秋，將軍姜維起兵二十萬，令廖化、張翼爲左右先鋒，夏侯霸爲叅謀，張嶷爲運糧使，大兵出陽平關伐魏。【毛】【漁】此（是）（時）二伐中原。維與夏侯霸商議曰：「向取雍州，不克而還，今若再出，必又有准備。公有何高見？」霸曰：「隴上諸郡，只有南安錢糧最廣，若先取之，足可爲本。【毛】武侯第一次出兵，曾取南安、安定、天水三郡，此計與前有合。【漁】此計與武侯當日取三郡〔九〕相合。【鍾】□亦筭（得）通。向者不克而還，葢因羌兵不至。今可先遣人會羌人於隴右，然後進兵出石營，【嘉】地名。從董亭【五】石營、董亭俱地名。【嘉】地名。直取南安。」維大喜曰：「公言甚妙！」遂遣郤正爲使，賫金珠蜀錦入羌，結好羌王。羌王迷當【嘉】王名。【二】迷當，羌王之名號也。得了禮物，便起兵五萬，令羌將俄何燒戈

〔六〕「報報之反」，貫本、齋本、光本「報復之反」，商本作「報應之巧」。
〔七〕「尤」，貫本作「更」，齋本、光本作「又」。
〔八〕「讀」字原闕，據毛校本補。
〔九〕「郡」，原作「羣」，形訛，據衡校本改。

三（餓〔一〇〕何燒戈，）羌胡名將（也）。爲大先鋒，引兵南安來。毛漁前番不肯白〔一一〕來，今番（買他）（用金帛禮物）便來（也）。（甚矣，阿堵之有用也！）魏車騎將軍〔一二〕郭淮聞報，飛奏洛陽。司馬師問諸將曰：「誰敢去敵蜀兵？」輔國將軍徐質曰：「某願往。」師素〔一三〕知徐質英勇過人，心中大喜，即令徐質爲先鋒，令司馬昭爲大都督，領兵望隴西進發。軍至董亭，正遇姜維，兩軍列成陣勢。徐質使開山大斧，出馬挑戰，蜀陣中廖化出迎。戰不數合，化拖刀敗回。張翼縱馬挺鎗而迎，戰不數合，又敗入陣。徐質驅兵掩殺，蜀兵大敗，毛先寫徐質之勇，以見姜維之智。退三十餘里。司馬昭亦收兵回，各自下寨。

姜維與夏侯霸商議曰：「徐質勇甚，當以何策擒之？」霸曰：「來日詐敗，以埋伏之計勝之。」維曰：「司馬昭乃仲達之子，豈不知兵法？若見地勢掩映，必不肯追。毛司馬昭收兵不趕之故，從姜維口中襯〔一四〕出。吾見魏兵累次斷吾糧道，今却用此計誘之，可斬徐質矣。」毛漁此計殊〔一五〕妙。遂喚廖化分付如此如此，又喚張翼分付如此如此，二人領兵去了。鍾此計可瞞過他。一面令〔一六〕軍士於路撒下鐵蒺藜，二鐵蒺藜，軍中所用之器物，以鐵爲之，其鋒俱鋭。寨外多排鹿角，示以久計。

徐質連日引兵搦戰，蜀兵不出。哨馬報司馬昭說：「蜀兵在鐵籠山後，用木牛流馬搬運糧草，毛木牛流馬，又於此〔一七〕一提。照應一百二回中事。漁又將木牛流馬一提。以爲久計，只待羌兵策應。」昭喚徐質曰：「昔日所以勝蜀者，因斷彼糧道也。今蜀兵在鐵籠山後運糧，汝今夜引兵五千，斷其糧道，蜀

〔一〇〕按：明三本正文及批語作「餓」。
〔一一〕毛批「白」，貫本、齋本、潛本、光本作「自」，形訛。
〔一二〕「車騎將軍」，原作「左將軍」，古本同。按：《三國志·魏書·郭淮傳》：「今以淮爲車騎將軍、儀同三司，持節、都督如故。」據改。
〔一三〕「素」字原闕，據毛校本補。
〔一四〕「不趕」，貫本、潛本脱。「襯」，商本作「説」。
〔一五〕毛批「殊」，致本訛作「珠」，商本作「甚」。
〔一六〕「令」，光本作「名」，明四本無。
〔一七〕「於此」，光本作「在此處」。

兵自退矣。」毛漁（果）不出姜維所料。贊政落維計中。鍾正中姜維之計矣。徐質領令[一八]，初更時分，引兵望鐵籠山來，果見蜀兵二百餘人，驅百餘頭木牛流馬，裝載糧草而行。魏兵一聲喊起，徐質當先攔住，蜀兵盡棄糧草而走。質分兵一半，押送糧草回寨，自引兵一半追來。追不到十里，前面車仗橫截去路。質令軍士下馬拆開車仗，只見兩邊忽然火起。毛善學丞相火攻，是好徒弟。漁又用孔明火攻之法。質急勒馬回走，後面山僻窄狹處，亦有車仗截路，火光迸起。質等冒煙突火，縱馬而出。一聲砲響，兩路軍殺來，左有廖化，右有張翼，大殺一陣，魏兵大敗。徐質奮死隻身而走，人困馬[一九]乏。正奔走間，前面一枝兵殺到，乃姜維也。質大驚無措，被維一鎗刺倒坐下馬。徐質跌下馬來，被衆軍亂刀砍死。質所分一半押糧兵，亦被夏侯霸所擒，盡降其衆。

霸將魏兵衣甲馬匹，令蜀兵穿了，就令騎坐，打着魏軍旗號，從小路逕奔回魏寨來。魏軍見本部兵回，開門放入，蜀兵就寨中殺起。毛此處用兵，直與武侯彷彿。鍾□見□□巧處。漁姜維用兵之法種種盡善，真乃武侯之高徒也。司馬昭大驚，慌忙上馬走時，前面廖化殺來。昭不能前進，急退時，姜維引兵從小路殺到。昭四下無路，只得勒兵上鐵籠山據守。原來此山只有一條路，四下皆險峻難上，其上惟有一泉，止彀百人之飲，此時昭手下有六千人，被姜維絕其路口，毛漁絕其水道，（可以奉答前番二城之失）（與前相照）。山上泉水不敷，人馬枯渴。昭仰天長歎曰：「吾死於此地矣！」毛讀至此，令人拍案一快。〇上[二〇]方谷苦於有火，鉄籠山苦於無水。前後相對。後人有詩曰[二一]：

妙算姜維不等閒，魏師受困鐵籠間。
龐涓始入馬陵道，項羽初圍九里山。

[一八]「令」，滄本、光本、商本作「命」，明四本無。
[一九]「困馬」，滄本、商本倒作「馬困」。
[二〇]「上」上，商本有「燒」。
[二一]毛本後人詩從贊本，爲靜軒詩；鍾本同周本、夏本、贊本；嘉本及漁本無。

主簿王韜曰：「昔日耿恭受困，拜井而得甘泉。二補註後漢耿恭取疏勒城，匈奴圍之，擁絶澗水，恭於城中穿井十五丈不得水，恭乃整衣服向井再拜。有頃，水泉奔出。〔一二二〕將軍何不效之？」昭從其言，遂上山頂泉邊，再拜而祝曰：「昭奉詔來退蜀兵，若昭合死，令甘泉枯竭，昭自當刎頸，教部軍盡降，如壽祿未終，願蒼天早賜甘泉，以活衆命！」祝畢，泉水湧出，取之不竭，因此人馬不死。毛此天助晉，非助魏也。看司馬昭所祝，但爲自己壽命祝耳，更無一語及魏事。鍾兩番脱死，皆是天救。漁看此司馬昭所祝者，止爲壽祿而祝，而天之賜泉水者，實助晉，非助魏。

却說姜維在山下困住魏兵，謂衆將曰：「昔日丞相在上方谷不曾捉住司馬懿，吾深爲恨，毛照應一百三回中事。贄此時羌胡兵如何不到姜維會合處？少失之疎矣。〔一二三〕今司馬昭必被吾擒矣。」

却說郭淮聽知司馬昭困於鐵籠山上，欲提兵來。陳泰曰：「姜維會合羌兵，欲先取南安。今羌兵已到，毛羌兵之來，在陳泰口中虛寫。省筆之法。將軍若徹兵去救，羌兵必乘虛襲我後也。可先令人詐降羌人，於中取事，若退了此兵，方可救鐵籠之圍。」郭淮從之，遂令陳泰引五千兵，逕到羌王寨內，解甲而入，毛不戰而降便是假；帶着五千兵來，一發是假。〈毛漁〉只好騙羌人，却騙蜀將不（得）（動）。泣拜曰：「郭淮妄自尊大，常有殺泰之心，故來投降。郭淮軍中虛實，某俱〔一二四〕知之。只今夜願引一軍前去劫寨，便可成功。如兵到魏寨，自有內應。」鍾此計亦只好哄迷當。迷當大喜，遂令俄何燒戈同陳泰來劫魏寨。俄何燒戈教泰降兵在後，令泰引羌兵爲前部。贄俄何燒戈適湊泰計。〔一二五〕是夜二更，竟到魏寨，寨門大開，陳泰一騎馬先入。俄何燒戈驟馬

〔一二二〕周、夏批原文作「後漢耿恭取疏勒城，匈奴圍之，離絶間水，恭於城中穿井十五丈，乏水，恭乃整衣冠向井再拜。有頃，水泉湧出」，據《後漢書·耿弇列傳》校正。

〔一二三〕吳本脱此句贄批。

〔一二四〕「俱」，商本作「具」，嘉本、周本作「俱皆」。

〔一二五〕贄甲本無此句贄批，據緑本補。

挺鎗入寨之時，只叫得一聲苦，連人帶馬，跌在陷坑裏。陳泰兵〔二六〕從後面殺來，郭淮從左邊殺來，羌兵大亂，自相踐踏，死者無數，生者盡降，俄何燒戈自刎而死。【毛】二〔二七〕人畧勝迷當。郭淮、陳泰引兵直殺到羌人寨中，迷當大王急出帳上馬時，被魏兵生擒活捉，來見郭淮。淮慌下馬，親去其縛，用好言撫慰曰：「朝廷素以公爲忠義，今何故助蜀人也？」迷當慚愧伏罪。淮乃說迷當曰：「公今爲前部，去解鐵籠山之圍，退了蜀兵，吾奏准天子，自有厚賜。」【毛】【漁】郭淮用計，（亦）與司馬懿（相）彷（彿）。迷當從之，遂引羌兵在前，魏兵在後，逕奔鐵籠山。【毛】【漁】維（欲用）（請）羌人（助戰），羌人反爲淮所用。惜哉〔二八〕！【贊】然則向之會合羌胡，是姜維代魏樹援也。一笑。【鍾】（會）合羌（胡），反爲魏樹援了。時值三更，先令人報知姜維。維大喜，教請入相見。魏兵多半雜在羌人部内，行到蜀寨前，維令大兵皆在〔二九〕寨外屯扎，迷當引百餘人到中軍帳前，姜維、夏侯霸二人出迎。魏將不等迷當開〔三〇〕言，就從背後殺將起來。維大驚，急上馬而走。羌、魏之兵，一齊殺入，蜀兵四紛五落，各自逃生。【毛】讀至此，拍案一嘆。維手無器械，腰間止〔三一〕有一副弓箭，走得慌忙，箭皆落了，只有空壺。維望山中而走，【毛】讀者爲姜維捏一把汗。【漁】此時姜維可爲計窮力竭，令看者心中恐懼一番。背後郭淮引兵趕來，見維手無寸鐵，乃驟馬挺鎗追之。看看至近，維虛拽〔三二〕弓絃，連響十餘次。淮連躱數番，不見箭到，知維無箭，乃掛住鋼鎗，拈弓搭箭射之。【毛】又爲姜維捏一

〔二六〕「兵」，原無，古本同。按：前文作「教泰降兵在後，令泰引羌兵爲前部」，「陳泰一騎馬先入」。酌補。
〔二七〕「二」，貫本、澹本、商本作「此」。
〔二八〕毛批「哉」，光本作「者」。
〔二九〕「皆在」，原作「皆」，致本、業本、齋本、周本、夏本、贊本同；貫本、澹本作「在」。據其他古本補。
〔三〇〕「開」，商本作「出」。
〔三一〕「間」，商本脱。「止」，齋本、光本作「懸」。
〔三二〕「拽」，原作「洩」，致本同，貫本、澹本作「曳」。按：「洩」字形訛，據其他古本改。

把汗。維急閃過，順手接了，就扣在弓弦上，待淮追近，望面門上儘力射去，淮應弦落馬。【毛】【漁】得此一箭，（稍快人意）（庶乎稍暢人心）。【贊】維勇。【鍾】姜維頗〔三三〕勇。維勒回馬來殺郭淮，魏軍驟至。維下手不及，只掣得淮鎗而去。魏兵不敢追趕，急救淮歸寨，拔出箭頭，血流不止而死。司馬昭下山引兵追趕，半途而回。夏侯霸隨後逃至，與姜維一齊奔走。維折了許多人馬，一路收劄不住，自回漢中。雖然兵敗，却射死郭淮，殺死徐質，挫動魏國之威，將功補罪。【毛】以下〔三四〕按下蜀漢，專叙魏國。

却説司馬昭犒勞羌兵，【漁】此處又叙魏國。發遣回國去訖，班師還洛陽，與兄司馬師專制朝權，羣臣莫敢不服。魏主曹芳每見師入朝，戰慄不已，如針刺背。【毛】【漁】令人追想獻〔三五〕帝見曹操時。一日，芳設朝，見師掛〔三六〕劍上殿，慌忙下榻迎之。【贊】【鍾】曹芳此時便具殺道。師笑曰：「豈有君迎臣之禮也，請陛下穩便。」須臾，羣臣奏事，司馬師俱自剖斷，並不啓奏魏主〔三七〕。少時朝退，師昂然下殿，乘車出内，前遮後擁，不下數千人馬。【毛】寫得司馬師聲勢，依然曹操當年。【漁】司馬師今日之威武，即曹操當年之聲勢也。芳退入後殿，顧左右止有三人：乃太常夏侯玄，中書令李豐，【毛】李豐有二：李嚴之子亦名豐，乃蜀之李豐也；今此李豐，則魏之李豐。光禄大夫張緝。緝乃張皇后之父，曹芳之皇丈也。【毛】令人追念伏完。芳叱退近侍〔三八〕，同三人至密室商議。芳執張緝之手而哭曰：「司馬師視朕如小兒，覷百官如草芥，社稷早晚必歸此人矣！」言訖大哭。【毛】【漁】（令人追念）（即當日）獻帝告董承之語〔三九〕。李豐奏曰：「陛下勿憂。臣雖不才，願以陛下之明詔，聚四方之英傑，以勦

〔三三〕「頗」，原作「破」，誤。酌改。
〔三四〕「下」，滄本作「上」。
〔三五〕毛批「獻」，光本作「漢」。
〔三六〕「掛」，嘉本作「帶」。
〔三七〕「主」字原闕，據毛校本補。
〔三八〕「侍」，原作「待」，形訛，據古本改。
〔三九〕毛批「承」，原作「丞」，形訛，據毛校本改。漁批闕尾字，據衡校本補。

此賊。」夏侯玄奏曰：「臣叔〔四〇〕夏侯霸降蜀，因懼司馬兄弟謀害故耳，毛照應一百七回中事。今若勦除此賊，臣叔必同也。臣乃國家舊戚，安敢坐視奸賊亂國，願同奉詔討之。」芳曰：「但恐不能耳。」三人哭奏曰：「臣等誓當同心討賊，以報陛下！」毛令人追念馬騰等誓詞。芳脱下龍鳳汗衫，咬破指尖，寫了血詔，授與張緝，毛令人追念獻帝賜衣帶詔時。贄天理發現了。漁即當日馬□□□□□□□□衣帶詔同也。乃囑曰：「朕祖武皇帝誅董承，蓋爲機事不密也。毛如此報應，妙在教他子孫自説出來。漁而□□□事□□他子孫自説出來，此報應之不爽也。至司馬師帶劒而來，又當年董承遇曹操相同也。卿等須謹細，勿泄於外。」豐曰：「陛下何出此不利之言？臣等非董承之輩，司馬師安比武祖也？毛曹芳以武祖比師，便爲司馬氏〔四一〕篡位之兆。陛下勿疑。」

三人辭出，至東華門左側，正見司馬師帶劒而來，從者數百人，皆持兵器。三人立於道旁。毛令人追念董承遇曹操時。師問曰：「汝三人退朝何遲？」李豐曰：「聖上在内廷觀書，我三人侍讀故耳。」師曰：「所看何書？」毛乃看漢史衣帶詔故事。豐曰：「乃夏、商、周三代之書也。」師曰：「上見此書，問何故事？」豐曰：「天子所問伊尹扶商、周公攝政之事，我等皆奏曰：『今司馬大將軍，即伊尹、周公也。』」毛不欲學伊尹、周公，却欲學舜、禹受禪耳。贄通。鍾李豐（甚）通。師冷笑曰：「汝等豈將吾比伊尹、周公！其心實指吾爲王莽、董卓！」毛何不竟説曹操。三人皆曰：「我等皆將軍門下之人，安敢如此？」師大怒曰：「汝乃口諛之人！適間與天子在密室中所哭何事？」毛漁曹芳左右（都是〔四二〕）（俱）司馬（氏）（師）心腹（，却於）（之人，又與）司馬

〔四〇〕「叔」，原作「兄」，古本同。按：同第一百七回校記〔四七〕，據改，後同。

〔四一〕「曹」，原作「董」，形訛，據毛校本改。「比」下，光本有「司馬」。「氏」，商本訛作「師」。

〔四二〕「是」，濬本訛作「楚」，光本作「爲」。

師口中（見之）（說出）。三人曰：「實無此狀。」師叱曰：「汝三人淚眼〔四三〕尚紅，【毛】筆有在後文追染〔四四〕前文者，此類是也。如何抵賴！」夏侯玄知事已泄，乃厲聲大罵曰：「吾等所哭者，爲汝威震其主，將謀篡逆耳！」師大怒，叱武士捉夏侯玄。玄揎〔四五〕拳裸袖，逕擊司馬師，【毛】不是厮打的事。却被武士擒住。師令將各人搜檢，於張緝身畔搜出一龍鳳汗衫，上有血字。【毛】【漁】比董承事又泄漏得快。左右呈與司馬師。師視之，乃密詔也，詔曰〔四六〕：

司馬師弟兄，共持大權，將圖篡逆。所行詔制，皆非朕意。各部官兵將士，可同仗忠義，討滅賊臣，匡扶社稷。功成之日，重加爵賞。【毛】獻帝手詔，在董承眼中敘出；曹芳手詔，在司馬師眼中敘出，又自不同。

司馬師看畢，勃然大怒曰：「原來汝等正欲謀害吾兄弟，情理難容！」遂令將三人腰斬於市，滅其三族，【毛】【漁】令人追念董承等七人遇害之時。三人罵不絕口。比臨東市中，牙齒盡被打落，各人含糊數【二】音所。罵而死。【毛】令人追念吉平截指之時〔四七〕。【漁】與吉平截指時同。

師直入後宮，魏主曹芳正與張皇后商議此事。皇后曰：「內庭耳目頗多，儻事泄露，必累妾矣！」【毛】令人追念伏后、董妃語。【漁】當日董妃之語相同。正言間，忽見師入，皇后大驚。師按劍謂芳曰：「臣父立陛下爲君，功德不在周公之下。臣事陛下，亦與伊尹何別乎？【毛】曹操自比文王，今司馬師自比伊、周〔四八〕。前後一轍。【贊】【鍾】師曰：「豈有君迎臣之禮？」獨有臣殺后、臣廢君之禮乎？何乃寃及伊、周也？【漁】師以伊、周自比，好高比。今反以恩爲讐，以功爲過，欲

〔四三〕「淚眼」，光本倒作「眼淚」。
〔四四〕「染」，商本作「敘」。
〔四五〕「揎」，光本作「揮」，商本作「握」。
〔四六〕毛本曹芳密詔增、改自贊本；鍾本、漁本同贊本，贊本同明三本。
〔四七〕「時」，商本作「事」。
〔四八〕「周」，光本作「尹」。

與二三小臣謀害臣〔四九〕兄弟，何也？」芳曰：「朕無此心。」師袖中取出汗衫，擲之於地曰：「此誰人所作耶！」毛親筆現在，如何抵賴？芳魂飛天外，魄散九霄，戰慄而答曰：「此皆爲他人所逼故也。朕豈敢興此心？」師曰：「妄誣大臣造反，當加何罪？」毛自然反坐，有何理說！芳跪告曰：「朕合有罪，望大將軍恕之！」毛情甘罪責，所供是實。師曰：「陛下請起。毛「陛下」二〔五〇〕字之下忽接「請起」，自有陛下以來，未有如此之没體面者也。漁取汗衫畱〔五一〕親筆現在，無可抵賴。而師言「妄誣大臣」，罪當反坐。「望將軍恕之」，其罪責也。而師云「陛〔五二〕下請起」，未有没體面如此也。國法未可廢也。」毛不當曰國法，竟當曰家法耳〔五三〕。乃指張皇后曰：「此是張緝〔五四〕之女，理當除之！」芳大哭求免，師不從，叱左右將張后捉出，至東華門內，用白練絞死。毛令人追念華歆破壁取伏后時。鍾伏所料（應）不爽。漁用白綾絞張皇后，正當年華歆取伏后時事同矣。後人有詩曰〔五五〕：

當年伏后出宮門，跣足哀號別至尊。
司馬今朝依此例，天教還報在兒孫。贊鍾請看因果。

次日，司馬師大會羣臣曰：「今主上荒淫無道，褻近娼優，聽信讒言，閉塞賢路，其罪甚如〔五六〕漢之昌邑，二補註漢昌邑王無道，其臣霍光，數其罪而廢之。不能主天下。吾謹按伊尹、霍光之法，別立新君，以保社稷，以安天下，如何？」毛漁此時不學曹操，不學曹丕，（又）（而）學董卓矣。（覺弟四回中事，於此又見。）衆皆應曰：「大將軍行伊、霍之事，所謂

〔四九〕「臣」，商本作「吾」，明四本無。
〔五〇〕「二」，瀋本作「王」，光本作「一」。
〔五一〕「畱」，衡校本作「言」。
〔五二〕「陛」，原作「殿」，衡校本同。按：漁本、毛本正文皆作「陛」，據正文改。
〔五三〕「耳」，商本作「也」。
〔五四〕「緝」，原作「絹」，形訛，據古本改。
〔五五〕毛本後人詩改自贊本；鍾本、漁本同贊本，贊本同明三本。
〔五六〕「如」，貫本、光本、商本作「於」。

應天順人，誰敢違命？」毛此時更無丁原、袁紹〔五七〕其人。師遂同多官入永寧宮，奏聞太后。太后曰：「大將軍欲立何人爲君？」師曰：「臣觀彭城王曹據，聰明仁孝，可以爲天下之主。」太后曰：「彭城王乃老身之叔，今立爲君，我何以當之？今有高貴鄉〔五八〕公曹髦，乃文皇帝之孫，此人温恭克讓，可以立之。卿等大臣從長計議。」一人奏曰：「太后之言是也。便可立之。」衆視之，乃司馬師宗叔司馬孚也。師遂遣使往元城召高貴鄉公；毛據幼而髦長，故師利於立幼，因孚之言，勉從之耳。請太后升太極殿，召芳責之曰：「汝荒淫無度，褻近娼優，不可承天下，當納下璽綬，復齊王之爵，目下起程，非宣召不許入朝。」芳泣拜太后，納了國寶，乘王車大哭而去。只有數員忠義之臣，含淚而送。後人有詩曰〔五九〕：

昔日曹瞞相漢時，欺他寡婦與孤兒。
誰知四十餘年後，寡婦孤兒亦被欺。鍾讀之令人惕然。

却說高貴鄉公曹髦，字彥士，乃文帝之孫，東海定王霖之子也。毛漁比曹芳又覺來歷明白。當日司馬師以太后命宣至，文武官僚，備鑾駕於西掖門南〔六〇〕拜迎。髦慌忙答禮，河南尹〔六一〕王肅曰：「主上不當答禮。」髦曰：「吾亦人臣也，安得不答

〔五七〕「紹」，原作「詔」，形訛，據毛校本改。

〔五八〕「高貴鄉」醉本眉注、贊本、鍾本夾注原有「高貴鄉，今大名府元城縣」，周、夏批作「高貴鄉，古地名，漢屬元城縣，後魏析置貴鄉縣，今屬北直隸大名府元城縣也」，周批「元城縣也」作「沅城縣也」。按：《三國志·魏書·三少帝紀》裴注引《魏書》：「尚書亮、侍中表等奉法駕，迎公于元城。」又《三少帝紀》：「正始五年，封郯縣高貴鄉公。」《集解》曰：「高貴鄉，在今山東沂州府郯城縣境。」各本誤注高貴鄉爲迎高貴鄉公之地。不録。

〔五九〕毛本後人詩從贊本，爲静軒詩；鍾本、漁本同周本、夏本、贊本；嘉本無。

〔六〇〕「西掖門南」，原作「南掖門外」，古本同。按：《三國志·魏書·三少帝紀》：「羣臣迎拜西掖門南。」據改。

〔六一〕「河南尹」，原作「太尉」，古本同。按：《三國志·魏書·王朗傳》附《王肅傳》：「徙爲河南尹。嘉平六年，持節兼太常，奉法駕，迎高貴鄉公于元城。」據改，後同。

禮乎？」文武扶髦上輦入宮，髦辭曰：「太后詔命，不知爲何。吾安敢乘輦而入？」遂步行至太極東堂。司馬師迎着，髦先下拜，【毛】此時曹髦極其謙恭，後文仗劍出宮，只爲更耐不得耳。師急扶起。問候已畢，引見太后，太〔六二〕后曰：「吾見汝年幼時，有帝王之相，汝今可爲天下之主。務須恭儉節用，布德施仁，勿辱先帝也。」髦再三謙辭。師令文武請髦出太極殿，是日立爲新君，改嘉平六年爲正元元年，大赦天下，假大將軍司馬師黃鉞，入朝不趨，奏事不名，帶劍上殿。【毛】【漁】與曹操無異。文武百官，各有封賜。

正元二年春正月，有細作飛報，說鎮東將軍毌丘儉、揚州刺史文欽，以廢主爲名，起兵前來。司馬師大驚。正是：

漢臣曾有勤王志，魏將還興討賊師。

未知如何迎敵，且看下文分解。

司馬昭竟自祝泉，何等直截，何必效耿恭故事乎？作《演義》者定是記時文秀才也。一笑一笑。

曹瞞通天智術，亦不過四十年耳。向之出乎爾者，今盡反乎爾者矣。奉勸世人看此樣子，不若做箇忠臣孝子，反得便宜也。道學先生有言曰：「做君子，白落做了君子，做小人，枉却做了小人。」真至言也。勿爲「不能流芳，亦當遺臭」等語所誤，徒逞其智術無益也。請自思之，即有智術，能如老瞞乎哉？今老瞞何如？也不過四十年耳。可思也，可念也。

曹操帶劍上殿，司馬師亦帶劍上殿；曹操弒伏后，司馬師亦弒張后；曹操廢獻帝，司馬師亦廢芳立髦。自作自受，報應分明，始見天網疎而不漏。

〔六二〕「太」，商本脫。

第一百十回

文鴦单騎退雄兵
姜維背水破大敵

五 三犯中原。

今人讀董卓之廢漢帝，未有不怒者也；讀司馬師之廢魏主，未有不喜者也。今人讀曹操之弒伏后，未有不怒者也；讀司馬師之弒張后，未有不喜者也。何也？爲曹氏之報宜爾也。雖然，弒后廢帝，不可以訓。操爲漢賊，師亦爲魏賊，爲漢臣者當爲漢討賊，爲魏臣者安得不爲魏討賊乎？故毋丘儉之揮淚，文欽〔一〕之起兵，文鴦之力戰，作史者皆特書以予之。

魏之偪漢，即以司馬氏之偪魏者報之矣。若司馬氏之偪魏，豈得獨無報乎？曰：有報。報之以金墉之禍，報之以青衣之辱，報之以犧牛之易，報之以劉宋之簒也。然司馬昭有後，司馬師無後。有後則報之於子孫，無後則當報之於其身。而司馬師獨以病終，將奈何？曰：眼珠迸出，亦可以當顯戮也已。

姜維三伐中原，在曹芳既廢、司馬師既死之後。夫師既死，則有隙可乘；芳既廢，則亦有賊可討也。然維之心，自爲漢討賊，初非爲魏討賊也。而以討漢賊爲念，亦不妨借討魏賊以爲名者，何哉？蓋人方欲討司馬，我姑從其討司馬之名，而天方大討曹，則我自行我討曹之志耳。

背水之陣，徐晃以之拒漢而不勝，武侯以之拒曹而勝，姜維用之，則視前而爲三矣；疑兵之伏，武侯一以之退曹操於漢中，一以之退司馬懿於祁山，鄧艾用之，則亦視前而爲三矣。此用彼法，彼用此法，或不皆得，或皆得，各各不同。讀之不厭其複。

〔一〕「欽」，原作「起」，致本同，據其他毛校本改。

却說魏正元二年正月，揚州都督〔二〕、鎮東將軍、領淮南軍馬毌丘儉，字仲恭，河東〔三〕聞喜人也，毛以其能討賊，故存其官，并書其地，書其字。聞司馬師擅行廢立之事，心中憤怒〔四〕。長子毌丘甸曰：「父親官居方面，司馬師專權廢主，國家有壘卵之危，安可晏然自守？」毛漁與馬騰父子相同。贊鍾（此子）壯哉！〔五〕儉曰：「吾兒之言是也。」遂請刺史文欽商議。欽乃曹爽門下客，毛漁爲後尹大目追趕（一段）伏筆。當日聞儉相請，即來拜謁。儉邀入後堂，禮畢，說話間，儉流淚不止。欽問其故，儉曰：「司馬師專權廢主，天地反覆，安得不傷心乎？」毛前董承與馬騰語，都用反挑；今毌丘儉與文欽語，只是直說。漁毌丘儉俱係直言。欽曰：「都督鎮守方面，若肯仗義討賊，欽願捨死相助。欽中子文俶，小字阿鴦，有萬夫不當之勇，常欲殺司馬師兄弟，與曹爽報讎，今可令爲先鋒。」毛又是一箇好兒子，不減馬超。鍾頗有義氣。儉大喜，即時酹〔六〕酒嘉音類。二酹，音類，以酒灌地也。爲誓。二人詐稱太后有密詔，令淮南大小官兵將士，皆入壽春城，立一壇於西，宰白馬歃血爲盟，宣言司馬師大逆不道，今奉太后密詔，令盡起淮南軍馬，仗義討賊。毛漁與曹操矯詔討董卓時相似。衆皆悅服。儉提六萬兵，屯於項城。六項城，（漢之縣名，）今（屬）開封府（陳州〔七〕也）。文欽領兵二萬在外爲遊兵，往來接應。儉移檄諸郡，令各起兵相助。

却說司馬師左眼肉瘤不時痛痒，毛瘤者，身之贅肉也。師之視君亦如此矣。乃命醫官割之，以藥封閉，

〔二〕「都督」，原作「刺史」，毛校本、贊本同。按：前回末作「揚州刺史文欽」，後文作「刺史文欽」。《三國志·魏書·毌丘儉傳》：「儉爲鎮東，都督楊州」，「揚州刺史、前將軍文欽，曹爽之邑人也。」據明三本改。

〔三〕「河東」，原作「河南」，毛校本同。按：《三國志·魏書·毌丘儉傳》：「毌丘儉字仲恭，河東聞喜人也。」據明四本改。

〔四〕「憤怒」，明四本作「大恨」。

〔五〕贊批贊甲本原闕首字，據緑本補。

〔六〕「酹」，商本作「酬」，形訛。

〔七〕醉本眉注原闕字，存第三、六字「今」「府」，據贊本夾注補齊前六字。「陳州」，夏批、贊、鍾本夾注原作「東州」。按：項城後屬陳州，據周批、漁本夾注改。

連日在府養病，忽聞淮南告急，乃請河南尹王肅二補註王肅，東海琅琊人，王朗之子也。商議。肅曰：「昔關雲長威震華夏，孫權令呂蒙襲取荊州，撫恤將士家屬，因此關公軍勢瓦解。毛七十五回中事，於此一提。漁可見用兵先以得人心爲第一着。今淮南將士家屬，皆在中原，可急撫恤〔八〕，更以兵斷其歸路，必有土崩之勢矣。」師曰：「公言極善。但吾新割〔九〕目瘤，不能自往。若使他人，心又不穩。」時中書侍郎鍾會在側，毛此處鍾會出現。進言曰：「淮楚兵强，其鋒甚鋭，若遣人領兵去退，多是不利。儻有疎虞，則大事廢矣。」師蹶然起曰：「非吾自往，不可破賊！」遂留弟司馬昭守洛陽，總攝朝政；師乘軟輿，帶病東行。令鎮南將軍〔一〇〕諸葛誕，總督豫州諸軍，從安風津二安風，東漢《竇融傳》：「詔以安豐、陽泉、蓼、安風〔一一〕四縣封融爲安豐侯。」是知安豐、安風皆漢縣名也。取壽春；又令征東將軍胡遵，領青州諸軍，出譙、六譙〔一二〕，（春秋時爲東國之譙邑，秦爲譙縣，）今亳州（是也）（是也）。宋〔一三〕之地，絶其歸路；又遣荊州〔一四〕刺史、監軍王基領前部兵先取鎮南之地。師領大軍屯於汝陽〔一五〕，聚文武於帳下商議。光禄勳鄭袤曰：「毌丘儉好謀而無斷，文欽

〔八〕「恤」，商本作「之」。

〔九〕「割」，光本作「害」，形訛。

〔一〇〕「鎮南將軍」，原作「鎮東將軍」，古本同。按：前文毌丘儉任鎮東將軍；《三國志·魏書·諸葛誕傳》：「還，徙爲鎮南將軍。」據改。

〔一一〕「安豐、陽泉、蓼、安風」，原作「安風、陽泉、蓼安、安豐」，據《後漢書·竇融列傳》删、易。

〔一二〕周批「譙」，原作「誰」，據正文及其他各本批語改。

〔一三〕「宋」，醉本眉注、贊本系夾注原有「宋今歸德府永承縣」，周、夏批原有「宋，周武王封微子於宋，今河南歸德府永城縣也」。按：《集解》曰：「盧弼按：『譙、宋即魏豫州譙郡譙、宋二縣。儉、欽兵已西至項，宋在項之南，故云絶其歸路。胡注指宋故都，誤。』」引《一統志》（《大清一統志》）：「宋縣故城，今安徽潁州府太和縣北七十里。」各本誤注，不録。

〔一四〕「荊州」，原作「豫州」，毛校本同。按：《三國志·魏書·王基傳》：「其年爲尚書，出爲荊州刺史，加揚烈將軍。」「儉衆遂敗。欽等已平，遷鎮南將軍，都督豫州諸軍事，領豫州刺史，進封安樂鄉侯。」據明四本改。

〔一五〕「汝陽」，原作「襄陽」，古本同。按：《三國志·魏書·毌丘儉傳》：「大將軍屯汝陽。」據改。

有勇而無智。今大軍〔一六〕出其不意，江淮之卒鋭氣正盛，不可輕敵，只宜深溝高壘，以挫其鋭。此亞夫之長策也。」毛漁一箇説守（是上策）。二補註景帝時，吴王濞、楚王戊反〔一七〕，周亞夫堅守昌邑不戰，吴、楚自敗而去。監軍王基曰：「不可。淮南之反，非軍民思亂也，皆因毌丘儉勢力所逼，不得已而從之。若大軍一臨，必然瓦解。」毛漁一箇説戰（方可）。鍾王基更進一籌。師曰：「此言甚妙。」遂進兵於㶏水之上，中軍屯於㶏橋。基曰：「南頓二㶏，音隱。水出潁川陽城縣少室山，入潁，即汝南隱疆縣，有橋在焉。○南頓，本汝南郡頓縣，古頓子國也，屬陳州，在蔡州東北。極好屯兵，可提兵星夜取之。若遲則毌丘儉必先至矣。」毛漁（不惟要戰，）又要速戰。（三人之語各自不同。）師遂令王基引〔一八〕前部兵來南頓城下寨。

却説毌丘儉在項城，聞知司馬師自來，乃聚衆商議。先鋒葛雍曰：「南頓之地，依山傍水，極好屯兵〔一九〕，若魏兵先占，難以驅遣，可速取之。」毛漁葛雍所料，已爲王基所料（矣）。鍾□一着□□。儉然其言，起兵投南頓來。正行之間，前面流星馬報説：「南頓已有人馬下寨。」儉不信，自到軍前視之，果然旌旗遍野，營寨齊整。儉回到軍中，無計可施。忽哨馬飛報：「東吴孫峻提兵渡江，襲壽春來了。」毛孫峻之來，却用虚寫。儉大驚曰：「壽春若失，吾歸何處！」是夜退兵於項城。司馬師見毌丘儉軍退，聚多〔二〇〕官商議。尚書僕射〔二一〕傅嘏曰：「今儉兵退者，憂吴人襲壽春也，必回項城分兵拒守。將軍可令一軍取樂嘉城，一軍取項城，一軍取壽春，則淮南之卒必退矣。兖州刺史鄧艾足智

〔一六〕「今大軍」，原作「今大將」，致本同；光本作「今大舉」，其他毛校本作「今大將」。據明四本改。

〔一七〕夏批「反」，原無。按：《史記·齊悼惠王世家》：「齊孝王十一年，吴王濞、楚王戊反，興兵西」。據周批補。

〔一八〕「引」，原無，毛校本、贊本同。據明三本補。

〔一九〕「極好屯兵」，商本脱。

〔二〇〕「多」，光本作「衆」。

〔二一〕「僕射」，原無，古本同。按：《三國志·魏書·傅嘏傳》：「以嘏守尚書僕射，俱東。」據補。

多謀，毛又在〔二二〕傳蝦口中寫一鄧艾。漁鄧艾又在傳蝦口中寫出。若領兵逕取樂嘉，更以重兵應之，破賊不難也。」師從之，急遣使持檄文，教鄧艾起兗州之兵破樂嘉城，鍾此人一出，蜀事定矣。師隨後引兵到彼會合。

却說毌丘儉在項城，不時差人去樂嘉城哨探，只恐有兵來。請文欽到營共議，欽曰：「都督勿憂。我與拙子文鴦，只消五千兵，敢保樂嘉城。」儉大喜〔二三〕。欽父子引五千兵投樂嘉來。前軍報說：「樂嘉城西皆是魏兵，約有萬餘。遥望中軍，白旄黄鉞，皂蓋朱旛，簇擁虎帳，内豎立〔二四〕一面錦繡『帥』字旗，此必〔二五〕司馬師也，毛「帥」者，師也。安立營寨，尚未完備。」時文鴦懸鞭立於父側，聞知此語，乃告父曰：「趁彼營寨未成，可分兵兩路，左右擊之，可全勝也。」欽曰：「何時可去?」鴦曰：「今夜黄昏，父引二〔二六〕千五百兵，從城南殺來；兒引二千五百兵，從城北殺來。三更時分，要在魏寨會合。」毛贊鍾漁（此之謂）（真所謂）父子兵（齊出）。欽從之，當晚分兵兩路。

且說文鴦年方十八歲，身長八尺，全粧摜甲，腰懸鋼〔二七〕鞭，綽鎗上馬，遥望魏寨而進。是夜，司馬師兵到樂嘉，立下營寨，等鄧艾未至。師爲眼下新割肉瘤，瘡口疼痛〔二八〕，臥於帳中，令數百甲士環立護衛。三更時分〔二九〕，忽然寨内喊聲大震，人馬大亂。師急問之，人報曰：「一軍從寨北斬圍直入，爲首一將，勇不可當!」毛漁文鴦之（來）

〔二二〕「在」，齋本、光本作「由」。

〔二三〕「儉大喜」，商本脱。

〔二四〕「擁」，原作「雍」，形訛，致本同，據其他古本改。「豎立」，原作「堅立」，致本同，明三本作「豎」。按：「堅」字形訛，據其他古本改。

〔二五〕「此必」，明四本作「必是」。

〔二六〕「二」，原作「一」，致本、夏本、贊本同。按：前文作「父子引五千兵」，後文作「兒引二千五百兵」。據其他古本改。

〔二七〕「鋼」，原作「銅」，致本、業本、貫本、齋本、滄本、商本、夏本、贊本同。按：後文亦作「鋼」，據後文其他古本改。

〔二八〕「疼痛」，商本、周本倒作「痛疼」。

〔二九〕「分」，商本脱。

（勇），先在衆將（眼）（口）中、司馬師耳〔三〇〕中（虛）寫（出）。師大驚，心如火烈，眼珠從肉瘤瘡口内迸出，【毛】想其怒目視曹芳之時，當受此報。【漁】當日視曹芳時，就當有此報。血流遍地，疼痛難當，又恐有亂軍心，只咬被頭而忍，被皆咬爛。【毛】做逆賊有何便宜？【漁】亂臣賊子，有甚便宜？原來文鴦軍馬先到，一擁而進，在寨中左衝右突，所到之處，人不敢當，有相拒者，鎗搠鞭打，無不被殺。【毛】此處方實寫文鴦。【贄】子曰：「當仁不讓於師。」吾謂：「行師不讓於父。」〔三一〕【鍾】好箇文鴦。鴦只望父到，以爲外應，並不見來。數番殺到中軍，皆被弓弩射回。鴦直殺到天明，只聽得北邊鼓角喧天。【毛】鄧艾之來，先在文鴦耳中、衆軍眼中虛寫。鴦回顧從者曰：「父親不在南面爲應，却從北至，何也？」【毛】妙在不知是鄧艾。【漁】文鴦只當父親從北至，而不知是鄧艾。的妙。鴦縱馬看時，只見一軍行如猛風，爲首一將乃鄧艾也，躍馬橫刀，大呼〔三二〕曰：「反賊休走！」【毛】此處方寫〔三三〕是鄧艾。鴦大怒，挺鎗迎之，戰有五十合，不分勝敗。【毛】寫文鴦，又寫鄧艾。正鬭間，魏兵大進，前後夾攻。鴦部下兵各自逃散，只文鴦单人獨馬，衝開魏兵，望南而走。背後數百員將〔三四〕，抖擻精神，驟馬追來，將至樂嘉橋邊，看看趕上，鴦忽然勒回馬，大喝一聲，直衝入魏將陣中來，鋼鞭起處，紛紛落馬，各各〔三五〕倒退，【贄】好箇文鴦。鴦復緩緩而行。【毛】寫文鴦如生龍活虎。【漁】寫文鴦勇猛如此。魏將聚在一處，驚訝曰：「此人尚敢退我等之衆耶！可併力追之！」於是魏將百員，復來追趕。鴦勃然大怒曰：「鼠輩何不惜命也〔三六〕！」提鞭撥馬殺入魏將叢中，用鞭打死數

〔三〇〕毛批「司馬」二字原闕，據毛校本補。漁批「耳」，原作「口」，據衡校本改。

〔三一〕綠本首「讓」作「十」，「吾」作「百」。

〔三二〕「躍」，光本作「縱」。「呼」，齋本、光本作「叫」。

〔三三〕「方寫」，光本倒作「寫方」。

〔三四〕「百」，周本作「十」，夏本、贄本作「千」。「將」上，明四本有「魏」。

〔三五〕「各各」，齋本、光本作「各自」。

〔三六〕「也」，商本作「耶」。

人，復回馬緩轡而行。毛文鴦之勇，直與常山趙雲彷彿相似。魏將連追四五番，皆被文鴦一人殺退。毛總叙〔三七〕一句，省筆。漁讀至此，令人欣羨文鴦。後人有詩曰〔三八〕：

長阪當年獨拒曹，子龍從此顯英豪。
樂嘉城内爭鋒處，又見文鴦膽氣高。

原來文欽被山路崎嶇，迷入谷中，贊乃翁可笑。〔三九〕行了半夜，比及尋路而出，天色已曉，文鴦人馬不知所向，只見魏兵大勝，欽不戰而退。毛老子殊夢夢。漁此時文欽如在夢寐之中。魏兵乘勢追殺，欽引兵望壽春而走。

却説魏殿中校尉尹大目，乃曹爽心腹之人，因爽被司馬懿謀殺，故事司馬師，毛照應一百七回中事。常有殺師報爽之心，又素與文欽交厚。今見師眼瘤突出，不能動止，乃入帳告曰：「文欽本無反心，今被毌丘儉逼迫，以致如此。某去説之，必然來降。」毛此是賺司馬師語。漁此是賺法。師從之。大目頂盔擐甲，乘馬來趕文欽，鍾却是有心而來。看看趕上，乃高聲大叫曰：「文刺史見尹大目麽？」欽回頭視之，大目除盔放於〔四〇〕鞍鞽之前，以鞭指曰：「文刺史何不忍耐數日也？」此是大目知師將亡，故來留欽。欽不解其意，厲聲大罵，便欲開弓射之。毛文欽如此有粗無細，幹得甚事！漁此爲落花有意，當不得流水無情。大目大哭而回。文〔四一〕欽收聚人馬奔壽春時，已被諸葛誕引兵取了，欲復回項城時，胡遵、王基、鄧艾三路兵皆到。欽見勢危，遂投東吴孫峻去了。毛漁文欽（之）投吴，（如）（即）夏侯霸之投蜀。

却説毌丘儉在項城内，聽知壽春已失，文欽勢敗。城外三路兵到，儉遂盡徹城中之兵出戰，正與鄧艾相遇。儉令葛雍出馬，與艾交鋒，不一合，被

〔三七〕「總叙」，滄本作「絶叙」，齋本作「總收」。
〔三八〕毛本後人詩改自贊本；鍾本、漁本同贊本，贊本同明三本。
〔三九〕贊甲本無此句贊批，據緑本補。
〔四〇〕「於」，商本作「在」。
〔四一〕「文」，齋本脱。

艾一刀斬之，引兵殺過陣來。毌丘儉死戰相拒，江淮兵大亂。胡遵、王基引兵四面夾攻，毌丘儉敵不住，引十餘騎奪路而走。前至慎縣城下，【二】慎縣，漢初所置，故城今在鳳陽府潁上縣西北。縣令宋白開門接〔四二〕入，設席待之。儉大醉，被宋白令人殺了，將頭獻與魏兵，【贊】慎令取人甚閒。〔四三〕於是淮南平定。【毛】此時文欽去了，毌丘儉死了，惟文鴦不知下落。妙在此處不即叙〔四四〕明，留在後文始見。

司馬師卧病不起，喚諸葛誕入帳，賜以印綬，加爲鎮東大將軍〔四五〕，都督揚州諸路軍馬，一面班師回許昌。師目痛不止，每夜只見李豐、張緝、夏侯玄三人立於榻前。【毛】【漁】與曹操臨終（時）見（伏完等）二十餘人（，正復〔四六〕）相似。師心神恍惚，自料難保，遂令人往洛陽取司馬昭到。昭哭拜於床下，師遺言曰：「吾今權重，雖欲卸肩，不可得也。汝繼我爲之，大事切不可輕託他人，自取滅族之禍。」言訖，以印綬付之，淚流滿面。昭急欲問時，師〔四七〕大叫一聲，眼睛迸出而死，【毛】兩目俱出，此目無天子之報。【鍾】暢。【漁】師目内無天子，今兩目迸出，此之報也。時正元二年二月也。於是司馬昭發喪，申奏魏主曹髦。髦遣使持詔到許昌，即命暫留司馬昭屯軍許昌，以防東吳。昭心中猶豫未決，鍾會曰：「大將軍新亡，人心未定，將軍若留守於此，萬一朝廷有變，悔之何〔四八〕及？」【毛】【漁】司馬昭之有鍾會，猶曹操之有賈詡、郭嘉耳。昭從之，即起兵還屯洛水之南。髦聞之大驚，河南尹王肅奏曰：「昭既繼其兄掌大權，陛下可封爵以安之。」髦遂命王肅持詔，封司馬

〔四二〕「接」，商本作「迎」，明四本無。

〔四三〕贊甲本無此句贊批，據緑本補。

〔四四〕「叙」，光本作「説」。

〔四五〕「鎮東大將軍」，原作「征東大將軍」，古本同。按：《三國志·魏書·諸葛誕傳》：「以誕久在淮南，乃復以爲鎮東大將軍、儀同三司、都督揚州。」據改。

〔四六〕毛批「復」，原作「伏」，致本同，據其他毛校本改。

〔四七〕「急」，光本作「正」。「師」，原無，毛校本同。按：缺主語，據明四本補。

〔四八〕「何」，商本作「無」。

昭爲大將軍、録尚書事，昭入朝謝恩畢。自此中外大小事情，皆歸於昭。毛去一司馬師，又來一〔四九〕司馬昭。○以下按下魏事，再叙蜀漢。漁今日之權柄又歸于司馬昭了。

却説西蜀細作哨知此事，報入成都。姜維奏後主曰：「司馬師新亡，司馬昭初握重權，必不敢擅離洛陽。臣請乘間伐魏，以復中原。」後主從之，遂命姜維興師伐魏。維到漢中，整頓人馬。征西大將軍張翼曰：「蜀地淺狹，錢糧鮮薄，不宜遠征。不如據險〔五〇〕守分，恤軍愛民，此乃保國〔五一〕之計也。」毛前文官諫，今武臣亦諫。維曰：「不然。昔丞相未出茅廬，已定三分天下，然且六出祁山以圖中原，不幸半途而喪，以致功業未成。毛將前事一提。漁又將武侯往事一提。今吾既受丞相遺命，當盡忠報國，以繼其志，雖死而無恨也。毛亦學武侯「死而後已」之語。鍾志便可□。漁又效武侯之言。今魏有隙可乘，不就此時伐之，更待何時？」夏侯霸曰：「將軍之言是也。毛曹芳既廢，夏侯玄既死，霸之意在報讐，故主於必〔五二〕戰。可將輕騎先出枹罕。二枹音孚，罕音謙。枹罕〈五〉（枹罕）（音孚謙），河西地名。〈二〉今之河州有枹罕縣名也。若得洮西南安，則諸郡可定。」漁夏侯霸此時急欲報讐。張翼曰：「向者不克而還，皆因軍出甚遲也。兵法云：『攻其無備，出其不意。』今若火速進兵，使魏人不能隄防，必然全勝矣。」毛張翼之意，不戰則竟不戰，欲戰則必速戰〔五三〕。漁前者不想戰，今欲速戰，何也？

於是姜維引兵五萬〔五四〕，望枹罕進發。毛漁此（是）（時）三伐中原（矣）。兵至洮水，守邊軍士報知

〔四九〕「一」，貫本、滄本脱。

〔五〇〕「鮮薄」，原作「淺薄」，致本同；商本作「微薄」，其他毛校本作「淺薄」。按：「鮮薄」義合，據明四本改。「險」，原作「儉」，致本同，據其他古本改。

〔五一〕「分」「保國」，光本作「要」「國家」。

〔五二〕「主於必」，齊本、光本倒作「必主於」。

〔五三〕「則必速戰」，貫本、滄本作「則必速矣」。

〔五四〕「五萬」，原作「百萬」，毛校本同。按：「百萬」訛，據明四本改。

雍州刺史王經、征西將軍〔五五〕陳泰，王經先起馬步兵七萬來迎。姜維分付張翼如此如此，又分付夏侯霸如此如此，二人領計去了。維乃自引大軍背洮水列陣，毛妙，所謂「置之死地而後生」也。王經引數員牙將出而問曰：「魏與吳、蜀，已成鼎足之勢，汝累次入寇，何也？」贄鍾（王經）亦是。〔五六〕維曰：「司馬師無故廢主，鄰邦〔五七〕理宜問罪，毛二句是客，此爲魏報讐，乃夏侯霸之意也。何況讐敵之國乎？」毛一句是主，此爲漢報讐，乃姜維之意也。漁爲魏報讐，實夏侯霸之意；爲蜀報讐，實姜維之意也。經回顧張明、花永、劉達、朱芳四將曰：「蜀兵背水爲陣，敗則皆歿於水矣。姜維驍勇，汝四將可戰之。二考證傳內四將，新舊本皆不載姓名，及考《三國志史傳》，（方）（乃）有姜維在洮水殺了魏將張明、花永、劉達、朱芳等十餘人，蓋即此四人也。三四將乃張明、花永、劉達、朱芳。〔五八〕彼若退動，便可追擊。」四將分左右而出，來戰姜維。維畧戰數合，撥回馬望本陣中便走。王經大驅士馬〔五九〕，一齊趕來。維引兵望洮西〔六〇〕而走，將次近水，大呼將士曰：「事急矣！諸將何不努力！」毛漁此韓信破趙之計〔六一〕。衆將一齊奮力殺回，魏兵大敗。張翼、夏侯霸抄在魏兵之後，分兩路殺來，把魏兵困在垓心。毛方知前分付之計，乃此計也。漁好計，至此處方見。維奮武揚威，殺入魏軍之中，左衝右突，魏兵〔六二〕大亂，自相踐踏，死者

〔五五〕「征西將軍」，原作「副將軍」，毛校本、夏本、贄本同。按：本回後文亦作「征西將軍」，《三國志·魏書·陳群傳》附《陳泰傳》：「淮薨，泰代爲征西將軍。」據後文、嘉本、周本改。

〔五六〕原葉殘，存「是」，緑本脱整句，據吴本補。

〔五七〕「邦」，光本作「那」，形訛。

〔五八〕按：明三本及贄本系正文無四將姓名，故有此批語。四將姓名未見於史籍，《三國志史傳》疑指周本之前某種明代《演義》版本。西班牙藏明葉逢春刊本，首卷即題「新刊通俗演義三國志史傳」，本回所在第十卷佚。

〔五九〕「士馬」，光本、商本作「軍馬」，嘉本作「士卒」。

〔六〇〕「望洮西」，光本、商本作「望着洮西」，明三本作「望洮水」。

〔六一〕「此韓信破趙之計」，齋本作「與韓信破趙之言」，光本作「與韓信破趙之言同」。

〔六二〕「兵」，商本作「軍」。

大半，逼入洮水者無數，斬首萬餘，壘屍數里。毛此番大勝，又當得風便轉。鍾洮西大□全勝。王經引敗兵百騎，奮力殺出，逕往狄道城五狄道，縣名。〈二〉今屬陝西臨洮府狄道縣是也。而走，奔入城中，閉門保守。姜維大獲全功，犒軍已畢，便欲進兵攻打狄道城。張翼諫曰：「將軍功績已成，威〔六三〕聲大震，可以止矣。今若前進，儻不如意，正如畫蛇添足也。」維曰：「不然。向者兵敗，尚欲進取，縱橫中原，今日洮水一戰，魏人膽裂，吾料狄道唾手可得。汝勿自墮其志也。」毛本欲不勝不止，却弄出不敗不止。漁張翼又諫而姜維不從，直要殺的不敗不止。張翼再三勸諫，維不從，遂勒兵來取狄道城。

却說雍州征西將軍陳泰，正欲起兵與王經報兵敗之讐，忽長水校尉、行安西將軍〔六四〕鄧艾引兵到。鍾仲達已死，何又出此人爲姜維敵手？泰接着，禮畢，艾曰：「今奉大將軍之命，特來助將軍破敵。」泰問計於鄧艾，艾曰：「洮水得勝，若招羌人之衆，東爭關隴，傳檄四郡，此吾兵之大患也。今彼不思如此，却圖狄道城，其城垣堅固，急切難攻，空勞兵費力耳。吾今陳兵於項領〔六五〕，然後進兵擊之，蜀兵必敗矣。」毛寫鄧艾有謀，以「鳳兮」自許，亦殊不愧。贊維兵大勝之後，只宜從容圖大，不宜輕攻狄道。陳泰曰：「真妙論也！」遂先撥二十隊兵，每隊五十人，盡帶旌旗、鼓角、烽火之類，日伏夜行，去狄道城東南高山深谷之中埋伏，只待兵來，一齊鳴鼓吹角爲應，夜則舉火放砲以驚之。毛漁（此）武侯（當日）在漢中驚曹操之計（耳）。鍾好埋伏。調度已畢，專候〔六六〕蜀兵到來。於是陳泰、鄧艾各引二萬兵相

〔六三〕「威」，光本作「盛」。

〔六四〕「長水校尉、行安西將軍」，原作「兖州刺史」，毛校本同；明四本作「兖州刺史、安西將軍」。按：《三國志·魏書·鄧艾傳》：「其年征拜長水校尉。以破欽等功，進封方城鄉侯，行安西將軍。」據改，後同。

〔六五〕「領」，原作「嶺」，古本同。按：《三國志·魏書·陳群傳》附《陳泰傳》：「今乘高據勢，臨其項領，不戰必走。」《演義》誤解爲地名，據改。嘉批「地名」，不録。

〔六六〕「候」，原作「侯」，致本同，據其他古本改。

繼而進。

却説姜維圍住狄道城，令兵八面攻之，連攻數日不下，心中欝〔六七〕悶，無計可施。是日黄昏時分，忽三五次流星馬報説：「有兩路兵來〔六八〕，旗上明書大字，一路是『征西將軍陳泰』，一路是『長水校尉鄧艾』。」維大驚，遂請夏侯霸商議。霸曰：「吾向嘗爲將軍言：鄧艾自幼深明兵法，善曉地理。【毛】應一百七回語。今領兵到，頗爲勁敵。」維曰：「彼軍遠來，我休容他住脚，便可擊之。」乃留張翼攻城，命夏侯霸引兵迎陳泰。維自引兵來迎鄧艾。行不到五里，忽然東南一聲砲響，鼓角震地，火光沖天。維縱馬看時，只見週圍皆是〔六九〕魏兵旗號。【鍾】虛張其勢亦妙。維大驚曰：「中鄧艾之計矣！」遂傳令，教夏侯霸、張翼各棄狄道而退，【毛】鄧艾〔七〇〕先聲足以奪人，非鼓聲足以驚姜維，因有夏侯霸之言爲之先耳。於是蜀兵皆退於漢中。【漁】當收兵而欲儘力征伐，豈非畫蛇添足？維自斷後，只聽得背後鼓聲不絕。維退入劍閣〔七一〕之時，方知火鼓二十餘處，皆虛設也。維收兵退屯於鍾提〔七二〕。【嘉】地名。

且説後主因姜維有洮西之功，降詔封維爲大將軍。維受了職，上表謝恩畢，再議出師伐魏之策。正是：

成功不必添蛇足，討賊猶思奮〔七三〕虎威。

未〔七四〕知此番北伐如何，且看下文分解。

〔六七〕「欝」，商本作「煩」。

〔六八〕「來」，商本作「到」。

〔六九〕「是」，光本作「見」。

〔七〇〕「艾」，光本訛作「本」。

〔七一〕「劍閣」，原作「劍關」，致本、貫本、滄本、嘉本、夏本、贊本同；業本作「劍門」。按：「劍關」始見於宋，「劍門」始見於唐，作「劍閣」是。據其他古本改。

〔七二〕「提」，原作「堤」，毛校本、周本、贊本、夏本同；嘉本作「題」。按：《三國志·魏書·鄧艾傳》：「解雍州刺史王經圍於狄道，姜維退駐鍾提。」據改，後同。

〔七三〕「奮」，光本作「舊」，形訛。

〔七四〕「未」，商本作「不」。

讀《三國志演義》到此等去處，真如嚼蠟，淡然無味。陣法兵機都是説了又説，無異今日秀才文字也。山人詩句亦然。

人言維兵大勝之後，只可從容圖大，不宜輕攻狄道。然兵貴神速，乘鋭而往，其勢如破竹，未可知也。豈料洮西之勝，不足償狄道之敗哉？

第一百十一回

鄧士載智敗姜伯約㊁四犯中原。
諸葛誕義討司馬昭

姜維一伐中原之後，間之以丁奉破魏之事；二伐中原之後，間之以文鴦反魏之事；而三伐、四伐，更無他事以間之者，何也？牛頭山之戰，全乎敗者也；鐵籠山之戰，初勝而終敗者也；洮西之戰，則全乎勝者也。不全乎勝則士氣沮，全乎勝則士氣鋭。鋭則可以及鋒而用焉。此四伐之師，所以繼三伐而即出與？

鄧艾有「五必出」之説以料蜀，姜維亦有「五可勝」之説以料魏，彼此若合符節，而料其出則果出，料其勝則不必果勝，則以維之所料，先〔一〕爲艾之所料故也。故知己而不知彼之亦足以知己，則不得謂之知己；知彼而不知彼之亦料我之知彼，則不得謂之知彼。

四伐之敗與一伐等。蓋一伐之役，句安陷焉；四伐之役，張嶷死焉。其失固相類也。然爲國討賊，雖敗猶榮。一伐之時，未學武侯之自貶；四伐之後，亦學武侯之自責。君子于其敗而哀其遇，于其貶而憐其心。

有毌丘儉之討司馬師于前，又有諸葛誕之討司馬昭于後，兩人皆魏之忠臣也。諸葛兄弟三人，分事三國。人謂蜀得其龍，吴得其虎，魏得其狗。不知狗亦不易爲矣。高帝以功臣比之「功狗」〔二〕，蒯通曰「桀犬吠堯」亦自比于狗，趙盾曰「君之獒不若臣之獒」亦自比家將于狗。若後世無義之徒，正狗之不如耳。

司馬昭之攻諸葛誕也，賈充勸其挾太后、

〔一〕「先」，澹本作「光」，形訛。
〔二〕「矣」，商本作「也」。「狗」，原作「狥」，致本同。按：《史記·蕭相國世家》：「今諸君徒能得走獸耳，功狗也。」據其他毛校本改。

天子以親征，此則從前未有之事矣。曹操南征北伐，豈嘗挾獻帝而俱行乎？其挾帝而俱行，惟許田射鹿之時則有之；至于挾太后而俱行，則又何嘗有之乎？曹操所不爲而司馬昭爲之者，恐我〔三〕出而天子在內，則曹芳之血詔，亦曹髦之所欲發也，故必挾天子而後可以無恐也。又恐天子雖在外而太后在內，則太后之詔可請，而城門可閉，亦未必無曹爽故事也，故必挾太后而後可以無恐也。凡亂臣賊子，欲效前人之所爲，往往較前人之心又加危，較前人之心又加慎。嗟乎！人之竊弄威福，亦欲安意肆志以自娛樂耳。乃防患慮禍，岌岌不寧，至〔四〕于如此。人亦何樂而爲亂臣賊子哉〔五〕？

却說姜維退〔六〕兵屯於鍾提，魏兵屯於狄道城外。王經迎接陳泰、鄧艾入城，拜謝解圍之事，設宴相待，大賞三軍。泰將鄧艾之功申奏魏主曹髦，髦封艾爲安西將軍，假節，領護東羌校尉，同陳泰屯兵於雍、涼等處。鄧艾上表謝恩畢，陳泰設席與鄧艾作〔七〕賀曰：「姜維夜遁，其力已竭，不敢再出矣。」【毛】先寫陳泰料敵不中，以反襯鄧艾之智。【漁】陳泰料姜維力竭，以顯鄧艾之智。艾笑曰：「吾料蜀兵其〔八〕必出有五。」【毛】鄧艾居然將才。【鍾】鄧艾善料敵。【漁】此時鄧艾居然有將畧之才。泰問其故，艾曰：「蜀兵雖退，終有乘勝之勢，【毛】知彼之壯。吾兵終有弱敗之實；【毛】知己之沮〔九〕。其必出一也。蜀兵皆是孔明教演精鋭之兵，容易調遣，【毛】知彼之利。吾將不時更換，軍又訓練不熟；【毛】知己之鈍〔一〇〕。其必出二

〔三〕「我」，商本作「吾」。
〔四〕「至」上，貫本、澹本有「以」字。
〔五〕「何」，商本作「無」。「哉」上，貫本、澹本有「也」字。
〔六〕「退」，商本脱。
〔七〕「席」，齋本、光本作「宴」。「作」，原作「拜」，毛校本同。按：「作」字義合，據明四本改。
〔八〕「其」，明四本無。
〔九〕「沮」，澹本作「但」，形訛；商本作「弱」。
〔一〇〕「鈍」，光本作「沮」。

也。蜀人多以船行，【毛】知彼之逸〔一一〕。吾軍皆在旱地〔一二〕，【毛】知己之勞。勞逸不同：其必出三也。狄道、隴西、南安、祁山四處皆是守戰之地，蜀人或聲東擊西，指南攻北，吾兵必須分頭守把，【毛】知己之分而小。蜀兵合爲一處而來，以一分當我四分：【毛】知彼之合而大。其必出四也。若蜀兵自南安、隴西，則可取羌人之穀爲食；若出祁山，則有麥可就食：【毛】知彼之糧易於我。但言知彼，而知己在其中。其必出五也。」【贊】事若易知易料者，然非親歷，何以言之如此明切？史筆也。【鍾】知彼知己，戰無不勝□。陳泰嘆服曰：「公料敵如神，蜀兵何足慮哉！」於是陳泰與鄧艾結爲忘年之交。【毛】【漁】如程普之服周郎。【三】忘年者，不較老幼年齒之交也。艾遂將雍、涼等處之兵每日操練，各處隘口皆立營寨，以防不測。【毛】以上按下魏國一邊，以下再叙蜀漢〔一三〕一邊。

却説姜維在鍾提大設筵會〔一四〕，【漁】此處又敘姜維。會集諸將，商議伐魏之事。令史樊建諫曰：「將軍屢出，未獲全功〔一五〕，今日洮西之捷，魏人既〔一六〕服威名，何故又欲出也？萬一不利，前功盡棄。」維曰：「汝等只知魏國地寬人廣，急不可得，却不知攻魏者有五可勝。」【毛】【漁】鄧艾（筭有）「五必出」，姜維（筭有）「五（可）（必）勝」，彼此（若合符節）（相應）。衆問之，維答曰：「彼洮西一敗，挫盡鋭氣，吾兵雖退，不曾損折。今若進兵，一可勝也。【毛】【漁】（鄧）艾所言「一必出」，維（亦〔一七〕）筭（也）在第一。吾兵船載而進，不致勞困，彼兵皆從旱地來迎，二可勝也。【毛】【漁】（鄧）艾所言「三必出」，維却筭在第二。吾兵久經訓練之衆，彼皆烏合之徒，不曾有法度，三可勝也。【毛】【漁】（鄧）艾所言「二必出」，維

〔一一〕「逸」，光本作「壯」。
〔一二〕「在」，齋本、光本作「是」。「地」，滄本作「行」。
〔一三〕「漢」，商本作「國」。
〔一四〕「會」，商本、明三本作「宴」。
〔一五〕「功」，光本作「勝」。
〔一六〕「捷」，齋本、光本作「戰」。「既」，明四本作「既已」，滄本作「已」。
〔一七〕毛批「亦」，齋本、光本作「却」。

却筭在第三。吾兵自出祁山，掠抄秋穀爲食，四可勝也。毛漁（鄧）艾所言「五必出」，維却筭在第四。彼兵須〔一八〕各守備，軍力分開，吾兵一處而去，彼安能救？五可勝也。毛漁（鄧）艾所言「四必出」，維却筭在第五。贊不出鄧艾所料。然亦所云英雄之見略同也。大抵兵家全要知彼知此。不獨兵家，世事無不如此。鍾五勝皆不出艾所料，安能取勝？不在此時伐魏，更待何日〔一九〕耶？」夏侯霸曰：「艾年雖幼，而機謀深遠，近封爲安西將軍之職，必於各處准備，非同往日矣。」毛維但能料其兵，霸則能料其將。贊鍾夏侯霸（之言未甞不）（大）是。姜維太莽〔二〇〕，敗宜也。維厲聲曰：「吾何畏彼哉！公等休長他人鋭氣，滅自己威風！吾意已决，必先取隴西。」衆不敢諫。

維自領前部，令衆將隨後而進。於是蜀兵盡離鍾提，殺奔祁山來。毛漁此是四伐中原。哨馬報説魏兵已先在祁山立下九箇寨柵。維不信，引數騎凭高望之，果見祁山九寨勢如長蛇，首尾相顧。維回顧左右曰：「夏侯霸之言，信不誣矣。此寨形勢絶妙，止吾師諸葛丞相能之，今觀鄧艾所爲，不在吾師之下。」毛在姜維眼中、口中寫一鄧艾。然亦未見其人，但見其營，尚是虛寫。遂回本寨，唤諸將曰：「魏人既有准備，必知吾來矣，吾料鄧艾必在此間。毛猜得着。贊鍾亦是。漁姜維已猜着了。汝等可虛張吾旗號，據此谷口下寨，每日令百餘騎出哨，每出哨一迴，換一番衣甲旗號，按青、黄、赤、白、黑五方旗幟更换〔二一〕。毛示兵之多，以疑之。吾却提大兵偷出董亭，逕襲南安去也。」毛亦是好筭。漁好筭計。遂令鮑素屯〔二二〕於祁山谷口，維盡率大兵望南安進發。

却説鄧艾知蜀兵出祁山，早與陳泰下寨准備，

〔一八〕「須」，原作「雖」，毛校本、夏本、贊本同。按：「須」字義合，據嘉本、周本改。
〔一九〕「日」，齋本、光本作「時」。
〔二〇〕贊批「莽」，緑本訛作「発」。
〔二一〕「更换」，滄本脱，明四本作「相换」。
〔二二〕「屯」下，嘉本有「兵」字。

見蜀兵連日不來搦戰，一日五番哨馬出寨，或十里〔二三〕、十五里而回。艾凭高望畢，慌入帳與陳泰曰：「姜維不在此間，【毛】一箇說鄧艾必在此間，果然在此間；一箇說姜維不在此間，果然不在此間。兩箇猜得都着，是對手拳頭。【贄】撞着對手。【漁】前者姜維料鄧艾，今者鄧艾又料姜維，彼此俱料着矣。必取董亭襲南安去了。【毛】料得如見〔二四〕。出寨哨馬只是這幾匹，更換衣甲，往來哨探，其馬皆困乏，主〔二五〕將必無能者。【鍾】鄧艾識見俱先姜維一着。陳將軍可引一軍攻之，其寨可破也。破了寨柵，便引兵襲董亭之路，先斷姜維之後。【毛】先破前寨，却斷後路，筭出陳泰兩路兵來。【漁】好筭。吾當先引一軍救南安，逕取武城山。若先占此山頭，姜維必取上邽。上邽有一谷，名曰段谷，【二】段谷，水名，在鞏昌府清水縣南南山下，蜀將姜維爲鄧艾敗，段谷星散流離，即此處矣。地狹山險，正好埋伏。【鍾】地理又熟。彼來争武城山時，吾先伏兩軍於段谷，破維必矣。」【毛】先到武城，却伏段谷，又筭出自家〔二六〕兩路兵來。【漁】亦是好筭。泰曰：「吾守隴西二三十年，未嘗如此明察地理。公之所言，真神筭也！公可速去，吾自攻此處寨柵。」於是鄧艾引軍星夜倍道而行，逕到武城山，下寨已畢，蜀兵未到，即令子鄧忠，【毛】鄧忠於此出現。與帳前校尉師纂，【二】補註 師，姓；名纂。各引五千兵，先去段谷〔二七〕埋伏，如此如此而行。二人受計而去。艾令偃旗息鼓，以待蜀兵。

却說姜維從董亭望南安而來，至武城山前，謂夏侯霸曰：「近南安有一山，名武城山，若先得了，可奪南安之勢。只恐鄧艾多謀，必先隄防。」【毛】你猜着我，我猜着你。好看殺人。【贄】【鍾】夏侯霸通。【漁】此處又被姜維猜着。正疑慮間，忽然山上一聲砲響，喊聲大

〔二三〕「里」下，商本有「或」字。

〔二四〕「見」，致本同，其他毛校本作「此」。

〔二五〕「其」，光本、商本作「人」。「主」，原作「王」，致本同，據其他古本改。

〔二六〕「谷」下，貫本、滄本有「口」字。

〔二七〕「家」，致本同，其他毛校本作「己」。

震，鼓角齊鳴，旌旗遍竪，皆是魏兵，中央風飄起一黄旗，大書「鄧艾」字樣。毛漁（又〔二八〕）未見其人，先見其旗。〈毛〉又只在姜維眼中虚寫。蜀兵大驚。山上數處精兵殺下，勢不可當，前軍大敗。維急率中軍人馬去救時，魏兵已退。毛惡甚。漁惡極。維直來武城山下搦鄧艾戰，山上魏兵並不下來。毛漁（惡甚。）但聞其聲，不見其人。（惡甚。）維令軍士辱罵，至晚方欲退軍，山上鼓角齊鳴，却又不見魏兵下來。毛惡甚。又但聞其聲，不見其人。維欲上山衝殺，山上砲石甚嚴，不能得進。守至三更欲回，山上鼓角又鳴，毛惡甚。又但聞其聲，不見其人。漁但聞鼓聲震地，使姜維欲戰而無人對敵，欲退而又不可退。維移兵下山屯劄。比及令軍搬運木石，方欲竪立爲寨，山上鼓角又鳴〔二九〕，魏兵驟至。毛三番不下來，此處却突如其來。漁至三番後而突〔三〇〕如其來，真乃神奇不測。蜀兵大亂，自相踐踏，退回舊寨。次日，姜維令軍士運糧草車仗至武城山，穿連排定，欲立起寨栅，以爲屯兵之計。是夜二更，鄧艾令五百人，各執火把，分兩路下山，毛三番不下來，此處又突如其來。放火燒車仗。兩兵混殺了一夜，營寨又立不成。贊此時鄧艾弄姜維如小兒也。武侯一有此否乎？鍾鄧艾弄姜維亦□。維復引兵退，再與夏侯霸商議曰：「南安未得，不如先取上邽。上邽乃南安屯糧之所，若得上邽，南安自危矣。」毛姜維亦料到此，但先爲鄧艾料去了。畢竟鄧艾是〔三一〕先猜先着。贊鄧艾色色先姜維一着。鍾此都鄧艾先料定筭定了。漁鄧艾又先料去。遂留霸屯於武城山，維盡引精兵猛將逕取上邽。行了一宿，將及天明，見山勢狹〔三二〕峻，道路崎嶇，乃問鄉道官曰：「此處何名？」荅曰：「段谷。」漁言段谷之名，令人嚇一跳。維大驚曰：「其名不美！『段谷』者，『斷

〔二八〕「又」，光本脱。
〔二九〕「鳴」，原作「來」，致本、業本、貫本、齋本、滄本同。據其他古本改。
〔三〇〕「突」，原作「哭」，據衡校本改。
〔三一〕「鄧艾是」，齋本、光本倒作「是鄧艾」。
〔三二〕「狹」，商本作「險」。

谷』也。倘有人斷其谷口，如之奈何？」【毛】讀書至此，令人一嚇。幾爲落鳳坡、罾口川之續矣。【三】段谷與「斷穀」音同。正躊躇未決，忽前軍來報：「山後塵頭大起，必有伏兵。」維急令退兵，師纂、鄧忠兩軍殺出。維且戰且走，前面喊聲大震，鄧艾引兵殺到，三路夾攻，蜀兵大敗。幸得夏侯霸引兵殺到，魏兵方退，救了姜維，欲再往祁山。霸曰：「祁山寨已被陳泰打破，鮑素陣亡，全寨人馬皆退回漢中去了。」【毛】陳泰打寨，在夏侯霸口中虛寫。省筆之法。維不敢取董亭，急投山僻小路而回。後面鄧艾急追，維令諸軍前進，自爲斷後。正行之際，忽然山中一軍突出，乃魏將陳泰也。【漁】讀者至此，又爲姜維着驚。魏兵一聲喊起，將姜維困在〔三三〕垓心。維人馬困乏，左衝右突，不能得出。盪寇將軍張嶷聞姜維受困，引數百騎殺入重圍。維因乘勢殺出，嶷被魏兵亂箭射死。【贊】【鍾】張嶷可惜。〔三四〕維得脱重圍，復回漢中，因感張嶷忠勇，歿於王事，乃表贈其子孫。于是蜀中將士多有陣亡者，皆歸罪于姜維。維照武侯街亭舊例，乃上表自貶爲後將軍，行大將軍事。【毛】抄舊文章，只是不如原藁。以上按下蜀漢一邊，以下再敘魏國一邊。

却説鄧艾見蜀兵退盡，【漁】此時又敘魏國。乃與陳泰設宴相賀，大賞三軍。泰表鄧艾之功，司馬昭遣使持節，加艾官爵，賜印綬，并封其子鄧忠爲亭侯。

時〔三五〕魏主曹髦，改正元三年爲甘露元年。司馬昭自爲天下兵馬大都督，出入常令三千鐵甲驍將前後簇擁，以爲護衛，【毛】【漁】宛然〔三六〕董卓（變相）（矣）。【贊】【鍾】（又）來了。一應事務，不奏朝廷，就於府内〔三七〕裁處，【毛】【漁】宛然曹操（後身）。自此常懷篡逆之心。有一心腹人姓賈名充，字公閭，乃故建威

〔三三〕「在」，貫本、滄本作「於」。
〔三四〕緑本脱此句及下句贊批。
〔三五〕「時」，光本訛作「是」。
〔三六〕毛批「然」，光本作「非」。
〔三七〕「府内」，原作「相府」，古本同。按：司馬昭此時非相。酌改。

將軍賈逵之子，爲昭府下長史。充語昭曰：「今主公掌握大柄，四方人心必然未安，且當暗訪，然後徐圖大事。」昭曰：「吾正欲如此。汝可爲我東行，只推慰勞出征軍士爲名，以探消息。」賈充領命，逕到淮南，入見征東大將軍〔三八〕諸葛誕。【贊】【鍾】賈充亦來算曹瞞舊〔三九〕賬耳。可憐諸葛誕不知（此意，何以爲孔明族）也？誕字公休，乃瑯琊陽都〔四〇〕人，即武侯之族弟也，【毛】【漁】（兄）弟（兄）三人分事三國（，亦大奇事）。向仕于魏，因武侯在蜀爲相，因此不得重用，後武侯身亡，誕在魏歷任〔四一〕重職，封高平侯，總攝兩淮軍馬。【毛】補敘諸葛誕前事。當日賈充托名勞軍，至壽春〔四二〕見諸葛誕，誕設宴待之。酒至半酣，充以言挑誕曰：「近來洛陽諸賢，皆以主上懦弱，不堪爲君。司馬大〔四三〕將軍【二】【補註】大將軍謂司馬昭也。三世〔四四〕輔國，功德彌天，可以禪代魏統。未審鈞意若何？」誕大怒曰：「汝乃賈豫州之子，世食魏祿，安敢出此亂言！」【毛】【漁】（寫得）（而）諸葛誕義形于辭，（真）不愧爲武侯（之）族弟（也）。充謝曰：「某以他人之言告公耳。」誕曰：「朝廷有難，吾當以死報之。」【毛】說得凛凛烈烈。【漁】說得凛烈如此。充默然。次日辭歸，見司馬昭，細言其事。昭大怒曰：「鼠輩安敢如此！」充曰：「誕在淮南深得人心，【毛】又在賈充口中補寫諸葛誕平日。久〔四五〕必爲患，可速除之。」昭遂暗發密書與揚州刺史樂綝，一面遣使齎詔

〔三八〕「征東大將軍」，原作「鎮東大將軍」，古本同。按：《三國志·魏書·諸葛誕傳》：「進封高平侯，邑三千五百户，轉爲征東大將軍。」據改。

〔三九〕贊批「舊」，緑本訛作「日」。

〔四〇〕「陽都」，原作「南陽」，古本同。按：《三國志·魏書·諸葛誕傳》：「諸葛誕字公休，琅邪陽都人。」據改。

〔四一〕「任」，滄本作「事」。

〔四二〕「壽春」，原作「淮南」，古本同。按：《三國志·魏書·諸葛誕傳》裴注引《世語》：「長史賈充以爲宜遣參佐慰勞四征，於是遣充至壽春。」淮南郡治壽春。據改。

〔四三〕「大」，商本作「昭」。

〔四四〕「世」，明四本作「輩」。

〔四五〕「久」，原作「人」，致本同，明四本無。按：醉本疑壞字，據其他毛校本改。

徵誕爲司空。誕得了詔書，已知是賈充告變，遂捉來使拷問。使者曰：「此事樂綝知之。」誕曰：「他如何得知？」使者曰：「司馬將軍已令人到揚州送密書與樂綝矣。」毛使者口中泄漏機密，妙在要言不煩。漁此時機密重情，已在使者口中說出。誕大怒，叱左右〔四六〕斬了來使，遂起部下兵千人，殺奔揚州來。將至南門，城門已閉，吊橋拽〔四七〕起。誕在城下叫門，城上並無一人回荅。誕大怒曰：「樂綝匹夫，安敢如此！」贊鍾樂綝無用（如此），司馬昭（亦何必先使之知耶？）只送之死耳。遂令將士打城。手下十餘驍騎下馬渡濠，飛身上城，殺散軍士，大開城門。於是諸葛誕引兵入城，乘風放火，殺至綝家。綝慌上樓避之，誕提劍上樓，大喝曰：「汝父樂進，昔日受魏國大恩！不思報本，反欲順司馬昭耶！」毛樂進爲曹操舊臣〔四八〕，于此提照出來。綝未及回言，爲誕所殺。一面具表數司馬昭之罪，使人申奏洛陽；毛申罪致討，比毌丘儉更是烈烈。一面大聚兩淮屯田户口十餘萬，并揚州新降兵四萬餘人，積草屯糧，准備進兵。贊鍾如此爽快以待司馬昭，無不可也。又令長史吴綱，送子諸葛靚毛測三（靚）音浄。〈二〉《綱目》作「將小子靚至吴」。小，少也。入吴爲質求援，務要合兵誅討司馬昭。毛志自可取，不必以成敗論之。

此時東吴丞相孫峻病亡，從弟孫綝輔政。綝字子通，爲人强暴，殺大司馬滕胤、將軍吕〔四九〕據、王惇等，毛順筆帶叙吴事。○殺諸葛恪用詳叙，殺此三人用畧叙。省筆之法。因此權柄皆歸於綝。吴主孫亮，雖然聰明，無可奈何。毛爲後回孫綝廢亮張本。於是吴綱將諸葛靚至石頭城，入拜孫綝。綝問其故，綱曰：「諸葛誕乃蜀漢諸葛武侯之族弟也，毛不説諸葛瑾之弟，而獨説武侯者，因孫峻殺諸葛瑾之子故也。有針線。向事魏國，今見司馬昭欺君罔上，廢主弄權，

〔四六〕「左右」，商本作「武士」。
〔四七〕「拽」，貫本、濟本、商本、嘉本作「曳」。
〔四八〕「臣」，貫本、濟本作「將」。
〔四九〕「吕」，貫本、濟本作「李」。

欲興師討之，而力不及，故特來歸降。誠恐無憑，專送親子諸葛靚爲質，伏望發兵相助。」綝從其請，便遣大將全懌、全端爲主將，于詮爲合後，朱異、唐咨爲先鋒，文欽爲鄉導，起兵七萬，分三隊而進。吴綱回壽春報知諸葛誕。誕大喜，遂陳兵准備。

却説諸葛誕表文到洛陽，司馬昭見了大怒，欲自往討之。賈充諫曰：「主公承〔五〇〕父兄之基業，恩德未及四海，今棄天子而去，若一朝有變，悔之〔五一〕何及！不如奏請太后及天子一同出征，可保無虞。」毛 曹瞞但挾天子耳，賈充又教司馬昭挾太后，愈出愈奇。贊 鍾（賈充的是妙人。）人以（賈充）爲司馬昭忠臣，我以爲曹阿瞞討債（者也）（□之人）。〔五二〕昭喜曰：「此言正合吾意。」遂入奏太后曰：「諸葛誕〔五三〕謀反，臣與文武官僚計議停當，請太后同天子御駕親征，以繼先帝之遺意。」毛 孫綝將諸葛誕兒子作當頭，司馬昭却將太后、天子帶在軍中作當頭。太后畏懼，只得從之。次日，昭請魏主曹髦起程。髦曰：「大將軍都督天下軍馬，任從調遣，何必朕自行也？」昭曰：「不然。昔日武祖縱横四海，文帝、明帝有包括宇宙之志、併吞八荒之心，凡遇大敵，必須自行。毛 然未聞奉母氏以行也。陛下正宜追配先君，掃清故孽，何自畏也？」贊 説得好聽。〔五四〕鍾 □則是□□□□。髦畏威權，只得從之。昭遂下詔，盡起兩都之兵二十六萬，命鎮南將軍〔五五〕王基爲正先鋒，安東將軍陳騫爲副先鋒，監軍石苞爲左軍，兖州刺史州泰爲右軍，保護車駕，浩浩蕩蕩，殺奔淮南而來。

東吴先鋒朱異引兵迎敵。兩軍對圓，魏軍中王基出馬，朱異來迎。戰不三合，朱異敗走，唐咨出

〔五〇〕「承」，原作「乘」，致本、業本、齋本、滄本、光本、夏本、贊本同；貫本作「秉」。據其他古本改。

〔五一〕「悔之」，齋本、光本作「後悔」。

〔五二〕贊批原葉殘，存「討」，緑本脱整句，據吴本補。

〔五三〕「誕」，光本脱。

〔五四〕贊甲本無此句贊批，據緑本補。

〔五五〕「鎮南將軍」，原作「征南將軍」，古本同。按：《三國志・魏書・諸葛誕傳》：「是時鎮南將軍王基始至，督諸軍圍壽春，未合。」據改。

馬，戰不三合，亦大敗而走。王基驅兵掩殺，吴兵大敗，退五十里下寨，報入壽春城中。諸葛誕自引本部鋭兵，會合文欽并二子文鴦、文虎，毛文鴦前回不知下落，此處却與文欽會在一處。雄兵數萬，來敵司馬昭。正是：

方見吴兵鋭氣墮，又看魏將勁兵來。

未知勝負如何，且看下文分解。

司馬昭依樣畫曹操葫蘆耳，不可言篡逆也。雖然，此葫蘆翻本極多，獨無依昭樣子者乎？細細檢視，乃知從來只堯舜葫蘆爲絶筆，再無翻本者也。〔五六〕

司馬昭依樣畫曹操葫蘆，即不言篡逆。此翻本極多，獨無依昭樣子者乎？細細檢視，從來只堯舜葫蘆爲絶筆。

〔五六〕原葉殘，贊本回末評闕，緑本「篡」訛作「纂」，據吴本補。

第一百十二回

救壽春于詮死節　取長城伯約鏖兵（五）

（五）五犯中原。

諸葛恪之進兵于新城，魏無釁之可窺；若孫綝之進兵于壽春，則乘魏之釁而動矣。毋丘儉之討司馬師〔一〕，猶懼吴之襲其後；若諸葛誕之討司馬昭，則吴且爲之援〔二〕矣。綝之事易于恪，誕之事易于儉，而迄無成功者，是綝之才不如恪，誕之才亦不如儉也。然吴有不降賊之將，則于詮一人爲忠臣；魏有不降賊之兵，則諸葛誕數百人皆義士。君子謂吴之一人，可以愧吴之衆人；而誕之數百人，愈以重誕之一人云。

「威克厥愛〔三〕」，爲將之道固然，而用法太嚴，御人太酷，又必敗之理也。朱異不殺，則吴將不至離心；文欽不誅，則魏將不至解體。讀書至此，可爲嚴酷者〔四〕之戒。

曹操築土城于潼關之西，地高而無水患；司馬昭築土城于淮水之南，地卑而有水患。無水患，則城難墮；有水患〔五〕，則城易墮也。無而天雨不降，淮水不發。與壽春相拒數月，而曾不得上方谷一日之雨；以淮河之勢，而曾不及鐵籠山一井之漲〔六〕溢。此實天意，豈人事哉！此譙周《讐國論》之所以作也。

譙周《讐國論》，不過以成敗利鈍爲言耳。其不作于武侯伐魏之時，而作于姜維伐魏之時

〔一〕「師」，致本、貫本、齋本、澹本、光本訛作「昭」。

〔二〕「援」，原作「受」，致本、業本同。按：「援」字通，據其他毛校本改。

〔三〕「愛」，原作「害」，致本、業本、貫本同。按：《尚書·胤征》：「威克厥愛，允濟；愛克厥威，允罔功。」據其他毛校本改。

〔四〕「者」，齋本、光本脱。

〔五〕「患」，光本移至後「城」下。

〔六〕「漲」，商本脱。

者，蓋武侯「非所逆睹」一語，已足以破之矣。使人盡明哲，孰竭愚忠？使人盡知天，孰盡人事？故後世人臣有報國之志者，願讀《出師表》，不願讀《讐國論》。

聞魏之釁而起，聞吴之敗而止，此姜維五伐中原之師，所以一出而即返。前于三伐、四伐之時，魏軍中早有一鄧艾爲之設謀，爲之畫策，而維與艾尚未識面。直至此回，而又先見其子，後見其父。及既見之後，而又畧戰而退，未及大決雌雄。其事之紆徐、文之曲折如此。讀書至此，又樂得而觀其後矣。

却説司馬昭聞諸葛誕會合吴兵前來決戰，乃召散騎常侍〔七〕**裴秀、黄門侍郎鍾會，商議破敵之策。鍾會曰：「吴兵之助諸葛誕，實爲利也，以利誘之，則必勝矣。」** 毛 利與義相對，不爲義則必爲利。爲魏討賊者義也。會以吴人爲爲利，則誕之義可知矣。**昭從其言，遂令石苞、州泰先**〔八〕**引兩軍於石頭城埋伏，王基、陳騫領**〔九〕**精兵在後，却令偏將成倅引兵數萬先去誘敵，又令陳俊引車仗牛馬驢騾，裝載賞軍之物，四面聚集于陣中，如敵來則棄之。是日，諸葛誕令吴將朱異在左，文欽在右，見魏陣中人馬不整，誕乃大驅士馬逕進。成倅退走**〔一〇〕**，誕驅兵掩殺，見牛馬驢騾遍滿郊野，南兵争取，無心戀戰。** 毛漁 此曹操（當日）破文醜之計（，其解渭橋之厄〔一一〕亦以此）。**忽然一聲砲響，兩路兵殺來，左有石苞，右有州泰。誕大驚，急欲退時，王基、陳騫精兵殺到，誕兵大敗，司馬昭又引兵接應。誕引敗兵奔入壽春，閉門堅守。昭令兵四面圍困，併力攻城。**

〔七〕「常侍」，原作「長史」，古本同。按：《晉書·裴秀傳》：「軍國之政，多見信納。遷散騎常侍。」據改。
〔八〕「言」，光本作「語」，明四本無。「先」，齋本脱。
〔九〕「埋」，原作「理」，據古本改。「領」，商本作「引」，明四本無。
〔一〇〕「走」，商本作「後」。
〔一一〕「厄」，澹本作「危」。

時吴兵退屯安豐，魏主車駕駐于項城。鍾會曰：「今諸葛誕雖敗，壽春城中糧草尚多，更有吴兵屯安豐以爲犄角之勢，今吾兵四面攻圍，彼緩則堅守，急則死戰，吴兵或乘勢夾攻，吾軍無益。【贊】是。【鍾】鍾會大有見解。不如三面攻之，留南門大路容賊自走，走而擊之，可全勝也。【毛】先筭諸葛誕。吴兵遠來，糧必不繼，我引輕騎抄在其後，可不戰而自破矣。」【毛】次筭吴兵。昭撫會背曰：「君真吾之子房也！」【毛】【漁】曹操以荀彧爲子房，昭（又）（今）以鍾會爲子房（矣）（，前後遥相照映）。【二】司馬昭以鍾會之言有理，故比爲張子房也。遂令王基撤退南門之兵。

却説吴兵屯於安豐，孫綝喚朱異責之曰：「量一壽春城不能救，安可併吞中原？如再不勝必斬！」【毛】一味好殺，安能成功？【鍾】太苛便（激）之使（反）。【漁】一味好殺人爲事。朱異乃回本寨商議。于詮曰：「今壽春南門不圍，某願領一軍從南門入去，助諸葛誕守城。將軍與魏兵挑戰，我却從城中殺出，兩路夾攻，魏兵可破矣。」【毛】此計亦妙，但城中增兵，則糧愈少耳。【鍾】是。異〔一二〕然其言。於是全懌、全端、文欽等皆願入城，遂同于詮引兵一萬，從南門而入城。【毛】本欲虚一門以待誕之走，不想吴兵反從此而入。出于意外。魏兵不得將令，未敢輕敵，任吴兵入城，乃報知司馬昭。昭曰：「此欲與朱異内外夾攻，以破我軍也。」乃召王基、陳騫分付曰：「汝可引五千兵截斷朱異來路，從背後擊之。」【毛】【漁】于詮所筭，又早被〔一三〕司馬昭所筭。二人領命而去。朱異正引兵來，忽背後喊聲大震，左有王基，右有陳騫，兩路軍殺來，吴兵大敗。朱異回見孫綝，綝大怒曰：「累敗之將，要汝何用！」叱武〔一四〕士推出斬之。【毛】【漁】一味好殺（人），安能成（大）功？【贊】只看孫綝、司馬昭兩人舉動，便知勝負樣子。【鍾】只看孫綝舉動，便知其敗。又責

〔一二〕「異」上，光本有「朱」字。
〔一三〕毛批「被」，光本作「破」，形訛。
〔一四〕「武」，商本作「軍」。

全端姪〔一五〕全禕曰：「若退不得魏兵，汝叔姪休來見我！」毛是驅之降魏。於是孫綝自回建業去了。

鍾會與昭曰：「今孫綝退去，外無救兵，城可圍矣。」昭從之，遂催軍攻圍。全禕引兵欲〔一六〕入壽春，見魏兵勢大，尋思進退無路，遂降司馬昭。毛勢所必然。昭加禕爲偏將軍，毛一以殺驅之，一以賞招之。禕感昭恩德，乃修家書與叔全端、全懌〔一七〕，言孫綝不仁，不若降魏，將書射入城中。懌得禕書，遂與端引數千人開門出降。諸葛誕在城中憂悶，將軍〔一八〕蔣班、焦彝進言曰：「城中糧少兵多，不能久守，可率吴、楚之衆，與魏兵決一死戰。」誕大怒曰：「吾欲守，汝欲戰，莫非有異心乎！再言必斬！」毛與孫綝之令無異。贄鍾諸葛誕（甚胡説，）又一孫綝（也），如何不敗？二人仰天長嘆曰：「誕將亡矣！我等不如早降，免至一死！」是夜二更時分，蔣、焦二人踰城降魏，漁紛紛皆降，皆自己相逼，與敵人無干。可見勝負皆由主將耳。司馬昭重用之。毛又以賞招之。漁邀買人心。因此城中雖有敢戰之士，不敢言戰。

誕在城中，見魏兵四下築起土城，以防淮水，只望水泛，衝倒土城，驅兵擊之。不想自秋至冬，並無霖雨，淮水不泛。毛漁豈非天意（乎）！城中看看糧盡，文欽在小城内與二子堅守，見軍士漸漸餓倒，只得來告誕曰：「糧皆〔一九〕盡絶，軍士餓損，不如將北方之兵盡放出城，以省其食。」毛去兵亦所以足食。誕大怒曰：「汝教我盡去北軍，欲謀我耶？」叱左右〔二〇〕推出斬之。毛又是一箇孫綝。鍾死已臨頭，尚不自知。漁又欲殺人，焉能成功乎？文

〔一五〕「姪」，原作「子」，古本同。按：《三國志·吴書·三嗣主傳》：「全緒子禕、儀以其母奔魏。」《顧雍傳》：「時琮羣子緒、端亦並爲將。」全禕爲全端姪，據改；後文「父子」亦據改作「叔姪」。

〔一六〕「軍」，商本、嘉本作「兵」。「欲」，明四本無，光本訛作「殺」。

〔一七〕「叔全端、全懌」，原作「父全端、叔全懌」，古本同。按：同本回校記〔一五〕，另《全琮傳》：「懌兄子禕、儀、静等亦降魏。」據改。

〔一八〕「將軍」，原作「謀士」，古本同。按：《三國志·魏書·諸葛誕傳》：「將軍蔣班、焦彝，皆誕爪牙計事者也。」據改。

〔一九〕「皆」，光本作「草」。

〔二〇〕「左右」，商本作「武士」。

鴦、文虎見父被殺，各拔短刀，立殺數十人，飛身上城，一躍而下，越壕赴魏寨投降。司馬昭恨文鴦昔日〔二一〕單騎退兵之讎，欲斬之。【毛】照應一百十回中事。鍾會諫曰：「罪在文欽，今文欽已亡，二子勢窮來〔二二〕歸，若殺降將，是堅城內人之心也。」【贊】【鍾】鍾會大通。昭從之，遂召文鴦、文虎入帳，用好言撫慰，賜駿馬錦衣，加爲偏將軍，封關內侯。【毛】要殺則竟殺，不殺則撫之慰之，爵之禄之。直〔二三〕是老瞞手段。【漁】初意欲殺之，後覆想又加以官爵，真乃老瞞手段。二子拜謝上馬，遶城大呌曰：「我二人蒙大將軍赦罪賜爵，汝等何不早降！」城內人聞言，皆計議曰：「文鴦乃司馬氏〔二四〕讎人，尚且重用，何況我等乎？」【毛】如什方侯故事。【贊】【鍾】都在鍾會筭中。於是皆欲投降。諸葛誕聞之大怒，日夜自來巡城，以殺爲威。【毛】又是一箇孫綝，如此安得不敗！【贊】諸葛誕大是胡說。【鍾】這等暴戾，自取其亡。【漁】屢屢只想殺人，安得不敗。鍾會知城中人心已變，乃入帳告昭曰：「可乘此時攻城矣。」昭大喜，遂激三軍四面雲集，一齊攻打。守將曾宣獻了北門，放魏兵入城。【毛】必至于此。誕知魏兵已入，慌引麾下數百人自城中小路突出，至吊橋邊，正撞着胡奮〔二五〕，手起刀落，斬誕于馬下，數百人皆被縛。【毛】必至于此。【漁】此必然之勢。王基引兵殺到西門，正遇吳將于詮。基大喝曰：「何不早降！」詮大怒曰：「受命而出，爲人救難，既不能救，又降他人，義所不爲也！」【贊】【鍾】（于詮）丈夫。乃擲盔于地，大呼曰：「人生在世，得死于戰場者，幸耳！」急揮刀死戰三十餘合，人困馬乏，爲亂軍所殺。【毛】孔曰「成仁」，孟曰「取義」，于詮有焉。【漁】于詮義風千古。後人有詩讚曰〔二六〕：

〔二一〕「昔日」，原作「若自」，致本同，據其他古本改。

〔二二〕「勢窮」，齋本作「乘窮」，明四本作「無路」。「來」，商本作「而」。

〔二三〕「直」，商本作「自」。

〔二四〕「氏」，貫本作「昭」。

〔二五〕「奮」，光本作「遵」。按：《三國志·魏書·諸葛誕傳》：「大將軍司馬胡奮部兵逆擊，斬誕。」

〔二六〕毛本讚于詮詩從贊本；鍾本、漁本同贊本，贊本同明三本。

司馬當年圍壽春，降兵無數拜車塵。
東吴雖有英雄士，誰及于詮肯殺身！

司馬昭入壽春，將諸葛誕老小盡皆梟首，滅其三族。武士將所擒諸葛誕部卒數百人縛至，昭曰：「汝等降否?」衆皆大叫曰：「願與諸葛公同死，决不降汝!」【毛】有卒如此，可不愧「諸葛」二字。【贊】此大奇事。昭大怒，叱武士盡縛於城外，逐一問曰：「降者免死。」並無一人言降。直殺至盡，終無一人降者。【毛】與張睢陽之事相似。【贊】且思何以得此。【鍾】不知何（以得此）。【漁】兵卒尚然如此，令人可稱可羡。〔二七〕昭深加嘆息不已，令皆埋之。後人有詩嘆曰〔二八〕：

忠臣矢志不偷生，諸葛公休【三】公休，誕字也。帳下兵。
《薤露》歌聲應未斷，遺踪直欲繼田横。

却説吴兵大半降魏，裴秀告司馬昭曰：「吴兵老小，盡在東南江、淮之地，今若留之，久必爲變，不如坑之。」【毛】李廣不封侯，只爲殺降之故。〈【毛】【漁】〉何（裴）秀之不仁（甚）也！【贊】【鍾】放屁。〔二九〕鍾會曰：「不然。古之用兵者，全國爲上，戮其元惡而已。若盡坑之，是不仁也。不如放歸江南，以顯中國之寬大。」【毛】會之言與秀天淵，宜獨爲夏侯霸之〔三〇〕所稱許。【贊】是。昭曰：「此妙論也。」遂將吴兵盡皆放歸本國。【毛】從來成大事者，必能用善言。【漁】鍾會之言與裴秀天淵之隔，而昭從之，此爲昭之能用善言也。唐咨因懼孫綝，不敢回國，亦來降〔三一〕魏。昭皆重用，令分布三河之地。【二】三河，謂河南、河東、河內也。【贊】【鍾】鍾會固好，司馬昭亦通。淮南已平，正欲退兵，忽報西蜀姜維引兵來取長城，邀截糧草。【毛】姜維此來，先在司

〔二七〕衡校本脱此句漁批。
〔二八〕「嘆」，光本、商本作「贊」。毛本嘆詩改自贊本；鍾本同贊本，贊本同明三本；漁本用他詩。
〔二九〕緑本脱此句贊批。
〔三〇〕「之」，商本脱。
〔三一〕「降」，光本作「投」。

馬昭一邊聽得。又是一樣筆法。昭大驚，與〔三二〕多官計議退兵之策。

時蜀漢延熙二十年，改爲景耀元年。姜維在漢中，選川將兩員，每日操練人馬：一是蔣舒，一是傅僉，二人頗有胆勇，維甚愛之。忽報淮南諸葛誕起兵討司馬昭，東吳孫綝助之，昭大起兩都〔三三〕之兵，將魏太后并魏主一同出征去了。毛只聽得一半。維大喜曰：「吾今番大事濟矣！」毛吾亦謂〔三四〕然。漁歡忻之極。遂表奏後主，願興兵伐魏。中散大夫譙周聽知，嘆曰：「近來朝廷溺于酒色，信任中貴黄皓，毛黄皓事借譙周口中敘出。不理國事，只圖權樂。伯約累欲征伐，不恤軍士，國將危矣！」贊鍾（譙周）老成之見。漁譙周憂國憂民如此。乃作《讎國論》一篇，寄與姜維。維拆封視之，論曰〔三五〕：

或問：「古往能以弱勝強者，其術何如？」曰：「處大國無患者，恒多慢；處小國有憂者，恒思善。贊鍾名言。多慢則生亂，思善則生治，理之常也。故周文養民，以少取多；勾踐恤衆，以弱斃強，二補註《吴越春秋》：越王句踐聽謀臣范蠡之諫，養兵恤民，遂滅強吴。此其術也。」或曰：「曩者楚強漢弱，約分鴻溝，張良以爲民志既定，則難動也，率兵追羽，終斃項氏，豈必由文王、勾踐之事乎？」曰：「商周之際，王侯世尊，君臣久固，當此之時，雖有漢祖，安能仗劍取天下乎？及〔三六〕秦罷侯置守之後，民疲秦役，天下土崩，於是豪傑並爭。今我與彼，皆傳國易世矣，既非秦末鼎沸之時，實有六國

〔三二〕「與」上，明四本有「慌」字。

〔三三〕「都」，原作「淮」，毛校本同。按：前文第一百十一回作「盡起兩都之兵二十六萬」。據前文、明四本改。

〔三四〕「謂」，光本作「爲」。

〔三五〕毛本譙周《讎國論》删，改自贊本；鍾本、漁本同贊本，周本、夏本、贊本删，改自嘉本。按：嘉本删，改自《三國志·蜀書·譙周傳》。

〔三六〕「及」，明四本作「當」。

併據之勢，故可爲文王，難〔三七〕爲漢祖。時可而後動，數合而後舉，故湯、武之師，不再戰而克，誠重民勞而度時審也。如遂極武黷征，不幸遇難，雖有智者，不能謀之矣。」

姜維看畢，大怒曰：「此腐儒之論也！」擲之于地。遂提川兵來取中原，乃〔三八〕問傅僉曰：「以公度之，可出何地？」僉曰：「魏屯糧草，皆在長城。〔三九〕今可逕取駱谷，【二】駱谷，關名，在西安府盩厔縣西南一〔四〇〕百二十里。度沈嶺，直到長城，先燒糧草，【毛】魏兵屢次斷蜀之糧，今則是蜀兵取魏之糧，反而用之。又變一樣文法。【漁】前者魏兵斷蜀之糧，今則蜀兵取魏之糧，文章變化之巧。然後直取秦川，【二】按：秦川南連秦嶺，西〔四一〕接隴山，是知秦川乃關中（原）（別）號也。則中原指日可得矣。」維曰：「公之見，與吾計暗合也。」即提兵逕取駱谷，度沈嶺，望長城而來。【毛】【漁】此（是）（係）五伐中原（矣）。

却說長城鎮守將軍司馬望，乃司馬昭之族兄也。城內糧草甚多，人馬却少。望聽知蜀兵到，急與王真、李鵬二將引兵離城二十里下寨。次日，蜀兵來到，望引二將出陣。姜維出馬，指望而言曰：「今司馬昭遷主於軍中，必有李傕、郭汜之意也。【毛】直應第十三〔四二〕回中事。吾今奉朝廷明命，前來問

〔三七〕「難」，光本作「雖」，形訛。

〔三八〕「乃」，原作「人」，致本同，其他毛校本作「又」。按：「人」字訛，據明四本改。

〔三九〕「長城」周、夏批原有「長城，即方城也，在南陽葉縣之境，出自北陽連百里，號曰方城，亦曰長城也」。按：《三國志·魏書·鄧艾傳》：「拒姜維于長城。」《集解》引《清一統志》：「長城在今陝西西安府盩厔縣南。」《水經注》卷十八《渭水》：「洛谷之水出其南山洛谷，北流逕長城西。魏甘露三年蜀遣姜維出洛谷，圍長城，即斯地也。」《張郃傳》，《集解》引盛弘之《荊州記》：「葉南界有故城……號爲方城，一謂之長城。」周、夏批以南陽方城誤注，不録。

〔四〇〕夏批「一」，原作「二」。按：《一統志》：駱谷關「在盩厔縣西南一百二十里。」據周批改。

〔四一〕周批「西」，原作「崗」。按：前句作「南連」，作「西」是，據夏批改。

〔四二〕「十三」，原作「九」，毛校本同。按：挾帝於軍中，爲第十三回李傕、郭汜亂長安時事。據前文改。

罪，汝當〔四三〕早降。若還愚迷，全家誅戮！」望大聲而荅曰：「汝等無禮，數犯上國，如不早退，令汝片甲不歸！」言未畢，望背後王真〔四四〕挺鎗出馬，蜀陣中傅僉出迎。戰不十合，僉賣箇破綻，王真便挺鎗來刺，傅僉閃過，活捉真于馬上，便回本陣。李鵬大怒，縱馬輪刀來救。僉故意放慢，等李鵬將近，努力擲真於地，暗掣四楞【二】音稜。鐵簡〔四五〕在手，鵬趕上舉刀待〔四六〕砍，傅僉偷身回顧，向李鵬面門只一簡，打得眼珠迸出，死于馬下。【毛】寫傅僉不惟能謀，且又能勇。【鍾】好箇傅僉。【漁】傅僉勇而有謀。王真被蜀軍亂鎗刺死。姜維驅兵大進，司馬望棄寨入城，閉門不出。維下令曰：「軍士今夜且歇一宿，以養銳氣。來日須要入城。」次日平明，蜀兵爭先大進，一擁至城下，用火箭火砲打入城中。城上草屋一派燒着，魏兵自亂。維又令人取乾柴堆滿城下，一齊放火，烈焰沖天。【毛】幾同博望、新野。【漁】與博望、新野相同。城已將陷，魏兵在城內嚎咷痛〔四七〕哭，聲聞四野。

正攻打之間，忽然背後喊聲大震，維勒馬回看，只見魏兵鼓譟搖旗，浩浩而來。【毛】【漁】來得（奇）突（兀）。維遂令後隊爲前隊，自立於門旗下候之。只見魏陣中一小將，全裝擐帶，挺鎗縱馬而出，約年二十餘歲，面如傅〔四八〕粉，唇似抹硃，厲聲大叫曰：「認得鄧將軍否！」【毛】小小〔四九〕年紀，便爾油嘴。維自思曰：「此必是鄧艾矣。」【毛】在姜維意中，虛猜一鄧艾。【漁】小小年紀，出此狂言，而姜維虛猜爲鄧艾，奇！挺鎗縱馬來迎〔五〇〕。二人抖擻精神，戰到三四十

〔四三〕「當」，光本作「等」。
〔四四〕「真」，商本作「鎮」，形訛。後同。
〔四五〕「簡」，光本作「鐗」。後同。
〔四六〕「待」，光本作「欲」。
〔四七〕「痛」，光本、商本作「大」。
〔四八〕「約年」，光本倒作「年約」。「傅」，光本作「薄」。
〔四九〕「小小」，商本作「如此」。
〔五〇〕「來迎」，原作「而來」，致本、業本、貫本、齋本、澹本、光本、夏本、贊本同；商本作「而迎」。按：「來迎」義合，據嘉本、周本改。

合，不分勝負，那小將軍鎗法無半點放閒〔五一〕。維心中自思：「不用此計，安得勝乎？」便撥馬望左邊山路中而走。那小將驟馬追來，維掛住了鋼〔五二〕鎗，暗取鵰弓羽箭射之。那小將眼乖，早已見了，弓弦響處，把身望前一倒，放過羽箭。鍾□□□是對手。維回頭看〔五三〕，小將已到，挺鎗來刺。維閃過〔五四〕，那鎗從肋傍邊過，被維挾住。那小將棄鎗，望本〔五五〕陣而走。維嗟嘆曰：「可惜！可惜！」再撥馬趕來。追至陣門前，一將提刀而出曰：「姜維匹夫，勿趕吾兒〔五六〕！鄧艾在此！」毛漁（在姜維）（此時）耳中，實聽一鄧艾。維大驚，原來小將乃艾之〔五七〕子鄧忠也。毛此處方纔敘明。前文故意令人不測。○鍾會弟勝于兄，鄧家子如其父。然則「艾〔五八〕艾」真有兩艾，「鳳兮」不止一鳳矣。漁到此方敘明。維暗暗稱奇，欲戰鄧艾，又恐馬乏，乃虛指艾曰：「吾今日識汝父子也。毛幸會幸會。漁真乃幸會。各且〔五九〕收兵，來日決戰。」艾見戰塲不利，亦勒馬應曰：「既〔六〇〕如此，各自收兵。暗算者非丈夫也。」於是兩軍皆退。鄧艾據渭水下寨，姜維跨兩山安營。艾見〔六一〕蜀兵地理，乃作書與〔六二〕司馬望曰：「我等切不可戰，只宜固守。待關中兵至時，蜀兵糧草皆盡，三面攻之，無不勝也。今遣長子鄧忠相助守城。」贄鄧艾伯是老手，作家，作家。鍾鄧艾是□作家。一面差人於司馬昭處求救。

却說姜維令人於艾寨中下戰書，約來日大戰，

〔五一〕「閒」，商本作「閑」，形訛。
〔五二〕「鋼」，原作「銅」，致本、業本、貫本、齋本、商本、夏本、贄本同。據其他古本改。
〔五三〕「看」下，嘉本有「時」。
〔五四〕「閃過」，嘉本作「一閃」。
〔五五〕「本」，齋本、光本作「前」。
〔五六〕「兒」，光本作「子」。
〔五七〕「艾」上，嘉本有「鄧」字。「之」，商本脱。
〔五八〕「艾」，齋本作「一」，光本、商本作「鄧」。
〔五九〕「各且」，瀹本、商本作「各自」，光本倒作「且各」。
〔六〇〕「馬」，光本脱，明四本無。「既」上，光本有「夜」字。
〔六一〕「見」下，明三本有「了」字。
〔六二〕「與」，原作「於」，致本、業本、貫本、齋本、瀹本、商本同，據其他古本改。

艾佯應之。毛惡極。次日五更，維令三軍造飯，平明布陣等候。艾營中偃旗息鼓，却如無人之狀。毛漁惡極。維至晚方回。次日又令人下戰書，責以失期之罪。艾以酒食待使〔六三〕，荅曰：「微軀小疾，有悞相持，明日會戰。」毛漁却像回債的（口氣）。贊妙，妙。次日，維又引兵來，艾仍前不出。毛如司馬懿受巾幗時。如此五六番。毛總敘一句，省筆。傅僉謂維曰：「此必有謀也，宜防之。」維曰：「此必捱關中兵到，三面擊我〔六四〕耳。吾今令人持書與東吴孫綝，使并力攻之。」忽探馬報説：「司馬昭攻打壽春，殺了諸葛誕，吴兵皆降。昭班師回洛陽，便欲引兵來救長城。」毛司馬昭一邊事，在姜維耳中却分作兩番聽得。維大驚曰：「今番伐魏，又成畫餅矣！不如且回。」正是：

已嘆四番難奏績，又嗟五度未成功。

未知如何退兵，且看下文分解。

諸葛公休，又一諸葛恪也，何諸葛之多人也，想爲孔明拔盡秀氣耶？一笑，一笑。

讀《演義》至此，惟有打頓而已，何也？只因前面都已説過，不過改换姓名重疊敷演云耳，真可厭也。此其所以爲《三國志演義》乎〔六五〕？一笑，一笑。

後主此時病已在腹心，伯約累欲遠征，恢復中原，忠義使之也。然天命已去，人力無如之何，吾於伯約何咎？

〔六三〕「待使」，光本作「相待」。
〔六四〕「我」，光本作「吾」，明四本無。
〔六五〕「乎」，緑本作「耳」。

第一百十三回

丁奉定計斬孫綝
姜維鬬陣破鄧艾[五]六犯中原。

天之報惡人，有報之奇者，有報之正者。曹丕以臣廢君，而司馬師〔一〕亦以臣廢君，此如其事以報之者也，報之奇者也；孫綝以臣廢君，而孫休乃以君滅臣，此反其事以報之者也，報之正者也。天以〔二〕爲報之奇者不可訓，則還以報之正者訓天下而已矣。

吴之有孫綝，猶魏之有曹爽也。而司馬懿以異姓去宗室，而政不復歸於曹；丁奉亦以異姓去宗室，而政猶歸於孫，則何也？孫峻之後有孫綝，猶司馬懿之後有師、昭也。毋丘儉、諸葛誕以起兵討師、昭而不勝，丁奉、張布以杯酒殺孫綝而有餘，則又何也？曰：魏之得國也以篡，吴之得國也不以篡，故魏之將滅，天必假手於其臣；而吴之將滅，天不必假手於其臣耳。

獻帝謀誅權臣，而一洩于國舅董承，再洩于國丈伏完，有兩事焉。若曹芳托國丈而事洩，止如漢之一事也；孫亮則因國舅以及國丈而事洩，是一事而合漢之兩事也。且伏完爲后父，而張緝亦爲后父；董承受血詔，而張緝亦受血詔：則以魏之一人，兼爲漢之兩人。董承不必有父，而全紀有父；伏完不必有兒，而全尚有兒：則又以漢〔三〕之兩家，并爲吴之一家。讀《三國》者，讀至後幅，有與前事相犯，而讀之更無一毫相犯。愈出愈幻，豈非今古奇觀？

〔一〕「師」，商本訛作「昭」。
〔二〕「以」，光本作「所」。
〔三〕「漢」，光本作「魏」。

雍糾之〔四〕妻，祭仲之女也，而以父殺夫非也；盧蒲癸之妻，慶舍之女也，而以夫殺父亦非也。況全尚之妻，乃以兄之故而殺其夫，又以兄之故而并殺其子乎？然君子不責全尚之妻，而責全尚，何也？國家之事而謀及婦人，宜其敗也。知其必敗，不可以學雍糾；即幸而不至于敗，不可以學盧蒲癸。

孫亮知黄門之小過，而劉禪不能識黄門之大奸；孫休知隣國之是非，而劉禪不能知本國之得失。先主之後人，不及孫權之後人遠矣。作者合而敘之，使人于相形之下，見其短長云。

吴主以蜀有内侍之亂，而特使人以敵國之外患警之，此絶妙鬭筍處，亦絶妙伏線處。何謂鬭筍？姜維因外患而動，則伐魏之筍，于此鬭也。何謂伏線？姜維因内侍而歸，則班師之線，又于此伏也。敘事作文，如此結搆，可謂匠心。

武侯以出祁山而勝，姜維亦以出祁山而勝。姜維能繼武侯，則姜維之六〔五〕伐中原，即謂是武侯之七〔六〕出祁山可也。且其事多有彷彿者：武侯與仲達鬭陣法，姜維亦與鄧艾鬭陣法；而武侯鬭陣只是一番，姜維鬭陣却有兩番。鄧艾之〔七〕鬭陣是真，即以鬭陣破之；司馬望之〔八〕鬭陣是假，又不必以鬭陣破之：則姜維又得武侯之意而化之矣。武侯好布八門陣，姜維好布長蛇陣。武侯布八門陣于祁山，先有魚腹浦邊之石以爲之端；姜維布長蛇陣于祁山，先有天水城〔九〕城外之火以爲之端。陸遜不遇黄承彦則〔一〇〕必亡，鄧艾不得司馬望則〔一一〕

〔四〕「糾之」，光本倒作「之糾」。
〔五〕「六」，光本作「九」。
〔六〕「七」，光本、商本作「六」。
〔七〕「之」，貫本、滄本脱。
〔八〕「之」，貫本、滄本脱。
〔九〕「城」，貫本、滄本、光本脱，商本作「關」。
〔一〇〕「則」，貫本、滄本脱。
〔一一〕「則」，貫本、滄本作「亦」。

必死。一樣驚人，一樣出色。每見讀《三國志》者，謂武侯死後便不堪寓目，今試觀此篇，與武侯存日豈有異哉？

司馬懿用反間之計退武侯，鄧艾亦用反間之計退姜維，誠前後一轍矣。然司馬懿即以蜀人苟安爲反間，是以蜀間蜀；鄧艾必使魏人党均行反間，是以魏間蜀也。顧使蜀中無黄皓，魏即遣百党均，亦何益哉？然則鄧艾之計，仍謂之以蜀間蜀也可。

却説姜維恐救兵到，先將軍器車仗一應軍需，步兵先退，然後將馬軍斷後。細作報知鄧艾。艾笑曰：「姜維知大將軍兵到，故先退去。不必追之，追則中彼之計也。」乃令人哨探，回報果然駱谷道狹〔一二〕之處，堆積柴草，准備要燒追兵。毛積草燒追兵之計不在〔一三〕姜維一邊實敘，却在探馬口中虛敘。衆皆稱艾曰：「將軍真神筭也！」遂遣使賫表奏聞。於是司馬昭大喜，又加〔一四〕賞鄧艾。毛漁此（下按下蜀、魏，）（處）專敘東吴。

却説東吴大將軍孫綝，聽知全端、唐咨等降魏，勃然大怒，將各人家眷盡皆斬之。毛與先主不殺黄權家屬，厚薄相去天壤。吴主孫亮，時年方十七，見綝殺戮太過，心甚不然。一日出西苑，因食生梅，令黄門三官名（也）。取蜜。須臾取至，見蜜内有鼠糞數塊〔一五〕，召藏吏責之。三補註藏吏，（主）庫（之）官也。藏吏叩首曰：「臣封閉甚嚴，安有鼠糞？」亮曰：「黄門曾向爾求蜜食否？」毛漁問得聰（明）（慧）。贊慧。藏吏曰：「黄門於數日前曾求蜜食，臣實不敢與。」亮指黄門曰：「此必汝怒藏吏不與爾蜜，故置糞于蜜中，以陷之也。」毛漁一語道着

〔一二〕「道狹」，致本同，業本作「追狹」，其他毛校本作「迫狹」。
〔一三〕「在」，光本作「把」。
〔一四〕「加」，齋本作「奏」。
〔一五〕「塊」，滄本作「愧」，形訛；商本作「枚」。

（了〔一六〕）。黃門不服。【毛】從來偷食人極嘴強。亮曰：「此事易知耳。若糞久在蜜中，則内外皆濕，若新在蜜中，則外濕内燥。」【毛】小智耳，妙在敏捷。【贄】慧。命剖視之，果然内燥，黃門服罪。亮之聰明，大抵如此。【毛】載一小事之明，以見其大事之察。然無大事可敘者，以大事俱歸于孫綝故耳。【漁】此謂小智之敏捷，而大事之聰明，因有孫綝，故亮不能使出。雖然聰明，却被孫綝把持，不能主張。綝之弟威遠將軍孫據，入蒼龍宿衛，武衛將軍孫恩、偏將軍孫幹、長水校尉孫闓，分屯諸營。【毛】【漁】孫綝父子兄弟五人與曹爽兄弟三人（、正復）相似。

一日，吴主孫亮悶坐，黃門侍郎全紀在側，【三】紀乃皇丈全尚之子也。紀乃國舅也。亮因泣告曰：「孫綝專權妄殺，欺朕太甚，今不圖之，必爲後患。」【毛】如曹芳之告張緝。紀曰：「陛下但有用臣處，臣萬死不辭。」亮曰：「卿可只今〔一七〕點起禁兵，與將軍劉承各把城門，朕自出殺孫綝。【毛】如曹髦之自討司馬昭。但此事切不可令卿母知之，卿母乃綝之姊也。倘若泄漏，誤朕匪輕。」【毛】一派親戚，却在孫亮口中敘明〔一八〕。【漁】到有胆量，竟像個做得事來的。紀曰：「乞陛下草詔與臣。臨行事之時，臣將詔示衆，使綝手下人皆不敢妄動。」亮從之，即寫密詔付紀。【毛】密詔請而後與，較曹芳之自書血詔付張緝，又是不同。紀受詔歸家，密告其父全尚。尚知此事，乃告妻曰：「三日内殺孫綝矣。」【毛】子不告其母，而夫乃告其妻，可見〔一九〕夫妻之情密于子母也，爲之一嘆。【贄】好敗事老兒，真所云「是父是子」也。妻曰：「殺之是也。」口雖應之，却私〔二〇〕令人持書報知孫綝。【毛】不顧其夫，不顧其子，而但以内家爲重，今之婦人多有之矣，又爲之一嘆。【漁】機事貴〔二一〕密，有父兄妻子者不可輕言，此之謂也。

〔一六〕漁批「了」，衡校本脱。
〔一七〕「可只今」，商本作「如今可」。
〔一八〕「派」「明」，貫本、滄本作「脈」「出」。
〔一九〕「而夫乃」，商本作「乃夫」。「見」下，商本有「得」字。
〔二〇〕「私」，嘉本作「密」。
〔二一〕「貴」，衡校本作「秘」。

綝大怒，當夜便喚弟兄四人，點起精兵，先圍大內，一面將全尚、劉承并其家小俱拿下。比及平明，吳主孫亮聽得宮門外金鼓大震，內侍慌入奏曰：「孫綝引兵圍了內苑。」亮大怒，指全后罵曰：「汝父兄悞我大事矣！」乃拔劍欲出。全后與侍中近臣，皆牽其衣而哭，不放亮出。孫綝先將全尚、劉承等殺訖，【毛】一箇婦人送了老公與兒子也。【漁】丈夫、兒子性命，俱送在婦人手。然後召文武于朝內，下令曰：「主上荒淫久病，昏亂無道，不可以奉宗廟，今當廢之。汝諸文武敢有不從者，以謀叛論！」衆皆畏懼，應曰：「願從將軍之令。」尚書桓彝大怒，從班部中挺然而出，指孫綝大罵曰：「今上乃聰明之主，汝何敢出此亂言！吾寧死不從賊臣之命！」【毛】全紀不得爲孝子，桓彝乃可爲〔二二〕忠臣。【贊】是漢子。〔二三〕【漁】兩班文武皆畏懼不言。桓彝可爲忠臣矣。綝大怒，自拔劍斬之，即入內指吳主孫亮罵曰：「無道昏君！本當誅戮以謝天下！看先帝之面，廢汝爲會稽王，吾自選有德者立之！」叱中書郎李崇奪其璽〔二四〕綬，令鄧程收之。亮大哭而去。【毛】【漁】與司馬師廢曹芳（一樣身〔二五〕段）（同耳）。後人有詩嘆曰：

亂賊誣伊尹，奸臣冒霍光。
可憐聰明主，不得涖朝堂。

孫綝遣宗正孫楷、中書郎董朝，往會稽〔二六〕迎請瑯琊王孫休爲君。休字子烈，乃孫權第六子也，在會稽夜夢乘龍上天，回顧不見龍尾，失驚而覺。【毛】乘龍者，應在爲君。無尾應在其子之不得立也。【漁】乘龍者，爲君之象；無尾者，子不得即位之兆。次日，孫楷、

〔二二〕「爲」，光本作「謂」。
〔二三〕吳本脱此句贊批。
〔二四〕「璽」，原作「印」，古本同。按：《三國志·吳書·孫綝傳》：「綝遣中書郎李崇奪亮璽綬。」據改。
〔二五〕「身」，商本作「體」，貫本、澹本、光本作「手」。
〔二六〕「會稽」，原作「虎林」，古本同。按：《三國志·吳書·三嗣主傳》：「休上書乞徙他郡，詔徙會稽。居數歲，夢乘龍上天，顧不見尾。」據改，後一處同。

董朝至，拜請回都。行至曲阿，有一老人，自稱姓干名休，叩頭言曰：「事久必變，願殿下速行。」休謝之。行至布塞亭，孫恩〔二七〕將車駕來迎。休不敢乘輦，乃坐小車而入。百官拜迎〔二八〕道傍，休慌忙下車荅禮。孫綝出，令扶起，請入大殿，升御座即天子位。休再三謙讓，方受玉璽。文官武將朝賀已畢，大赦天下，改元永安元年。封孫綝爲丞相、荆州牧，多官各有封賞，又封兄之子孫皓爲烏程侯。【毛】爲後文嗣位張本。孫綝一門五侯，皆典禁兵，權傾人主。吴主孫休恐其内變，陽示恩寵，内實防之。綝驕横愈甚。

冬十二月，綝奉牛酒入宫上壽，吴主孫〔二九〕休不受，綝怒，乃以牛酒詣左將軍張布府中共飲。酒酣，乃謂布曰：「吾〔三〇〕初廢會稽王時，人皆勸吾爲君。吾爲今上賢，故立之。今我上壽而見拒，是將我等閒相待。吾早晚教你看！」【毛】周郎對蔣幹醉話是假，孫綝〔三一〕對張布醉話是真。【漁】孫綝雖是醉話，却由心中所出。布聞言，唯唯而已。次日，布入宫密奏孫休。休大懼，日夜不安。數日後〔三二〕，孫綝遣光禄勳〔三三〕孟宗，撥與中營所管精兵一萬五千，出屯武昌，又盡將武庫内軍器與之。於是將軍魏邈、武衛士施朔，二人密奏孫休曰：「綝調兵在外，又搬盡武庫内軍器，早晚必爲變矣。」【毛】孫休此時千休不得。【漁】有不得不然之勢。休大驚，急召張布計議。布奏曰：「老將丁奉，計畧過人，能斷大事，可與議之。」休乃召奉入内，密告其事。奉奏曰：「陛下勿〔三四〕憂，臣有一計，爲國除害。」休問何計，奉

〔二七〕「恩」，致本脱，齋本、光本作「思」，形訛。
〔二八〕「迎」，致本同，其他毛校本作「謁」。
〔二九〕「孫」字原闕，據毛校本補。
〔三〇〕「吾」，光本作「我」，本回後三處不另出校。
〔三一〕「周」，光本作「用」，形訛。「話」，商本作「語」，後一處同。「綝」，光本作「林」，形訛。
〔三二〕「後」，原作「内」，毛校本、贊本同。按：「後」字通，據明三本改。
〔三三〕「光禄勳」，原作「中書郎」，古本同。按：《三國志·吴書·孫綝傳》：「使光禄勳孟宗告廟廢亮。」據改。
〔三四〕「勿」，商本作「無」。

曰：「來朝臘日，只推大會羣臣，召綝赴席，臣自有調遣。」休大喜。奉令魏邈、施朔爲〔三五〕外事，張布爲内應。是夜，狂風大作，飛沙走石，將老樹連根拔起。天明風定，使者奉旨來請孫綝入宫赴會〔三六〕。孫綝方起床，平地如人推倒，【毛】【漁】（與）（如）諸葛恪（家）黄犬啣衣、孝子入門（之怪彷彿相似）（事相同）。心中不悦。使者十餘人簇擁入内。家人止之曰：「一夜狂風不息〔三七〕，今早又無故驚倒，恐非吉兆，不可赴會〔三八〕。」【毛】與諸葛恪入朝時彷彿相似。綝曰：「吾弟兄〔三九〕共典禁兵，誰敢近身？倘有變動，于府中放火爲號。」囑訖，升車入内。吴主孫休忙〔四〇〕下御座迎之，請綝高坐。酒行數巡，【毛】【漁】與（昔日）諸葛恪（入朝）飲酒（時彷彿）相似。衆驚曰：「宫外望有火起！」【毛】此是丁奉等在外擒孫家〔四一〕兄弟時也。妙在虚寫。綝便欲起身。休止之曰：「丞相穩便，外兵自多，何足〔四二〕懼哉？」言未畢，左將軍張布拔劍在手，引武士三十餘人，搶上殿來，口中厲聲而言曰：「有詔擒反賊孫綝！」【毛】【漁】令人追想孫峻殺諸〔四三〕葛（恪）時（事）。綝急欲走時，早被武士擒下。綝叩頭奏曰：「願徙交州歸田里。」休叱曰：「爾何不徙滕胤、吕據、王惇耶？」【毛】即以前事問之，現前果報。【二】補遺 補註 前年吴車騎將軍吕據在江都，聞孫綝〔四四〕自專國政，大怒，表奏滕胤爲丞相，欲使制孫綝。綝更以胤爲大司馬，出駐武昌。胤尚未起行，吕據（領）（引）兵來與胤約會飲，共謀廢孫綝。事泄，殺滕胤，

〔三五〕「令」「爲」，明四本作「同」「掌」。
〔三六〕「會」，原作「宴」，毛校本同。按：前文作「大會群臣」；後文作「不可赴會」。據前、後文及明四本改。
〔三七〕「一」，光本、商本作「昨」。「不息」，商本作「大作」。
〔三八〕「會」，明四本作「之」，齋本、光本作「宴」。
〔三九〕「弟兄」，齋本、光本、商本倒作「兄弟」。
〔四〇〕「忙」，齋本、光本作「慌」。
〔四一〕「外」，光本作「非」。「家」，光本、商本作「綝」。
〔四二〕「足」，原作「必」，毛校本同。按：「足」字通，據明四本改。
〔四三〕毛批「想」，商本作「思」。「諸」字原闕，據毛校本補。
〔四四〕周、夏批「都」「綝」，原作「郡」「琳」。按：《三國志·吴書·孫綝傳》：「綝聞之，遣從兄慮將兵逆據於江都。」據改，後三處「琳」同改。

夷其三族，或勸吕據奔投魏以免其禍，據曰：「吾耻爲叛臣！」亦自殺。贊天理，天理！快人，快人！漁眼前果報，到此方暢人心。命推下斬之。於是張布牽孫綝下殿東斬訖，毛前謂布云「吾早晚教你看」，不想看出這局面來。從者皆不敢動。布宣詔曰：「罪在孫綝一人，餘皆不問。」衆心乃安。布請孫休升五鳳樓。丁奉、魏邈、施朔等擒孫綝兄弟至，毛張布一邊用實寫，丁奉等一邊用虚寫，省筆之法。休命盡斬于市。宗黨死者數百人，滅其三族，命軍士掘開孫峻墳墓，戮其屍首。將被害諸葛恪、滕胤、吕據、王惇等家，重建墳墓，以表其忠。其牽累流遠〔四五〕者，皆赦還鄉里。毛舊案盡翻。贊鍾（天理發現了，）請看因果。漁又將舊案一翻。丁奉等重加封賞。

馳書報入成都。後主劉禪遣使回賀，吴使薛珝荅禮。毛使命往來，敘得簡畧，省筆之法。珝自蜀中歸，吴主孫休問蜀中近日作何〔四六〕舉動。珝奏曰：「近日中常侍黄皓用事，公卿多阿附之。入其朝，不聞直言，經其野，民有菜色。所謂『燕雀處堂，不知大廈之將焚』者也。」毛西蜀事在吴使口中虚寫一番，妙在有意無意寫來，只爲後文姜維回兵伏線。鍾薛珝〔四七〕之奏，令人髪指，〈贊鍾〉勿（止）作蜀史看過（方得）。漁使者口内敘出蜀中朝野如此行，社稷卒〔四八〕能久乎？休嘆曰：「若諸葛武侯在時，何至如此乎！」於是又寫國書，教人賫入成都，説司馬昭不日篡魏〔四九〕，必將侵吴、蜀以示威，彼此各宜准備。毛因其不知内憂，故以外患動之。

姜維聽得此信，忻然上表，再議出師伐魏。毛孫休本欲以外患動其内憂，姜維乃舍〔五〇〕内憂而圖其外

〔四五〕「牽」，明四本作「帶」。「流遠」，光本、商本倒作「遠流」。

〔四六〕「近日作何」四字原闕，據毛校本補。

〔四七〕「珝」，原作「翊」，按：明三本及贊本系正文作「薛翊」。《三國志》作「薛珝」。據毛本正文改。

〔四八〕「行社稷卒」，原作「行社魏卒」，衡校本作「行事社稷豈」。「魏」字形訛，據衡校本改。

〔四九〕「魏」，商本作「國」，明四本無。

〔五〇〕「乃舍」，光本作「却舍」，商本作「轉以」。

患，絶妙鬬筍。【漁】內患不除，而治外患，何益之有？時蜀漢景耀元年冬，大將軍姜維，以廖化、張翼爲先鋒，王含〔五一〕、蔣斌爲左軍，蔣舒、傅僉爲右軍，胡濟爲合後，維與夏侯霸總中軍，共起蜀兵二十萬，拜辭後主逕到漢中，與夏侯霸商議，當先攻取何地。霸曰：「祁山乃用武之地，可以進兵，故丞相昔日六出祁山，因他處不可出也。」【毛】總〔五二〕照數回以前之事。維從其言，遂令三軍並望祁山進發，【毛】【漁】此是六伐中原。至谷口下寨。時鄧艾正在祁山寨中整點隴右之兵。忽流星馬到，報〔五三〕説蜀兵見下三寨于谷口。艾聽知，遂登高看了，回寨升帳，大喜曰：「不出吾之所料也！」原來鄧艾先度了地脉，故留蜀兵下寨之地，地中自祁山寨直至蜀寨，早挖了地道，待蜀兵至時，於中取事。【毛】鄧艾一邊事，却從此處補出。此時姜維至谷口，分作三寨，地道正在左寨之中，乃王含〔五四〕、蔣斌下寨之處。鄧艾喚子〔五五〕鄧忠，與師纂各引一萬兵，爲左右衝擊，却喚副將鄭倫，引五百掘子軍，於當夜二更，逕於地道直至左營，從帳後地下〔五六〕擁出。【毛】以攻城之法攻營，不從天降，却從地出。

却説王含、蔣斌因立寨未定，恐魏兵來劫寨，不敢解甲而寢。忽聞中軍大亂，急綽兵器上的馬時，寨外鄧忠引兵殺到。內外夾攻，王、蔣二將奮死抵敵不住，棄寨而走。姜維在帳中聽得左寨中大喊，料道有內應外合之兵，遂急上馬，立於中軍帳前，傳令曰：「如有妄動者斬！便有敵兵到營邊，休要問他，只管以弓弩射之！」一面傳示右營，亦不許妄動。【毛】【漁】與張遼之守合淝（彷彿）相似。【贊】老手。果然魏兵十餘次衝擊，皆被射回。只衝殺到天明，魏兵不敢殺入。【毛】此處却無地孔可鑽，但能竪入，

〔五一〕「含」，業本、貫本、商本作「舍」，形訛。
〔五二〕「總」，商本作「回」。
〔五三〕「到報」，澹本倒作「報到」。
〔五四〕「含」，貫本、商本作「舍」，形訛。
〔五五〕「子」，貫本、商本作「了」。
〔五六〕「下」，商本作「道」。

不能横進。鄧艾收兵回寨，乃嘆曰：「姜維深得孔明之法！兵在夜而不驚，將聞變而不亂，真將才也！」次日，王含、蔣斌收聚敗兵，伏於大寨前請罪。維曰：「非汝等之罪，乃吾不明地脉之故也。」【毛】譙周以爲不知天時。又撥軍馬，令〔五七〕二將安營訖。却將傷死身屍，填於地道之中，以土掩之。【毛】【漁】以〔五八〕地道爲蜀（人）（兵）之塚，哀哉！令人下戰書單搦鄧艾來日交鋒，艾忻然應之。

次日，兩軍列于祁山之前。維按武侯八陣之法，依天、地、風、雲、鳥、蛇、龍、虎之形，分布已定。鄧艾出馬，見〔五九〕維布成八卦，乃亦布之，左右前後，門户一般。【毛】【漁】前（有）（者）武侯與仲達鬬陣，今（又有）（者）姜維與鄧艾鬬陣。〈毛〉前是仲達先布，各自一樣；此是鄧艾後布，却是學樣。維持鎗縱馬大叫曰：「汝效吾排八陣，亦能變陣否？」艾笑曰：「汝道此陣只汝能布耶？吾既會布陣，豈不知變陣！」艾便勒馬入陣，令執法官把旗左右招颭，變成八八六十四箇門户，【毛】【漁】好看。復出陣前曰：「吾變法若何？」維曰：「雖然不差，汝敢與吾八〔六〇〕陣相圍麼？」【毛】前武侯是教仲達打陣，今姜維却教鄧艾圍陣，又自不同。【漁】又教圍陣，的奇。艾曰：「有何不敢！」【贊】好〔六一〕看。兩軍各依隊伍而進。艾在中軍調遣，兩軍衝突，陣法不曾〔六二〕錯動。姜維到中間，把旗一招，忽然變成「長蛇捲地陣」，【毛】鄧艾會做穿山甲，今却遇了捲地蛇。將鄧艾困在垓心，四面喊聲大震。艾不知其陣，心中大驚。蜀兵漸漸逼近，艾引衆將衝突不出。只聽得蜀兵齊叫曰：「鄧艾早降！」艾仰天長嘆曰：「我一時自逞其能，中姜維之計矣！」【毛】【漁】讀至此，令人拍案（一）快（心）。〈漁〉而司馬望一來，又令人忻心索然矣。

〔五七〕「令」，商本作「命」。

〔五八〕漁批「以」上，衡校本有「至」字。

〔五九〕「見」字原闕，據毛校本補。

〔六〇〕「八」，齋本、光本、商本訛作「入」。

〔六一〕「好」，吴本闕。

〔六二〕「曾」，商本作「能」。

忽然西北角上一彪軍殺入，艾見是魏兵，遂乘勢殺出。救鄧艾者，乃司馬望也。【毛】出于意外，令人廢書一嘆。【贊】好看。【鍾】好救星。比及救出鄧艾時，祁山九寨，皆被蜀兵所奪。【毛】讀至此，令人又〔六三〕拍案一快。【漁】至姜維奪祁山九寨，又令人拍案一快。艾引敗兵，退於渭水南下寨。艾謂望曰：「公何以知此陣法而救出我也？」望曰：「吾幼年遊學于荆南，曾與崔州平、石廣元爲友，講論此陣。【毛】此二人從先主三顧時敍之，已久不復提矣〔六四〕。忽于此處照應出來，妙極。今日姜維所變者，乃『長蛇捲地陣』也。若他處擊之，必不可破。吾見其頭在西北，故從西北擊之，自破矣。」【毛】蛇無頭而不行。艾謝曰：「我雖學得陣法，實不知變法。公既知此法，來日以此法復奪祁山寨柵，如何？」望曰：「我之所學，恐瞞不過姜維。」艾曰：「來日公在陣上與他鬭陣法，我却引一軍暗襲祁山之後。兩下混戰，可奪舊寨也。」【毛】不欲以鬭陣勝之，却欲以詐鬭陣勝之。【贊】【鍾】是。於是令鄭倫〔六五〕爲先鋒，艾自引軍襲山後，一面令人下戰書，搦姜維來日鬭陣法。【毛】來日候教，伏惟枉〔六六〕臨。維批回去訖，乃謂衆將曰：「吾受〔六七〕武侯所傳密書，此陣變法，共三百六十五樣，按周天之數。今搦吾鬭陣法，乃『班門弄斧』耳！【二】補註 公輸子名班，魯之巧人也。班門弄斧者，言其後之學者莫能及也。但中間必有詐謀，公等知之乎？」【毛】【漁】妙在姜維不自説出。【贊】老手。廖化曰：「此必賺我鬭陣法，却引一軍襲我後也。」【毛】妙在等廖化説出此意。維笑曰：「正合我意。」即令張翼、廖化引一萬兵去山後埋伏。

次日，姜維盡拔〔六八〕九寨之兵，分布于祁山之前。司馬望引兵離了渭南，逕到祁山之前，出馬

〔六三〕「令人又」，貫本、齋本、澹本、光本倒作「又令人」。
〔六四〕「矣」，光本作「起」。
〔六五〕「令鄭倫」，貫本作「令陳倫」。
〔六六〕「枉」，光本作「光」。
〔六七〕「受」，原作「授」，致本、業本、周本、夏本、贊本同，據其他古本改。
〔六八〕「拔」，商本作「收」。

與姜維荅話。維曰：「汝請吾鬪陣法，汝先布與我看。」望布成了八卦。維笑曰：「此即吾所布八陣之法也，汝今盜襲，何足爲奇！」毛今人都是盜襲，那箇是自己做出來的。望曰：「汝亦竊他人之法耳！」維曰：「此陣凡有幾變？」望笑曰：「吾既能布，豈不會變？此陣有九九八十一變。」毛比姜維學問没有一半，便要出來比試，極像今日子弟，畧讀幾句文字，便欲出來會考也。維笑曰：「汝試變來。」望入陣變了數番，復出陣曰：「汝識吾變否？」漁學問没有一半，也在此逞能。維笑曰：「吾陣法按周天三百六十五變，汝乃井底之蛙，安知玄奧乎！」望自知有此變法，實不曾學全，乃勉强折辨曰：「吾不信，汝試變來。」毛今日空疎之腹，反不信淹博之人，往往如此〔六九〕。維曰：「汝教鄧艾出來，吾當布與他看。」望曰：「鄧將軍自有良謀，不好陣法。」維大笑曰：「有何良謀！不過教汝賺吾在此布陣，他却引兵襲吾山後耳！」毛此言洞見肺腑，勝領教陣法多矣。贄老賊。鍾說破他心事。望大驚，恰欲進兵混戰，被維以鞭稍一指，兩翼兵先出，殺的那魏兵棄甲抛戈，各逃性命。毛漁（讀）（一）至此，令人又〔七〇〕拍案一快。〈毛〉○此時蜀兵亦有長蛇捲地〔七一〕之勢。

却説鄧艾催督先鋒鄭倫來襲山後。倫剛〔七二〕轉過山角，忽然一聲砲響，鼓角喧天，伏兵殺出，爲首大將，乃廖化也。二人未及荅話，兩馬交處，被廖化一刀，斬鄭倫于馬下。毛陣不會鬪，將亦不經鬪。贄鍾（的是）老手。鄧艾大驚，急勒兵退時，張翼引一軍殺到，兩下夾攻，魏兵大敗。艾捨命突出，身被四箭，毛讀至此，令人又拍案一快。○郭淮一箭便死，鄧艾四箭不死，大是僥倖。奔到渭南寨時，司馬望亦到〔七三〕。二人商議退兵之策，望曰：「近日蜀主劉

〔六九〕「淹」，貫本作「奄」，形訛。「此」，貫本作「是」。

〔七〇〕漁批「一」，衡校本作「讀」。毛批「令人又」，貫本、滄本脱「又」，齋本倒作「又令人」。

〔七一〕「地」，致本、光本同，其他毛校本作「陣」。

〔七二〕「剛」，光本、嘉本作「方」。

〔七三〕「到」，光本作「至」，嘉本作「到來」。

禪，寵幸中貴黄皓，日夜以酒色爲樂。毛正與吴使薛珝〔七四〕語相應。可用反間計召回姜維，此危〔七五〕可解。」毛漁（如）（用）此良謀，勝鬪陣法。〈漁〉正有些好光景，却又有此毒〔七六〕計。贊鍾此着甚高。艾問衆謀士曰：「誰可入蜀交通黄皓？」言未畢，一人應聲曰：「某願往。」艾視之，乃襄陽党均也。艾大喜，即令党均賫金珠寶物，逕到成都結連黄皓，毛閹人偏好金珠，正不知欲傳與何人。可發一嘆。鍾又是□（妄）之□道了。布散流言，説姜維怨望天子，不久投魏，毛與荀安譖孔明事相同。漁可見陣法之奇巧與姜維之能畧，俱無用也。於是成都人人所説皆同。黄皓奏知後主，即遣人星夜宣姜維入朝。毛讀至此，又令人廢書一嘆。贊此等亦都説過了，作者何無變化一至此也！

却説姜維連日搦戰，鄧艾堅守不出，維心中甚疑。忽使命至，詔維入朝。維不知何事，只得班師回朝。漁讀至此，令人恨。鄧艾、司馬望知姜維中計，遂扳〔七七〕渭南之兵隨後掩殺。正是：〔七八〕

樂毅伐齊遭間阻，岳飛破敵被讒回。

未知勝敗〔七九〕如何，且看下文分解。

當時皇帝原做得容易，東也是皇帝，西也是皇帝。後來皇帝也去得容易，東也降了某人，西也降了某人。正所謂「籠糠置田籠糠賣，如此得來如此去」也。

師廢曹芳，綝〔八〇〕廢孫亮，皆操之接踵也。西蜀强不如魏、富不如吴，而君臣之義凛凛不失，此蜀所以爲正統與！

〔七四〕「珝」，商本訛作「傳」。
〔七五〕「危」，嘉本作「圍」。
〔七六〕「毒」，衡校本作「惡」。
〔七七〕「扳」，商本作「收」。
〔七八〕毛本回末對句取贊本詩四句之前二句，並改，爲静軒詩。鍾本同周本、夏本、贊本、嘉本、漁本無。
〔七九〕「敗」，齋本、滄本、光本、商本作「負」。
〔八〇〕「綝」，原作「琳」，據正文改。

第一百十四回

曹髦驅車死南闕 姜維棄糧勝魏兵

（五）七犯中〔一〕原。

有司馬師之廢曹芳于前，又司馬昭之弑曹髦于後，天之報曹氏，毋乃太過與？曰：非過也。曹芳爲乞養之子，則未必其爲操與丕之孫也，于其非孫者報之，不若于其真爲孫者報之之爲快也。且以非孫而冒孫者斬其祀，又不若去一冒孫者立一是孫者，而終至于奪其祀之爲奇也。蒼蒼者之巧于報反如此，後世奸雄，尚其鑒哉！

或謂奸雄將作亂于內，必先立威于外，則司馬昭之弑君，當在伐〔二〕蜀之後；或謂奸雄將定難于外，必先除患于內，則司馬昭之弑君，又當在滅蜀之前。由前之論，是孫休之所慮也；由後之論，是賈充之所勸也。然而弑君之事，人固〔三〕難之矣。司馬昭不自弑之，而使賈充弑之；賈充又不自弑之，而使成濟弑之。所以然者，誠畏弑君之名而避之耳。孰知論者不歸罪于濟而歸罪于充，又不獨歸罪于充，而歸罪于昭，然則雖畏而欲避，而何所容其避哉？《春秋》誅亂賊必誅其首，有以夫！

趙盾不以趙穿之弑君爲己辜，司馬孚能以昭之弑君爲己罪。然則由陳泰言之，有進于賈充者，以充爲次；由司馬孚言之，又有進于昭者，而昭又爲次矣。故依齊南史之書法，當以司馬昭爲崔杼；依晉董狐之書法，又當以司馬孚爲趙盾。

陳泰之舅，舅不如甥；王經之母，母如其

〔一〕周批「中」，原訛作「使」，據其他本批語改。
〔二〕「當」上，貫本、濟本有「又」字。「伐」，貫本、濟本作「滅」。
〔三〕「固」，原作「因」，業本同。按：「固」字通，據其他毛校本改。

子。泰不死而其義不朽，經能死而其忠愈不朽。君子以髦之死爲不足惜者，所以報先世爲人臣而簒國之辜；而仍以經之死爲足嘉者，所以正後世爲人臣而從賊之義。

曹操以周文自比，司馬昭亦以周文自比。然操比周文，則竟比周文耳；昭則自言學曹操之比周文，直自比曹操也。操欲學周文，則簒國之意猶隱然于言外；昭欲學曹操，則簒國之意已顯然于言中。雖同一簒賊，而一前一後，又有升降之異焉〔四〕。

蔡和、蔡中，實爲蔡瑁之弟，猶不爲周郎之所信；王瓘本非王經之族，安得不爲姜維之所料乎？縱使姜維信之，而夏侯霸必能識之；則鄧艾之計〔五〕，又踈于曹操矣。武侯知鄭文之詐，而先斬鄭文，故有得而無失；姜維知王瓘之詐，而不先斬王瓘，安能有得而無失乎？糧與棧道，雖王瓘焚之，無異于維自焚之：則姜維之智，終遜于武侯矣。文有後事勝于前事者，不觀後事之深，不知前事之淺，則後文不可不讀；有後事不如前事者，不觀後事之疏，不見前事之密，則後文又不可不讀。

却說姜維傳令退兵，廖化曰：「『將在外，君命有所不受。』今雖有詔，未可動也。」【毛】廖化之言，只從君命起見。【贊】亦是。【鍾】廖化大通。【漁】廖化之言甚爲有理。張翼曰：「蜀人爲大將軍連年動兵，皆有怨望。不如乘此得勝之時，收回人馬，以安民心，再作良圖。」【毛】張翼之言，却〔六〕從民心起見。【鍾】張翼亦是。【漁】張翼之言亦却有當。維曰：「善。」遂令各軍依法而退。命廖化、張翼斷後，以防魏兵追襲。

却說鄧艾引兵追趕，只見前面蜀兵旗幟整齊，人馬徐徐而退。艾嘆曰：「姜維深得武侯之法也！」

〔四〕「焉」，商本作「矣」。
〔五〕「計」，齋本、光本作「詐」。
〔六〕「却」，齋本、光本、商本作「是」。

【毛】鄧艾每讚姜維必讚武侯，可見文中雖無武侯，却處處有一武侯。【漁】武侯聲名，猶赫赫在人耳目間，雖死之日，猶生之年也。因此不敢追趕，勒軍回祁山寨去了。

且說姜維至成都，入見後主，問召回之故。後主曰：「朕爲卿在邊庭，久不還師，恐勞軍士，故詔卿回朝，別無他意。」維曰：「臣已得祁山之寨，正欲收功，不期半途而廢。此必中鄧艾反間之計矣。」【贄】何必言？後主默然不語。【毛】【漁】（活畫一）（寫出）昏庸之主。姜維又奏曰：「臣誓討賊，以報國恩。陛下休聽小人之言，致生疑慮。」後主良久乃曰：「朕不疑卿。卿且回漢中，俟魏國有變，再伐之可也。」【毛】極没氣力語，却早爲後回七伐中原伏線。姜維嘆息出朝，自投漢中去訖。【毛】以下按下蜀漢，再敘魏事。

却說党均回到祁山寨中，報知此事。鄧艾與司馬望曰：「君臣不和，必有内變。」就令党均入洛陽，報知司馬昭。昭大喜，便有圖蜀之心，【毛】早爲一百十六回伏筆。乃問中護軍賈充曰：「吾今伐蜀，如何？」充曰：「未可伐也。天子方疑主公，若一旦輕出，内難必作矣。【毛】鄧艾方說蜀有内變，賈充却說魏有内變，借伐蜀轉出弒主，鬭筍甚奇。舊年黄龍兩見于寧陵井中，【毛】魏初改年號便曰黄初，自以爲土德王，蓋色尚黄也。黄龍正應曹氏之君。井中正應幽沉之象。兩見者，正應曹髦被弒之後，又有曹奐被篡也。羣臣表賀，以爲祥瑞，天子曰：『非祥瑞也。龍者君象，乃上不在天，下不在田，而在井中，是幽囚〔七〕之兆也。』遂作《潛龍詩》一首。詩中之意，明明道着主公。【毛】曹髦作詩之事，却在賈充口中寫出，敘事妙品。【贄】【鍾】賈充小人。【漁】借伐蜀轉出曹髦作詩，而昭遂起弒主之意，鬭筍甚奇，敘事省筆。其詩曰〔八〕：『傷哉龍受困，不能躍深淵。上不飛天漢，下不見於田。蟠居于井底，鰍鱔舞其前。藏牙伏爪甲，嗟我亦同

〔七〕「而在」，嘉本、周本作「屋於」，夏本、贄本作「居於」，貫本、渝本脱「而」。「囚」，明三本作「困」。

〔八〕毛本曹髦《潛龍詩》改自贄本；鍾本、漁本同贄本，贄本同明三本。

然！』」毛漢少帝飛燕之詩興也、賦也，曹髦黃龍之詩比也。不謂百回之後，忽有其對。

司馬昭聞之大怒，謂賈充曰：「此人欲效曹芳也！毛漁「此人」（者），公之何人？若不早圖，彼必害我。」毛「彼者」，何人也？漁「彼者」，公之何人？天之報髦如此。充曰：「某願爲主公早晚圖之。」

時魏甘露五年夏四月，司馬昭帶劍上殿，髦起迎之。羣臣皆奏曰：「大將軍功德巍巍，合爲晉公，加九錫。」髦低頭不荅。昭厲聲曰：「吾父子兄弟三人有大功於魏，今爲晉公，得毋不宜耶？」毛漁曹操（受）（加）九錫，尚（能）假意托辭；（司馬）（而）昭受九錫，却（是）公然索取。（尤而效之，殆有甚焉）（只在舉動上形容，有無限妙處）。髦乃應曰：「敢不如命？」毛口氣亦[九]惡。昭曰：「《潛龍》之詩，視吾等如鰍鱔，是何禮也？」毛天子以字取禍，又見于此。贊此皆曹瞞[一〇]收債時也。着眼，着眼。鍾此皆昔日曹瞞所爲，今得反之。髦不能荅。昭冷笑下殿，衆官凜然。髦歸後宮，召侍中王沈、三音沉。尚書王經、散騎常侍王業三人，入內計議。髦泣曰：「司馬昭將懷篡逆，人所共知！朕不能坐受廢辱，卿等可助朕討之！」毛不能爲勿用之潛龍，却欲爲有悔[一一]之亢龍矣。王經奏曰：「不可。昔魯昭公不忍季氏，敗走失國。今重權已歸司馬氏久矣，內外公卿，不顧順逆之理，阿附奸賊，非一人也。毛如華歆、王朗之助曹丕。且陛下宿衛寡弱，無用命之人。陛下若不隱忍，禍莫大焉。且宜緩圖，不可造次。」贊極老成。鍾王經老成之見。髦曰：「『是可忍也，孰不可忍也！』朕意已決，便死何懼！」毛還是獻帝耐得。言訖，即入告太后。王沈、王業謂王經曰：「事已急矣。我等不可自取滅族之禍，當往司馬公府下[一二]出首，以

[九]「亦」，原作「下」，致本同，據其他毛校本改。
[一〇]「瞞」，吳本闕。
[一一]「悔」，原作「晦」，致本、業本、貫本、齋本、濟本、光本同。按：《易經》第一卦《乾卦》：「初九，潛龍勿用。」「上九，亢龍有悔。」據商本改。
[一二]「下」，光本作「中」。

免一死。」【毛】【漁】人心（不附曹而附）（向）昭，果如王經之言。【贊】王沈、王業這等人天下極多。經大怒〔一三〕曰：「主憂臣辱，主辱臣死，敢懷二心乎？」【毛】不肯輕動之人，正是敢死之士。王沈、王業見經不從，逕自往報司馬昭去了。

少頃，魏主曹髦出內，令黄門從官〔一四〕焦伯，聚集殿中宿衛蒼頭官僮三百餘人，【毛】曹操帳前虎衛軍動以萬計，今何如此其憊也？鼓譟而出。髦仗劍升輦，叱左右逕出南闕。王經伏于輦前，大哭而諫曰：「今陛下領數百人伐昭，是驅羊而入虎口耳，【毛】以龍自況，王經乃比之以羊。空死無益。臣非惜命，實見事不可行也！」【贊】【鍾】王經極老成，（然）曹髦亦（自）不弱，屈于勢耳。髦曰：「吾〔一五〕軍已行，卿勿阻當。」遂望雲龍門〔一六〕而來。只見賈充戎服乘馬，左有成倅，右有成濟，引數千鐵甲禁兵吶喊殺來。髦仗劍大喝曰：「吾乃天子也！【毛】【漁】（一向）（平日）不成爲天子，此時欲正名定〔一七〕分，難矣。汝等突入宫庭，欲弑君耶？」禁〔一八〕兵見了曹髦，皆不敢動。【毛】衆人還有「天子」二字在肚裏。賈充呼成濟曰：「司馬公養你何用？正爲今日之事也！」【毛】賈充只有「司馬」二字在意中。濟乃綽戟在手，回顧充曰：「當殺耶？當縛耶？」【毛】直將曹髦作一羊耳。充曰：「司馬公有令：只要死的。」【毛】不要獻生，只要納熟。【贊】曹瞞奸雄，亦算到此乎？成濟撚戟直奔輦前。髦大喝曰：「匹夫敢無禮乎！」言未訖，被成濟一戟刺中前胸〔一九〕，撞出

〔一三〕「怒」，商本作「叱」。

〔一四〕「黄門從官」，原作「護衛」，古本同。按：《三國志·魏書·三少帝紀》裴注引《魏氏春秋》：「帝自將冗從僕射李昭、黄門從官焦伯等下陵雲臺。」據改。

〔一五〕「吾」，光本作「我」，後一處同。

〔一六〕「雲龍門」，原作「龍門」，古本同。按：《三國志·魏書·三少帝紀》裴注引《漢晉春秋》：「帥殿中宿衛蒼頭官僮擊戰鼓，出雲龍門。」《方輿紀要·河南三》：「（魏晉以後，因爲宫城。）宫城正南門曰雲龍門。」據補。

〔一七〕毛批「正名定」，光本倒作「定正名」。

〔一八〕「禁」，商本作「衆」。

〔一九〕「中」，商本作「髦」。「前胸」，光本倒作「胸前」。

輦來，再一戟，刃從背上透出，死于輦傍。毛漁從前天子遇害，未有如此之慘者。爲之一嘆。贄比操前事又加利矣，快心，快心。鍾此正奸孫之報。焦伯挺鎗來迎，被成濟一戟刺死，衆皆逃走。王經隨後趕來，大罵賈充曰：「逆賊安敢弑君耶！」充大怒，叱左右縛定，報知司馬昭。贄鍾焦伯、王經可取（，可取）。昭入內，見髦已死，乃佯作大驚之狀，以頭撞輦而哭，毛漁（不知此副〔二〇〕）（此時）眼淚從何處得來？（將誰欺？欺天乎？）令人報知各大臣。

時〔二一〕太傅司馬孚入內，見髦屍首，枕其股而哭曰：毛此是真哭。「弑陛下者，臣之罪也！」毛趙穿弑其君，而《春秋》歸罪于趙盾，孚殆以趙盾自比矣。遂將髦屍用棺槨盛貯，停於偏殿之西。昭入殿中，召羣臣會議。羣臣皆至，獨有尚書左〔二二〕僕射二音夜。陳泰不至。昭令泰之舅尚書荀顗召之，泰大哭曰：「論者以泰比舅，今舅實不如泰也。」毛吴國全紀是外甥背娘舅，今魏國荀顗是娘舅背外甥。二考異補註《綱目》：泰不肯承召，子弟逼之。乃披蔴帶孝而入，哭拜於靈前。昭亦佯哭而問曰：「今日之事，何法處之？」泰曰：「獨斬賈充，少可以謝天下耳。」毛曰「少可以謝天下」，則知斬賈充亦是次着矣。贄鍾何不竟斬昭也？漁「斬賈充少可以謝天下」，是明明道着司馬昭。昭沉吟良久，又問曰：「再思其次？」毛意在成濟二〔二三〕人。泰曰：「惟有進于此者，不知其次。」毛明明道着司馬昭。昭曰：「成濟大逆不道，可剮之，滅其三族。」濟大罵昭曰：「非我之罪，是賈充傳汝之命！」昭令先割其舌。濟至死叫屈不絕。兄〔二四〕

〔二〇〕毛批「副」，貫本、滄本作「處」。

〔二一〕「時」字原闕，據毛校本補。

〔二二〕「左」，原無，古本同。按：《三國志·魏書·陳群傳》附《陳泰傳》：「峻退，軍還，轉爲左僕射。」裴注引東晉干寶《晉紀》：「太常陳泰不至。」《魏氏春秋》：「太傅司馬孚、尚書右僕射陳泰枕帝尸於股。」裴注曰：「臣松之案本傳，泰不爲太常，未詳干寶所由知之。」《通鑑·魏紀九》：「尚書左僕射陳泰不至。」據補。

〔二三〕「二」，齋本、光本、商本作「一」。按：「二人」指成濟、成倅。

〔二四〕「兄」，原作「弟」，古本同。按：《三國志·魏書·三少帝紀》裴注引《魏氏春秋》：「騎督成倅弟成濟以矛進。」據改。

成倅亦斬于市，盡滅三族。毛漁（復斬成濟，是）助亂賊（者）即爲亂賊所殺，人亦何爲而助亂賊（也！）（乎？）後人有詩嘆曰〔二五〕：

司馬當年命賈充，弑君南闕赭〔二六〕袍紅。
却將成濟誅三族，只道軍民盡耳聾！

昭又使人收王經全家下獄。王經正在廷尉廳下，忽見縛其母至，經叩頭大哭曰：「不孝子累〔二七〕及慈母矣！」母大笑曰：「人誰不死？正恐不得死所耳！以此棄命，何恨之有！」毛可與徐庶之母並傳。庶母欲其子之忠漢，經母喜其子之忠魏，同一意也。二棄命，猶言並死，言以此而與其主並死，夫復〔二八〕何恨。贊王母聖人也。鍾王母大賢。次日，王經全家皆押赴東市，王經母子含笑受刑。滿城士庶，無不垂淚。贊鍾（王經母子）但知忠操，不知忠漢（，余不取也）。漁王經母子可爲千古後人稱羡。後人有詩曰〔二九〕：

漢初誇伏劍，二考證補註前漢高祖擊項羽，王陵以兵屬漢，羽取陵母至軍中以招陵。母私（與）（語）使者，泣曰：「爲妾語陵，善事漢。無念妾以懷二心。」遂對使者伏劍而死。漢末見王經。
真烈心無異，堅剛志更清。
節如泰華重，命似鴻〔三〇〕毛輕。
母子聲名在，應同天地傾。贊賢哉王母，生死之際了了如此，非佛而何？如向雄、司馬孚者，皆松栢也。可敬，可敬。

太傅司馬孚請以王禮葬曹髦，昭許之。賈充等

〔二五〕毛本後人嘆詩改自贊本，爲靜軒詩；鍾本同贊本，周本、夏本、贊本改自嘉本；漁本用他詩。
〔二六〕「赭」，光本作「戰」。
〔二七〕「累」，商本作「禍」。
〔二八〕周批「復」，原作「伏」，據夏批改。
〔二九〕毛本後人詩改自贊本，；鍾本、漁本同贊本，贊本同明三本。
〔三〇〕「鴻」，原作「羽」，毛校本同。按：「鴻」平對前句「泰」仄。據明四本改。

勸司馬昭受魏禪，即天子位。昭曰：「昔文王三分天下有其二，以服事殷，故聖人稱爲至德。【毛】曹操欲學周文王，司馬昭亦稱文王，看樣得好。【漁】以文王自稱，是看曹操之樣。魏武帝不肯受禪于漢，猶吾之不肯受禪于魏也。」【毛】曹芳常以曹操比司馬師矣，今司馬昭亦以曹操自比。夫君比臣于曹操〔三一〕，猶可言也；臣亦公然自比于曹操，不可言也。賈充等聞言，已知司馬昭留意于子司馬炎矣，【毛】曹操讓皇帝與曹丕做，司馬昭亦讓皇帝與司馬炎做，欲篡其子孫而即學其祖宗之法，哀哉！遂不復勸進。是年六月，司馬昭立常道鄉公【二】常道鄉，古邑名，漢初爲常道縣，尋廢之，故城在順天府東安縣西北。曹璜爲帝，改元景元元年。璜改名曹奐，字景明，乃武帝曹操之孫，燕王曹宇之子〔三二〕也。奐封昭爲相國〔三三〕、晉公，賜錢十萬、絹萬疋。其文武多官，各有封賞。【毛】以下按過魏事，再叙西蜀。

早有細作〔三四〕報入蜀中。姜維聞司馬昭弒了曹髦，立了曹奐，喜曰：「吾今日伐魏，又有名矣。」遂發書入吳，令起兵問司馬昭弒君之罪，一面奏准後主，起兵十五萬，車乘數千輛，皆置板箱于上，令廖化、張翼爲先鋒，化取子午谷，翼取駱谷，維自取斜谷，皆要出祁山之前取齊。三路兵並起，殺奔祁山而來。【毛】【漁】此是七伐中原。

時鄧艾在祁山寨中訓練人馬，聞報蜀兵三路殺到，乃聚諸將計議。參軍王瓘曰：「吾有一計，不可明言，見寫在此，謹呈將軍台覽。」艾接來展看畢，笑曰：「此計雖妙，只怕瞞不過姜維。」【鍾】如何瞞得他過。瓘曰：「某願捨命前去。」艾曰：「公志若堅，必能成功。」遂撥五千兵與瓘。瓘連夜從斜谷迎來，正撞蜀兵前隊哨馬。瓘叫曰：「我是魏國降兵，可報與主帥。」哨軍報知姜維，維令攔住

〔三一〕「操」，貫本、滄本脱。
〔三二〕「之子」二字原闕，據毛校本補。
〔三三〕「相國」，原作「丞相」，古本同。按：《三國志·魏書·三少帝紀》：「進大將軍司馬文王位爲相國，封晉公。」據改。
〔三四〕「細作」，原作「細卒」，致本、業本、貫本、齋本、滄本同。據其他古本改。

餘兵，只教爲首的將來見。瓘拜伏於地曰：「某乃王經之姪王瓘也。近者〔三五〕司馬昭弑君，將叔父一門皆戮，某痛恨入骨。今幸將軍興師問罪，故特引本部兵五千來降。願從調遣，勦除奸黨，以報叔父之恨。」【毛】與前蔡中、蔡和之降吴以殺蔡瑁爲名一樣局面。維大喜，【毛】【漁】（試令）讀者猜之，是真喜耶？是假喜耶？謂瓘曰：「汝既誠心來降，吾豈不誠心相待？吾軍中所患者，不過糧耳。今有糧車數千，見在川口，汝可運赴祁山，吾只今去取祁山寨也。」【毛】讀者試猜姜伯約是何意見？瓘心中大喜，以爲中計，忻然領諾。姜維曰：「汝去運糧，不必用五千人，但引三千人去，留下二千〔三六〕引路，以打祁山。」【毛】妙着已筭定。瓘恐維疑惑，乃引三千兵去了。維令傅僉引二千魏兵隨征聽用。忽報夏侯霸到，霸曰：「都督何故准信王瓘之言也？吾在魏，雖不知備細，未聞王瓘是王經之姪。【毛】【漁】想是通〔三七〕譜宗姪（耳）。其中多詐，請將軍察之。」維大笑曰：「我已知王瓘之詐，故分其兵勢，將計就計而行。」【毛】原來如此。霸曰：「公試言之。」維曰：「司馬昭奸雄比于曹操，既殺王經，滅其三族，安肯存親姪於關外領兵？故知其詐也。【毛】【漁】能料王瓘，只是能料司馬昭耳。【贊】是。〔三八〕【鍾】此見甚□。仲權之見，與我暗合。」【三】【補遺】【補註】仲權，霸之（表）字也。昔日張（益德）（飛）於亂軍中獲一女，乃霸之親妹也。後長成，（益德）（飛）寵之，生二女，皆配後主劉禪爲后，霸因此降蜀。後主呼爲「國舅」，滿朝文武甚是敬之。霸乃傾心事蜀，只欲恢復中原也。於是姜維不出斜谷，却令人於路暗伏，以防王瓘奸細。不旬日，果然伏兵捉得王瓘回報鄧艾下書人來見。維問了情節，搜出私書，書中約于八月二十日，從小路運糧送歸大寨，却教鄧艾遣兵於壜山谷中接應。維將下書人殺了，却將書中之意，改

〔三五〕「者」，致本同，其他毛校本作「見」。
〔三六〕「千」下，明三本有「人」字。
〔三七〕毛批「通」，光本作「同」。
〔三八〕吴本脱此句贊批。

作八月十五日約鄧艾自率大兵于墖山谷中接應。一面令人扮作魏軍往魏營下書，毛來降的是真魏兵，下書的是假魏兵。王瓘是以真用假，姜維是以假用假。一面令人將見在〔三九〕糧車數百輛，卸了糧米，裝載乾柴、茅草引火之物，用青布罩〔四〇〕之，毛以「此木」換「八木」〔四一〕。令傅僉引二千原降魏兵，執打〔四二〕運糧旗號。毛方知前留下魏兵二千，大有用處。贄鍾借他跌他，妙甚妙甚。〔四三〕漁此番將此人拳塞此人嘴，甚妙。前留下魏兵二千，大有主意。○換了蔣舒出斜谷，又用傅僉份作王瓘，而鄧艾認真魏兵，奇絶。維却與夏侯霸各引一軍，去山谷中埋伏。令蔣舒出斜谷，廖化、張翼俱各進兵，來取祁山。毛前姜維本自〔四四〕出斜谷，今却換了蔣舒，變化得妙。

却説鄧艾得了王瓘書信，大喜，急寫回書，令來人回報。至八月十五日，鄧艾引五萬精兵逕往墖山谷中來，遠遠使人凭高眺探〔四五〕，只見無數糧車〔四六〕接連不斷，從山凹〔四七〕中而行。毛此是傅僉扮作王瓘。艾勒馬望之，果然〔四八〕皆是魏兵。毛是〔四九〕真魏兵。左右曰：「天已昏暮，可速接應王瓘出谷口。」艾曰：「前面山勢掩映，倘有伏兵，急難退步，只可在此等候。」毛鄧艾亦甚精細。正言間，忽兩騎馬驟至，報曰：「王將軍因將糧草過界，背後人馬趕來，望早救應。」毛此兩人是假魏兵。漁又扮兩箇假魏兵，奇。艾大驚，急催兵前進。鍾墮他計中矣。時值初更，月明如晝。毛正是八月十五日。○將寫

〔三九〕「在」，商本作「有」。
〔四〇〕「罩」，光本訛作「覃」。
〔四一〕「此木換八木」，齋本作「糧米換入草」，澹本、光本、商本作「糧米換柴草」。按：「此木」爲「柴」，「八木」爲「米」。
〔四二〕「打」下，光本、商本有「着」字。
〔四三〕緑本脱此句贄批。
〔四四〕「自」，光本作「是」。
〔四五〕「探」，光本作「望」。
〔四六〕「車」，原作「草」，致本、業本、貫本、齋本、光本、商本、贄本同。按：「車」字義長，據其他古本改。
〔四七〕「凹」，齋本作「門」，澹本、嘉本作「谷」。
〔四八〕「然」，商本作「見」。
〔四九〕「是」，貫本作「知」。

火，先寫月，百忙中有此閒筆。只聽得山後呐喊，艾只道王瓘在山後厮殺，逕奔過山後時，忽樹林後〔五〇〕一彪軍撞出，爲首蜀將傅僉，縱馬大叫曰：「鄧艾匹夫！已中吾主將之計，何不早早下馬受死！」毛漁讀至此（爲之〔五一〕）（令人）一快。艾大驚，勒回馬便走。車上火盡着，毛中秋放烟火，竟似正月元宵〔五二〕。那火便是號火。毛一火兩用。兩勢〔五三〕下蜀兵盡出，殺得魏兵七斷八續，但聞四下〔五四〕山上只叫：「拏住鄧艾的，賞千金，封萬户侯！」毛漁大是快人。謊〔五五〕得鄧艾棄甲丟盔，撇了坐下馬，雜在步軍之中，爬山越嶺而逃。毛漁與曹操割鬚棄袍時彷彿相似。姜維、夏侯霸只望馬上爲首的逕來擒捉，不想鄧艾步行走脱。維領得勝兵去接王瓘糧車。

却説王瓘密約鄧艾，先期將糧草車仗，整備停〔五六〕當，耑候舉事。忽有心腹人報：「事已洩漏，鄧將軍大敗，不知性命如何。」瓘大驚，令人哨探，回報三路兵圍殺將來，背後又有塵頭〔五七〕大起，四下無路。瓘叱左右令放火，盡燒糧草車輛。毛前燒假糧，此燒真糧，弄假成真，以火濟火。一霎時，火光突起，烈火燒〔五八〕空。漁當日不殺王瓘，此姜維之失算也。瓘大叫曰：「事已急矣！汝等宜死戰！」乃提兵望西殺出，背後姜維三路追趕。維只道王瓘捨命撞回魏國，不想反殺入漢中而去。瓘因兵少，只恐追兵趕上，遂將棧道并各關隘盡皆燒毁。毛姜維不先殺王瓘，亦是失着。漁出其不意。〔五九〕姜維恐漢中有失，遂不追〔六〇〕鄧艾，提兵連夜抄小路來追殺

〔五〇〕「林後」，貫本、澹本作「木後」，商本作「林下」，周本作「林中」。
〔五一〕毛批「爲之」，光本作「令人」。
〔五二〕「宵」，光本訛作「肖」。
〔五三〕「勢」，光本、商本作「山」。
〔五四〕「四下」，光本、商本作「山下」，明三本作「四面」。
〔五五〕「謊」，光本、商本作「嚇」。
〔五六〕「停」，光本作「定」，明四本無。
〔五七〕「有」，澹本、商本作「見」。「頭」，齋本、光本、明四本作「土」。
〔五八〕「燒」，光本作「騰」。
〔五九〕衡校本脱此句漁批。
〔六〇〕「追」，光本、周本作「趕」。

王瓘。瓘被四面蜀兵攻擊，投黑龍江而死，毛又是以水濟火。餘兵盡被姜維坑之。維雖然勝了鄧艾，却折了許多糧車，又毁了棧道，乃引兵還漢中。鄧艾引部下敗兵，逃回祁山寨内，上表請罪，自貶其職。司馬昭見艾數有大功，不忍貶之，復加厚賜。艾將原賜財物，盡分給被害將士之家。昭恐蜀兵又出，遂添兵五萬，與艾守禦。姜維連夜修了棧道，又議出師。正是：

連修棧道兵連出，不伐中原死不休。

未知勝負如何，且看〔六一〕下文分解。

王經母子世以王陵母子比之，余謂大不同也。王陵母子，漢之忠也；王經母子，乃操之忠耳，豈漢之忠乎？如何同類〔六二〕而共褒之也？《春秋》之義恐不如此。

又曰：今人輒言了生死，然生死何以了也？如王經老母談笑而死，只爲認得死處是生故也。若死而恐怖哀啼以求一生于萬死者，又何以死哉？曰：「亦有凶頑甘心一死而不恐怖悲啼者，亦爲了生死乎？」曰：「甘心一死正死也，何以了乎？」

王經母子，世以王陵母子比之，不知王陵母子，漢之忠也；王經母子，特操之忠耳，安可同類而共褒之？

〔六一〕「負」，光本作「敗」。「且看」二字原闕，據毛校本補。

〔六二〕「類」，原作「顛」，贊校本同。酌改。

第一百十五回

詔班師後主信讒〔五〕八犯中原。
托屯田姜維避禍〔二〕九犯中原。

姜維四伐與三伐相連，而三伐勝，而四伐不勝，張翼所謂畫蛇添足者也；今八伐亦與七伐相連，而七伐勝，而八伐不勝，是又畫蛇添足矣。而姜維之意，則以爲不然。蓋畫蛇而既成，則蛇固可以無足；若畫蛇而未就，則蛇正不可無尾〔一〕耳。

洮陽之出，維以爲非艾之所〔二〕料，而艾則知其料我之不料也；祁山之救，維知爲艾之所料，而艾則不知其料我之能料也。至于後主之召回，不獨維不料之，艾亦不料之矣。智者之智，常出于智者之意外；愚者之愚，亦出于智者之意外。讀書至此，能不爲之慨然！

又有讀至終篇，而復與最先開卷之數行相應者。如觀黃龍見井中〔三〕之兆，令人思青蛇見御座之時；觀曹髦咏黃龍之詩，令人思漢帝咏飛燕之句。斯已奇矣。然當時之人，猶未以前事〔四〕相況也。至于姜維之欲去黃皓，則明明以十常侍爲比，明明以靈帝爲鑒。于一百十回之後，忽然如睹一百十回以前之人，忽然重見一百十回以前之事。如此首尾連合，豈非絶世奇文？

武侯出師以屯田終，姜維出師亦以屯田終。屯沓中與屯渭濱無異耳。以爲避禍，而保蜀之道在焉；以爲保蜀，而取魏之道亦在焉。姜維未常有九伐之事，而後人以沓中之役爲姜維之九伐中原。夫爲取魏而屯田，則雖謂之九伐焉

〔一〕「尾」，光本作「足」。
〔二〕「所」，貫本脱。
〔三〕「中」，貫本、澹本脱。
〔四〕「事」，貫本脱。

可也。

蜀之伐魏自此終，而魏之伐蜀又自此始。可見漢不滅賊，則賊必滅漢，此正武侯「不兩立」之説也。先主將入西川，先見孔明畫圖〔五〕一幅，又得張松畫畫一幅；司馬昭將取〔六〕西川，先見鄧艾沓中畫圖一本，又得鍾會全蜀畫畫一本〔七〕。前後天然相對，若合符節，真奇文奇事。

却説蜀漢景耀五年冬十月，大將軍姜維，差人連夜修了棧道，整頓軍糧兵器，又於漢中水路調撥船隻。俱已完備，上表奏後主曰：「臣累出戰，雖未成大功，已挫動魏人心膽。今養兵日久，不戰則懶，懶則致病。【毛】其語甚壯，如先主「髀肉〔八〕復生」之嘆。況今軍思效死，將思用命。臣如不勝，當受死罪。」【毛】【漁】（只此）數語，又抵得一篇《出師表》。後主覽表，猶豫未決。譙周出班奏曰：「臣夜觀天文，見西蜀分野，將星暗而不明。【毛】譙周好言天文，又爲後文伏筆。今大將軍又欲出師，此行甚是不利。陛下可降詔止之。」後主曰：「且看此行若何。果然有失，却當阻之。」【贊】妙。譙周再三諫勸〔九〕不從，乃歸家嘆息不已，遂推病不出。

却説姜維臨興兵，乃問廖化曰：「吾今出師，誓欲恢復中原，當先取何處？」化曰：「連年征伐，軍民不寧，兼魏有鄧艾，足智多謀，非等閒之輩。將軍強欲行難〔一〇〕爲之事，此化所以不〔一一〕敢專也。」【毛】【漁】（前者）廖化（前番）欲戰，（此番）（今者）不欲戰，（亦）與張翼之見合矣。維勃然大怒曰：「昔丞相六出祁山，亦爲國也。吾今八次伐魏，豈爲一己

〔五〕「畫圖」，業本訛作「西圖」；光本倒作「圖畫」，後一處同。
〔六〕「取」，貫本、澹本作「入」。
〔七〕「本」，貫本、澹本作「幅」。
〔八〕「髀肉」，澹本訛作「脾肉」，商本作「髀骨」。
〔九〕「諫勸」，貫本、澹本作「苦諫」。
〔一〇〕「強欲行難」，原作「強欲行強」，致本、業本、貫本、齋本、澹本同；光本作「必欲行強」，商本作「猶欲行強」。據明四本改。
〔一一〕「不」，嘉本、周本作「未」。

之私哉？贊真。〔一二〕鍾亦説得是，但没他手段。今當先取洮陽。三地名。二洮音滔。〔一三〕三洮陽，隴西〔一四〕縣名。如有逆吾者必斬！」遂留廖化守漢中，自同諸將提兵三十萬，逕取洮陽而來。毛漁此是八伐中原。早有川口人報入祁山寨中。時鄧艾正與司馬望談兵，聞知此信，遂令人哨探。回報蜀兵盡從洮陽而出。司馬望曰：「姜維多計，莫非虚取洮陽而實來取祁山乎？」鄧艾曰：「今姜維實出洮陽也。」望曰：「公何以知之？」艾曰：「向者姜維累〔一五〕出吾有糧之地，今洮陽無糧，維必料吾只守祁山，不守洮陽，故逕取洮陽。如得此城，屯糧積草，結連羌人，以圖久計耳。」毛漁姜維（欲）取洮陽之意（，姜維不曾説明），却在鄧艾口中説出，妙。贊鍾（鄧艾）知彼知己（，料敵如見）。望曰：「若此，如之奈何？」艾曰：「可盡徹此處之兵，分爲兩路去救洮陽。離洮陽二十五里，有侯和〔一六〕小城，嘉侯和，地名。乃洮陽咽喉之路〔一七〕。公引一軍伏於洮陽，偃旗息鼓，大開四門，如此如此而行。我〔一八〕却引一軍伏侯和，必獲大勝也。」毛漁此番又爲鄧艾所〔一九〕算（着了）（，與取上邽時一樣局面）。贊鍾（大）通。籌畫已定，各各依計而行。只留偏將師纂守祁山寨。

却説姜維令夏侯霸爲前部，先引一軍逕取洮陽。鍾却不知被鄧艾猜破了。霸提兵前進，將近洮陽，望見城上並無一桿旌旗，四門大開。霸心下疑惑，

〔一二〕吴本脱此句贊批。

〔一三〕「洮陽」周、夏批原有「《一統志》云：洮陽漢之縣名，屬零陵郡，隋廢之，即今故城在廣西桂林府全州北三十五里」。按：批注引自《綱目》卷十六引馮質實，又王集覽曰：「洮陽縣屬零陵郡。」《集解》引張庚《通鑑綱目釋地糾謬》云：「《集覽》《質實》以洮陽爲廣西桂林府全州之洮陽縣，誤。」《方輿紀要·陝西九》：「臨潭城，（陝西洮州）衛西南七十里，即古洮陽城也，亦謂之會城……姜維伐魏侵洮陽，即此。」周、夏批誤注，不録。

〔一四〕「隴西」，贊、鍾二本夾注原作「廣西」，據漁本夾注改。

〔一五〕「累」，光本作「屢」，後一處同。

〔一六〕「侯和」，原作「侯河」，古本同。按：《三國志·蜀書·姜維傳》：「五年，維率衆出漢，侯和，爲鄧艾所破。」據改，後正文及批語同。

〔一七〕「路」，致本同，其他毛校本作「地」。

〔一八〕「我」，光本作「吾」，後一處同。

〔一九〕漁批「所」，衡校本脱。

未敢入城，回顧諸將曰：「莫非詐乎？」諸將曰：「眼見得是空城，只有些小百姓，聽知大將軍兵到，盡棄城而走了。」霸未信，自縱馬於城南視之，只見城後老小無數，皆望西北而逃。霸大喜曰：「果空城也。」【毛】夏侯霸多謀，此番却在鄧艾之下。【漁】恐此番之喜，忽變成憂矣。遂當先殺入，餘衆隨後而進。方到瓮城邊，忽然一聲砲響，城上鼓角齊鳴，旌旗遍豎，拽起吊橋。霸大驚曰：「誤中計矣！」慌欲退時，城上矢石如雨。可憐夏侯霸同〔二〇〕五百軍，皆死於城下。【毛】如曹仁在南郡射周郎時。後人有詩嘆曰〔二一〕：

大膽姜維妙筭長，誰知鄧艾暗隄防。
可憐投漢夏侯霸，頃刻城邊箭下亡。

司馬望從城内殺出，蜀兵大敗而逃。隨後姜維引接應兵到，殺退司馬望，就傍城下寨。維聞夏侯霸射死，嗟傷不已。是夜二更，鄧艾自侯和城内暗引一軍，潛地殺入蜀寨，蜀兵大亂，姜維禁止不住。城上鼓角喧天，司馬望引兵殺出，兩下夾攻，蜀兵大敗。維左衝右突，死戰得脱，退二十餘里下寨。【毛】姜維又輸一籌。蜀兵兩番敗走之後，心中摇動。維與衆將曰：「勝敗乃兵家之常，今雖損兵折將，不足爲憂。成敗之事，在此一舉，【贊】【鍾】亦是。汝等始終勿改，如有言退者立斬。」【毛】不但天意不可回，人心亦未可以強矣。【漁】人心已自摇動，天意不得挽回矣。可歎。張翼進言曰：「魏兵皆在此處，祁山必然空虚。將軍整兵與鄧艾交鋒，攻打洮陽、侯和，某引一軍取祁山。取了祁山九寨，便驅兵向長安。此爲上計。」【毛】張翼之計亦自勝着，惜又爲鄧艾猜破。【贊】是。〔二二〕【鍾】張翼見得到，然鄧艾先見到矣。【漁】張翼之計固好，可惜爲鄧艾猜着。維從之，即令張翼引後軍逕取祁山。維自

〔二〇〕「同」下，商本有「行」字。

〔二一〕毛本後人詩從贊本；鍾本同周本、夏本、贊本，嘉本無；漁本用他詩。

〔二二〕吴本脱此句贊批。

引兵到侯和搦鄧艾交戰，艾引軍〔一二三〕出迎。兩軍對圓，二人交鋒數十餘合，不分勝負，各收兵回寨。次日，姜維又引兵挑戰，鄧艾按兵不出。姜維令軍辱駡。鄧艾尋思曰：「蜀人被吾大殺一陣，全然不退，連日反來搦戰，必分兵去襲祁山寨也。守寨將師纂，兵少智寡，必然敗矣。吾當親往救之。」毛張翼所筭，又在鄧艾筭中。漁所算着數俱應，真敵手也。乃唤子鄧忠分付曰：「汝用心守把〔一二四〕此處，任他搦戰，切勿〔一二五〕輕出。吾今夜引兵去祁山救應。」是夜二更，姜維正在寨中設計，忽聽得寨外喊聲震地，鼓角喧天，人報鄧艾引三千精兵夜戰。諸將欲出，維止之曰：「勿得妄動。」原來鄧艾引兵至蜀寨前哨探了一遍，乘勢去救祁山，毛鄧艾之救祁山，不用啣枚疾走，却用鼓角喧天，借夜戰爲名，乘勢而去，真意料所不及。鄧忠自入城去了。姜維唤諸將曰：「鄧艾虛作夜戰之勢，必然去救祁山寨矣。」毛你猜着我，我猜着你，好看殺人。贊對手。〔一二六〕漁鄧艾之救祁山，借夜戰爲名，真是意想不到，而姜維又算着。好看，好看。乃唤傳僉分付曰：「汝守此寨，勿輕與敵。」囑畢，維自引三千兵來助張翼。毛兩人真是對手，敘法簡淨。

却說張翼正到祁山攻打，守寨將師纂兵少，支持不住。看看待破，忽然鄧艾兵至，衝殺了一陣，蜀兵大敗，把張翼隔在山後，絶了歸路。正慌急之間，忽聽的喊聲大震，鼓角喧天，只見魏兵紛紛倒退。左右報曰：「大將軍姜伯約殺到！」毛伯約之來又在張翼一邊，寫得突兀〔一二七〕。漁姜維之來，又令張翼夢想不到。翼乘勢驅兵相應。兩下夾攻，鄧艾折了一陣，急退上祁山寨不出。姜維令兵四面攻圍。

話分兩頭。却說後主在成〔一二八〕都，聽信宦官

〔一二三〕「軍」，齋本、光本作「兵」，明四本作「一軍」。
〔一二四〕「守把」，光本倒作「把守」。
〔一二五〕「切勿」，原作「却勿」，致本同，業本作「却忽」，齋本、光本作「却弗」。據其他古本改。
〔一二六〕緑本脱此句贊批。
〔一二七〕「兀」，原無，致本、業本、齋本、商本同；據其他毛校本補。
〔一二八〕「成」，光本作「城」，形訛。

黄皓之言，又溺于酒色，不理朝政。毛漁阿斗如此不長進，（當日）子龍錯抱了他也。時有大臣劉琰妻胡氏，極有顏色，因入宮朝見皇后，后留在宮中一月方出。毛此時宮中、府中大覺一體了。琰疑其妻與後主私通，毛命婦留宮一月，原無此體，但後主南道方盛，北道恐未暇及此。乃唤帳下軍士列于前，將妻綁縛，令伍伯〔二九〕以履撻其面數十，幾死復甦。毛與面何干？想怒其冶容誨淫也。後主聞之大怒，令有司議劉琰罪。有司議得：「卒非撻妻之人，面非受刑之地，毛命婦非入侍宮禁之人，宮中亦非命婦遊翔之地。君臣皆失也。合當棄市。」遂斬劉琰。自此命婦不許入朝。然一時官僚以後主荒淫，多有疑怨者。于是賢人漸退，小人日進。毛「親賢臣〔三〇〕，遠小人，此先〔三一〕漢所以興隆也；親小人，遠賢臣，此〔三二〕後漢所以傾頽也。」令人憶武侯之言。時右將軍閻宇，身無寸功，只因阿附黄皓，遂得重爵，聞姜維統兵在祁山，乃説皓奏後主曰：「姜維屢戰無功，可命閻宇代之。」毛是欲以騎劫代樂毅也。後主從其言，遣使齎詔，召回姜維。維正在祁山攻打寨柵，忽一日三道詔至，宣維班師。毛漁（何異）（與）岳飛（當日）金牌十二（何異）。維只得遵命，先令洮陽兵退，次後與張翼徐徐而退。鄧艾在寨中，只聽得一夜鼓角喧天，不知何意。至平明，人報蜀兵盡退，止留空寨。毛與鄧艾救祁山時一樣方法。艾疑有計〔三三〕，不敢追襲。毛姜維此番退兵，不獨維所不料，亦艾所不料也。

姜維逕到漢中，歇住人馬，自與使命入成都見

〔二九〕「軍士列于前」「伍伯」，原作「軍士五百人列于前」「每軍」，致本、業本、齋本、光本同；商本「每軍」作「每卒」；貫本、瀹本脱「每」；明四本作「軍五百列于前」「每軍」。按：《三國志·蜀書·劉琰傳》原作「呼卒五百撾胡」。《攷證》：「『卒』字當衍。」《後漢書·宦者列傳》李注引三國吴韋昭《辯釋名》：「五百字本爲『伍』。伍，當也。伯，道也。使之導引當道陌中以驅除也。」注曰：「案：『今俗呼行杖人爲五百也。』」《演義》誤解史書「五百」。

〔三〇〕「賢臣」，原作「賢人」，毛校本同。據前文第九十一回《出師表》原文改，後一處同。

〔三一〕「此先」，原作「前」，毛校本同。據《出師表》改。

〔三二〕「此」，原脱，毛校本同。據《出師表》補。

〔三三〕「計」，光本作「伏」。

後主。後主一連十日不朝，維心中疑惑，是日至東華門，遇見秘書郎郤正，維問曰：「天子召維班師，公知其故否？」正笑曰：「大將軍何尚不知？黄皓欲使閻宇立功，奏聞朝廷，發詔取回將軍。今聞鄧艾善能用兵，因此寢其事矣。」【毛】忽興忽寢，全憑一箇宦官做主，可發一笑。○早知如此，何如勿召姜維。維大怒曰：「我必殺此宦竪！」【毛】此時姜維欲效袁紹〔三四〕之殺十常侍，亦是快事。【漁】此時殺却黄皓，豈不大快人心。郤正止之曰：「大將軍繼武侯之事，任大職重，豈可造次？倘若天子不容，反爲不美矣。」維謝曰：「先生之言是也〔三五〕。」次日，後主與黄皓在後園宴飲，維引數人逕入。早有人報知黄皓，皓急避于湖山之側。【毛】黄皓如此害怕，原不比張讓、趙忠之難除，特天子不欲除之耳。維至亭下，拜了後主，泣奏曰：「臣困鄧艾于祁山，陛下連降三詔，召臣回朝，未審聖意爲何？」後主默然不語。【贊】這樣阿斗值得抱他？子龍錯了也。維又奏曰：「黄皓奸巧專權，乃靈帝時十常侍也。【毛】直照應到第一回，可謂「常山率然〔三六〕」，首尾相應。陛下近則鑒于張讓，遠則鑒于趙高。【毛】【漁】又説一箇樣子與（他看）（後主聽）。早殺此人，朝廷自然清平，中原方可恢復。」後主笑曰：「黄皓乃趨走小臣，縱使專權，亦無能爲。【鍾】後主庸懦。昔者董允每切齒恨皓，朕甚怪之。【毛】【漁】補前文所未（及）（敘明者）。卿何必介意？」維叩頭奏曰：「陛下今日不殺黄皓，禍不遠也。」後主曰：「『愛之欲其生，惡之欲其死。』卿何不容一宦官耶？」【贊】妙人妙語。【鍾】溺愛不明。令近侍於湖山之側，喚出黄皓至亭下，命拜姜維伏罪。【毛】和事天子。【漁】此時天子竟作和〔三七〕事老人。皓哭拜維曰：「某早晚趨侍〔三八〕聖上而已，並不干與國政。將軍休聽外人之言，欲殺某也。某命

〔三四〕「袁紹」，原作「表紹」，業本同，滄本作「袁維」，據其他毛校本改。

〔三五〕「是也」二字原闕，據毛校本補。

〔三六〕「常山率然」，滄本「山」訛作「也」，光本作「常山之蛇」，商本作「常山蛇然」。

〔三七〕「和」，原作「何」，據衡校本改。

〔三八〕「趨侍」，光本倒作「侍趨」。

係于將軍，惟將軍憐之！」言罷，叩頭流涕。【毛】乞憐取妍〔三九〕是此輩故態，其如姜維之不好男風何！【贊】亦足以折其心。〔四〇〕維忿忿而出，即往見郤正，備將此事告之。正曰：「將軍禍不遠矣。將軍若危，國家隨滅！」【毛】不特爲伯約憂，正爲國家憂〔四一〕。維曰：「先生幸教我以保國安身之策。」正曰：「隴西有一去處，名曰沓中，【嘉】音塔。【二】沓，音荅。〈【六】〉沓中，（地名，）在陰平〔四二〕郡（，河、蘭州之西南）。此地極其〔四三〕肥壯。將軍何不效武侯屯田之事，【毛】【漁】又將（屯田渭濵）（武侯往）事一提（，照應一百三〔四四〕回中事）。奏知天子，前去沓中屯田？一者，得麥熟以助軍實；【毛】一是足兵。二者，可以盡圖隴右諸郡；【毛】二是進取。三者，魏人不敢正視漢中；【毛】三是禦敵。四者，將軍在外掌握兵權，人不能圖，可以避禍。【毛】四是自保。此乃保國安身之策也，宜早行之。」【毛】三句是保國，一句是安〔四五〕身。【贊】【鍾】（郤）正大〔四六〕通。【漁】此四者，皆良謀也。上可以保國，中可以足兵，下可以保身。維大喜，謝曰：「先生金玉之言也。」次日，姜維表奏後主，求沓中屯田，效武侯之事，後主從之。維遂還漢中，聚諸將曰：「某累出師，因糧不足，未能成功。今吾提兵八萬，往沓中種麥屯田，徐圖進取。汝等久戰勞苦，今且斂兵聚穀，退守漢中。魏兵千里運糧，經涉山嶺，自然疲乏，疲乏必退，那時乘虛追襲，無不勝矣。」【毛】姜維意中、口中，只是以破魏爲事。【漁】至此之言，尚以破魏爲事。遂令胡濟屯〔四七〕漢壽城，王含守樂城，蔣斌守漢

〔三九〕「取妍」，澹本作「與好」，齋本作「取好」，光本、商本作「取媚」。

〔四〇〕緑本脱此句贊批。

〔四一〕「憂」下，齋本、光本有「之也」二字。

〔四二〕醉本眉注、周、夏批、贊本系夾注「陰平」，原作「金城」。按：《集解》引《方輿紀要》：「在洮州衛南。」約今甘肅省甘南州迭部縣與舟曲縣，三國時屬蜀陰平郡，又金城郡屬魏。據改。

〔四三〕「此」「其」，商本脱。

〔四四〕毛批「三」，原作「二」，毛校本同。按：屯田渭濱在第一百三回，據前文改。

〔四五〕「安」，光本作「保」。

〔四六〕贊批「大」，緑本訛作「人」。

〔四七〕「屯」，商本作「守」。

城，蔣舒、傅僉同守關隘。分撥已畢，維自引兵八萬，來沓中種麥，以爲久計。【毛】以下按過蜀漢，再敘魏國。

却説鄧艾聞姜維在沓中屯田，於路下四十餘營，連絡不絶，如長蛇之勢。【毛】連營亦與陣法一般。〇此是九伐中原。艾遂令細作相了地形，畫成圖本，具表申奏。【毛】先是一本畫圖。晉公司馬昭見之，大怒曰：「姜維屢犯中原，不能勦除，是吾心腹之患也。」賈充曰：「姜維深得孔明傳授，急難退之。須得一智勇之將，往刺殺之，可免動兵之勞。」【毛】【漁】賈充是盜賊之計。從事中郎荀勗【三】音旭。曰：「不然。今蜀主劉禪溺于酒色，信用黄皓，大臣皆有避禍之心。姜維在沓中屯田，正避禍之計也。若令大將伐之，無有不勝，何必用刺客乎？」【毛】【漁】（方是）（荀勗乃）堂堂正正之論。【贊】正〔四八〕論。昭大笑曰：「此言最善。吾欲伐蜀，誰可爲將？」荀勗曰：「鄧艾乃世之良材，更得鍾會爲副將，大事成矣。」昭大喜曰：「此言正合吾意。」乃召鍾會入而問曰：「吾欲令汝爲大將，去伐東吴，可乎？」【毛】將行刺跌出興師，又將伐吴跌出伐蜀。事曲而文亦曲。會曰：「主公之意，本不欲伐吴，實欲伐蜀也。」【毛】妙人。昭大笑曰：「子誠識吾心也。但卿往伐蜀，當用何策？」會曰：「某料主公欲伐蜀，已畫圖本〔四九〕在此。」【毛】又是一本畫圖。【贊】會是有心人。〔五〇〕昭展開視之，圖中細載一路安營下寨、屯糧積草之處，從何而進，從何而退，一一皆有法度。【毛】鄧艾止畫沓中之圖，鍾會又畫全蜀之圖，同一畫圖，又自各别。【漁】鄧艾所畫止沓中之圖，而鍾會所畫是全蜀之圖也。昭看了大喜曰：「真良將也！卿與鄧艾合兵取蜀，何如？」會曰：「蜀川道廣，非一路可進，當使鄧艾分兵各進可也。」【毛】既以伐吴跌出伐蜀，又以合兵跌出分兵。曲折之甚。昭遂

〔四八〕「正」，吴本闕。

〔四九〕「本」字原闕，手寫補入「現」，致本、業本、貫本、致本、齋本、滄本作「現」，光本作「樣」。按：「本」字通，據其他古本補。

〔五〇〕「心人」，緑本闕；吴本脱此句贊批。

拜鍾會爲鎮〔五一〕西將軍，假節鉞，都督關中人馬，調遣青、徐、兗、豫、荆、揚〔五二〕等處，一面差人持節，令鄧艾爲征西將軍，都督關外隴上，使約期伐蜀。【毛】因遣新將，再封舊將，一新一舊，便有不相下之勢。次日，司馬昭於朝中計議此事，將軍〔五三〕鄧敦曰：「姜維屢犯中原，我兵折傷甚多，只今守禦，尚自未保，奈何深入山川危險之地，自取禍亂耶？」昭怒曰：「吾欲興仁義之師，伐無道之主，汝安敢逆吾意！」叱武士推出斬之。須臾，呈鄧敦首級于階下，衆皆失色。【毛】弑君之後，又必示威于臣；伐國之前，亦必示威于内。奸雄作威，往往如此。【漁】先弑君而又殺大臣，奸雄作威如此。昭曰：「吾自征東以來，息歇六年，治兵繕甲，皆已完備，欲伐吴、蜀久矣。今先定西蜀，乘順流之勢，水陸並進，併吞東吴，此〔五四〕滅虢取虞之道也。【毛】方筭伐蜀，又筭到伐吴，自此至末回，方是一氣呵成。吾料西蜀將士，守成都者八九萬，守邊境者不過四五萬，姜維屯田者不過六七萬。今吾已令鄧艾引關外隴右之兵十餘萬，絆住姜維於沓中，使不得東顧，遣鍾會引關中精兵二三十萬，直抵駱谷三路，以襲漢中。【毛】此處本欲鄧艾絆住姜維，鍾會潛入西川；後文却是鍾會絆住姜維，鄧艾潛入西川。正妙在與後相反，方見事之變化。蜀主劉禪昏暗，邊城外破，士女内震，其亡可必矣。」【贊】【鍾】料得不差。衆皆拜服。

却説鍾會受了鎮西將軍之印，起兵伐蜀。會恐機謀或洩，却以伐吴爲名，令青、兗、豫、荆、揚等五處各造大船，又遣唐咨于東萊等〔五五〕傍海之

〔五一〕「鎮」，原作「征」，致本、業本、齋本、貫本、澹本、光本同。按：後文作「鎮西將軍」，後句「令鄧艾爲征西將軍」；《三國志·魏書·鍾會傳》：「以會爲鎮西將軍、假節都督關中諸軍事。」據其他古本改。

〔五二〕「揚」，原作「楊」，致本、業本、貫本、齋本、澹本、夏本、贊本同。按：「揚」指揚州，據其他古本改，後同。

〔五三〕「將軍」，原作「前將軍」，毛校本同；明四本作「前軍」。按：《晉書·文帝紀》：「將軍鄧敦謂蜀未可討，帝斬以徇。」據刪。

〔五四〕「此」，商本脱。

〔五五〕「東萊等」，原作「登萊等州」，古本同。按：登州、萊州爲隋代地名，三國時爲東萊郡，酌改。

處，拘集海船。毛漁鍾會佯作伐吴，即劉曄諱言伐蜀之意。司馬昭不知其意，遂召鍾會問之曰：「子從旱路收川，何用造船耶？」會曰：「蜀若聞我兵大進，必求救于東吴也。贄鍾會大有見〔五六〕。故先布聲勢，作伐吴之狀，吴必不敢妄動。一年之内，蜀已破，船已成，而伐吴豈不順乎？」毛漁（亦）從伐蜀先筭（到）（定）伐吴，自〔五七〕此（回）至末回，方是一氣呵成。贄妙着。昭大喜，選日出師。時魏景元四年秋七月初三日，鍾會出師，司馬昭送之於城外十里方回。西曹屬〔五八〕邵悌密謂司馬昭曰：「今主公遣鍾會領十萬兵伐蜀，愚料會志大心高，不可使獨掌大權。」毛早爲鍾會謀反伏線。昭笑曰：「吾豈不知之？」悌曰：「主公既知，何不使人同領其職？」昭言無數語，使邵悌疑心頓釋。正是：

方當士馬驅馳日，早識將軍跋扈心。

未知其言若何，且看下文分解。

姜維、鄧艾的是對手，不愧爲將帥也。嘗論七擒孟獲、六出祁山、九犯中原都不曾幹得些小事體，惟有損兵折將而已。世稱孔明、姜維爲神人，吾不見其神也。「一將功成萬骨枯」，況無所謂功，而徒枯萬骨，何忍也？

伯約屯田沓中，效武侯故事，豈懼禍耶？當時黄皓嫌忌，後主偏聽，爲國家計，不得不借遠避以運籌畫也。觀後臨危兩語，始知其深心有大不可顯言者。

〔五六〕「見」，緑本作「是」，形訛。

〔五七〕漁批「自」，原作「至」，不通。據衡校本改。

〔五八〕「屬」，原作「椽」，致本、業本、貫本、齋本、夏本、贄本同；光本、商本、嘉本、周本作「掾」。按：《三國志·魏書·鍾會傳》：「文王欲遣會伐蜀，西曹屬邵悌求見。」據改，後同。

第一百十六回

鍾會分兵漢中道
武侯顯聖定軍山

此回記魏取蜀之事也，而司馬昭主其事，則非魏之能取之，而晉之取之也。魏之滅，尚在蜀滅之後，然曹芳已廢而曹髦已弑，雖奐之一息尚存，而已全乎其爲晉也。全乎其爲晉，則不得復以魏目之。猶之起兵徐州，乃備之討曹，而非備之犯漢；兵敗當陽，乃魏之攻備，而非漢之伐備也。前乎此者，魏之攻蜀有二：一發于曹丕，而五路之兵不戰而自解；再發于曹叡，而陳倉之兵遇雨而引歸：是天之不欲以魏〔一〕滅漢也，明矣。天不欲興漢，而又不欲以魏滅漢，於是滅之以滅魏之晉焉。而漢之滅，庶可以無憾云爾。

鍾會將取蜀，而佯作取吴之勢，其謀是詐；乃未取蜀而先爲取吴之地，其謀仍〔二〕是真。斯亦伏線之最奇者矣，而猶未也。邵悌於會之未行，而預知其必勝，預知其必叛，則更奇；司馬昭於會之未勝，而預知其勝後之必叛，又知其叛之必無成，則尤奇。以數回之線，於一回伏之，天然有此一氣呼應之文。近之作稗官者，雖欲執筆而效焉，豈可得耶？

黄巾以妖邪惑衆，此第一回中之事也，而師婆之妄托神言似之；張讓隱匿黄巾之亂以欺靈帝，亦第一回中之事也，而黄皓隱匿姜維之表又〔三〕似之。前有男妖，後有女妖，而女甚於男；前有十常侍，後有一常侍，而一可當十。文之有章法者，首必應尾，尾必應首。讀《三

〔一〕「天」下，貫本有「意」字。「魏」，齋本訛作「爲」。
〔二〕「仍」，光本、商本脱。
〔三〕「又」，光本作「亦」。

國》至此篇，是一部大書前後大關合處。

以死諸葛走生仲達，而武侯不死；以死諸葛嚇生鍾會，而武侯又不死。然武侯能顯聖以諭魏將，而不顯聖以教後主；能顯聖以護百姓，而不顯聖以助姜維，則何也？曰：此天之不可強也。自非然者，武侯之前，關公亦嘗顯聖矣。關公能顯聖以追吕蒙，豈不能顯聖以追陸遜；能顯聖以解鐵車之圍，豈不能顯聖以救猇亭之敗哉？

鄧艾未入川時，先得一夢；鍾會於定軍山前，亦得一夢。人但知艾與會之夢爲夢，而不知艾之以夢告卜者亦夢也。會之祭武侯，與武侯之托夢于會亦夢也。不獨兩人之事業以成夢，即三分之割據皆成夢。先主、孫權、曹操，皆夢中之人；西蜀、東吴、北魏，盡夢中之境。誰是誰非，誰強誰弱，盡夢中之事。讀《三國》者，讀此回述夢之文，凡三國以前、三國〔四〕以後，總當作如是觀。

却説司馬昭謂西曹屬邵悌曰：「朝臣皆言蜀未可伐，是其心怯，若使強戰，必敗之道也。【毛】此不遣他人同往之意。今鍾會獨建伐蜀之策，是其心不怯，心不怯，則破蜀必矣。蜀既破，則蜀人心膽已裂，『敗軍之將，不可以言勇；亡國之大夫，不可以圖存。』會即有異志，蜀人安能助之乎？【毛】【漁】早爲姜維助（鍾）會不（成）（得成事）伏線。至若魏人得勝思歸，必不從會而反，更不足慮〔五〕耳。【毛】又爲魏將不從鍾會伏線。此言乃吾與汝知之，切不可泄漏。」邵悌拜服。

却説鍾會下寨已畢，升帳大集諸將聽令。時有監軍衛瓘，【毛】〔眉〕瓘，音貫。護軍胡烈，大將田續、龐會、田章、爰彭、【毛】〔眉〕彭，音静。【三】音省。丘建、夏侯咸、王買、皇甫闓、句安等八十餘員。會曰：「必須一大將爲先鋒，逢山開路，遇水疊橋。誰敢當

〔四〕「三國」，光本脱。
〔五〕「慮」，商本作「憂」。

之？」一人應聲曰：「某願往。」會視之，乃虎將許褚之子許儀也。毛虎痴之勇，已隔數十回，於此一提。衆皆曰：「非此人不可爲先鋒。」會喚許儀曰：「汝乃虎體猿班〔六〕之將，父子有名，今衆將亦皆保汝。汝可掛先鋒印，領五千馬軍、一千步軍，逕取漢中。兵分〔七〕三路：汝領中路，出斜谷，毛武侯嘗從此處去，鍾會却從此處來。與前文相映。左軍出駱谷，毛姜維嘗從此處去，鍾會却從此處來。與前文相映。右軍出子午谷。毛魏延欲從此處去，鍾會却從此處來。與前文相映。此皆崎嶇山險之地，當令〔八〕軍填平道路，修理橋梁，鑿山破石，勿使阻礙。如違必按軍法。」毛漁數語（極似）（係軍家）常套（，却爲後文伏筆）。許儀受命，領兵而進。鍾會隨後提十萬餘衆，星夜起程。

却說鄧艾在隴西，既受伐蜀之詔，一面令司馬望往遏羌人，又遣雍州刺史諸葛緒、天水太守王頎、二音其。隴西太守牽弘、金城太守楊欣，各調本部兵前來聽令。毛漁先寫鍾會一番調度，便接寫鄧艾一番調度，各自（聲勢）（威武）。比及軍馬雲集，鄧艾夜作一夢：夢見登高山望漢中，忽於脚下迸出一泉，水勢上湧。須臾驚覺，毛一場大事，却先述一夢起。渾身汗流，遂坐而待旦，乃召護衛爰邵問之。邵素明《周易》，艾備言其夢，邵荅曰：「《易》云：『山上有水曰《蹇》。《蹇》卦者，利西南，不利東北。』孔子云：『《蹇》利西南，往有功也；不利東北，其道窮也。』毛不是圓夢，却是起課；不消更卜，夢即是卜。將軍此行，必然克蜀，但可惜蹇滯不能還。」毛早爲鄧艾被殺伏案〔九〕。贊鍾邵以理，師婆以術，理勝術敗，不必言矣。漁做夢之奇，而圓夢又奇。鄧艾被殺，於此先見矣。艾聞言，愀然不樂。三補遺補註後艾果中姜維之計，殺死於綿竹縣矣。忽鍾會檄文至，約艾起兵，於漢中取齊。艾遂遣雍州刺史諸葛緒引兵一萬五千，

〔六〕「班」，光本、商本作「臂」。
〔七〕「兵分」，商本、周本倒作「分兵」。
〔八〕「令」，光本作「領」。
〔九〕「案」，商本作「線」。

先斷姜維歸路；次遣天水太守王頎引兵一萬五千，從左攻沓中；隴西太守牽弘引一萬五千人，從右攻沓水〔一〇〕；又遣金城太守楊欣引一萬五千人，於甘松嘉地名。四甘松，地名。〈二〉諸羌之地有甘松嶺，唐制松州，以地産甘松因名（云）（焉），即今松藩等處軍民指揮使司是也，屬四川道。邀〔一一〕姜維之後。毛鍾會是三路，鄧艾是四路，各各不同。艾自引兵三萬，往來接應。

却說鍾會出師之時，有百官送出城外，旌旗蔽日，鎧甲凝霜，人強馬壯，威風凜然〔一二〕。人皆稱羡，惟有相國參軍劉寔，微笑不語。毛邵悌知而言之，劉寔知而不言，更有意思。漁大有深意。太尉王祥見寔冷笑，就馬上握其手而問曰：「鍾、鄧〔一三〕二人，此去可平蜀乎？」寔曰：「破蜀必矣，但恐皆不得還都耳。」毛此處又總爲二人被殺伏線。漁言兩人被殺，伏線。王祥問其故，劉寔但笑而不荅，毛是有意思人。祥遂不復問。

却說魏兵既發，早有細作入沓中報知姜維。維即具表申奏後主：「請降詔遣左車騎將軍張翼領兵守護陽平關〔一四〕，右車騎將軍廖化領兵守陰平橋。四陰平，道名。〈二〉漢開西南夷置之，即今文縣守禦軍民千户所是也，屬陝西（道）云。這二處最爲要緊，若失二處，漢中不保矣。毛鍾會三路、鄧艾四路，姜維却重在二路，又各不同。一面當遣使入吴求救，毛正與鍾會之言相合。臣一面自起沓中之兵拒敵。」毛連此亦是四路。

時後主改景耀六〔一五〕年爲炎興元年，毛挿入

〔一〇〕「水」，滄本、光本、明三本作「中」。
〔一一〕「邀」，光本作「襲」。
〔一二〕「然」，致本同，其他毛校本作「凜」。
〔一三〕「鍾鄧」，光本作「艾會」。
〔一四〕「陽平關」，嘉本作「陽安關」。按：《方輿紀要·歷代州域形勢三》：「姜維聞之，表後主宜遣軍分護陽安關口（陽安關，即陽平關也。）及陰平之橋頭。」後同，不另出校。
〔一五〕「六」，原作「五」，古本同。按：《三國志·蜀書·後主傳》：「六年夏，魏大興徒衆。」據改。

此句，爲後「二火初興〔一六〕」語伏筆。日與宦官黄皓在宮中遊樂。忽接姜維之表，即召黄皓問曰：「今魏國遣鍾會、鄧艾大起人馬，分道而來，如之奈何？」【毛】赤壁之戰，曾仗孔明東風之力〔一七〕，今何不以黄皓之南風退之？【漁】黄皓何許人物，而後主聽信如此。皓奏曰：「此乃姜維欲立功名，故上此表。陛下寬心，勿生疑慮。臣聞城中有一師婆，供奉一神，能知吉凶，可召來問之。」【毛】今日人家女子往往信此。【贄】妙事。後主從其言，於後殿陳設香花紙燭、享祭禮物，令黄皓用小車請入宮中，坐於龍牀之上。【毛】即此師婆，亦是蜀中之大災異，當與「栢樹夜哭」等同觀。後主焚香祝畢，師婆忽然披髮跣足，就殿上跳躍數十遍，盤旋於案上。【毛】活畫一師婆身分。皓曰：「此神人降矣。陛下可退左右，親禱之。」後主盡退侍臣，再拜祝之。【毛】即天子拜師婆，亦是朝中一大災異，當與「青蛇升御座」同觀。師婆大叫曰：「吾乃西川土神也。【毛】即師婆自稱土神，亦是人〔一八〕中一大災異，當與「雌雞化爲雄」同觀。陛下欣樂太平，何爲求問他事？數年之後，魏國疆土亦歸陛下矣。陛下切勿憂慮。」【贄】師婆也是妙人。後主更妙。【鍾】此便妖孽也。言訖，昏倒于地，半晌方甦。【毛】活畫一師婆身分。【漁】國家大事用師婆已可笑矣，而竟坐龍床，甚至天子禮拜，而師婆自稱土地，種種災異如此。後主大喜，重加賞賜。【鍾】可惜費這些金銀。自此深信師婆之說，遂不聽姜維之言，每日只在宮中飲宴歡樂。【毛】自李傕信師巫之後，已隔百餘回，忽又有〔一九〕其匹。姜維累〔二〇〕中告急表文，皆被黄皓隱匿，因此悞了大事。【毛】與張讓隱匿黄巾消息，前後一轍。

却說鍾會大軍迤邐望漢中進發。前軍先鋒許儀，要立頭功，先領兵至南鄭關。儀謂部將曰：

〔一六〕「興」，原作「出」，致本、業本、貫本、齋本、澹本同。按：後文第一百十七回正文作「二火初興」，據光本、商本改。
〔一七〕「力」，致本同，其他毛校本作「功」。
〔一八〕「人」，致本同，其他毛校本作「朝」。
〔一九〕「之後」，貫本作「言」。「有」，澹本脫。
〔二〇〕「累」，光本作「屢」。

「過此關即漢中矣。關上不多人馬，我等便可奮力搶關。」衆將領命，一齊并力向前。原來守關蜀將盧遜，早知魏兵將到，先於關前木橋左右，伏下軍士，裝起武侯所遺十矢連弩，【毛】【漁】又將武侯臨終之事一提（，與一百四回照應）。比及許儀兵來搶關時，一聲梆子響處，矢石如雨。儀急退時，早射倒數十騎，魏兵大敗。儀回報鍾會，會自提帳下甲士百餘騎來看，果然箭弩一齊射下。會撥馬便回，關上盧遜引五百軍殺下來。會拍馬過橋，橋上土塌，陷住馬蹄，争〔二一〕些兒掀下馬來。馬挣不起，會棄馬步行跑下橋時，盧遜趕上一鎗刺來，【毛】讀者至此，必謂鍾會死矣。却被魏兵〔二二〕中荀愷回身一箭，射盧遜落馬。鍾會麾衆乘勢搶關，關上軍士因有蜀兵在關前，不敢放箭，被鍾會殺散，奪了山關。【毛】【漁】鍾會幾死復生，又奪（了）山関，皆意外驚人之筆。【贄】失関者，五百人也。孰知関既失，則五百人非蜀人也，何不射之？即以荀愷爲護軍，以全副鞍馬鎧甲賜之。會喚許儀至帳下，責之曰：「汝爲先鋒，理合逢山開路，遇水疊橋，專一修理橋梁道路，以便行軍。吾方纔到橋上，陷住馬蹄，幾乎墮橋，若〔二三〕非荀愷，吾已被殺矣。【毛】會之不死，寔有〔二四〕天幸。汝既違軍令，當按軍法！」叱左右推出斬之。諸將告曰：「其父許褚有功于朝廷，【毛】又將許褚前事一提。望都督恕之。」會怒曰：「軍法不明，何以令衆？」遂令斬首示衆。諸〔二五〕將無不駭然。【毛】早爲後文諸將不從鍾會張本。

時蜀將王含守樂城，蔣斌守漢城〔二六〕，見魏兵勢大，不敢出戰，只閉門自守。鍾會下令曰：「兵貴神速，不可少停。」【毛】魏兵利在速戰，蜀兵利在固守。

〔二一〕「争」，光本、商本作「險」。
〔二二〕「兵」，貫本作「將」，光本作「軍」。
〔二三〕「墮橋」，商本作「墜橋」，嘉本作「墜澗」。「橋若」，光本倒作「若橋」。
〔二四〕「寔有」，滄本作「十自」，光本作「實由」。
〔二五〕「諸」，商本作「衆」。
〔二六〕「漢城」，原作「漢中」，毛校本、周本、夏本、贄本同。按：前文第一百十五回作「蔣斌守漢城」，後文亦作「漢城」，據前、後文及嘉本改。

乃令前將軍〔二七〕李輔圍樂城，護軍荀愷圍漢城，自引大兵〔二八〕取陽平關。守關蜀將傅僉與副將蔣舒商議戰守之策，舒曰：「魏兵甚衆，勢不可當，不如堅守爲上。」毛 戰不如守，其言是矣；守不如降，其理何居？僉曰：「不然。魏兵遠來，必然疲困，雖多不足懼。我等若不下關戰時，漢、樂二城休矣。」蔣舒默然不荅。毛 不懷好意了。漁 存心不良，故默然不答。忽報魏兵大隊已至關前，蔣、傅二人至關上視之。鍾會揚鞭大叫曰：「吾今統十萬之衆到此，如早早出降，各依品級陞用。如執迷不降，打破關隘，玉石俱焚！」傅僉大怒，令蔣舒把關，自引三千兵殺下關來。鍾會便走，魏兵盡退。僉乘勢追之，魏兵復合。僉欲退入關時，關上已竪起魏家旗號，毛 漁（讀至此，）只道鍾會使人襲關（耳）。孰知却是蔣舒。可發一嘆〔二九〕。只見蔣舒叫曰：「吾已降了魏也！」僉大怒，厲聲罵曰：「忘恩背義之賊，有何面目見天下人〔三〇〕乎！」贊 傅僉是人。〔三一〕撥回馬復與魏兵接戰。魏兵四面合來，將傅僉圍在垓〔三二〕心。僉左衝右突，往來死戰，不能得脱，所領蜀兵，十傷八九。僉乃仰天嘆曰：「吾生爲漢臣，死亦當爲漢鬼〔三三〕！」毛 如此之鬼，鬼可不朽矣。若師婆之説鬼話，連鬼亦不是鬼也。贊 壯哉蜀鬼。漁 如此之言，可垂名不朽，蔣舒能無媿乎？乃復拍馬衝殺，身被數鎗，血盈袍鎧，坐下馬倒，僉自刎而死。毛 蔣舒能無〔三四〕媿死！後人有詩嘆曰：

〔二七〕「前將軍」，原作「前軍」，古本同。按：《三國志·魏書·鍾會傳》：「會使護軍荀愷、前將軍李輔各統萬人，愷圍漢城，輔圍樂城。」據改。
〔二八〕「兵」，齋本、光本作「軍」。
〔二九〕毛批「嘆」，商本作「笑」。
〔三〇〕「天下人」，原作「天下」，致本、業本、貫本、瀶本同；齋本、光本作「天子」。據明四本補。
〔三一〕緑本脱此句及下句贊批。
〔三二〕「垓」，光本作「埃」，形訛。
〔三三〕「漢臣」「漢鬼」，原作「蜀臣」「蜀鬼」，毛校本同；明四本無「蜀臣」，後同。按：國號爲漢，酌改。
〔三四〕「無」，光本作「不」。

一日抒忠憤，千秋仰義名。
寧爲傅僉死，不作〔三五〕蔣舒生。

鍾會得了陽平關，關内所積糧草、軍器〔三六〕極多，大喜，遂犒三軍。是夜，魏兵宿於陽安〔三七〕城中，忽聞西南上喊聲大震，鍾會慌忙出帳視之，絶無動静。魏軍一夜不敢睡。次夜三〔三八〕更，西南上喊聲又起。毛漁（讀者）（看）至此，疑是姜維設下疑兵耳。鍾會驚疑，向曉，使人探之。回報曰：「遠哨十餘里，並無一人。」毛却是作怪。漁怪異之極。會驚疑不定，乃自引數百騎，俱全裝攢帶，望西南巡哨。前至一山，只見殺氣四面突起，愁雲布合，霧鎖山頭。毛讀者至此，又疑是武侯所設八陣圖，如魚腹浦邊故事耳。贊餘威猶烈，武侯哉！漁至此又疑武侯所設八陣圖矣。再不然，必疑夏侯淵陰魂作怪。會勒住馬，問〔三九〕鄉導官曰：「此何山也？」荅曰：「此乃定軍山，昔日夏侯淵殁於此處。」毛夏侯淵事已隔數十回，于此忽然照應。○讀者至此，又疑是夏侯淵陰魂作怪。會聞之，悵然不樂，遂勒馬而回。轉過山坡，忽然狂風大作，背後數千騎突出，隨風殺來。毛讀者至此，再猜不出。漁令人再猜不着。會大驚，引衆縱馬而走。諸將墜馬者，不計其數。及奔到陽安〔四〇〕關時，不曾折一人一騎，只跌損面目，失了頭盔。皆言曰：「但見陰雲中人馬殺來，比及近身，却不傷人，只是一陣旋風而已。」毛師婆所言之神，不過鬼混；鍾會所見之鬼，却是神奇。會問降將蔣舒曰：「定軍山有神廟乎？」舒曰：「並無神廟，惟有諸葛武侯之墓。」毛照應一百五回中事。會驚曰：「此必武侯顯聖也。毛漁定軍山顯聖與玉泉山顯聖，（前後）遥遥相（映）（對）。吾當親往祭之。」次日，鍾會備祭禮，宰

〔三五〕「作」，光本訛作「足」。
〔三六〕「器」，光本訛作「區」。
〔三七〕「安」，商本作「平」。
〔三八〕「三」，齋本、光本作「安」。
〔三九〕「問」，明四本作「顧」。
〔四〇〕「安」，齋本、澹本、光本、商本、周本作「平」。

太牢，自到武侯墳〔四一〕前再拜致祭。祭畢，狂風頓息，愁雲四散。忽然清風習習，細雨紛紛。一陣過後，天色晴朗。魏兵大喜，皆拜謝回營。是夜鍾會在帳中伏几而寢，忽然一陣清風過處，只見一人綸巾羽扇，身〔四二〕衣鶴氅，素履皂縧，面如冠玉，唇若抹〔四三〕硃，眉清目朗，身長八尺，飄飄然有神仙之槩。【毛】忽于鍾會夢中寫一諸葛孔明，彷彿先主草廬初遇時。【漁】鍾會夢中，寫武侯初遇草廬時光景。其人步入帳中，會起身迎之曰：「公何人也？」其人曰：「今早重承見顧，吾有片言相告：雖漢祚已衰，天命難違，然兩川生靈橫罹兵革，誠可憐憫。汝入境之後，萬勿妄殺生靈。」【毛】朗朗數語，迄今如聞其聲，不似師婆鬼話〔四四〕。【漁】如此赫赫之言，生爲社稷，死爲生靈，先生令後人追想不盡。言訖，拂袖而去。會欲挽留之，忽然驚醒，乃是一夢。會知是武侯之靈，不勝驚異。【三】【補註】鍾會雖然仕魏，未識武侯形容。于是傳令前軍，立一白旗，上書「保國安民」四字，所到之處，如妄殺一人者償命。【毛】不是寫活鍾會，正是寫死武侯。于是漢中人民，盡皆出城拜迎。會一一撫慰，秋毫無犯。【鍾】此皆武侯所賜。後人有詩讚曰〔四五〕：

數萬陰兵遶定軍，致令鍾會拜靈神。
生能決策扶劉氏，死尚遺言保蜀民。

却說姜維在沓中，聽知魏兵大至，傳檄廖化、張翼、董厥提兵接應。一面自分兵列將以待之。忽報魏兵至，維引兵出迎〔四六〕。魏陣中爲首大將乃天水太守王頎也。頎出馬大呼曰：「吾今大兵百萬，上將千員，分二十路而進，已到成都。汝不思早

〔四一〕「太」，原作「大」，致本、業本、貫本同，據其他古本改。「墳」，商本作「墓」。
〔四二〕「身」，光本作「道」，嘉本作「深」。
〔四三〕「抹」，澹本訛作「抹」。
〔四四〕「話」，貫本作「語」。
〔四五〕毛本後人讚詩從贊本，爲静軒詩；鍾本、漁本同周本、夏本、贊本，嘉本無。
〔四六〕「出迎」，貫本、澹本脱「出」，明四本作「迎之」。

降，猶欲抗拒，何不知天命耶！」維大怒，挺鎗縱馬，直取王頎。戰不三合，頎大敗而走。姜維驅兵追殺至二十里，只聽得金鼓齊鳴，一枝兵擺開，旗上大書「隴西太守牽弘」字樣。維笑曰：「此等鼠輩，非吾敵手！」遂催兵追之。又趕到十里，却遇鄧艾領兵殺到，兩軍混戰。維抖擻精神，與艾戰有十餘合〔四七〕，不分勝負。後面鑼鼓又鳴，維急退時，後軍報說：「甘松諸寨，盡被金城太守楊欣燒毀了。」【毛】兩路太守寔敘，一路太守虛敘，筆法變換。維大驚，【漁】此處姜維一驚。急令副將虛立旗號，與鄧艾相拒。維自撤後軍，星夜來救甘松，正遇楊欣。欣不敢交戰，望山路而走，維隨後趕來。將至山巖下，巖上木石如雨，維不能前進。比及回到半路，蜀兵已被鄧艾殺敗，魏兵大隊而來，將姜維圍住。維引衆騎殺出重圍，奔入大寨堅守，以待救兵。【鍾】救兵不來，皆黃皓小人悞事。忽流星馬到，報說：「鍾會打破陽安〔四八〕關，守將蔣舒歸降，傅僉戰死，漢中已屬魏矣。【毛】此事已寔敘在前，於此再虛敘一遍。【漁】此又一驚。樂城守將王含，漢城守將蔣斌，知漢中已失，亦開門而降。【毛】二人之降，在前未曾寔敘，特於此處虛敘出來，妙。胡濟抵敵不住，逃回成都求援去了。」【毛】此事在前未曾寔敘，特于此處補敘出來，妙。【漁】此又一驚。維大驚，即傳令拔寨。

是夜，兵至疆川口，前面一軍擺開，爲首魏將乃是金城太守楊欣。維大怒，縱馬交鋒，只一合，楊欣敗走，維撚〔四九〕弓射之，連射三箭皆不中。維轉怒，自折其弓，挺鎗趕來，戰馬前失，將維跌在地上，楊欣撥回馬來殺姜維。【毛】讀至此，必謂姜維死矣。【漁】讀至此，人疑姜維必死。維躍起身，一鎗刺去，正中楊欣馬腦。【毛】【漁】（又是）（誰知）絶處逢生。背後

〔四七〕「有十餘合」，原作「十有餘合」，致本、業本、齋本、光本、周本、夏本、贊本同；嘉本作「十餘合」。據其他毛校本乙。

〔四八〕「到報」，澹本、光本、商本倒作「報到」。「安」，貫本、齋本、澹本、光本、商本、周本作「平」。

〔四九〕「撚」，齋本、光本、嘉本作「拈」。

魏兵驟至，救欣去了。維騎上從〔五〇〕馬，欲待追時，忽報後面鄧艾兵到。維首尾不能相顧，遂收兵要奪漢中。哨馬報說：「雍州刺史諸葛緒已斷了歸路。」毛諸葛緒之兵亦用虚敘。維乃據山險下寨，魏兵屯於陰平橋頭。維進退無路，長嘆曰：「天喪我〔五一〕也！」副將甯隨曰：「魏兵雖斷陰平橋〔五二〕，雍州必然兵少，將軍若從孔函谷，嘉地名。逕取雍州，諸葛緒必撤陰平之兵救雍州，將軍却引兵奔劍閣二劍門關〔五三〕，按《綱目》作「劍閣」，在保寧府劍州北三十里。兩崖峻拔，斵石架閣而爲棧道，連山絶險，故謂之劍閣。守之，則漢中可復矣。」毛漁欲取劍閣，反先取雍州，其計亦曲。維從之，即發兵入孔函谷，詐取雍州。細作報知諸葛緒。緒大驚曰：「雍州是吾合守〔五四〕之地，倘有疎失〔五五〕，朝廷必然問罪。」急撤大兵從南路去救雍州，只畱一枝兵守橋頭。姜維入北道，約行三十里，料知魏兵起行，乃勒回兵，後隊作前隊，逕到橋頭，果然魏兵大隊已去，只有些小兵把橋，被維〔五六〕一陣殺散，盡燒其寨柵。諸葛緒聽知橋頭火起，復引兵回，姜維兵已過半日了，因此不敢追趕。毛漁絶處逢生。

却説姜維引兵過了橋頭，正行之間，前面一軍來到，乃左車騎將軍張翼、右車騎〔五七〕將軍廖化也。維問之，翼曰：「黄皓聽信師巫之言，不肯發兵。翼聞漢中已危，自起兵來時，陽平關已被鍾會所取。今聞將軍受困，特來接應。」遂合兵一處，前赴白水關〔五八〕。化曰：「今四面受敵，糧道不通，

〔五〇〕「從」，齋本、商本作「縱」，光本作「戰」。
〔五一〕「我」，光本作「吾」。
〔五二〕「橋」下，明四本有「頭」字。
〔五三〕按：明四本此處正文作「劍門關」。
〔五四〕「守」，原作「兵」，毛校本同。據明四本改。
〔五五〕「有疎失」，齋本作「着疎失」，光本作「若疎失」。
〔五六〕「橋」，光本作「守」。「維」上，光本有「姜」字。
〔五七〕二「車騎」，原無，古本同。按：本回前文作「左車騎將軍」「右車騎將軍」，據補。
〔五八〕「前赴白水關」，原脱，毛校本、夏本、贄本同；周本作「前移白水關」。按：後文「白水地狹路多」，據嘉本補。

不如退守劍閣，再作良圖。」毛與甯隨之意相合。維疑慮未決。忽報鍾會、鄧艾分兵十餘路殺來。維欲與翼、化分兵迎之。化曰：「白水地狹路多，非爭戰之所，不如且退去救劍閣可也。若劍閣一失，是絕路矣。」維從之，遂引兵來投劍閣。將近關前，忽然鼓角齊鳴，喊聲大起，旌旗遍豎，一枝軍把住關口。毛故作驚人之筆，令讀者着急。漁讀者又要着急，魏兵乎？蜀兵乎？請猜。正是：

漢中險峻已無有，劍閣風波又忽生。

未知何處之兵，且看下文分解。

後主信師婆，諸葛武侯之教也。客問何故。曰：「武侯所爲禳星祈命，皆師巫之術也，如何怪得師婆也。」客大笑。

蟊賊內訌，戎馬生郊。後主不自爲計，而聽信於惑亂之師婆，所謂國將亡聽於神者，此其一証也。

第一百十七回

鄧士載偷度陰平
諸葛瞻戰死綿竹

有入險而能出者：先主〔一〕檀溪之躍，後主當陽之奪，孫權逍遥津之逃，曹操濮陽之敗、潼關之奔、華容道之釋，司馬懿上方谷之走，皆是也。然此特事之險，而非地之險也；又特難之以險脱，而非功之以險成也。若夫造最險之謀，而經最險之地，犯最險之患，而成最險之功，則未有如鄧艾之貫索於懸崖，裹氊於峭壁，持斧挾鑿以行七百里無人之境者也。人即好幽，幽不至此；文即好奇，奇不至此。不謂讀《三國》者，讀至終篇，有此驚見駭〔二〕聞之樂。

南鄭橋邊之鍾會，猶鐵籠山中之司馬昭也。昭幾死而不死，會亦幾死而不死，皆天意也。偷渡陰平嶺之鄧艾，猶欲出子午谷之魏延也。武侯以延之計爲危，而延不得自行其危；鍾會以艾之計爲危，而艾竟得自行其危，亦皆天意也。天意所在，有非人力之所得而強耳。

武侯顯聖以告鍾會，而不顯聖以告鄧艾，不見武侯之神也。然既顯聖於定軍山，又必顯聖於陰平嶺，則武侯之靈，毋乃太勞乎？今有不必顯聖，而同於顯聖者。定軍有墓，武侯如在焉；陰平有寨，武侯亦如在焉。風中隱隱有人，不若石上明明有字。山前一夢，能保蜀人之生，又不若嶺邊〔三〕一碣，能決魏將之死。愈出愈奇，豈非曠古奇觀！

蜀之求援甚急，而吴之來援甚遲，論者以此咎吴，而不必〔四〕以此咎吴也，何也？孫休之不能援劉禪，猶張魯之不能〔五〕援劉璋也。以漢中救成都則近，以江東救綿竹則遠。近且莫救，遠何望乎？且人事已非，天命已去。即

〔一〕「主」，原作「生」，致本同，據其他毛校本改。
〔二〕「駭」，光本作「骸」，形訛。
〔三〕「邊」字原闕，據毛校本補。
〔四〕「論」「不必」三字原闕，據毛校本補。
〔五〕「能」字原闕，據毛校本補。

使丁奉倍道而來，若馬超之攻葭萌；而蜀中之有黄皓，甚於漢〔六〕中之有楊松。内亂既深，雖有外助，必無濟矣。故君子不爲吴咎，而但爲蜀咎。

諸葛瞻父子受命於大事既去之後，而能以一死報社稷。君子曰：武侯於是乎不死矣。蓋戰死綿竹之心，亦秋風五丈原之心也。使當日甘心降魏以圖苟全，則於「鞠躬盡瘁，死而後已」之家訓，不其有愧乎？故瞻、尚生，則武侯死；瞻、尚亡，則武侯存。

却説輔國大將軍〔七〕董厥，聞魏兵十餘路入境，乃引二萬兵守住劍閣，當日望塵頭大起，疑是魏兵，急引軍把住關口。董厥自臨軍前視之，乃姜維、廖〔八〕化、張翼也。毛姜維絶處逢生，却在董厥一邊敘出，筆法變换。漁此又出其不意。厥大喜，接入關上，禮畢，哭訴後主黄皓之事。維曰：「公勿憂慮。若有維在，必不容魏來吞蜀也。且守劍閣，徐圖退敵之計。」厥曰：「此關雖然可守，争奈成都無人，倘爲敵人所襲，大勢瓦解矣。」毛預爲後主出降伏線。維曰：「成都山險地峻，非可易取，不必憂也。」正言間，忽報諸葛緒領兵殺至關下，維大怒，急引五千兵殺下關來，直撞入魏陣中，左衝右突，殺得諸葛緒大敗而走，退數十里下寨，魏軍死者無數。蜀兵搶了許多馬匹器械，維收兵回關。毛漁此（是燈欲）（乃燈將）滅而復明。

却説鍾會離劍閣二十里下寨，諸葛緒自來伏罪。會怒曰：「吾令汝守把〔九〕陰平橋頭，以斷姜維歸路，如何失了！今又不得吾令，擅自進兵，以致此敗！」緒曰：「維詭計多端，詐取雍州，緒恐雍州有失，引兵去救，維乘機走脱，緒因趕至關

〔六〕「漢」，原作「隴」，毛校本同。按：楊松事張魯，「隴中」爲「漢中」之訛，據前文改。
〔七〕「大將軍」，原作「大將」，致本、業本、貫本、齋本、澹本、商本、明四本同；光本作「將軍」。按：《三國志·蜀書·姜維傳》：「左車騎張翼、輔國大將軍董厥等詣陽安關口以爲諸圍外助。」據補。
〔八〕「廖」，原作「蓼」，致本作「寥」，皆形訛，據其他古本改。
〔九〕「守把」，光本、商本倒作「把守」，周本作「守」。

下，不想又爲所敗。」會大怒，叱令斬之。監軍衛瓘曰：「緒雖有罪，乃鄧征西所督之人，不争〔一〇〕將軍殺之，恐傷和氣。」會曰：「吾奉天子明詔、晉公鈞命，特來伐蜀，便是鄧艾有罪，亦當斬之！」毛漁（鍾）會與（鄧）艾不睦（自）（由）此始。衆皆力勸。會乃將諸葛緒用檻車載赴洛陽，任晉公發落，隨將緒所領之兵，收在部下調遣。毛全不顧鄧艾體面，爲鄧艾者寔難堪此。有人報與鄧艾，艾大怒曰：「吾與汝官品一般，吾久鎮邊疆，於國多勞，汝安敢妄自尊大耶！」毛此時尚不是争功，不過是争體面、争意氣耳。○想口吃人發怒，此時正不知稱多少「艾艾」矣。漁鄧艾往日體面一旦〔一一〕喪盡。二人至此尚不是争功，却是鬪氣耳。子鄧忠勸曰：「『小不忍，則亂大謀。』父親若與他不睦，必誤國家大事。望且容忍之。」艾從其言，三補註鍾、鄧二人，自此結（怨）（讐矣）。然畢竟心中懷怒，毛不以諸葛緒送鄧艾而送晉公，一可怒也；不交還其軍，二可怒也；言欲殺〔一二〕鄧艾，三可怒也。該怒。乃引十數騎來見鍾會。會聞艾至，便問左右：「艾引多少軍來？」左右荅曰：「只有十數騎。」三補註會自此疑艾。會乃令帳上帳下列武士數百人。艾下馬入見，會接入帳〔一三〕。禮畢，艾見軍容甚肅，心中不安，乃以言挑之曰：「將軍得了漢中，乃朝廷之〔一四〕大幸也，可定策早取劍閣〔一五〕。」毛漁並不提起諸葛緒（，亦甚）（事，亦是）見機。會曰：「將軍明〔一六〕見若何？」艾再三推稱無能。毛期期不吐，是口吃模樣。會固問之，艾荅曰：「以愚意度之，可引一軍從陰平小路出漢中德陽亭，用奇兵逕取成都，姜維必撤兵來救，將軍乘虛就取劍閣，可獲全功。」

〔一〇〕「鄧」下，光本有「艾」字。「不争」，齋本、光本作「不該」，商本作「若」。

〔一一〕「旦」，衡校本作「日」。

〔一二〕「殺」，光本作「報」。

〔一三〕「帳」下，光本、商本有「中」字。

〔一四〕「之」，齋本、光本脱。

〔一五〕「劍閣」，原作「劍關」，致本、業本、貫本、明四本同。按：同第一百十回校記〔七一〕，據其他毛校本改，後一處同。

〔一六〕「明」上，齋本、光本有「之」字。

毛鄧艾此計，原是行險徼倖。會大喜曰：「將軍此計甚妙〔一七〕！可即引兵去。吾在此專候捷音！」毛一片奸詐。漁鄧艾是行險，鍾會是奸詐。二人飲酒相別。會回本帳與諸將曰：「人皆謂鄧艾有能。今日觀之，乃庸才耳！」毛方知適纔大喜、荅應，都是假話。衆問其故，會曰：「陰平小路皆高山峻嶺，若蜀以百餘人守其險要，斷其歸路，則鄧艾之兵皆餓死矣。吾只以正道而行，何愁蜀地不破乎！」鍾鍾會亦是。遂置雲梯砲架，只打劍閣〔一八〕。

却說鄧艾出轅門上馬，回顧從者曰：「鍾會待吾若何？」從者曰：「觀其辭色，甚不以將軍之言爲然，但以口強應而已。」毛漁（鍾會）在從人口中寫（一鍾會）（出）。艾笑曰：「彼料我不能取成都，我偏欲取之！」回到本寨，師纂、鄧忠一班將士接問曰：「今日與鍾〔一九〕鎮西有何高論？」艾曰：「吾以實心告彼，彼以庸才視我。彼今得漢中，以爲莫大之功，若非吾在沓中絆住姜維，彼安能成功耶！毛漁若非鍾會在劍閣〔二〇〕絆住姜維，艾亦（安）（焉）能成功？吾今若取了成都，勝取漢中矣！」當夜下令，盡拔寨望陰平小路進兵，離劍閣七百里下寨。有人報鍾會，說：「鄧艾要去取成都了。」會笑艾不智。毛有此一笑，乃見下文之奇，出於意外。

却說鄧艾一面修密書遣使馳報司馬昭，一面聚諸將於帳下問曰：「吾今乘虛去取成都，與汝等立功名於不朽，汝等肯從乎？」諸將應曰：「願遵軍令，萬死不辭！」艾乃先令子鄧忠引五千精兵，不穿衣甲，各執斧鑿器具，凡遇峻危之處，鑿山開路，搭造橋閣，以便軍行。毛竟似一班〔二一〕匠人，不是軍士。漁竟似一班石匠出身。艾選兵三萬，各帶乾糧繩索進發。約行百餘里，選下三千兵，就彼劄寨；又

〔一七〕「甚妙」，商本作「大妙」，明四本作「高明」。

〔一八〕「劍閣」，原作「劍門關」，致本、業本、貫本同；其他毛校本作「劍閣關」，明四本作「劍關」。按：同第一百十回校記〔七一〕，據改。

〔一九〕「鍾」下，商本有「會」字。

〔二〇〕漁批「閣」，衡校本作「關」。

〔二一〕「班」，貫本、商本作「起」。

行百餘里，又選三千兵下寨。是年十月，自陰平進兵，至〔一二二〕於巔崖峻谷之中，凡二十餘日，行七百餘里，皆是無人之地。毛謝靈運鑿山是高興，鄧士載鑿山是大胆。魏兵沿途下了數寨，只剩下二千人馬。前至一嶺，名摩天嶺，馬不堪行，艾步行上嶺，正見鄧忠與開路壯士盡皆哭泣。毛鍾會笑而鄧忠哭，一哭一笑，正是相對。艾問其故，忠告曰：「此嶺西皆〔一二三〕是峻壁巔崖，不能開鑿，虛廢前勞，因此哭泣。」毛不能爲靈威持炬之入，將爲阮籍〔一二四〕窮途之哭矣。艾曰：「吾軍到此，已行了七百餘里，過此便是江油，六（《一統志》云：）江油，漢（之）縣名，今（屬）龍安府〔一二五〕（江油縣是也）。嘉江油，地名。豈可復退？」乃喚諸軍曰：「『不入虎穴，焉得虎子？』吾與汝等來到此地，若得成功，富貴共之。」毛漁（此之謂）「欲求生富貴，須下死工夫。」（邀買人心之語。）衆皆應曰：「願從將軍之命。」艾令先將軍器攛將下去。艾取氊自裹其身，先滾下去。副將有氊衫者裹身滾下，無氊衫者各用繩索束腰，攀木掛樹，魚貫而進。毛行險徼倖。二魚貫，謂人各穿連而下也。漁險極。鄧艾、鄧忠并二千軍及開山壯士，皆度了摩天嶺。毛鳳兮鳳兮，以摩天之翅飛過摩天之嶺矣。方纔整頓衣甲器械而行，忽見道傍有一石碣，上刻「丞相諸葛武侯題」。其文云：「二火初興，有人越此。二士爭衡，不久自死。」毛「二火」者，炎字也。「二火初興」，乃炎興元年也。「二士」者，鄧士載與鍾士季也。「不久自死」者，二人争功而皆被殺也。武侯之神，至于如此，則此處亦可謂之武侯再顯聖也矣。三「二火初興」者，乃蜀炎興元年也；「有人越此」者，已知鄧艾自此過也。「二士爭衡」者，艾字士載，會字士季；「不久自死」者，艾、

〔一二二〕「至」，貫本、滄本脱。

〔一二三〕「皆」，光本作「背」，形訛。

〔一二四〕「入」，業本、貫本、滄本作「人」，形訛。「籍」，原作「藉」，致本、業本、貫本同。按：《晉書·阮籍傳》：「時率意獨駕，不由徑路，車迹所窮，輒慟哭而反。」據其他毛校本改。

〔一二五〕醉本眉批、周、夏批、贊本系夾注「龍安府」，原作「保寧府」。按：《一統志》：江油縣屬龍安府。據改。

會果死於蜀矣。漁武侯之神，于此又顯聖矣。艾觀訖大驚，慌忙對碣再拜曰：「武侯真神人也！艾不能以師事之，惜哉！」後人有詩曰〔二六〕：

陰平峻嶺與天齊，玄鶴徘徊尚怯飛。
鄧艾裹氊從此下，誰知諸葛有先幾〔二七〕。

却說鄧艾暗度陰平，引兵行時，又見一箇大空寨。左右告曰：「聞武侯在日，曾撥一千兵守此險隘。今蜀主劉禪廢之。」毛補敘前事，又與武侯臨終之語相應。漁寫武侯在日如此留心，而後主如此昏暗。艾嗟呀不已，乃謂衆人曰：「吾等有來路而無歸路矣！前江油城中，糧食足備，汝等前進可活，後退即死，須併力攻之。」毛「陷〔二八〕之死地而後生，置之亡地而後存」，即韓信「背水陣」之意。衆皆應曰：「願死戰！」於是鄧艾步行，引二千餘人，星夜倍道〔二九〕來搶江油城。

却說江油城守將馬邈，聞東川已失，雖爲准備，只是隄防大路，又仗着姜維全師守住劍閣〔三〇〕，遂將軍情不以爲重。當日操練人馬回家，與妻李氏擁爐飲酒。毛飲醇酒，近婦人，何其樂也。漁當離亂時，尚飲酒作樂。其妻問曰：「屢聞邊情甚急，將軍全無憂色，何也？」贄妙人。鍾妻子妙人。邈曰：「大事自有姜伯約掌握，干我甚事？」毛馬邈與後主正是一對，有是君必有是臣。其妻曰：「雖然如此，將軍所守城池，不爲不重。」邈曰：「天子聽信黃皓，溺于酒色，吾料禍不遠矣。魏兵若〔三一〕到，降之爲上，何必慮哉？」毛立定主意。其妻大怒，唾邈面曰：

〔二六〕毛本後人詩改自贄本；鍾本同贄本，贄本同明三本；漁本用他詩。
〔二七〕「幾」，齋本、滄本、光本作「機」。明四本此句作「分明諸葛已先知」。
〔二八〕「陷」，原作「置」，毛校本同。按：《史記·淮陰侯列傳》：「陷之死地而後生，置之亡地而後存。」據改。
〔二九〕「倍道」，商本作「趕」。
〔三〇〕「劍閣」，原作「劍門關」，致本、業本同；其他毛校本作「劍閣關」；明四本作「劍關」。按：同第一百十回校記〔七一〕，據改。
〔三一〕「若」，商本作「一」。

「汝爲男子，先懷不忠不義之心，枉受國家爵禄，吾有何面目與汝相見耶〔三二〕！」毛馬邈與李氏却不是一對，有是夫不意有是妻。贊好妻子。鍾偉夫人，奇男子也。漁點染出此婦，便抹殺許多不忠不孝男子。警醒之極。馬邈羞慚無語。忽家人慌入報曰：「魏將鄧艾不知從何而來，引二千餘人，一擁而入城矣！」毛陳後主正在宫中飲酒賦詩，而韓擒虎已到。馬邈之事將毋同。漁來得突兀。邈大驚，慌出納降，拜伏于公堂之下，泣告曰：「某有心歸降久矣。今願招城中居民及本部人馬，盡降將軍。」毛此等老主意已在擁爐時筭定。漁老主意久已蓄在胸中。艾准其降。遂收江油軍馬於部下調遣，毛一向都是步卒，此處方纔有馬。即用馬邈爲鄉導官。忽報馬邈夫人自縊身死。毛夏侯之女但知有夫婦，馬邈之妻獨知有君臣，其節義更勝夏侯女矣。艾問其故，邈以實告。艾感其賢，令厚禮葬之，親往致祭。魏人聞者，無不嗟嘆。後人有詩讚曰〔三三〕：

後主昏迷漢祚顛，天差鄧艾取西川。
可憐巴蜀多名將，不及江油李氏賢。

鄧艾取了江油，遂接陰平小路諸軍，皆到江油取齊，徑來攻涪城。部將田續曰：「我軍涉險而來，甚是勞頓〔三四〕，且當休養數日，然後進兵。」艾大怒曰：「兵貴神速，汝敢亂我軍心耶！」喝令左右推出斬之，衆將苦告方免。毛爲後文田續殺艾伏線。艾自驅兵至涪城，城内官吏軍民疑從天降，盡皆出降〔三五〕。蜀人飛報入成都，後主聞知，慌召黄皓問之。皓奏曰：「此詐傳耳。神人必不肯誤陛下也。」毛鄧艾如從天降，疑有神人助之，若後主則非神人之所能助矣。贊妙語。〔三六〕漁奇兵已至，還説神人，可笑。後

〔三二〕「耶」，齋本、光本、商本脱。
〔三三〕毛本後人讚詩從贊本，爲静軒詩；鍾本、漁本同贊本；周本、贊本同嘉本。
〔三四〕「甚是勞頓」，商本脱，明四本無。
〔三五〕「出降」，明四本作「降之」。
〔三六〕緑本脱此句及下句贊批。

主又宣師婆問時，却不知何處去了。毛土神逃走了。此時遠近告急表文，一似雪片往來，使者聯絡不絕。毛此時何不治黄皓隱匿之罪？後主設朝計議，多官面面相覷，並無一言。郤正出班奏曰：「事已急矣！陛下可宣武侯之子商議退兵之策。」毛先主無兒，武侯有子。漁後主如此昏暗，雖有武侯之子，亦可益哉！原來武侯之子諸葛瞻，字思遠，其母黄氏，即黄承彦之女也。母貌甚陋，而有奇才：毛黄帝之有嫫母，齊王之有無塩，得此而三。上通天文，下察地理，凡韜畧遁甲諸書，無所不曉。毛武侯是天上神仙，夫人亦是天上神仙，皆不從人間來者。武侯在南陽時，聞其賢，求以爲室。武侯之學，夫人多所贊助焉。毛天下奇人，必有奇配。然武侯之名彰而夫人之名不甚著者，蓋無成而有終。坤道也，婦道也。及武侯死後，夫人尋逝，臨終遺教，惟以忠孝勉其子瞻。毛武侯夫人事，直至篇終補出，敘事妙品。瞻自幼聰敏〔三七〕，尚後主女，爲騎都尉〔三八〕，毛後主有佳兒，亦有佳壻。後襲父武鄉侯之爵。景耀四年，遷行都〔三九〕護衛將軍。時爲黄皓用事，故托病不出。毛諸葛瞻往事，却于此處補出，敘事妙品。當下後主從郤正之言，即時連發三詔，召瞻至殿下。毛三詔與三顧前後相應。後主泣訴曰：「鄧艾兵已屯涪城，成都危矣。卿看先君之面，救朕之命！」毛漁（「朕」字兩頭着「救」「命」二字，）與獻帝一般狼狽。瞻亦泣奏曰：「臣父子蒙先帝厚恩、陛下殊遇，雖肝腦塗地，不能補報。願陛下盡發成都之兵，與臣領去，决一死戰。」毛漁此數語（亦抵得）（與）乃翁前後《出師表》（同）。後主即撥成都兵將七萬與瞻。瞻辭了後主，整頓軍馬，聚集諸將問曰：「誰敢爲先鋒？」言未訖，一少年將出曰：「父親既掌大權，兒願爲先鋒。」衆視之，乃瞻長子諸葛尚

〔三七〕「敏」，齋本、光本、明四本作「明」。

〔三八〕「騎都尉」，原作「駙馬都尉」，古本同。按：《三國志·蜀書·諸葛亮傳》附《諸葛瞻傳》：「尚公主，拜騎都尉。」據改。

〔三九〕「都」，原作「軍」，古本同。按：《三國志·蜀書·諸葛亮傳》附《諸葛瞻傳》：「景耀四年，爲行都護衛將軍。」據改，後同。

也。尚時年一十九歲，博覽兵書，多習武藝。【毛】先主有孫，武侯亦有孫。【漁】又寫武侯之孫。瞻大喜，遂命尚爲先鋒。是日，大軍離了成都，來迎魏兵。

却說鄧艾得馬邈獻地理圖一本，備寫涪城至成都三〔四〇〕百六十里山川道路，濶狹〔四一〕險峻，一一分明。【毛】【漁】又是一箇張松，令人回想前事，（爲之）一嘆〔四二〕。艾看畢，大驚曰：「若只守涪城，倘被蜀人據住前山，何能成功耶？如遷延日久，姜維兵到，我軍危矣。」【毛】鍾會之笑艾正爲此耳。速喚師纂并子鄧忠，分付曰：「汝等可引一軍，星夜逕去綿竹，【嘉】今雒城。【二】緜竹，縣〔四三〕名，今之成都府漢州緜竹縣是也。以拒蜀兵，吾隨後便至。切不可怠緩。若縱他先據了險要，決斬汝首！」

師、鄧二人引兵將至綿竹，早遇蜀兵，兩軍各布成陣。師、鄧二人勒馬於門旗下，只見蜀兵列成八陣。三鼕〔四四〕鼓罷，門旗兩分，數十員將簇擁一輛四輪車，車上端坐一人：綸巾羽扇，鶴氅方裾。車傍展開一面黃旗，上書「漢丞相諸葛武侯」。【毛】【漁】（讀）至此，又令人疑是武侯顯〔四五〕聖。詭〔四六〕得師、鄧二人汗流遍身，回顧軍士曰：「原來孔明尚在，我〔四七〕等休矣！」【毛】【漁】驚人之筆，出於意外。急勒兵回時，蜀兵掩殺將來，魏兵大敗而走。蜀兵掩殺二十餘里，遇見鄧艾援兵接應，兩家各自收兵。艾升帳而坐，喚師纂、鄧忠責之曰：「汝二人不戰而退，何也？」忠曰：「但見蜀陣中諸葛孔明領兵，因此奔還。」艾怒曰：「縱使孔明更生，我何懼哉！

〔四〇〕「三」，原作「二」，毛校本、夏本、贊本同。按：前文第六十回作「涪城離成都三百六十里」。《三國志·蜀書·劉璋傳》：「先主至江州北，由墊江水詣涪，去成都三百六十里。」據嘉本、周本改。
〔四一〕「闊狹」，原作「開狹」，致本、業本、貫本、夏本、贊本同；齋本、光本作「關隘」。按：「闊狹」義通，據其他古本改。
〔四二〕漁批「一嘆」，衡校本脫。
〔四三〕「縣」，原作「郡」。按：《後漢書·郡國志》：綿竹縣屬廣漢郡。據改。
〔四四〕「鼕」，商本作「通」。
〔四五〕漁批「顯」，原作「願」，據衡校本改。
〔四六〕「詭」，光本作「唬」。
〔四七〕「我」，光本作「吾」。

毛已來到這里，不得不説硬話。汝等輕退，以至於敗，宜速斬以正軍法！」衆皆苦勸，艾方息怒。令人哨探，回説孔明之子諸葛瞻爲大將，瞻之子諸葛尚爲先鋒，車上坐者乃木刻孔明遺像也。毛漁（至此方纔敘明，又）可謂死諸葛（驚）走生鄧忠矣。艾聞之，謂師纂、鄧忠曰：「成敗之機，在此一舉。汝二人再不取勝，必當斬首！」贊是。師、鄧二人又引一萬兵來戰。諸葛尚匹馬單鎗，抖擻精神，戰退二人。諸葛瞻指揮兩掖兵衝出，直撞入魏陣中，左衝右突，往來殺有數十番，魏兵大敗，死者不計其數。師纂、鄧忠中傷而逃，瞻驅士〔四八〕馬隨後掩殺二十餘里，劄營相拒。毛第一番勝是武侯餘威，第二番勝是瞻、尚本事。前是寫武侯，此是寫瞻、尚。

師纂、鄧忠回見鄧艾，艾見二人俱傷，未便加責，乃與衆將商議曰：「蜀有諸葛瞻，善繼父志，兩番殺吾萬餘人馬，毛又在鄧艾口中寫一諸葛瞻。漁當日山上，用氊滚人過來，並不聞馬用氊包，此處却有萬餘人馬。要顯得諸葛父子好處，不理前文耳。今若不速破，後必爲禍。」監軍丘本曰：「何不作一書以誘之？」艾從其言，遂作書一封，遣使送入蜀寨。守門將引至帳下，呈上其書。瞻拆封視之，書曰〔四九〕：

征西將軍鄧艾，致書于行都護衛將軍諸葛思遠麾下：切觀近代賢才，未有如公之尊父也。昔自出茅廬，一言已分三國，掃平荆、益，遂成霸業，古今鮮有及者，後六出祁山，非其智力不足，乃天數耳。今後主昏弱，王氣已終，艾奉天子之命，以重兵伐蜀，已皆得其地矣。成都危在旦夕，公何不應天順人，仗義來歸？艾當表公爲瑯琊王，以光耀祖宗，决不虚言。幸存照鑒。

瞻看畢，勃然大怒，扯碎其書，叱武士立斬來使，令從者持首級回魏營見鄧艾。毛又極寫一諸葛

〔四八〕「中」，商本作「負」。「士」，致本同，其他毛校本作「軍」。
〔四九〕毛本鄧艾書增、改自贊本；鍾本、漁本同贊本；贊本同明三本。

瞻。贊此所以答他昔日三顧之恩也，一笑。○好兒子，好孫子。艾大怒，即欲出戰。丘本諫曰：「將軍不可輕出，當用奇兵勝之。」艾從其言，遂令天水太守王頎、隴西太守牽弘，伏兩軍於後，艾自引兵而來〔五〇〕。此時諸葛瞻正欲搦戰，忽報鄧艾自引兵到。瞻大怒，即引兵出，逕殺入魏陣中。鄧艾敗走，瞻隨後掩殺將來。忽然兩下伏兵殺出，蜀兵大敗，退入綿竹。毛連寫諸葛瞻戰勝，則鄧艾爲無用矣。此處却按下諸葛瞻，再寫鄧艾。艾令圍之，於是魏兵一齊吶喊，將綿竹圍的鐵桶相似。

諸葛瞻在城中，見事〔五一〕勢已迫，乃令彭和賫書，殺出往東吴求救。毛連寫蜀中厮殺，則東吴一邊冷落矣。此處却按下綿竹，再寫東吴。漁此處又寫東吴。和至東吴，見了吴主孫休，呈上告急之書。吴主〔五二〕看罷，與羣臣計議曰：「既蜀中危急，孤豈可坐視不救。」即令老將丁奉爲主帥，丁封、孫異爲副將，率兵五萬前往救蜀。丁奉領旨出師，分撥丁封、孫異引兵二萬向沔中而進，自率兵三萬向壽春而進，分兵三路來援。毛《綱目》於此書「吴人來援」，書「人」，微之也；書「來援」，緩詞也。是時漢有倒懸之急，吴之〔五三〕救之，當如救焚拯溺，猶恐弗及，乃僅命丁奉等向〔五四〕壽春、沔中而已，是果何益於事哉？雖然，吴人爲義不力，行將自及，悲夫！

却説諸葛瞻見救兵不至，謂衆將曰：「久守非良圖。」遂留子尚與尚書張遵三補註（張）（張遵，）（遵乃）飛之孫。守城，瞻自披掛上馬，引三軍大開三門殺出。鄧艾見兵出，便撤兵退。瞻奮力追殺，忽然一聲砲響，四面兵合，把瞻困在垓心。瞻引兵左衝右突，殺死數百人，毛再極寫諸葛瞻一句。艾令衆軍放箭射之，蜀兵四散。瞻中箭落馬，乃大呼曰：

〔五〇〕「來」，商本作「出」。
〔五一〕「事」，商本作「敵」，明四本無。
〔五二〕「主」，原作「王」，致本、業本、貫本、周本、夏本、贊本同；嘉本無。據其他毛校本改。
〔五三〕「之」，貫本、滄本作「人」。
〔五四〕「向」上，光本有「將」字。

「吾力竭矣，當以一死報國！」遂扳劍自刎而死。毛此寫瞻之死忠。漁諸葛瞻死，令人至〔五五〕此落筆。其子諸葛尚在城上，見父死於軍中，勃然大怒，遂披掛上馬。張遵諫曰：「小將軍勿得輕出。」尚歎曰：「吾父子祖孫，荷國厚恩，今父既死於敵，我何用生爲！」遂策馬殺出，死於陣中。毛漁（此寫）（瞻之死忠，）尚之死孝。三考證瞻亡年三十七歲，尚亡年一十九歲。贊鍾是忠臣，是孝子，是慈孫。後人有詩讚瞻、尚父子曰〔五六〕：

不是忠臣獨少謀，蒼天有意絶炎劉。
當年諸葛留嘉胤，節義真堪繼武侯。

鄧艾憐其忠，將父子合葬，乘虛攻打綿竹。張遵、黃崇、三補註（崇，）黃權之子。李球三考證補註球乃李恢弟之子。三人，各引一軍殺出。蜀兵寡，魏兵衆，三人亦皆戰死。毛傳僉可以愧蔣舒，三人又可以愧馬邈。艾因此得了綿竹。勞軍已畢，遂來取成都。正是：

試觀後主臨危日，無異劉璋受偪時。

未知成都如何守禦，且看下文分解。

梁溪葉仲子謔曰：「諸葛瞻三顧不差也。昔日先公曾受先主三顧之恩，今日不得不答之耳。」一笑，一笑。

人〔五七〕言諸葛瞻、諸葛尚父子如何便死，不禁熬煉，大不濟也。余謂：不是他父子不濟，還是孔明不濟，何也？把聰明都使盡了，不肯留些與子孫也。一笑。

諸葛尚少年忠義，爲臣則忠，爲子則孝，爲孫則慈，跨父軼祖〔五八〕，可兒也。

諸葛尚少年忠義，爲臣則忠，爲子則孝，爲孫則慈，跨父軼祖，可見孔明于地下矣。

〔五五〕「至」，衡校本作「在」。
〔五六〕毛本後人讚詩四句第二句引自贊本八句首句；鍾本同贊本，贊本同明三本；漁本無。
〔五七〕「人」上，緑本有「一」字。
〔五八〕「祖」，緑本訛作「租」。

第一百十八回 哭祖廟一王死孝 入西川二士争功

武侯有子又有孫，而武侯不死；先主雖無子，有孫可以當子，而先主亦不死。使蜀之後主而以北地王爲之，則吴可吞、魏可滅，而漢亦安得遂亡哉？雖然，綿竹之戰，臣死于君，識武侯之家教；成都之失，子死於父，見昭烈之遺風。漢雖亡，凜凜有生氣矣。

西漢亡於孺子嬰，東漢亡於獻帝，皆奄奄不振矣。獨至後漢之亡，而劉禪雖懦，幸有北地王之能死，爲〔一〕漢朝生色。西漢亡而有王皇后之罵王莽，東漢亡而有曹皇后之罵曹丕，然兩后皆未〔二〕能死，則猶未見其烈矣。獨至後漢之亡，而北地王能死，又有夫人崔氏之能死，尤足爲漢朝生色。

三國人才之盛，不獨於男子中見之，又於婦人中見之。然男子有才，不必其皆節；而婦人無節，即謂之不才。故論才於男子，才與節分；論才於〔三〕婦人，必才與節合。是婦人之才，視男子之才而更難也。惟其最難而能盛，則〔四〕三國有足述焉。魏之才婦有五：姜敘之母，趙昂之妻，辛敞之姊，夏侯之〔五〕女，王經之母是也。吴之才婦有三：孫策之母，孫翊之妻，孫權之妹是也。漢之才婦有五：先主之

〔一〕「爲」，光本作「於」。
〔二〕「未」，商本作「不」。
〔三〕「於」，原作「與」，致本、業本、貫本同。據其他毛校本改。
〔四〕「則」字原闕，據毛校本補。
〔五〕「辛敞」，原作「荀敞」，致本作「荀敝」，業本、貫本、澹本作「辛敝」。據其他毛校本改。「之」上原有「令」字，毛校本同。按：《三國志·魏書·曹爽傳》裴注引西晉皇甫謐《列女傳》曰：「爽從弟文叔，妻譙郡夏侯文寧之女，名令女。」據前後句式，删「令」。

夫人麋氏，北地王之夫人崔氏，武侯之夫人黄氏，及徐庶之母，馬邈之妻是也。至於權變如貂蟬，聰慧如蔡琰，又其下者耳。

武侯初死，有楊儀、魏延互相上表一段文字；成都初亡，又有鍾會、鄧艾互相上表一段文字，遥遥相對。然鄧艾之表，未嘗訐奏鍾會，則鄧艾與魏延異矣；魏延之表，未嘗爲楊儀所更易，則鍾會與楊儀異矣。且一在班師之日，一在克敵之初，其勢既殊，其事亦别，令人耳目一新。

鍾會之將叛，司馬昭之所料也；鄧艾之將叛，則司馬昭之所未料也。於其所未料者，而變生於意外，安得不於其所既料者防患於意中？故使會制艾，而即自將以防會；防會而又恐會知之，於是諱之秘之，即心腹如賈充者，而亦不以其意告之。昭之奸雄，誠不亞於曹操矣。會欲伐蜀，而佯作伐吴之勢；昭欲收會，而亦佯托收艾之名。治其人而即用其法，出乎爾者反乎爾，其鍾士季之謂與。

却説後主在成都，聞鄧艾取了綿竹，諸葛瞻父子已亡，大驚，急召文武商議。近臣奏曰：「城外百姓，扶老携幼，哭聲大震，各逃生命。」後主驚惶無措。忽哨馬報到，説魏兵將近城下。【鍾】後主聽信師巫，何不叫他去退魏兵。多官議曰：「兵微將寡，難以迎敵，不如早棄成都，奔南中七郡。其地險峻，可以自守，就借蠻兵，再來克復未遲。」【毛】南人但能使其不復反耳，若欲患難相從，豈可恃乎？○嗟哉後主！「南方〔六〕不可以止些。」光禄大夫譙周曰：「不可。南蠻久反之人，平昔無惠，今若投之，必遭大禍。」多官又奏曰：「蜀、吴既同盟，今事急矣，可以投之。」【毛】先主半生作客，嘗依吕布矣，寄袁紹矣，托劉表矣。然此一時彼〔七〕一時也。○嗟哉後主！「東方不可以託〔八〕

〔六〕「方」，齋本、光本作「人」。

〔七〕「此」「彼」，齋本、光本互易。

〔八〕「不」「託」，原作「以」「止」，致本、業本、貫本同；滄本作「竟」「止」，其他毛校本作「不」「止」。按：《楚辭·招魂》：「魂兮歸來！東方不可以托些。」據改。

些。」周又諫曰：「自古以來，無寄他國爲天子者。毛此言一國不可有兩天子。臣料魏能吞吴，吴不能吞魏。若稱臣于吴，是一辱也；若吴被魏所吞，陛下再稱臣于魏，是兩番之辱矣。毛此言一身不可事兩天子。不如不投吴而降魏，魏必裂土以封陛下，則上能自守宗廟，下可以保安黎民。願陛下思之。」毛漁譙周前勸劉璋出降，今又勸後主出降，是勸降慣家。後主未決，退入宫中。次日，衆議紛然。譙周見事急，復上疏諍之。漁至此令人追想先帝。又落筆。後主從譙周之言，正欲出降，忽屏風後轉出一人，厲聲而罵周曰：「偷生腐儒，豈可妄議社稷大事！自古安有降天子哉！」毛蜀無降將軍，豈得有降天子〔九〕？贊好兒子〔一〇〕。後主視之，乃第五子北地王劉諶周音成。夏音层。也。毛漁昭烈無兒，後主却有（此）子。後主生七子：長子劉璿，次子劉瑶，三子劉琮，四子劉瓚，五子即北地王劉諶，六子劉恂，七子劉璩。七子中惟諶自幼聰明，英敏過人，餘皆懦〔一一〕善。毛後主七子於此敘出，補前文之所未及。後主謂諶曰：「今大臣皆議當降，汝獨仗血氣之勇，欲令滿城流血耶？」諶曰：「昔先帝在日，譙周未嘗干預國政，今妄議大事，輒起亂言，甚非理〔一二〕也。臣切料成都之兵，尚有數萬，姜維全師皆在劍閣，毛提照姜維。若知魏兵犯闕，必來救應：内外攻擊，可獲大〔一三〕功。毛此言降不如戰，戰不如守。漁此謂戰不如守。至此令人弔淚。豈可聽腐儒之言，輕廢先帝之基業乎？」毛提照先帝。贊鍾即行不去，亦是可人。後主叱之曰：「汝小兒豈識天時！」諶叩頭哭曰：「若勢窮力極，禍敗將及，便當父子君臣背城一戰，同死社稷，以見先帝可也。奈何降乎！」毛此言不得已則戰。漁此言降不如戰，兩番提照先帝。後主不聽，諶放聲大哭曰：「先帝非容易創立基業，今一旦棄之，

〔九〕「子」，致本同，其他毛校本其下有「哉」字。
〔一〇〕吴本闕首二字。
〔一一〕「懦」，嘉本作「柔」。
〔一二〕「理」，商本作「禮」。
〔一三〕「大」，商本作「全」。

吾寧死不辱也！」毛先主不死矣！鍾有此令孫，玄德公公死亦瞑目。後主令近臣推出宮門，遂令譙周作降書，毛慣修降書第一手。遣私〔一四〕署侍中張紹、駙馬都尉鄧良同譙周齎玉璽來雒城二雒音洛。〔一五〕請降。

時鄧艾每日令數百鐵騎來成都哨探，當日見立了降旗，艾大喜。不一時，張紹等至，艾令人迎入。三人拜伏於堦下，呈上降欵玉璽。毛漁令人追想劉璋納欵之時，爲之一嘆。贄憑他什麼樣祖父，少不得有這等子孫，什麼要緊，什麼要緊，不如幹些本等事好。艾拆降書視之，大喜，受下玉〔一六〕璽，重待張紹、譙周、鄧良等。艾作回書，付三人齎回成都，以安人心。三人拜辭鄧艾，逕還成都，入見後主，呈上回書，細言鄧艾相待之善。後主拆封視之，大喜，即遣太僕蔣顯，齎勑令姜維蚤降；毛又以降天子勅諭降將軍，爲之一嘆。遣尚書郎李虎，送文簿與艾：共〔一七〕户二十八萬，男女九十四萬，帶甲將士十萬二千，毛漁有此（謂）何（以）不戰？官吏四萬，倉糧四十餘萬，毛漁有此何以不守？金銀二〔一八〕千斤，錦綺絲絹各二十萬疋。餘物在庫，不及具數。毛有此何不以〔一九〕賞戰士？擇十二月初一日，君臣出降。

北地王劉諶聞知，怒氣沖天，乃帶劍入宮。其妻崔夫人問曰：「大王今日顏色異常，何也？」諶曰：「魏兵將近，父皇已納降欵，明日君臣出降，社稷從此殄滅。吾欲先死以見先帝於地下，不屈膝於他人也！」毛後主有此子，是幹蠱之子；先主有此孫，是繩武之孫。崔夫人曰：「賢哉！賢哉！得其死矣！妾請先死，王死未遲。」毛後主有佳兒，又有佳婦。贄

〔一四〕「私」，光本訛作「弘」，形訛；商本作「使」。
〔一五〕「雒城」醉本眉注、嘉、周、夏批、贄本系夾注原有「即涪城」，醉本眉注、周、夏批前有「雒城」，周、夏批後有「也」。按：雒城，三國蜀漢屬廣漢郡，今廣漢市；涪城，三國蜀漢屬梓潼郡，今綿陽市。各本誤注，不録。
〔一六〕「玉」，光本訛作「王」，形訛。
〔一七〕「共」字原闕，據毛校本補。
〔一八〕「二」，齊本、光本作「三」。
〔一九〕「不以」，光本倒作「以不」。

鍾一對好夫妻，不媿爲玄德後人也。諶曰：「汝何死耶？」崔夫人曰：「王死父，妾死夫，其義同也。夫亡妻死，何必問焉！」言訖，觸柱而死。毛馬邈夫婦是有婦無夫，劉諶夫婦是有夫有婦。諶乃自殺其三子，并割妻頭，提至昭烈廟中，伏地哭曰：「臣羞見基業棄於他人，故先殺妻子，以絶罣念，後將一命報祖！祖如有靈，知孫之心！」大哭一塲，眼中流血，自刎而死。毛凛凛烈烈，如聞其聲，如見其人。漁後主有此子，而又有佳婦。臨死時而有此凛凛烈烈之言，令千百世後人爲之一嘆。蜀人聞知，無不哀痛。後人有詩讚曰〔二〇〕：

君臣甘屈膝，一子獨悲傷。
去矣西川事，雄哉北地王！
捐〔二一〕身酬烈祖，搔首泣穹蒼。
凛凛人如在，誰云漢已亡？

後主聽知北地王自刎，乃令人葬之。毛漁（後主聞）北地王（之）死，（不但）（而後主）不知愧耻，亦不知痛惜〔二二〕，真無（心人）（人心）心人哉！次日，魏兵大至。後主率太子諸王，及羣臣六十餘人，面縛輿櫬，三輿，喪車也；櫬，棺具也。其意待誅，不望生耳。出北門十里而降。鄧艾扶起後主，親解其縛，焚其輿櫬，並車入城。後人有詩嘆曰〔二三〕：

魏兵數萬入川來，後主偷生失自裁。
黄皓終存欺國意，姜維空負濟時才。
全忠義士心何烈，二諸葛瞻父子。守節王孫志可哀。周北地王也。
昭烈經營良不易，一朝功業頓成灰。

於是成都之人，皆具香花迎接。艾拜後主爲驃

〔二〇〕毛本後人讚詩改自贊本；鍾本同贊本，贊本同明三本；漁本無。
〔二一〕「捐」，齋本、光本作「殞」，商本作「捐」，明四本無。
〔二二〕毛批「惜」，原作「借」，致本同，據其他毛校本改。
〔二三〕毛本後人嘆詩改自贊本，爲静軒詩；鍾本、漁本同周本、夏本、贊本；嘉本無。

騎將軍，【毛漁】（司馬昌明幸不爲尚書左僕射，而）後主（劉禪竟）爲驃騎將軍，可發一嘆。其餘文武，各隨高下拜官，【毛】鄧艾竟擅自封爵，有死之道。請後主還宮，出榜安民，交割倉庫。又令太常張峻、益州别駕汝超〔二四〕，招安各郡軍民。又令人說姜維歸降。一面遣人赴洛陽報捷。艾聞黃皓奸險，欲斬之，皓用金寶賂其左右，因此得免。【毛漁】黃皓（之）愛金珠，原來爲（此）（活命之用）。自是漢亡。後人因漢之亡，有追思武侯詩曰〔二五〕：

魚鳥〔二六〕猶疑畏簡書，風雲長〔二七〕爲護儲胥。
徒令〔二八〕上將揮神筆，終見降王走傳車。
管樂有才真不忝〔二九〕，關張無命欲何如！
他年錦里經祠廟，《梁父吟》成恨有餘！

且說太僕蔣顯到劍閣，入見姜維，傳後主勅命，言歸降之事，維大驚失語。帳下衆將聽知，一齊怨恨，咬牙怒目，鬚髮倒竪，拔刀砍石，大呼曰：「吾等死戰，何故先降耶！」【贊】尚有生氣。【鍾】公義在人，生氣凜凜。號哭之聲，聞數十里。【毛漁】蜀中有如此之將，如此之兵，而（天子）（後主）甘心面縛，可（發一）嘆。維見人心思漢，乃以善言撫之曰：「衆將勿憂。吾有一計，可復漢室。」衆皆求問。姜維與諸將附耳低言，說了計策。【毛】以下無數文字皆在附耳低言之内，此處妙在不即敘明。【三】補註此是姜維（詐降）（用計）（詐降），於中取事也。【漁】妙在此處不說明。即於劍閣〔三〇〕遍竪降旗，先令人報入鍾會寨中，說姜維引張翼、廖化、董厥等〔三一〕來降。會大喜，令人迎

〔二四〕「汝超」，原作「張紹」，古本同。按：《三國志·蜀書·後主傳》裴注引《蜀記》作「益州别駕汝超」。據改。
〔二五〕按：毛本追思武侯詩引唐代李商隱《籌筆驛》，他本無，全詩據《李義山集》校正。
〔二六〕「魚鳥」，齋本、商本作「猿鳥」，光本作「猿烏」。
〔二七〕「疑」「長」，原作「知」「應」，毛校本同，據《李義山集》改。
〔二八〕「令」，原作「勞」，毛校本同，據《李義山集》改。
〔二九〕「忝」，齋本、光本、商本同；原作「愧」，其他毛校本同，據《李義山集》改。
〔三〇〕「劍閣」，原作「劍門關」，致本、業本、齋本同；其他毛校本作「劍閣關」；明四本作「劍關」。按：同第一百十回校記〔七一〕，據改。
〔三一〕「等」，致本同，其他毛校本作「前」。

接維入帳，會曰：「伯約來何遲也？」維正色流涕曰：「國家全軍〔三二〕在吾，今日至此，猶爲速也。」毛既來詐降，又偏說不肯便降〔三三〕，乃是善於用詐。會甚奇之，下座相拜，待爲上賓。維說會曰：「聞將軍自淮南以來，算無遺策，司馬氏之盛，皆將軍之力，維故甘心俯首。如鄧士載，當與決一死戰，安肯降之乎？」毛漁如此口氣，（便是）（皆係）姜維用詐處，讀者當（自）知之。贊鍾（伯約）是有沉識者。會遂折箭爲誓，與維結爲兄弟，情愛甚密，毛爲上賓則猶疎，爲兄弟則甚密矣。仍令照舊領兵。維暗喜，遂令蔣顯回成都去了。

却說鄧艾封師纂爲益州刺史，牽弘、王頎等各領州郡，又於綿竹築臺以彰戰功，毛既擅自封爵，又築臺〔三四〕示功，鄧艾有死之道。漁先封蜀君臣之官爵，而又築臺彰功，皆取死之道也。〔三五〕大會蜀中諸官飲宴。艾酒至半酣，乃指衆官曰：「汝等幸遇我，故有今日耳。若遇他將，必皆殄滅矣。」毛氣驕而言誇，鄧艾有死之道。多官起身拜謝。忽蔣顯至，說姜維自降鍾鎮西了，艾因此痛恨鍾會，遂修書令人賫赴洛陽，致晉公司馬昭。昭得書視之，書曰〔三六〕：

臣艾切〔三七〕謂兵有先聲而後實者，今因平蜀之勢以乘吴，此席捲之時也。然大舉之後，將士疲勞，不可便用。宜留隴右兵二萬、蜀兵二萬，煮鹽興冶，並造舟船，預備順流之計，然後發使，告以利害，吴可不征而定也。贊鍾（是幹）（□）大事者，定有遠識。今宜〔三八〕厚待

〔三二〕「軍」，齋本、光本作「師」。
〔三三〕「說」，商本作「曰」。「不肯便降」，齋本作「亦有便降」，光本作「來降得早」。
〔三四〕「臺」字原闕，據毛校本補。
〔三五〕漁批闕第八、十、十一、十三、十四、十六、十七共七字，據衡校本補。
〔三六〕毛本鄧艾書刪、改自贊本；鍾本、漁本同周本、夏本、贊本，刪、改自嘉本。按：嘉本增、改自《三國志·魏書·鄧艾傳》。
〔三七〕「切」，光本作「竊」。
〔三八〕「今宜」，原作「更以」，致本、業本、貫本、齋本、光本、商本同；瀹本作「更爲」。按：《三國志·魏書·鄧艾傳》作「今宜」，「以」字後句重，據明四本改。

劉禪，以致〔三九〕孫休。若使送禪來京，吴人必疑，則於向化之心不勸。且權留之於蜀，須來年冬月〔四〇〕抵京。今即可封禪爲扶風王，錫以貲財，供其左右，爵其子爲公卿，以顯歸命之寵，則吴人畏威懷德，望風而從矣。【毛】書中雖以勸吴爲名，實以封蜀爲主。既不從禪於京，又自議封爵，大有專制之意。此艾之所以見殺也。

司馬昭覽畢，深疑鄧艾有自專之心，乃先發手書與衛瓘，隨後降封艾詔曰〔四一〕：

征西將軍鄧艾：耀威奮武，深入敵境，使僭號之主，係頸歸降；兵不踰時，戰不終日，雲徹席捲，蕩定巴、蜀，雖白起破强楚，韓信克勁趙，不足比勳也。其以艾爲太尉，增邑二萬户，封二子爲亭侯，各食邑千户。【毛】詔中但封鄧艾，並不提起封劉禪，〈【毛】【漁】〉便是不欲鄧艾專制之意。

鄧艾受詔畢，監軍衛瓘取出司馬昭手書與艾。書中説鄧艾所言之事，須候奏報，不可輒行。【毛】詔用實寫，手書用虚寫，省筆之法。**艾曰：「『將在外，君命有所不受。』吾既奉詔專征，如何阻當？」遂又作書，令來使賫赴洛陽。時朝中皆言鄧艾必有反意，司馬昭愈加疑忌。**【三】考證補註 此是姜維布散流言。**忽使命回，呈上鄧艾之書。昭拆封視之，書曰**〔四二〕：

艾銜命西征，元惡既服，當權宜行事，以安初附。若待國命，則往復道途，延引日月。《春秋》之義：大夫出疆，有可以安社稷、利國家，專之可也。【毛】實有不臣之心，反引《春秋》之義，亦善於詞令。今吴未賓，勢與蜀連，不可拘

〔三九〕「致」，齋本、光本作「攻」。

〔四〇〕「冬月」，光本作「六月」，嘉本作「秋冬」。

〔四一〕毛本司馬昭詔書删，改自贊本；鍾本、漁本同贊本；贊本同明三本。按：嘉本增，改自《三國志·魏書·鄧艾傳》。

〔四二〕毛本鄧艾再書删，改自贊本；鍾本、漁本同贊本；周本、夏本、贊本删自嘉本。按：嘉本增，改自《三國志·魏書·鄧艾傳》。

常以失事機。兵法：進不求名，退不避罪。贊鍾千古名言。艾雖無古人之節，終不自嫌以損於國也。先此申狀，見可施行。

司馬昭看畢大驚，忙與賈充計議曰：「鄧艾恃功而驕，任意行事，反形露矣。如之奈何？」賈充曰：「主公何不封鍾會以制之？」毛鄧艾方忌鍾會，又使鍾會制鄧艾，此已成不兩立之勢。漁鄧艾所忌者鍾會，又使鍾會制之，此勢不兩立之兆也。昭從其議，遣使賫詔封會爲司徒，就令衛瓘監督兩路軍馬，以手書付瓘，使與會伺察鄧艾，以防其變。毛此處手〔四三〕書亦用虛寫。會接讀詔書，詔曰〔四四〕：

鎮西將軍鍾會：所向無敵，前無强良，節制衆城，網羅迸逸。蜀之豪帥，面縛歸命，毛以收姜維爲功，愈使會之與維密也。謀無遺策，舉無廢功。其以會爲司徒，進封縣侯，增邑萬户，封子二人亭侯，邑各千户。

鍾會既受封，即請姜維計議曰：「鄧艾功在吾之上，又封太尉之職。今司馬公疑艾有反志，故令衛瓘爲監軍，詔吾制之。伯約有何高見？」維曰：「愚聞鄧艾出身微賤，幼爲農家養犢，毛明明以世家子弟推重鍾會，妙。今僥倖自陰平斜徑，攀木懸崖，成此大功，非出良謀，實賴國家洪福耳。毛又與鍾會初時笑艾之意相合，妙。若非將軍與維相拒於劍閣，艾〔四五〕安能成此功耶？毛直以鄧艾之功爲鍾會之功，妙。今欲封蜀主爲扶風王，乃大結蜀人之心，其反情不言可見矣。晉公疑之是也。」贊鍾伯約的是妙人，字字搔着鍾老痒處。漁明明以世家推重鍾會，而又以功績挑動鍾會，皆姜維之計耳。會深喜〔四六〕其言。維又曰：「請退左右，維有一事密告。」毛來了。會令左

〔四三〕「手」，光本作「稟」。
〔四四〕毛本與鍾會詔書刪、改自贊本；鍾本、漁本同贊本；周本、夏本、贊本刪自嘉本。按：嘉本增、改自《三國志·魏書·鍾會傳》。
〔四五〕「艾」，原作「又」，毛校本同。按：「艾」字佳，據明四本改。
〔四六〕「喜」，齋本、光本、商本作「嘉」。

右盡退，維袖中取一圖與會曰：「昔日武侯出草廬時，以此圖獻先帝，【毛】鍾會曾畫一圖已呈司馬昭矣，又不若姜維之圖爲詳悉也。○又炤應三十八回中事。且曰：『益州之地，沃野千里，民殷國富，可爲霸業。』先帝因此遂創成都。【毛】誇美西蜀以引動鍾會，妙甚。今鄧艾至此，安得不狂？」【毛】張揚鄧艾以激惱鍾會，妙甚。【贊】【鍾】伯約忠智不在孔明之下。【漁】姜維之圖，較鍾會更詳悉。而誇贊西蜀。正所以激〔四七〕動鍾會，妙極。會大喜，指問山川形勢，【毛】此時鍾會也動念了。維一一言之。會又問曰：「當以何策除艾？」維曰：「乘晉公疑忌之際，當急上表，言艾反狀，晉公必令將軍討之，一舉而可擒矣。」【毛】絕妙挑搆，絕妙攛掇。【漁】挑搆妙，而攛掇更妙。會依言，即遣人賫表進赴洛陽，言鄧艾專權恣肆，結好蜀人，早晚必反矣。【毛】此處鍾會表文又用虛寫，筆法變換。於是朝中文武皆驚。會又令人於中途截了鄧艾表文，按艾筆法，改寫傲慢之辭，以實己之語。【毛】鄧艾所上之表與鍾會所改之辭，又皆用虛寫，筆法變換。【三】【補註】原來鍾會善寫諸家字樣，因此（能）改之。

司馬昭見了鄧艾表章，大怒，即遣人到鍾會軍前，令會收艾，又遣賈充引三萬兵入斜谷，昭乃同魏主曹奐御駕親征。西曹屬邵悌諫曰：「鍾會之兵多艾六倍，當令會收艾足矣，何必明公自行耶？」昭笑曰：「汝忘了舊日之言耶？【毛】照應一百十五回中語。汝曾道會後必反。吾今此行，非爲艾，實爲會耳。」【毛】【漁】奸雄心事正與曹操彷彿。悌笑曰：「某恐明公忘之，故以相問。今既有此意，切宜秘之，不可泄漏。」【毛】一般都是有心人，寫來真是好看。昭然其言，遂提大兵起程。時賈充亦疑鍾會有變，密告司馬昭。昭曰：「如遣汝，吾亦疑汝耶？且〔四八〕到長安，自有明白。」【毛】昭聽邵悌不可泄漏之語，連對賈充亦無實話。【三】【補註】此是司馬昭姦猾處。【鍾】此是司馬昭奸〔四九〕【漁】問答

〔四七〕「激」字原闕，據衡校本補。

〔四八〕「吾」，貫本、瀹本、嘉本無。「且」，明四本作「吾」。

〔四九〕鍾批以下疑闕字。

之妙。**早有細作報知鍾會，說昭已至長安，會慌請姜維商議收艾之策。正是：**

纔看西蜀收降將，又見長安動大兵。

未知姜維以何策破〔五〇〕**艾，且看下文分解。**

譙周降詞，太不成人，把玄德、孔明一生鋭氣挫盡無遺。可恨！可恨！雖然，誰家没此結果？此亦盈虧之定理，不必詫也。〇鄧艾真心幹事，而鍾會忌之于外，司馬昭忌之于内。且昭復忌會也，適爲伯約地耳。丈夫幹事，自有赤心，而爲忌者擾亂若此。噫！可恨矣。英雄之心，安得不灰也哉？

西蜀基業，百計而得之，百戰而守之，卒爲黄皓所蠱，使與漢火俱燼。北地王耻父之降，大哭祖廟，與妻子俱殺，曰：「羞見基業棄與他人！」劉諶不愧于其祖，劉禪有愧于其子矣。

〔五〇〕「未」，澹本作「不」。「以」「破」，光本作「用」「收」。

第一百十九回

假投降巧計成虛話
再受禪依樣畫葫蘆

姜維欲先殺諸魏將，然後殺鍾會，而重立漢帝，其計不爲不深，其心不爲不苦矣。且將除鄧艾，而假手於會；將除衛瓘，而又假手於艾。是謀殺諸將者姜維，謀殺鄧艾者亦姜維也；謀殺鍾會者姜維，謀殺衛瓘者亦姜維也。然而會滅而諸將不滅，艾滅而衛瓘不滅，則天之未可強也。論者往往以多事責姜維，然則陸秀夫之航海、張世傑之瓣香、文天祥之崖山流涕，皆得謂之多事耶？李陵之不即死，或猶虛諒其「得當報漢」之言；而姜維之不即死，豈得實没其設謀報漢之志？元人有詩曰「諸葛未亡猶是漢」，予請更下一語以對之曰「姜維不死尚爲劉」。庶不負其苦心云。

先主基業，半以哭而得成。送徐庶則哭而送之，不哭則庶安得有走馬之薦？請諸葛亮則哭而請之，不哭則亮安得有出山之心？乃其父善哭而其子獨不善哭，何也？或曰：哀歡非人之所得而教，若待教而後哭，便是不能哭。予曰不然。先主亦嘗受人之教矣。其對魯肅而哭，孔明教之也；其對孫夫人而哭，亦孔明教之也。但教之哭而哭，必其人先自會哭，然後能如所教耳。若後主生平眼泪從來貴重，其睡着於子龍懷中，則喪其母而不知哭；其聽北地王之自刎於廟，則喪其子而亦不知哭。以此二者，不能得其眼泪，更何從得其眼泪？

觀後主之不哭，而司馬昭笑其不哭，郤正又當哭其所笑矣。不獨爲郤正哭，又當爲孔明哭，爲先主哭。先主有如此之子，此託孤之時，所以執手流泪〔一〕；孔明有如此之君，此出師

〔一〕「泪」，齋本、光本作「涕」。

之時，所以「臨表涕零〔二〕」也。

或作高視劉禪之説曰「此間樂，不思蜀」之言，乃禪之巧於自全也。若日夜流涕，感憤思歸，奸雄如司馬昭，其能容之乎？然則閉目開目之劉禪，依然一青梅煑酒、聞雷失筯〔三〕之劉玄德耳。雖然，使禪而果能如是〔四〕，則不至于用黄皓，不至於疑姜維，亦不至於獻成都、降鄧艾矣。然則爲此説者，夫豈其然！

司馬昭欲舍炎立攸以繼師後，其與宋太宗之殺德昭而自立其子者，不啻天淵矣。雖然，以此爲昭之愛兄，則猶未知昭者也。使攸而非昭之子，而昭欲立之，乃爲公耳。今則陽托立姪之名，而陰受立子之利，其計不亦巧乎？且炎爲長而攸爲次，若以炎爲師之子而立之，更無他議耳。今不以炎嗣師，而以攸嗣師，使人得執立長之説，以廢其立姪之事，其計不更巧乎？蓋不明君臣之義者，必不能篤兄弟之誼。故觀曹丕之篡漢帝，知其必不能愛曹植；觀司馬昭之弑魏主，知其必不能念司馬師。

魏之亡，非晉亡之，而魏自亡之也。何也？炎之偪主，一則曰「我何如曹丕」，再則曰「父何如曹操」，是其篡也，魏教之也。魏教之，則謂之「魏之亡魏」可矣。且魏之亡，魏自亡之而亦漢亡之也。何也？炎之受禪，一則曰「我爲漢報讐」，再則曰「我依漢故事」，是其禪也，漢教之也。漢教之，則謂之「漢之亡魏」可矣。天理昭然，絲毫不爽，豈不重可畏哉？

曹氏以再世而篡劉，司馬氏歷三世而篡魏，似魏之亡獨遲於漢也。漢滅於魏未滅之時，似漢之亡，獨早於魏也。而非也。當曹芳之立而魏已亡，及曹芳之廢而魏再亡，及曹髦之弑而

〔二〕「零」，原作「泣」，毛校本同。據前文第九十一回《出師表》原文改。
〔三〕「筯」，光本作「筯」，形訛。
〔四〕「是」，商本作「此」。

魏三亡矣。何待於奂之見黜，而後謂之亡哉？然則漢之亡終在後，魏之亡終在先耳。

董卓聞受禪臺之言，曹丕有受禪臺之事，魏則取前之虛者而實之，晉又取前之實者而再實之也。漢將亡有黄巾之妖，魏將亡亦有黄巾之怪。漢則先舉後之一黄巾而散爲衆人，魏則又舉前之衆黄巾而合爲一人也。受禪臺有三，則兩實一虛；黄巾有二，則一多一寡。此又一部大書前後關合處。

却説鍾會請姜維計議收鄧艾之策，維曰：「可先令監軍衛瓘收艾，艾若〔五〕殺瓘，反情實矣。將軍却起兵討之可也。」毛姜維忌艾亦忌瓘，若使艾殺瓘，是爲維先去一忌也。會大喜，遂令衛瓘引數十〔六〕人入成都，收鄧艾父子。瓘部卒〔七〕止之曰：「此是鍾司徒令鄧太尉〔八〕殺將軍，以正反情也。切不可行。」瓘曰：「吾自有計。」遂先發檄文二三十道，其檄曰：「奉詔收艾，其餘各無所問。若蚤來歸，爵賞如先〔九〕，敢有不出者，滅三族。」毛漁妙在先散其羽翼。〈毛〉衆則不可擒，少則可擒。隨備檻車兩乘，星夜望成都而來。

比及雞鳴，艾部將見檄文者，皆來投拜于衛瓘馬前。時鄧艾〔一〇〕在府中未起，瓘引數十人突入大呼曰：「奉詔收鄧艾父子！」艾大驚〔一一〕，滾下牀來，瓘叱武士縛於車上。其子鄧忠出問，亦被捉下，縛於車〔一二〕上。毛妙在事成於俄頃，遲則不可擒，速則可擒。漁妙在速擒。若遲，則難擒矣。府中將吏大驚，欲待動手搶奪，蚤望見塵頭大起，哨馬報説鍾司徒

〔五〕「若」，原作「欲」，毛校本同。按：「若」字義合，據明四本改。

〔六〕「十」，光本作「千」。

〔七〕「瓘」，商本脱。「部卒」，明四本作「手下人」。

〔八〕「鄧」，商本脱。「太尉」，原作「征西」，古本同。按：前回「以艾爲太尉」，據前文改。

〔九〕「爵賞如先」，齋本、光本作「即加爵賞」。

〔一〇〕「艾」字原闕，據毛校本補。

〔一一〕「大驚」二字原闕，據毛校本補。

〔一二〕「於車」二字原闕，據毛校本補。

大兵到了，毛鍾會之至却在鄧艾一邊敘來，筆法變換。衆各四散奔走。鍾會與姜維下馬入府，見鄧艾父子已被縛，會以鞭撻鄧艾之首而罵曰：「養犢小兒，何敢如此！」姜維亦罵曰：「匹夫行險徼幸，亦有今日耶！」艾亦大罵。毛一吃口怎敵得兩便口。漁鄧艾此時難乎其爲人矣！會將艾父子送赴洛陽。會入成都，盡得鄧艾軍馬，威聲大震，乃謂姜維曰：「吾今日方趂平生之願矣！」毛漸漸露出馬脚來了。漁鍾會漸漸露出，而姜維此時之謀，着着勝前。維曰：「昔韓信不聽蒯通之説，而有未央宮之禍；毛此句隱然勸他謀〔一三〕反，是主句。大夫種不從范蠡於五湖，卒伏劍而死。毛此句是陪説，然却不可少。漁隱隱勸他謀反。斯二子者，其功名豈不赫然哉？徒以利害未明，而見幾之不蚤也。毛先以危辭動之。今公大勳已就，威震其主，何不泛舟絶迹，二補註春秋越大夫范蠡以越伐吴，蠡初諫不聽，后越竟滅吴。蠡懼誅，乃乘扁舟浮于江湖，變姓名，適齊爲鴟夷子皮。后徃陶邑，號爲朱〔一四〕公。登峨嵋之嶺，而從赤松子遊乎？」毛再以冷語挑之。○將勸其謀叛，反勸其辭官，妙甚，惡甚。二補註前漢張良扶高祖定天下，帝封爲留侯。因見韓信之殁，遂辭戢歸山，辛辟穀脩養，而〔一五〕從其師赤松子之遊。贊鍾伯約妙人，玄德忠臣也，孔明知己也。漁用反跌法。會笑曰：「君言差矣。吾年未四旬，方思進取，豈能便效此退閒之事？」毛正要鈎他此句出來。維曰：「若不退閒，當蚤圖良策，此則明公智力所能，無煩老夫之言矣。」毛分明教他謀反，却妙在隱而不言。三考證此乃姜維説鍾會反處。會撫掌大笑曰：「伯約知吾心也。」二人自此每日商議大事。維密與後主書曰：「望陛下忍數日之辱，維將使社稷危而復安，日月幽而復明，必不使漢室終滅也。」毛若有此事，真是快

〔一三〕「隱」，商本作「顯」。「謀」，齋本作「共」。

〔一四〕周批「朱」，原作「陶」。按：《史記·貨殖列傳》：「（范蠡）乃乘扁舟浮於江湖，變名易姓，適齊爲鴟夷子皮，之陶爲朱公。」據夏批改。

〔一五〕周批「而」，原作「面」，形訛，據夏批改。

事；縱無此事，亦是快文。【贊】【鍾】（是）大丈夫（之志）。

却説鍾會正與姜維謀反，忽報司馬昭有書到。會接書，書中言：「吾恐司徒收艾不下，自屯兵於長安，相見在近，以此先報。」【漁】反情於此一催，快了。〔一六〕會大驚曰：「吾兵多艾數倍，若但要我擒艾，晉公知吾獨能辨之。今日自引兵來，是疑我也！」【毛】鍾會之反，姜維催之，司馬昭又催之。遂與姜維計議。維曰：「君疑臣則臣必死，豈不見鄧艾乎？」【毛】更不消引韓信、文種爲喻，即以鄧艾爲喻〔一七〕。譬如作文者，只用本題，不消請客〔一八〕。會曰：「吾意決矣！事成則得天下，不成則退西蜀，亦不失作〔一九〕劉備也。」【毛】不必學他人，只學劉先主。亦如作文者，只用本題，不消請客〔二〇〕。【漁】又將鄧艾爲喻，而又以劉備學之。維曰：「近聞郭太后新亡，可詐稱太后有遺詔，教討司馬昭，以正弒君之罪。【毛】司馬昭必挾曹奐而出，恐有以天子之詔討之者耳。今維見曹奐在〔二一〕軍中，便〈【毛】【漁】〉（而姜維）算出郭太后〔二二〕遺詔（來，正）與司馬懿討曹爽〔二三〕之詔相合。【鍾】伯約高□。據明公之才，中原可席捲而定。」會曰：「伯約當作先鋒。成事〔二四〕之後，同享富貴。」維曰：「願效犬馬微勞。但恐諸將不服耳。」【毛】既説倒了主帥，便又算倒〔二五〕衆將。會曰：「來日元宵佳節，於故宮大張燈火，請諸將飲宴。如不從者盡殺之。」【毛】董承與吉平飲宴亦是元宵佳節，至此已隔九十餘回，忽然相映。維暗喜。次日，會、維二人請諸將宴飲〔二六〕。數巡後，會執杯大哭。【毛】鄧忠陰平嶺上〔二七〕之哭是真哭，鍾會

〔一六〕衡校本脱此句及下句漁批。
〔一七〕「喻」，貫本、澹本脱。
〔一八〕「消請客」，業本、齋本、光本作「用請客」，貫本、澹本作「用別意」。
〔一九〕「作」，商本脱。
〔二〇〕「消請客」，貫本、澹本作「消別意」。
〔二一〕「在」上，貫本有「而」字。
〔二二〕漁批「而姜維算出郭太后」，衡校本脱。
〔二三〕毛、漁批「爽」，原作「奐」，致本、衡校本同，據其他毛校本改。
〔二四〕「成事」，光本倒作「事成」，明四本無。
〔二五〕「倒」，貫本、澹本作「顧」，光本、商本作「到」。
〔二六〕「宴飲」，致本、業本同，其他毛校本倒作「飲宴」。
〔二七〕「上」，商本脱。

席間之哭是假哭。諸將驚問其故，會曰：「郭太后臨崩有遺詔在此，爲司馬昭南闕弑君，毛又將南闕事一提。大逆無道〔二八〕，蚤晚將篡魏，命吾討之。汝等各自僉名，共成此事。」衆皆大驚，面〔二九〕面相覷。會拔劍出鞘曰：「違令者斬！」衆皆〔三〇〕恐懼，只得相從。畫字已畢，毛勉強畫字與甘責一般，畫猶不畫也。會乃困諸將於宮中，嚴兵禁守。維曰：「我見諸將不服，請坑之。」會曰：「吾已令宮中掘一坑，置大棒數千，如不從者，打死坑之。」毛若聽姜維之言而遂坑之，何必又置大棒乎？幾不蚤决，變將作矣。漁既稱有詔，便當以義激、以恩結，豈可以威劫、坑陷爲事？此亦失一着也。

時有心腹將丘建在側，建乃護軍胡烈部下舊人也。時胡烈亦被監在宮，建乃密將鍾會所言報知胡烈。烈大驚，泣告曰：「吾兒胡淵領兵在外，安知會懷此心耶？汝可念向日之情，透一消息，雖死無恨。」毛丘建只爲一胡烈，又因胡烈〔三一〕轉出一胡淵。建曰：「恩主勿憂，容某圖之。」遂出告會曰：「主公軟〔三二〕監諸將在内，水食不便，可令一人往來傳遞。」會素聽丘建之言，遂令丘建監臨。會分付曰：「吾以重事託汝，休得洩漏。」毛漁事之將敗，所託非人。建曰：「主公放心，某自有緊嚴之法。」建暗令胡烈親信人入内，烈以密書付其人。其人〔三三〕持書火速至胡淵營内，細言其事，呈上密書。淵大驚，遂遍示諸營知之。衆將大怒，急來淵營商議曰：「我等雖死，豈肯從反臣耶？」毛又因胡淵轉出衆將。淵曰：「正月十八日中，可驟入内，如此行之。」毛妙在不即敍明。監軍衛瓘，深喜胡淵之謀，毛又因衆將轉出衛瓘。即整頓了人馬，令丘建傳與胡烈，烈報知諸將。

〔二八〕「逆無道」三字原闕，據毛校本補。
〔二九〕「大驚面」三字原闕，據毛校本補。
〔三〇〕「皆」，光本、嘉本作「將」。
〔三一〕「又因胡烈」，商本脱。
〔三二〕「軟」，商本作「暫」。
〔三三〕「其人」，商本脱。

却說鍾會請姜維問曰：「吾夜夢大蛇數千條咬吾，主何吉凶？」【毛】與鄧艾「水山蹇」之夢，一遠一近，正自相對。維曰：「夢龍蛇者，皆吉慶之兆也。」【毛】鍾會爰邵爲鄧艾圓夢是真話，姜維爲鍾會圓夢是假話。【漁】鍾會做夢之奇，而姜維隨口詳夢，更異。會喜，信其言，乃謂維曰：「器仗已備，放諸將出問之，若何？」維曰：「此輩皆有不服之心，久必爲害，不如乘早戮之。」【三】考證論斷此是姜維先去鍾會牙爪，乘虛取事。會從之，即命姜維領武士往殺衆魏將。維領命，方欲行動，忽然一陣心疼，昏倒在地，【毛】憑他胆大，無奈心疼。天命已然，人謀何益。【三】考證論斷此是天滅漢室也。【漁】天意如此，人謀何益哉！左右扶起，半晌方甦。忽報宮外人聲沸騰。會方令人探時，喊聲大震，四面八方〔三四〕無限兵到。維曰：「此必是諸將作亂〔三五〕，可先斬之。」忽報兵已入內。會令閉〔三六〕上殿門，使軍士上殿屋以瓦擊之，互相殺死數十人。宮外四面火起，外兵砍開殿門殺入。會自掣劍立殺數人，却被亂箭射倒，衆將梟其首。【毛】謀事不密又不速，宜其死也。然使事縱得成，維殺諸將之後又必殺會，則會固始終一死耳。【漁】鍾會縱然事成，而姜維終必殺會。維拔劍上殿，往來衝突，不幸心疼轉加。【贊】【鍾】此陣心疼是蜀疼也，是漢疼也，奈何？維仰天大叫曰：「吾計不成，乃天命也！」【毛】此時姜維即不心疼〔三七〕，而事機已洩，外兵已來，亦無及矣。遂自刎而死，【毛】噫〔三八〕，維死矣！漢斯亡矣！【漁】維今死，漢斯亡矣。千百世後，令人痛哭姜維。時年五十九歲。宮中死者數百人。衛瓘曰：「衆軍各歸營所，以待王命。」魏兵爭欲報讎，共剖維腹，其膽大如鷄卵。【毛】子龍一身都是胆，正不知又怎樣大。衆將又盡取姜維家屬殺之。鄧艾部下之人，見鍾會、姜維已死，遂連夜去追劫鄧

〔三四〕「八方」，商本作「有」。

〔三五〕「亂」，原作「惡」，致本、業本、貫本、齋本、澹本、商本、明四本同。據光本改。

〔三六〕「閉」，齋本、光本作「關」。

〔三七〕「疼」，商本作「痛」。

〔三八〕「噫」，商本作「姜」。

艾。蚤有人報知衛瓘，瓘曰：「是我捉艾，今若留他，我無葬身之地矣。」護軍田續曰：「昔鄧艾取江油之時，欲殺續，得衆官告免。【毛】提照一百十七回中事。今日當報此恨！」【毛】【漁】丘建（欲）報舊主之恩，田續〔三九〕（欲）報舊主之恨（，兩人相反而相對）。瓘大喜，遂遣田續引五百兵趕至綿竹，正遇鄧艾父子放出檻車，欲還成都。艾只道是本部兵到，不作準備，欲待問時，被田續一刀斬之。鄧忠亦死於亂軍之中。【毛】【漁】「水山蹇〔四〇〕」之夢于此應矣。後人有詩嘆鄧艾曰〔四一〕：

自幼能籌畫，多謀善用兵。
凝眸知地理，仰面識天文。
馬到山根斷，兵來石徑分。
功成身被害，魂遶漢江雲。

又有詩嘆鍾會曰〔四二〕：

髫年稱蚤慧，曾作秘書郎。
妙計傾司馬，當時〔四三〕號子房。
壽春多贊畫，劍閣顯鷹揚。
不學陶朱隱，遊魂悲故鄉。【贄】【鍾】詩好。

又有詩嘆姜維曰〔四四〕：

天水誇英俊，涼州產異才。
系從尚父出，術奉武侯來。
大膽應無懼，雄心誓不回。
成都身死日，漢將有餘哀。

却說姜維、鍾會、鄧艾已死，張翼等亦死於亂軍之中。【漁】令人追憶往事。太子劉璿、漢壽亭侯關

〔三九〕漁批「續」，原作「犢」，衡校本同。按：明三本及贄本系正文作「田犢」。《三國志·魏書·鍾會傳》作「田續」。據毛本正文及毛批改。
〔四〇〕漁批「蹇」，衡校本作「寨」，形訛。
〔四一〕毛本嘆鄧艾詩從贄本；鍾本、漁本同贄本，周本、夏本、贄本改自嘉本。
〔四二〕毛本嘆鍾會詩改自贄本；鍾本、漁本同贄本，贄本同明三本。
〔四三〕「當時」，商本作「當年」，明四本作「時人」。
〔四四〕毛本嘆姜維詩改自贄本；鍾本、漁本同贄本，贄本同明三本。

彝，【三】補註關（公）（彝，關羽）之孫（也）。皆被魏兵所殺。軍民大亂，互相踐踏，死者不計其數。旬日後，賈充先至，出榜安民，方始寧靖。留衛瓘守成都，乃遷後主赴洛陽。止有尚書令樊建、侍中張紹、光禄大夫譙周、秘書郎郤正等數人跟隨。廖化、董厥皆託病不起，後皆憂死。

時魏景元五年，改爲咸熙元年。春三月，吴將丁奉見蜀已亡，遂收兵還吴。【毛】補應前回中事。中書丞華覈奏吴主孫休曰：「吴、蜀乃脣齒也，『脣亡則齒寒』。臣料司馬昭伐吴在即，乞陛下深加防禦。」【毛】爲後回伏線。休從其言，遂命陸遜子陸抗爲鎮軍將軍，都督西陵〔四五〕，守江口；左將軍孫異守南徐諸處隘口；又沿江一帶，屯兵數百營，老將丁奉總督之，以防魏兵。【毛】不能救蜀，已成「滅虢舉虞」之勢，此時欲自守難矣。【漁】脣亡齒寒，此時自守難矣。

建寧太守霍弋聞成都不守，素服望西大哭三日。諸將皆曰：「既漢主失位，何〔四六〕不速降？」弋泣謂曰：「道路隔絶，未知吾主安危若何。若〔四七〕魏主以禮待之，則舉城而降，未爲晚也。萬一危辱吾主，則主辱臣死，何可降乎？」【毛】雖不能死，與蚤降者不啻天淵。【鍾】公（憤）猶在。【漁】與譙周勸降者，天淵之隔。衆然其言，乃使人到洛陽，探聽後主消息去了。

且説後主至洛陽時，司馬昭已自回朝。昭責後主曰：「公荒淫無道，廢賢失政，理宜誅戮。」【毛】司馬昭本不欲殺後主，因見他醉生夢死，故意嚇他一嚇，要他醒一醒耳。【漁】司馬昭嚇後主者，看他動静如何耳。後主面如土色，不知所爲。文武皆奏曰：「蜀主既失國紀，幸早歸降，宜赦之。」昭乃封禪爲安樂公，【毛】「生于憂患而死于安樂」，以其不知憂患，固當封以此名。【漁】因後主不知憂患，故以此名封之。賜住宅，月給請

〔四五〕「鎮軍」「都督西陵」，原作「鎮東大」「領荆州牧」，毛校本同；明四本作「鎮東大」「領益州牧」。按：《三國志·吴書·陸遜傳》附《陸抗傳》：「永安二年，拜鎮軍將軍，都督西陵。」據改。

〔四六〕「何」，光本作「便」，嘉本無。

〔四七〕「若」，光本脱，嘉本無。

受〔四八〕，賜絹萬疋，僮婢百人。子劉瑤及羣臣樊建、譙周、郤正等，皆封侯爵，後主謝恩出内〔四九〕。昭因黄皓蠹國害民，令武士押出市曹，凌遲處死。【毛】快事快事。○此時後主何不乞免之？【贊】通。【鍾】□該凌遲。【漁】千古快事。時霍弋探聽得後主受封，遂率部下軍士來降。次日，後主親詣司馬昭府下拜謝。昭設宴欵待，先以魏樂舞戲於前，蜀官感傷，獨後主有喜色。【毛】見魏而不思蜀，已爲無情。昭令蜀人扮蜀樂於前，蜀官盡皆墮泪，後主嬉笑自若。【毛】見蜀而不思蜀，尤爲無情。【漁】先以魏樂，後以蜀樂，衆官皆悲泣，而後主嬉笑自然，何愚之甚也！酒至半酣，昭謂賈充曰：「人之無情，乃至於此！雖使諸葛孔明在，亦不能輔之久全，何况姜維乎？」乃問後主曰：「頗思蜀否？」後主曰：「此間樂，不思蜀也。」【毛】此之謂安樂公。【贊】後主是個安樂菩薩出世，人不識也，反笑之，可憐，可憐。〔五〇〕須臾，後主起身更衣，郤正跟至廂下曰：「陛下如何荅應不思蜀也？倘彼再問，可泣而荅曰：『先人墳墓，遠在蜀地，乃心西悲，無日不思。』晉公必放陛下歸蜀矣。」【毛】要他〔五一〕放回，恐亦未必。後主牢記入席。酒將微醉，昭又問曰：「頗思蜀否？」後主如郤正之言以對，【毛】學舌不差，還算虧他。【漁】郤正教後主之言，一一説出，也算虧他。欲哭無泪，遂閉其目。【毛】兩番聞樂不能得泪，此時安得有泪？昭曰：「何乃似郤正語耶？」【毛】趣甚。後主開目驚視曰：「誠如尊命。」【毛】寫得後主如畫。【漁】至後司馬昭復問，而後主竟直言，誠哉如畫。昭及左右皆笑之。【毛】且謾〔五二〕笑着，司馬氏再傳而後，便有「問蝦蟇、食肉糜」之主矣。昭因此深喜後主誠實，並不疑慮。後人有詩嘆曰〔五三〕：

〔四八〕「請受」，齋本、光本、商本作「用度」。按：「請受」意官俸、薪餉或供給。

〔四九〕「内」，商本作「外」。

〔五〇〕「安樂菩」「出世」「不」「笑」七字，吴本闕。

〔五一〕「要他」，業本作「此怨」，商本作「想他」。

〔五二〕「謾」，光本、商本作「慢」，齋本作「漫」。按：「謾」通「漫」，意不要、莫。

〔五三〕毛本嘆後主詩從贊本，爲静軒詩；鍾本、漁本同周本、夏本、贊本，嘉本無。

追歡作樂笑顏開〔五四〕，不念危亡半點哀。
快樂異鄉忘故國，方知後主是庸才。

却説朝中大臣因昭收川有功，欲〔五五〕尊之爲王，表奏魏主曹奂。時奂名爲天子，實不能主張，政皆由司馬氏，不敢不從，遂封晉公司馬昭爲晉王，【毛】【漁】令人追想曹操封魏王時。謚父司馬懿爲宣王，兄司馬師爲景王。昭妻乃王肅之女，生二子：長曰司馬炎，人物魁偉，立髮垂地，兩手過膝，聰明英武，膽量過人；【毛】【漁】（此處詳敘司馬炎，）爲（下）（後）文稱帝伏線。次曰司馬攸，情性〔五六〕温和，恭儉孝弟，昭甚愛之，因司馬師無子，嗣攸以繼其後。【毛】不以炎繼，而以攸繼，一片權詐。昭常曰：「天下者，乃吾兄之天下也。」【毛】公然以天下歸之司馬氏，目中久已無曹氏矣。○既篤於兄弟之情，何獨不知君臣之義？【漁】此時口中久已無曹氏矣。於是司馬昭受封晉王，欲立攸爲世子。【毛】一片權詐。【漁】種種權詐。山濤諫曰：「廢長立幼，違禮不祥。」【毛】若論承嗣之禮，則繼師者固當以炎，繼昭者乃當以攸也。賈充、何曾、裴秀亦諫曰：「長子聰明神武，有超世之才，人望既茂，天表如此，非人臣之相也。」昭猶豫未決。【毛】惟攸與炎本皆爲昭之子，故猶豫未决耳；若使攸而真爲師之所出，則昭又未必然矣。【漁】攸與炎皆係親生，何猶豫之有？太尉王祥、司空荀顗諫曰：「前代立少，多致亂國。願殿下思之。」昭遂立長子司馬炎爲世子。【毛】其以次子嗣師而不以長子嗣師者，逆料諸臣必以立長爲言。即猶豫未决亦是假。

大臣奏稱：「當年襄武縣天降一人，身長二丈餘，脚跡長三尺二寸，白髮蒼髯，着黄單衣，裹黄巾，【毛】【漁】此時又遇（一）黄巾之妖，與首回（遥遥）相應。拄藜頭杖，自稱曰：『吾乃民王也。【毛】「民王」二字，名色甚奇，與首回「大賢良師」等號相似。今來報

〔五四〕「開」，周本作「間」，錯韻，疑形訛。
〔五五〕「欲」，致本同，其他毛校本作「遂」。
〔五六〕「情性」，滄本、光本倒作「性情」。

汝，天下換主〔五七〕，立見太平。』如此在市遊行三日，忽然不見。【鍾】（亦）奇。此乃殿下之瑞也。【毛】此非晉之符瑞，乃魏之妖孽。殿下可戴十二旒冠冕，建天子旌旗，出警入蹕，乘金根車，備六馬，進王妃爲王后，立世子爲太子。」昭心中暗喜，回到宫中，正欲飲食〔五八〕，忽中風不語。次日，病危，太尉王祥、司徒何曾、司空〔五九〕荀顗及諸大臣入宫問安，昭不能言，以手指太子司馬炎而死。【毛】【漁】司馬師臨終時，有目至于無目；（司馬）昭臨終時，有口一如無口。（此）皆（以）臣凌君之報（也）。時八月辛卯日也。何曾曰：「天下大事，皆在晉王。可立太子爲晉王，然後祭葬。」是日，司馬炎即晉王位，封何曾爲晉丞相，司馬望爲司徒，石苞爲驃騎將軍，陳騫爲車騎將軍，謚父爲文王。【毛】昭自比文王，故如其所命。安葬已畢，炎召賈充、裴秀入宫，問曰：「曹操曾云：『若天命在吾，吾其爲周文王乎！』果有此事否？」【毛】照應七十八回中語。充曰：「操世受漢禄，恐人議論篡逆之名，故出此言，乃明教曹丕爲天子也。」【毛】得此一註脚，遂使曹操教曹丕之意，竟教了司馬炎，可發一嘆。炎曰：「孤父王比曹操何如？」【毛】妙。充曰：「操雖功蓋華夏，下民畏其威而不懷其德。【毛】貶壞曹操，以讚司馬氏。子丕繼業，差役甚重，東西驅馳，未有寧歲。【毛】又貶壞曹丕，以讚司馬氏。後我宣王、景王，累建大功，布恩施德，天下歸心久矣。【毛】與「民不懷德」對説。文王并吞西蜀，功蓋寰宇，【毛】與「東西驅馳」對説。又豈操之可比乎？」【毛】見得司馬昭不做皇帝，已算極耐得。炎曰：「曹丕尚紹漢統，孤豈不可紹魏統耶？」【毛】司馬昭明明要學曹操，司馬炎亦明明要學曹丕。【漁】如何便思量只椀飯喫，人家子孫日習祖父之所爲，日聞祖父之所言〔六〇〕，有好樣便做好樣，有不好樣便做不好樣來，慎之哉！賈充、裴秀二人再拜而奏

〔五七〕「主」，齋本、光本、商本作「王」，形訛。

〔五八〕「食」，商本作「酒」。

〔五九〕「司空」，原作「司馬」，古本同。按：前文作「司空」。《晉書·荀顗傳》：「咸熙中，遷司空，進爵鄉侯。」據改。

〔六〇〕「言」，衡校本作「聞」。

曰：「殿下正當法曹丕紹漢故事，復築受禪臺，布告天下，以即大位。」毛此處受禪臺與八十回之受禪臺，正是依樣胡蘆。

炎大喜，次日帶劍入内。此時魏主曹奐，連日不曾設朝，心神恍惚，舉止失措。炎直入後宮，奐慌下御榻而迎。炎坐畢〔六一〕，問曰：「魏之天下，誰之力也？」奐曰：「皆晉王父祖之賜耳。」炎笑曰：「吾觀陛下，文不能論道，武不能經邦，何不讓有才德者主之？」毛漁明明當面鄙薄，要他（義）讓（之言）。奐大驚，口噤不能言。傍有黄門侍郎張節大喝曰：「晉王之言差矣！昔日魏武祖皇帝，東蕩西除，南征北討，非容易得此天下。今天子有德無罪，何故讓與人〔六二〕耶？」炎大怒曰：「此社稷乃大漢之社稷也。曹操挾天子以令諸侯，自立魏王，篡奪漢室。毛漁借司馬炎口中替漢朝出氣。贄亦可爲漢家吐氣。吾祖父三世輔魏，得天下者，非曹氏之能，實司馬氏之力也，四海咸知。吾今日豈不堪紹魏之天下乎？」毛曹丕欲篡漢，却使〔六三〕他人説合；司馬炎欲篡魏，〈毛漁〉（篡位）竟（是）自家開口。鍾曹瞞九原聞此，當亦心悸，出尔反尔，天道不誣。節又曰：「欲行此事，是篡國之賊也！」炎大怒曰：「吾與漢家報讐，有何不可！」毛此是蒼蒼者之意，却在司馬炎口中直叫出來。叱武士將張節亂瓜〔六四〕打死於殿下。奐泣泪跪告，毛漁獻帝（尚）（當日）不曾如此没〔六五〕（體）（一）面。炎起身下殿而去。奐謂賈充、裴秀曰：「事已急矣，如之奈何？」充曰：「天數盡矣，陛下不可逆天，當照漢獻帝故事，重修受禪臺，毛漁是祖宗做樣與别〔六六〕人看，曹奐（只）（此時）當怨曹丕（耳）。具大禮，禪位與晉王。上合天心，下順民情，陛下可保無虞矣。」奐從之，遂令賈充築受禪

〔六一〕「畢」，商本作「定」。
〔六二〕「人」上，光本、商本有「他」字。
〔六三〕「使」，齋本、光本作「從」。
〔六四〕「瓜」，光本作「棒」。
〔六五〕毛批「没」，業本作「汝」，形訛；齋本、光本作「無」。
〔六六〕毛批「别」，齋本、光本作「他」。

臺。以十二月甲子日，奂親捧傳國璽，立于臺上，大會文武。後人有詩嘆曰〔六七〕：

魏吞漢室晉吞曹，天運循環不可逃。
張節可憐忠國死，一拳怎障泰山高？

請晉王司馬炎登臺〔六八〕授與大禮。奂下臺，具公服立於班首。炎端坐於臺上，賈充、裴秀列于左右，執劍令曹奂再拜伏地聽命。充曰：「自漢建安二十五年，魏受漢禪，已經四十五年矣。毛漁處處提出魏篡漢故事（來，可見當日之事乃）（，竟）是賊偷賊物。今天禄永終，天命在晉。司馬氏功德彌隆，極天際地，可即皇帝正〔六九〕位，以紹魏統。封汝爲陳留王，毛即用獻帝初時名號，一發分毫不差。出就金墉城居止，當時起程，非宣詔不許入京。」毛漁與華歆叱獻帝語（前後一轍）（相映）。贄鍾老瞞亦筭至此乎？（一笑，一笑。）奂泣謝而去。太傅司馬孚哭拜於奂前曰：「臣身爲魏臣，終不背魏也。」毛漁（當日）曹氏篡〔七〇〕漢時，（曹家宗族中）却無此人。三補註孚乃炎之叔（公）（祖也）。炎見孚如此，封孚爲安平王，孚不受而退。鍾司馬孚義士，不□夷、齊。是日，文武百官再拜於臺下，山呼萬歲。炎紹魏統，國號大晉，改元爲泰〔七一〕始元年，大赦天下。魏遂亡。後人有詩嘆曰〔七二〕：

晉國規模如魏王，陳留踪跡似山陽。
重行受禪臺前事，回首當年止自傷。

晉帝司馬炎，毛漢以炎興爲年號，恰〔七三〕合司馬

〔六七〕毛本後人嘆詩改自贄本，爲静軒詩；鍾本同周本、夏本、贄本；嘉本、漁本無。
〔六八〕「臺」，原作「壇」，毛校本、周本、夏本、贄本同。按：前後文皆作「受禪臺」，據嘉本改，後一處同。
〔六九〕「正」，商本脱，嘉本無。
〔七〇〕毛批「篡」，原作「纂」，形訛，據毛校本改。
〔七一〕「泰」，原作「太」，古本同。按：《晉書·武帝紀》作「泰始」。
〔七二〕毛本後人嘆詩四句之二引自贄本八句之六；鍾本、漁本同贄本，贄本同明三本。
〔七三〕「恰」，光本作「怡」，形訛。

炎之名，亦一讖也。追謚司馬懿爲宣帝，伯父司馬師爲景帝，父司馬昭爲文帝，立七廟以光祖宗。那七廟？漢征西將軍司馬鈞，鈞生豫章太守司馬量，量生潁川〔七四〕太守司馬儁，儁生京兆尹司馬防，防生宣帝司馬懿，懿生景帝司馬師、文帝司馬昭：是爲七廟也。毛 曹丕不聞帝曹騰、曹嵩，晉則更有勝焉者。大事已定，每日設朝，計議伐吴之策。正是：

漢家城郭已非舊，吴國江山將復更。

未知怎生伐吴，且看下文分解。

或言後主喜魏樂、不悲蜀樂，「不思蜀」「誠如尊命」等，以爲庸才。余謂此皆種菜失筯之故智也，未可知。

老瞞奸如鬼蜮，濟以曹丕小奸，做成受禪之臺，彷彿唐虞故事，欲以欺誑天下後世也。誰知四十年後，乃爲司馬炎作一榜樣乎？山陽、陳留，毫髮不差，謂無天理否也？讀史者至此亦可回頭作好人矣。你想亂臣逆子，有何利益乎哉？

姜伯約胆大如斗，使其計得遂，囚鄧艾，討司馬，而後殺鍾會，漢室興復如反掌易也，其柰天不祚漢何！

曹操大奸，濟以曹丕小奸，築起受禪臺，教司馬行事。山陽、陳留，四十年果報，可作千萬世罪案。

〔七四〕「潁川」，原作「穎州」，致本、業本、光本同；貫本、齋本、贊本作「潁州」，澹本、夏本作「穎州」；嘉本、周本作「潁川」。按：同第十回校記〔三二〕，據商本改。

第一百二十回

薦杜預老將獻新謀 降孫皓三分歸一統

此回紀三分之終，而非紀一統之始也。書爲三國而作，則重在三國，而不重在晉也。推三國之所自合，而歸結於晉武；猶之原三國之所從分，而追本於桓、靈也。以虎狼之秦而吞六國，則始皇不可以比湯、武；以篡竊之晉而并三國，則武帝豈足以比高、光？晉之劉毅對司馬炎曰：「陛下可比漢之桓、靈。」然則《三國》一書，以桓、靈起之，即謂以桓、靈收之可耳。

前回晉之篡魏，與魏之篡漢，相對而成篇；此回炎之取吴，亦與昭之取蜀，相對而成篇。而前回於不相似之中，偏〔一〕有特特相類者，見報應之不殊也；此回於極相似之中，偏有特特相反者，見事變之不一也。如鄧艾之拒姜維，悉力攻擊；而羊祜之交陸抗，通好餽遺，則大異。鍾會之忌鄧艾，彼此不合；而杜預之繼羊祜，前後一心，則大異。伐蜀之議，決諸終朝；而伐吴之議，遲之又久，則大異。平蜀之役，二將不還；而平吴之役，全師皆返，則大異。「此間樂，不思蜀」之劉禪，以懦而稱臣；而〔二〕「設此座以待陛下」之孫皓，以剛而屈首，則又大異。至於取蜀之難，難在事後：鄧艾專焉，鍾會叛焉，姜維搆焉，而邵悌憂之，劉寔知之，司馬昭亦料之矣；取吴之難，難在〔三〕事先：羊祜請焉，杜預勸焉，王濬、張華又贊焉，而馮紞〔四〕沮之，荀勗、賈充沮之，

〔一〕「偏」，貫本作「便」。
〔二〕「而」，齋本、光本作「亦」。
〔三〕「在」，光本作「其」。
〔四〕「紞」，致本作「紞」，其他毛校本作「純」。

王渾、胡奮亦欲緩之矣。比類而觀，更無分寸雷同，絲毫合掌。凡書至終篇，每虞其易盡。有如此之竿頭百尺，愈出愈奇者哉！

《三國》一書，每至兩軍相聚、兩將相持，寫其勇者，披堅執鋭，以決死生；寫其智者，殫慮竭思，以衡巧拙：幾於荆棘成林，風雲眩目矣。忽於此回見一輕裘緩帶之羊祜，居然文士風流；又見一餽酒受藥之陸抗，無異良朋贈答。令人氣定神閒，耳目頓易，直覺險道化爲康莊，兵氣銷爲日月，真夢想不到之文。

或謂大夫之交不越境，以羊、陸二人交歡邊境，如宋華元、楚子反之自平於下，毋乃有違君命乎？予曰不然。一施德而一施暴，則人盡舍暴而歸德，而施暴者將爲施德者之所制矣。彼以德懷我之人，是欲不戰而服我也；我亦以德懷彼之人，是亦欲不戰而服彼也。外似於相和，而意實主於相敵，又何譏焉？

中原之兵，所以難於取吴者，有前事以爲之鑒也。周郎有赤壁之捷，陸遜有猇亭之捷，徐盛有南徐之捷，朱桓有江陵之捷，周魴有石亭之捷，丁奉有徐塘之捷，斯誠未易圖矣。而孰知從前之難，則屢戰而不克；向後之易，則一戰而成功。貫索之艦，斷之以刀；連環之舟，焚之以火，吴之摧敵者有然。而横江之鎖，鎔之以炬；沉水之錐，衝之以筏，吴之受摧於敵者又有然。時移勢改，險不足恃。凡古今成敗無常，皆當以此類〔五〕之。

三國之興，始於漢祚之衰；而漢祚之衰，則由〔六〕於閹豎之欺君與亂臣之竊國也。一部大書，始之以張讓、趙忠，而終之以黄皓、岑昏，可爲閹豎之戒。首篇之末，結之以張飛之欲殺董卓；終篇之末，結之以孫皓之譏切賈充，可爲亂臣之戒。

〔五〕「類」下，商本有「推」字。
〔六〕「由」，貫本、澹本、商本作「出」。

《三國》以漢爲主，於漢之亡可以終篇矣；然篡漢者魏也，漢亡而漢之讎國未亡，未足快讀者之心也。漢以魏爲讎，於魏之亡，又[七]可以終篇矣；然能助漢者吴也，漢亡而漢之與國未亡，猶未足竟讀者之志也，故必以吴之亡爲終也。至於報報[八]之反，未有已時。禪、皓稽首於前，而懷、愍亦受執於後；師、昭上偪其主，而安、恭亦見偪於臣；西晉以中原而并建業，東晉又以建業而棄中原；晉主以司馬而吞劉氏，宋主又以劉氏而奪司馬：則自有兩晉之史在，不得更贅於[九]《三國》之末矣。

却説吴主孫休，聞司馬炎已篡魏，知其必將伐吴，憂慮成疾，卧床不起，乃召丞相濮陽興入宫中，令太子孫𩅦[一〇]毛側三音彎。出拜。吴主把興臂，手指𩅦而卒。興出，與羣臣商議，欲立太子孫𩅦爲君。左典軍萬彧曰：「𩅦幼不能專政，不若取烏程侯孫皓立之。」毛何不仍求孫亮而復立之？左將軍張布亦曰：「皓才識明斷，堪爲帝王。」丞相濮陽興不能決，入奏朱太后。太后曰：「吾寡婦人耳，安知社稷之事？卿等斟酌立之可也。」贊鍾（好個）誤事太后。興遂迎皓爲君。皓字元宗，大帝孫權太子孫和之子也。當年七月，即皇帝位，改元爲元興元年，封太子孫𩅦爲豫章王，追謚父和爲文皇帝，尊母何氏爲太后，毛若論入繼大統，便不當自帝其父。加施績、丁奉爲[一一]左、右大司馬，次年改爲甘露元年。皓凶暴日甚，酷溺酒色，寵幸中常侍岑昏。毛又是一箇中常侍，與蜀之黄皓正是一對。濮陽興、張布諫之，皓怒，斬二人，滅其三族。毛漁第一便殺（兩

[七]「又」，商本脱。

[八]「報報」，齋本、光本「報復」，商本作「報應」。

[九]「於」字原闕，據毛校本補。

[一〇]「𩅦」，齋本、光本作「靈」，形訛。

[一一]「加施績、丁奉爲」，原作「加丁奉爲」，毛校本、周本、夏本、贊本同，嘉本無「爲」。按：《三國志·吴書·三嗣主傳》：「以上大將軍施績、大將軍丁奉爲左右大司馬。」《丁奉傳》：「共迎立孫皓，遷右大司馬、左軍師。」據補。

箇顧命定策）大臣，其亡可知。【贊】【鍾】濮陽興死不足惜。由是廷臣緘口，不敢再諫。又改寶鼎元年，以陸凱、萬彧爲左右丞相。時皓居武昌，揚州百姓泝流供給，甚苦之，又奢侈無度，公私匱乏。陸凱上疏諫曰〔一二〕：

今無灾而民命盡，無爲而國財空，臣竊痛之。昔漢室既衰，三家鼎立；【二】三家謂蜀魏吳，三分天下，而爲鼎足之勢。今曹、劉失道，皆爲晉有。此目前之明驗也。臣愚但爲陛下惜國家耳。武昌土地〔一三〕險瘠，非王者之都。且童謠云：「寧飲建業水，不食武昌魚；寧還建業死，不止武昌居！」此足明民心與天意也。今國無一年之蓄，有露根之漸；【二】露，暴露也；根，本也。國以民爲本，謂國無蓄積則民斯至流離暴露也。官吏爲苛擾〔一四〕，莫之或恤。【鍾】此疏可□。大帝時，後宮女不滿百；景帝以來，乃有千數〔一五〕，此耗財之甚者也。又左右皆非其人，羣黨相挾，害忠隱賢，此皆蠹政病民者也。願陛下省百役，罷苛擾，簡出宮女，清選百官，則天悦民附而國安矣。

疏奏，皓不悦。【漁】忠言逆耳。又大興土木，作昭明宮，令文武各官入山採木。【毛】又有曹叡之風。又召術士尚廣，令筮著〔一六〕問取天下之事，尚對曰：「陛下筮得吉兆：庚子歲，青蓋當入洛陽。」【毛】【漁】（爲）（應）後文降晉之兆。〈【毛】〉劉禪誤信師婆，師婆之言不應；孫皓誤信術士，術士之言却應。【贊】【鍾】劉家聽（了）師婆（壞了事），孫家又聽術士（筮著），如何不〔一七〕敗？

〔一二〕毛本陸凱諫疏刪、改自贊本；鍾本、漁本同周本、夏本、贊本；嘉本無。按：贊本刪、改自《三國志·吳書·陸凱傳》。
〔一三〕「地」，原作「城」，毛校本同；嘉本無。按：《三國志·吳書·陸凱傳》：「又武昌土地，實危險而塉確。」據其他古本改。
〔一四〕「擾」字原闕，據毛校本補。
〔一五〕「數」，商本作「餘」，嘉本無。
〔一六〕「筮著」，光本作「蓍著」，嘉本無。
〔一七〕贊批「不」，原作「王」，吳本同。據緑本改。

皓大喜，謂中書丞華覈【毛】【側】音核。曰：「先帝納卿之言，分頭命將，沿江一帶，屯數百營，命老將丁奉總之。朕欲兼并漢土，以爲蜀主復讐，當取何地爲先？」【毛】既好土木，又好甲兵，其亡可知。覈諫曰：「今成都不守，社稷傾崩，司馬炎必有吞吳之心。陛下宜修德以安吳民，乃爲上計。若强動兵甲，正猶披麻救火，必致自焚也。願陛下察之。」【毛】前以一吳伐一魏，尚不能勝；今晉兼魏、蜀，是又兩魏矣，以一吳伐兩魏，豈能勝乎？華覈之言最是老成。【贊】千古至言。【鍾】至言華覈。【漁】有先見之明。皓大怒曰：「朕欲乘時恢復舊業，汝出此不利之言！若不看汝舊臣之面，斬首號令！」叱武士推出殿門。華覈出朝嘆曰：「可惜錦繡江山，不久屬於他人矣！」【毛】爲吳亡伏筆。遂隱居不出。於是皓令鎮軍大將軍〔一八〕陸抗【二】【補註】抗，陸遜之子也，字幼節。部兵屯江口，以圖襄陽。

早有消息報入洛陽，近臣奏知晉主司馬炎。晉主聞陸抗寇襄陽，與衆官商議。賈充出班奏曰：「臣聞吳國孫皓，不修德政，專行無道。陛下可詔荆州〔一九〕都督羊祜率兵拒之，俟其國中有變，乘勢攻取，東吳反掌可得也。」【毛】平吳之末遣杜預而先遣羊祜，猶平蜀之末遣鍾會而先遣鄧艾也。炎大喜，即降詔遣使到襄陽，宣諭羊祜。祜奉詔，整點軍馬，預備迎敵。自是羊祜鎮〔二〇〕守襄陽，甚得軍民之心，吳人有降而欲去者，皆聽之。減戍邏之卒，用以墾田八百餘頃。【毛】【漁】與孔明屯田渭濱、姜維屯田沓中，前後相似。其初到時，軍無百日之糧；及至末〔二一〕年，軍中有十年之積。祜在軍，嘗着輕裘，繫寬帶，不披鎧甲，帳前侍衛者不過十數〔二二〕人。【毛】彬彬然有

〔一八〕「鎮軍大將軍」，原作「鎮東將軍」，毛校本、周本、贊本同；嘉本無。按：《三國志·吳書·陸遜傳》附《陸抗傳》：「孫皓即位，加鎮軍大將軍，領益州牧。」據改。

〔一九〕「荆州」，原無，毛校本同；嘉本無。按：《晉書·羊祜傳》：「以祜爲都督荆州諸軍事、假節，散騎常侍、衛將軍如故。」據其他古本補。

〔二〇〕「鎮」，光本訛作「正」，嘉本無。

〔二一〕「末」，光本、商本作「來」，嘉本無。

〔二二〕「帳前侍衛」，業本「侍」訛作「使」，光本、商本倒作「侍衛帳前」，嘉本無。「者」，商本脱。「十數」，致本同，業本作「一餘」，其他毛校本作「十餘」，嘉本無。

儒雅之風，其視「羽扇綸巾〔一二三〕」亦不多讓。贊鍾（好個有用將軍，）好個風流主帥。一日，部將入帳稟祜曰：「哨馬來報：吴兵皆懈怠。可乘其無備而襲之，必獲大勝。」祜笑曰：「汝衆人小覷陸抗耶？此人足智多謀，日前吴主命之攻拔西陵，斬了步闡及其將士數十人，吾救之無及。毛在羊祜口中補前文所未及。此人爲將，我等只可自守，候其内有變，方可圖取。若不審時勢而輕進，此取敗之道也。」毛自鄧艾與姜維苦戰之〔一二四〕後，又見此一段不戰之文，出人意外。贊識貨。鍾□有鑑賞。漁陸抗之勇在羊祜口中說出。衆將服其論，只自守疆界而已。

一日，羊祜引諸將打獵，正值陸抗亦出獵。羊祜下令：「我軍不許過界。」衆將得令，止於晉地打圍，不犯吴境。陸抗望見，嘆曰：「羊將軍兵有紀律，不可犯也。」日晚各退。毛曹操與孫權書曰「欲與將軍會獵于江夏」〔一二五〕，是以獵爲戰也。今觀此二人之獵，何其從容不迫，兩無猜忌乎！祜歸至軍中，察問所得禽獸，被吴人先射傷者皆送還。毛更妙。贊鍾晉人風流，將帥（無不如此。可仰，可仰）（亦然）。漁送還的妙。吴人皆悦，來報陸抗。抗召來人入，問曰：「汝主帥能飲酒否？」來人答曰：「必得佳釀，則飲之。」抗笑曰：「吾有斗酒，藏之久矣。今付與汝持去，拜上都督：此酒陸某親釀自飲者，特奉一勺，二一勺猶一壺也。以表昨日出獵之情。」毛周瑜飲玄德以酒是歹意，陸抗送羊祜以酒是美情。來人領諾，攜酒而去。左右問抗曰：「將軍以酒與彼，有何主意？」抗曰：「彼既施德於我，我豈得無以酬之？」衆皆愕然。

却説來人回見羊祜，以抗所問，并奉酒事〔一二六〕一一陳告。祜笑曰：「彼亦知吾能飲乎？」遂命開

〔一二三〕「巾」，光本作「中」，形訛。
〔一二四〕「之」，商本脱。
〔一二五〕「欲」「江夏」，原作「願」「吴」，毛校本同。按：原句與前文第四十三回曹操與孫權書異；《三國志·吴書·吴主傳》裴注引《江表傳》：「方與將軍會獵於吴。」據前文改。
〔一二六〕「事」，光本作「時」，嘉本無。

壺取飲。部將陳元曰：「其中恐有奸詐，都督且宜慢飲。」祜笑曰：「抗非毒人者也，不必疑慮。」竟傾壺飲之。【毛】關公飲魯肅之酒是大胆，羊祜飲陸抗之酒是雅量。【贊】的是一對風流將軍。【鍾】勁敵翻成交歡，絶世妙〔二七〕人。【漁】送酒之奇，而飲酒更奇。自〔二八〕是使人通問，常相往來。一日，抗遣人候祜。祜問曰：「陸將軍安否？」來人曰：「主帥卧病數日未〔二九〕出。」祜曰：「料彼之病，與我相同。吾已合成熟藥在此，可送與服之。」【毛】孔明識周郎之病，以不藥藥之；羊祜識陸抗之病，即以藥藥之。一是賭智鬭巧，一是開心見誠。【漁】送藥之奇，而服藥者更奇。來人持藥回見抗。衆將曰：「羊祜乃是吾敵也，此藥必非良藥。」抗曰：「豈有酖人羊叔子哉！【毛】曹操不信華佗，是奸雄機智；陸抗不疑羊祜，是良將高懷。【二】酖，毒也；叔子，羊祜表字也。汝衆人勿疑。」遂服之。次日病愈，衆將皆拜賀。抗曰：「彼專以德，我專以暴，是彼將不戰而服我也。今宜各保疆界而已，無求細利。」【毛】正是羊叔子敵手。【贊】【鍾】千古兵符，有此而已。衆將領命。

忽報吴主遣使來到，抗接入問之。使曰：「天子傳諭將軍：作急進兵，勿使晉人先入。」抗曰：「汝先回，吾隨有疏章上奏。」使人辭去，抗即草疏遣人賫到建業。【毛】時吴主皓已還都建業。近臣呈上，皓拆觀其疏，疏中備言晉未可伐之狀，且勸吴主修德慎罰，以安内爲念，不當以黷武爲事。【贊】【鍾】至言（，至言）〔三〇〕。吴主覽畢大怒曰：「朕聞抗在邊境與敵人相通，今果然矣！」遂遣使罷其兵權，降爲司馬，却令左將軍孫冀代領其軍。【毛】閻宇代姜維，蜀主但有其意；孫冀代陸抗，吴主竟有其事。羣臣皆不敢諫。吴主皓自改元建衡，至鳳凰元年，恣意妄爲，窮兵屯戍，上下無不嗟怨。右丞相萬彧、左〔三一〕將軍留

〔二七〕「妙」，原作「如」，不通，酌改。
〔二八〕「自」字原闕，據毛校本補。
〔二九〕「未」，商本作「不」，嘉本無。
〔三〇〕贊批吴本闕前三字。
〔三一〕「右」「左」，原無，古本同。按：《三國志·吴書·三嗣主傳》：「是歲右丞相萬彧被譴憂死。」《陸凱傳》：「時左將軍留平領兵先驅。」據補。

平、嘉姓雷，名平。大司農樓玄三人見皓無道，直言苦諫，皆被所殺。前後十餘年，殺忠臣四十餘人。毛羊祜所謂「孫皓之暴，過于劉禪」，正爲此也。漁屢屢殺害忠良，皆亡國之道也。皓出入常帶鐵騎五萬，羣臣恐怖，莫敢奈何。

却説羊祜聞陸抗罷兵，孫皓失德，見吳有可乘之機，乃作表遣人之〔三二〕洛陽請伐吳。毛陸抗諫伐晉而羊祜請伐吳，其言似異而其旨實同。贊鍾老將。其略曰〔三三〕：

夫期運雖天所授，而功業必因人而成。毛此將「謀事在人，成事在天」二語倒轉説來。孔明謂天時之不可强，羊祜謂人事之不可怠。贊鍾英雄偉語。今江淮之險，不如劍閣；孫皓之暴，過於劉禪；吳人之困，甚於巴蜀，而大晉兵力，盛於往時。不於此際平一四海，而更阻兵相守，使天下困於征戍，經歷盛衰，不可〔三四〕長久也。毛非好黷武，正欲止武；非好動兵，正欲息兵。蓋吳平則征戍可息也。贊老將料敵，如視諸掌。

司馬炎觀表大喜，便令興師。毛伐吳之事，于此一緊。賈充、荀勖、馮紞三人力言不可，炎因此不行。毛伐吳之事，于此一寬，此是第一層曲折。漁一聞即欲興師，而復又終止，文法曲折。祜聞上不允其請，嘆曰：「天下不如意者，十常八九。今天與不取，豈不大可惜哉！」毛亦是至言。至咸寧四年，羊祜入朝，奏辭歸鄉養病。炎問曰：「卿有何安邦之策，以教寡人？」祜曰：「孫皓暴虐已甚，於今可不戰而克。若皓不幸而殁，更立賢君，則吳非陛下所能得也。」毛陸抗未去，則吳不可得；孫皓既死，則吳亦不可得。漁此皆至言。炎大悟曰：「卿今便提兵往伐，若何？」毛伐吳之事，又于此一緊。祜曰：「臣年老多

〔三二〕「之」，致本、周本、夏本、贊本同，其他毛校本作「往」，嘉本無。

〔三三〕毛本羊祜疏刪、改自贊本；鍾本、漁本同贊本；周本、夏本、贊本刪、改自嘉本。按：嘉本刪、改自《晉書·羊祜傳》。

〔三四〕「可」，商本作「能」。

病，不堪當此任，陛下另選智勇之士可也。」毛漁伐吴之事，（於此又一緊，而）又（於此）一寬，（此第二層）曲折（更妙）。遂辭炎而歸。是年十一月，羊祜病危，司馬炎車駕親臨其家問安。炎至卧榻前，祜下淚曰：「臣萬死不能報陛下也！」炎亦泣曰：「朕深恨〔三五〕不能用卿伐吴之策。今日誰可繼卿之志？」祜含淚而言曰：「臣死矣，不敢不盡愚誠，度支尚書〔三六〕杜預可任，若欲〔三七〕伐吴，須當用之。」毛鍾會與鄧艾彼此相妒，羊祜與杜預前後相薦，與前回相反而相對。漁羊祜之薦杜預，與鍾會之妒鄧艾彼此相反。炎曰：「舉善薦賢，乃美事也，卿何薦人於朝，即自焚其〔三八〕奏稿，不令人知耶？」毛鍾會伐國欲密，羊祜薦人亦欲密。伐國之密，恐其備我也；薦人之密，恐其感我也。恐其備我不足奇，恐其感我則奇矣。祜曰：「拜官公朝，謝恩私門，臣所不取也。」毛如此則免朝廷朋黨之疑，可爲萬世人臣之法。鍾羊祜正大老朝。言訖而亡。炎大哭回宫，勅贈太傅、鉅平侯。南州百姓聞羊祜死，罷市而哭，江南守邊將士，亦皆哭泣。襄陽人思祜存日，常游於峴毛側賢，上聲。山，二峴音顯。峴山在襄陽府城南七〔三九〕里。按：《一統志》云：「晉羊祜每登此山，置酒，嘗謂從事鄒湛曰：『自有宇宙，便有此山，由來賢哲登此者多矣，皆湮滅無聞。』湛對曰：『公德冠四海，聞望當與此山俱傳。』祜歿，襄人感其德，立祠刻碑其上，見者莫不流涕。」遂建廟立碑，四時祭之。往來人見其碑文者，無不流涕，故名爲「墮淚碑」。毛漁與蜀人之思武侯（、南人之思武侯）彷彿相似（，真純臣也）。二墮淚碑，在襄陽府治東〔四〇〕九里。後人有

〔三五〕「深恨」，原脱「恨」，致本、業本、貫本同；其他毛校本作「悔」。據明四本補。
〔三六〕「度支尚書」，原作「右將軍」，古本同。按：《晉書·杜預傳》：「復拜度支尚書。」據改。
〔三七〕「欲」，貫本、澹本脱。
〔三八〕「其」，貫本、澹本脱，嘉本無。
〔三九〕周、夏批「七」下原有「百」。按：《一統志》：峴山「在府城南七里」。據删。
〔四〇〕夏批「治東」，原作「東治」，據周批乙正。

詩嘆曰〔四一〕：

曉日登臨感晉臣，古碑零落峴山春。
松間殘露頻頻滴，疑是〔四二〕當年墮淚人。贊鍾詩大可。

晉主以羊祜之言，拜杜預爲鎮南大將軍，都督荊州事。杜預爲人，老成練達，好學不倦，最喜讀左丘明《春秋傳》，坐卧常自攜，每出入必使人持《左傳》於馬前，時人謂之「《左傳》癖」。毛關公好讀《春秋》，杜預好讀《左傳》，正復相對。及奉晉主之命，在襄陽撫民養兵，准備伐吴。

此時吴國丁奉、陸抗皆死，吴主皓每宴羣臣，皆令沉醉，又置黄門郎十人爲糾彈官。宴罷之後，各奏過失，有犯者或剥其面，或鑿其眼，毛此「斮〔四三〕脛剖心」之類也。不意讀至《三國演義》終篇，如見《封神演義》首〔四四〕回。贊鍾如此（妙）（之）人，安有不喪家敗國（之理）？漁種種皆亡國之兆。由是國人大懼。晉益州刺史王濬上疏請伐吴，其疏曰〔四五〕：

孫皓荒淫凶〔四六〕逆，宜速征伐。若一旦皓死，更立賢主，則强敵也。毛伐之當急者一。漁與羊祜之言相合。臣造船七年，日有朽敗。毛伐之當急〔四七〕者二。臣年七十，死亡無日。毛伐之當急者三。三者一乖，則難圖矣。願陛下無失事機。毛孔明《出師表》有六不可解，王濬伐吴表有三不可失。孔明意在盡人事，王濬意在順天時。

晉主覽疏，遂與羣臣議曰：「王公之論，與羊

〔四一〕毛本後人嘆詩改自贊本；鍾本、漁本同贊本，周本、夏本、贊本改自嘉本。
〔四二〕「疑是」，嘉本作「恰似」，周本、夏本、贊本作「酷似」。
〔四三〕「斮」，致本同，其他毛校本作「斲」。按：語出《尚書·泰誓》：「斮朝涉之脛，剖賢人之心。」「斮」同「斫」。
〔四四〕「首」上，光本、商本有「之」字。
〔四五〕毛本王濬疏删，改自贊本；鍾本、漁本同周本、夏本、贊本；嘉本無。按：贊本删，改自《晉書·王濬傳》。
〔四六〕「凶」，光本作「内」，形訛；嘉本無。
〔四七〕「急」，原作「伐」，致本、業本同。按：前後句皆作「急」，據其他毛校本改。

都督暗合。朕意決矣。」毛伐吳之事，又於此一緊。安東將軍〔四八〕王渾奏曰：「臣聞孫皓欲北上，軍伍已皆整備，聲勢正盛，難與爭鋒。更遲一年，以待其疲，方可成功。」晉主依其奏，乃降詔止兵莫動，毛漁伐吳（之）事，（於此又一緊，而復）又（于此）一寬，（此第三層）（文章）曲折（如此）。退入後宮，與中書令〔四九〕張華圍棋消遣。毛不用王濬緊著，却用王渾緩著；不依王濬着有用之着，却與張華著無用之著。文勢至此，又是一頓。近臣奏邊庭有表到。晉主開〔五〇〕視之，乃杜預表也，表略云〔五一〕：

往者，羊祜不博謀於朝臣，而密與陛下計，故令朝臣多異同之議。凡事當以利害相校，度此舉之利，十有八九，而其害止於無功耳。自秋以來，討賊之形頗露，今若中止，孫皓恐怖，徙都武昌，完修江南諸城，遷其居民，城不可攻，野無所掠，則明年之計亦無〔五二〕及矣。贊善于料敵，却不能自料也，可恨，可恨。

晉主覽表纔罷，張華突然而起，推却棋枰〔五三〕，斂手奏曰：「陛下聖武，國富兵強，吳主淫虐，民憂國敝。今若討之，可不勞而定，願勿以爲疑。」毛棄了局中之著，却助表中之著，紙上與局中無異也。若失此機會，則一著錯，滿盤差矣。贊這着〔五四〕着着了然，張、杜當有關節，未〔五五〕可知也。鍾張華爲晉主加一着。漁棋局一推，大事已定矣。晉主曰：「卿言洞見利害，朕復何疑。」毛羊祜之棋，全賴杜預爲之終

〔四八〕「安東將軍」，原作「侍中」，毛校本、周本、夏本、贊本同；嘉本作「安東大將軍」。按：《晉書·王渾傳》：「遷安東將軍、都督揚州諸軍事，鎮壽春」。據改。
〔四九〕「中書令」，原作「秘書丞」，毛校本、周本、夏本、贊本同；嘉本無。按：《晉書·杜預傳》：「時帝與中書令張華圍棋。」據改。
〔五〇〕「開」，商本作「啓」，嘉本無。
〔五一〕毛本杜預表刪，改自贊本；鍾本、漁本同周本、夏本、贊本；嘉本無。按：贊本刪，改自《晉書·杜預傳》。
〔五二〕「無」，齋本、光本作「不」，嘉本無。
〔五三〕「枰」，光本作「秤」，形訛；嘉本無。
〔五四〕「這着」，緑本作「其表」。
〔五五〕「未」，緑本作「來」，形訛。

局；杜預之棋，又虧張華爲之幇局。而孫皓之棋，乃於是結局矣。○〈【毛】【漁】〉伐吳之事，（又）于此（又）一緊。即出升殿，命鎮南大將軍杜預爲大都督，引兵十萬出江陵；鎮軍將軍、瑯琊王司馬伷【毛】【側】【三】音宙。出涂中〔五六〕，安東將軍王渾出江西〔五七〕，建威將軍王戎出武昌，平南將軍胡奮出夏口，各引兵五萬，皆聽預調用。【毛】以上是五路陸兵。又遣龍驤將軍王濬、廣武將軍唐彬，浮江東下，水陸兵二十餘萬，戰船數萬艘。【毛】以上是二路水兵。【漁】用陸兵五路，水兵二路攻之。又令行冠軍將軍〔五八〕楊濟，出屯襄陽，節制諸路人馬。【毛】如平蜀之有衛瓘監軍。

　　蚤有消息報〔五九〕入東吳。吳主皓大驚，急召丞相張悌、司徒何植、司空滕循，計議退兵之策。悌奏曰：「可令車騎將軍伍延爲都督，進兵江陵，迎敵杜預；樂鄉督〔六〇〕孫歆，進兵拒夏口等處軍馬。臣敢爲軍師〔六一〕，領丹楊太守沈瑩、副軍師〔六二〕諸葛靚，【毛】【側】音静。引兵十萬，出屯〔六三〕牛渚，【二】牛渚，一名采石，在太平府當塗縣北，山下有磯，即古津渡也，與和州横江浦相對，六朝屯戍之地。接應〔六四〕諸路軍馬。」【毛】【漁】吳（主用）兵（只）三路。皓從之，遂令

〔五六〕「鎮軍將軍」「涂中」，原作「鎮東大將軍」「滁中」，毛校本、周本、夏本、贊本同；嘉本「滁」作「涂」。按：《晉書·武帝紀》：「遣鎮軍將軍、琅邪王伷出涂中。」據改。

〔五七〕「安東將軍王渾出江西」，原作「征東大將軍王軍出横江」，致本、業本同；其他古本「王軍」作「王渾」，「横江」嘉本作「江西」、周本、夏本作「江油」。按：《晉書·武帝紀》：「安東將軍王渾出江西。」據改。

〔五八〕「行冠軍將軍」，原作「冠南將軍」，毛校本、周本、夏本、贊本同；嘉本無「行」。按：《晉書·武帝紀》作「行冠軍將軍楊濟」，據改。另，明四本同《武帝紀》述「賈充爲大都督」、楊濟爲副，而毛本奪；明四本重述杜預、賈充皆爲大都督。

〔五九〕「報」，原作「新」，嘉本無，據其他古本改。

〔六〇〕「樂鄉督」，原作「驃騎將軍」，古本同。按：《三國志·吳書·宗室傳》裴注引《吳歷》：「歆，樂鄉督。」據改。

〔六一〕「軍師」，致本同，其他毛校本作「將帥」。

〔六二〕「丹楊太守」「副軍師」，原作「左將軍」「右將軍」，古本同。按：《三國志·吳書·三嗣主傳》作「丹楊太守沈瑩」；裴注引《晉紀》：「吳副軍師諸葛靚欲屠之。」據改，後同。

〔六三〕「屯」，原作「兵」，致本、業本、貫本、齋本、滄本、商本同。據其他古本改。

〔六四〕「應」，原作「引」，毛校本、贊本同。據明三本改。

張悌引兵去了。皓退入後宮，面帶〔六五〕憂色。幸臣中常侍岑昏問其故，皓曰：「晉兵大至，諸路已有兵迎之。争奈王濬率兵數萬，戰船齊備，順流而下，其鋒甚鋭，朕因此憂也。」漁到此時憂遲了。昏曰：「臣有一計，令王濬之舟，皆爲虀粉矣。」皓大喜，遂問其計。岑昏奏曰：「江南多鐵，可打連環索百餘條，長數百丈，每環重二三十斤，於沿江緊要去處横截之。再造鐵錐數萬，長丈餘，置〔六六〕於水中。若晉船乘風而來，逢錐則破，豈能渡江也？」毛岑昏獻計雖是下策，猶勝于黄皓之請師婆也。○東吴前幾番禦敵都是用火，此一番禦敵却是用金。皓大喜，傳令撥匠工於江邊，連夜造成鐵索、鐵錐，設立停當。

却説晉都督杜預，兵出江陵，令牙將周旨引水手八百人，乘小舟暗渡長江，毛漁（與）鄧艾（使人）（當日）偷越山嶺（，杜預使人暗渡長江，前後）彷佛相似。夜襲樂鄉，二樂鄉，城名，在江陵松滋縣東七十里，吴陸抗所築。多立旌旗於山林之處，日則放砲擂鼓，夜則各處舉火。旨領命〔六七〕，引衆渡江，伏於巴山。嘉地名。〔六八〕次日，杜預領大軍水陸竝進。前哨報道：「吴主遣伍延出陸路，陸景出水路，毛陸景一路又在此處補出，叙法參差。孫歆爲先鋒，三路來迎。」杜預引兵前進，孫歆船蚤到。兩兵初交，杜預便退。歆引兵上岸，迤邐追時，不到二十里，一聲砲響，四面晉兵大至。吴兵急回，杜預乘勢掩殺，吴兵死者不計其數。孫歆奔到城邊，周旨八百軍混雜於中，就城上舉火。歆大驚曰：「北來諸軍乃飛渡江也？」毛漁杜預巴山之兵，與鄧艾陰平之兵，（亦

〔六五〕「面帶」，原作「不安」，致本、業本同；貫本、齋本、光本、商本作「面有」。據明四本改。
〔六六〕「置」，原作「直」，致本、貫本、澹本同，業本作「也」。據其他古本改。
〔六七〕「命」，齋本、光本作「令」，周本、夏本、贊本作「兵」。
〔六八〕「巴山」周、夏批原有「巴山在荆州府巴東縣治南」。按：《一統志》：巴山「在巴東縣治南」。《方輿紀要·湖廣四》：「巴山，（松滋）縣西南十五里，下有巴復村……晉咸寧末杜預遣奇兵襲樂鄉，多張旗幟，起火巴山是也。一名麻山。」周、夏批混二「巴山」，誤注，不録。

相）彷彿（相似）。急欲退時，被周旨大喝一聲，斬於馬下。毛漁了却（吴兵）第二路（吴兵矣）。陸景在船上，望見江南岸上一片火起，巴山上風飄出一面大旗，上書「晉鎮南大將軍杜預」。毛杜預渡江，却在陸景眼中叙出，倍覺聲勢。陸景大驚，欲上岸逃命，被晉將張尚馬到斬之。毛了却陸景。漁陸景亦了却矣。伍延見各軍皆敗，乃棄城走，被伏兵捉住，縛見杜預。預曰：「留之無用！」叱令武士斬之。毛了却吴兵第一路。漁了却第一路吴兵矣。遂得江陵。於是〔六九〕沅、湘一帶，二沅、湘，二水名。沅水在辰州府城南；湘水在長沙府之西。直抵交、廣〔七〇〕諸郡，守令皆望風賫印而降。毛省筆之法。預令人持節安撫，秋毫無犯。遂進兵攻武昌，二武昌，古之鄂邑，孫權改爲武昌，即今湖廣道武昌府（是）也。武昌亦降。杜預軍威大振，遂大會諸將，共議取建業之策。毛漁如鄧艾（之）取成都。胡奮曰：「百年之寇，未可盡服。方今春水泛漲，難以久住〔七一〕。可俟來春，更爲大舉。」毛如田續之阻鄧艾。〇伐吴之事又於此一寬，此第四層曲折。漁於此又一寬。預曰：「昔樂毅濟西一戰而併强齊，今兵威大振，如破竹之勢，數節之後，皆迎刃而解，無復有着手處也。」毛事如破竹，文亦如破竹。贊文夫語，杜將軍這是一段好《左傳》也。〔七二〕遂馳檄約會諸將，一齊進兵，攻取建業。毛漁伐吴（之）事又（于此）一緊。〔七三〕嘉金陵是也。二建業即今南京也。時龍驤將軍王濬率水兵順流而下。前哨報説：「吴人造鐵索，沿江横截，又以鐵錐置於水中爲准備。」濬大笑，遂造大筏數十，方百餘步〔七四〕，上縛草爲人，

〔六九〕「是」，光本作「時」。

〔七〇〕「交廣」，原作「黄州」，毛校本、周本、夏本、贊本同；嘉本作「廣州」。按：《晉書·杜預傳》：「既平上流，於是沅湘以南，至于交廣，吴之州郡皆望風歸命。」據改。

〔七一〕「住」，原作「任」，致本、業本、貫本、夏本、贊本同。據其他古本改。

〔七二〕吴本脱此句及下句贊批。

〔七三〕衡校本脱此句漁批。

〔七四〕「數十，方百餘步」，原作「數十萬」，毛校本、夏本、贊本同；嘉本、周本作「數十方」。按：《晉書·王濬傳》：「濬乃作大筏數十，亦方百餘步。」據改、補。

披甲執杖，立於週圍，順水放下。【毛】江中草人乃孔明所以借箭者，不意此日反爲北軍所用。吴兵見之，以爲活人，望風先走。【贊】自是對手。暗錐着筏，盡提而去。又於筏上作大〔七五〕炬，長十餘丈，大十餘圍，以麻油灌之，但遇鐵索，燃炬燒之，須臾皆斷。【毛】【漁】東吴（欲）用金克木，王濬（却）用火克金。兩路從大江而來。所到之處，無不克勝。

却説東吴丞相張悌，令丹楊太守沈瑩、副軍師諸葛靚，來迎晉兵。瑩謂靚曰：「上流諸軍不作隄防，吾料晉軍必至此，宜盡力以敵之。若幸得勝，江南自安。今渡江與戰，不幸而敗，則大事去矣。」靚曰：「公言是也。」言未畢，人報晉兵順流而下，勢不可當。【贊】向日東吴氣象，今日一旦掃地至此。二人大驚，慌來見張悌商議。靚謂悌曰：「東吴危矣，何不遁去？」【毛】方知答應沈瑩乃是勉强。悌垂泣曰：「吴之將亡，賢愚共知，今若君〔七六〕臣皆降，無一人死於國難，不亦辱乎！」【毛】【漁】此處若無（死難之人）（一二人爲國死难），不獨吴國無氣色，（即）書中（亦難以）煞尾（亦無氣色）。【贊】也虧張丞相一人粧點光景，不然全不成世界矣。【鍾】好箇張悌丞相。諸葛靚亦垂泣而去。張悌與沈瑩揮兵抵敵，晉兵一齊圍之。周旨首先殺入吴營，張悌獨奮力搏戰，死於亂軍之中。沈瑩被周旨所殺，【毛】【漁】了却吴兵第三路（矣）。吴兵四〔七七〕散敗走。後人有詩讚張悌曰：

杜預巴山見大旗，江東張悌死忠時。
已拚王氣南中盡，不忍偷生負所知。

却説晉兵克了牛渚，深入吴境。王濬遣人馳報捷音，晉主炎聞知大喜。賈充奏曰：「吾兵久勞於外，不服水土，必生疾病。宜召軍還，再作後圖。」【毛】【漁】伐吴之事（又）于此（又）一寬，〈【毛】〉此第五層曲折。○以上凡作五番頓跌，出人意外。張華曰：「今大

〔七五〕「大」，光本、商本作「火」。
〔七六〕「若君」，商本倒作「君若」。
〔七七〕「四」，光本作「西」，形訛。

兵已入其巢，吴人膽落，不出一月，孫皓必擒矣！若輕召還，前功盡廢，誠可惜也！」毛棊局可以不完，兵局不可不完。贊鍾丈夫語，〈贊〉誰謂張華《博物》已哉？〔七八〕晉主未及應，賈充叱華曰：「汝不省天時地利，欲妄邀功勳〔七九〕，困弊士卒，雖斬汝不足以謝天下！」毛賈充更無他長，但會相幇弑君耳。炎曰：「此是朕意，華但與朕同耳，何必爭辯！」贊鍾晉主自好。忽報杜預馳表到。晉主視表，亦言宜急進兵之意。晉主遂不復疑，竟下征進〔八〇〕之命。毛漁伐吴之事，（又）于此（又）一緊。王濬等奉了晉主之命，水陸竝進，風雷鼓動，吴人望旗而降。吴主皓聞之，大驚失色。漁到此時驚，更遲了。諸臣告曰：「北兵日近，江南軍民不戰而降，將如之何？」皓曰：「何故不戰？」衆對曰：「今日之禍，皆岑昬之罪，請陛下誅之。臣等出城決一死戰。」皓曰：「量一中貴，何能悮國？」贊好貨。〔八一〕衆大叫曰：「陛下豈不見蜀之黄皓乎！」毛漁（與）姜維以黄皓比張讓（同此語），〈毛〉吴人又以岑昬比黄皓，三人正是一般。鍾吴之岑昬即蜀之黄皓。遂不待吴主之命，一齊擁入宮中，碎割岑昬，生啖其肉。陶濬奏曰：「臣以〔八二〕戰船皆小，願得二萬兵乘大船以戰，自足破之。」皓從其言，遂撥御林諸軍與陶濬上流迎敵，游擊將軍〔八三〕張象率水兵下江迎敵。二人部兵正行，不想西北風大起，毛漁此（時）（日之）東風不可復借矣。吴兵旗幟皆不能立，盡倒豎於舟中，兵各〔八四〕不肯下船，四散奔走，只有張象數十軍待敵。

却説晉將王濬揚帆而行，過三山，舟師曰：「風波甚急，船不能行，且待風勢少息行之。」濬大

〔七八〕緑本脱此句贊批。
〔七九〕「勳」，齋本、光本、商本作「勲」，嘉本無。
〔八〇〕「征進」，光本倒作「進征」，嘉本無。
〔八一〕緑本脱此句贊批。
〔八二〕「以」，商本作「領」。
〔八三〕「游擊將軍」，原作「前將軍」，古本同。按：《晉書・王濬傳》：「皓遣游擊將軍張象率舟軍萬人禦濬。」據改。
〔八四〕「各」，貫本、濬本作「卒」，嘉本作「又」。

怒，拔劍叱之曰：「吾目下欲取石頭城，（二）石頭城，在應天府西二里，吴據石頭爲城即此。何言住耶！」遂擂鼓大進。（毛）若避險峻，不能取蜀；若畏風波，何以取吴？（贊）丈夫，丈夫！（鍾）王濬丈夫意氣。（漁）欲取天下，豈可畏風波乎？吴將張象引從軍請降，濬曰：「若是真降，便爲前部立功。」象回本船，直至石頭城下，叫開城門，接入晉兵。孫皓聞晉兵已入城，欲自刎。中書令胡沖、光禄勳薛瑩奏曰：「陛下何不效安樂公劉禪乎？」皓從之，亦輿櫬自縛，率諸文武，詣王濬軍前歸降。（毛）（漁）（當日）剥面鑿眼之威（何處去了）（安在哉）？濬釋其縛，焚其櫬，以王禮待之。唐人有詩嘆曰〔八五〕：

西晉〔八六〕樓船下益州，金陵王氣黯然收。
千尋鐵鎖沉江底，一片降旗出石頭。
人世幾回傷往事，山形依舊枕寒流。
今逢四海爲家日，故壘蕭蕭蘆荻秋。

於是東吴四州，四十三郡，三百一十三縣，户五十二萬三千，吏〔八七〕三萬二千，兵二十三萬，男女老幼二百三十萬，米穀二百八十萬斛，舟船五千餘艘，後宫五千餘人，皆歸大晉。（毛）（漁）令人追想〔八八〕孫策破劉繇時（事）。大事已定，出榜安民，盡封府庫倉廩。次日，陶濬兵不戰自潰。琅琊王司馬伷并王戎大兵皆至，見王濬成了大功，心中忻喜。次日，杜預亦至，大犒三軍，開倉賑濟吴民。於是吴民安堵。惟有建平太守吾〔八九〕彦，拒城不下，聞吴亡乃降。（毛）（漁）（如蜀之）（蜀國）有霍弋。（吴國有

〔八五〕按：「唐人」詩爲唐代劉禹錫《西塞山懷古》，全詩據《劉賓客文集》校正。

〔八六〕「西晉」，齋本、光本、商本作「王濬」，明四本無。

〔八七〕「四十三」，齋本、光本、商本作「八十三」。「户」下原有「口」，古本同。「吏」上原有「軍」，毛校本、夏本、贊本同；嘉本、周本有「官」。按：《三國志·吴書·三嗣主傳》裴注引東晉孫盛《晉陽秋》：「郡四十三，縣三百一十三，户五十二萬三千，吏三萬二千。」「口」「軍」據删。

〔八八〕毛批「想」，澹本、光本作「思」。

〔八九〕「吾」，業本同，其他毛校本、周本、夏本、贊本作「吴」，嘉本無。按：《晉書·王濬傳》：「吴建平太守吾彦取流柿以呈孫皓。」

吾〔九〇〕彥。）王濬上表報捷。朝廷聞吳已平，君臣皆賀上壽。晉主執杯流涕曰：「此羊太傅之功也，惜其不親見之耳！」毛此杯亦是墮淚杯。贊晉主自好。鍾晉主不忘舊。驃騎將軍孫秀退朝，向南而哭曰：「昔討逆二考證孫策〔九一〕封爲討逆將軍。壯年，以一校尉創立基業，今孫皓舉江南而棄之！『悠悠蒼天，此何人哉！』」毛漁此數語抵一篇「麥秀」之歌。

却說王濬班師，遷〔九二〕吳主皓赴洛陽面君，皓登殿稽首以見晉帝。毛漁此是「青蓋入洛陽」矣。帝賜坐曰：「朕設此座以待卿久矣。」皓對曰：「臣於南方，亦設此座以待陛下。」毛孫皓應對捷於劉禪，然只是南人輕薄嘴耳。贊比〔九三〕劉禪還勝一着。鍾孫皓頗□強志。漁劉禪應痴呆時痴呆，孫皓可尖快處尖快，各盡其妙。帝大笑。賈充問皓曰：「聞君在南方，每鑿人眼目，剥人面皮，此何等刑耶？」皓曰：「人臣弑君及奸回〔九四〕不忠者，則加此刑耳。」毛明明道着下官。贊孫皓還硬掙〔九五〕。鍾□勝劉禪□着。充默然甚愧。帝封皓爲歸命侯，子孫封郎中〔九六〕，隨降宰輔皆〔九七〕封列侯。丞相張悌陣亡，封其子孫。封王濬爲輔國大將軍。其餘各加封賞。

自此三國歸於晉帝司馬炎，爲一統之基矣。毛一部大書，此一句是總結。此所謂「天下大勢，合久必分，分久必合」者也。毛直應轉首卷起語，真一部如一句。後來後漢皇帝劉禪亡於晉泰始七年，魏主曹奐亡於太安〔九八〕元年，吳主孫皓亡於太康四年，皆

〔九〇〕「吾」，原作「吳」，衡校本、致本同。按：贊本系正文作「吳彥」，嘉本無。據毛本改。

〔九一〕周、夏批「孫策」，原作「孫堅」。按：孫堅封破虜將軍，孫策封討逆將軍。

〔九二〕「遷」，光本、商本作「送」。

〔九三〕「比」，綠本訛作「此」。

〔九四〕「回」，齋本、光本、商本作「佞」。

〔九五〕「掙」，綠本訛作「孫」。

〔九六〕「郎中」，原作「中郎」，古本同。按：《三國志·吳書·三嗣主傳》：「諸子爲王者，拜郎中。」據乙正。

〔九七〕「皆」，光本作「旨」，形訛。

〔九八〕「泰始」「太安」，原皆作「太康」，古本同。按：《三國志·蜀書·後主傳》：「公泰始七年薨於洛陽。」《魏書·三少帝紀》裴注引《魏世譜》：「太安元年崩，謚曰元皇帝。」據改。

善終。毛不以司馬炎作結，仍以三國之主作結，方是《三國志》煞尾。贊三國結局如此，可憐，可憐。漁一部《三國》，至此結局，仍用三國之主煞尾，的妙。

後人有古風一篇，以敘其事曰〔九九〕：

高祖提劍入咸陽，炎炎紅日升扶桑。
光武龍興成大統，金烏飛上天中央。
哀哉獻帝紹海宇〔一〇〇〕，紅輪西墜咸池傍。
何進無謀中貴亂，涼州董卓居朝堂。
王允定計誅逆黨，李傕郭汜興刀鎗。
四方盜賊如蟻聚，六合奸雄皆鷹揚。
孫堅孫策起江左，袁紹袁術興河梁。
劉焉父子據巴蜀，劉表軍旅屯荆襄。
張燕〔一〇一〕張魯霸南鄭，馬騰韓遂守西凉。
陶謙張繡公孫瓚，各逞雄才占一方。
曹操專權居相府，牢籠英俊用文武。
威震〔一〇二〕天子令諸侯，總領貔貅鎮中土。鍾□見奸（雄）肝（肺）。
樓桑玄德本皇孫，義結關張願扶主。
東西奔走恨無家，將寡兵微作羈旅。
南陽三顧情何深，卧龍一見分寰宇。
先取荆州後取川，霸業圖王〔一〇三〕在天府。
嗚呼三載逝升遐，白帝託孤堪痛楚！
孔明六出祁山前，願〔一〇四〕以隻手將天補。
何期曆數到此終，長星半〔一〇五〕夜落山塢！
姜維獨憑氣力高，九伐中原空劬勞。
鍾會鄧艾分兵進，漢室江山盡屬曹。
丕叡芳髦纔及奂，司馬又將天下交。
受禪臺前雲霧起，石頭城下無波濤。

〔九九〕毛本敘事古風詩改自贊本；鍾本、漁本同贊本，周本、夏本、贊本改自嘉本。
〔一〇〇〕「宇」，光本作「字」，形訛。
〔一〇一〕「燕」，齋本作「遼」，光本作「邈」。
〔一〇二〕「震」，嘉本作「挾」，周本、夏本、贊本作「鎮」。
〔一〇三〕「圖王」，光本倒作「王圖」。
〔一〇四〕「願」，光本作「顧」，形訛。
〔一〇五〕「半」，光本作「平」，形訛。

陳留歸命與安樂，王侯公爵從根苗。

紛紛世事無窮盡，天數茫茫不可逃。

鼎足三分已成夢，後人憑弔空牢騷。**毛**此一篇古風，將全部事蹟隱括其中，而末二語以一「夢」字、一「空」字結之，正與首回詞中之意相合。一部大書以詞起，以詩收，絶妙章〔一〇六〕法。**鍾**□日三國烏有，二晉亦安在？

到今日不獨三國烏有，魏、晉亦安在哉？種種機謀，種種筭計，不足供老僧一粲也。哀哉，哀哉！然劉禪、孫皓則前車也，爲後車者鑒之，可不復覆也。

漢鼎三分，蜀紹正統，吴、魏皆竊之者也。創業如彼，結局如此，千載英雄，一旦掃地，讀之徒令人長太息而已。

三國全評附末：

天地一戲場也，古今一戲文也，人生一戲子也。三國時群雄並起，十八諸侯開場，一隻司馬煞局，中間東吴、西蜀、北魏，無數搬演。由今觀之，一戲而已。雖然，不獨三國也，即二晉亦然；又不獨東、西晉也，即極之夏、商、周以前，漢、唐、宋而後，上下千載，究竟若夢，總一戲而已。人能識破一戲子，無一人非戲子，無一事非戲文，無一處非戲場，且勿論天地古今人物，即我批評《三國》，亦聊無全戲内增一齣云。

〔一〇六〕「章」，齋本、光本作「筆」。

附録一　本書其他各本跋序

三國志通俗演義序〔一〕

夫史，非獨紀歷代之事，蓋欲昭往昔之盛衰，鑒君臣之善惡，載政事之得失，觀人才之吉凶，知邦家之休戚，以至寒暑災祥，褒貶予〔二〕奪，無一而不筆之者，有義存焉。

吾夫子因獲麟而作《春秋》。《春秋》〔三〕，魯史也。孔子修之，至一字予者，褒之；否者，貶之。然一字之中，以見當時君臣父子之道，垂鑒後世，俾識某之善，某之惡，欲其勸懲警懼，不致〔四〕有前車之覆。此孔子立萬萬世至公至正之大法，合天理，正彝倫，而亂臣賊子懼。故曰：「知我者其惟《春秋》乎，罪我者其惟《春秋》乎！」亦〔五〕不得已也。孟子見梁惠王，言仁義而不言利；告時君，必稱堯、舜、禹、湯〔六〕；荅時臣，必及伊、傅、周、召。至朱子《綱目》，亦由是也，豈徒紀歷代之事而已乎？然史之文，理微義奧，不如此，烏可以昭〔七〕後世？《語》云：「質勝文則野，文勝質則史。」此則史家秉筆之法，其於衆人觀之，亦嘗病焉。故往往舍〔八〕而不之顧者，由其不通乎衆人，而歷代之事，愈久愈失其傳。前代嘗以野史作爲評話，令瞽者演説，其間言辭鄙謬〔九〕，又失之於野，士君子多厭之。若東原羅貫中以平陽陳壽《傳》，攷諸國史，自漢靈帝中平元年，終于晉太康元年之事，留心損益，目之曰《三國志通俗演義》。文不甚

〔一〕按：嘉本《序》，周本、夏本、贊甲本皆録。周本題作「全像三國志通俗演義敘」，贊甲本題作「三國志序」。
〔二〕「予」，周本、夏本、贊甲本作「與」，後一處同。
〔三〕「春秋」，周本、夏本、贊甲本脱。
〔四〕「致」，夏本、贊甲本作「敢」。
〔五〕「亦」，夏本、贊甲本脱。
〔六〕「湯」下，夏本、贊甲本有「文武」二字。
〔七〕「昭」，夏本、贊甲本作「詔」。
〔八〕「舍」下，周本、夏本、贊甲本有「之」字。
〔九〕「言辭鄙謬」，周本、夏本作「言辭鄙俚」，贊甲本作「言語鄙俚」。

深，言不甚俗，事紀其實，亦庶幾乎史。蓋欲讀誦者，人人得而知之，若詩所謂里巷歌謠之義也。書成，士君子之好事者，争相謄録，以便觀覽，則三國之盛衰治亂，人物之出處臧否，一開卷，千百載之〔一〇〕事，豁然於心胸矣。其間亦未免一二過與不及，俯而就之，欲觀者有所進益焉。

予謂誦其詩，讀其書，不識其人，可乎？讀書例曰：若讀到古人忠處，便思自己忠與不忠；孝〔一一〕處，便思自己孝與不孝。至於善惡可否，皆當如此，方是有益。若只讀過，而不身體力行，又未爲讀書也。

予甞讀《三國志》求其所以，殆由陳蕃、竇武立朝未久，而不得行其志，卒爲姦宄謀之，權柄日竊，漸〔一二〕浸熾盛，君子去之，小人附之，姦人乘之。當時國家紀綱法度壞亂極矣。噫，可不痛惜乎！矧何進識見不遠，致董卓乘釁而入，權移人主，流毒中外，自取滅亡，理所當然。曹瞞雖有遠圖，而志不在社稷，假忠欺世，卒爲身謀，雖得之，必失之〔一三〕，萬古姦賊，僅能逃其不殺而已，固不足論。孫權父子虎視江東，固有取天下之志，而所用得人〔一四〕，又非老瞞可議。惟昭烈，漢室之冑，結義桃園，三顧草廬，君臣契合，輔成大業，亦理所當然。其最尚者，孔明之忠，昭如日星，古今仰之；而關、張之義，尤宜尚也。其他得失，彰彰可考，遺芳遺臭，在人賢與不賢。君子小人，義與利之間而已。觀《演義》之君子，宜致思焉。

弘治甲寅仲春幾望庸愚子拜書

〔一〇〕「之」，贊甲本作「主」。

〔一一〕「孝」上，夏本、贊甲本有「讀到」二字。

〔一二〕「權柄日竊」，夏本、贊甲本作「權竊之柄」。「漸」上，周本、贊本有「日」字。

〔一三〕「之」下，夏本、贊甲本有「矣」字。

〔一四〕「人」下，周本、夏本、贊甲本有「立心操行」四字。

三國志通俗演義引〔一五〕

客問於余〔一六〕曰：「劉先主、曹操、孫權各據漢地爲三國，史已志其顛末，傳世久矣。復有所謂《三國志通俗演義》者，不幾近於贅乎？」余曰：「否。史氏所志，事詳而文古，義微而旨深，非通儒夙學，展卷間，鮮不便思困睡。故好事者以俗近語，檃栝成編，欲天下之人入耳而通其事，因事而悟其義，因義而興乎感。不待研精覃思，知正統必當扶，竊位必當誅；忠孝節義必當師，姦貪諛佞必當去。是是非非，了然於心目之下，裨益風教，廣且大焉，何病其贅耶？」客仰而大嘘〔一七〕曰：「有是哉，子之不我誣也，是可謂羽翼信史而不違者矣！簡帙浩瀚，善〔一八〕本甚艱，請壽諸梓，公之四方可乎？」余不揣譾劣，原作者之意，綴俚語四十韵於卷端，庶幾諷詠而有所得歟。於戲！牛溲馬勃，良醫所珎，孰謂稗官小説，不足爲世道重輕哉！

今古興亡數本天，就中人事亦堪憐。欲知三國蒼生苦，請聽《通俗演義》篇。忠烈赤心扶正統，姦回白首〔一九〕弄威權。須知善惡當師式，遺臭流芳億萬年。獻帝仁柔漢祚衰，十常侍啓釁端開。董卓妄意窺神器，何進無謀種禍胎。渤海會兵昭日月，桃園歃血動風雷。可憐多少英雄計，不及貂蟬口舌才。曹操姦雄世無比，號令諸侯挾天子。天子心知誅不得，泣召董承受密旨。口血未乾機先洩，國母元臣束手死。幸尒玄德奔彭城，豪傑雲從期雪恥。袁紹當年亦漢臣，井蛙豈識海中鱗。不有關張龍虎將，皇孫顛沛更難論。明良遭際真奇特，三顧

〔一五〕按：嘉本《引》，周本、夏本、贊甲本皆録。
〔一六〕「余」，贊甲本作「予」，後一處同。
〔一七〕「嘘」，夏本作「噓」。
〔一八〕「善」，夏本作「繕」。
〔一九〕「首」，周本、夏本作「手」。

草廬不厭頻。卧龍突起甘霖溥，恢復規模次第陳。孫權父子據江東，觀望中原事戰功。謀士似〔二〇〕雲翻白黑，長江如練列艨艟。火炎赤壁阿瞞遁，織〔二一〕入荆門大耳窮。假使真心匡漢室，何勞數計滅劉公。天相劉公詎可滅，萬死一生堪哽咽。九犯中原偉丈夫，七擒酋首真英特。梟獍誰能繼漢高？猶豫未蹀姦賊血。軍師大志不曾伸，僅刱三川兩世業。沛公百戰定乾坤，司馬何人敢併吞！試看北面事讐者，漢國臣寮〔二二〕舊子孫。天理民彝蕩掃地，鼎味争如蕨味馨。志士仁人空抱恨，幾番血淚漬衣痕。人言三國多才俊，我獨沉吟未深信。鷹犬騫騰麟鳳孤，四海徒令蹈白刃。天假數年壽孔明，山河未必輕歸晉。此編非直〔二三〕口耳資，萬古綱常期復振。

嘉靖壬午〔二四〕孟夏吉望關中修頟子書

于居易草亭

序批評三國志通俗演義〔二五〕

此《批評三國志》，通俗演義也。曷爲演義？是與陳壽《三國志》有辨也。而以通俗名者何？是議論粃點，顯爲世俗設也。爲世俗設，□優劣是非不可準也。批評之者何？再與世俗增一番鼓吹也。夫俗，雅士方將掃除之，而反鼓吹之，何耶？沈幼宰曰：天地皆莫便於俗，莫不便於不俗。不俗則孫子而無徒，俗則和同而易與。狀貌俗，觀者以爲有度焉；議論俗，聽者以爲有識焉；腸胃俗，窺者以爲有養焉。摛詞而俗，取青紫如拾芥；治家而俗，積藏穀如聚塵；居官而俗，名不掛於彈章；居鄉而

〔二〇〕「似」，夏本作「如」。
〔二一〕「織」，周本、夏本作「幟」。
〔二二〕「寮」，周本、夏本作「僚」。
〔二三〕「直」，周本、夏本作「只」。
〔二四〕「午」，周本、夏本作「子」，贊甲本無題款。
〔二五〕按：《序批評三國志通俗演義》贊甲本録。

俗，宣廟一塊生猪肉，死去受享；器具而俗，適市者翹值以售；燕會而俗，設糖餅五牲，唱弋陽四平腔戲，賓以爲敬；園圃而俗，卉木比偶，石獅瓦獸，松塔柏毬，遊人鮮頤，嘆未曾有；寫字而俗，姜立綱法帖一熟，胥史衙門；作畫而俗，汪海雲、張平山等筆，肉眼珎收，重於石田、伯虎。識得此意，便知《批評三國志》通俗演義矣。然則昔年吴門所行一本，較此孰居真膺？曰：昔年之本，香山之黄苦地；今日之本，亦青蓮之李赤也。若在雅士，又曰「俗子，俗子」矣。第□□孤子無徒爲可哭耳。一笑。

秃子撰，長洲文葆光書〔二六〕

三國志演義序〔二七〕

昔之讀史者，每致憾於昭烈未竟其業，武侯未盡其用。不知昭烈以赤手起家，實與高祖同。當時與高祖爲敵者，不過一項羽，徒勇之夫耳，且有留侯、酇侯、淮陰諸人爲之助。若昭烈，止武侯一人，而曹瞞又豈項羽之匹乎？若是而功成鼎足，聲施至今，此其功不特在高祖之上，即較之湯、武，亦有難易之分，不必更爲兩公致憾也。余所憾於兩公者，反不在此。吕布一無賴匹夫，然有誅董卓之功，便當十世宥之，况布既能誅卓，亦必能誅操，借之爲用，事在反掌。昭烈思未及此乎？若夫武侯之才，非死于周瑜者也，而周瑜之才，寔能制曹瞞者也。赤辟一戰，曹膽氣已裂，倘使周瑜得盡其才，而武侯陰爲之輔，曹瞞即奸雄，未必驕横至此。「既生瑜，何生亮？」武侯倘聞此言，淂無有悔其太驟者耶？此議從來未剖，世人瞶瞶，都不足與語，今請以質之兩公。

江上繆尊素漫志

〔二六〕吴本後有「建陽吴觀明刻」，爲翻刻補入。

〔二七〕按：《三國志演義序》贅本録。

讀三國史答問〔二八〕

關雲長

客問：「雲長先生，其英靈至今日更著，受知明主，屢加褒封，爲王爲帝，且爲天尊，眷注正未艾也。而華夷人心，無不以爲快，何所修而得此耶？」答曰：「余且不論今日，即以當年論之。曹瞞，奸人之尤也，因公解圍白馬，封爲漢壽亭侯，禮之甚厚，反以其不忘劉將軍而義之。及其去，左右欲追之，乃曰：『彼各爲其主，勿追也。』是當日奸瞞之心，已爲先生忠義所攝，而今日秉彝之心，更可知已。其餘大則如却婚東吳，小則如刮骨談笑，讀之凜凜有生氣。如此等人，寧不爲今古華夷所崇事也耶！」

又問：「先生古今偉人，何不能相忘馬孟起耶？」曰：「此則先生更有深意，不可與淺者道也。孟起來降，其心未測，不先有以彈壓之，反復未可知也。惟孔明深諒先生之心，乃答書曰：『孟起兼資文武，雄烈過人，一世之傑，黥、彭之徒，當與益德並驅爭先，猶未及髯之絶倫逸羣也。』得此，則孟起野心自化，毋復他慮。故先生省書大悅，以示賓客。淺者不知，幾以先生得勝孟起一籌也。夫先生豈喜勝孟起一籌者耶？」

又問：「先生以故人寬徐晃，臨陣共語，但說平生，不及軍事。須臾，晃下馬，宣令：『得關雲長頭，賞金千斤。』先生始驚怖，謂晃曰：『大兄是何言耶？』何不長於料人，爲小人所溷，以致臨沮之變耶？」曰：「此自小人負先生，先生不失爲長者。今故以萬代之瞻仰償之。然則小人亦何嘗負先生也耶？此政足以見先生之仁，不足以没先生之智也。」

張益德

客問：「人言莽張飛，益德果然莽否？」答曰「此言寃也。勿論其他，即待嚴顔一事，當益德生獲顔，益德呵顔曰：『大將至，何以不降，而敢拒

〔二八〕按：《讀三國史答問》贊甲本録。

戰？』顔曰：『卿等無狀，侵奪我州。我州但有斷頭將軍，無有降將軍也。』益德怒，令左右牽去斫頭。顔色不變曰：『斫頭便斫頭，何爲怒耶？』益德壯而釋之，引爲賓客。服善如此，乃稱莽耶？今人遇人品敵己者，百方妬嫉之，必欲置之死而後已，是真莽耳。即使深情厚貌，恂恂若女子者，然亦終不能脱一『莽』字也。」

又問：「雲長善待卒伍而驕于士大夫，飛愛敬君子而不恤小人，孰爲優劣？」曰：「史原説雲長驕于士大夫，不説驕于賢士大夫。若士大夫不賢，與小人等耳，何足恤哉！獨真正無知小人，反宜憐恤。善乎玄德戒益德之言，曰：『卿刑殺既過差，又日鞭撾健兒，而令在左右，此取禍之道也。』言至此，汗淫淫下矣。語曰：『奴僕無智，從容調理。他若有智，不服事你。』至哉言也，不獨爲馭下箴規，抑且爲取禍藥石。」

趙雲

客問：「子龍，先主稱曰『子龍一身都是膽』。全以膽勝乎？」答曰：「還是識勝，非膽勝也。蓋膽從識生，無識而有膽，妄耳，狂耳，非膽也。何以見子龍之識？如趙範寡嫂，殊色也，無識者誰不貪之？雲曰：『範迫降耳，心未可測，天下女不少。』遂不取。及成都既定，時議欲以成都中屋舍與城外園地桑田分賜諸將。雲駁之曰：『霍去病以匈奴未滅，無用家爲。今國賊非但匈奴，未可求安也。須天下都定，各反桑梓，歸耕本土，乃其宜耳。益州人民，初罹兵革，田宅皆可歸還，令安居復業，然後可役調，得其歡心。』又，昭烈欲討權，雲諫曰：『國賊是曹操，非孫權也。且先滅魏，則吴自服。操身雖斃，子丕篡盗，當因衆心，早圖關中，居河渭上流，以討凶逆。關東義士，必裹糧策馬以迎王師。不應置魏，先與吴戰。兵勢一交，不得卒解也。』又，箕谷之役，雲有軍資餘絹，丞相使分賜將士，雲曰：『軍事無利，何爲有賜？其物請悉入赤岸府庫，須十月爲冬賜。』此皆卓識，非尋常將軍所能及也。至其勒兵截江，得還後主，並當陽之役，

義貫金石。謚曰『順平』，豈溢美哉？」

或問：「子龍嚴重，昭烈特使任掌內事，孫夫人驕豪，不至大肆。且當陽長阪，保護甘夫人以得無恙。後主兩番失所，俱得子龍抱持。若子龍者，真可『托妻寄子』之人也。」答曰：「亦其趙嫂一事，有以感動先主，故信心不疑，得臻大美。噫！丈夫何可爲尤色所壓哉！子龍真吾師也。」

三傑

客曰：「漢世有兩三傑，知之乎？」答曰：「前漢三傑：留侯、酇侯、誰陰侯也，人皆知之。季漢三傑，其雲長、孔明、益德乎？」曰：「何以券之？」曰：「《傅子》曰：『初劉玄德襲蜀，丞相掾趙戩曰：「劉備其不濟乎？拙于用兵，每戰必敗，奔亡不暇，何以圖人？蜀雖小區，險固四塞，獨守之國，難卒併也。」徵士傅幹曰：「劉備寬仁有度，能得人死力。諸葛亮達治知變，正而有謀，而爲之相；張飛、關羽勇而有義，皆萬人敵，而爲之將：此三人者，皆人傑也。以備之略，三傑佐之，何爲不濟也？」』此季漢三傑之券也。」

玄德先生

客曰：「季漢又有一玄德，知之乎？」答曰：「莫非法孝直之祖與？孝直祖父名真，字高卿，少明五經，兼通讖緯，學無常師，名有高才。常幅巾見扶風守。守曰：『哀公雖不肖，猶臣仲尼；柳下惠不去父母之邦。欲相屈爲功曹，何如？』真曰：『以明府見待有禮，故四時朝覲。若欲吏使之，真將在「北山之北、南山之南」矣！』守遂不敢以爲吏。前後徵辟皆不就。友人郭正美之，號曰『玄德先生』。又一玄德，其真乎？」

王允

客問王司徒。答曰：「司徒爲人，前後兩截。前半截可師，後半截可鑒也。」客曰：「何也？」曰：「當其深心欲圖董卓，結內董卓，折節呂布，故董卓留洛陽時，朝政大小，悉委之于允。允矯情屈意，每相承附，卓亦推心，不生乖疑。故得扶持王室于危亂之中，臣主內外，莫不倚恃焉。及卓還

長安，録入關之功，封允爲温侯，食邑五千户，固讓不受。士孫瑞説允曰：『夫執謙守約，存乎其時，公與董太師並位俱封，而獨崇高節，豈和光之道耶？』允納其言，乃受二千户。此真待小人之法也，可師也。卓既殲滅，自謂無復患難，遂以劍客遇布，及在際會，每乏温潤之色，伏正持重，不循權宜之計。布勸其赦卓部曲，以卓財物班賜公卿將校，允都不從，由此布不相平，群下不甚附之，終致李傕、郭汜之禍，可鑒也。」

孔融

客問孔文舉。答曰：「少爲蚤慧，中多石畫，不愧尼山滴血，不暇具悉。獨其聞人之善，若出諸己，言有可採，必演而成之；面告其短，而退稱所長。薦達賢士，多所奬進；知而未言，以爲己過。如此肺肝，非聖人耶？今人聞人之善，若己之失，隱善揚惡，面是背非，妬賢嫉能，損毁名德，何可比擬！相去豈止非想非非想，天與無間地獄也哉！獨其言語戲謔，以致取禍，如謂『父之于子，當有何親？論其本意，實爲情欲發耳。子之于母，亦復奚爲？譬如寄物瓶中，出則離矣。』此等言語，有損風化。殺身之慘，其在斯耶！近有無文舉之盛美，而有其謔者，爲俚詩曰：『人人教我養爹娘，不養爹娘也不妨。當時養兒非爲我，教他兩個自思量。』如此言語，即在本人，上何以對其父母，下何以對其妻孥也耶？危矣，危矣！」

龐統

客問：「龐士元何如人？」荅曰：「勿論其他，即其爲功曹時，性好人倫，勤於長養，每所稱述，多過其材。時人怪而問之，統荅曰：『當今天下大亂，雅道陵遲，善人少而惡人多，方欲興風俗，長道業，不美其譚，即聲名不足慕企，不足慕企，而爲善者少矣！今拔十失五，猶得其半，而可以崇邁世教，使有志者自勵，不亦可乎？』此何等識見，何等肺腸！比今人妬人已成之善，敗人已著之名者，豈止犬羊之于佛祖也哉！嗚呼！」

或問士元、孔明優劣。荅曰：「但看士元勸昭

烈取益州事，的是大有膽畧，大有手策之人，與孔明亦兄弟間也。獨孔明與昭烈計議，事事迫而後起，必爲昭烈所先，而後應之。士元則不免先昭烈耳，葢養不足也。今人凡爲福先禍始者，亦坐此云。」

魏延

客問：「魏文長何如人？」曰：「昭烈爲漢中主，遷治成都，當得重將以鎮漢川，昭烈不以屬翼德，而以屬文長，昭烈知文長也。文長當羣臣大會，對昭烈曰：『若曹操舉天下而來，請爲大王拒之，偏將十萬之衆至，請爲大王吞之。』此實量己量力之言，非謬爲壯語也。及與丞相亮議取夏侯楙，乃曰：『楙少，主壻也，怯而無謀。今假延精兵五千，負糧五千，直從褒中出，循秦嶺而東，當子午而北，不過十日，可到長安。楙聞延奄至，必乘船逃走。長安中惟有御史、京兆太守耳。橫門邸閣與散民之穀，足周食也。比東方相合聚，尚二十許日，而公從斜谷來，必足以達。如此，則一舉而咸陽以西可定矣。』此亦善策，亮不能用。延常謂亮爲怯，歎憾己才用之不盡，亦豪傑不遇知己，憤激之常云耳。卒以矜高，爲楊儀所寃，夢角而死。噫！頭上用刀，竟爲凶兆，嗚呼哀哉！」

姜維

客問：「姜伯約何如孔明？」答曰：「又一孔明也。即孔明亦稱之曰：『姜伯約忠勤時事，思慮精密。考其所有，永南、季常諸人不如也。其人，涼州上士也。』便可知其人已。其最不可及者，志圖恢復，念念不已。當其被後主勑令，方始投戈放申。及鍾會曰：『來何遲也？』伯約正色流涕曰：『今日見此爲速矣。』忠義感憤，隱躍言外。以此與會相得，構成擾亂，以圖克復。密書與後主曰：『願陛下忍數日之辱，臣欲使社稷危而復安，日月幽而復明。』此何等忠義也！謂非孔明之流亞與？」客曰：「然則前何以去天水也？」曰：「此乃天水去伯約，非伯約去天水也。」

禰衡

客問：「讀《四聲猿》，乃知禰正平雖屈于生前，實伸于死後。」答曰：「非也。此徐文長自寓托

言耳，非有實績可信。如正平者，真後世文士之戒也。據其譏彈陳長文、司馬伯達曰『屠沽兒』，于荀文若、趙稚長曰『借面弔喪』、曰『監廚請客』，于祖道諸人曰『冢』、曰『屍』，于黄祖太守曰『死公』，云『等道』。勃虐無禮，一狂生耳！身首異處，亦自取也。然曹瞞不殺，送之劉表，劉表不殺，送之黄祖，非徒以其虛名，實有足以致名處：目所一見，輒誦于口，耳所瞥聞，不忘于心；飛辯騁詞，溢氣坌涌；解疑釋結，臨敵有餘。如荊州章奏，須臾立成，辭亦可觀；江夏書記，輕重疎密，各得體宜，一覽蔡邕碑文，書出不差一字，攬筆直賦《鸚鵡》，文成畧無加點。委有過人之資，絶世之慧，猶以狂悖殺身。況今之文人，眼不識丁，胸無半墨；轉筆如山，遣詞似石，咿唔半世，不成一文，思索十年，竟無半句，猶欲爲正平勃虐耶？吾恐黄太守主簿亦不肯殺之矣。何也？有辱此刃故也。呵呵！」

馬謖

客問：「馬幼常畢竟何如人？」答曰：「孔明深加器異，亦非漫然。先主以爲言過其實，亦有見之言也。獨街亭之役，余反有憾于孔明。何也？當其下獄，于時十萬之衆爲之垂泣，是豈易得者哉！且其書詞哀楚，自是賢者。善乎蔣琬之言曰：『楚殺得臣，然後文公喜』，可知也。天下未定，而戮智計之士，豈不惜乎？時有李邈亦諫亮曰：『秦赦孟明，用伯西戎〔二九〕；楚誅子玉，二世不兢。』此時孔明從之，許其立功贖罪，吾無恨也。」客曰：「即留之，言過其實之人，何能立功也？」答曰：「是何言與？『夫用兵之道，攻心爲上，攻城爲下；心戰爲上，兵戰爲下。』孔明得此，以服南方。如幼常者，不足參末議耶？若所云言過其實，亦與今之無實而高談者有間也。」

劉巴

客問：「劉子初固非俗士，獨張翼德甞就子初宿，子初不與語，翼德忿恚。孔明謂子初曰：『翼

〔二九〕「戎」，劉本闕，據吴本補。

德雖實武人，敬慕足下。主公今方收拾文武以定大事，足下雖天素高亮，宜少降意。』子初曰：『大丈夫處世，當交四海英雄，如何與兵子共語？』玄德聞之怒曰：『子初才智絶人，如孤可任用之，非孤者難獨任也。』而吴張昭，亦對孫仲謀論子初褊阨，不當拒翼德太甚。仲謀謂：『若令子初隨世沈浮，容悦玄德，交非其人，何足稱爲高士乎？』何孔明、玄德、張昭、孫權持論之不同也？」荅曰：「孔明、張昭，老成有見之言，玄德、孫權，英雄欺人之語。幸翼德能容之耳，不然，子初瘦骨，能飽翼德老拳乎？夫子初已矣，若今世有子初之褊阨，而無子初之才智者，堪爲兵子之奴否也？」

許慈、胡潛

許慈，字仁篤。胡潛，字公興。客問：「亦知二人笑話乎？」荅曰：「此可爲今日俗儒影子也。昔昭烈定蜀，慈、潛並爲學士。二人更相克伐，謗讟忿争，形于聲色；書籍有無，不相通借；時尋楚撻，以相震撼。其矜己妬彼乃至于此。昭烈愍其若斯，羣僚大會，使倡家假爲二子之容，傚其訟鬩之狀，酒酣樂作，以爲嬉戲。初以辭義相難，終以刀杖相屈，用感切之。噫，昭烈真聖主也！此俗儒，不寸斷之以爲馬料，猶然欲感悟之，非大聖人不能也。雖然，即用爲馬料，其如馬不食何！由此言之，昭烈非愛二子也，愛馬也。一笑，一笑。」

書富春東觀山漢前將軍壯繆關侯祠壁〔三〇〕

富春據錢唐上游，形勝甲於兩浙，喪亂㠯來，盡罹兵燹，即萬仞宮墻，鞠爲茂草，餘可識已！侯祠在此山之麓，靈光獨存，其足懾賊人之膽如此。今移葺絶巘，江山秀遶，較昔增勝，而畏威懷德，千百年下，罔不率從。固宜曹瞞當日震疊我侯，禮敬有加，而欲生致而爲彼輔也。㠯眎權之欲殺我侯者高一等矣。嗚呼！亦豈知我侯之心哉？

〔三〇〕按：《書富春東觀山漢前將軍壯繆關侯祠壁》緑本録。

自夫赤運漸灰，人思問鼎，曹操據有中原，江東分割孫氏，豫州帝室之胄，崎嶇跋涉〔三一〕，欲燃火德於既燼，而販履賤夫，微侯早從臣事，經營草昧於百戰之餘，不階尺土，即荆州一起，能晏然而定乎？當操之東下也，勢無權，迨見舟楫器仗，軍伍整肅，而嘆「景升豚犬，孰如仲謀」，見亦陋矣。沛公天授，建武亦自有真，天下英雄疇復如吾豫州之得正哉？侯獨明於《春秋》之義，前千古後萬年，薄海内外，此其所㠯俎豆不衰也。

或㠯拒婚爲太甚，夫漢家四百年正統相承，封疆大帥，間於魏、吴之二逆，方期滅此而朝食，㠯報主上知遇之隆，而權不反正，欲締孔云之誼，犬子則誠犬子也。其辭嚴，其義正矣。况《春秋》之例，大夫無境外之交乎，若權之妹其已事，又無足論也。厥後伏兵𦪇䑼，墮彼詭謀，鞠躬盡瘁，死而後已。其先諸葛而矢之者，昭日月而壯河山，夫豈歷代死事諸臣所能幾及哉！

迄於今，彼漢賊之號徒存，而舉世之雄安在？富春爲權之故里，郡竊東安，赤烏大帝，僭偪乘輿，自堅至皓，幾及百年相傳，其祖墓爲天子岡〔三二〕。豈知百代之下，東觀山椒侯之廟巋然在焉，而所稱天子岡者，方且與衆山培塿臣僕，拜伏之不遑。奸雄魂魄，其能共廟食而争此一塊土乎？少陵之詩曰：「江流石不轉，遺恨失吞吴。」侯之靈，不吞於一時而吞於萬世，其亦可以少慰矣。

山舊有子陵先生祠，燬於屯戍，遺像今祔廟中。夫子陵，布衣耳，桐江一絲繫漢九鼎，錦峰繡嶺之下，祀祠尤嚴，甚矣！志節之足繫人思也。

予於庚戌二月肅謁侯祠，口占聯句：

志未遂吞吴，遺廟空山，爲問孫郎今在否？
義皆當事漢，釣臺烟水，相呼嚴子好歸來。

侯之心固如是也。假令仲謀當日席父兄之勢，

〔三一〕「涉」，原作「跡」，同「步」。酌改。
〔三二〕「岡」，原作「罔」。按：後文作「天子岡」，據後文改。

體率士之忠，與我侯比肩，戮力北伐曹瞞，共獎王室，百世而降，即聲靈赫耀不逮我侯，而此邦之人維桑與梓，安知不㠯祀我侯者俎豆其間也？廼計不出此，卒至配食遜嚴陵之匹夫，惡名浮僭魏之亂賊，不亦深可惜哉！權若有知，聞予言，當自悔噬臍，其何及也。

觀山踞富春江口，爲閩、粵孔道，出没雲烟，帆檣絡繹，瞻精靈之如在，念大義之當明，則入廟思敬，歸有餘師矣。嗟嗟！女墻衰草，上覆黄雲，客路寒飈，斜飛白雁，聽嗚笳之嗚咽，望江水兮蒼茫，百端交集，亦復誰能堪此！世不乏行邁之子，能無有感於斯文？

康熙丁卯仲夏山陰戴易南枝氏題

三國志演義序〔三三〕

甞聞吴郡馮子猶賞稱宇内四大奇書，曰《三國》《水滸》《西遊》及《金瓶梅》四種。余亦喜其賞稱爲近是。然《水滸》文藻雖佳，于世道無所關繫，且庸陋之夫讀之，不知作者密隱鑒誡深意，多以是爲果有其事，藉口效尤，興起邪思，致壞心術，是奇而有害于人者也。《西遊》辭句雖達，第鑿空捏造，人皆知其誕而不經，詭恠幻妄，是奇而滅没聖賢爲治之心者也。若夫《金瓶梅》，不過譏刺豪華淫侈，興敗無常，差足澹人情欲，資人談柄已耳，何足多讀！至于《三國》一書，因陳壽一《志》擴而爲傳，彷彿左氏之傳《麟經》，其自漢靈錮寵中涓，十常侍黨同專政擅權，朦蔽主聰，苛歛恣横，流毒縉紳，其時老成忠直之士，委伏畎畝。繼之獻帝爲董卓廢立，以致羣雄並起，四海鼎沸。劉先主胸懷大志，倔起涿鹿，與関、張結義，徧歴啚功，百折不回，思伸其志，卒之元直走薦伏龍，南陽獲偕魚水，隆中決策，鼎立西川，以成王業。傳中所載孫

〔三三〕按：《三國志演義序》漁本録。

策父子之豪，二袁父子之闇，劉表父子之愚，曹瞞父子之詐，先主之艱窘，孔明之忠貞，關、張之信義，子龍之膽畧，以及蜀、吴，魏人材之盛，智勇之多。司馬昭簒禪大位，與曹丕之簒禪如出一轍，可知天理之循環。諸葛瞻綿竹死節，與孔明大營殞星，父子殉身，具見忠賢之遺裔。漢末以宦豎而始禍，蜀末亦以宦豎而終禍，首尾映帶，叙述精詳，貫穿聯絡，縷析條分。事有脗合而不雷同，指歸據實而非臆造。蓋先主起而王蜀，爲氣數閏運之奇局；而羣雄附而争亂，又爲閏運中變幻之奇局，較前此三代及秦之末，及後此唐宋之末，擾攘移鼎之局，迥乎不同。而演此傳者，又與前後演列國，七國、十六國、南北朝，東西魏，前後梁各傳之手筆，亦大相徑庭。傳中模寫人物情事，神彩陸離，瞭若指掌。且行文如九曲黄河，一瀉直下，起結雖有不齊，而章法居然井秩，幾若《史記》之列「本紀」「世家」「列傳」各成段落者不侔，是所謂奇才奇文也。余于聲山所評傳首，已借爲之序矣，復憶曩者聖歎擬欲評定史遷《史記》爲第一才子書，既而不果。余茲閲評是傳之文，華而不鑿，直而不俚，溢而不匱，章而不繁，誠哉第一才子書也！因再梓以公諸好古者。是爲序。

湖上笠翁李漁題於吴山之層園

序（題金聖歎）〔三四〕

余嘗集才子書者六，其目曰《莊》也、《騷》也、馬之《史記》也、杜之律詩也、《水滸》也、《西廂》也，已〔三五〕謬加評訂，海内君子皆許余以爲知言。近又取《三國志》讀之，見其據實指陳，非屬臆造，堪與經史〔三六〕相表裡。由是觀之，奇又莫奇於《三國》矣。

〔三四〕按：《序》毛校本録，齋本、光本、商本題做《原序》。
〔三五〕「已」，商本脱。
〔三六〕「經史」，齋本、光本作「史册」。

或曰：凡自周、秦而上，漢、唐而下，依史以演義者，無不弅《三國》相仿，何獨奇乎《三國》？曰：三國者，乃古今争天下之一大奇局，而演〔三七〕《三國》者，又古今爲小説之一大奇手也。異代之争天下，其事較平，取其事以爲傳，其手又較庸，故迥不得與《三國》並也。

吾嘗覽三國争天下之局，而嘆天運之變化真有所莫測也。當漢獻失柄，董卓擅權，羣雄並起，四海鼎沸，使劉皇叔早諧魚水之歡，先得荆襄之地，長驅河北，傳檄淮〔三八〕南，江東、秦、雍，以次畧定，則仍一光武中興之局，而不見天運之善變也。惟卓不遂其篡以誅死，曺操又淂挾天子以令諸侯，名位雖虚，正朔未改。皇叔宛轉避難，不淂亟建大義於天下，而大江南北已爲吴、魏之所攘，獨留西南一隅，爲劉氏托足之地。然不淂孔明出而東助赤壁一戰，西爲漢中一摧，則漢益亦幾折而入于曺，而吴亦不能獨立，則又成一王莽簒漢之局，而天運猶不見其善變也。逮于華容遁去，雞肋歸來，鼎足而居，權侔力敵，而三分之勢遂成。尋彼曺操一生，罪惡貫盈，神人共怒，檄之、駡之、刺之、藥之、燒之、劫之，割鬚、折齒，墮馬、落塹，瀕死者數，而卒免於死：爲敵者衆而爲輔亦衆；此又天之若有意以成三分，而故留此奸雄以爲漢之蟊賊。且天生瑜以爲亮對，又生懿以繼曺後，似皆恐鼎足之中折，而叠出其人才以相持也。

自古割據者有矣，分王者有矣，爲十二國，爲七國，爲十六國，爲南北朝，爲東西魏，爲前後漢，其間乍淂乍失，或亾或存，遠或不能一紀，近或不踰歲月，從未有六十年中，興則俱興，滅則俱滅，如三國争天下之局之奇者也。今覽此書之奇，足以使學士讀之而快，委巷不學之人讀之而亦快，英雄豪傑讀之而快，凡夫俗子讀之而亦快也。

昔者蒯通之説〔三九〕韓信，已有鼎足三分之説，

〔三七〕「演」下，商本衍「義」字。
〔三八〕「淮」，齋本、光本作「江」。
〔三九〕「説」，商本作「諫」。

其時信已臣漢，義不可背。項羽粗暴無謀，有一范增而不能用，勢不得不一統於羣策羣力之漢。三分之幾虛兆于漢室方興之時，而卒成於漢室衰微之際。且高祖以王漢興，而先主以王漢亾，一能還定三秦，一不能取中原尺寸。若彼蒼之造漢以如是起，以如是止，蚤有其成局於冥冥之中，遂致當世之人之事，才謀各别，境界獨殊，以迥異於千古，此〔四〇〕非天事之最奇者歟！

作演義者，以文章之奇而傳其事之奇，而且無所事於穿鑿，第貫穿其事寔，錯綜其始末，而已無之不奇，此又人事之未經見者也。獨是事奇矣，書奇矣，而無有人焉起而評之，即或有人，而使心非錦心，口非繡口，不能一一代古人傳其胸臆，則是書亦終與周、秦而上，漢、唐而下諸演義等，人亦烏乎知其奇而信其奇哉！

余嘗欲探索其奇，以正諸世，會病未果。忽於友人案頭見毛子所評《三國志》之稿，觀其筆墨之快，心思之靈，先得我心之同然，因稱快者再，而今而後，知第一才子書之目又果在《三國》也。故余序此數言付毛子，授剞之日弁于簡端，使後之閲者知余與毛子有同心云。

旹〔四一〕順治歲次甲申嘉平朔日

金人瑞聖歎氏題

序〔四二〕

院本之有《西廂》，稗官之有《水滸》，其來舊矣。一經聖歎點定，推爲「第五才子」「第六才子」，遂成錦心繡口，絶世妙文，學士家無不交口稱奇，較之從前俗刻，奚翅什佰過之？信乎筆削之能，功倍作者。經傳爲然，一切著述何獨不然，古之人

〔四〇〕「此」，光本作「者」。

〔四一〕「旹」，光本訛作「昔」，商本下衍「在」。

〔四二〕按：《序》致本録。

不余欺也。余於窮經之暇，涉獵史册，間及陳壽之《三國志》，因取《三國演義》參觀而並校之。大都附會時事，徵實爲多，視彼翻空而易奇者，轉若運掉不靈，又其行文不無支蔓，字句間亦或瑕瑜不掩，卓吾李氏蓋嘗病之。惜無其人爲之打疊剪裁，並與洗刷其眉目，所以官骸粗具，生面未開，評刻雖多，猶非全璧。最後乃見聲山評本，觀其領挈綱提，針藏線伏，波瀾意度，萬竅玲瓏，真是通身手眼，而此書所自有之奇，與前此所未剖之秘，一旦披剥盡致，軒豁呈露。不惟作者功臣，以之追配「聖歎外書」，居然鼎足，不相上下。况《西廂》誨淫，《水滸》導亂，且屬子虛烏有，何如《演義》一書，其人其事，章章史傳，経文緯武，竟幅錦機。熟其掌故，則益智之粽也；尋其組織，亦指南之車也。案頭寓目，何可少此一種，豈獨賢於博弈而已？但其板已漫漶，不無魯魚豕亥之譌，因爲釐訂，付諸剞劂，以廣其傳。覽者當不以余言爲河漢也。

雍正十二年歲次甲寅四月大興黄叔瑛兆千氏題

重刊《三國志演義》序〔四三〕

昔陳承祚有良史才，所撰魏蜀吴《三國志》，凡六十五篇，已入正史。范頵稱其詞多勸誡，明乎得失，有益風化。裴松之亦謂銓敘可觀，事多審正，而惜其失在於略，復上搜舊聞，旁摭遺逸，凡《志》所不載，事宜存録者，畢取以爲之注，而三國事蹟略備。演義之作，濫觴於元人，以供村老談説故事。然悉本陳《志》、裴《注》，絶不架空杜撰，意主忠義，而旨歸勸懲。閲者參觀正史，始知語皆有本，而不與一切小説等量而齊觀矣。

咸豐三年孟夏勾吴清溪居士書

〔四三〕按：《重刊〈三國志演義〉序》齋本、光本（新六十卷本）録。

附録二　《三國演義》版本簡介

現存《三國演義》版本，明代刊本有三十多種，清代則以毛本的産生爲分水嶺。毛本産生前及同時有李卓吾本、李漁本及數種建陽刻本並行。自毛本産生後，其他版本的流傳式微，存世不多，並逐漸失傳，主要爲「志傳」系統數箇版本，多有參照毛本修正的現象。

一、《三國演義》版本系統

《三國演義》成書之初，以鈔本形式流行。而鈔本的發展，流向兩個方向，也形成了《三國演義》存世版本的兩大系統。

第一，「演義」系統（「通俗演義」系統）。最古版本爲目前已知刻印年代最早（一五二二年）的嘉靖本，即嘉靖壬午本（嘉本），由鈔本直接借史書整理，刊印、發行而産生。以及在嘉靖本同時期刊印的底本基礎上，加入史書故事和詠史詩的周曰校本、夏振宇本和夷白堂本。明末又在此基礎上形成了假託李卓吾之名的批評本，即李卓吾本（李贄，字宏甫，號卓吾）。明末至清前期，贄本衍生出三種批評本：假託鍾惺、李漁之名做批語的鍾伯敬本（鍾惺，字伯敬）、李漁本，以及影響力最大的毛綸（號聲山）、毛宗崗父子的毛氏評改本。

第二，「志傳」系統（「三國志傳」系統），分爲繁本系統（葉逢春本系統）和簡本系統兩大類。其中繁本最古本爲葉逢春本，是除嘉靖本以外，刻印年代最早的版本（嘉靖二十七年，一五四八年）。葉逢春本未借史書整理，接近鈔本原文，並加入了周靜軒詩歌而刊印發行。在此基礎上，後續版本又加入了「花關索」故事。本系統還有鄭少垣本、余象斗本、余評林本、種德堂本、楊閩齋本、湯賓尹本等。簡本系統（「關索」系統）又分爲「志傳本」和「英雄志傳本」兩小類。在葉逢春本形成的同時，另外出現了由鈔本大幅簡化而成的版本。後續版本加

入了「關索」故事後，形成了版本衆多的系統。「志傳本」包含黄正甫本、劉龍田本、朱鼎臣本、天理圖本、忠正堂本、費守齋本等；「英雄志傳本」包含劉興我本、劉榮吾本、楊美生本、美玉堂本、繼志堂本、熊佛貴本、熊清波本、北京藏本、魏氏刊本、天理圖本、松盛堂本、二酉堂本等各種六卷本和二十卷本等。

「志傳」系統諸本于現今《三國演義》排印出版物鮮有涉及，以下不再介紹。

二、「演義」系統版本及其關係畧述

（一）版本簡介

甲、《三國志通俗演義》，嘉靖本

嘉本共二十四卷，每卷十則；卷首有弘治甲寅年（弘治七年，一四九四年）庸愚子（蔣大器）作《三國志通俗演義序》、嘉靖壬午年（嘉靖元年，一五二二年）修髯子（張尚德）所作《三國志通俗演義引》、《三國志宗僚》（人名録）；每卷卷首有目録，並題有「晉平陽侯陳壽史傳，後學羅本貫中編次」。半葉九行，行十七字。大約刊行於嘉靖壬午年，是現存最古老的《三國演義》全本。

乙、《新刊校正古本大字音釋三國志通俗演義》，周曰校本

周本共十二卷，每卷二十則。封面上部有萬曆辛卯周曰校所撰識語，下部題「全像三國志傳演義／書林周曰校刊」。卷首有「節目」（目録）；修髯子《全像三國志通俗演義引》末署嘉靖壬子年（三十一年，一五五二年），又有「萬曆辛卯（十九年，一五九一年）季冬吉望刊于萬卷樓」，故又稱「萬卷樓本」；庸愚子《全像三國志通俗演義敘》（嘉本弘治甲寅年序）；《三國志宗寮》。每則開頭有兩葉拼成插圖一幅。半葉十三行，行二十六字。個別版心有「仁壽堂刊」。卷一題「晉平陽侯陳壽史傳，後學羅本貫中編次，明書林周曰校刊行」。

丙、《新刻校正古本大字音釋三國志傳通俗演

義》，夏振宇本

夏本卷首有《三國志通俗演義引》（嘉本壬午年引）、《三國志通俗演義序》（嘉本弘治甲寅年序）、《三國志傳宗寮姓氏總目》；每卷卷首題有「平陽侯陳壽史傳，後學羅貫中編次，書林夏振宇繡梓」。半葉十一行，行二十五字，每半葉上段横寫小標題。刊行年代不可實考，據推斷爲隆慶或萬曆初年刊行，甚至是嘉靖末年，母本爲官本。

丁、《新鐫通俗演義三國志傳》，夷白堂本

夷本共二十四卷，每卷十則，現爲殘本。每卷卷首題有「武林夷白堂刊」。半葉九行，行十七字，開本小，屬巾箱本。刊印年代不詳。《明代版刻宗録》述：「夷白堂：楊爾曾，字聖魯，號雉衡山人，又號夷白主人，錢塘人」，夷白堂本推斷刊行於萬曆三四十年間。

戊、《李卓吾先生批評三國志》，李卓吾本

有李卓吾（李贄）批評字樣的版本有十多種。其中以有隨文眉批（側批）、回末總評的版本，爲實質李卓吾本，皆爲一百二十回不分卷，每回分兩則。正文、批語内容大致趨同；正文版式皆半葉十行，行二十二字，有雙行夾注（地名、人名注釋）；批語版式畧異。因刊行時間與李卓吾生卒年代不符，以及批語中涉及「梁溪葉仲子」，故推斷批語爲葉晝託名僞作。按底本衍化和推測年代順序有：

子、李卓吾甲本（贄甲本）

贄甲本批語爲眉批和回末總評。有二百四十幅插圖，共一百二十葉；每回前一葉，半面一幅，對應每則一幅。卷首有秃子《序批評三國志通俗演義》。贄甲本有劉君裕本和吴觀明本，刊印時間皆不可考，按刻工題名推斷皆爲明晚期刊本。

①劉君裕本：無封面、牌記。第六十一回前插圖版心題「君裕劉刻」。「劉君裕」爲明晚期著名版畫刻工，活躍於萬曆晚期、泰昌、天啟、崇禎年間。劉君裕本爲已知最早的贄本。

②吴觀明本：題有「刻李卓吾先生批點三國志全像百二十回」；插圖後封面題「三國志演義

評」；卷首末尾題「建陽吴觀明刻」；第二回插圖版心題「書林劉素明全刻像」，刻工「劉素明」活躍於明末天啟、崇禎年間。吴觀明本爲劉君裕本覆刻本。

丑、李卓吾乙本（贄乙本）

贄乙本爲甲本的覆刻本，較甲本有版刻異文（脱、訛）。批語格式同甲本。

①緑蔭堂本：封面題「繡像古本／李卓吾原評三國志／吴郡緑蔭堂藏版」；卷一首題「李卓吾先生批評三國志」。刊印時間不可考。目録中「玄」字缺筆，以避清帝康熙諱，又以卷首戴易題爲《書富春東觀山漢前將軍壯繆關侯祠壁》落款「康熙丁卯仲夏」，推斷刊印時間不早於康熙九年（一六七〇年）。

②九思堂本：封面題「李卓吾先生評定／聖歎外書／繡像三國志全傳／嘉興九思堂藏版」；與緑蔭堂本同版，有部分補刻，刊印時間晚於緑蔭堂本。

寅、李卓吾丙本（贄丙本）

贄丙本批語内容沿襲乙本脱訛，並有增多。批語格式改眉批爲行間側批。

①藜光樓本：封面題「繡像古本／李卓吾原評三國志／吴郡藜光樓／植槐堂藏版」，目録中「玄」字缺筆。

②三槐堂本：封面題「雍正乙巳夏鐫／李卓吾先生評／新訂繡像三國志／古吴三槐堂／三樂齋／三才堂藏板」。

卯、李卓吾丁本（贄丁本，真本）

贄丁本文本兼有乙、丙本特徵。批語格式同甲本。

真本封面題「李卓吾先生批評三國志真本／吴郡寶翰樓藏版」。

己、《鍾伯敬先生批評三國志》，鍾伯敬本

鍾本卷頭題有「景陵鍾伯敬父批評／長洲陳仁錫明卿父較閲」。序文、目録等遺失。半葉十二行，行二十六字。版框上部有眉批，文間有雙行夾批（地名注釋），每回末有總評。版心下有「積慶堂藏板」，爲積慶堂原刻，四知館補刻重刊。批語假託

鍾惺（伯敬）之名，刊印時間不可考。根據卷首題「較閲」，以避明熹宗朱由校諱，刊印時間應爲天啟、崇禎年間。

庚、《李笠翁批閲三國志》，李漁本

漁本封面上欄横刻「笠翁評閲」、下欄右上刻「繡像三國志」、左刻「第一才/子書」；卷首有李漁（笠翁）作《三國志演義序》；插圖一百二十葉，每回一葉。半葉十行，行二十二字。版框上部有眉批。有清康熙翼聖堂本、兩衡堂本和芥子園本等。因翼聖堂刊刻存世書籍多爲康熙前期，兩衡堂爲康熙後期，又翼聖堂刊刻多種李漁著作原刻本，推斷翼聖堂本爲原刻本或早期刻本。李漁批語雖然被一些著作歸爲李漁所作，但也有學者從批語觀點、序言所述和作者卒年的差異，考證李漁批語也是假託之作。

辛、《四大奇書第一種》，醉畊堂本

醉本，六十卷，百二十回。封面上欄横刻「聲山别集」、下欄右上刻「古本三國志」、左刻「四大奇書/第一種」大字二行（「種」字下有陰文朱印「天香書屋」一枚）；卷首有李漁序、總目、繡像、《讀〈三國志〉法》和《凡例》；每卷首題「四大奇書第一種卷之幾/茂苑毛宗崗序始氏評/吴門杭永年資能氏評定」；總目與正文板心均刻書名。多回目首葉板心下刻「醉畊堂」。批語爲毛綸（號聲山）、毛宗崗父子的回前評、雙行夾批、眉批、行間側批凡四種；眉批、行間側批爲讀音、地名注釋。

醉本刊刻時間不可考，根據卷首李漁所作《序》，落款時間爲康熙己未年（十八年，一六七九年），推斷刊印時間不早於此年。醉本是現存刊行時間最早的毛氏批評本。魯迅《中國小説史畧》：「自毛本行，羅本原本便也廢棄而不爲人所知」；「一切舊本乃不復行」。

現已知毛本自醉本以降，清代至民國不同出版商刊刻、石印、鉛印的毛本種類有二百多種。按卷數分，可分爲舊六十卷本、新六十卷本、二十四卷本、十九卷本、五十一卷本等。按名稱也可分爲

《四大奇書第一種》系列、《第一才子書》系列、《三國志演義》系列、《漢宋奇書》系列等。

（二）版本關係

「演義」系統這八種重要版本的關係，可根據其不同的關係類型分爲兩部分介紹。

甲、前四種明代刊本關係

因版本刊行的確切年代不可考，嘉本、周本、夏本和夷本，從文本、體裁對比上來看，非直系繼承關係。有很大的幾率是從同一個更早的祖本各自衍變而來，但確爲同一個底本系統，是有刊印時間先後的並列關係。

周、夏、夷三本，較嘉本，最大的區别是加入了十一個故事：其中十個故事原型來自裴松之注《三國志》正史，但引用的文字多出於明代較爲流行的《資治通鑒綱目》，另外一個是當時民間流行的虚構傳説「關索」故事。三個版本中，周、夏兩本與嘉本另一大區别是加入了周静軒的詩歌。而從夷白堂殘本看，這些詩歌、贊又被删去了三分之二。

在周、夏、夷三本中，文字上關係較爲密切的是周、夏兩本。夏本的成書時間比周本更晚。夷本雖爲二十四卷本，屬於十二卷江南本系統，是十二卷本系統中一個獨立的版本。文字基本上與周本一致，部分與嘉本相同。批註、詩詞、書信等多半删節，是爲簡本。

乙、贊本及其後諸本關係

贊本是「演義」系統中承前啟後的重要版本。前四種早期版本並無繼承關係，但通過文本對比，贊本的文本與周本有差别，但與夏本大體相同，並對夏本少數情節做了修改。因此可推斷，贊本的底本是夏本或其相關版本。

通過刊印時期和文字對比，可證實贊本是鍾、毛、漁三種的底本。鍾本、毛本的底本是贊甲本或其相近版本；而漁本的底本接近於贊甲本和贊丙本之間，並且正文和批語借鑒了同時代已經成書的毛本。

贊本出現了三個比較明顯的特點：一、首次將

《三國志演義》由二百四十則合併爲一百二十回，回目也由單題變爲雙題。一百二十回的形式被後來大多數版本所沿襲。二、開「演義」系統批評之先河。贄本不僅有眉批，且每回回末還有總評，總計達四萬多字，因而形成了較爲完整的批評系統。三、在批評的内容上敢於標新立異，獨樹一幟；這在評價人物形象時體現得尤其鮮明突出。

三、各版本批語特點

（一）前四種刊本

從現存小説古刊本來看，《三國演義》早期刊本雖然没有「批評」「點評」等字樣，却初具小説批評的式樣，符合儒家經典一貫以來「經注一體」的形式。

甲、嘉本

嘉本隨正文有六百餘條小字雙行夾注，注釋大部分爲字詞注音、釋義，其次是補充史事和典故，最少的是地名注解。小字夾注的作者和由此判斷該書的成書年代，學界仍有争議。

乙、周本、夏本

在周、夏兩本中，注釋得到了進一步擴充，達到一千四百多條，近四萬字。嘉本雙行夾注，周、夏兩本都有，另外在注音、釋義和地名注解方面都依據資料有大量擴充，即「按鑑參考」。宋、元、明三代以來《綱目》各類解釋、闡發、考訂的注本，以及各種合注本較爲流行。所謂「按鑑參考」，周、夏兩本使用正史、《通鑑》及《綱目》（合注本）等史書，引用各種注文，並整理成爲數種題目（「音釋」「釋義」「補註」「補遺」「論曰」「考證」等）的雙行夾注。如地理類注文大量引用了《綱目》合注本中包含的元代王幼學《通鑑綱目集覽》，及明代馮智舒《通鑑綱目質實》等。這種發展對於下層讀者更爲友好。

丙、夷白堂本

周、夏本文中大量小字雙行批注，夷本則大部分删掉，只保留一少部分。

（二）後四種刊本

贊本的雙行夾注，僅保留了之前版本有關地理類的注釋。由贊本而產生的鍾本、漁本皆繼承了贊本的雙行夾注。毛本部分眉注源自贊本的夾注，又加入了一些行間側批以注音。

丁、贊本

贊本眉批，四萬餘字，首先開創了一種歷史通俗演義小説的批評方法：没有過去批語的嚴肅、莊重，而是頗有隨心而發、嬉笑怒駡的風格。有許多戲筆，和諸如「呵呵」「一笑」等情感直訴。同時，批語涉及了小説體裁的藝術體現，比如描寫、情節等。

戊、鍾本

鍾本眉批，二萬餘字，較贊本批語更爲嚴謹，風格也較爲嚴肅。一部分批語引自贊本，另一部分爲自創。有相當多的觀點與贊本相悖，比如曹操、諸葛亮等人的人物形象分析。整體風格言簡意賅，價值觀取向比贊本更偏向公允。

己、毛本

毛氏批語，約十七萬字，爲各版本之最，也是所述批語版本中唯一能確定作者的。毛氏批語繼承了金聖歎批評小説文本的形制、内容。所謂形制，毛批本也效仿了金聖歎批評小説的框架：卷首有《序》《讀法》，每回前有總評，評論這一回的幾個重點問題。除了眉批、夾批、側批外，還會圈點精彩文句。在内容上，批語對書中人物塑造、情節闡釋、懸念設置、修辭使用等諸方面，都有涉及。可以説，毛氏是金聖歎小説美學的繼承和發揚者。另外，毛氏的批語與其所「增、删、改」的正文是統一的整體。在多種批語本中，毛氏批語與正文結合最緊密，可謂是共生性的文本，相得益彰。

庚、漁本

漁本批語中，大部分取自毛本。據學者統計，漁本有四千八百餘條批語，與毛本毫無關聯的只有四百餘條。而且這些獨立創作的批語與李漁史論作品中的觀點相去甚遠，從而也佐證了漁本批語爲託名僞作。

附録三　其他參考文獻

（一）《三國志》，［晉］陳壽撰，［（南朝）宋］裴松之注（裴注），中華書局。

《三國志》，「點校本二十四史」叢書，一九八二年第二版。

《三國志集解》（《集解》），盧弼著，一九八二年據古籍出版社一九五七年排印本拼頁影印。

（二）其他《二十四史》，「點校本二十四史」叢書，中華書局。

《後漢書》，［（南朝）宋］范曄撰，［唐］李賢等注（李注），一九六五年第一版。

《晉書》，［唐］房玄齡等著，一九七四年第一版。

《漢書》，［漢］班固撰，［唐］顔師古注（顔注），一九六二年第一版。

《史記》，［漢］司馬遷撰，［（南朝）宋］裴駰集解，［唐］司馬貞索隱，張守節正義，二〇一四年「修訂本」第一版。

《隋書》，［唐］魏徵等撰，二〇二〇年「修訂本」第一版。

《舊唐書》，［後晉］劉昫等撰，一九七五年五月第一版。

《宋書》，［（南朝）梁］沈約撰，二〇一六年「修訂本」第一版。

《南史》，［唐］李延壽撰，一九七五年六月第一版。

《新五代史》，［宋］歐陽修撰，［宋］徐無黨註，二〇一六年「修訂本」第一版。

（三）《三國志攷證》（《攷證》），［清］潘眉撰，商務印書館「叢書集成初編」，一九三九年。

《後漢書集解》，［清］王先謙撰，中華書局，二〇〇六年影印。

（四）《資治通鑑》（《通鑑》），［宋］司馬光編著，中華書局，二〇一一年八月第二版。

（五）《新刊資治通鑑綱目大全》（《綱目》），［宋］朱熹編撰，尹起莘發明，［元］劉友益書法、汪克寛考異、王幼學集覽（王集覽）、徐昭文考證，［明］

陳濟正誤（陳正誤）、馮智舒質實（馮質實），國家圖書館藏明楊氏清江書堂刊本。

（六）《文選》，［（南朝）梁］蕭統編。

《文選》，［唐］李善注，國家圖書館藏南宋淳熙八年尤袤刻本，中華書局，一九七四年珂羅版影印。

《日本足利學校藏宋刊明州本六臣注文選》（《六臣注文選》），［唐］李善，「五臣」吕延濟、劉良、張銑、吕向、李周翰注，日本足利學校藏南宋初年明州刊本，人民文學出版社，二〇〇八年影印。

（七）《文選考異》，［清］胡克家撰，日本早稻田大學圖書館藏清嘉慶鄱陽胡氏刻本。

（八）《重栞宋本十三經注疏》，［清］阮元校刊審定，盧宣旬校，朱華臨道光六年重校，日本國立公文書館藏清嘉慶二十年南昌府學刻、道光六年重刻本。

《周易兼義》（《易經》），［魏］王弼、［晉］韓康伯注，［唐］孔穎達等疏，［清］李鋭校。

《附釋音尚書注疏》（《尚書》），［漢］孔安國傳，［唐］陸德明音義、孔穎達等疏，［清］徐養原校。

《附釋音毛詩注疏》（《詩經》），［漢］毛亨傳、鄭玄箋，［唐］陸德明音義、孔穎達等疏，［清］顧廣圻校。

《附釋音禮記注疏》（《禮記》），［漢］鄭玄注，［唐］陸德明音義、孔穎達等疏，［清］洪震煊校。

《附釋音春秋左傳注疏》（《左傳》），［晉］杜預注，［唐］陸德明音義、孔穎達等疏，［清］嚴杰校。

《論語注疏解經》（《論語》），［魏］何晏集解，［宋］邢昺疏，［清］孫同元校。

《孟子注疏解經》（《孟子》），［漢］趙岐注，［宋］孫奭疏，［清］李鋭校。

《監本附音春秋公羊注疏》（《公羊傳》），［漢］何休注，［唐］徐彦疏，［清］臧庸校。

（九）《讀史方輿紀要》（《方輿紀要》），［清］顧祖禹撰，中華書局「中國古代地理總志叢刊」，二〇〇五年三月。

（十）《中國歷史地圖集》，譚其驤主編，中國地圖出版社，一九八二年十月第一版。

（十一）《大明一統志》（《一統志》），［明］李賢等

撰，國家圖書館藏明萬曆年萬壽堂刻本。

（十二）《水經注疏》（《水經注》），［後魏］酈道元注，［清］楊守敬纂疏、熊會貞參疏，江蘇古籍出版社（現鳳凰出版社），一九八九年第一版。

（十三）《三輔黄圖》，［漢］佚名撰，國家圖書館藏明嘉靖三十八年劉景韶刻本。

（十四）《説文解字》（《説文》），［漢］許慎撰，［清］吴騫校，國家圖書館藏清初毛氏汲古閣刻本。

（十五）《説文解字注》，［清］段玉裁注，國家圖書館藏清乾隆嘉慶間段氏經韻樓刻本。

（十六）《康熙字典》，［清］張玉書、陳廷敬等編纂，國家圖書館藏清康熙内務府刻本。

（十七）《欽定古今圖書集成》（《古今圖書集成》），［清］陳夢雷等編纂，清雍正四年内務府銅活字本，上海中華書局，一九三四年影印。

（十八）《集千家註批點杜工部詩集》（《杜工部集》），［唐］杜甫撰，［宋］劉辰翁評，［元］高楚芳編，日本國立公文書館藏元刻本。

（十九）《東坡全集》，［宋］蘇軾、王宗稷撰，國家圖書館藏明刻本。

（二十）《唱經堂杜詩解》（《金批杜詩》），［清］金聖歎著，美國哈佛大學哈佛燕京圖書館藏清順治己亥年《貫華堂才子書彙稿》讀易堂刻本。

（二十一）《天下才子必讀書》（《金批古文》），［清］金聖歎著，美國國會圖書館藏清康熙卓觀堂刻本。

（二十二）《繡像第七才子書》（《毛評琵琶記》），［元］高明撰，［清］毛綸（聲山）評，天津圖書館藏清雍正十三年芥子園刻本。

《廿一史彈詞》，［明］楊慎撰，國家圖書館藏明刻本。

（二十三）《西廂記》（《王西廂》），［元］王德信（實甫）撰，國家圖書館藏明淩濛初套色刻本。

（二十四）《六十種曲》（《繡刻演劇十本》六套），［明］毛晉輯，天津圖書館藏明末毛氏汲古閣刻本。

（二十五）《樊川文集》，［唐］杜牧撰，國家圖書館藏明刻本。

（二十六）《李太白文集》，［唐］李白撰，日本静嘉

堂文庫藏南宋初刊本。
（二十七）《白氏文集》，［唐］白居易撰，國家圖書館藏宋刻本，國家圖書館出版社「國學基本典籍叢刊」，二〇一七年影印出版。
（二十八）《元音》，［明］孫原理輯，國家圖書館藏明初刻本及明抄本。
（二十九）《元詩體要》，［明］宋緒編，國家圖書館藏明正德刻本。
（三十）《宋元詩會》，［清］陳焯輯，國家圖書館藏清法氏存素堂刻本。
（三十一）《隱秀軒集》，［明］鍾惺撰，國家圖書館藏明天啟年沈春澤序刻本。
（三十二）《楚辭集注》，［宋］朱熹撰，國家圖書館藏宋本。
（三十三）《劉賓客文集》，［唐］劉禹錫撰，天津圖書館藏清「畿輔叢書」刻本。
（三十四）《袁中郎全集》，［明］袁宏道撰，天津圖書館藏明末大業堂刻梨雲館類定本。
（三十五）《李義山集》，［唐］李商隱撰，國家圖書館藏明末毛氏汲古閣刻《唐人八家詩》本。
（三十六）《全唐詩》，［清］彭定求等十人編校，國家圖書館藏清康熙四十四年至四十六年揚州詩局刻本。
（三十七）《樂府詩集》（《樂府》），［宋］郭茂倩輯，天津圖書館藏明末毛氏汲古閣刻本。
（三十八）《〈三國演義〉版本考》（《版本考》），［英］魏安著，上海古籍出版社，一九九六年。
（三十九）《〈三國志演義〉版本研究》（《版本研究》），［日］中川諭著、林妙燕譯，上海古籍出版社「光華文史文獻研究叢書」，二〇一〇年。
（四十）《明清〈三國志演義〉文本演變與評點研究》，劉海燕著，福建人民出版社，二〇一〇年。
（四十一）《三國演義大辭典》，沈伯俊、譚良嘯編著，中華書局，二〇〇七年。
（四十二）《三國演義詩詞鑒賞》，鄭鐵生著，新華出版社，二〇一三年。

附録四　人名校正録

醉本原文姓名，依據相關史籍訂正。「改後」欄空缺爲不做修改。「回目」爲首處校改位置，後文正文及批語徑改。

回目	原文	種類	改後	依據
目録	令名	字	令明	《三國志・魏書・龐德傳》
	劉智遠	名	劉知遠	《新五代史・漢本紀》
讀法	李昪	名	李昪	《新五代史・南唐世家》
	張揚	名	張楊	《三國志・魏書・張楊傳》
一	翼德	字		《三國志・蜀書・張飛傳》作「益德」，成習
	壽長	字	長生	《三國志・蜀書・關羽傳》，嘉本、周本
	朱雋	名	朱儁	《後漢書・朱儁傳》，「儁」同「俊」，成習
	唐州	名	唐周	《後漢書・皇甫嵩傳》
二	仲穎	字	仲穎	中華書局《後漢書・董卓列傳》校勘記〔一〕，第一回校記〔四四〕
	孫仲	名	孫夏	《後漢書・朱儁傳》
	劉辨	名	劉辯	《後漢書・孝靈帝紀》，「辨」通「辯」
三	趙萌	名	趙融	《後漢書・孝靈帝紀》李注引《山陽公載記》
五	衛弘	名	衛兹	《三國志・魏書・武帝紀》裴注引《魏晉世説》

續表

回目	原文	種類	改後	依據
六	范康	姓	苑康	《三國志·魏書·劉表傳》
	岑脛	名	岑晊	《三國志·魏書·劉表傳》，嘉本、周本
	英度	字	異度	《三國志·魏書·劉表傳》裴注引《戰畧》，後文第四十回等處
七	闞紀 闞純	姓名	閔純	《三國志·魏書·袁紹傳》
	桓楷	名	桓階	《三國志·魏書·桓階傳》
	逢紀	姓	逄紀	中華書局《後漢書·竇何列傳》校勘記〔一六〕，「逢」同「逄」，音旁；明三本作「逢」
十	李別	名	李利	《三國志·魏書·董卓傳》裴注引《九州春秋》
	荀昆	名	荀緄	《三國志·魏書·荀彧傳》
	子陽	字	子揚	《三國志·魏書·劉曄傳》
十一	糜竺	姓		《三國志·蜀書·麋竺傳》作「麋竺」，成習
十五	華陀	名	華佗	《三國志·魏書·方技傳》
	楊大將	名	楊弘	《三國志·吴書·孫討逆傳》
十七	梁剛	名	梁綱	《三國志·魏書·武帝紀》
十八	沮受	名	沮授	《三國志·魏書·袁紹傳》
二十三	吉太	名	吉本	《三國志·魏書·武帝紀》

續表

回目	原文	種類	改後	依據
三十三	冒頓	名	蹋頓	《三國志·魏書·武帝紀》
三十三	陳孫	名		《三國志·魏書·劉表傳》裴注引《戰略》及明四本作「陳生」，第七回被孫策殺
三十四	蔡勲	名	蔡瓛	後文第四十四回，「瓛」「瑁」同「王」部
三十六	子貢	字	君貢	《三國志·蜀書·諸葛亮傳》
三十八	嚴峻	名	嚴畯	《三國志·吴書·嚴畯傳》
三十八	德摳	字	德樞	《三國志·吴書·程秉傳》
三十八	凌統 公續	姓 字	駱統 公緒	《三國志·吴書·駱統傳》
三十八	吴粲	姓	吾粲	《三國志·吴書·吾粲傳》
三十九	司馬儁	名	司馬儁	《晉書·宣帝紀》
四十	郄慮	姓	郗慮	《後漢書·孔融傳》
四十	糜芳	姓		《三國志·蜀書·關羽傳》作「麋芳」，成習
四十二	吴臣	名	吴巨	中華書局《三國志·蜀書·先主傳》校勘記〔一〕
四十三	楊雄	姓	揚雄	《漢書·揚雄傳》
四十八	劉熙	名	劉靖	《三國志·魏書·劉馥傳》：靖爲馥子，熙爲靖子
五十	公義	字	義公	《三國志·吴書·韓當傳》

續表

回目	原文	種類	改後	依據
五十一	公續	字	公績	《三國志·吳書·凌統傳》
六十	永年	字		《華陽國志·序志》作「子喬」，成習
	子慶	字		《三國志·蜀書·先主傳》《劉封傳》：劉備稱帝，孟達字子敬，諱改字子度，《演義》避魯肅字子敬，作「子慶」
六十二	吴懿	名		《三國志·蜀書·楊戲傳》附《季漢輔臣贊》作「吴壹」，《華陽國志·公孫述劉二牧志》作「吴懿」
	雷同	名	雷銅	《三國志·蜀書·先主傳》，嘉本、周本
六十三	永言	字		《三國志·蜀書·彭羕傳》：「彭羕字永年」，《演義》避前張松字永年，作「永言」
六十五	龐義	名	龐羲	《三國志·蜀書·劉二牧傳》
	吕義	名	吕乂	《三國志·蜀書·吕乂傳》
六十六	衛凱	名	衛覬	《三國志·魏書·武帝紀》
	子愉	字	子魚	《三國志·魏書·華歆傳》
六十九	德偉	字	德禕	《三國志·魏書·武帝紀》裴注引《三輔決録注》
七十一	董紀	名	董祀	《後漢書·列女傳·董祀妻傳》
	道玠	字	仲道	
	曹旴	名	曹盱	《後漢書·列女傳·曹娥傳》

續表

回目	原文	種類	改後	依據
七十三	傅士仁	姓		中華書局《三國志·蜀書·關羽傳》校勘記〔二〕：衍「傅」字；成習
七十五	叔明	字	叔朗	《三國志·吴書·宗室傳》
八十	趙祚	名	趙莋	《三國志·蜀書·先主傳》
	何曾	名	何宗	
	尚舉	名	向舉	《三國志·蜀書·先主傳》、嘉本
	賴忠	名	賴恭	
	黄權	名	黄柱	中華書局《三國志·蜀書·先主傳》校勘記〔七〕
八十一	范彊	名		《三國志·蜀書·張飛傳》作「范彊」；成習
	傅彤	名		《三國志·蜀書·楊戲傳》作「傅彤」；成習
	李意	名		《三國志·蜀書·先主傳》裴注引《神仙傳》作「李意其」；涉各本批語，從原文
九十一	符堅	姓	苻堅	《晉書·苻堅載記》
	官雝	姓	上官雝	《三國志·蜀書·李嚴傳》裴注引《公文上尚書》
	子休	字	子林	《三國志·魏書·夏侯惇傳》裴注引《魏略》，嘉本、周本
九十四	子尚	字	子上	《晉書·文帝紀》
	梁譏	名	梁幾	《三國志·魏書·明帝紀》裴注引《三輔決録注》

續表

回目	原文	種類	改後	依據
九十七	鄞祥	姓名	靳詳	《三國志·魏書·明帝紀》裴注引《魏略》
	費耀	名	費曜	《三國志·蜀書·明帝紀》
九十八	樂琳	名	樂綝	《三國志·魏書·樂進傳》，後文第一百回等處
九十九	戴凌	名	戴陵	《三國志·蜀書·諸葛亮傳》裴注引《漢晉春秋》，明四本
一百一	雋義	字	儁乂	《三國志·魏書·張郃傳》
	公潤	字	公淵	《三國志·蜀書·廖立傳》
一百二	雅權	字	稚權	《三國志·魏書·夏侯淵傳》裴注引《文章敘録》
一百五	何平	姓	王平	《三國志·蜀書·王平傳》
	全綜	名	全琮	《三國志·吴書·全琮傳》
	彦材	字	彦林	《三國志·魏書·明帝紀》裴注引《魏略》
	母丘儉	姓	毌丘儉	《三國志·魏書·毌丘儉傳》
一百六	倫直	姓	綸直	《晉書·宣帝紀》
	許宴	名	許晏	《三國志·蜀書·公孫度傳》
	陳羣	姓	陳圭	《晉書·宣帝紀》
	彦靜	名	彦靖	《三國志·魏書·曹爽傳》裴注引《魏略》，嘉本
	畢範	字	畢軌	《三國志·魏書·曹爽傳》，明四本

續表

回目	原文	種類	改後	依據
一百七	辛敝	名	辛敞	《三國志·魏書·辛毗傳》裴注引《魏晉世語》，明四本、光本
	李歆	名	李韶	《三國志·蜀書·後主傳》
一百八	金公主	姓	全公主	《三國志·吴書·孫和傳》，嘉本、周本
	劉纂	姓名	留贊	《三國志·吴書·諸葛恪傳》
	全懌	名	全端	
	劉署	姓	留署	
一百十	仲聞	字	仲恭	《三國志·魏書·毌丘儉傳》
	文淑	名	文俶	《三國志·魏書·毌丘儉傳》裴注引《魏氏春秋》
	鄭褒	名	鄭袤	《晉書·鄭袤傳》
一百十一	諸葛灝	名	諸葛靚	《三國志·魏書·諸葛誕傳》，後文第一百二十回，嘉本
	周太	姓名	州泰	《三國志·魏書·諸葛誕傳》
一百十二	全褘	名	全禕	《三國志·吴書·三嗣主傳》，嘉本、周本、贅本
一百十三	劉丞	名	劉承	《三國志·吴書·孫綝傳》，商本
	桓懿	名	桓彝	《三國志·吴書·孫綝傳》，嘉本、周本、贅本
	于休	姓	干休	《三國志·吴書·三嗣主傳》，嘉本、贅本
一百十四	景召	字	景明	《三國志·魏書·三少帝紀》
	丘健	名	丘建	《三國志·魏書·鍾會傳》

續表

回目	原文	種類	改後	依據
一百十六	邵緩	姓名	爰邵	《三國志·魏書·鄧艾傳》
	劉實	名	劉寔	《晉書·劉寔傳》
一百十八	劉悰	名	劉琮	《三國志·蜀書·劉璿傳》裴注引《蜀世譜》，嘉本、贄本、澹本、光本
一百十九	霍戈	名	霍弋	《三國志·蜀書·霍峻傳》附《霍弋傳》
	司馬亮	名	司馬量	《晉書·宣帝紀》，嘉本、周本
	曹滕	名	曹騰	《三國志·魏書·武帝紀》，前文第一回
一百二十	滕修	名	滕循	《三國志·吴書·三嗣主傳》

後記　校勘札記

一、關於彙校

《三國演義》現今以毛本爲主流，各類整理本所依據底本、校本各異，但所涉及版本種類有限。一九七三年人民文學出版社通行本首次使用明代嘉靖本爲參校本，之後陸續有其他整理本亦參校通行本。整體上，對於《三國演義》的校勘略爲保守，缺乏對於毛本及《三國演義》其他版本研究成果的體現。即使《三國演義》作爲四大名著之一，是發行量、普及度極高的品種，但校勘深度並不夠，總體上只是清代毛本的延續。

另一方面，由於社會環境及教育程度的進步，讀者對三國歷史的涉獵和研究更爲普及，對於《三國演義》進一步彌合與歷史的差異有需求。這也體現了讀者對《三國演義》這樣一部明清歷史演義小說中與歷史貼合程度最高，影響力廣泛，深入中華文化血液的作品，版本進步的要求。

因此，本書的校勘宗旨有二：一是依據「演義」系統諸本進行版本對校，以求兼收各本之善；一是使用本校、理校及他校的方法，利用相關古籍文獻，修訂《三國演義》文本。

（一）毛本

如果想儘量廣泛地汲取毛本流傳三百四十餘年間古人、今人的校勘成果，涉及不同毛本的樣貌，那麼應該選擇儘量多的、有代表性的版本作彙校，以達兼收繼承之願。如何選擇底本、校本？首先，毋庸置疑，醉本爲底本不二之選。校本的問題則較爲複雜。醉本在刊行之後這三百四十餘年間，先後產生了大小數個後輩分支，可略以卷數作爲區分。在古典小說的整理中，校本需要在不同分支中選擇較晚出現的版本。這是由於異文相對豐富，也意味著校勘點以及衍生訛誤都積累相對更多。

①六十卷本：自康熙年醉本以下至道光年間的六十卷本，爲「舊六十卷本」。特徵是除了醉本書

前收録李漁《序》外，其餘後續版本書前皆有一篇「順治甲申年」題名「金人瑞聖歎氏」的《序》。而自咸豐年之後爲「新六十卷本」，特徵是舊有《序》變爲《原序》，並加入清溪居士《重刊〈三國志演義〉序》。六十卷本是貫穿毛本產生至今的最大分支，刊刻種類最多。六十卷本中有一類特殊刊本：清中期「三國水滸」合刻本，即「漢宋奇書本」，其《三國演義》版本屬新六十卷本。②十九卷本：大約產生於清中期，相較於六十卷本，批語中有不少異文。在人民文學出版社通行本第三版選用十九卷大魁堂本作爲校本，上海古籍出版社毛批本、作家出版社校注本等選用大魁堂本作爲整理底本後，於今也廣爲流行。③五十一卷本：特徵爲各卷首題「龍霧鄒梧岡參訂」。鄒梧岡即鄒聖脈，清代刻書家，康熙三十年生人。此類刊本未有考證是否確系鄒梧岡參訂，但可推斷刊印不早于雍正年。其後亦繁衍出許多後續版本，直至清末。④二十四卷本，僅見雍正年間刻本，存世稀見，是除其他六十卷本外，刊刻時間與醉本最接近的毛本。

在以上分支中，依次在影響力最大的六十卷本、十九卷本中選擇較晚的版本作爲兩種通校本。通校本外，參校本分爲三個層次。一是用大分支中間包括民國時期新六十卷本、建國初期十九卷本。通版本和小分支版本作參校古本，以達時間和範圍兩個方向上的兼顧，選用五種。其中包括清前期二十四卷本、清中期舊六十卷本、十九卷本，清晚期新六十卷本、五十一卷本。二是參考現今刊行的數種整理本，以吸收今人校勘成果，包括六種。三是正文參校明代祖本四種，在毛本正文有欠妥或可推敲處回溯來源。

通校、參校多種古今版本，一是可以校正底本字面的訛、脱、衍、倒。二是可以彙集各本的校勘成果。如第七十回回前批引典「馬首是瞻」。醉本原作「有馬首欲東之欒黶，則先軫不能行其意」，大部分毛校本及今本從之；另兩種毛本「先軫」校作「荀偃」，查《左傳》可證，因此據改。此類訛誤，

很多今本由於底本、校本有限，無法識別並校正。

（二）嘉本、周本、夏本及贊本系

用毛本正文通校嘉本、周本、夏本（明三本）及贊本系各本，對於彙校《三國演義》來説實際上也是很難操作的。首先，明三本及贊本（明四本）相較于毛本，處在「本書」與「他書」之間。説是本書，因一脈相承，大部分文字相同，與毛本是底本演進的關係；説是他書，因版本間修改幅度很大。其次，而由贊本另外衍生的鍾、漁二本屬旁支，其中漁本尚晚於毛本，因此二本不具有參校正文的價值。

因此，只有在底本和通校本在正文上有差異時，才會參校明四本。這個操作屬於「前人栽樹，後人乘涼」，包括「通行本」在內的一些重要今本都對嘉本進行過對校，且取捨各有不同，可做參考。

正文參校明代四本以溯本求源，校正在醉本中出現以及之前各本已存在的問題。比如重要地名「卧龍崗」，毛本前文初作「卧龍岡」，後文批語亦有作「卧龍崗」，今本皆從之。以此回溯參校明代四本，除嘉本外其餘三本皆作「岡」。因嘉本爲最古本，視爲原文。因此全書涉及卧龍岡處，如「所居之地有一岡，名卧龍岡」等，「岡」皆據嘉本校正作「崗」。

綜上，底本、校本含十九種古本、十六種今本，共三十五種版本完成本書校勘的基礎對校部分。雖然比不了《紅樓夢》的各類彙校本把現存十幾種鈔本作彙校，《三國演義》的「彙校」能夠用到各分卷系統的版本已殊爲不易，尤其是比較少見的五十一卷本。

二、關於彙評

本書出版前，書稿第一版彙輯毛、贊、鍾、漁四本批語，第二版中彙入嘉、周二本，第三版彙入夏本，完成「演義」系統批語全版本彙評。由於所能瀏覽到的古本有限，因此在選用底本和校本的問題上，存有一些遺憾：主要是未能盡選前人所著録

的善本。因正文底本選擇毛本，其他版本部分同原文一併因毛本正文修改所奪而無着落處的批語未能輯録。

（一）明三本批語

嘉本、周本、夏本，都有相當數量的夾批、夾注，具有很寶貴的版本價值。批注篇幅遠遠大於嘉本的周、夏二本，其批注幾乎相同且完全包含嘉本的批注內容。周、夏二本批注有相當多的注釋內容來自明代比較流行的某個多家注本《資治通鑑綱目》。在參考書目中已經介紹了各家注的作者。其中元代王幼學的《綱目集覽》和明代馮智舒的《綱目質實》相關內容，都出現在周、夏二本批語中。比較明顯的是相當數量的地理類注釋。

以下是一個比較特殊的例子：第三回，二本有「北邙」的同文注釋：

> 北邙，山名，在河南府城北七十里。山連偃師、鞏、孟津三郡。綿亘四百餘里，東漢諸陵及唐宋名臣之墳多在焉。

經考，注釋引自某種多家注本《綱目》的注文，但問題是對「北邙」的注釋在該書出現過兩次，且都是馮智舒《質實》對於《明一統志》的引用。這兩次的文字却有幾處異文。卷十二下的文字與周、夏二本注文相同，卷三十一異文：「七」作「一」，「郡」作「縣」，「焉」作「此」。顯然七十里和一十里差距很大，「郡」作「縣」是。

再考《明一統志》中北邙相關文字，在卷二十九，文字與《綱目》卷三十一所引完全相同。所以，結論是《質實》注文前後不一，卷三十一注文同《一統志》，而周、夏二本引用了有誤的卷十二下。

因此，嘉、周、夏三本批注，涉及他書引用，儘量用原書校正。

（二）贊本系批語

贊本系的主要版本批語本書都已輯録，但仍欠

缺一些稀見版本。

贊本的甲、乙、丙三種版本已都具備，缺少丁本資源。丁本有四種全本分藏於北京師範大學圖書館、臺灣大學圖書館、紹興圖書館、美國耶魯大學圖書館，另外還有數種殘本。

鍾本所能見到的只有日本東京大學東洋文化研究所藏本。據版本研究資料，亦有天理大學圖書館藏本，未能見到相關資源及資料信息。查日本「全國漢籍資料庫」，鍾本無天理大學藏本，而另有愛知大學圖書館簡齋文庫藏本，亦未能見到。因此鍾本批語無校本。

漁本由於兩衡堂本未見，使用了浙江古籍出版社《李漁全集》中的點校本《李笠翁批閱三國志》。此本的底本爲兩衡堂本。從校對過程看，翼聖堂本與兩衡堂本的文字差異極細微。

本書整理者後續會繼續探求上述「演義」系統稀見版本批語，以及在後續版本中探索「志傳」系統諸本的正文校勘和批語輯錄可能性。

三、用字

通過校勘，繁體字本最大程度上還原了各底本的原始風貌。可以看到，雕版付槧的原書中，有大量異體字（包含正文和批語），甚至同一葉中、同一句中都出現了同字不同體的現象。這可能是多個雕版工匠用字習慣不同和刊刻粗畧造成的。在後續的毛本中，這個現象也繼承下來。

如「回」字，在不同版本、章節和頁面中，分別使用「回」「囘」「囬」和「廻」。這些原文用字，都基本體現在本書中。

四、校勘詳解

（一）校勘的追求

據前述校勘宗旨，本書採用定本式校勘，即在底本和校本異文之間，選擇更好的文字改、補到底本中。明清小說，在明清兩代屬於底層的書籍。在

刊印之時，重要程度就遠不如經、史等其他古籍，因此校勘不甚精細及修改幅度較大，版本間差異也較大，以底本式校勘（儘量保留原文，異文只出校勘記）點校小説則顯然不適宜。讀者所需要明清小説，是完整的、謬誤更少的普及點校本，面向大衆應「求善」。正如《紅樓夢》的古鈔本在讀者、研究者更深入的研究下，整理本在不斷進步。毛本《三國演義》通行於世，而非明代版本，也體現了小説逐步「求善」的過程。

即便今人不會再對《三國演義》像古人一樣，對小説結構進行增、删、改、補，但彙集古今各種版本對文本進行優化是可行的，也是與時俱進的。本書所倚賴的，大多來自國内外各大圖書館公開的古籍數字資源，選擇多種底本、校本，以及其他文獻進行校勘，讓校勘過程融入到《三國演義》五百多年的成書過程中，是很有意義的。擇古今衆版本之善，才能儘量呈現更完善的古典文學作品。

（二）兼收

嘉本之後的五百年間，《三國演義》版本流傳遵循着對前本略作修正，但也產生新問題的規律。而產生的新問題包括非主觀訛誤，如抄寫、刊刻造成的舛訛，以及情節上的主觀邏輯錯誤。現已知毛本自醉本以下，清代至民國凡一百多種。後續毛本内容據醉本衍遞，異文漸多。從校勘結果來看，毛本自古至今的衍化有跡可循，其中包括訛誤、異文，以及對於前本的校改。及至建國初期，文本出現了更多差異，但不少早期版本的錯誤也被修正。

如書前《校勘説明》所述彙校部分，正文及毛批選取舊六十卷本的醉本爲底本，民國時期新六十卷本、十九卷本作爲通校本，並用清前期二十四卷本、清中期舊六十卷本、十九卷本，清晚期新六十卷本、五十一卷本作參校本，正文參校明四本，並參考十數種整理本，已達「演義」系統的全覆蓋。這樣可以儘量兼收版本異文較優之處。

（二）修訂

《三國演義》成書，是在宋元話本、戲劇、傳説基礎上，據史書整理而成。沈伯俊先生曾系統指出《三國演義》有上千處「技術性錯誤」，應該盡改。整理者認爲，首先應考慮《三國演義》與史書的差異，是作者有意爲之，屬於文學創作，還是考據不精而至疏漏？兩種推測似乎都可以在原文中印證。人名、官職、封號、地名、人物關係有部分異於史書。有些出現次數極少的差異，由於没有文學創作上的意義，很難解釋爲作者意圖。《人名校正録》中的人名，可以顯見絶大部分人名差異並無什麼文學上的意義。極少數人名，如張飛字「翼德」，史書作「益德」，可以看出明顯主觀修改的痕跡。名「飛」而字有「翼」，雖然在嘉本作「益」，但其他版本皆作「翼」，並被廣泛接受而流傳至今。又如官職類、地理類與史有異處，多有通俗化的趨向。這可能與成書前，民間流傳已久的習慣表述有關。關於作者，史料文獻記載很少，而且成書過程是長時間的積累，全書非一人獨立完成所有文本，差異的具體來源不能臆斷。

另外，小説與史書的很多差異，在數百年時間的流傳中已約定俗成。即便是有誤，也很難修正。要處理這些差異，不能全部據史修改。如果全部修改，則會極大地改變小説既有印象，而且會動摇部分情節框架的邏輯。因此，書前《校勘説明》中所述「酌情」，即對此類情況加以判斷。

本書的修訂除版本對校之外，體現在以下三個方面。一、本校：前後矛盾類錯誤。前後正文、前後批語、正文與批語都有此類情況出現，很多因行文跨度大而較爲隱蔽，以致古今版本都留存下來。如正文前敘徐庶逃離赤壁去守「散關」，後文馬超戰潼關時，回前批語敘徐庶守「潼關」。二、他校：與史實有異類錯誤。據史籍、經書、文集等其他古籍文獻校正人名（姓、名、字、號）、身分（官職、爵位、封號）、人物關係、地名（包括地方官名、籍貫）等，以及批語、注文所包含的引用。已成習

者，從原文。三、理校：語句指代歧義、反義，且無版本依據處。如第三十七回荀彧曰：「天寒未可用兵。」同回後文張飛曰：「天寒地凍，尚不用兵。」此處古今各本毛批皆作「與前荀彧『天寒未可用兵』一語相反而相應。」荀彧與張飛語義同，因此毛批「相反」誤，酌删「相反而」三字。

具體校勘過程中，除可根據其他文獻加以校勘外，還遇到文獻内容前後有别之處。比如《三國志》：曹操，沛國譙人；夏侯惇，沛國譙人；華佗，沛國譙人；許褚，譙國譙人。各本《演義》：曹操，沛國譙郡人；夏侯惇：沛國譙人；華佗，沛國譙郡人；許褚，譙國譙縣人。《演義》敘述人物籍貫皆同史書書例，作「某郡（國）人」，或「某郡（國）某縣（城）人」。按《後漢書·郡國志》，「譙」指譙縣。曹操與華佗的「沛國譙郡」應改作「沛國譙縣」。但問題是許褚的「譙國譙人」是《三國志》原文。而史書文字，古今皆從之。從邏輯上，既然出生時代相近，就籍貫地名應該相同。《三國志集解》盧弼按：「設譙郡是譙置郡在建安十八年魏國既建以後，立國在建安二十二年也」；「二十二年，沛穆王林徙封譙，改爲國。延康元年，黄龍復見譙，既而丕大饗譙父老於邑東。魏黄初元年，以譙國與長安、許昌、鄴、洛陽爲五都。五年，改封諸王爲縣王，復還國爲郡」。使用「譙國」，可推斷兩個情況：其一，使用「沛國」的《武帝紀》《夏侯惇傳》《方伎傳》與使用「譙國」的《許褚傳》或非出自同一作者；其二，陳壽編撰時，可能是故意保留了這些差異。前後不一，造成全書表述難以統一，但從文獻學角度來看，却留下了《三國志》的創作痕跡。後世小説則没必要照搬這類原文，應該讓同時代、同籍貫的人使用相同表述。因此許褚籍貫本書改「譙國譙縣」作「沛國譙縣」。

通過以上校勘過程，本書力求錯誤最少、與史貼近、不離原貌。不論是自嘉本以下五百年皆誤，抑或是毛本始誤流傳三百年，勘定則正。讀者朋友可以反饋問題，指正謬誤，使本書能夠繼往開來，臻于完善。